의료문학 연구,
가능한가

지은이

이병훈 李丙勳, Lee Byoung-hoon

고려대학교 노문학과를 졸업하고, 모스크바 국립대학에서 석·박사학위를 받았다. 현재 아주대학교 다산학부대학 부교수이다. 전공은 19세기 러시아문학 비평사 및 비평이론이다. 연세의대에서 펠로우로 있으면서 2년간 문학 강의를 했고, 서울의대, 고려의대, 가톨릭의대, 인제의대 등에서 '문학과 의학', '예술과 의학' 등을 강의했다. 최근에는 문학과 의학의 학제간 연구를 하고 있다. 저서로『아름다움이 세상을 구원할 것이다』(2012),『감염병과 인문학』(공저, 2014),『문학과 의학의 접경 ─ 의료문학의 이론과 쟁점』(2023) 등이 있고, 역서로『젊은 의사의 수기·모르핀』(2011),『사고와 언어』(공역, 2021) 등이 있다.

의료문학 연구, 가능한가

초판발행 2025년 8월 15일

지은이 이병훈

펴낸이 박성모
펴낸곳 소명출판
출판등록 제1998─000017호
주소 서울시 서초구 사임당로14길 15 서광빌딩 2층
전화 02─585─7840
팩스 02─585─7848
이메일 somyungbooks@daum.net
홈페이지 www.somyong.co.kr

ISBN 979─11─5905─989─6 93800
정가 31,000원

ⓒ 이병훈, 2025

의료문학 연구, 가능한가

이병훈 지음

　이 책은 문학과 의학의 관계, 의료문학의 정의와 필요성, 실제 사례들을 다룬 『문학과 의학의 접경』소명출판, 2023의 후속편으로 의료문학에 대한 심화된 연구 사례들을 담고 있다. 연구 대상은 러시아문학과 한국문학에서 의료와 관련된 것을 다루고 있는 작품으로 한정되어 있는데, 그것은 저자의 연구 범위와 밀접히 연관되어 있어서다. 의료문학 연구는 의료의 정치, 경제, 사회, 문화적 맥락에서 문학을 다시 읽는 것으로 기존의 문학연구에서는 비중있게 다루지 않았던 영역이다. 과학, 그중에서도 의학의 발전이 인류의 삶에 끼친 다양하고 심도 있는 영향을 생각하면 그동안 의료문학 연구가 주목받지 못한 이유를 어떻게 설명해야 할까? 그저 어리둥절할 수밖에 없다. 이런 점에서 늦은 감이 있지만 의료문학 연구는 문학작품의 장르나 문체의 형성 과정을 해명할 중요한 퍼즐 중 하나라고 할 수 있다. 더군다나 첨단과학기술이 인류의 삶을 지배하고 있는 세상에서 의학을 포함해 과학과의 상호 관계를 고려하지 않고 문학연구를 하는 것은 원시문학(?)을 연구하는 것과 진배없다.

　의료문학 연구는 또한 역사시학historical poetics 연구의 한 미시적 변종이 될 수 있다. 역사시학이란 예술형식의 기원과 발전을 연구하는 문예학의 한 분야인데, 문학에 한정해서 말하자면 "문학 장르, 작품, 문체의 발생기원과 발전을 연구하는 문학 비평의 한 분야"라고 정의할 수 있다. 이 분야는 19세기 말 러시아 문예학자 베셀로프스키A. N. Veselovsky에 의해 정립되었다. 그는 역사시학의 임무가 "개인의 창작과정에서 전통의 역할과 경계"를 규정하는 것, 즉 독특한 문학작품의 형상 체계를 기존의 전통적 모델과 연관시키는 것이라고 주장했다. 무릇 새로운 문학 장르, 작품, 문체는 전통의 계승과 혁파의 결과물일 텐데, 의료문학 연구도 이와 무관하지 않다. 앞으로의 의료문학이 기존 문학과 달리 새로운 창작의 시발점이 된다면 이러한 장르, 구성, 문체의 발생과 발전에 대한 역사시학적 연구의 지평을 확대하는 데 기여할 것임이 틀림없기 때문이다. 우리의 연구는 의료문학이라는 장르, 구성, 문체의 새로움을 종합적으로 파악하고, 그것의 역사적, 사회적 발전과의 연관성을 설명하는 것이어야 한다.

이 책은 모두 6개의 주제와 14편의 학술적 성격의 글, 비평적 에세이로 구성되어 있다. 총론에 해당하는 제1부의 첫 두 편은 이 책 전체를 관통하는 문제의식과 방법론을 다루고 있다. 이 연구가 아직 완성된 형태가 아니라는 점에서 두 글 중 하나에는 실험적인 연구라는 부제가 붙어 있기는 하지만 지금 단계에서는 이것이 최선인 점을 확인하고 싶기도 하다. 한 가지 부연하고 싶은 것이 있다면 여기서 말하고 있는 가능성의 의미와 범위에 대한 것이다. 일반적으로 가능성possibility은 어떤 행위의 불가능성에 대한 도전의 의미가 강하다. 그것은 가설의 시작 단계에서 많이 고려되는 요소 중 하나일 것이다. 하지만 가능성은 또 다른 차원에서 잠재성potentiality이라는 의미도 내포하고 있다. 잠재성은 가설의 중간 단계를 견인하는 근거와 전망을 전제로 한다. 그것은 불가능을 뛰어넘어 가능성의 미래를 구체적으로 확인하고, 그 방향을 기획하는 작업과 연관이 있다. 다시 말해 의료문학 연구는 가능할 뿐만 아니라 문학연구의 새로운 패러다임으로까지 진화할 수 있다고 생각한다. 우리의 실험은 멈추지 않겠지만 어느 순간 그 실험은 새로운 가설을 증명하는 행위로 변해 있을 것이다.

저자가 분류한 6개의 주제는 연구방법, 문학사와 의학적 전통, 광기,

우울증, 질병과 죽음, 병원과 약인데, 이 주제들 사이에 일관된 모티프는 존재하지 않는다. 아마도 이 주제들이 연구의 시작이기 때문일 것이다. 이 주제들은 의료문학 연구의 초기 단계에서 접근하기 용이한 포괄성을 지니고 있다. 이것은 의료문학의 역사문화적 범위를 경계로 삼고 있다. 의료문학에 대한 연구 영역의 일반적 분류에 따르면 '의학 속의 문학'이 아니라 '문학 속의 의학'인 것이다. (이에 대해서는 저자의 앞선 책,『문학과 의학의 접경』에 수록된 총론을 참고할 것)

끝으로 이 책이 나오기까지 도움을 주신 분들께 이 자리를 빌려 감사의 마음을 전하고 싶다. 서울대 러시아연구소 박소연 선생, 연세대 의대 여인석 교수, 고려의대 신규환 교수, 경희대 디오니소스 콜로키움 동료들 도움이 없었다면 애초부터 가능하지 않은 일이었다. 머리 숙여 감사드린다. 그리고 삶의 동지이자 학문적 동료이기도 한 아내 이양숙 교수와 함께 이 책의 출간을 기억하고 싶다. 마지막으로 의료문학을 연구하는 나의 동료들께도 고마움을 표한다.

2025년 8월
'나만의 방'에서

차례

제1장

의료문학의 관점에서 본 한강의 소설
『채식주의자』, 『소년이 온다』, 『작별하지 않는다』를 중심으로

1. 의료문학의 관점이란?

인간의 언행과 그 속에 감춰진 속내를 분석하고 설명하는 데에는 여러 가지 방법이 있다. 가령 그 사람의 전기적 사실을 근거로 문제에 접근하거나, 혹은 최근에 발생한 일련의 사건을 중심으로 해석하는 것도 가능하다. 아니면 좀 더 거시적 시각에서 그가 살고 있는 시대 배경을 염두에 둔 역사적 접근도 할 수 있다. 여기에 경제적, 정치적, 사회적, 문화적, 심리적 요인 등도 중요한 분석 도구가 될 수 있다. 그런데 어떤 경우에는 그 사람에 대한 의학적 분석이 문제의 본질을 이해하는데 요긴한 경우가 있다. 예컨대 그의 병력이나 정신적 트라우마, 정신의학적 진단이 다른 어떤 설명보다 더 설득력 있고 호소력이 클 수 있기 때문이다.

한 가지 예를 들어보자. 한 정치인의 이상행동이 편집증과 과대망상에서 기인한 것이라는 해석이 그것이다. 도무지 이해할 수 없는 그의 언행과 속내에 대해 다양한 관점과 수많은 해석이 난무하지만 여기서 의학적 진단이 명쾌하게 그 원인을 설명하는 수단이 되기도 한다. 가령 편집증이라는 의학 용어는 과도하게 정적 죽이기에 몰두하는 정치인에 대한 명쾌한 설명의 수단을 제공한다. 편집성 인격장애paranoid personality disor-der의 증상은 "자신이 가진 악의에 찬 동기를 다른 사람이 가진 것이라고

돌리고는 주변 사람들과 상황에 대한 자신의 부정적 선입관을 확인하려고 한다. 그들은 얇게 감춰진 비현실적인 과대 환상을 보여주기도 하는데, 종종 이 과대 환상은 권력과 계급에 연관된 것이며, 다른 사람들, 특히 자신과는 급이 다른 집단의 사람들을 부정적으로 보는 경향이 있다. 단순히 그들 자신의 공식에 따라 세상을 살아가기 때문에 애매한 상황에 대해서는 매우 신중하게 대처한다. 그들은 광신자로 보이기도 하며, 사이비 신흥 종교를 만들기도 하고, 편집증적 믿음을 공유하는 사람들을 모아서 집단을 만들기도 한다."[1] 또 그의 불안하고 우스꽝스런 언행은 과대망상으로 설명할 수 있다. 자신을 대단한 사람으로 여기는 사람들은 대개 콤플렉스가 과도한 경우일 수 있는데, 이런 부류의 정치인은 의사소통 능력이 현저하게 낮고, 아랫사람에게 수시로 반말하며, 합리적인 지적이나 근거 있는 비판을 접하면 버럭 화를 내곤 한다. 왜냐하면 자신이 최고라는 망상에 빠져있기 때문이다. 이처럼 의학적 관점은 자주 현상의 근본적인 원인을 해명하는 색다른 관점을 제시한다. 이런 문제의식이 인간을 이해하는 다양한 방법 중 핵심적인 보조적인 수단이 된다는 말이다. 의료문학의 관점도 이와 유사하다고 할 수 있다.

의료문학의 관점은 작가나 작품을 분석하는 특수한 문제의식을 제공한다.[2] 그것은 의료가 작가의 창작 행위과정나 작품 속에 어떤 영향을 주었는지, 그것이 작품의 예술적 완성에 어떤 기여를 하고 있는지를 살펴보는 것과 연관이 있다. 여기에는 일반 문학작품에 대한 의료문학적 해석도 포함된다. 주지하다시피 문학을 해석하는 관점과 방법론은 다양하다. 다양성은 총체성을 구성하는 전제조건이다. 개개의 관점은 저마다의 특수성을 지니고 있다. 이것은 작품의 어떤 요소와 측면을 분석하는 데 가장 효과적인 수단으로 사용된다. 하지만 특수성이 보편성을 대신

할 수 없듯이 하나의 관점이 작품의 총체성을 모두 설명할 수 없다. 의료문학의 관점도 마찬가지다. 의료문학적 관점은 작품 속에서 일정한 역할을 하는 다양한 의료적 요소에 주목하고, 그것이 작품을 분석하고 이해하는 데 어떤 도움이 되는지를 설명할 수 있다. 물론 이것으로 작품 전체를 해석할 수는 없지만, 중요한 한 측면을 분석하는 데 도움이 된다는 사실은 분명하다. 특히 의료가 인간의 삶을 결정하는 핵심적인 요인이 된 현대사회에서 이런 관점의 중요성은 날로 커지게 될 것이다. 우리 삶이 점점 의료화될수록 작품 또한 의료화 현상을 외면할 수 없을 것이기 때문이다. 이것은 한강의 경우도 예외가 아니다. 그녀의 작품은 트라우마, 질병, 치유, 환자, 의사, 병원, 회복과 같은 의료적 요소와 밀접한 관계가 있다. 작가 스스로 『채식주의자』 뒷글에서 병원 취재에 도움을 준 분들께 감사의 표시를 하고 있다는 사실도 의미심장하다. 그러면 한강의 주요 작품들을 의료문학의 관점에서 살펴보도록 하자.[3]

2. 의학적 모티브와 장치들

라틴어 moveo움직이다에서 유래된 모티브motive는 음악이론에서 문학이론으로 전이된 용어다.[4] 이것은 "음악 형식의 가장 작은 독립적인 단위로 (…중략…) 모티브의 구조는 작품의 구조에서 논리적 연관을 구체화한다."[5] 음악에서 작품의 구성을 분석할 때 이 용어는 중요한 열쇠가 되는데, 이와 유사한 점들이 문학작품에서 모티브의 특성을 밝히도록 도와준다. 문학작품에서 모티브란 무엇보다도 창작의 동기가 되는 주된 사상, 감정 등을 말한다. 모티브는 크게 주요 모티브Leitmotiv와 하위 모티브sub-motive로 구분할 수 있다. 라이트모티프는 바그너 작품 연구자들과 음악학자들이 사용한 용어로 작품이 담고 있는 사상과 감정의 구체화를 위한 구성적 단위이다. 그리고 라이트모티프는 의학적 모티브와 같은 여러 하위 모티브의 도움을 받는다. 이런 점에서 모티브는 주요 주제의 심화, 확대, 발전에 기여하는 문학작품의 구성적 요소로 볼 수 있다.

예를 들어 『채식주의자』의 라이트모티프는 가부장적 폭력에 대한 저항이다. 주인공 영혜는 저항의 외로운 주체이고, 조력자는커녕 지지자조차 없다. 영혜가 할 수 있는 행동은 오직 스스로의 몸을 통해 폭력에 저항하는 것뿐이다. 여기에 여러 의학적 모티브가 하위 모티브를 구성하며 그녀의 행동을 부연 설명하고 있다. 섭식 장애eating disorder와 거식증정확한 의학적 용어로는 신경성 식욕부진증, Anorexia Nervosa이 그것이다. 영혜는 첫 연작에서 폭력에 저항하기 위해 육식을 거부하는 채식주의자가 된다. 그리고 이런 섭식 장애는 「몽고반점」에서 완화되었다가 「나무 불꽃」에서는 극단적인 거식증으로 악화된다. 두 번째 작품에서 영혜는 형부의 꼬임에 속아 포르노 성 동영상의 피사체가 된다. 이 과정에서 그녀는 아이스크림을 맛있게 먹기도 하지만 재차 정신병원에 수감되고 나서는 극단적인 거식증으로 죽음의 목전에까지 이른다. 이렇게 의학적 모티브는 주제를 심화하고 확대하는 데 중요한 역할을 한다. 다시 말해 폭력에 대한 저항이라는 주요 모티브가 섭식 장애, 거식증이라는 하위 모티브에 의해 구체적인 사건과 행동으로 나타나고 있는 것이다.

의학적 모티브의 대표적인 경우라고 할 수 있는 질병 모티브는 『소년이 온다』, 『작별하지 않는다』에서 더욱 빛을 발한다. 이 소설들에 나오는 외상 후 스트레스 장애PTSD가 그것이다. 두 작품은 각각 5·18 광주민중항쟁과 4·3 제주학살의 국가 폭력을 다룬다. 『소년이 온다』는 동호의 죽음과 동료 및 가족의 고통, 슬픔을 PTSD를 통해 잘 표현하고 있다. 특히 생존자의 다음과 같은 고백은 PTSD의 임상적 기록으로 손색이 없을 정도다.

> 죽음은 새 수의같이 서늘한 것일지도 모른다고 그때 생각했습니다. 지나간 여름이 삶이었다면, 피고름과 땀으로 얼룩진 몸뚱이가 삶이었다면, 아무리 신음해도 흐르지 않던 일초들이, 치욕적인 허기 속에서 쉰 콩나물을 씹던 순간들이 삶이었다면, 죽음은 그 모든 걸 한번에 지우는 깨끗한 붓질 같은 것이리라고.『소년이 온다』

생존자가 느끼는 당시의 상황은 삶과 죽음의 경계도 모호할 정도다. 그들이 경험했던 공포와 두려움은 차라리 죽음이 더 낫다고 생각하는 지경에 이른다. 이런 생각은 현재의 기억으로 이어지고, 일상생활은 무너져 버린다. "잠은 잘 자나요. 난 잠이 안 와서 혼자 소주 두병 마시고 지금 해장하고 있었어요. 집에서 술을 먹으면 누나가 싫어하니까. 누나는 뭐, 나한테 화내거나 하진 않아요. 그냥 울죠. 그게 보기 싫어서 더 술 생각이 나죠."『작별하지 않는다』에서도 마찬가지로 희생자의 가족들, 특히 인선의 어머니가 겪었던 국가 폭력의 본질에 대한 근본적인 질문을 던진다.

한강의 작품에서 자주 등장하는 편두통도 마찬가지다.『작별하지 않는다』,『흰』에서 작가-화자는 편두통 환자로 나오는데 이는 등장인물의 심리적 상태를 효과적으로 전달하는 역할을 한다. "열이 내려 있었다. 두통도, 구역질도 사라졌다. 마치 진경제 주사를 맞은 듯 몸의 모든 근육들이 이완되어 있었다. 눈 아래 찔린 자리가 더 이상 욱신거리지 않았다."『작별하지 않는다』 우리는 소설사에서 다양한 질병들이 등장인물의 심리상태를 전달하는 유용한 장치로 활용되고 있는 사례들을 자주 만나게 된다.

한강의 소설도 이러한 사례의 하나가 될 것이다.

또 다른 의학적 장치로서 『작별하지 않는다』에 나오는 손가락 봉합수술과 환지통幻指痛, phantom limb pain도 매우 흥미롭다.[6] 인선은 공방에서 두 손가락이 절단되는 사고를 당한다. 그녀에겐 두 가지 선택지가 있다. 하나는 잘려 나간 손가락을 포기하고 수술을 통해 상처를 치료하는 것이다. 하지만 이 경우에는 평생 환지통을 피할 수 없다. 의사의 권유로 인선은 봉합수술을 하게 되는데, 이 또한 심한 고통을 감내해야 한다. 절단된 손가락은 봉합한 뒤에도 이십사 시간 동안 삼 분에 한 번씩 삼 주 정도 소독된 바늘로 중지를 찔러야 한다. "계속 피가 흐르고 내가 통증을 느껴야 한대. 안 그러면 잘린 신경 위쪽이 죽어버린다고 했어."『작별하지 않는다』 경하는 잠시 의식을 잃을 정도의 통증을 견디고 있는 인선을 보면서 이렇게 자문한다. "저렇게 끔찍한 통증을 계속 일으켜야만 신경의 실이 이어지는 건가." 이 장면은 작품의 주제와 밀접하게 연결되어 있어서 더욱 의미심장하다. 지난 역사의 비극을 현재를 사는 동시대인이 어떻게 받아들여야 할 것인가? 라는 질문이 소설의 주제이기 때문이다. 과거를 현재와 상관없는 것으로 치부하고 잊어버리면 문제가 간단할지도 모른다. 이런 경우 잘려 나간 손가락처럼 우리는 영원히 역사의 환지통을 앓게 될 것이다. 하지만 그것이 우리 역사의 살아있는 일부라면 그래서 포기할 수 없다면 어떤 끔찍한 고통이 수반되더라도 '신경의 실'을 이어나가야 하는 것이다. 이것은 과거가 현재를 살아있는 것으로 만들 수 있다는 작가의 믿음을 나타내고 있어 상징적인 장면이 아닐 수 없다. 여기서도 의학적 장치가 중요한 역할을 하고 있다는 사실은 분명하다.

한강의 소설에는 유독 병원이 자주 등장한다. 『채식주의자』의 영혜가 입원했던 정신병원, 『희랍어 시간』의 응급실, 『작별하지 않는다』의 봉합

수술 전문병원 등이 그렇다. 그런데 흥미로운 것은 병원이라는 공간이 삶의 절박한 상황이 벌어지는 현장이면서 동시에 소설에서 중요한 전기 turning point가 시작되는 공간이라는 사실이다. 정신병원은 영혜가 동물이 기를 거부하는 결정적인 계기를 제공한다. 강압적인 의료적 폭력 앞에 주인공은 마지막 남은 인간으로서의 자존감을 단념하고 만다. 병원은 그녀가 새로운 존재를 희망하는 비극적 현장이 되는 것이다. 이런 점에 서 구급차에 실려 정신병원을 빠져나오는 소설의 마지막 장면은 충격적 이지 않을 수 없다. "구급차는 축성산을 벗어나는 마지막 굽잇길을 달려 나가고 있다. 솔개로 보이는 검은 새가 먹구름장을 향해 날아오르는 것 이 보인다."『채식주의자』『작별하지 않는다』에서도 병원은 소설의 출발을 알 리는 중요한 전기가 된다. 이 작품은 3부로 구성되어 있다. 그중 1부 "새" 는 경하가 홀로 남겨진 앵무새를 살리기 위해 눈보라를 뚫고 인선의 제 주도 집을 찾아가는 과정을 그리고 있다. 그런데 그런 계기를 제시하는 공간이 바로 봉합수술 전문병원이다. 경하는 병원에서 수술을 받고 입 원한 인선의 다급한 연락을 받고 문병을 간다. 그녀는 거기서 사건의 경 과를 듣고 앵무새를 구하기 위해 홀로 제주도로 떠난다. 눈이 오는 한라 산 중산 간에 위치한 인선의 집을 찾아가는 과정은 마치 어둠 속에 파묻 힌 진실을 찾아가는 외로운 노정으로도 읽힌다. 이 장면은 일본이 자랑 하는 가와바타 야스나리川端康成의 소설 『설국』에 나오는 서정적 설정에 비견할만한 작품의 백미라고 할 수 있다.[7] 『작별하지 않는다』의 설경은 『설국』과는 달리 역동적이고 암울하며 신비로울 정도로 변덕스럽다. 눈 보라는 마치 보이지 않는 등장인물인 양 경하와 무언의 대화를 주고받 는다.[8] 작가의 심리적인 풍경묘사가 빛을 발하고 있는 대목이다. 봉합수 술 전문병원은 바로 그 시작을 알리는 출발선이었던 것이다.

3. 절망을 극복하는 카타르시스

한강의 소설은 넷플릭스에서 자주 사용하는 표현을 빌면 '다크dark'하다. 여기서 다크하다는 말은 작품의 줄거리와 분위기에서 다음과 같은 요소들, 즉 할리우드식 카타르시스, 희망, 행복한 결말 등이 두드러지지 않다는 뜻이다. 이런 지적은 그녀의 작품에는 유머가 없다는 사실, 작가가 다루는 주제, 소재 자체가 비극적 파토스로 가득 찰 수밖에 없다는 점들을 상기시킨다. 하지만 이는 작가의 개성과 스타일일 뿐이지 그 이상도 이하도 아니다.

카타르시스는 전통적으로 고대 그리스 철학과 미학에서 질병을 앓고 있는 사람의 고통을 경감하고, 마음을 정화하며, 정신을 고결하게 하는 과정 및 결과를 지칭하는 개념으로 해석되었다. 하지만 이 용어가 처음 사용된 것은 종교-의학적 영역이었는데, 여기서 카타르시스는 유해한 물질로부터 신체를 보호하고, '더러움'과 고통스러운 영향으로부터 영혼을 해방하는 것을 의미했다. 이 용어는 고대 그리스 철학으로 계승되어 다양한 의미, 즉 신비적, 종교적, 생리적, 의학적, 윤리적, 철학적 의미로 사용되었다. 카타르시스가 종교-의학 분야에서 예술 이론 분야로 이전된 것은 이미 아리스토텔레스 이전이었다. 이 용어는 영혼을 정화하기 위해 음악을 권장했던 고대 피타고라스주의로 거슬러 올라간다. 피타고라스의 카타르시스 교리는 플라톤과 아리스토텔레스에게 영향을 미쳤다. 플라톤은 육체로부터 영혼을 해방하는 것, 열정 또는 쾌락으로부터 영혼을 해방하는 것으로 카타르시스 교리를 제시했다.[9] 주지하다시피 아리스토텔레스는 이 개념을 비극의 작용, 즉 예술의 미학적 작용으로 설명했다. 아리스토텔레스의 해석에 따라 카타르시스는 예술작품을 통한 치유의 의미로 이해하는 것이 일반적이다.

　독자는 한강 소설을 읽으면서 해피엔딩 식 카타르시스를 경험할 수는 없지만 불꽃 같이 살아 있는 희망을 확인할 수 있다. 이건 작가가 어설픈 카타르시스, 비현실적인 희망을 진실하지 않다고 보고 있기 때문인 것으로 보인다. 그녀의 작품에서 희망은 희미하게 보일 듯 말 듯 어렴풋이 모습을 숨기고 있지만 그 어떤 희망보다 강렬하고, 생명력이 강하며 끈질기다. 그녀의 카타르시스는 통쾌하거나 극적 반전을 선사하지는 않지만 심오하고, 근본적이며, 고요한 전율을 느끼게 한다.

　『채식주의자』를 예로 들어보자. 이 작품에서 카타르시스를 언급하는 것은 부적절한 것인지도 모른다. 애초에 이 작품에는 치유라는 요소가 있기나 한 것인지도 의문이다. 하지만 관점을 달리해서 보면 암울한 절망은 뭔지 모를 희미한 빛으로 바뀐다. 주인공 영혜는 폭력에 맞서 자신의 존재 자체를 부정한다. 「나무 불꽃」에서 나오는 영혜의 대사, "나는 이제 동물이 아니야 언니"는 이 소설의 문제성을 상징적으로 보여준다. 여기서 동물은 중의적으로 해석할 수도 있다. 하나는 자신을 부정하는 의미로, 다른 하나는 폭력을 본성으로 한 동물^{남성}을 부정하는 의미로. 전자는 인간이라는 종을 거부하고 싶다는 선언인데, 가히 충격적이지 않을 수 없다. 세계문학사에는 가부장적 폭력에 저항한 수많은 인물이 있다. 주로 여성이 대부분이지만 어느 누구도 영혜처럼 종을 부정하는 방식으로 저항하지는 않았던 것 같다. 여성 주인공들은 폭력에 저항하면서 죽음에까지 이르지만, 그건 어디까지나 개인의 비극적인 죽음으로 끝난다. 영혜는 이것을 인간이라는 존재의 멸종 선언이라는 극한의 경지로 끌어올린다.[10] 그런데 신기한 것은 이 대사가 묘한 카타르시스를 선사한다는 점이다.

사실 영혜가 죽음에 이르는 병을 무릅쓴 것은 '출구 없는' 절망 때문이다. 이것은 일종의 '존재론적 절망'이라고 할 수 있다. 영혜는 남편, 아버지, 형부뿐만 아니라 어머니, 언니로부터도 비정상 취급을 받는다. 작가는 이런 과정을 당사자의 목소리가 거세된 서술 방식을 통해 전달하고 있다.[11] 그 결과 영혜의 절망은 자신의 존재를 부정하는 방향으로 선회한다. 존재의 부정은 일차적으로 자신의 신체를 학대하는 방식을 취하고, 결국에는 존재 자체를, 동물^{인간}의 육체와 정신을 부정하는 수준으로까지 확대된다. "기껏 해칠 수 있는 건 네 몸이지. 네 뜻대로 할 수 있는 유일한 게 그거지. 그런데 그것도 마음대로 되지 않지." 정신의학에 의하면 자신을 해치는 방식은 트라우마에 대한 흔한 방어 기제라고 한다. 말하자면 영혜는 의학적 경계를 넘어 생물로서는 상상할 수 없는 한계를 초월하고 있는 것이다. 이렇게 영혜의 절망은 인간의 존재론적 '전회^{turn}'를 바라는 강력한 호소와 절규가 된다. 왜냐하면 현 인간사회에서 영혜의 요구는 실현될 가능성이 전무하기 때문이다.

이와 관련해서 우리는 영혜의 존재론적 절망을 키르케고르^{Søren Kierkegaard}의 실존적 절망과 비교할 필요가 있다.[12] 키르케고르는 '죽음에 이르는 병'이 다름 아닌 절망이라고 주장했다. "절망이란 하나의 통합된 존재인 인간이 자기 자신에 대해 가지는 관계 안에서 발생한 분열을 의미한다 (…중략…) 절망은 가능성으로서 인간 속에 침잠해 있는 무엇이다. 만약 인간이 통합된 존재가 아니라면 인간은 결코 절망할 수가 없을 것이다."[13] 키르케고르는 인간을 유한자와 무한자의 관계가 통합된 존재로 파악한다. 인간은 유한하며 오직 신을 통해서만 무한자와의 관계를 갖게 된다. 그런데 인간이 스스로 유한하다는 사실을 깨닫지 못하면 신과의 관계는 불가능하다. 인간이 유한자라는 존재를 깨달은 상태를 키르케고르는 절망이라고 했다. 절망은 역설적으로 무한자로 이어지는 계기가 된다. 절망을 경험하지 못하는 인간은 천국으로 가는 입구로 들어갈 수 없는 것이다. 결국 절망에 이르는 병은 영생으로 가는 본질적인 계기인 것이다.

반면 영혜의 절망은 기독교적 맥락과 무관하다. 스스로 밝히고 있듯이 한강은 종교적 배경이 없는 작가다. 이런 맥락에서 영혜의 절망은 인간 사회의 부조리에 대한 깨달음으로 이어진다. 그녀는 인간이 다시 태어나는 정도의 근본적인 변화 없이 폭력은 근절되지 않을 것이라고 확신하는 것 같다. 그래서 영혜의 절망이 스스로를 부정하는 과정에서 예기치 못한 반전의 계기를 내포하는 것이다. "왜, 죽으면 안 되는 거야?"라고 묻는 영혜의 반어적 질문은 '차라리 죽는 게 나아'라는 의미와 동시에 인간 폭력의 역사를 끝내야만 한다는 결심을 내포하고 있다. 그녀에게 죽음은 생물학적 죽음이면서 동시에 인간이라는 존재 자체의 죽음이기도 하다. 영혜의 입장에서 절망을 극복할 수 있는 유일한 방법은 인간 삶의 근본적인 변화뿐인 것으로 보인다. 이것은 죽음에 이르는 길을 가고 있는 영혜가 절망으로부터 벗어날 수 있다고 절규하는 뉘앙스로 해석할 수 있다. 『채식주의자』를 읽으면서 독자들이 묘한 카타르시스를 경험한다면 바로 이런 점이 아닐까 싶다.

4. 트라우마와 치유의 글쓰기

1) 개인적 트라우마와 역사적 트라우마

서양 독자들이 한강의 소설을 읽고 감동하는 여러 가지 이유가 있겠지만, 그중 폭력에 저항하는 한국적동양적 여성성의 처절함과 심오함도 한 몫한 것으로 보인다. 영혜의 트라우마는 개인적이면서 동시에 젠더gender의 의미로서 여성적이다. 가부장적 폭력과 그에 기반한 사회적 규범, 체계는 영혜라는 개인과 젠더를 죽음으로 몰고 간다. 개인의 트라우마가 젠더의 트라우마로 확대 재생산되는 것이다. 트라우마는 '은폐된 기억'을 넘어 여성의 원초적인 트라우마, 즉 'DNA 트라우마'로 심화된다. 여성의 트라우마가 끝없이 반복됨으로써 생물학적 DNA의 염기서열에 이염移染된 것이다. 이는 역사적으로 가부장제가 확립된 이후에 인간의 진화 방향이 남성 중심성의 강화로 고착되었기 때문이다. 영혜의 트라우마를 치유하는 방법은 오직 한 가지뿐이다. 남성 중심 사회를 근본적으로 혁파하지 못한다면 인간이 다시 태어나는 방법밖에 없다. 포스트 휴먼이라는 개념은 이런 문제의식에서 나온 것임에 틀림없다. 젠더의 트라우마는 오직 생물학적 성sex의 극복만으로 치유가 될 수밖에 없다는 사실이 인간 사회의 비극이 아닐 수 없다.

이에 비하면 동호와 인선 가족, 친지들이 겪는 트라우마는 개인적인 동시에 역사적 성격을 띤다.[14] 비상계엄이 선포되자 잊고 있었던 '은폐된 기억'이 되살아나 불안과 공포에 떨었던 것을 보면 주인공들이 경험한 트라우마는 개인적인 것을 넘어서 역사적이고 현재진행형 트라우마가 된다. 니체가 지적한 대로 "광기는 개인에게는 드문 일이지만 집단, 당파, 민족, 시대에서는 통상적인 일이다." 이런 점들은 역사적 트라우마를 치유하는 것은 가능한가? 라는 질문을 던진다. 이에 대해 한강은 역사에서 치유란 과거의 비극을 현재의 순간으로 기억하고 성찰하는 것이라고 말하고 있는 것 같다. 작가는 과거의 역사적 사건을 다루고 있는 두 작품에서 역사에 대한 적극적인 해석자 혹은 평가자가 아니라 과거의 사건과 현대 독자들 사이를 잇는 연결자 역할을 하고 있다고 할 수 있다. 『소년이 온다』는 작가의 이런 생각을 잘 보여주고 있는 작품이다.

> 그들이 희생자라고 생각했던 것은 내 오해였다. 그들은 희생자가 되기를 원하지 않았기 때문에 거기 남았다. 그 도시의 열흘을 생각하면, 죽음에 가까운 린치를 당하던 사람이 힘을 다해 **눈을 뜨는 순간**이 떠오른다. 입안에 가득 찬 피와 이빨 조각들을 뱉으며, 떠지지 않는 눈꺼풀을 밀어올려 **상대를 마주보는 순간**. 자신의 얼굴과 목소리를, 전생의 것 같은 **존엄을 기억해내는 순간**. 그 순간을 짓부수며 학살이 온다. 고문이 온다. 강제진압이 온다. 밀어붙인다, 짓이긴다, 쓸어버린다. 하지만 지금, 눈을 뜨고 있는 한, 응시하고 있는 한 **끝끝내 우리는** ······ 『소년이 온다』, 인용자의 강조

여기서 우리가 눈여겨 볼 대목은 5·18 참여자를 '희생자'로 보지 않는 생각의 전환이다. 희생자란 용어에는 이미 과거의 시점이 개입되어 있다. 5·18이 과거의 사건이 아니라 현재의 순간이 되려면 반전이 필요하다. 그래서 생각의 전환은 현재의 시점으로 이어진다. 마지막 구절은 이를 상징적으로 잘 보여주고 있다. 중요한 것은 눈을 뜨고 있는 것이 아니라 그것이 항상 현재의 시점과 연결되어야 한다는 점이다. 역사의 트라우마는 야만의 방식이 아니라 존엄이 동반된 기억의 방식으로 이루어져야 한다. 작가는 이러한 방식에 동의하는 것 같고, 이는 니체가 말하는

고상한 도덕의 정신과 일맥상통한다. "괴물과 싸우는 사람은 자신이 이 과정에서 괴물이 되지 않도록 조심해야 한다. 만일 네가 오랫동안 심연을 들여다보고 있으면, 심연도 네 안으로 들어가 너를 들여다본다."[15] 만약 우리가 희생자라면 괴물을 죽이기 위해 더 큰 괴물이 되어야 할 것이다. 그와 같은 심연이 우리 안으로 들어오는 것을 피해야 한다는 사실을 작가 한강은 누구보다도 잘 알고 있는 것 같다.

2) 치유의 글쓰기와 문체의 치유력

한강은 최근에 자신의 글쓰기에 대해 다음과 같이 설명한 적이 있다. "세계는 왜 이토록 폭력적이고 고통스러운가? 동시에 세계는 어떻게 이렇게 아름다운가? 이 두 질문 사이의 긴장과 내적 투쟁이 내 글쓰기를 밀고 온 동력이었다고 오랫동안 믿어왔다."[16] 작가는 동시에 이런 글쓰기가 치유 행위와 다르지 않다고 밝히고 있기도 하다. "한 단어씩 적어갈 때마다 이상하게 마음이 흔들렸다…… 이것을 쓰는 과정이 무엇인가를 변화시켜줄 것 같다고 느꼈다. 환부에 바를 흰 연고, 거기 덮을 흰 거즈 같은 무엇인가가 필요했다고."『흰』 사실 작가와 독자에게 있어서 글쓰기가 치유와 밀접한 관련이 있다는 사실은 새삼스러운 일이 아니다. 그런데 한강의 경우에는 특별한 구석이 있다. 소설의 내용이 치유의 효과를 발휘하기도 하지만 오히려 문장 자체가 치유의 수단으로 작용하고 있기 때문이다. 예를 들어보자. "젊은 여자의 젖가슴살 같은 해풍이 집요하면서도 부드럽게, 마치 밀반죽 덩어리를 끈질지게 치대듯이 방파제의 견고한 바깥 면을 문지르며 밀려오고 있었다." 여기서 직유로 가득 찬 작가의 문장이 독자에게 제공하는 정보는 의외로 단순하다. 해풍이 방파제 쪽으로 불어오고 있다는 사실이 전부다. 그런데 작가는 해풍을 두 가지 측면에서 부연 설명하고 있다. 하나는 해풍 자체"젊은 여자의 젖가슴살 같은" 이고, 다른 하나는 해풍이 불어오는 모습, 즉 행동"마치 밀반죽 덩어리를 끈질지게 치대듯이 방파제의 견고한 바깥 면을 문지르며 밀려오고 있었다"이다. 우리는 이 문장을 읽으면서 사실보다 보조관념에 집중하게 된다. 이로써 독자는 자신이 마치 방파제 위에 서 있는 듯한 착각에 빠진다. 그리고 문장은 이렇게 이어진다. "그 짭짤한 바람을 큰 숨으로 들이마셨다. 허파가 터질 듯 부풀어올랐다. 만의 맞은편을 바라보며 숨을 길게 뱉었다."『검은 사슴』 예민한 독자들은 이 구절을 읊으며 자기도 모르게 크게 숨을 들이마셨다가 토해낼 것이다. 이렇게 한강의 문장은 독자들을 움직인다. 문장의 치유력은 이와 관련이 있는 것으로 보인다. 시적인 비유로 장식된 문장과 문체에는 사람의 감정선을 자극하는 엄청난 에너지가 충만한 것이다. 그럼 한강의 문장, 문체가 지니고 있는 치유력에 대해 좀 더 살펴보도록 하자. 이를 설명하기 위해서는 약간의 복잡한 논의가 필요하다.

좁은 의미에서 문체란 작가의 독창성개성을 특징짓는 예술적 표현 수단이라고 할 수 있다. 문체에 대한 이러한 정의에는 두 가지 전제가 필요하다. 하나는 문체가 다양한 예술적 표현 수단들의 '체계'라는 점이다. 문체는 뛰어난 글솜씨나 문장력, 미사여구와 구별되는 '다양한 표현 수단들'의 총체라는 점이 중요하다. 다른 하나는 문체가 자립적으로 만들어지지도 않을 뿐만 아니라 독립적으로 존재할 수 없다는 점이다. 문체는 작품을 구성하는 모든 요소들과 불가분의 관계에 있다. 문학작품은 우주와 마찬가지로 모든 것이 '모든 것'과 연결되어 있다. 문체를 다른 요소들과 분리해서 연구하는 것은 문체론을 문장론으로 오해하고 있기 때문이다.

문체는 다른 무엇보다도 장르와 밀접한 연관이 있다. 여기서 장르는 문학작품의 장르가 아니라 언어말의 장르를 말한다. 이런 주장을 한 대표적인 인물이 미하일 바흐친이다. 바흐친은 문학 장르의 대화적 성격에 주목하고 인간 언어의 기본적인 존재 형태인 담화 장르를 문학 장르와 문체 형성의 주요한 요인으로 생각했다. "모든 문체는 발화와 전형적인 발화 형식들, 즉 담화 장르와 불가분의 관계에 있다."[17] 소설이 온통 대화로 가득 차 있는 복잡한 담화이라는 사실은 자명하다. 바흐친은 소설을 가장 대표적인 담화談話 장르의 하나라고 주장했다. 그에 따르면 담화 장르란 "상대적으로 안정된 발화 유형"을 말하는데, 이는 일차적단순, 이차적복합 담화 장르로 구분된다. 단순 담화 장르로는 일상적 대화, 편지 등 직접적인 담화적 소통 속에서 발생하는 다양한 유형들이 있다. 복합 담화 장르는 소설, 학술논문, 사회평론 등이 있으며, 소설은 다시 이차 장르들뿐만 아니라 다양한 단순 담화 장르를 흡수하고 변형하면서 형성된다.[18] 다시 말해 소설은 다양한 발화 형식과 담화 장르의 구성적 복합체라는 말이다. 여기서 문체는 발화의 장르적 통일성을 구성하는 한 요소로 참여한다. 문체는 소설의 주제, 구성, "화자가 담화적 소통의 다른 참가자와 맺는 관계의 유형청자와 독자, 대화 상대자와의 관계, 타자의 말과의 관계 등등과 밀접하게 연관되어 있다."[19] 문체와 장르 간의 상호연관성에 대한 바흐친의 논의는 더 나아가 문체가 새로운 장르 형성의 '발칙한 동인'이라는 생각으로 귀결된다. 문체가 담화 장르에 의해 규정되지만, 역으로 문체가 장르를 새롭게 변화시키는 원인이 되기도 한다. "문체가 있는 곳에 장르가 있다. 문체를 하나의 장르에서 다른 장르로 옮기는 것은 그 문체에 고유하지 않은 장르의 조건 속에서 문체의 울림을 변화시킬 뿐만 아니라 주어진 장르를 파괴하거나 새롭게 한다."[20] 그렇다면 한강의 소설은 어떠한가?

　　한강 소설의 구성적 특징은 무엇보다도 짧은 '장면'들로 이루어진 독특한 형식에 있다. 그녀의 장편소설 중 『채식주의자』2007, 『희랍어 시간』2011, 『소년이 온다』2014, 『흰』2016, 『작별하지 않는다』2021는 짧게는 반쪽에서 두, 세 쪽, 길게는 예닐곱 쪽 정도로 구분된다. 이것은 마치 영화나 드라마 구성의 기본 단위를 연상시킨다. 예컨대 컷cut, 신scene, 시퀀스sequence, 에피소드episode, 스토리 등이 그것이다. 한강 소설에 나오는 짧은 장면들은 신S과 시퀀스SE 그리고 S + SE = E와 유사하다. 전통적인 소설 기법에서 보면 짧은 에피소드나 단상으로 이어진 작품들은 일반적으로 서사의 호흡이 '짧다', '단편적이다'라는 평을 받기 십상이었다. 그런데 한강의 소설은 이런 형식들을 중심에 놓고 이야기를 길게 끌고 가서 결국 장편이 된다. 이런 소설 형식의 특징은 작가가 차용하고 있는 '내밀한' 담화 장르에서 연유하는 것 같다.[21] 예컨대 고백, 시적 독백, 혼잣말, 중얼거림, 기억, 속삭임, 시적 단상, 되물음 등이 그것이다.[22] 물론 이런 종류의 담화 장르가 기존 소설에도 등장하는 것은 사실이다. 다만 한강은 이 담화 장르들을 소설 구성에서 자주 사용하면서 전체 구조를 축조하고 있을 뿐이다. 아래의 예를 살펴보자.

① "지금쯤은 **고백**해도 괜찮을까."『희랍어 시간』

② "말을 모르던 당신이 검은 눈을 뜨고 들은 말을 내가 입술을 열어 **중얼거린다.**"『흰』

③ "이상하지 눈은, 하고 병실 창밖을 향해 **중얼거렸을 때**"『작별하지 않는다』

④ "마치 창밖 어딘가에 있는 다른 사람에게 건네는 말처럼 그녀가 이어 **속삭였다.**"『작별하지 않는다』, 인용자의 강조

이런 형식적 특징이 가장 극단적으로 표출된 작품이 『흰』이다. 이 작품은 시종일관 화자^{작가}의 고백, 독백, 혼잣말, 중얼거림, 시적 독백, 단상 등으로 채워져 있다. 이에 비하면 『채식주의자』는 차라리 전통적 소설 형식에 가깝다고도 할 수 있다. 한강의 소설은 일정한 시간을 두고 이런 형식적 특징을 드러내는데 그것의 소설적 완성은 『작별하지 않는다』 2021인 것 같다. 이 작품은 한강 소설의 장르적 특징을 가장 잘 보여주고 있다. 여기서 소설은 산문이라는 자신의 껍데기를 벗어던지고 시와 몸을 섞는다. 한강의 작품이나 문체가 시적이라는 인상을 주는 첫 번째 이유가 여기에 있다. 이것은 형태적 특징이라고 할 수 있는데, '중얼거림'이라는 담화 장르는 형태뿐만 아니라 문체를 변형시킨 대표적인 사례일 것이다.

차가웠지.

아니, 부드러웠지. 나는 고쳐 **중얼거린다**.

돌같이 단단했지.

입술을 뗄 때마다 피에 젖은 얼굴이 소리 없이 입을 벌린다.

아니 솜같이 가벼웠지.『작별하지 않는다』, 인용자의 강조

독특한 발화 형식에서 형성된 시적 문장, 문체는 특히 고백, 독백, 혼잣말, 중얼거림 등이 뒤섞인 담화 장르와 문장의 음악성에서 더욱 빛을 발한다. 한강의 내밀한 담화 장르들의 복합체는 다차원적 대화의 색다른 변형이다. 여기서 내밀한 담화는 자신과 독자를 연결하는 정서적 매개체 역할을 한다. 그리고 문장은 자연스러운 리듬과 반복을 통해서 마치 노래를 부르듯 정서적 호소력을 증폭시킨다. 이런 현상은 앞서 언급

한 문체의 치유력과 밀접한 관련이 있다. 아래의 예를 살펴보자.

> **어쩌끄나**, 젖먹이 적에 너는 유난히 방긋 웃기를 잘했는디. 향긋한 노란 똥을 베 기저귀에 누었**는디**. 어린 짐승같이 네발로 기어댕기고 아무거나 입속에 집어넣었**는디**. 그러다 열이 나면 얼굴이 푸레지고, 경기를 함스로 시큼한 젖을 내 가슴에다 토했**는디**. **어쩌끄나**, 젖을 뗄 적에 너는 손톱이 종이맨이로 얇아질 때까지 엄지손가락을 빨았**는디**. 온나, 이리 온나, 손뼉 치는 내 앞으로 한발 두발 걸음마를 떼었**는디**. 웃음을 물고 일곱 걸음을 걸어 나헌테 안겼**는디**.『소년이 온다』, 인용자의 강조

어머니가 죽은 아들을 그리워하는 장면은 『소년이 온다』의 백미 중 하나다. 두 번 반복되는 '어쩌끄나'와 그 사이와 직후에 각각 4회, 3회씩 반복되는 '–는디'는 남도 사투리의 독특한 억양과 리듬을 생성한다. 세상에 이런 산문이 가능키나 한 것인가? 이것은 산문인가 아니면 시인가? 한강은 여기서 산문의 경계를 허물고, 새로운 실험을 하고 있는 것으로 보인다. 기존 산문의 음역대로는 어머니의 한과 설움을 표현하는데 한계를 느꼈기 때문일 것이다. 자식을 잃은 어머니의 말은 고백, 독백, 혼잣말, 중얼거림 등이 뒤섞인 담화 장르의 결정체다. 그것은 동호에게 하지 못한 말이기도 하고, 자신에게 던지는 꾸짖음이면서 동시에 죽은 원혼들을 달래는 제문祭文이기도 하다. 그리고 이는 다시 독자들에게 감동적인 치유의 말로 전달된다. 이 장면에서 특히 "웃음을 물고 일곱 걸음을 걸어 나헌테 안겼는디"라는 구절에 와서는 마치 동호가 환생을 해서 어머니와 독자들 앞에 나타나는 듯한 상상에 사로잡히고 마는 것이다. 이로써 작가는 진도 씻김굿 무당처럼 죽은 원혼과 살아남은 가족

독자들을 포함해서을 가늘지만 질긴 '실'로 연결시키고 있다. 문체의 치유력은 여기서 절정에 달하는 것 같다.

작가가 애용하는 독특한 어법 또한 문체의 치유력을 배가하는 데 중요한 역할을 한다. 한강 소설에서는 '-어'로 끝나는 문장을 자주 접하게 된다. 예를 들면 '-었어', '-았어', '-졌어', '-했어', '-왔어' 등이 그것인데, 여기서 '-어'는 어떤 사실을 서술하는 뜻을 나타내는 종결 어미이다. 이런 어법은 말하는 이가 일정한 종결 어미를 선택함으로써 자신과 이야기하고 있는 상대방을 높이는 문법적 방법으로 청자 대우법에 해당한다.[23] 작가는 이런 어법을 통해 독자들을 친근하고 진실한 청자로 변화시킨다. 아래의 예를 살펴보자.

어스름이 내리자 새들이 울음을 그쳤어. 낮에 울던 풀벌레들보다 가냘픈 소리를 내는 밤의 풀벌레들이 날개를 떨기 시작했어. 완전히 어두어지자, 간밤에 그랬던 것처럼 누군가의 그림자가 내 그림자에 닿아왔어. 어른어른 서로의 언저리를 어루만지다 우리는 흩어졌어. 어쩌면 우린 낮 동안 뙤약볕 아래 꼼짝 않고 머무르며 비슷한 생각에 골몰해 있었던 것 같았어. 밤이 되어서야 몸의 자력으로부터 얼마간 떨어져나올 힘을 얻은 것 같았어. 그들이 다시 오기 직전까지 그렇게 우리는 서로를 어루만졌고, 서로를 알고 싶어 했고, 결국 아무것도 알아내지 못했어.『소년이 온다』

혼잣말인 듯, 고백의 말인 듯 독자에게 속삭이듯 유려하게 전개되는 문장의 연속적 흐름을 통해 읽는이는 어느덧 화자의 진지한 청자가 된다. 위 인용문은 시체를 유기한 장소에서 죽은 정대의 혼이 다른 혼들을 만나 뒤엉키는 장면이다. 화자의 말은 마치 독자와 대화하듯 이어진다.

그리고 독자는 자연스럽게 소설 속 상황의 참여자가 된다. 이런 효과는 화자와 독자 사이의 간격을 줄이는 결과를 낳게 되는데, 같은 문장이라도 그 영향력, 전파력, 감흥력, 호소력이 커질 수밖에 없는 것이다. 한강의 문장이 독자의 심금을 울리는 또 다른 이유가 바로 여기에 있다고 할 수 있다.

소설에서 화자^{작가}는 결코 모든 것을 드러내지 않는다. 그것은 문학의 다른 장르에서도 마찬가지다. 만약 화자의 모든 것이 남김없이 표현된다면 문학작품에서 뉘앙스란 존재하지 않을 것이다. 그런 곳에서 비평이 할 일이 무엇이겠는가? 결국 화자는 여러 가지 상황에 따라 자신을 드러내기도 하지만 감추기도 한다. 그런데 한강이 선택한 내밀한 장르와 문체에서는 화자와 독자의 관계가 거의 융합 수준에 이르게 된다. 작가는 독자와의 내적 유사성을 전제로 자신의 내면을 최대한 열어 보인다. 문체는 마치 영혼의 알몸을 드러내듯 신비로운 음표와 리듬으로 여기에 화답하는 것이다.

시점의 변화 또한 이런 맥락과 깊은 연관이 있다고 할 수 있다. 특히 『소년이 온다』에서 이인칭 시점이 그렇다. 사실, 시점^{point of view} 이론에서 이인칭이란 존재하지 않는다. 이것은 삼인칭 시점의 눈속임이라고 할 수 있다. 그런데 이인칭 시점을 사용하는 이유는 무엇일까? 그것은 독자와의 내적 유사성을 강조하기 위한 것으로 보인다. 예를 들어 작가는 동호를 시종일관 '너'라고 칭한다.

① 너는 소리 내어 중얼거린다.

② 이번만은 **너도** 추도식에 참석하고 싶었지만, 그는 너에게 상무관에 남으라고 했다.

③ 은숙 누나는 네가 괜찮다고, 어서 가보라고 말하자 덧니를 살짝 보이며

웃었다.인용자의 강조

　여기서 '너는', '네가' 등은 '동호'로 바꿔 써도 무방하다. 독자의 입장에서 동호는 '그'이지 '나'가 아니다. 그런데 작가는 독자를 부르듯 동호를 칭하고 있다. 이렇게 독자는 동호라는 인물로 전환되는 '위치 바꾸기'가 일어난다. '내'가 동호가 되는 것이다. 특히 두 번째 문장에서 반복되는 '너'는 이런 효과를 증폭시킨다. 독자인 '나'는 이 문장을 읽으면서 자연스럽게 상무관을 지키는 동호가 되는 것이다. 한강 소설에 자주 나타나는 시점의 변화, 예를 들면 『흰』에서 보듯이 전지적 작가 시점, 이인칭 시점, 다시 부분적 일인칭 시점으로의 변화는 독자와의 깊은 신뢰를 조성하려는 작가의 연출 기법이라고 할 수 있다.

　많은 독자들은 한강의 문장과 문체에 매혹되면서 마음이 치유되는 경험을 하고 있다. 그것은 작가가 내밀한 담화 장르와 어울리는 독특한 시적 문장, 문체를 구사하고, 독자와의 내적 긴밀성을 전제로 자신의 내면을 최대한 열어 보이기 때문이다. 사실 이런 미적 태도는 도박에 가깝다고 할 수 있다. 자칫 어색하거나 투박한 결과를 낳을 수도 있다. 하지만 한강은 예술적으로 쉽지 않은 실험적 도전을 통해 누구도 가보지 못한 새로운 문체의 영역을 개척하고 있는 것 같다. 그것은 전적으로 글쓰기에 대한 작가의 놀라운 믿음과 무모하리만치 집요한 용맹정진勇猛精進의 산물이다. 필자는 "내 삶과 몸을 **빌려줌으로써만** 그녀를 되살릴 수 있다는 사실을 깨달았을 때"『흰』라는 문장을 읽으면서 소름이 돋았다. 그리고 두려웠다. 이렇게 글을 쓴다고? 생명을 걸고 글쓰기를 하다니! 치유는 카타르시스로부터만 오는 것이 아니다. 청자나 독자의 공감을 불러일으

키는 문장과 문체가 완전히 다른 차원의 치유 효과를 지니고 있는 사실을 우리는 인정해야 하며, 바로 한강 소설이 이런 점을 섬세하게 보여주고 있다.

5. 나가는 글

한강은 노벨문학상 수상 강연에서 자신의 문학적 화두가 사랑으로 이어질 것이라고 예고했다. "첫 소설부터 최근의 소설까지, 어쩌면 내 모든 질문들의 가장 깊은 겹은 언제나 사랑을 향하고 있었던 것 아닐까? 그것이 내 삶의 가장 오래고 근원적인 배움이었던 것은 아닐까?"[24] 이것은 그녀의 소설에서 이미 예견된 바 있다. 작가는 『작별하지 않는다』의 끝말에서 이 작품이 "지극한 사랑에 대한 소설이기를 빈다"라고 밝히고 있기 때문이다. 기실 문학에서 사랑이라는 주제는 너무 보편적이고 그래서 진부하기까지 하지만 한강이 펼쳐 보일 '사랑이야기'라면 뭔가 다르지 않을까? 하는 기대를 갖지 않을 수 없다.

그 이유는 첫째로 종교적 후광 없이 사랑을 다룬 경우는 또 다른 대안을 제시해야 하기 때문이다. 작가 스스로 밝히고 있듯이 한강은 특별한 종교적 배경이 없는 것으로 알려져 있다. 그렇다면 "내 삶의 가장 오래고 근원적인 배움"의 기원이 궁금하지 않을 수 없다. 그녀가 추구하는 지극한 사랑은 무엇일까? 그 사랑은 또 독자들에게 어떤 감동을 선사할까? 호기심을 가지고 지켜볼 일이다. 둘째는 『작별하지 않는다』에서 시도한 사랑의 주제가 어떻게 전개될지 흥미롭기 때문이다. 작품의 주인공 인선과 경하의 사랑은 생물학적 성性을 초월한 것으로 보인다. 그렇다면 이런 점들이 작가가 예고한 문학적 화두의 예고편 정도가 될 수도 있을 것 같다. 한강 소설에 나오는 남녀 간의 사랑은 대부분 파탄을 두려워하지 않는다. 그들의 행적을 쫓다 보면, 도대체 왜 만났지? 애초에 사랑이란 게 있기나 했나? 하는 의문이 들기도 한다. 이런 점들을 고려하면 작가가 추구하는 사랑의 정체가 과연 어떤 모습일지 기다려진다. 그것은 아마도 성, 차별, 금기, 접경, 언어, 육체, 죽음, 영혼, 생명, 자연, 시간, 종교 등을 초월한 무위無爲의 욕망일지도 모르겠다. 아무튼 의료문학을 연구하는 필자로서는 새롭게 선보일 작품들 속에 또 어떤 의료적 요소가 작가의 선택을 받을지 지켜볼 일이다.

제2장

포스트휴먼시대와 의료문학 연구의 가능성

불가코프의 「개의 심장」에 대한 실험적 연구

1. 트랜스 혹은 포스트휴먼시대

프랜시스 후쿠야마Francis Fukuyama는 "오늘날 수많은 생의학적 연구 주제에는 어떤 형태든 트랜스휴머니즘적 사고가 잠재되어 있다"라고 언급한 바 있다. 하지만 역사를 살펴보면 의학에서 트랜스휴머니즘적 사고는 현대에만 국한된 것이 아니라는 사실을 알 수 있다. 고대에도 금이나 기타 광물을 인체의 한 부분으로 사용한 기록이 있으며, 그것은 곧 타고난natural-born 인간의 한계를 극복하려는 시도였다고 볼 수 있다. 인간은 태곳적부터 더 강하고, 더 오래 살려는 욕망을 DNA에 간직하고 있었던 것이다. 예를 들어보자. 의수-의족, 인공심장을 비롯한 다양한 인공 장기들, 인공 관절과 인플란트 등등. 현대의학이 발전하면 이런 경우는 더욱 늘어날 것이다. 그러면 인체 안에 인공적인 대체 장치들이 더욱 많이 개입하게 되고, 어디까지를 인간의 경계로 봐야하는가 하는 문제가 자연스럽게 발생하게 될 것이다. 가까운 미래에는 뇌를 제외한 대부분의 신체 부위가 인공물로 이루어진 유사 사이보그가 우리의 모습일 수도 있다.

'트랜스휴먼'이란 용어를 처음 사용한 사람은 생물학자이자 작가였던 올더스 헉슬리Aldous Huxley의 형 줄리언 헉슬리Julian Huxley다. 줄리언 헉슬리는 1927년 인간이라는 유기체가 전통적 '인간'에서 포스트휴먼이라는 다음 단계의 존재로 이행하는 과정을 나타내기 위해 이 말을 썼다. 이렇게 트랜스휴먼은 태생적으로 포스트휴먼과 내적인 연결고리가 있다고 할 수 있다. 그럼에도 불구하고 트랜스휴머니즘은 역설적이게도 인간중심적이다. 그것은 트랜스휴머니즘의 모든 방향이 인간 존재의 유한성"죽음과 노화의 극복"을 극복하고 포스트휴먼 형태를 추구하지만 유기체로서의 본질 자체를 포기하는 것은 아니기 때문이다. 이런 인간 강화 프로그램은[1] 사이보그 논쟁에서 절정을 이룬다. 트랜스휴머니스트에게 사이보그는 생물학적인 것을 최대한 거부한 변형태지만 동시에 극도로 인간 중심적인 기술적 주체이기도 하다.[2] 이런 점에서 트랜스휴머니즘은 다윈의 진화론이 극단적인 형태로 발전한 것이라고 할 수 있다. 인간은 진화 과정을 통해 자신의 생물학적 한계를 끊임없이 극복해왔으며, 사이보그도 그런 진화의 결과물이라는 것이다. 트랜스휴머니스트인 안데르스 산드베리는 이런 생각을 몸의 '형태학적 자유morphological freedom'라고 명명하며, 몸에 대한 개인의 선택을 기본권 중 하나라고 주장한다. 다시 말해 모든 개인은 몸을 원하는 대로 바꾸거나 바꾸지 않을 자유가 있으며, 이는 기본적인 권리에 해당한다는 것이다. 그녀에 의하면 기본적인 권리는 윤리적 의무나 필요에 우선하는 것이다.[3]

이에 비해 포스트휴머니즘은 말 그대로 '인간 너머'를, 다시 말해 주체로서의 인간을 극복하려는 철학적, 문화적 시도라고 할 수 있다.[4] 포스트휴머니즘은 인간적인 것-비인간적인 것, 남자-여성, 문화-자연, 휴머니즘-반휴머니즘 등과 같은 모든 이분법적 대립의 한계를 극복하려고 한다. 포스트휴머니즘의 대표적인 이론가인 브라이도티R. Braidotti는 『포스트휴먼』에서 다음과 같이 썼다. "포스트휴먼 이론은 '인류세人類世, anthropocene'로 알려진 유전공학시대, 즉 인간이 지구상의 모든 생명에 영향을 미칠 능력을 지닌 지질학적 세력이 된 역사적 순간에, 인간을 지시하는 기본 준거 단위를 다시 생각하도록 돕는 생성적 도구다. 확장하자면, 포스트휴먼 이론은 또한 인간 행위자들과 인간-아닌 행위자 둘 다와 우리가 맺는 상호작용의 기본 신조를 지구행성적 규모로 다시 생각하는 데 도움을 준다."[5] 이런 의미에서 포스트휴머니즘은 반휴머니즘과 구분되어 주체의 위기를 드러낸다. 자연과 문화와 같이 겉보기에 흔들리지 않을 것 같은 대립항이 수정된다. "자연과 문화는 변화하고 있다. 전자는 더 이상 후자의 동화나 흡수를 위한 자원이 될 수 없다."[6]

이상에서 보듯이 트랜스휴머니즘은 어떤 식으로든 인간이 만물의 영장이라는 계몽주의 사상을 이어가고 있다. 그런 의미에서 자연에 대한 인간의 영향이나 바이오휴먼bio-human에 대한 의학적 개입은 일관된 논리적 접근이다. 이것은 자연에 대한 불개입과 생물이든 무생물이든 다른 동료 종과의 협력을 옹호하는 포스트휴머니즘과 근본적인 차이가 있다. 하지만 저자는 이글에서 포스트휴먼이라는 개념을 비판이론이 아니라 의학적 맥락에서 이해하려고 한다. 제목에서 언급하고 있는 포스트휴먼시대란 의학적으로 극-강화된 트랜스휴머니즘의 미래를 염두에 둔 개념이다. 이런 포스트휴먼시대에 트랜스휴머니즘에서 추구하는 인간 강화 프로젝트는 사회, 경제적 불평등을 심화시킨다는 점에서 매우 심각한 문제를 안고 있다. 그리고 이는 필연적으로 빈부격차에 따라 강화된 인간 종이 구분되는 신종 '우생학 프로젝트'가 될 것이다. 이런 문제는 이미 의료문학의 고전에서 심오하게 다뤄진 바 있다. 예컨대, 셸리의 『프랑켄슈타인』, 올더스 헉슬리의 『멋진 신세계』, 불가코프의 「개의 심장」 등이 그것이다. 이글의 목적은 의료문학의 관점에서 불가코프의 작품을 새롭게 분석하고, 포스트휴먼시대에 의료문학 연구의 가능성을 확인하는 것이다.[7]

2. 기존의 논의

「개의 심장」에 관한 기존의 논의에서 주목할 만한 것 중에는 우선 문헌 고증 연구가 있다. 이 작품의 판본은 세 가지 종류가 전해지는데, 각각의 판본들이 시기별로 어떻게 수정되었는지에 대한 연구는 정본 텍스트의 역사를 정리하는 작업이기 때문에 매우 중요한 의미가 있다. 예컨대 추다코바М. Чудакова의 연구는 이를 대표하는 사례이다.[8] 「개의 심장」은 당시 소비에트시대의 출판문화와 검열제도의 직, 간접적인 영향을 받은 대표적인 작품이다. 그래서 이 작품을 검열과의 연관성을 중심으로 살펴보는 것은 매우 중요한 연구 주제가 아닐 수 없다. 특히 불가코프의 대부분 작품이 검열의 대상이었다는 점을 고려하면 이 작품 또한 당시 검열제도의 특수성이 반영된 것으로 볼 수 있다. 페테린В. Петелин의 연구는 이런 경향의 연구를 대표하는 사례라고 할 수 있다.[9]

「개의 심장」을 연구하는 또 다른 경향은 풍자와 연관이 있다. 이는 불가코프가 자신을 '신비적인 작가'라고 칭하면서 본인 작품이 지니고 있는 특징을 당대 사회에 대한 풍자라고 규정한 것과 밀접한 관련이 있다. 불가코프는 1930년 3월 28일 잘 알려진 편지에서 자신의 풍자적인 작품들 속에 나타난 특징에 대해 다음과 같이 언급했다.

어둡고 신비로운 색채들나는 신비로운 작가다로 묘사된 우리 삶의 무수한 추함, 독설적인 언어, 뒤처진 내 조국에서 일어나고 있는 혁명 과정에 대한 깊은 회의, 사랑하는 사람과 위대한 진보사회주의 혁명 – 인용자에 대한 적대, 그리고 가장 중요한 것은 혁명 이전에 나의 스승이었던 M. E. 살틔코프 시체드린에게 가장 깊은 고통을 일으킨 내 백성의 끔찍한 모습에 대한 묘사이다.[10]

여기서 불가코프는 자신을 19세기 러시아 최고의 풍자작가인 살틔코프 시체드린의 계승자라고 자임하고 있다. 작품의 풍자적 요소가 그의 모든 작품과 결합되어 있는 것은 아니지만 적어도「개의 심장」에서 풍자가 중심적 위치에 있다는 사실은 의심의 여지가 없다. 왜냐하면 이 중편소설은 1920년대 네프시대 소비에트 사회를 풍자한 가장 대표적인 작품이기 때문이다. 그 결과 "불가코프는 소비에트에서 실제 어떤 풍자도 절대적으로 생각할 수 없었던 시기에 풍자작가가 되었다".[11]

추다코바는「개의 심장」에 나타난 20년대 소비에트 사회상을 면밀히 살피면서 풍자작가로서 불가코프의 진면목을 제시하고 있다. 예컨대 그녀는 불가코프가 호문쿨루스homunculus의 파우스트적 주제를 예상치 못한 관점에서 다루고 있다고 지적하고 있다.[12] "실험의 결과로 태어난 실험실 생물은 자의식을 갖게 되고 사회적 권리를 획득한다. 주택위원회의 요청으로 수정된 '신분증'과 등록 형식은 자동으로 룸펜의 심장을 받은 어제의 잡종 개를 유럽의 유명 과학자와 사회적으로 '동등한' 사람으로 만든다."[13] 개-인간인 샤리코프는 프레오브라젠스키 교수의 의도와는 상관없이 소비에트 시민권을 획득한다. 이것은 과학(의학)의 영역에서는 상상할 수 없는 종류의 일이다. 과학(의학)은 사회적 관계를 고려하지 않는다. 이로써 샤리코프는 룸펜에서 프롤레타리아로 변신한다. 추다코바가 샤리코프를 '노동의 요소'라고 칭하는 것은 바로 이런 이유에서다. 그녀는 더 나아가 개-인간이 엥겔스와 카우츠키 책을 읽으며, 처음으로 익힌 단어가 '부르조아'라는 사실에 주목한다. 그리고 "샤리코프는 모든 사람에게 동등하게 적용되는 나눗셈에 대한 저속한 아이디어를 공식화한다".[14] 추다코바는 여기서 불가코프의 풍자가 빛을 발한다고 본 것이다. 또 하나 불가코프는 인물의 자세, 제스처, 표정, 억양 등이 말과 행동만큼이나 인간의 본성을 잘 드러낸다고 믿었다. 이런 점에서 호문쿨루스의 인간화가 진행될수록 그의 표정, 제스처, 억양이 변하는 순간을 불가코프는 놓치지 않는다. 예컨대 벽에 '기대고', 걸음걸이가 '넓어지는' 광경이 그것이다. 그러나 샤리코프는 사람이 "일곱 개의 방에 살며", "40벌의 바지"를 가지고, 식당에서 식사하는 것이 필요하지 않다고 확신하는 주택위원회 구성원과 공통 언어를 공유한다. 자신의 생활 방식에 필요하지 않은 것은 다른 사람에게도 불필요한 것처럼 보인다.[15] 추다코바는 여기서 불가코프가 '균등화' 혹은 '정상적인 필요'에 대한 현대적인 논쟁의 일단을 보여주고 있다고 지적하고 있다. 이외에도 추다코바는 플롯의 연대기와 주요 사건의 배치에 대해 언급하고 있다. 예컨대, 개 샤릭은 12월 16일에 교수를 보았고 그의 집에서 일주일 동안 살았다. 12월 23일 오후에 수술이 이루어지고, 그 결과 이 생물에서 "꼬리가 떨어진다". 개를 마지막으로 상기시키는 것은 1월 6일이다. 즉, 샤릭의 '개-인간화'는 12월 24일부터 1월 6일까지 진행된다. 프레오브라젠스키 교수는 기독교 달력의 중요한 날에 개를 변형한 것이다.[16] 당시의 역사적 환경과 상황 속에서 작품의 의미와 맥락을 해석하려는 노력은 러시아 비평 및 문예학의 오랜 전통이다. 추다코바의 해설은 이를 웅변적으로 보여주고 있다. 작품의 원본에 대한 철저한 문헌 고증과 역사적 해석은 실증주의 역사학 방법론을 능가하는 측면을 지니고 있다. 하지만 이것이 불가코프 작품 해석의 전부가 아니라는 사실은 너무나도 명백하다.[17]

이에 비하면 1991년 출판 당시에는 크게 관심을 받지 못했던 빌렌스키Ю. Г. Виленский의 저서 『의사 불가코프』는 의료문학의 시각에서 보면 매우 중요한 연구성과라고 평가할 수 있다. 빌렌스키는 불가코프 연구의 다양한 성과들을 언급하면서 의학과의 연관성을 다룬 결과물들은 부족하다고 지적한다. 그리고 자신의 연구가 지니고 있는 의미와 특성을 다음과 같이 요약하고 있다. "이 연구의 목적은 그불가코프－인용자의 작품에서 의학 지식의 영향과 반향을 분석하고, 치유와 관련된 여러 문제를 더 깊이 있게 이해하기 위해 작가가 보여준 창조적 발견의 역할을 밝히려는 것이다."[18] 여기서 빌렌스키가 '의료문학'이라는 용어를 사용하고 있지는 않지만 위와 같은 문제의식은 '의료문학'의 관점과 방법론을 정립하는데 적지 않은 시사점을 제공하고 있다. 그는 자신이 제시한 '문학작품과 의학지식의 연관성', '치유에 대한 작가의 심화된 견해 및 사상'이라는 문제의식에 입각해서 「개의 심장」에 대한 흥미로운 지적을 하고 있다.

빌렌스키는 무엇보다 프레오브라젠스키의 실제 모델과 이식수술의 과학적 근거들을 당시 서유럽과 러시아 의학계 자료들을 근거로 재구성하려고 시도한다. 그에 의하면 프레오브라젠스키는 당시 여러 의사들의 업적과 개인적 특징들을 종합한 인물이다. 예컨대 보로노프S. A. Voronov, 스네기레프V. F. Snegirev, 포크로프스키N. M. Pokrovsky, 부르덴코N. N. Burdenko 등과 같은 러시아 의사들이 프레오브라젠스키의 탄생 과정과 연관이 있는 인물들이다. 특히 신경외과 연구소의 설립자이자 뇌 수술의 가장 위대한 혁신가로 불리는 부르덴코는 뇌하수체 종양에 대한 여러 수술을 성공적으로 수행할 수 있는 모스크바의 유일한 외과 의사였다고 한다.[19]

「개의 심장」의 주요 장면 중 하나는 인간의 뇌하수체와 생식기를 개에게 이식하는 수술장면이다. 빌렌스키도 이 에피소드에 주목한다. 그에 따르면 이 독특한 수술은 실제 모델이 있었던 것으로 보인다.

그 유명한 이야기의 과학적 근거는 무엇일까? 특별한 출처 중 프랑스 대학의 실험외과 국장이었던 보로노프의 「생식선 이식에 의한 회춘」이라는 책이 매우 특별한 의미를 차지했다고 가정할 수 있다. 1910년부터 파리에서 일한 뛰어난 프랑스 외과의사 보로노프는 러시아 태생이었다. 그는 이식학의 선구자 중 한 사람이다. 1912년부터 그는 난소 이식을 시작했다. (프레오브라젠스키는 원숭이 난소도 이식한다) 1914년에는 갑상선을 이식하고, 1915년에는 관절을 이식했다. 1919년에 외과의사는 남성 생식선을 이식하기 시작했다. 그리고 1923년 10월까지 세르게이 보로노프는 원숭이의 수컷 성선을 인간에게 52번 이식했다. 1923년과 1924년 보로노프의 저서는 하리코프와 레닌그라드에서 출판되었다.[20]

이렇게 빌렌스키는 당시 의학지식이 「개의 심장」에 어떤 영향을 주었는지에 대해 상세히 논구하고 있다. 이것은 그가 저서에서 밝힌 연구목적과 일치하는 내용이다.

빌렌스키는 또한 「개의 심장」에서 다루고 있는 우생학 문제를 중요하게 다루고 있다. 프레오브라젠스키 교수의 실험적 수술은 결국 해프닝으로 종결되지만 그것이 몰고 온 파장은 결코 가볍지 않다. 빌렌스키는 불가코프가 이 작품에서 우생학에 대한 비판적 시각을 명확히 드러냈다고 평가한다. 우생학은 진지한 과학 분야가 될 수 없을 뿐만 아니라 특히, 정치적 우생학은 결코 허용되어서는 안 된다는 경고를 담고 있다는 것이다.[21] 이로써 불가코프는 치유에 대한 현대적 논쟁의 중요한 논거를 제시하고 있는 셈이다. 그리고 이것은 「개의 심장」을 의학과의 연관성 속에서 분석해야만 하는 이유를 설명해주고 있다.

하지만 빌렌스키의 견해는 의료문학의 관점에서 보면 근본적인 보완이 필요한 것도 사실이다. 우선 그의 견해가 의료문학이라는 패러다임에서 생성된 것이 아니라서 관점이 매우 협소할 수밖에 없다는 점을 지적하지 않을 수 없다. 이런 점에서 '문학작품과 의학지식의 연관성', '치유에 대한 작가의 심화된 견해 및 사상'이라는 문제의식은 매우 중요하기는 하지만 의료문학의 관점에서 크게 확장되고 정교화될 필요가 있다. 먼저 '의학지식'은 '의료' 전반으로 확장되어야 한다. 의학지식은 '의료'를 구성하는 극히 일부분에 지나지 않는다. 여기서 '의료'란「의료법」에서 규정하고 있는 제반 사항들을 모두 포괄하는 개념이며, 특히 환자의 관점을 적극적으로 반영하는 용어이기도 하다. 예컨대 의료인, 의료기관, 의료행위, 의료지식 및 정보뿐만 아니라 환자의 권리 및 보호 등이 이에 해당한다. 의료문학은 이런 제반 문제들이 문학작품에 어떤 영향을 주는지, 특히 작품의 '내용과 형식'예술성이 창조되는 과정에 대한 영향까지를 연구하는 관점을 요구한다고 할 수 있다.

　빌렌스키는 또한 자신의 저서에서 치유라는 개념에 대해 특별한 언급을 하지 않는다. 하지만 현대 의료에서 새롭게 제기되는 복잡한 문제들을 '치유' 개념만으로 설명할 순 없는 노릇이다. 예컨대 현대 의학의 경이롭고 우려스러운 발전으로 인해 인간이 직면할 수밖에 없게 된 '생명과 관련된 윤리적 딜레마들', '인간(성)에 대한 새로운 정의', '죽음에 대한 다양한 해석' 등은 '치유'를 넘어 '생명현상' 전체에 대한 종합적이고 심오한 해석을 요구한다. 물론 여기에는 치유에 대한 심화된 해석이 동행할 것이다. 의료문학이 이러한 문제들에 대해 적극적인 대응을 해야 하는 것은 어쩌면 당연한 일인지도 모른다. 왜냐하면 의료문학은 태생적으로 의료의 인간성 회복이라는 가치지향적 목적을 반영하고 있기 때문이다.

3. 「개의 심장」에 대한 의료문학적 해석의 사례

1) 두 개의 플롯

이 중편소설은 두 개의 플롯으로 구성되어 있다. 저자는 이것을 '이중 플롯double plot'이라고 부르고, 그중에서 두 번째 플롯을 '숨겨진 플롯hidden plot'이라고 규정한다. 하나는 작품의 주요 사건이 전개되는 인과과정을 반영하는데, 이런 경우 플롯은 종종 줄거리와 명확히 구분되지 않는다. 다른 하나는 의료문학적 관점에서 특수하게 재구성된 플롯이다. 이것은 특정한 문제의식을 가지고 들여다봐야 발견되는 것으로, 이런 점에서 두 번째 플롯은 일반적인 플롯 속에 숨어있는 형태를 띠기도 한다. 그래서 숨겨진 플롯은 작가의 의도와 무관하게 존재하기도 한다. 작가가 창작의 모든 것을 알고 있는 것은 아니다. 이런 점에서 특별한 독자는 익명의 창작자가 되기도 한다. 이렇게 「개의 심장」을 이중 플롯으로 구분하면 다음과 같다.

(1) 일반적인 플롯

일반적인 플롯은 작품의 주요 사건에 의해 구성된다. 떠돌이 개 샤릭은 남성 생식선 연구의 세계적인 권위자인 의사 프레오브라젠스키의 꼬임에 빠져 프롤레타리아 출신 클림 추군킨의 뇌하수체와 생식기를 이식수술 받고 개-인간샤리코프이 된다. 샤리코프는 급속히 인간의 모습으로 변하고, 언행도 습득한다. 하지만 의사의 예상과는 달리 샤리코프는 추악한 품행을 저지르며 클림 추군킨의 복제물이라는 사실이 드러난다. 이에 의사는 자신의 수술이 실패했다는 점을 인정하고 샤리코프를 다시 샤릭으로 바꾸기 위해 재수술을 감행한다. 여기에 주택관리위원회 당원들이 너무 넓은 아파트 방에 살고 있는 의사에게 공간을 내놓으라고 압박한다. 샤리코프는 이들에게 세뇌되어 의사의 반대편에 서게 된다. 그리고 이와 관련한 사건들은 의사가 샤리코프를 클림 추군킨의 재현이라고 믿게 되는 결정적인 계기가 된다.

(2) 숨겨진 플롯

이에 비해 숨겨진 플롯은 작품의 '의학적 사건'을 다룬다는 점에서 일반적인 플롯과 구분된다. 두 번째 플롯이 구성되려면 먼저 의학적 사건들이 작품에서 독특한 의미를 지니고 있어야만 한다. 가령 이것이 일반적인 플롯으로 포괄되지 않는 작품의 예술적 가치를 포함하는 경우를 떠올릴 수 있다. 만약 그렇지 않다면 숨겨진 플롯은 플롯으로서 아무런 의미가 없다. 예를 들면 「개의 심장」에서 숨겨진 플롯은 주로 보르멘탈리가 작성한 수술 기록, 수술 결과에 대한 의사와 조수의 대화, 재수술과 깊은 관련이 있다. 이런 점에서 이 작품의 숨겨진 플롯은 '의학적 플롯'이라고 할 수도 있다. 여기에는 일반적인 플롯에서 중요한 의미를 지니고 있었던 주택위원회 관련 사건은 희미해진다.

「개의 심장」의 의학적 플롯은 이 작품의 주제 및 풍자적 내용을 보완하는 역할을 한다. 이로써 작품의 플롯은 단순함에서 벗어나게 되고, 구성은 완성도가 높아진다. 이것은 작품의 언어에서도 확인할 수 있다. 풍자적인 일상용어는 전문 의학용어의 사용과 더불어 독특한 현실감과 긴장감을 획득한다. 특히 수술 장면에 대한 상세한 묘사는 풍자문학에서 자주 연출되는 비현실성을 획기적으로 보완하는 미학적 효과를 발휘한다. 의학적 플롯은 또한 이 작품의 밑바닥에서 잠자고 있던 의학적 주제들을 다시 환생시키는 촉매제가 된다. 가령 뇌와 심장의 충돌이 상징하는 의미, 우생학과 의료행위의 진정한 의미 등은 의학적 플롯이 숨기고 있었던 주제들이며, 의료문학적 관점이 주목하는 주제들이다.

2) 심장과 뇌의 충돌

예로부터 사람이 죽으면 흔히 맥박을 짚거나 코 밑에 손을 대 숨을 쉬고 있는지 확인했다. 이것을 심폐사心肺死라고 한다. 인간의 생명을 결정하는 가장 중요한 기관을 심장과 폐로 본 것이다. 이 중에서도 심장은 인간의 영혼을 상징하는 인체 기관으로 인식되었다. 심장은 영혼뿐만 아니라 사랑, 열정, 도덕적 힘 등으로 이해되었다. 이것은 고대로부터 인간이 심장 중심적 관점heart-centred views을 신봉했기 때문이다. 이런 관념의 형성에 결정적인 기여를 한 인물은 아리스토텔리스Aristotle다. 기원전 4세기에 그리스에서 활동했던 철학자는 뇌에는 피가 흐르지 않으며, 이런 이유로 인해 인간의 정신과 행위를 결정하는 기관은 뇌가 아니라 심장이라고 주장했다. 그는 「동물지Parts of Animals」에서 심장 중심적 사고의 중요성을 다음과 같이 설명하고 있다. "뇌는 오감 중 어느 것에도 관여하지 않는다. 감각의 소재이자 원천은 심장이라고 보는 것이 정확하다. (…중략…) 쾌락과 고통을 포함한 모든 감각은 명백히 심장에서 비롯된다."[22] 반면 헬레니즘시대의 의사들은 이런 생각에 의문을 품었다. 동물을 해부하면서 뇌가 다른 기관과 연결되어 있다는 사실을 발견한 것이다. 기원후 2세기 활동했던 갈레노스Claudius Galenus는 이런 사실을 공개적으로 증명하려고 대중 앞에서 동물의 뇌와 몸체를 해부하는 실험을 선보였다. 대중들은 이를 매우 충격적으로 받아들였다. 하지만 위대한 철학자의 권위 앞에서 의사들의 주장은 한갓 넌센스로 치부되었다. 이렇게 심장 우위설은 중세를 가로질러 근세 초기를 거쳐 19세기 말까지 이어진다. 이런 점에서 파리에서 죽은 쇼팽이 사후에 심장을 조국에 묻어 달라고 한 유언은 심장 우위설과 밀접한 관련이 있다고 볼 수 있다. 쇼팽은 자신의 뇌가 모든 것을 통제하고 있었다는 사실을 믿을 수 없었던 것이다.

심장이 뇌에게 자리를 양보하는 역사적 과정에서 18세기 『인간기계론』의 탄생은 기념비적인 사건이었다. 1747년 라 메트리La Mettrie는 "영혼의 모든 능력은 뇌 및 전신의 특정 조직 구조에 너무나도 많이 의존하고 있어서, 그 조직 자체라고 해도 과언이 아니다"라고 주장했다.[23] 그에 따르면 사유하는 물질은 존재하며, 그것이 바로 뇌였던 것이다. 다시 말해 몸의 각 부분에 내재되어 있는 동력을 통괄하는 원리는 신경들의 근원인 뇌에 자리잡고 있으며, 이 신경들을 통해 몸의 나머지 모든 부분을 지배한다는 것이다.[24] 하지만 뇌의 확실한 우위는 19세기 말 신경세포설의 등장 이후에나 가능했다. 카할Santiago Ramón y Cajal, 폰 쾰리커Albert von Kölliker, 발다이어Wilhelm von Waldeyer의 연구에 의해 신경세포들이 서로 분리된 독립체이라는 사실이 밝혀졌다. 발다이어는 이를 뉴런neuron, 그리스어로 섬유라는 의미이라고 명명했다. 이러한 견해는 곧 신경세포설로 알려지며 향후 신경계에 관한 모든 연구의 근간이 되었다.[25]

20세기 초반 신경계를 연구하던 과학자들은 큰 혼란에 빠졌다. 카할을 비롯한 연구자들은 뉴런이 독립적인 구조임을 밝혔고, 마치 전화 메시지가 전선을 타고 전달되듯 어떤 종류의 전하가 뉴런을 타고 가지돌기부터 축삭까지 전달된다는 사실을 알게 됐지만 그 다음에 어떤 일이 벌어지는지는 명확하게 설명하지 못했기 때문이다. 1897년 드디어 셰링턴Sherrington은 신경세포 사이의 연결을 설명하면서 "시냅시스"라는 용어를 사용하게 되었다. "지금까지 밝혀진 바에 따라 우리는 세포의 잔가지 끝이 다른 세포와 연속적으로 이어져 있는 것이 아니라 이로부터 영향을 받는 세포의 가지돌기나 세포체의 어떤 물질과 단순히 접촉하고 있을 뿐이라고 생각하게 되었다. 이렇듯 신경세포 간의 특별한 연결을 시냅시스그리스어로 움켜쥐다라는 의미라고 부를 수 있다."[26]

20세기 들어 급속하게 발전하고 있는 뇌과학의 현주소는 어떨까? 최근에 뇌과학자들은 "인간의 뇌를 구성하는 신경망의 구성 요소 및 연결성 구조를 종합적으로 묘사하는" 커넥톰connectome 프로젝트를 실행하고 있다. 뿐만 아니라 컴퓨터와 뇌의 결합을 시도하는 '휴먼 브레인과 인공지능 프로젝트'도 진행하고 있다. 물론 이런 시도들이 어떤 결과를 낳게 될지 현재로서는 정확하게 예측할 수 없다. 하지만 분명한 것은 인류가 이미 인간의 정신영혼을 기계로 대체하는 무모한(?) 도전에 자신의 운명을 걸고 있다는 사실이다.

「개의 심장」에는 이와 관련해서 매우 의미심장한 에피소드가 등장한다. 바로 뇌와 심장이 충돌하는 장면이 그것이다. 저명한 의사이자 교수인 프레오브라젠스키는 타락한 프롤레타리아 출신인 클림 추군킨의 사체에서 뇌하수체와 생식기를 적출해서 샤릭이라는 떠돌이 개에게 이식 수술한다. 그는 이미 노인들의 회춘을 돕는 의학적 시술로 세간에 명성이 자자한 인물이다. 프레오브라젠스키의 애초 계획은 비천한 프롤레타리아 출신 인간을 다른 인간으로 재탄생시키려는 것이었다. 여기서 의사는 뇌가 인간의 모든 기관을 통제하는 절대적 역할을 하고 있다고 확신한다. 조수이자 의사인 보르멘탈리가 기록한 수술일지에는 다음과 같이 적혀있다.

프레오브라젠스키 교수의 멋진 수술이 인간 뇌의 비밀 중 하나를 파헤친 것이다. 이제 뇌의 돌기와 관련된 뇌하수체의 비밀스러운 기능이 밝혀지게 되었다. 바로 뇌하수체가 인간의 외모를 결정한다는 것이다. 따라서 뇌하수체 호르몬이 유기체에 있어서 가장 중요한 것이라고 할 수 있다. 지금 우리 앞에 있는 것은 죽음에서 되살아나 발전하고 있는 뇌지 새로 창조된 뇌가 아니다.

이른바 뇌 중심적 관점이다. 이에 대해 수술 집도의는 자신의 생각을 좀 더 분명하게 설파한다. "뇌하수체는 인간의 타고난 개별 특성을 결정 짓는 비밀의 방"이고, "뇌하수체 자체가 작은 규모의 뇌"라는 것이다. 하지만 '개-인간'은 프레오브라젠스키의 의도와는 완전히 다른 존재가 된다. 그는 수술을 통해 인간 개조를 계획했지만 클림 추군킨이 환생하는 참혹한 결과를 얻게 된다. 이에 대해 의사는 자신이 생각했던 우생학이나 인간 품종 개량 문제에 대해 실패를 자인하고 크게 실망한다. 그러면서 심장의 기능에 대한 역설이 등장한다. 보르멘탈리는 샤리코프를 보고 인간이지만 심장은 아직 개의 것이라고 비난한다. 다시 말해 샤리코프가 인간의 뇌를 가지게 되었지만, 심장은 개의 것이어서 개망나니 짓을 한다는 것이다. 이건 동물의 본질을 규정하는 것은 뇌가 아니라 결국 심장이라는 주장과 일치한다. 하지만 프레오브라젠스키의 생각은 달랐다.

보르멘탈리는 샤리코프를 '개의 심장을 가진 인간'이라고 비난한다. 하지만 교수는 이런 생각에 반대하며 "의사 선생, 자넨 아주 큰 실수를 하고 있어. 개를 비방하지 말게 (…중략…) 뇌하수체가 허공에 걸려 있는 것도 아니고, 어쨌든 개의 뇌에 접목될 텐데. 완전히 뿌리를 내릴 때까지 좀 기다려보게. 지금 샤리코프는 아직 개 뇌의 잔재만을 드러내고 있네. 그러니 알아두게, 고양이 문제는 샤리코프가 저지른 모든 행동들 중에서 가장 나은 행동이라는 것을. 그리고 생각해보게, 가장 끔찍한 것은 그가 이미 개가 아니라 인간의 심장을 가졌다는 사실이네. 이 자연계에 존재하는 모든 것들 중에서 가장 추악한 심장을 말이야!"라고 반론을 제기한다.[27]

　보르멘탈리는 샤리코프의 추악한 행동을 보고, 인간이 되었지만 심장은 아직 개의 수준에 머물러 있다고 소리친다. 그는 앞서 뇌 중심설을 주장했던 자신의 입장을 번복하고 있는 셈이다. 하지만 교수는 위 장면에서 심장 중심적 관점의 등장에 대해 철퇴를 가한다. 샤리코프의 뇌가 작동하여 심장까지도 지배하고 있다고 본 것이다. 왜냐하면 이식된 뇌는 다름 아닌 추군킨의 것이기 때문이다. 다시 말하자면 샤리코프의 입장에서 보면 심장은 샤릭의 것이지만 새로운 뇌가 그것을 추군킨의 것으로 바꾸었다고 할 것이다. 위 장면은 앞서 지적한 뇌과학의 역사, 즉 심장 중심적 관점에서 뇌 중심적 관점brain-centred views 으로의 변화를 상징적으로 보여주고 있다고 할 수 있다. 의사 불가코프는 뇌와 심장의 관계를 과학적으로 이해하고 있었다는 말이다. 프레오브라젠스키는 20세기 초 뇌과학의 새로운 발견을 정확하게 반영하고 있는 인물인 것이다. 이로써 심장 중심적 관점은 의학의 영역뿐만 아니라 예술적 상상력의 세계(특히 문학)에서도 허구라는 사실이 증명된 것이다. 그런데 이러한 해석은 뜻밖에도 작품의 풍자적 측면을 과학적으로(?) 뒷받침하는 근거를 제공해주기도 한다. 당시 소비에트 이데올로기에 대해 매우 비판적이었던 불가코프의 생각이 인간의 사고와 행동을 관장하는 뇌라는 기관을 통해 형상화된 것이다. 클림 추군킨의 경우처럼 잘못된 이데올로기에 '오염된' 뇌는 결코 새로운 것을 창조하거나 혹은 새로운 것으로 바뀌지 않는다. —"가장 끔찍한 것은 그가 이미 개가 아니라 인간의 심장을 가졌다는 사실이네. 이 자연계에 존재하는 모든 것들 중에서 가장 추악한 심장을 말이야!"─ 이렇게 되면 작품의 제목인 「개의 심장」은 '개의 심장?' 이 된다. 그리고 타락한 이데올로기를 지닌 인간은 개만도 못한 존재가 되는 것이다. 결국 뇌생각 자체를 바꿔야한다는 말이 되는데, 이보다 더 신랄한 사회적 풍자가 있을까 싶다. 이쯤 되면 「개의 심장」이 왜 소비에 트 시기 내내 검열의 대상이 될 수밖에 없었는지 수긍이 가기도 한다. 이런 점에서 이 작품은 소비에트 시기 최고의 풍자소설이라고 할 수 있다.

3) 수술은 과연 실패한 것인가?

「개의 심장」에서 가장 눈에 돋보이는 장면은 아무래도 수술 장면일 것이다. 이식수술은 상세히 묘사되고 또 기록되어 있다. 특히 수술 기록 은 액자처럼 작품 속의 '작품'으로서 역할을 충분히 한다. 하지만 빌렌스 키도 지적하고 있듯이 이 수술 기록은 완전히 허구에 불과하다. 일단 묘 사된 의학적 사실들이 부정확하고, 수술의 결과도 넌센스에 가깝다. 뇌 하수체는 사이뇌diencephalon 바닥 부분에 위치한 내분비기관으로 시상하 부의 통제 아래 말초의 내분비를 조절하는 상피성 앞엽뇌하수체 앞엽과 옥시 토신, 바소프레신을 분비하는 신경성 뒤엽뇌하수체 뒤엽으로 구성된다. 시상 하부hypothalamus는 체온조절, 성행동, 음식물 섭취에너지와 수분 및 전해질의 출입, 수 면 및 각성을 비롯한 각종 생체 리듬을 조절하는 자율신경 계통의 중추 다. 그리고 뇌하수체 뒤엽에서 분비되는 옥시토신은 유두의 흡인 자극 에 반응해 분비되는 젖샘을 자극해 젖을 방출하고, 바소프레신은 콩팥 의 집합관에 작용해 수분을 재흡수하는 과정을 거쳐 오줌을 농축시켜 체액을 조절한다. 뇌하수체 앞엽에서 생성되는 호르몬세포는 호산성세 포에 해당하는 성장호르몬세포, 프로락틴젖분비호르몬세포와 호염기성세포 에 해당하는 부신겉질자극호르몬세포, 성샘자극호르몬세포LH, FSH, 갑상

샘자극호르몬세포가 있다.[28] 이와 같이 다소 장황한 의학지식을 서술하는 이유는 프레오브라젠스키가 대뇌가 아니라 뇌하수체를 이식한 이유가 생식기와 매우 밀접한 이유가 있다고 보기 때문이다.그는 샤릭에게 인간의 뇌하수체와 생식기를 이식한다!!! 성샘자극호르몬세포가 생성되는 곳이 뇌하수체 앞엽인 사실이 이를 설명해준다. 이 사실은 샤리코프의 문란한 행동을 이해하는 과학적 근거로 제시된다. 하지만 뇌하수체는 인간의 외모, 언어, 행동에 관여하지 않는다. 그것은 대뇌의 역할이다. 결국 프레오브라젠스키와 보르멘탈리의 주장은 의학적 사실과 일치하지 않고, 고로 그의 수술동시에 보르멘탈리의 수술 기록은 허구가 된다. 그렇다면 이 에피소드가 탄생한 이유는 무엇일까?

우선 뇌의 역할에 대한 불가코프의 이해가 충분하지 못했기 때문이라고 가정할 수 있다. 뇌가 심장뿐만 아니라 신체의 모든 기관을 관장한다는 사실을 알고 있었지만 위에서 지적한 대로 뇌하수체의 역할을 정확하고 상세히 모르고 있었기 때문일 수도 있다. 다른 하나의 가설은 작가에 이런 의학적 사실에 대해 잘 알고 있었지만 의도적으로 왜곡했을 가능성이다. 만일 후자라면 거기엔 어떤 의도가 있었다고 봐야 한다. 이 경우는 문학적 진실을 위해 과학적 사실을 희생왜곡시키는 것으로 예술세계에서는 아주 드문 사례는 아니다. 예술에서 과장은 일종의 기법과 같은 것이고, 그것이 사실을 넘어 삶의 진실을 전달하는데 더 효과적일 때가 있다. 프랑스 의사작가 라블레의 풍자문학이 가장 대표적인 예이다. 불가코프가 라블레를 몰랐을 리 없다. 그렇다면 그는 풍자를 위해 의학적 사실을 과장해서 왜곡하는 기법을 사용한 것일 수 있다. 문제는 이러한 기법이 사실을 왜곡하는 위험을 감수하고 소기의 예술적 성과를 거두었느냐일 텐데, 이에 대한 필자의 생각은 매우 긍정적인 편이다. 불가코프는 소비에트시대, 특히 스탈린 시대에 창작을 하면서 항상 본능적으로 과장을 선택했고, 그것이 그의 창작적 특수성이 되었다. 풍자란 불가코프에게 그 시대를 해부하는 가장 기본적인 방법이었고, 또 그가 존재하는 이유이기도 했다. 우리는 바로 이 대목에서 문학과 의학이 만나는 절묘한 예술적 경지모서리를 경험하게 된다.

다시 원래의 논점으로 돌아가자. 프레오브라젠스키의 수술은 과연 실패했는가? 그는 작품의 말미에서 수술은 실패했다고 재차 강조한다. 교수는 자신의 실험이 실패했다고 자조 섞인 목소리로 다음과 같이 말한다. "이 일은 어느 누구도 성공하지 못한다는 거야." 보르멘탈리는 만약 스피노자의 뇌였다면 어땠을까요? 라고 의문을 표시한다. 이에 대해 교수는 "물론, 스피노자의 뇌하수체든 다른 어떤 도깨비의 뇌하수체든 접목을 시켜서 개를 아주 고상한 존재로 만들 수도 있겠지. 하지만 '도대체 무엇을 위해서'라는 문제가 있네. 자, 내게 설명해보게, 평범한 아낙네라면 누구라도 언제든지 그와 같은 인물을 출산할 수 있는데, 무엇 때문에 인공적으로 스피노자를 만들어야 할 필요가 있는지 말이야"라고 답변한다. "나의 발견이란 것이 찌그러진 동전 한 닢의 가치에 불과하단 것"을 인정하고 있는 것이다. 그런데 그의 수술은 역설적으로 너무 성공한 것이 아닌가? 다만 수술의 성공 여부를 가늠하는 기준이 달라서일 것이다. 프레오브라젠스키의 주장과는 다른 기준으로 보면 그는 위대한 수술을 두 번이나 성공한 셈이다. 세상에서 개를 인간으로, 다시 인간을 개로 전환하는 수술을 성공한 인물은 그밖에 없다. 물론 이런 지적은 작가의 의도와는 거리가 먼 것일 수 있다. 이것은 일종의 환타지의 승리라고 해야 할 것이다. 불가코프는 자신의 의지와는 상관없이 프레오브라젠스키라는 형상을 통해 '존재 전환'이라는 놀라운 수술 장면을 연출하고 있다는 말이다. 실제로 불가코프 시대에는 소설 속에서만 가능했던 일이 현재에는 인공지능 프로젝트, 포스트휴먼이라는 이름으로 시도되고 있는 것이 현실이다. 그리고 이 장면은 현대 의학의 생의학 중심적 관점 biomed-centred views의 위험성을 경고하는 메시지로 연결된다. 포스트휴먼에 대한 경고로 읽을 수 있다는 말이다. 우리는 여기서 프레오브라젠스키가 던진 근본적인 질문인 "도대체 무엇을 위해?"라는 말에 주목할 필요가 있다. 이는 의료문학의 문제의식과 근본적으로 일치하는 것이기도 하다. 의료문학이 의료의 인간화를 추구하는 가치지향적 개념이듯 프레오브라젠스키의 질문 또한 우리의 가치를 그대로 반영하고 있다.[29] 현대 의학의 모든 실험과 도전이 이 질문을 외면한다면 우리는 어쩌면 무수한 '개-인간'의 탄생을 옆에서 지켜보고만 있어야 할지도 모른다.

4. 의료문학 연구의 가능성

불가코프의 「개의 심장」은 20세기 초 러시아 풍자문학을 대표하는 작품이면서 동시에 의료문학의 걸작이라고 할 수 있다. 아마도 문학과 의료의 연관성을 이 작품만큼 사실적으로 심오하게 형상화한 작품을 찾기도 쉽지 않을 것이다. 이런 점에서 「개의 심장」은 의료문학 연구의 가능성을 따져볼 수 있는 가장 좋은 사례이기도 하다. 앞서 언급한 내용은 모두 이와 밀접하게 관련이 있다고 보면 된다.

의료문학 연구의 새로운 점은 기존 문학연구 방법론을 심화하거나 그것의 새로운 측면을 부각시키는 긍정적 기능을 한다는 사실에 있다. 「개의 심장」이 그렇듯이 의료문학에 속하는 대부분 소설은 숨겨진 플롯을 간직하고 있다. 이것은 작가가 의도한 것이라기보다 의료문학의 관점에 의해서만 재구성될 수 있는 플롯일 경우가 많다. 물론 의료문학이 아닌 소설들도 이중, 삼중 플롯을 가질 수 있다. 예컨대 대하 장편소설일 경우에는 일반적으로 복합 플롯complex plot으로 구성되는데, 톨스토이의『전쟁과 평화』가 대표적인 예이다. 이 위대하고 거대한 작품은 전쟁, 가족, 사랑, 성장, 역사, 사회 등의 관점에 따라 복합적인 플롯을 구성한다. 하지만 의학적 플롯은 다른 어떤 플롯보다 특별하다. 이런 생각은 인류의 생활사를 변화시킨 가장 중요한 원인은 의학적 발전에서 비롯된 것이라는 역사적 사실에 근거한 것이다. 서양소설의 많은 주인공들은 폐렴으로 생명을 잃거나 당시 의학적 도움으로 연명했다. 의학은 현실의 인간 삶에서뿐만 아니라 소설 속 주인공의 삶에도 지대한 영향을 끼쳤다. 그리고 이제까지 대부분의 비평가, 연구자들이 수많은 소설 속에 숨겨진 의학적 플롯을 제대로 주목하지 않았다는 점도 의료문학 연구방법론을 주장할 수 있는 배경이 된다. 이런 점에서 의학적 플롯은 다른 어떤 플롯보다도 흥미롭다.[30]

둘째, 의료문학 연구는 문학작품의 해석을 의학사넓게 보면 과학사의 맥락과 연결시키는 확장의 동기를 내포한다.[31] 이것은 문학연구에 있어서 과학적, 의학적 지식의 관여를 적극적으로 허용하는 것이다. 물론 문학연구가 과학이나 의학적 지식에 휘둘려서는 곤란하다. 하지만 그것이 문학작품의 분석과 해석에 필요하다면 마다할 이유도 없다. 다만 지금까지 이런 문제의식이 소홀히 대접받았던 것이 사실이고, 과학과 의학이 우리 삶에서 차지하고 있는 비중이 늘어나는 만큼 달리 평가할 필요가 있을 것이다. 특히 과학이나 의학 지식을 바탕으로 창작되는 최근의 장르 소설들에는 이런 문제의식이 더욱 긴요할 것이다.

마지막으로 여기서 한 가지 꼭 집고 가야 할 문제가 있다. 그것은 의료문학의 문제의식과 방법론이 기존 문학연구 방법과 근본적으로 대립하거나 모순되는 것이 아니라는 점이다. 의료문학의 가능성은 도리어 과거의 방법들을 심화시키고 확장하는 방향으로 이해되어야 한다. 이것은 부차적인 수단이지 완전히 새로운 아이디어가 아니다. 하지만 의료문학 연구가 하나의 패러다임으로 정착되고, 또 중요한 성과들을 선보인다면 그 가능성은 어쩌면 새로운 혁신이 될 수도 있다. 그 시작이 가능성에 머물지, 아니면 혁신의 패러다임이 될지는 전적으로 우리에게 달린 문제이다.

제3장

새로운 가족의 탄생

의료문학 비평의 다른 차원

1. 의료문학적 비평이란?

이 글은 러시아의 대표적인 현대 작가 류드밀라 페트라셰프스카야의 단편 「새로운 로빈슨 가족」을 의료문학의 관점에서 해석한 비평적 에세이다.[1] 의료문학적 에세이란 의료문학의 관점에서 비의료문학작품을 해석하려는 저자의 의도가 강하게 반영된 일종의 임상적 독후감인데, 이는 의료문학 비평의 다른 차원이라고 할 수 있다. 사실 페트라셰프스카야의 이 작품은 엄밀히 말해 의료문학이라고 볼 수 없다. 하지만 의료문학의 문제의식을 확대해서 보자면 이런 형태의 글쓰기도 가능하지 않을까? 이런 점에서 이 글은 실험적인 성격이 농후하고, 아니 새로운 장르의 비평적 에세이라고 해도 좋지 않을까 싶다. 이런 작업을 시도하는 이유는 문학작품이 인간의 심리 및 정신 치료에 얼마나 기여할 수 있을까 하는 호기심과 관련이 있다. 필자는 평소에 카타르시스, 치유, 위로 등과 같이 예술의 고전적 기능에 관심이 많은데, 특히 인공지능과 같이 첨단 기술문명 앞에 무기력하게 내쳐진 인간의 존재론적 고민, 고통, 투쟁, 연대에 의료문학이 의미심장한 역할을 해야 한다고 믿기 때문이다.

의료문학의 관점에서 서술하는 비평적 에세이는 '주관적 스토리'로 시작한다. 독자가 자기 나름대로 작품의 줄거리를 요약하는 것이다. 여기에 '주관적'이라는 단서를 붙이는 이유는 주어진 스토리를 지렛대 삼아 그것의 일부분을 삭제, 축소하거나, 반대로 확장할 수 있기 때문이다. 새로운 스토리를 창작하는 것은 어렵지만 기존의 스토리를 변형하는 것은 조금 용이하다. 이것은 스토리의 변형이며, 그것도 글쓴이의 주관에 따른 재창작이다. 글쓴이의 삶과 가치관, 개성, 취향뿐만 아니라 현재의 신체적, 심리적 상태가 반영되는 것으로 스스로 작성하는 진단서 같은 것이라고 해도 좋겠다.

2. 주관적 스토리

로빈슨 가족은 마흔두 살 동갑내기 부부와 열여덟 살 딸, 보르조이 종인 크라시바야가 전부였다. '새로운 로빈슨 가족'이라는 작품 제목으로 추측해 보면 아빠의 성은 로빈슨임이 틀림없다. 그럼 엄마와 화자인 딸의 성은 러시아어 로빈슨의 여성형인 로빈스나가 되겠다. 크라시바야는 여성형 어미가 붙은 것으로 보아 암컷 사냥개인 것 같다. 러시아어로 크라시바야는 미인이라는 뜻이다. 로빈슨이라는 성은 러시아 성이 아닌데, 대니얼 디포^{Daniel Defoe}의 소설 『로빈슨 크루소』에서 빌려온 것으로 보인다. 이런 해석이 가능한 이유는 작중 아빠가 "로빈슨 크루소처럼 이것저것을 모아 뚝딱뚝딱 만들기 시작했다"라는 언급이 나오기 때문이다. 아마도 이 가족이 엄청난 모험을 시작할 것 같은 예감이 드는 대목이다.

로빈슨 가족은 도시를 떠나 모라 강 너머 어딘가에 있는 오지 중의 오지로 간다. 작품에서는 이곳을 모라라고 칭하고 있다. 여기서 모라 강은 가상의 이름인 것 같다. 멕시코에 동명의 강이 있지만 거기서 유래한 것처럼 보이지는 않는다. 로빈슨 가족은 몇 년 전 시골에 집 한 채를 사 두었다. 일 년 중 6월 말에 딸의 건강을 위해 이런저런 열매를 따려고 다녀오기도 하고, 8월에는 과수원에서 사과, 자두, 블랙베리를 따러 가기도 했다. 아마도 화자인 딸은 건강이 좋지 않은 모양이다. 시골에 도착하자 아빠는 정말 '로빈슨 크루소처럼' 열심히 일을 했다. 밭과 과수원도 일구고, 생활에 필요한 모든 것을 주위에서 찾았다. 그 동네에는 세 명의 노파가 살았고, 그들이 주민의 전부였다. 아니샤, 마르푸트카, 타냐 할멈이 그들이다.

먼저 타냐 할멈은 유일하게 가족이 있었다. 자식들이 도시에서 산 식료품을 가져오곤 했다. 그녀에게는 아픈 손자 발레로츠카가 있었는데, 그 아이는 피부병을 앓고 있었다. 타냐는 정식 간호사이기도 했다. 과거 모라에 있었던 진료실 책임자로 일을 하기도 했다. 이웃 마을 타루티노에서 가축을 키우는 베르카라는 여자도 종종 타냐 할멈을 찾아왔다. 마르푸트카 할멈은 벌써 여든다섯 살로 불을 때지 않는 움막에서 살았다. 겨울에는 여기저기서 긁어모은 감자들이 죄다 얼고 썩은 채로 바닥에 쌓여 있었다. 그녀는 더 이상 삶에 대한 의지가 없는 것 같았다. 아니샤 할멈은 다른 사람들을 무시했다. 그녀에게 마르푸트카 할멈은 셈에 넣을 필요가 없었고, 타냐는 사람이 아니라 전과자였다. 타냐는 젊어서 물건을 훔친 죄로 교정 노동수용소 생활을 했었다. 아니샤는 다른 할멈과는 달리 의지가 강하고 영리했다. 아니샤 할멈은 염소를 키우고 있어서 로빈슨 가족은 염소 우유를 얻기 위해 통조림을 그녀에게 줘야 했다. 이런 상황을 염두에 둔 듯 화자인 딸은 현재의 상황을 다음과 같이 독자에게 설명하고 있다. "우리가 겪었던 그 시기에 어떻게든 살아남아야 하는 문제 앞에서는 모든 게 복잡해졌다. 특히나 늙고 힘없는 사람이 젊고 힘 있는 가족과 이웃에 살면서 죽지 않고 버티려면 말이다." 로빈슨 가족은 타냐, 아니샤 할멈과 물물교환과 관련된 이해관계로 인해 가벼운 갈등을 겪는다. 가족은 10킬로미터 떨어진 이웃 마을인 타루티노에 가서 염소 새끼를 한 마리 사 온다. 하지만 염소는 집에 오자 상태가 좋지 않아져서 아니샤 할멈에게 맡긴다. 그리고 아버지는 잠시도 쉬지 않고 절름거리는 발을 이끌고 날이면 날마다 숲으로 갔다. 아버지는 숲속에 은신처굴, 움막 하나를 짓는 것 같았다. 훗날 생각해 보면 아버지의 판단은 매우 시의적절했다. "비록 나중에는 아무리 노력을 하고 미래를 내다보아도 우리 모두를 덮친 운명을 피해 갈 수 없고, 행운이 아니면 그 무엇도 우리를 구해줄 수 없다는 사실이 명백"했다. 아버지는 마침내 숲에서 작업을 끝냈다. "우리는 새로운 집을 보러 갔다. 원래 다른 사람이 살던 전통가옥이었는데, 아버지가 말하자면 개축을 한 셈이었다. (…중략…) 아버지는 그곳에 땅을 파고 저장고 같은 것을 만들었다. 꼭 아궁이가 달린 토굴 같았다. 굳이 따지자면 세 번째 집인 셈이었다." 타냐 할멈에게 가끔 놀러 왔던 베르카가 어린 딸 레나를 남기고 죽었다. 레나는 친할머니가 데리고 있었는데, 그녀는 손녀를 양육할 능력이 없었다. 레나도 로빈슨 가족과 살기를 원해 한 가족이 되었다. 아버지는 새로 개척한 삶에 행복을 느꼈고 과거 도시 생활은 떠올리지도 않았다. 오래 전에 아버지는 부모와 다투고 헤어져 도시를 떠났다. 아버지는 과거에 운동선수였고 여행가 겸 등산가였으며 지질학자였는데, 어느 날 넓적다리를 다친 후로는 늘 떠나고 싶은 마음을 품고 살았다.

여름은 훌륭했다. 곡물이 무럭무럭 자라 잘 익었고, 레나는 말을 시작했다. 그런데 어느 날 밤 문밖에 누군가 갓난아이를 놓고 사라졌다. 가족은 기겁을 했다. 아니샤 할멈은 타루티노마을에 피난민들이 왔다고, 곧 우리 마을에도 그들이 들이닥칠 것이라고 했다. 가족은 집과 밭, 그동안 일군 것들을 모두 버리고 떠나야 한다는 사실을 똑똑히 알 수 있었다. 안 그러면 곧 '우리를' 덮칠 것이다. 밭을 버리고 떠나면 굶어 죽는 것을 의미했다. 아버지는 가족회의에서 소총을 소지한 채 크라시바야와 함께 밭 근처의 창고에서 지낼 것이니 아내와 딸에게는 당장 숲으로 옮겨 가라고 했다. 밤이 되자 가족은 일차로 짐을 옮기기 시작했다. 나이덴이라는 이름을 얻게 된 갓난아이도 함께 갔다.[2] 동틀 무렵에 가족은 숲 속의 새집에 도착했다. 그들이 살던 집은 어느새 민병대관리인가 차지하고 텃밭에는 보초가 서 있었다. 그들은 아니샤 할멈에게서 염소를 빼앗아 가족이 살던 집에 데려다놓기까지 했다. 아버지는 상심했지만 또한 기뻐하기도 했는데, 다시 한번 자신의 가족을 모두 데리고 도망을 칠 수 있었기 때문이었다. 이제 가족의 희망은 아버지가 일군 작은 텃밭과 버섯뿐이었다. 숲으로 들어온 지 닷새째 되던 날 아니샤 할멈이 고양이 한 마리를 데리고 그들에게 왔다. 저녁에 집으로 돌아온 아버지는 할멈을 토굴로 데려갔다. 할멈은 그곳에서 얼마간 쉰 뒤에 숲으로 먹을 것을 찾으러 나갔다. 그 후로도 아시냐 할멈은 오래도록 도움이 되었다. 겨울이 왔다. 그래도 가족에게는 버섯과 말린 열매와 잼, 아버지의 텃밭에서 기른 감자가 있었다. 다락은 건초로 가득하고, 숲속 버려진 영지에서 주워 온 사과도 잔뜩 절여놓았으며, 소금에 절인 오이와 토마토도 한 통 있었다. 눈으로 덮인 밭에는 가을에 파종한 밀이 자라는 중이었다. 염소도 있었다. 인류를 이어 나갈 사내아이와 여자아이도 있었다. 숲의 미치광이 쥐들을 잡아 오는 고양이도 있고, 숲속의 쥐를 잡을 생각이 없었지만 조만간 토끼를 사냥해 오리라는 아버지의 기대를 한 몸에 받고 있는 크라시바야도 있었다. 아버지는 소총으로 사냥하기를 겁냈고 심지어 장작을 패는 것도 꺼려했다. 혹시라도 그 소리에 들킬까 걱정되었기 때문이다. 아버지는 장작도 눈보라가 무섭게 몰아칠 때나 팼다. 가족에게는 옛사람의 지혜와 지식의 보고인 할머니가 있었다.

주변이 추위로 온통 얼어붙었다. 만약 그들이 유일한 생존자가 아니라면 누군가는 '새로운' 가족을 찾아올 것이다. 그리고 때가 되면 또 침입자들이 찾아올 것이다. 그리고 모든 것을 가져가 버리겠지. 그동안 그들은 가족이 떠나온 밭과, 아니샤 할멈의 밭과, 타냐 할멈의 재산으로 먹고살 것이다. 타냐 할멈은 오래전에 모습을 감추었지만 마르푸트카 할멈은 여전히 그곳에 있을 것이다. 마르푸트카 할멈처럼 되면 아무도 가족을 건드리지 않겠지만 그때가 올 때까지 그들은 살아야 한다. 그리고 물론 그저 넋 놓고 있지는 않을 것이다. 우리 가족은 아버지와 함께 새로운 피난처를 찾을 것이다.

3. 임상적 에세이

주관적 스토리는 '임상적 에세이'로 이어진다. 이는 주관적 스토리를 작성하면서 느낀 자신의 생각과 감정을 서술하는 것이다. '임상적'이라는 단서를 붙이는 이유는 글쓴이가 겪고 있는 신체적, 정신적 고통 등이 주요 모티브가 되기 때문이다. 이 작품과 관련해서는 가족의 행복이나 미래에 대한 불안, 죽음에 대한 공포, 고립된 삶과 외로움 등이 소재가 될 수 있다. 물론 이런 소재들은 작품의 내용에서 연유한다. 다시 말해 각각의 작품은 고유한 임상적 모티브를 지니고 있으며, 그것의 선택의 독자환자의 몫이다.

로빈슨 가족은 도시를 떠나서 오지 중의 오지로 간다. 그들이 시골로 간 이유는 명확하지 않다. 아마도 정체 모를(?) 무언가로부터 가족을 지키기 위해서가 아닐까. 그리고 최초의 정착지에서 다시 새로운 거처를 찾아다니는 고단한 여행을 감행한다. 그들의 공간 이동이 얼마나 지속 가능할지 현재로서는 예측하기 어렵다. 그런데 흥미로운 사실은 거처를 옮겨 다니면서 새로운 가족이 형성된다는 점이다. 로빈슨 가족은 현대 문명을 거부하고 자연 속으로 피난을 간 도망자지만 결코 자신 가족만을 고집하는 배타적 혈연공동체가 아니다. 그것이 가족의 생존과 미래에 도움이 될 것이라고 판단했기 때문일 것이다. 사실 오지로 피난갈수록 가족이 더 필요한 것이 아닌가. 그것도 혈연을 넘어 생존을 위해 도움이 되는 운명공동체로서 가족말이다. 여기에는 삶의 지혜가 풍부한 타냐와 아니샤 할멈, 부모가 버리고 간 갓난아이, 사냥개 크라시바야와 고양이 등이 합류한다. 나는 여기서 세대 간, 인간과 동물 간 연대를 발견하며, 그들이 하나의 새로운 공동체를 구성하게 되는 과정을 지켜보게 된다. 단순하고 길지 않은 서사지만 적지않이 감동적인 측면이 있다. 그것은 어느 시점이 오면 새로운 침입자들이 그들을 위협하게 될 테지만 그럴수록 로빈슨 가족은 더 확장된 새로운 가족을 만들어 갈 것이라는 기대와 희망을 갖게 되기 때문일 것이다.

그런데 과연 그들의 삶은 행복할까? 그것은 나도 해보지 않아서 모른다. 하지만 그들은 내가, 자본주의 사회에서 좀비처럼 사는 우리가 누리지 못하는 무언가를 향유하고 있다. 혹시 로빈슨 가족은 행복하지 않을까? 페트라셰프스카야 소설은 이런 기대를 갖게 하는 매력을 지니고 있다.

이 작품에는 거주 공간을 의미하는 다양한 단어들이 등장한다. '움막', '대피소', '피난처' 등이 그것이다. 이 공간들이 지니고 있는 공통점은 임시 거주용이라는 사실이다. 한곳에 편안히 정주할 수 없는 삶의 환경이

로빈슨 가족을 임시 거주자 신분으로 만든 것이다. 그런데 우리에게 마음의 은신처가 있다면 삶은 어떻게 달라질까. 나는 작품을 읽으면서 바로 이 지점에서 마음의 위안을 얻었던 것 같다. 기계와 디지털 문명의 소음과 속도로부터 자유로운 곳, 그곳이 비록 호사스럽지 않더라도 말이다. 나는 어쩌면 로빈슨처럼 끊임없이 새로운 은신처를 찾아 헤매고 있는 존재인지도 모른다. "우리 가족은 아버지와 함께 새로운 피난처를 찾을 것이다." 작품의 마지막 문장은 나에게 자유, 독립, 돌봄, 노동, 연대, 희망을 포기하지 않은 인간의 위대한 정신을 조용하지만 비장하게 선언하고 있다. 너희들이 아무리 억압하고 착취해도 난 아직 괜찮다고, 그 정도로 우리 영혼이 파괴되진 않는다고 고요히 되뇌이고 싶다. 내가 살고 있는 이유 중 하나는 영화 "흔적 없는 삶Leave No Trace"에서 딸을 문명 세계로 돌려보내고 무표정한 모습을 한 채 숲으로 사라지는 아빠 윌과 같은 동료들이 우리 주변에서 지금 이 시각에도 새로운 은신처를 찾고 있으며, 아주 종종 의미심장한 웃음을 보이며 서로가 동료임을 확인하는 즐거움이 남아 있기 때문이다.

4. 의료문학 비평의 가능성

이상과 같이 의료문학의 비평적 에세이는 작품에 대한 독자의 해석과 평가를 반영한다. 그것이 객관적인 것인지, 엄밀한 학문적 방법과 논리적 서술이 동반된 것인지는 중요하지 않다. 이런 작업은 직업적 전문성과는 상관없다. 자발적으로 독자가 호기심을 실현하는 것이니만큼 내용과 형식도 다양할 수 있다. 그리고 이것이 특정한 시기를 사는 독자 대중들의 가치관을 기록하는 소중한 자료가 될 것임은 틀림없다. 수용미학의 차원에서 보면 독자들의 반응은 또 다른 텍스트가 되며, 작가작품와 독자를 연결하는 다리 역할을 할 것이다.

의료문학의 관점에서 보면 독자는 특수한 상황에서 환자가 된다. 독서하는 환자는 작품을 해석하고 분석하는 데 있어서 본능적으로 전문가적 시각과 유사한 문제의식을 갖게 된다. 생명, 건강과 직결된 문제들은 독자-환자들의 의식과 감수성을 예민하게 만들고, 고도의 집중력을 발휘하게 한다. 그들의 에세이는 단지 작품에 대한 의견 표명에 머물지 않고, 동시대를 사는 환자들의 문학적 임상 보고서가 될 가능성이 크다. 이것은 문학뿐만 아니라 의학의 바람직한 발전 방향성 정립에도 중요한 자료가 될 것이다.

제2부

문학사와
의학적 전통

*

제1장
러시아문학의
의학적 전통과 계승자들

제1장

러시아문학의 의학적 전통과 계승자들

1

　문학은 인간과 사회의 중요한 변화를 사실적, 상징적으로 기록해 왔다. 문학작품 속에 새로운 인물이나 소재가 등장했다면, 그것은 그 시대에 의미심장한 변화가 일어나고 있다는 것을 의미한다. 이런 점에서 근대문학에 나타난 가장 커다란 변화 중 하나는 질병의 형상과 의사라는 주인공이 문학작품에 본격적으로 등장했다는 점일 것이다. 이것은 근대에 와서 의학이 체계적인 과학으로 발전했고, 의사가 근대인의 삶 속에서 중요 인물이 되었다는 사실을 암시한다. 근대의학은 생명의 탄생, 질병의 원인, 노화의 과정, 죽음의 실체 등에 대해 실증적인 설명을 하기 시작했다. 이것은 근대인의 의식을 획기적으로 변화시켰으며, 그들의 삶의 지형을 근본적으로 바꾸어 놓았다.

　근대가 되자 신화, 종교 등 인간의 정신적, 물질적 삶을 지배했던 상징들이 퇴장하고 그 자리를 과학의학이 대신했다. 사람들은 이제 실증 과학의 눈부신 발전에 귀를 기울이고, 그것이 삶을 바꾸어 놓는 흥미로운 과정을 생생하게 목격하였다. 의학이 발전하면서 근대인은 인간의 질병과 죽음이 환경 및 위생과 밀접한 관계가 있다는 사실을 깨달았다. 그들은 질병을 치료하기 위해 더 이상 주술이나 종교에 의지하지 않아도 되었다. 말끔하게 차려입은 의사가 직접 집을 방문해 열병을 앓고 있는 아이들을 돌봐주었다. 물론 그 과정이 지난했지만 말이다. 문학이 근대의 이런 풍경 변화를 놓칠 리 없었다. 문학은 무엇보다도 근대라는 무대 위에 올라온 새로운 주인공에 주목했다. 그가 바로 의사라는 직업을 가진 합리적인 성향의 과학자였다.

의사가 근대인의 운명에 깊숙이 개입하는 관여자였다면 질병은 근대인이 극복해야 할 절체절명의 숙제였다. 질병을 관리하지 않고서 근대 사회의 획기적인 생산력 증대와 사회 발전은 기대하기 어려웠다. 질병은 근대 산업사회에 필수적인 노동력을 안정적으로 확보하기 위해서 반드시 극복해야 할 난제였고, 이 과제 해결을 위해 근대 사회는 의사들의 헌신적인 노력과 희생을 요구했다. 근대문학에 나타난 의사라는 주인공과 질병이라는 소재는 새로운 근대인과 그가 해결해야 할 새로운 시대적 과제를 상징한다.

새로운 근대인의 표상으로서 의사들이 질병에 맞서 헌신적으로 싸우는 장면은 근대인이 시대의 과제를 해결하기 위해 분투하는 모습과 오버랩된다. 의사들은 질병과 싸워 이기기도 하지만 때론 좌절하고 심지어 죽기도 한다. 만약 의사들의 이런 노력과 희생이 없었다면 근대문학은 존재하지 않았을지도 모른다. 이런 점에서 의사들은 근대 문학의 성립과 눈부신 발전에 커다란 공을 세운 숨은 조력자임에 틀림없다.

2

러시아문학사에서 의학의 영향이 두드러지게 나타난 시기는 19세기 중반 이후이다. 18세기부터 의학의 영향을 또렷이 확인할 수 있는 영국 문학이나 프랑스문학과 비교하면 시기적으로 뒤처지긴 했지만 러시아 문학의 의학적 전통은 매우 강렬하다. 저자는 이 점을 네 가지 측면에서 설명하려고 한다. 우선 당시 의학의 영향을 역사, 문화적 시각에서 살펴 보고, 둘째로 의사 집안 출신 문인들의 등장과 그 의미를 분석할 것이다. 셋째는 주요 작품에서 의사 주인공과 등장인물들이 다수 등장했다는 점을 제시하고, 마지막으로 의사 작가의 등장이 지니고 있는 의미를 평가 할 것이다. 그리고 대표적인 사례로 20세기 러시아의 대표적인 의사작 가 불가코프의 『젊은 의사의 수기』를 자세히 소개하려고 한다.

러시아 과학은 유럽 자연과학의 영향을 받으면서 발전했다. 19세기 러시아에서 의학의 발전은 국가와 사회생활에 지대한 영향을 주었다. 19세기 초 러시아 의학계는 특히 외과 분야에서 상당한 업적을 이루었 다. 이것은 19세기 내내 러시아가 관여한 크고 작은 전쟁들과 밀접한 관 련이 있다. 이 분야에서 큰 업적을 남긴 대표적인 인물은 러시아 외과학 의 창시자이자 외과학 학술원 회원이었던 피고로프[N. I. Pirogov] 교수다. 그 는 실험해부학 분야에서 획기적인 성과를 이루었는데, 특히 크림전쟁 기간에 최초로 전장에서 직접 수술 시 마취제를 사용했고, 골절 치료에 는 고정 석고 모형깁스을 사용했다.[1] 그 덕분에 수많은 부상자들이 살아남 을 수 있었다.

러시아 외과학의 발전은 19세기 러시아 최고의 화가라고 평가받는 레 핀[I. Repin]의 그림에도 잘 나타나 있다. 레핀이 1888년 완성한 작품으로 모스크바에 있는 국립 트레치아코프 미술관이 소장하고 있는 〈수술실에서, 외과의사 E. V. 파블로프〉는 화가의 걸작이면서 동시에 러시아 의학의 눈부신 발전을 보여주는 상징적인 아이콘이기도 하다. 19세기 후반 의학의 발전은 일반 대중의 뜨거운 관심을 끌었다. 유명 외과의사가 공개 수술을 하여 많은 관중을 매료시켰다. 파블로프는 뛰어난 외과 의사이자 육군의과대학 교수였고, 군에서 여러 차례 작전을 수행한 용감한 군의관이었다. 그의 수술실에서는 전신 혹은 국소 마취, 무균시술, 수혈과 지혈 등의 새로운 실험이 화려하게 펼쳐졌다. 화폭에는 커다란 창문과 하얗게 칠해진 벽을 배경으로 완벽한 질서와 청결함, 간호사들의 남다른 규율, 순백의 옷을 입은 의료진, 마취 호스, 특수 의료용 가구 등이 빛으로 가득한 방을 장식하고 있다.

19세기 중반에는 생리학 분야도 눈에 뜨일 정도로 발전했다. 1863년 잡지 『의학통보』에 신경 활동 연구에 중요한 의미를 지니는 세체노프[I. M. Sechenov]의 「뇌의 반사작용」이라는 논문이 게재되었다. 또한 이 시기에 비교발생학 이론의 창시자인 메츠니코프[I. Metchnikoff]는 신체 기관의 방어체계인 면역에 관한 연구의 토대를 이루는 비교병리학 분야에서 큰 업적으로 국제적인 명성을 얻었다.[2] 당시 러시아에서 세체노프의 이론은 상당한 반향을 일으켰다. 그의 논문이 발표된 이후 심리 현상과 생리 현상 간의 관계에 대한 논쟁이 세간의 화두가 되었다. 톨스토이는 장편 『안나 카레니나』 1부 7장에서 1872년에서 1873년 사이에 벌어졌던 논쟁을 놓치지 않고 소개하고 있을 정도다. 다음은 주인공 레빈이 목격한 논쟁의 한 장면이다.

아침 기차로 모스크바에 도착한 레빈은 아버지가 다른 이부형 코즈니셰프에게 들러, 옷을 갈아입고는 바로 그의 서재로 들어갔다. 형에게 자신이 온 이유를 이야기하고 조언을 들으려는 것이었다. 하지만 형은 론자가 아니었다. 방에는 하리코프에서 온 저명한 철학 교수가 앉아 있었는데, 지극히 중요한 철학 문제를 두고 두 사람의 견해 차이를 논하기 위해 일부러 상경한 것이었다. 교수는 유물론자에게 반대하는 열띤 논쟁을 펼쳤고, 세르게이 코즈니셰프는 이 논쟁을 흥미롭게 지켜보다가 교수가 쓴 최근 논문을 읽고 반대 의견을 적은 편지를 보냈다. 교수가 유물론자들에게 지나치게 많이 양보했다고 비난한 것이다. 그러자 교수는 이를 논하기 위해 바로 찾아왔고, 이야기는 최근 유행하는 문제를 두고 진행되었다. 즉 인간의 활동을 볼 때 심리 현상과 생리 현상 간에 경계가 있는지, 있다면 어디에 있는지 하는 문제였다.[3]

톨스토이는 레빈과 마찬가지로 이 문제에 대해 어느 입장에도 동의하지 않고 있지만, 위 장면은 당시 러시아에서 의학적 문제들이 얼마나 지식인과 사회에 큰 영향을 주었는지를 잘 보여주고 있다. 이러한 현상은 사회적으로 보면 1830~1840년대 특수한 사회계층으로서 러시아 인텔리겐치아의 등장과 밀접한 관련이 있다. 직업적으로는 당시 러시아 사회에서 특수 전문가계층에 속하는 의사, 법률가, 교사, 언론인 등이 이에 해당된다.

19세기 러시아에서 의사는 대표적인 잡雜계급서구적 의미에서 쁘띠 부르조아 중의 하나였다. 1830년대부터 러시아의 지식인들은 주로 귀족이 아니라 잡계급 출신들이었다. 이것은 러시아 역사에서 '새로운 인텔리겐치아의 출현'이라고 불릴만한 사건이었다. 다시 말하자면, 의사나 의사 가문 출신의 사회적 성장은 러시아의 지성사뿐만 아니라 문학사에서도 획기적 전환을 예고하는 것이었다. 이들 중 가장 대표적인 인물을 꼽자면 비평가 벨린스키와 소설가 도스토예프스키 등을 들 수 있다.[4] 벨린스키와 도스토예프스키는 19세기 러시아문학사에서 가장 중요한 인물이며, 모두 의사 가문 출신이다.

벨린스키V. Belinsky는 핀란드 스베아보르그에서 태어났다. 그의 호적에는 "1811년 제7해군단에 속한 의사 그리고리 벨린스키의 집에서 (…중략…) 아들 비사리온이 출생하였다"라고 기록되어 있다. 1816년 벨린스키 가족은 러시아로 돌아왔고, 부친은 쳄바르시의 의사로 취직하였다. 그는 자유주의적 무신론자로 알려져 있다. 친척들의 회고에 따르면 "그는 냉소적 경향의 지성을 가진 성실하고 정직하고 걱정을 모르는 사람이었다". 동시에 그는 성미가 병적으로 까다롭고 의심이 많고 가정에서나 사회에서나 평화스럽지 못한 사람이었다고 한다. 벨린스키는 흔히 러시아의 혁명적 인텔리겐치아의 아버지라고 불릴 정도로 당시 문학사와 지성사에서 절대적 위치에 있었다. 그는 러시아의 대표적인 문학비평가로 19세기 러시아문학을 예리한 시각으로 분석, 평가한 인물이다. 특히, 푸슈킨과 레르몬토프, 고골리, 도스토예프스키 등에 대한 그의 해석은 근대 러시아문학 비평의 초석이 되었다. 벨린스키의 철학과 비평 이론에 근간이 되었던 계몽주의와 유물론은 그가 의사 가문 출신이라는 것과 무관하지 않다.

도스토예프스키F. Dostoevsky 또한 가정환경에 의해 깊이 영향을 받은 작가이다. 그의 아버지는 모스크바에 있는 어느 자선병원의 의사였다. 도스토예프스키의 아버지 미하일 안드레예비치는 1812년 모스크바의과대학을 졸업하고, 군의관으로 편입되어 나폴레옹 전쟁에 참전했다. 전쟁이 끝난 후에는 모스크바 위수衛戍병원에 근무했다. 1820년대 말에 그는 문관 근무로 자리를 옮겼고, 1등 군위의 직함을 유지한 채 1821년 봄부터 모스크바 마린스키 병원에 취직했다. 병원은 황녀 마리야 표도로 브나의 후원으로 1806년에 개원했다. 그녀는 황제 파벨 1세의 아내로 남편이 죽고 미망인이 된 처지였다. 파벨 1세는 페테르부르크에 있는 미하일로프스키 성에서 살해되었는데, 이곳은 후일 도스토예프스키가 다니던 공병학교 건물로 사용되었다. 병원은 사생아와 버려진 아이들을 돌보는 모스크바보육원에 속한 시설이었다. 미하일 안드레예비치가 이 병원에서 일하기 시작한 그해 10월 30일, 표도르 미하일로비치 도스토예프스키가 태어났다. 표도르는 둘째로 태어났는데, 위로 한 살 터울인 형 미하일이 있었고, 아래로 여러 동생들이 있었다.

도스토예프스키 가족은 부유하지 않았다. 부모는 조상이 귀족가문이었다는 사실에 대단한 자부심을 가지고 있었지만 당시 러시아 사회에서 의사의 사회적 지위는 그리 높지 않았다. 지금으로 말하면 중산층 정도의 사회적 지위를 가지고 있었다고 할 수 있다. 의사 집안의 경제적 수준 또한 여유 있는 편이 아니었다. 도스토예프스키의 동생 안드레이의 회상록에 따르면 마린스키병원에는 무수히 많은 보리수가 있는 크고 아름다운 정원이 있었다. 위대한 작가는 이 병원에서 환자들을 관찰하며 어린 시절을 보냈다.

병원의 정원에서는 환자들도 산책을 했다. 계절에 따라 낙타빛의 나사로 된 가운을 입기도 하고, 굵은 베나 무명 가운을 입기도 했는데, 머리에는 반드시 다른 모자 대신 눈처럼 흰 두건을 쓰고, 발에는 단화나 뒤축이 없는 스리퍼를 신고 있었다. 표도르 형은 어떻게든 틈을 엿보아 이런 환자들과 말을 주고받기를 좋아했다. 혹시 어린이를 만나면 더욱 열성적이었다. 그러나 그것은 엄격히 금지된 일로서 아버지는 그런 소문을 들을 때마다 무척 언짢은 기색

을 보였다.[5]

　어려서부터 환자들의 고통스러운 모습을 옆에서 지켜본 도스토예프스키는 인간의 육체적, 정신적 고통을 깊이 있게 다루는 작품을 많이 발표하였다. 흔히 그를 가리켜 '인간 영혼의 심연을 파헤친 잔인한 천재'라고 일컫는 것은 바로 이러한 이유 때문이다.

　19세기 러시아문학에서 의사 주인공이 자주 등장하는 것은 근대의학과 의사의 사회적 비중이 그만큼 증대했다는 것을 반증한다. 근대문학의 이러한 경향이 러시아문학에 가장 두드러지게 반영된 경우는 푸쉬킨A. Pushkin, 레르몬토프Y. Lermontov, 고골N. Gogol, 게르첸A. Herzen, 도스토예프스키, 투르게네프I. Turgenev, 톨스토이L. Tolstoy, 체호프A. Chekhov, 불가코프M. Bulgakov, 베레사예프B. Вересаев 등이다. 하지만 푸쉬킨의 『예브게니 오네긴』, 「두브로프스키」에서 언급되는 의사나 고골의 『검찰관』, 「광인일기」, 도스토예프스키의 『죄와 벌』, 『카라마조프씨네 형제들』, 톨스토이의 『전쟁과 평화』, 「이반 일리치의 죽음」 등에 나오는 의사의 형상은 부차적인 인물에 가깝다. 하지만 같은 작품에 나오는 다른 직업군과 비교하면 의사는 단순한 직업 이상의 상징적인 의미를 지닌다. 그들은 무엇보다도 당시 시대적 분위기와 작가의 문제의식을 의미심장하게 전달하는 역할을 하고 있다. 19세기 러시아문학에 등장하는 의사 중에서 문학적으로 매우 중요한 의미를 지닌 인물은 레르몬토프의 『우리 시대의 주인공』에 나오는 베르네르, 게르첸의 「의사 크루포프」, 투르게네프의 『아버지와 아들』의 주인공 바자로프, 체호프의 「6병동」에 나오는 라긴 등이다. 이어서 20세기에는 불가코프의 『젊은 의사의 수기』에 나오는 '젊은 의사' 등이 그 족보를 계승하고 있다.

베르네르는 40세쯤 된 중년 남성이다. 그는 코카서스에서 군의관으로 일하고 있다. 여가 시간에는 이곳에 오는 부유한 고객을 치료한다. 그는 한때 모스크바에서 수련을 받았지만 부자가 아니다. 그는 소설 전체뿐만 아니라 페초린이라는 주인공을 이해하는 데 필수적인 인물이다. 그는 페초린과 마찬가지로 회의주의자이자 이기주의자이며, 동시에 "인간 마음의 살아있는 모든 심금을 연구했던" 시인이기도 하다. 그는 고상한 성격과 섬세한 감정의 소유자지만 행동하지 않는다. 일종의 기다림의 천재라고나 할까. 그는 능력이 있지만 게으르고, 의지력과 실천력이 없다. 또한 박사는 냉소적이고 날카로운 말을 하며 환자를 조롱하지만 사람들의 고통을 외면하지 않는다. 그는 아이러니의 가면을 쓰고 있는 셈이다. 그는 "어린아이처럼 키가 작고, 마르고, 허약했다. 바이런처럼 한쪽 다리는 다른 쪽 다리보다 짧았다. 몸에 비해 머리가 엄청 커 보였다". 유일한 외모상의 이점은 아름답고 세련되고 깔끔하게 옷을 입는 의사의 습관에 있었다. "항상 불안한 그의 작은 검은 눈은 당신의 생각을 꿰뚫으려고 노력했다. 그의 옷에서는 멋과 깔끔함이 눈에 띄었다. 연한 노란색 장갑을 끼고 있는 그의 가늘고 강인하고 작은 손이 돋보였다. 그의 코트, 넥타이, 조끼는 항상 검은색이었다." 그는 페초린과 달리 명상가에 가깝다. 그는 삶의 의미를 추구하지만 환상을 쫓는다. 그는 자신의 운명을 바꾸고 회의론을 극복하기 위해 한 걸음도 내딛지 않는다. 여느 의사의 이미지와 마찬가지로 냉철한 품위는 베르네르의 '삶의 규율'이다. 의사의 도덕성은 그 이상 확장되지 않는다. 레르몬토프는 베르네르를 통해서 1830~1840년대 러시아 의사의 전형적인 모습을 그리고 있다.

게르첸의 의사 주인공은 「의사 크루포프」와 「누구의 잘못인가?」에 동시에 등장한다. 세묜 이바노비치 크루포트, 그는 동일 인물로 같은 시기에 발표된 다른 작품에 동시 출연하고 있는 셈이다. 차이가 있다면 전자는 정신과 의사인 반면 후자는 일반 의사로 등장한다. 그들은 "거의 모든 의사와 마찬가지로" 회의론자, 추론가, 유물론자이다. 그들은 자연철학적 지식을 긍정적으로 전달하는 인물이기도 하다.[6]

모스크바 의료-외과아카데미 학생이었던 크루포프는 정신병원에 있는 환자들을 관찰하면서 미친 사람은 건강한 사람과 다르지 않고, 건강한 사람은 미친 사람과 다르지 않다는 것을 확신하게 된다. 다년간의 경험과 의료 행위를 통해 크루포프는 정상적인 사람들이 미쳤고, 미친 것으로 간주되는 사람들은 "본질적으로 덜 멍청하거나 손상되지 않은 사람들"이라는 독창적인 이론을 주장한다. 광인들이 더 독특하고 더 집중력이 강하며, 더 독창적이고 천재적이라는 것이다. 크루포프에 따르면 모든 인간은 예외 없이 광기의 전염병에 감염되어 있다. 주인공은 인류의 역사는 '광인의 자서전'이며, 그것의 진정한 의미는 오직 정신과 의사만 이해할 수 있다고 믿는다. 작품의 말미에 크루포프는 인간 두뇌의 물질을 수정하고 바로 잡는 열쇠를 유기 화학에서 찾는다. 여기서 그가 발견한 첫 번째 수단은 다름 아닌 술이다. 결과적으로 정신과 의사의 수기는 유물론자의 이념을 숭배하는 광인의 수기가 된다. 정신과 의사는 또한 질병의 사회적 원인을 제거하기 위해 노력한다. 그는 사회적 질병을 고쳐야 인간의 질병도 치유될 수 있다고 믿는다.[7]

크루포프의 형상은 또 다른 형태의 유물론을 신봉하는 투르게네프의 주인공 바자로프를 연상시키기도 한다. 의식을 자신에게 종속시키는 크루포프의 이론은 독특한 이념이 모든 것을 집어삼키는 도스토예프스키의 주인공을 만드는 모티브가 되기도 했다. 그리고 체호프는 「6병동」에서 크루포프를 미친 정신과 의사 라긴으로 발전시킨 바 있다. 미친 의사의 형상은 다분히 낭만주의 전통에 뿌리를 둔 것이다. 하지만 그가 제기한 문제의식은 광인과 비광인의 경계를 분명하게 선 그을 수 없다는 현대의학의 메시지와 연결된다고 볼 수 있다.

반면 「누구의 잘못인가?」에 나오는 의사 크루포프는 소박한 모습의 시골 의사다. 그는 질서를 중시하는 지방 소도시의 의무국 국장이자 의학박사다. 그의 첫 등장은 다음과 같이 묘사되어 있다.

첫눈에 도시 사람이 아님을 짐작케 하는 그가 커다란 차양이 달린 어두운 색깔의 모자를 벗었다. 차양은 이 중년 신사의 건강하고 불그레한 볼과 쾌활한 얼굴에 그림자를 드리우고 있었다. 그의 모습에서는 에피쿠로스적인 평온함과 선량한 성품이 풍겼다. 당시에는 유행이 지난 소매 달린 갈색 프록코트에다가 대나무 지팡이를 손에 들고 있는 그의 모습은 그야말로 영락없는 시골 사람 행색이었다.

그는 정신과 의사 크루포프와는 딴판이다. "아마도 그는 육체에 관한 한 훌륭한 의사였는지 모르겠지만 정신적인 병을 다루는 데는 서툴렀던 것 같다." 크루포프는 행복했던 한 가정을 파탄으로 몰고 가는 주인공 벨토프에게 우울증의 원인을 설명하는데, 그 내용은 17~18세기에 큰 인기가 있었던 로버트 버튼^{Robert Burton}의 『우울증의 해부』를 연상시킨다. "제가 본 바로는, 당신은 아무 일도 하지 않고 빈둥거리고 있기 때문에 생활에 싫증이 난 겁니다. 아무것도 하지 않고 있다는 것은 대단히 따분한 일임에 틀림없지요." 정신적 질환을 사치스러운 유행병 정도로 치부하는 것은 로버트 버튼이 살았던 당시 유럽이나 19세기 중반 러시아 시골에서나 마찬가지다.

투르게네프의 바자로프는 19세기 러시아문학에서 가장 문제적인 인물 중 하나다. 러시아 소설의 위대한 인물들은 거의 모두 바자로프로부터 나왔다고 해도 과언이 아니다. 그런 바자로프가 의사라는 사실은 매우 흥미롭다. 왜 하필 바자로프는 의대생이어야 했을까? 그것은 우선 그의 집안에서부터 실마리를 찾아야 한다. 왜냐하면 그의 부친도 의사였기 때문이다. 이것은 매우 중요한 사실인데, 바자로프는 여느 의사 주인공과는 달리 가계의 혈통이 의사라는 점에서 색다른 정체성을 지니고 있는 것이다. 그는 1830년대에 등장한 잡계급 출신 의사 집안의 적통인 셈이다. 바자로프의 아버지 바실리 이바노비치는 과거로 사라지고 말 가부장적 세계의 대표자다. 투르게네프는 그를 통해 당시 러시아 역사의 흐름의 역동성을 보여주고자 한다. 바실리 이바노비치는 태생이 잡계급 출신으로 은퇴한 군의관이었으며, 계몽주의 이상을 숭배했다. 그는 독립적이며 비이기적 성향을 지니고 있었고, 과학적, 사회적 진보를 추구하려고 노력했던 인물이다. 하지만 아들이 속한 새로운 세대와의 불연속성은 불가피하게 그의 삶을 비극적으로 바꿔놓는다. 아들의 죽음으로 인해 그는 잠시 신에 대한 반역의 위기에 놓이기도 한다.

바자로프는 여름방학 때 시골에 온 의대생으로 나온다. 그는 페테르부르크의과대학에 다니고 있다. 바자로프는 지식에 목마른 유능한 학생이다. 의료 기술을 익힌 그는 마을로 가서 평범한 사람들을 무료로 치료한다. 바자로프는 상트페테르부르크에서 3년 동안 자연과학을 공부했으며 아버지의 뒤를 이어 "내년에 의사가 되고 싶어한다". 그는 친구지만 동생뻘인 스물셋의 아르카지보다 연상이고, 스물여덟의 연인 오딘초바와 비슷한 연배로 소개되고 있으니 서른 살 정도의 청년이라고 추측할 수 있다. 바자로프는 큰 키에 "길고 가늘며 넓은 이마, 위쪽으로 납작하고 아래쪽으로 뾰족한 코, 커다란 녹색 눈, 처진 모래색 구렛나루"를 하고, "차분한 미소로 활기를 띠고 자신감과 명민함을 표현했다". 그는 활력이 넘쳤지만 초췌한 모습이었다. "이 의사의 아들은 겁이 많을 뿐만 아니라, 퉁명스럽고 마지못해 대답을 했으며, 그의 목소리에는 뭔가 무례하고 거의 뻔뻔스러운 면이 있었다." 그는 현대의학을 비웃지만 동시에 의사가 되기 위해 여전히 공부하고 있다. "위로로 말씀드리겠습니다. 이제 우리는 일반적으로 의학을 비웃고 누구에게도 절하지 않습니다." "어때요? 결국 당신은 의사가 되고 싶나요?" "나는 의사되기를 원하지만 하나가 다른 하나를 방해하지 않습니다." 페네츠카라는 등장인물이 보기에 바자로프는 이미 훌륭한 의사다. 바자로프의 도움으로 "파벨 페트로비치는 이미 다리에 능숙하게 붕대를 감은 채 침대에 누워있었다." 그리고 어느 날 바자로프는 우연히 발진티푸스에 감염되어 갑자기 사망한 농민의 시신을 처리하고 있다.

그는 자신을 허무주의자라고 부른다. 그는 실행을 제한할 수 있는 어떤 한계도 인정하지 않고, 과거에 대한 '완전하고 무자비한' 부정이라는 이념을 숭배한다. 그는 구식 농노제도나 자유주의적 개혁과 함께 사랑, 시, 음악, 자연의 아름다움, 철학적 사고, 가족 관계, 이타적 감정, 그리고 의무, 권리 등과 같은 도덕적 범주들을 단호하게 부정한다. 바자로프는 전통적 휴머니즘을 극단적으로 배격하는 것이다. 허무주의자의 눈에는 인본주의 문화가 약하고 소심한 사람들을 위한 피난처가 되어 그들을 정당화할 수 있는 아름다운 환상을 만들어 낼 뿐이다. 허무주의자는 계몽된 엘리트의 인본주의적 이상과 무지한 대중의 믿음이나 편견에 삶의 투쟁이라는 잔혹한 논리를 긍정하는 자연과학의 진리를 대립시킨다. 바자로프는 러시아에서 모든 것이 재평가되고 뒤죽박죽이었던 시대를 살았던 젊은 세대의 정신을 자연스럽게 표현하고 있는 인물이다. 투르게네프에 따르면 허주주의는 정신의 영원한 가치와 삶의 자연적 기초를 부정한다. 바로 여기에 바자로프의 비극적 운명과 파멸의 원인이 있는 것이다.[8]

라긴은 19세기 러시아문학에 등장하는 의사 주인공의 정점이다. 라긴은 위에서 언급한 다른 의사 주인공들과 달리 의사작가가 창조한 의사라는 특징을 지니고 있다. 천재적인 의사작가가 만든 최고의 의사 주인공인 것이다. 19세기 러시아문학에서 의사의 형상은 체호프 손을 거쳐서 직업적 전문성에 기초한 사실적이고 진정한 모습으로 재탄생한다. 아니킨А. А. Аникин은 「러시아 고전에 나타난 의사의 형상」에서 "체호프 덕분에러시아 - 인용자 문학은 환자가 아닌 의사의 시각으로 삶을 바라보게 된 것 같다"[9]라고 지적하고 있다. 체호프의 의사 주인공들은 러시아문학사에서 의사라는 형상의 종결자였다고 할 수 있다.[10] 그리고 20세기 러시아문학에서 의사작가인 불가코프가 '젊은 의사'의 형상을 통해서 체호프의 의사 주인공 계보를 계승하고 있다.

달리, 체호프, 불가코프, 베라사예프[11]는 의사면서 동시에 작가로서 활동했던 소위 '의사작가physician writer'였다. 러시아문학의 '의학적 전통'은 무엇보다도 이 작가들에 의해 계승되고 발전되었다.

블라지미르 이바노비치 달리B. Dal'는 페테르부르크에 있는 해양 전문학교를 나와 선원 생활을 하다가 이에 만족하지 못하고 1826년에 타르투에서 의과대학에 진학했다. 달리는 이 시절을 인생에서 가장 행복했던 시기로 회상하고 있다. 그러나 그의 학업은 러시아와 터키 사이의 전쟁으로 중단되었다. 1829년에 달리는 졸업논문을 정신없이 마무리 짓고, 전쟁터로 불려 나갔다. 전장에서 그는 군의관으로서 부상당한 병사를 돌봤다. 그리고 1831년 봄에는 폴란드에서 일어난 폭동을 진압하기 위해 파병된 군대를 따라 다시 전선에 나갔다. 당시 장교들의 회상에 의하면 달리는 탁월한 수술솜씨를 발휘하여 외과의사로서 명성이 높았다고 한다. 달리는 이러한 공훈을 인정받아 성꽃 브라지미르 훈장을 받았다. 1832년 3월부터 달리는 페테르부르크에서 육군병원의 주임의사로 활동하였다. 여기서 그는 훌륭한 외과의사 겸 안과의사로 명성을 얻었다. 그러나 이 병원의 책임자와 갈등이 심해져서 결국 의사 생활을 중단하게 된다.

의사로서의 경험은 1840년대 자연파적 경향을 띤 그의 작품에 두드러지게 나타난다. 이 시기에 인간사회의 생리와 사회생활, 풍속 등을 기록하는 산문장르가 유행했다. 이것이 이후에 러시아 리얼리즘문학의 중요한 토대가 되었다. 달리는 당시에 가장 탁월한 르뽀 작가였다. 특히, 달리는 러시아 생활의 다양한 영역을 소재로 해서 정확한 관찰과 개성 있는 문체로 「졸병」1845, 「러시아 농부」1845 등 많은 작품을 창작하였다.

러시아에서 의사작가로서 가장 성공한 인물은 안톤 파블로비치 체호프다. 체호프는 모스크바대학 의과대학을 졸업하고 모스크바 근교에서 의사로 활동했다. 의사작가로서 체호프에 대한 당대의 평가는 대체적으로 긍정적이었다. 가령, 비평가 갈체프는 "체호프의 기법들 속에서 만나게 되는 묘사의 단순함, 선명함, 정확함에서 우리는 또한 자연 과학자를 발견한다"고 지적한 바 있다. 그리고 암피티아트로프는 "의사 직업은 완전히 독특한 성격을 부여하면서 그의 모든 작품에 선명하게 깊은 흔적을 남겼다"고 평가하기도 했다. 이러한 평가는 작가의 생각과도 일맥상통하는 것이다. 체호프는 스스로 "의학으로 인한 업무들이 내 문학 활동에 심각한 영향을 끼친다는 것을 의심하지 않는다"고 고백한 바 있다.

다양한 기록이 전하는 바에 따르면 체호프는 방대한 자연과학적 지식을 구축하고 있었다. 특히, 그는 의학적 관점에서 환경이 인간에게 어떤 영향을 미치는가에 대해 특별한 흥미를 가지고 있었다. 이것은 의과대학에서 들었던 위생학 강의나 다윈에 대한 숭배에서 비롯된 것이다. 의과대학 공부는 인간의 삶에서 외부 환경의 역할에 대한 작가의 견해에 결정적인 영향을 주었다. 특히 이러한 생각은 사할린 여행에서 겪은 체험으로 더욱 심화되었다. 예컨대, 환경이나 기후가 인간에게 미치는 영향, 육체적인 것과 정신적인 것의 관계 등등, 체호프의 작품세계에서 중요한 모티브와 주제가 되는 것들이 이 시기에 형성되었다.

그리고 체호프 작품의 특징으로 들 수 있는 다음과 같은 특징들, 예컨대 극적인 사건이 아니라 지극히 일상적인 생활 속에서 이야기가 전개되고 있는 점이나 사건 자체의 의미보다는 그것을 받아들이는 인간의 다양하고 모순적인 반응에 주목하고 있는 점 그리고 등장인물들 사이에 소통의 단절이 부각되고 있는 점 등도 그가 의학적 상상력과 세계관으로 현대사회의 부조리한 점들을 날카롭게 포착한 것으로 볼 수 있다. 우리는 체호프 문학에 나타난 의학의 흔적을 「아뉴따」[1886], 「티푸스」[1887], 「결투」[1891], 「제6병동」[1892], 「왕진」[1898], 『바냐 아저씨』[1897], 『세 자매』[1900] 등의 작품에서 찾아볼 수 있다.

20세기에 들어서 러시아문학은 새로운 실험과 소용돌이 속에 휩싸이게 된다. 혁명과 반혁명, 유토피아와 반유토피아, 낡은 형식의 파괴와 새로운 형식의 실험 등등. 그러나 20세기 러시아문학에서도 의학적 전통은 발전적으로 계승되었다. 이러한 역사적 전통을 새롭게 발전시킨 대표적 작가가 미하일 불가코프[1891~1940]다. 불가코프는 1909년에 키예프 대학 의학부에 입학하여 의학을 공부하였다. 그는 대학을 졸업하고 스몰렌스크와 키예프에서 의사로 활동했다. 그가 의사 일을 그만 둔 이유는 러시아가 혁명의 폭풍 속에서 극도의 혼란에 빠져 있었기 때문이다. 그는 혁명이 일어나자 그에 반대하는 백군에 가담했고, 내란이 종식되자 모스크바로 옮겨와 작가로서의 길을 걸었다.

그의 데뷔작이라고 할 수 있는 연작소설 『젊은 의사의 수기』[1925~1927]나 중편소설 「모르핀」[1927]은 의사로서의 경험을 십분 발휘한 작품들이다. 불가코프는 이들 작품에서 의대를 졸업하고 처음 현장으로 나간 젊은 의사들이 어떻게 의료현장에서 적응하는지, 실제 수술은 어떻게 이루어지는지, 약물중독의 정신적 피해가 얼마나 치명적인지, 의학적 세계관과 사회개혁은 어떤 관계가 있는지 심도 있게 묘사했다.

불가코프는 소설가로서 뿐만 아니라 희곡 작가로도 화려한 자취를 남겼다. 그는 장편소설 『백위군』을 각색한 희곡 『투르빈 가의 나날들』을 1926년 모스크바 예술극장에서 상연했다. 1936년에는 희곡 『몰리에르』를 같은 극장에서 초연했으며 고골의 희곡 『검찰관』, 『죽은 혼』을 각색해 무대에 올리기도 했다. 당시 불가코프의 희곡은 초연될 때마다 세간의 논쟁거리가 되었다. 그것은 그의 작품이 상징성이 강한 대사를 통해 신랄하게 전체주의 사회를 풍자했기 때문이다.

불가코프는 20세기 러시아의 가장 위대한 소설 중 한 편인 『거장과 마르가리타』를 유작으로 남겼다. 작가는 이 장편소설에서 창작의 자유마저 탄압했던 스딸린 체제를 풍자적으로 비판했다. 불가코프는 『거장과 마르가리타』에서 "원고는 불타지 않는다!"는 유명한 말을 남겼다. 이 말은 창작의 자유를 억압해도 예술은 결코 사라지지 않는다는 의미를 담은 명언으로 아직도 회자되고 있다. 이밖에도 이 작품은 선과 악, 개인과 권력의 문제, 환상적인 것과 현실적인 것의 관계, 예술의 불멸성 등을 다루고 있다. 그럼 『젊은 의사의 수기』에 대해 좀 더 자세히 살펴보도록 하자.

3

『젊은 의사의 수기』는 모두 7편의 연작 단편소설로 이루어진 작품이다. 불가코프는 각각의 단편을 잡지에 발표하면서 모두가 『젊은 의사의 수기』라는 제목 하에 쓴 연작이라고 밝히고 있다. 불가코프는 생전에 이 작품들을 단행본으로 출판하지 못했다. 『젊은 의사의 수기』라는 제목의 작품집이 처음 나온 것은 그가 죽은 지 23년이 지난 1963년이다. 모스크바에 있는 '프라브다진리라는 뜻의 러시아어' 출판사가 '불꽃'이라는 문고 시리즈 제23권으로 출간했다. 하지만 이 작품집에 「별 모양의 발진」은 빠져 있었고, 「강철로 된 목」도 제목이 바뀌어 「은으로 된 목」으로 수록되었다.

1963년 작품집에 실린 『젊은 의사의 수기』 연작은 작품이 발표된 순서대로 소개되어 있지 않다. 연작 중 제일 먼저 발표된 것은 「칠흑 같은 어둠」이고, 마지막 것은 「사라진 눈」이다. 하지만 작품집에는 「수탉을 수놓은 수건」이 첫 번째 작품으로 등장한다. 이것은 연작이 다루고 있는 사건의 연대기를 기준으로 배열했기 때문이다. 「수탉을 수놓은 수건」에서 주인공은 시골 병원에 처음 도착한 것으로 서술되어 있다.

「수탉을 수놓은 수건」은 1926년 『의료인』 33~34호에 발표되었다. 이 단편소설은 『젊은 의사의 수기』 연작의 첫 번째 작품이다. 주인공인 젊은 의사는 1917년 9월 17일 스몰렌스크현에 위치한 그라체브카시에서 40베르스따 떨어진 무린스키병원에 도착한다. 소설 속에서 이렇게 구체적인 시기를 명시한 것은 이 작품이 불가코프의 실제 체험을 바탕으로 창작되었다는 것을 암시한다. 불가코프는 키예프의대를 졸업하고 1916년 9월부터 1917년 9월까지 스몰렌스크현에 위치한 니콜스코예마을에서, 1917년 9월부터 1918년 1월까지 뱌지마시에서 의사로 복무했다. 실제 사실이 작품에서는 지명한 바뀐 채 재현되고 있는 것이다.

니콜스코예마을에 있는 병원의 실제 기록에 의하면 소설 속에 묘사되고 있는 절단 수술은 1917년 9월 18일 시행되었다고 한다. 그러니까 작품에 적시된 1917년 9월 17일은 불가코프가 이미 병원을 떠난 이후다. 사실과 다르게 소설에서 수술 시기가 1년 늦춰진 이유는 무엇일까. 그것은 1917년 10월에 발생한 사회주의 혁명과 관련이 있다. 작가는 10월 혁명이 일어나기 바로 직전인 9월에 젊은 의사가 시골 병원에 처음 부임해온 것으로 상황을 설정했다. 불가코프의 의도는 무엇이었을까. 그는 「수탉을 수놓은 수건」에 나오는 일상적인 에피소드들을 통해 당시 역사적 상황을 언급하고 있는 것은 아닐까.

이 소설에서 사고를 당한 소녀의 아버지가 의사를 찾아와 절규하며 다음과 같이 말한다. "단, 죽지만 않게 해 주신다면 …… 단, 죽지만 않도록 해 주신다면 …… 불구자가 돼도 좋아요. 좋다고요!"[12] 이 말은 당시 러시아 상황을 염두에 두고 읽어도 의미심장하게 다가온다. 혁명이 일어나 혼란에 빠진 러시아는 내전을 겪으면서 절체절명의 위기에 직면했다. 그것은 마치 생명이 위급한 환자가 촌각을 다투는 상황과 흡사했던 것일까. 불가코프는 시골에서 벌어진 젊은 의사의 경험담을 빗대어 러시아의 운명을 걱정하고 있다.

불가코프는 러시아 운명에 대해 낙관적인 태도를 가졌던 것 같다. 「수탉을 수놓은 수건」에서 불가능한 수술을 마친 소녀는 극적으로 목숨을 건진다. 러시아는 결국 죽지 않고 살아남았다. 그런데 그 소녀가 주인공에게 선물로 준 '수탉을 수놓은 수건'의 의미는 무엇일까. 붉은 수탉과 천에 붉은 실로 수놓은 테두리 장식은 상황의 불안함을 무의식적으로 암시한다. 소녀가 의사를 다시 찾은 것은 수술이 끝나고 두 달 반이 지나서다. 그럼 1917년 12월 초가 된다. 이 시기는 사회주의 혁명이 성공하고 러시아가 내전으로 치닫던 때였다. 불가코프는 이런 상황을 염두에 두고 소녀의 선물과 당시 역사적 상황을 오버랩시키고 있다.

이와 관련해서 흥미로운 것은 1963년 이 작품이 다시 출간되었을 때 소비에트 검열당국에서 이 작품에 나오는 시간적 배경에 손을 댔다는 사실이다. 거기엔 1917년이 1916년으로 고쳐 표기되어 있다. 다시 말하면 작가의 정치적 의도를 애초에 차단하겠다는 의도라고 할 수 있다. 하지만 검열당국도 '붉은 수탉'이 지닌 상징적 의미를 바꿀 수는 없었다. 러시아어에 '불을 지르다'라는 의미의 숙어가 있다. 이 숙어는 '붉은 수탉'에서 파생된 것이다. 당시의 문헌을 보면 혁명이 일어나고 농민들이 지주들 집에 끊임없이 불을 질렀다는 기사가 나오는데, 이것은 수탉이 역사적 시간을 초월하여 작가의 의도를 전달하고 있다는 뜻도 내포하고 있다.

「주현절의 태아회전술」은 1925년 『의료인』 41~42호에 발표되었다. 불가코프의 첫 번째 부인 라파의 회상에 의하면 소설 속에 묘사된 수술은 1916년 9월 18일에 있었다. 실제 상황은 소설의 이야기보다 좀 더 복잡하다. 소설은 작가의 경험담을 단순화했다. 라파의 진술에 따르면 당시 병원에 산모의 남편이 찾아와 수술 준비를 하고 있는 젊은 의사를 협박했다. 남편은 만약 산모가 죽으면 의사를 가만 두지 않겠다고 위협했다. 하지만 이 에피소드는 작품에 반영되지 않았다. 또 당시 수술실에 불가코프의 아내가 같이 따라 갔다. 그녀는 산부인과 수술을 설명하고 있는 서적을 들고 수술실 옆 환자 대기실에 앉아 있었고, 불가코프는 수시로 이곳에 와서 책을 들여다보고 다시 수술실로 되돌아갔다. 그러나 아내의 이야기도 소설에는 생략되어 있다. 그것은 아마도 이 작품이 발표될 당시 불가코프 부부가 이혼한 상태였기 때문이 아닌가 한다. 그들은 1924년 합의하에 이혼했다.

「주현절의 태아회전술」에서 가장 재미있는 부분은 경험이 미천한 젊은 의사가 수술을 하면서 의학교과서를 커닝하는 장면이다. 작품은 이 에피소드로 인해 실제와 같은 개별성과 허구적 상황의 전형성을 동시에 획득한다. 의사는 교과서를 들추다가 수술에 임박해서는 책을 던져버리고 만다. 그리고 다음과 같이 독백한다.

이 순간에 모든 학술 용어들은 아무 소용이 없다. 중요한 건 하나다. 한 손은 안으로 집어넣어야 하고 다른 손은 밖에서 태아회전술을 도와야 한다는 것. 그리고 책이 아니라 의사에게 꼭 필요한 처치 감각에 의지하여 조심스럽고 끈기 있게 한 다리를 끌어내려 그걸 잡아서 아기를 꺼내야 한다는 사실이다.

주인공의 말은 당시의 러시아 상황을 상징적으로 암시하고 있다. 우선 산모의 뱃속에 가로 누워있는 태아는 혁명에 의해 새로 건설된 세계의 불안정성을 의미한다. 의사는 실제 수술에서 학술 용어들이 아무 소용없다고 고백한다. 이것은 혁명이 이론이나 도그마에 기초해 도식적으로 진행되는 것이 아니라는 것을 드러낸다. 혁명은 의사들이 집도하는 수술처럼 실제 상황이라는 것이다. 그리고 소설 속의 의사는 수술을 하면서 주위 사람들의 충고를 귀담아 듣고, 실제로 그들의 말이 수술에 결정적인 역할을 한다. 젊은 의사를 도와주는 그들은 삶의 살아있는 경험을 간직하고 있는 민중의 형상이라고 할 수 있다. 혁명은 민중의 살아있는 삶의 경험에 바탕을 둬야 성공할 수 있다. 결국 소설 속 의사는 그들의 경험을 기초로 어려운 수술을 성공리에 마친다.

「강철로 된 목」은 1925년 『붉은 파노라마』라는 잡지 33호에 발표되었다. 이 소설의 사건은 시기적으로 1917년 10월 혁명 이후에 발생한 것으로 설정되어 있다. 『젊은 의사의 수기』 연작의 다른 작품과 달리 「강철로 된 목」에서는 주인공의 고독한 생활과 외로움이 특히 부각되어 있다. 이런 분위기는 소설의 첫 구절에서부터 시작해서 마지막 구절까지 이어진다.

결국 나는 혼자 남았다. 주위에는 눈보라가 소용돌이치는 십일월의 어둠뿐이다. 집은 눈에 파묻혔고 굴뚝에서는 윙윙거리는 소리가 나기 시작했다. 나는 이십사 년을 줄곧 대도시에서 살았고, 눈보라가 울부짖는 일은 소설에서나 일어나는 줄 알았다. 그런데 눈보라는 실제로 울부짖고 있었다. 이곳의 밤은 굉장히 길었다. 푸른색 갓 밑의 램프가 시커먼 창문에 비쳤다. 나는 왼팔에 비치는 그림자를 보며 지방 도시에 대한 공상에 잠겼다. 도시는 내가 있는 곳에서 40 베르스따 거리에 있었다. 나는 이곳에서 그곳으로 정말 달아나고 싶었다. 거기는 전기가 들어왔고, 의사가 네 명 있었다. 그들과 상의할 수도 있고 어떤 경우에도 이렇게 두렵지는 않았다. 하지만 도망갈 수 있는 가능성은 없었다. 게다가 종종 내가 소심하다는 것을 스스로 알고 있다. 도대체 이런 걸 위해 내가 의과대학에서 공부를 했단 말인가.

나는 작별 인사를 하고 숙소로 돌아왔다. 함박눈이 내려 세상을 온통 뒤덮고 있었다. 가로등이 켜져 있었다. 내 집은 외롭고 조용하고 엄숙했다. 집에 오면 나는 자고 싶은 마음뿐이었다.

이 작품의 주인공은 「모르핀」에서 자살로 인생을 마감하는 비극적 의사를 떠올리게 한다. 시골 병원에서 고독과 외로움 때문에 지쳐있는 젊은 의사가 그것을 잊을 수 있는 가장 손쉬운 방법은 약물 중독이었다. 그래서 「강철로 된 목」의 주인공이 느끼는 고독과 외로움은 예사롭지 않다. 시골의사에게 유일한 위안이 있다면 그것은 마을 사람들이 그에게 보내는 존경심뿐이다. 주인공의 이런 상태는 불가코프의 당시 상황을 그대로 반영하고 있다. 불가코프는 1917년 12월 31일 누이동생에게 보낸 편지에서 시골 병원의 고독하고 우울한 생활을 다음과 같이 고백한 적이 있다. "뱌지마시에서 난 가장 힘든 시기를 보내고 있단다 (…중략…) 나는 완전히 고독하게 살고 있어 (…중략…) 생각에 잠기기 좋은 광활한 벌판이 있을 뿐이지. 난 지금도 생각에 잠겨 있어. 나의 유일한 위안이 있다면 그것은 낮에 일하고 저녁에 책을 읽는 것뿐이야." 이런 점에서 이 소설은 불가코프가 약물 중독에 빠졌던 이유를 이해하는 데 중요한 단서가 되는 작품이다.

「눈보라」는 1926년 『의료인』 2~3호에 발표되었다. 이 작품의 플롯은 「수탉을 수놓은 수건」과 연결되어 있다. 아마 분쇄기에 빠져 심각한 부상을 당한 소녀의 목숨을 건진 의사의 이야기는 「눈보라」 앞부분에 언급되어 있다. 독자는 이를 통해서 『젊은 의사의 수기』에 등장하는 주인공이 동일 인물이라는 사실을 깨닫게 된다.

나는 아마 분쇄기에 빠진 소녀의 다리를 절단하고 나서 감당할 수 없을 만큼의 엄청난 명예를 얻을 정도로 유명해졌다. 하루에 백 명의 농부들이 썰매를 타고 나를 찾아왔다. 점심 먹을 시간도 없었다. 산수는 잔인한 과학이다. 내가 백 명의 환자들에게 5분…… 오직 5분만을 할애했다고 가정해보자! 그러면 500분, 즉 8시간 20분이다. 줄을 서서. 그리고 이외에 나는 30명의 입원환자를 맡고 있었다. 게다가 수술까지 했던 것이다. 한마디로 저녁 8시에 병원에서 돌아오면 먹기도 마시기도 잠자기도 싫었다. 출산 때문에 불려나가지 않았으면 하는 것 이외에 아무 것도 바라는 것이 없었다. 2주 동안 다섯 번이나 사람들은 밤에 나를 썰매에 태우고 어디론가 데리고 갔다.

젊은 의사가 하루에 백 명의 환자를 진료했다는 언급은 불가코프가 직접 경험한 사실에 근거한 것이다. 1917년 9월 18일 스이체프스키 자치의회가 불가코프에게 보낸 확인서에 의하면 1916년 9월 29일에서 1917년 9월 18일까지 불가코프는 15,361명의 외래환자를 진료하고, 211명의 입원환자를 돌봤다. 공휴일이나 휴가를 제외하고 근무한 날을 기준으로 계산하면 불가코프는 하루에 대략 44명의 환자를 진료했다고 한다. 그러니까 환자가 특별히 많이 오는 날에는 백 명도 받았을 것이다.

「눈보라」는 『젊은 의사의 수기』 연작 중 유일하게 의사의 실패담을 다루고 있다. 젊은 의사는 약혼식 날 불의의 사고로 머리를 다친 농업기사의 딸을 치료하기 위해 먼 길을 떠나지만 결국 그 여자는 죽고 만다. 주인공의 노력에도 불구하고 결과는 해피엔딩과 멀어진다. 이런 이유로 「눈보라」는 다른 작품과 비교해서 더욱 어두운 분위기를 띠고 있다. 작품의 제목인 '눈보라'의 형상도 이런 분위기와 밀접한 연관이 있다. 눈보라는 주인공의 운명을 암시한다. 눈보라는 마치 한 치 앞을 볼 수 없는 의사의 운명을 상징적으로 표현하고 있다. "눈보라가 나를 나뭇잎처럼 흔들었다. 그래 나는 집에 도착할 것이고, 그들이 선량한 나를 다시 어디론가 인도할 것이다. 그렇게 눈보라 속을 달릴 것이다."

그리고 이 작품에 나오는 의사가 다른 작품의 주인공과는 다른 왕진 의사로 등장한다는 점도 주목할 만하다. 다른 작품에서는 환자들이 주인공인 의사를 찾아오지만 「눈보라」의 주인공은 환자를 직접 찾아가서 의료행위를 한다.

「칠흑 같은 어둠」은 1925년 잡지 『의료인』 26~27호에 발표되었다. 작품 제목은 구약성서에서 빌려온 것이다. 「출애굽기」 10장, 21~23절에 이런 구절이 나온다.

야훼께서 모세에게 이르셨다. "너는 하늘을 향해 팔을 뻗어라. 그러면 에집트 땅이 온통 손으로 만져질 만큼 짙은 어둠에 휩싸이게 되리라." 모세가 하늘을 향하여 팔을 뻗치니 에집트 땅이 온통 짙은 어둠에 싸여 사흘 동안 암흑 세계가 되었다. 사흘 동안 사람들은 서로 알아보지도 못했고 제 자리에서 움직이지도 못했으나, 이스라엘 백성이 사는 고장만은 환하였다.^{공동번역, 『성서』, 1997}

소설에서 칠흑 같은 어둠은 러시아 민중들의 무지몽매함을 상징한다. 제분소 주인은 의사가 처방해준 대로 약을 복용하지 않고 자기 판단에 따라 약을 먹는다. 서른 살 먹은 붉은 얼굴의 젊은 여자는 의사가 처방해준 물약을 동네 사람들에게 마시라고 나눠준다. 주인공인 젊은 의사는 이런 무지몽매함에 맞서 싸운다. 그가 바라는 것은 상식 수준의 이성적 판단이다. 이건 곧 계몽을 의미한다. 하지만 현실은 그렇게 간단치 않다. 작품의 결말에 가서 주인공은 민중의 무지몽매함과 맞서 성전聖戰을 불사하는 꿈을 꾼다. "꿈은 행복한 농담이다!" 다시 말하면 꿈은 현실이 아니란 말이다.

'음, 아니야…… 나는 싸울 거야. 난 할 거야…… 나는……' 고단한 밤을 보내고 달콤한 꿈을 꾸었다. 칠흑 같은 어둠이 장막처럼 길게 누워 있었고…… 그 속에서 나는…… 메스도, 청진기도 없이…… 어디론가 간다, 싸운다…… 촌구석에서. 하지만 혼자가 아니다. 나의 군대가 진군한다. 데미얀 루끼치, 안나 니꼴라예브나, 뻴라게야 이바노브나. 모두 흰 가운을 입고 앞으로 나간다, 전진……

「사라진 눈」은 1926년 잡지 『의료인』 36~37호에 발표되었다. 이 작품은 여러모로 「눈보라」와 비교된다. 「눈보라」와 마찬가지로 「사라진 눈」의 주인공도 자신이 얼마나 많은 환자를 진찰했는지 되돌아본다. 그리고 시골병원에서 대단한 경험을 쌓았다고 생각한다.

나는 감격스럽게 외래환자 등록대장을 펼치고 한 시간 동안 이리저리 따져보았다. 그리고 마침내 계산을 마쳤다. 저녁 이 시각까지 일 년 동안 나는 15,613명의 환자를 받았다. 내가 치료한 입원환자는 약 200명이고, 그중 오직 6명만 목숨을 잃었다.

앞에서 살펴봤듯이 이 기록은 사실에 근거한 서술이다. 다른 작품과 마찬가지로 불가코프는 「사라진 눈」을 실제 경험담에 기초해서 창작했다. 이 소설은 의사의 실수, 즉 오진誤診이라는 주제를 다루고 있는데, 이 또한 작가가 겪었던 실제 경험에서 우러나온 것이다. 하지만 이 작품에 나오는 의사의 실수는 「눈보라」에서와 같이 비극적 결말로 끝나지 않는다. 다행히 어린 아이의 눈은 정상으로 돌아온 상태였고, 의사는 이런 사실에 난처할 뿐이다.

불가코프가 이런 에피소드를 다룬 또 다른 이유는 의사와 작가의 길 중 하나를 선택해야 했던 심리적 갈등 때문이다. 의사에게 오진은 참을 수 없는 존재의 무상함 그 자체이다. 이로 인해 그들은 자신의 직업에 대해 깊은 회의를 품거나 심지어 자신을 해할 정도의 참담한 심정에 이른다. 우연이었을까. 불가코프도 이 작품을 쓰면서 이런 갈등을 겪었다. 그는 자신이 작가로서 성공할 수 있을지 여러 번 자문했다. "더 깊이 공부해야만 한다"는 이 작품의 마지막 구절은 어쩌면 의사로서가 아니라 작가로서 새로운 길을 찾아 나선 불가코프의 고민이 짙게 스며있는 말인지도 모른다.

「별 모양의 발진」은 1926년 잡지 『의료인』 29~30호에 발표되었다. 이 소설은 『젊은 의사의 수기』 연작 중 마지막 작품이다. 주인공이 시골 병원에서 의료행위를 시작한 것은 1917년 10월 사회주의 혁명이 일어나기 직전이다. 「별 모양의 발진」은 "운명 같은 격동의 세월이 지나고" 화자가 과거를 회상하는 형식을 취하고 있다. 이로써 『젊은 의사의 수기』는 막을 내린다.

결국, 한 해가 지났다. 운명 같은 격동의 세월이 지나고 나는 눈 덮인 별관 병동을 떠났다. 거기에 지금 무엇이 있고, 누가 있는지? 옛날보다 훨씬 나아졌을 거라고 믿는다. 건물도 페인트칠을 새로 하고, 침대 시트도 새것으로 바꿨겠지. 물론 아직 전기는 들어오지 않겠지만. 아마도 내가 이 글을 쓰는 지금 어떤 젊은 의사가 환자를 진찰하고 있겠지. 석유램프가 누렇게 뜬 피부에 황색 빛을 비추고 있을 거야……

안녕, 내 친구!

주인공은 이 연작의 마지막 대목에서 다른 젊은 의사가 자신의 옛 자리를 지키고 있을 거라고 믿는다. 그 젊은 의사는 주인공과 마찬가지로 매독 환자를 돌보면서 그들이 투덜대는 소리를 들을 것이다.

엉터리야. 애송이 의사인 주제에. 나는 목이 막혔는데 의사는…… 가슴하고 배만 진찰하더라고…… 한나절이나 병원에서 기다렸는데 이게 뭐야. 지금 가면 밤에나 집에 도착할 텐데. 오, 세상에! 나는 목이 아픈데 의사는 발에 연고나 바르라니.

하지만 젊은 의사는 여러 가지 난관을 극복하면서 매독과 싸울 것이다. 왜냐하면 매독이 얼마나 지독한 병인지 정확하게 알고 있는 사람도 젊은 의사고, 그 질병을 치료할 수 있는 방법을 알고 있는 유일한 사람도 의사이기 때문이다. 무엇이 문제고, 어떻게 해결해야하는지 알고 있는 사람은 고독하고 외로운 법이다. 그는 부와 명예가 따르지 않아도 이 일을 해야만 한다. 그것이 운명이던 아니면 직업적인 요구이던 간에 『젊은 의사의 수기』는 이런 사람들의 진솔하고 감동적인 일기장 같은 것이다.

「모르핀」은 1927년 『의료인』이라는 잡지의 45~47호에 발표되었다. 이 작품은 연작 『젊은 의사의 수기』에 포함된 것으로 발표되었지만 불가코프 연구자 대부분은 각각 별개의 작품으로 분류하고 있다. 그 이유는 「모르핀」이 연작 『젊은 의사의 수기』보다 1년 늦게 발표되었을 뿐만 아니라 작품의 내용이나 형식이 판이하게 다르기 때문이다. 다른 작품과 마찬가지로 「모르핀」도 작가의 자전적인 이야기에 기반을 두고 있다.

이 작품은 불가코프가 1916년 9월부터 1917년 9월까지 스몰렌스크현에 위치한 미콜스코예마을에서, 1917년 9월부터 1918년 1월까지 뱌지마시에서 의사로 활동한 경험을 담고 있다.

「모르핀」의 이야기는 디프테리아 발병 후 기관 절개수술을 받고 마취제에 중독된 적이 있는 작가 자신의 경험을 생생하게 반영하고 있다. 불가코프가 모르핀 중독에 걸렸던 시기는 1917년 3월이었다. 이때는 러시아에서 사회주의 진영이 주도한 2월 혁명이 실패로 끝난 직후였다. 작가의 첫 번째 부인이었던 라파는 당시 불가코프의 상태를 다음과 같이 묘사한 적이 있다. "그는 아주 평온했다. 평온한 상태를 유지했다. 잠에 취한 상태가 아니었다. 전혀 달랐다. 그는 심지어 이런 상태에서 글을 쓰려고 했었다."

불가코프가 미콜스코예마을에서 뱌지마시로 옮긴 것도 모르핀 중독 때문이었다. 라파의 회상록에 의하면 미콜스코예병원의 많은 사람들이 의사 불가코프가 심각한 약물 중독에 빠졌다는 사실을 알고 있었다고 한다. 그래서 그는 그곳을 떠나 다른 곳으로 거처를 옮겨야만 했다. 하지만 그의 모르핀 중독은 뱌지마시에서도 계속 되었다. 라파는 도시에 있는 약국을 돌아다니면서 모르핀을 구해야만 했다. 이것은 작품에도 그대로 반복된다. 의사 폴랴코프의 애인인 간호사 안나는 현실의 라파처럼 의사에게 모르핀 주사를 놓아준다. 소설 속 안나는 불가코프의 첫 번째 부인이 변형된 형상이라고 할 수 있다.

불가코프가 모르핀 중독에 걸린 것은 기관절개 수술을 받다가 일어난 불행한 사건이지만 미콜스코예마을의 우울한 생활을 견디지 못해 발생한 것이기도 하다. 젊은 의사였던 불가코프는 대도시의 생활과 유흥에 익숙해 있었다. 그런 그가 고독한 시골 생활을 참고 인내하기란 쉽지 않았을 것이다. 이런 상황에서 약물 중독은 그에게 울적한 생활을 잊고 창조적 고양 상태를 제공하였다. 그는 모르핀에서 현실도피적인 달콤함 환상을 맛보았던 것이다.

그 후 불가코프는 가까스로 모르핀 중독에서 벗어난다. 라파는 사태가 심각한 것을 깨닫고 그에게 키예프로 돌아갈 것을 종용했다. 그리고 1918년 2월 부부는 산간벽지의 시골 도시를 떠나 대도시로 이전하게 된다. 불가코프가 완전히 모르핀을 끊은 것은 키예프로 돌아온 후 주위 여러 사람들의 도움을 받고 나서였다.

불가코프의 모르핀 중독 경험은 이 작품에서 다음과 같이 생생하게 묘사되어 있다.

목에 촉감이 느껴지는 첫 번째 순간. 이 촉감은 따뜻해지고 온몸으로 퍼진다. 갑자기 명치끝에 서늘한 파도가 지나가는 두 번째 순간이 찾아온다. 그 다음에 생각이 아주 분명해지고 작업 능력이 폭발적으로 증가한다. 모든 불쾌한 감각이 완전히 중지된다. 이것은 인간의 영적 능력이 발현되는 가장 높은 지점이다.

불가코프는 모르핀 중독을 문학적으로 묘사한 톨스토이를 「모르핀」에서 극찬하기도 했다. 톨스토이의 『전쟁과 평화』에서 묘사된 페탸 로스토프를 염두에 두고 하는 말이다. 이것은 불가코프가 마취제에 취한 몽롱한 상태를 인간의 영감이 최고조에 달한 상황과 유사하게 이해하고 있다는 것을 의미한다. 이를 증명하듯 불가코프는 모르핀 중독을 자신의 다른 작품에서도 다룬 바 있다. 그의 대표적인 장편소설 『거장과 마르가리타』가 그것이다. 그는 모르핀 중독 상태를 마치 꿈속같이 현실에서는 경험하기 힘든 상황을 연출하는 문학적 장치로 사용하고 있다.

「모르핀」은 액자소설의 형식을 취하고 있다. 액자소설이란 작품 속에 독립적 형태의 이야기가 별도로 있는 소설을 말한다. 이 작품에서는 폴랴코프의 일기가 그 역할을 한다. 일반적으로 액자소설은 소설의 플롯을 이중적 구조로 만든다. 주인공인 화자가 이끌어가는 이야기가 있고, 그 안에 독립된 구조의 이야기가 또 있는 식이다. 액자소설에서 중요한 것은 화자의 이야기가 아니라 화자를 다시 독자로 전환시키는 독립된 이야기이다. 액자 속 이야기를 통해 화자와 독자는 동일한 지위를 획득한다. 그 결과 독자는 액자 속 이야기를 읽으면서 마치 화자가 된 듯한 착각에 빠지기 쉽다. 폴랴코프의 죽음을 접하면서 우리가 의사 봄가르드의 처연한 심정을 생생하게 경험할 수 있는 것은 바로 이런 문학적 장치 때문이다.[13]

불가코프가 창조한 의사의 형상은 체호프 주인공의 경험을 통합하고 다른 한편에서 거기에 새로운 깊이와 진정성을 부여한 결과였다고 할 수 있다. 19세기 러시아문학에서 의사는 가장 널리 알려진 인물 중 하나일 뿐만 아니라 인간의 다양한 존재론적 문제와 쟁점을 내포한 '문제적 인물'이기도 했다. 그것은 의사라는 직업이 종종 인간 삶의 극한적 경계선 상황을 목격하고 경험하는 위치에 있기 때문이다. 의사 주인공은 예컨대 삶과 죽음, 고통과 보살핌, 불의에 대한 투쟁과 구원 등과 같이 인간 존재의 뿌리까지 침투하는 것이 가능하고 용이하기 때문에 이것은 전혀 놀라운 일이 아니다. 불가코프의 의사 주인공들은 바로 이런 측면을 효과적으로 극대화하고 있는 경우다. 특히 「개의 심장」에 등장하는 주인공 프리오브라젠스키는 현대의학의 가장 첨예한 쟁점 중 하나인 트랜스휴먼이라는 주제를 다루고 있다는 점에서 주목할 만하다. 이런 점에서 그들은 체호프가 묘사한 의사 형상을 발전시킨 계승자라고 할 수 있을 것이다. 이렇게 러시아문학에서 의사는 사기꾼에서 낭만적인 영웅으로, 낭만적인 영웅에서 현실적인 유물론자로, 유물론자에서 도덕성을 지닌 영웅으로 길고 흥미로운 길을 거쳤다. 그들은 진리뿐만 아니라 삶과 죽음의 모든 것을 이해하려고 노력하는 사람, 넓은 의미에서 다른 사람을 책임지는 사람이었던 셈이다.[14]

4

　러시아문학에서 의사의 형상에 대한 연구는 생각보다 많지 않다. 적지 않은 연구자들이 이 연구의 잠재력에 대해 강조하고 있지만 그에 비해 성과가 풍성하다고 할 수 없다.[15] 그것은 다분히 의료문학적 문제의식과 관점이 아직 러시아문학 연구에서 활성화되고 있지 못하기 때문일 것이다. 하지만 위에서 살펴본 것처럼 러시아문학의 의학적 전통과 역사는 매우 다양하고 뚜렷한 발자취를 보여주고 있다. 이 주제는 러시아문학을 분석하고 이해하는 데 있어서 새로운 문제의식과 방법론으로 발전될 충분한 잠재력을 가지고 있다고 본다.

　이와 관련하여 한국문학에서도 이런 주제 연구가 본격화될 필요가 있을 것이다. 그것이 러시아문학의 경우와 비교하여 어떤 특수성이 있는지도 흥미로운 내용이다. 사실 19~20세기 러시아문학에서 의사 주인공의 변천 과정은 한국문학을 연구하는 데 중요한 시사점을 주기도 한다. 한국문학의 의학적 전통과 주인공들, 의사작가들의 문학적 성취 등에 관한 연구는 우리 문학을 들여다보는 새로운 관점과 문제의식을 요구할 것이다. 만약 의료문학 연구방법이 이에 도움이 된다면 이 또한 큰 보람이 아닐 수 없다.

제3부

문학과
광기의 역사

*

제1장
광기의 언어
가르쉰의 「붉은 꽃」을 중심으로

제2장
광기, 전복된 영혼의 세계
러시아 광기의 역사

제3장
감금과 통제
19세기 러시아 정신병원의 실체

제1장

광기의 언어

가르쉰의 「붉은 꽃」을 중심으로

1. 광기를 보는 몇 가지 시각

광기[1]는 러시아문학의 대표적인 주제 중 하나다. 광기가 문학의 주제가 된 것은 현실에서 그것이 중요한 의미를 지니고 있었기 때문이다. 실제로 19세기 러시아 역사는 광기의 역사라고 할 만큼 그로테스크한 측면이 있다. 무소불위의 권력을 쥐고 있었던 전제군주 차르의 존재, 역사상 유례를 찾기 힘든 비인간적인 농노제도, 러시아적 현실에서 더욱 기괴해진 관료제도, 혹독하다 못해 우스꽝스럽기 짝이 없는 검열제도, 인간을 도구화한 극단적인 이념 등등. 이런 현실에서 태어난 문학이 광기를 다루지 않았다면 그것 자체가 난센스였을 것이다. 이런 점에서 러시아문학에서 광기라는 주제는 매우 역사적이고 현실적인 의미가 강하다.

러시아문학뿐만 아니라 서양문학에서 작가들이 광기라는 주제를 다룬 것은 이미 오래 전 일이다. 하지만 광기에 대한 연구가 본격적으로 시작된 것은 20세기에 와서다.[2] 광기에 대한 많은 연구들이 있지만 그중에서 푸코Michel Foucault의 『고전주의시대의 광기의 역사』1961는 광기에 대한 철학적, 문학적, 역사적 연구에 새로운 상상력을 제공했다는 점에서 기념비적인 저작이다. 푸코는 이 책을 통해서 광기에 대한 '고고학적' 시각을 제시하고 있다.[3]

광기에 대한 푸코의 관심은 무엇보다도 근대인이라는 존재 혹은 개념이 어떻게 형성되었는가 하는 문제와 밀접한 관련이 있다. 그는 이 문제를 해명하기 위해 정신적인 질병, 즉 광기에 주목한다. 푸코는 광기를 이성 중심의 서구사회가 배척했던 인간적 특성 중 하나라고 주장한다. 근대 사회와 근대인이라는 개념이 형성되면서 의도적으로 광기를 반反근대적인 것으로 간주했다는 것이다. 이런 과정이 본격적으로 이루어진 시기를 푸코는 19세기라고 주장한다. 다시 말해 17~18세기까지 광기는 인간의 삶 속에 존재하고 있었다. 이를 증명하기 위해 푸코는 17~18세기 사람들의 문화 속에 근대인이 생각하는 광기라는 질병 개념이 존재하지 않았다는 사실을 보여주고 있다. 그들에게 그러한 현상은 광기безумие, 즉 지적인 능력 혹은 뇌가 없는 상태가 아니라 그저 우둔한 상태неразумие였을 뿐이다.[4] 인간의 삶 속에 존재하고 있던 우둔함을 광기로 몰아 근대 사회로부터 격리시키고 급기야 그것을 치료의 대상으로 상정한 것은 이른바 이성을 중시했던 근대의 기획이었던 것이다. "본질적으로 광기는 주체가 스스로 광기의 고유한 언어로 말하고 자신을 광인으로 정하는 것을 허용하는 자유공간, 즉 그런 틈이 광기 주위에 직접적으로 존재하는 정도로만 가능했다."[5]

푸코의 『광기의 역사』는 또한 '광기의 언어'라는 관점에서 문학과 광기의 관계를 고찰하고 있다는 점에서 주목할 만하다. 그는 고전주의시대의 문학작품, 즉 17~18세기 텍스트에는 광기 고유의 언어가 존재하지 않았다고 주장한다. 언어의 영역에서 광기가 재등장한 것은 19세기에 와서라는 것이다. "고전주의시대에는 광기를 위한 고유한 언어, 자율적 언어가 존재하지 않고 또 광기가 자신에 관해 진실의 언어로 말할 가능성이 없다는 점에서 광기의 문학이 존재하지 않는다."[6] 광기를 다루고 있는 문학작품에 대한 푸코의 해석이 광기를 분석하는 본격적인 문학적 방법론으로까지 발전된 것이라고 볼 수는 없다. 그러나 그의 해석은 문학 속의 광기에 대한 연구에 있어서 역사철학적 근거를 제시했다는 점에서 큰 의미가 있다.

광기에 대한 본격적인 문학적 연구로는 L. 페더^{L. Feder}의 『문학 속의 광기』¹⁹⁸⁰가 있다. 페더는 이 저서에서 기원전 5세기부터 현대에 이르기까지 서양문학에 나타난 광기라는 주제를 다양하게 분석하였다. 그녀는 문학작품 속의 광기를 분석하면서 주제적 접근과 역사적 접근을 동시에 시도하고 있다.

> 나의 방법은 본질적으로 주제적인 접근과 연대기적 접근이 결합된 것^{a combined thematical-chronological one}이다. 나는 이러한 접근을 문학의 지속적인 주제로서의 광기를 다루는데 가장 효과적이며, 광기의 징후들이 나타나는 어떤 정신적 작용들에 대한 미학적 접근에 있어서 발전과 변화들을 설명하기 위해 필요한 방법이라고 생각한다. 허구적인 광인의 기억들과 연상들 그리고 광기를 설명하는 인물들은 그들의 개인적인 과거뿐만 아니라 또한 사회사, 문학사를 포함한다.[7]

페더는 현실 속의 광기와 문학 속의 광기를 엄격하게 구분한다, 말하자면 전자는 실제적인 정신이상 현상이고 후자는 광기에 대한 문학적 묘사이다. 이와 동시에 그녀는 양자 사이의 일정한 연관성도 간과하지 않는다. 문학작품에 등장하는 광인이 어느 정도 실제의 모델에 근거를 두고 있다는 것이다. 하지만 그보다 페더의 관심을 끌고 있는 것은 그 사이의 질적인 차이점들이다.

문학작품의 광인은 왜곡distortion이 일반적으로 용인된 표현양식인 신화적 혹은 문학적 전통에 근거를 두고 있다. 더구나 광인의 존재를 한정하는 내재적인 미학적 체계는 또한 그의 광기에 본질적인 가치와 의미를 부여한다. 광인의 문학적 성격은 따라서 그 자신의 용어에 가까워져야만 하며, 그는 무의식의 과정을 전달하는 구어적verbal, 극적dramatic, 서술적narrative 상징들을 통해 나타나고 드러난다. 심지어 작가가 자신의 정신이상 경험을 작품의 주제나 정서적 원천으로 묘사할 때조차 이 연구에서 주된 관심은 망상, 분열 혹은 다른 일탈행위들을 그가 속한 사회, 그의 예술, 그 자신의 정신에 대한 독특한 관점의 창조를 위해 어떻게 적용했는가? 이다.[8]

페더는 광기 자체가 아니라 문학작품에서 광기를 묘사하는 상징적인 수단들에 주목한다. 그녀가 광기를 "무의식의 과정들이 의식의 과정들을 지배하는 상태"라고 규정할 때조차 사실 관심은 광기를 묘사하는 상징적인 수단들을 통해 실현된 다양한 시대와 사회의 가치 혹은 욕망에 있다. 이런 점에서 페더에게 광기는 문학작품의 주제이자 모티브일 뿐만 아니라 인간의 정신과 사회, 정치제도의 본질을 드러내는 메타포이기도 하다. 페더는 문학작품 속의 광기를 분석하기 위해 프로이드, 라캉 등 정신분석학적 이론들에 의존하고 있다. 하지만 이것은 어디까지나 정신적인 일탈행위의 징후와 특징들을 이해하기 위한 기초적인 공식일 뿐이다.

광기와 문학에 대한 또 다른 접근방법으로 정신병리학에 근거를 둔 병적학적 시각이 있다. 병적학病跡學, pathography이란 작가의 이상행동이나 질병을 그의 창조성과 연관시켜 설명하는 분야를 말한다. 이런 시각에서 광기와 문학의 관계를 연구한 것으로는 I. 시로트키나Irina Sirotkina의

『문학적 천재에 대한 진단―1880~1930, 러시아 정신의학의 문화사』2002가 있다. 문학이 예외적으로 높은 지위를 차지하고 있었던 러시아에서 병적학은 특히 두드러졌다. 러시아의 정신과 의사들은 고골이나 도스토예프스키가 제시한 인간의 도덕적 파멸에 대한 병리학적 묘사를 자신의 작업과 비교하였다. 그들은 고골과 도스토예프스키의 개인적인 성격, 그들의 작품에 나타난 인물들의 병리적 현상을 작가 자신의 정신질환에 의한 것으로 여겼다. 19세기 말에서 20세기 초에 이르기까지 러시아에서 이런 문제의식이 얼마나 광범위하게 퍼져있었는지에 대해 시로트키나는 다음과 같이 서술하고 있다.

> 러시아의 경우 적어도 정신과 의사와 작가 그리고 일반 대중 사이의 관계는 매우 미묘하고 흥미로운 것이었다. 러시아 대중은 병적학이라는 장르에 대해 이중적인 반응을 보였다. 실제로 그들이 유명한 작가들의 소위 정신질환에 대해 논했을 때, 몇몇 정신과 의사들은 문학애호가들의 감정을 거슬리지 않기 위해 그들의 진단을 변경하였다. 그리고 문학의 '정신의학적 비평'이라는 장르가 1917년 혁명을 전후로 해서 짧은 기간 유행했었다는 사실도 지적할만한 가치가 있다.[9]

광기와 문학에 대한 기호학적 접근방법도 매우 흥미롭다. 기호학적 시각은 아직 문학방법론으로 정식화된 것은 아니지만 광기에 대한 새로운 문제를 제기하고 있다는 점에서 의미가 크다. 이런 문제의식을 반영하고 있는 연구 성과로는 논문집 『광기의 기호학』2005을 들 수 있다. 이 논문집에 수록된 논문들은 제각기 다양한 문제의식을 갖고 있지만 광기를 정신 병리학과 문학사 속에서 이해하려는 시도를 하고 있다. 다음은 이 논문집의 공동 저자 중 하나인 류바 유르겐손Lyuba Yurhenson의 문학 속의 광기에 대한 견해이다.

일반적으로 문학 텍스트 속의 광기는 단지 묘사의 외적 대상이고, 실제로 비유의 형태거나 인물이며, 내용이 아니라 표현의 차원에서 관계된 것이다. 주지하다시피 비유는 언어적 규범들과 그 밖의 다른 규범들에 대한 거부이다. 규범적인 행위의 거부라는 점에서 광기는 비유적인 묘사의 어떤 이상적인 변형이다. 현실을 지각하는데 있어서 이른바 존재론적 실수는 광기에게 모든 카드를 바꿀 수 있는 능력을 가진 조커의 다면성многоликость과 동시에 그것의 무개성безликость을 알려준다.[10]

2. 비극적 광인의 전형과 평가들

고골의 「광인일기」에 등장하는 포프리시친이 정신착란에 빠져 자신을 스페인 왕이라고 자처하는 장면은 그로테스크하면서도 우스꽝스럽기 그지없다. 이 장면은 고골의 예술세계가 지니고 있는 특징을 단적으로 드러내는 대목인데, 고골의 독창성은 바로 이러한 '희극적인 고취коми ческое одушевление'에 있다. 「광인일기」의 마지막 문장은 이런 점을 확인할 수 있는 전형적인 예이다.

이 세상엔 당신 아들이 머물 곳이 없어요! 사람들이 괴롭혀요! 어머니! 이 병든 아들을 가엾게 여겨주세요! …… 그런데 알제리 총독의 코밑에 혹이 있는 것을 아세요?[11]

포프리시친은 심각한 망상장애에 시달리며 고통스러워하지만 고골적 광인다운 희극성을 잃지 않는다. '그런데 알제리 총독의 코밑에 혹이 있는 것을 아세요?'라는 재치 있는 대사는 광인의 병적 심각성과 더불어 고골적 광기의 희극성을 표현한다. 고골의 임무는 광기를 사실적으로 묘사하는 것만이 아니라 그 세계의 희극성을 드러내는 데 있었다. 이런 점에서 고골적 광기는 순수한 임상적 영역으로부터 자유롭다. 벨린스키가 고골의 「광인일기」에 대해 '불쌍한 인간에 대한 악의 없는 조롱'이자 '심오한 철학이 담긴 캐리커처'라고 평가한 것은 이런 맥락과 관련이 있다.[12]

포프리시친이 전대미문의 희극적 광인이라면 가르쉰의 주인공은 비극적 광인의 전형이다. 가르쉰[B. Garshin]의 「붉은 꽃」[1883]에 등장하는 광인은 비극적 운명을 두려워하지 않는다. 정신병원에 입원한 광인은 병원의 정원에 핀 붉은 양귀비꽃을 악의 화신이라고 믿고 세상을 수호하기 위해 자신이 그 악의 상징을 파괴해야 한다는 과대망상에 시달린다. 그리고 마침내 그 과업을 완수한 후 죽고 만다. 가르쉰의 광인은 고골의 주인공처럼 우스꽝스럽지 않다. 광인의 고통은 끔찍할 정도로 사실적이며, 그의 광기는 몸서리치듯 서슬이 퍼렇다. 이것은 광기에 대한 완벽한 임상적 기록이다.[13]

가르쉰 자신이 인정하고 있듯이 이 작품은 자전적 요소를 많이 가지고 있다. 이 작품의 주인공은 여러모로 작가 가르쉰을 닮았다. 정신병이라는 병력病歷도 그러하거니와 수도사를 닮은 용모, 예언적 눈빛, 고통스러운 입술 등 주인공의 외모도 작가와 비슷하다.[14] 이런 점에서 이 작품의 광인은 가르쉰의 자화상이라고 할 수 있다. 1880년에서 1881년 사이에 작가가 경험한 정신병 발작이 작품의 직접적인 소재가 되었다. 그는 「붉은 꽃」을 집필 중이었던 1883년 7월 9일 친구인 파우세크에게 다음과 같은 서신을 보낸 적이 있다. "실제로는 끔찍할 정도로 사실적임에도 불구하고 환상적인 물건을 만들었다네."[15]

「붉은 꽃」은 당시에 다양한 평가와 반항을 일으켰다. 이 작품에 대한 최초의 비평들은 적나라한 병리학적 스케치나 주인공의 히스테리컬한 발작 등에 주목했다. 앞서 언급했듯이 1880년대는 러시아에서 병적학이 유행했던 시기였다. 이런 기록들 중에서 특히 흥미로운 것은 키예프 출신의 유명한 정신과 의사였던 I. 시코르스키I. Sikorsky의 평가다. 시코르스키는 정신병리학적 관점에서 푸슈킨, 가르쉰 등 러시아 작가들에 대한 비평을 많이 발표하였다. 하지만 그의 병적학적 기록들은 단순한 임상적 수준을 뛰어넘는 것이었다. 그의 비평 작업은 이후에 러시아 심리주의 문학 비평에 중요한 밑거름이 된다.

그는 이 작품에서 정신병 발작에 대한 사실적인 임상적 기록을 발견하고 그것의 가치를 높이 평가하였다. 그에 의하면 「붉은 꽃」은 "허식이나 주관주의와는 거리가 먼 예술적 형식으로 형상화된 과대망상적 상태에 대한 진실한 묘사이다".[16] 그는 또 "이 단편소설은 결코 질병의 역사를 위한 일차 자료가 아니다. 이것은 오히려 예술적 재능의 예리하고 영민한 분석에 의해 해명된 병적인 자기감정을 화폭에 옮겨놓은 것이다"라고 하였다. 이것은 시코르스키가 이 작품 속에서 과대망상증 환자에 대한 예술적 묘사를 높이 평가하였다는 것을 의미한다.

그런데 자신의 작품에 대한 병적학적 평가에 대해 가르쉰은 전적으로 동의하지 않았다. 그는 「붉은 꽃」의 광인을 통해 자신의 철학적, 정치적, 미학적, 윤리적 메시지들을 전달하려고 하였다. 이 작품에 대한 세간의 평가가 어땠든지 간에 당시 작가들은 「붉은 꽃」의 주인공을 자기희생의 상징으로 받아들였다. 예컨대, 이러한 견해는 당시 유명한 작가였던 우스펜스키의 다음과 같은 언급에서도 잘 나타난다.

「붉은 꽃」과 같은 작품을 읽으면서 우리는 정신병 징후에 대한 정밀한 관찰 이외에 병자의 고통의 근원이 삶의 조건에서 연유하는 것이며, 삶의 고통은 인간의 영혼 속으로 스며들어간다는 것을 발견하게 된다. 그리고 우리가 보듯이 삶은 정의의 감정을 모욕하고 괴롭힌다. 여기서 삶의 부조리에 관한 사상은 영혼의 고통의 근원이며, 신경장애, 육체적 통증과 고통은 오직 살아 있는 삶에 대한 인상에 의해 고취된 완전히 특별한 사상의 긴장된 임무를 혼란시킨다.[17]

이런 견해는 코롤렌코의 생각에서도 확인할 수 있다. 그는 이 작품이 "1870년대 세대가 가지고 있던 자기희생과 영웅주의의 모든 정신적 드라마"를 표현하고 있다고 지적한 바 있다.[18]

이 글에서는 「붉은 꽃」에 나타난 광기의 언어를 분석할 것이다. 저자는 광기의 언어가 사물을 직접적으로 지시하지 않고 있다는 점에서 본질적으로 현실의 언어와 다르다는 사실에 주목하고자 한다. 광기의 언어는 사물의 언어, 즉 현실의 질서를 추종하는 언어가 아니라 사물에 대한 원초적 이미지나 상징에 가깝다. 그것은 사물과 현실의 질서에 대한 근본적인 문제를 제기하는 계기가 된다.

3. 광기의 언어와 소통

「붉은 꽃」의 광인이 비극적 종말을 맞는 것은 그가 세상과 소통하지 못하고 스스로 망상의 세계에 갇히는 과정과 일치한다. 광인은 정신병원에 입원해서 두 가지 세계와 소통을 시도한다. 하나는 현실세계와의 소통이고 다른 하나는 광기의 세계와의 소통이다. 전자는 언어를 통한 이성적인 소통이고 후자는 주로 이미지를 통한 직관적인 소통이다.

광인이 처한 현실세계는 정신병원이다. 그는 주로 의사나 간수들과 대화를 한다. 그러나 그 대화는 정상적으로 이루어지지 않는다. 그것은 서로 다른 세상, 생각, 언어를 가지고 있기 때문이다. 가르쉰은 광인이 현실과는 다른 세상에서 온 존재라는 사실을 다음과 같이 묘사하고 있다.

그의 모습은 무서웠다. 발작이 일어났을 때 갈기갈기 찢겨져 버린 회색 옷 위에 어깨와 가슴이 노출된 누추한 마직물 재킷이 그의 몸통을 꽉 조여매고 있었다. 긴 소매는 두 손을 가슴에 십자로 포개어 조인 다음 등 쪽에 묶여 있었다. 충혈되어 크게 뜬 두 눈은(그는 열흘 동안이나 자지 못했다) 고정된 채 가열된 광석처럼 불타고 있었다. 신경성 경련은 아랫입술을 위로 끌어 올렸고, 헝클어진 머리는 갈기처럼 이마 위에 늘어져 있었다. 그는 무거운 걸음걸이로 급하게 사무실의 구석구석을 걸어 다니며 무엇을 찾기라도 하듯 서류가 꽂혀 있는 낡은 책장이나 방수포로 싼 의자를 조사하기도 하고 때로는 따라온 보호인 쪽을 보기도 했다.[19]

광인은 정신병원에 입원한 다음날 담당의사와 의미심장한 대화를 나눈다. 그러나 그들의 대화는 소통으로 이어지지 않는다. 그것은 광인과 정신과 의사 사이에 소통을 위한 공통분모가 존재하지 않기 때문이다. 광인은 자신의 망상을 언어로 표현하지만 의사는 광인의 말을 현실적인 언어로 인정하지 않는다. 아래의 대화를 보도록 하자.

"기분이 어떻습니까?" 이튿날 의사는 그에게 물었다.

환자는 이제 막 잠에서 깨어나 아직도 침대에 누워 있었다.

"좋군요!" 그는 벌떡 일어나 슬리퍼를 신고 가운을 잡으면서 대답했다. "좋아요! 그런데 한 가지, 여기가!"

그는 자신의 목덜미를 가리켰다.

"아파서 목을 돌릴 수가 없군요. 허나 상관없어요. 당신이 이것을 알아차렸다면 된 거죠. 나는 이해해요."

"당신이 지금 어디 있는지 아시겠습니까?"

"물론이지요, 의사 양반! 정신병원이에요. 그러나 아시겠어요, 그런 건 정말 아무래도 좋아요. 정말 아무래도 좋아요."

의사는 그의 눈을 가만히 들여다보았다. 곱게 잘 빗겨진 금빛 수염과 금테 안경 너머로 바라보고 있는 차분하고 푸른 눈을 가진 의사의 말쑥하고 잘 생긴 얼굴은 움직이지 않고 무표정했다. 의사는 관찰하고 있었다.

"왜 날 그렇게 뚫어지게 바라보십니까? 당신이 내 마음까지 알 수는 없어요." 환자는 말을 계속 이어갔다. "그런데 난 당신 마음을 빤히 알 수 있지요! 왜 당신은 나쁜 짓을 합니까? 왜 당신은 불행한 사람들을 모아서 이곳에 가두는 겁니까? 나는 아무래도 좋아요, 나는 모든 것을 아니까, 개의치 않아요. 그러나 저 사람들은 어떨까요? 이런 고통이 왜 필요한 거지요? 위대한 사상, 보편적인 사상을 가지고 있는 자에게는 어디서 살든, 무엇을 느끼든 다 마찬가지예요. 심지어 죽고 사는 문제조차도 …… 그렇지요?"

"그렇겠지요." 의사는 환자의 모습이 보이도록 방구석의 의자에 앉으면서 대답했다. 환자는 말가죽으로 된 커다란 슬리퍼 소리를 내며 넓은 간격의 붉은 줄 사이로 커다란 꽃무늬가 있는 면소재의 가운 자락을 펄럭이면서 급하게 구석구석을 걸어 다니고 있었다.

광인은 자신이 정신병원에 입원해 있다는 사실을 인정한다. 그리고 그는 자신이 또 다른 세계에서 살고 있다는 것도 감추지 않는다. 그것은 '위대한 사상', '보편적인 사상'이 지배하는 세계인데, 여기서는 삶과 죽음, 고통, 감정 등 현실세계에서 중요한 것들이 전혀 문제되지 않는다. 광인이 광기의 언어를 분출하는 것은 '위대한 사상'의 세계_{망상의 세계}에 살면서 현실세계를 초월하고 있기 때문이다. 결국 그는 현실세계에 있으면서 동시에 그것의 경계를 넘어선 초월세계에 살고 있는 셈이다. 광인은 이 세계에 대해 다음과 같이 좀 더 구체적으로 의사에게 설명하려고 노력한다.

"전에는 오랜 추론과 추측의 과정을 거쳐서 도달했던 일을 지금은 직관적으로 알 수 있어요. 나는 철학이 공들여 이룩한 것을 실제적으로 획득했습니다. 공간이나 시간은 허구라는 위대한 이념을 나 스스로 체험하고 있는 것입니다. 나는 영원 속에서 살고 있어요. 나는 공간이 없는 곳에 살고 있고, 원하면 어느 곳에나 있을 수 있고 또 어느 곳에도 없습니다. 따라서 당신이 나를 이곳에 가두어 두건 풀어주건, 이 몸이 자유롭건 속박이 되어 있건 마찬가지입니다. 여기에 나와 비슷한 몇 사람이 있다는 사실을 알았습니다. 그러나 나머지 사람들에게 이런 상태는 끔찍한 일입니다. 왜 당신은 그들을 자유롭게 놔주지 않는 거죠? 누구한테 필요해서?……"

"당신은 지금……" 의사는 그의 말을 가로 막았다. "시간과 공간 밖에 살고 있다고 했지요? 그러나 나와 당신이 이 방에 있다는 것과 지금이……" 의사는 시계를 꺼내어 "18**년 5월 6일, 열시 반이라는 것을 인정하지 않으면 안 됩니다. 여기에 대해서는 어떻게 생각하십니까?"[20]

"아니에요. 내가 어디 있는지 언제 살고 있는지 마찬가집니다. 만일 그렇다면 그것은 내가 어느 곳에나 언제나 있다는 것 아닐까요?"

의사는 빙그레 웃었다.

"색다른 논리군요." 그는 일어서면서 말했다. "아마 당신이 옳을 겁니다. 그럼 또……"

(…중략…)

의사는 앞으로 나아갔다. 대부분의 환자는 자기 침대 옆에 서서 그를 기다리고 있었다. 어떤 관청의 장관도 정신병 의사가 정신병 환자들에게서 받는 것만큼의 존경을 자기의 부하 직원들에게서 받지는 못할 것이다.

광인은 의사에게 광기의 세계를 설명하면서, 그것이 추론과 추측을 통해서가 아니라 직관에 의해 획득된 것임을 강조한다. 광기의 세계는 합리성에 기초한 이성의 세계가 아니라 본능이 지배하는 세계인 것이다. 이것은 광기의 세계가 현실세계와는 일정한 거리가 있다는 것을 암시한다. 광인은 광기의 세계가 현실세계와 구체적으로 어떻게 다른 지를 다음과 같이 설명한다. "공간이나 시간은 허구라는 위대한 사상을 나 스스로 체험하고 있는 것입니다. 나는 영원 속에서 살고 있어요. 나는 공간이 없는 곳에 살고 있고, 원하면 어느 곳에나 있을 수 있고 또 어느 곳에도 없습니다." 공간과 시간은 현실세계의 기본적인 존재형식이다. 현실은 공간을 벗어나서는 존재할 수 없고, 시간을 초월해서는 운동할 수 없다. 이런 점에서 광인이 공간과 시간을 허구라고 주장하고 자신이 영원 속에서 살고 있다고 주장하는 것은 스스로 현실세계를 초월한 세계에 살고 있다고 인정하는 것을 의미한다.

이에 반해 의사는 공간과 시간을 부정하는 광인을 즉각 반박한다. 그에게 '이 방'이라는 공간과 '18**년 5월 6일, 열시 반'이라는 시간은 의심할 수 없는 실재이다. 만약 실제적인 시공간을 부정한다면 자신도 부정되어야 한다는 점을 의사는 잘 알고 있다. 다시 말하자면 의사와 광인은 완전히 다른 세상에 살고 있는 셈이다. 서로 다른 두 세계를 설명하는 본질적인 요소들을 간단한 도식으로 표시하면 다음과 같다.

추론과 추측 / 직관
철학 / 위대한 이념
현실의 시공간 / 허구의 세계

의사와 광인이 소통에 성공하지 못하는 이유는 이렇게 서로 다른 세계에 살고 있기 때문이다. 의사는 광기의 세계의 언어를 무의미하다고 생각한다. 그는 환상의 언어의 존재 가능성을 부정한다. 의사가 광인의 엉뚱한 주장을 '색다른 논리'로 치부하고, 거기에 한 표 던지는 듯한 말을 하지만 그것은 더 이상 소통이 불가능하고 또 필요 없다고 선언하는 것과 같다. 광인은 의사와의 소통에 실패하자 곧바로 자신의 세계에 몰두한다. 그는 여기서 언어가 아니라 이미지와 상징을 통해 세계와의 소통을 시도한다.

광기의 언어가 사물의 언어가 아니라 이미지나 상징이라는 사실은 많은 것을 시사하고 있다. 언어는 현실세계의 소통수단으로 사물을 직접적으로 지시한다. 현실세계의 언어는 기본적으로 사물의 언어이며, 그 지시대상과의 정확한 일치를 지향한다. 이것은 현실세계의 언어가 객관성에 근거하고 있다는 것을 의미한다. 반면에 광기의 언어인 이미지나 상징은 정념情念의 언어이다. 정념은 카오스, 즉 혼돈의 세계이다. 그 언어는 현실세계의 언어와는 달리 추상적이고 주관적이다. 이것을 간단한 도식으로 표시하면 다음과 같다.

사물의 언어 / 정념의 언어

정확성 / 추상성

객관성 / 주관성

현실세계에서 소통에 실패한 광인은 공간과 시간을 초월한 소통을 시도한다. 이런 망상의 세계에서 사물의 언어는 더 이상 아무런 의미가 없다. 광인에게 중요한 것은 사물의 원초성과 그것을 표현하는 이미지, 즉 정념의 언어이다.

그는 다른 사람들의 생각을 읽을 수 있었고, 사물의 내력을 남김없이 들여다볼 수 있었다. 병원 뜰의 커다란 느릅나무는 지난날의 갖가지 전설을 그에게 말해주었다. 실제로 꽤 오래전에 지은 이 건물을 그는 표트르 대제의 건축물이라고 생각했고, 대제가 뽈따바 전쟁 당시에 이곳에서 살았다고 믿고 있었다. 그는 이 사실을 뜰에서 발견한 허물어진 벽과 벽돌, 타일조각을 통해 알 수 있었다. 거기에 건물이나 정원의 역사가 낱낱이 쓰여 있는 것이었다. 그는 작은 시체실 건물에서 오래 전에 죽은 수십 수백 명의 사람들이 머무르고 있는 것을 보았다. 그는 시체실 지하실에서 마당 한 구석으로 나있는 작은 창을 가만히 들여다보고, 무지갯빛이 나는 낡고 더러운 유리에 비치는 흩어진 빛의 반사를 통해서 언젠가 살면서 혹은 초상화에서 본 적이 있는 낯익은 모습을 발견하였다.

광인은 망상의 세계에서 모든 사물과 내밀한 소통을 이룬다. 그는 다른 사람들의 내면을 들여다볼 뿐만 아니라 사물의 본질을 꿰뚫어 통찰한다. 그는 느릅나무와 대화를 나누고, 건물의 잔해를 통해서 거기 담겨진 역사를 이해한다. 심지어 광인은 빛의 파편 속에서 수많은 인물의 모습을 발견한다. 여기서 광인이 소통하는 대상들은 느릅나무, 건물, 허물어진 벽, 벽돌, 타일조각, 시체실, 빛의 반사 등이다. 그리고 이 대상들은 광인에게 지난날의 갖가지 전설, 표트르 대제, 건물과 정원의 역사, 시체실을 거쳐 간 수많은 사람들, 어디선가 본 적이 있는 낯익은 모습 등과 같은 이미지를 연상시킨다. 이런 이미지들은 광인이 망상의 세계에서 사물과 소통하는 유일한 언어이며 동시에 그 세계의 존재들이다.

망상의 세계에 살고 있는 광인은 우연히 병원 뜰에서 빨간 양귀비꽃 세 송이를 발견하고 흥분한다. 그에게 붉은 꽃은 지상의 악을 상징하는 것으로 여겨지고, 마침내 그것을 꺾어버리려고 결심한다. 붉은 꽃의 발견은 광인에게 생의 새로운 에너지를 불러일으킨다. 그는 붉은 꽃을 통해 자신이 완수해야 할 마지막 과업을 깨닫는다. 이런 점에서 붉은 꽃의 이미지는 광인의 마지막 생의 정념을 의미하기도 한다. 첫 번째 꽃을 꺾고 난 후 광인이 경험하는 생에 대한 희열이 이런 사실을 반증하고 있다.

그는 밤새도록 잠을 이루지 못했다. 그가 이 꽃을 꺾은 것은 이 행동이야말로 자기가 하지 않으면 안 될 위업이라고 여겼기 때문이었다. 유리문 너머로 처음 보았을 때 새빨간 꽃잎은 그의 주의를 사로잡았다. 그는 이 순간 이후로 자기가 지상에서 반드시 완수해야 될 일이 있다는 사실을 깨달은 것처럼 보였다. 이 선명한 붉은 꽃에는 지상의 모든 악이 집적되어 있다. 양귀비에서 아편이 나온다는 것을 그는 알고 있었다. 아마도 이런 생각이 차츰 확대되어 기괴한 형상을 이루어 끔찍하고 환상적인 망상을 만들어내었을 것이다. 꽃은 그의 눈에 모든 악의 실현으로 비쳤다. 붉은 꽃은 죄 없이 흘린 인류의 피(그래서 저렇게 새빨간 것이다), 눈물, 담즙까지 남김없이 빨아 먹었다. 이것은 신비롭고 두려운 존재이며, 신에 대한 반역이고, 겸손하고 선량한 척 하는 아리만[21]이다. 꺾어서 죽여 버려야 한다. 그러나 그것만으로는 부족해. 붉은 꽃이 숨을 쉴 때 자신의 악을 전부 세상에 토해내지 못하게 하는 것이 필요해. 그래서 그는 자기의 옷 속 깊이 그것을 감추었다. 그는 아침이 되면 그 꽃의 위력이 완전히 없어질 거라고 생각했다. 그 악은 그의 가슴과 영혼에 전해질 것이고 거기에는 승리와 패배만이 있을 뿐이다. 만일 그가 멸망하고, 죽는다면 그것은 인류의 명예로운 투사로서, 인류 최초의 투사로서 죽는 것이다. 오늘날까지 아무도 세계의 모든 악과 한번 싸우려고 한 자가 없었으므로.

붉은 꽃의 이미지 때문에 광인의 환상적인 망상은 절정에 이른다. 그는 붉은 꽃에서 인류가 흘린 죄 없는 피를 연상하고, 급기야 그것을 '신에 대한 반역'으로, 어둠과 거짓의 세계를 지배하는 악신으로 여긴다. 이런 일방적인 소통(일방성은 광기의 소통이 지니고 있는 가장 큰 특징이다!)의 상태에서 광인의 운명은 이미 예정되어 있다. 그는 세상을 선과 악의 대치 상황으로 보고 자신이 '인류의 명예로운 투사'임을 자임한다. 광인은 끝내 망상세계에서 순교자로서 최후를 맞이한다.

아침에 그는 시체로 발견되었다. 그의 얼굴은 평안하고 밝았다. 얇은 입술과 깊이 폐인 채 눈을 감은 지친 모습에는 무엇인가 자랑스럽고 행복한 표정이 나타나 있었다. 들것에 옮길 때 그의 손을 펴서 붉은 꽃을 빼내려 했다. 손은 이미 굳어 있었다. 이렇게 해서 그는 자신의 전리품을 무덤까지 가지고 가게 되었다.

죽은 광인의 모습이 평안하고 밝다고 해서 그의 죽음이 비극성을 비켜갈 수는 없는 노릇이다. 죽어서까지 손에서 붉은 꽃을 놓지 않았던 광인의 집념은 그가 얼마나 닫힌 소통의 세계에서 살았었는지를 암시한다. 붉은 꽃은 광인이 망상의 세계에서 유일하게 집착할 수 있었던 소통의 대상이자 생의 에너지의 근원이었다. 이런 점에서 광인의 죽음은 그가 현실세계와의 소통에서 영원히 격리되었다는 것을 의미한다. 인간에게 있어서 소통의 단절은 곧 죽음과도 같은 것이다. 광인의 죽음이 비극적인 이유가 바로 여기에 있다.

4. 광기의 귀환과 거울의 역할

푸코는 고전주의시대에 광기가 침묵의 영역에 있었다고 주장한다. 17~18세기에 광기는 기껏해야 이성의 실증적 본질을 증명하기 위한 반증으로서 의미가 있었을 뿐이라는 것이다. 그러나 19세기 초 광기는 언어의 영역으로 다시 스며든다. 구체적으로 말하자면 낭만주의 시에서 "광기는 위대한 귀환의 언어로 말한다. 그 귀환은 현실의 수천 갈래 길을 끝없이 편력하는 기나긴 오디세이로부터의 서사적 귀환이 아니라 마치 순간의 섬광처럼 가장 사나운 최후의 폭풍우를 갑자기 비추었다 그 것을 다시 되찾은 최초의 평온함으로 돌아가게 하는 서정적 귀환이다".

낭만주의 시에서 자신의 언어를 되찾은 광기는 19세기 내내 이율배반적 상황 속에 처하게 된다. 푸코는 이러한 상황을 광기가 한편으로는 '인식의 대상'이면서 동시에 '인지의 주제'로서 제시되었다고 설명하고 있다.[22] 문학의 영역과는 달리 과학적 사고의 영역에서 광기의 이 양면성은 극단적인 모습을 띠었다. 하지만 서정시의 경우처럼 문학의 영역에서 광기의 이율배반적 측면들은 처음부터 공존할 수 있었다. 그것은 푸코의 설명에 의하면 '시적 경험의 직접적인 총체성'과 '광기에 대한 서정적 인지' 때문이다.[23]

인식의 대상이 아니라 인지의 주제로서 광기는 인간이 자신을 돌아보는 거울의 역할을 담당하게 되었다. 하지만 광기를 통해 드러난 인간의 진실은 참혹했다. 그것은 이성이라는 이름으로 합리화된 자기모순이며, 합리주의라는 기준으로 타자를 부정하는 극단적인 배타주의였기 때문이다. 그래서 푸코는 "광기 속에 드러난 인간의 진실은 인간의 도덕적, 사회적 진실과 직접적으로 모순된다"[24]고 결론짓는다.

푸코가 설명하는 광기의 귀환은 여러 가지 점에서 「붉은 꽃」의 문학사적 의미와 흡사하다. 19세기 러시아문학사에 등장하는 광기의 진실은 당시의 지배적인 도덕적, 사회적 진실과 직접적으로 모순된다. 그리고 광기를 다룬 러시아문학의 정점에 가르쉰의 「붉은 꽃」이 있다. 이 작품은 당시 러시아의 정치적, 사회적 광기에 대한 신랄한 아이러니라고 할수 있다. 19세기 말에 이르러 극단으로 치달았던 러시아 사회의 부조리는 급기야 가르쉰적 광인을 낳게 된 것이다.

가르쉰이 그린 광인은 코롤렌코^{V. G. Korolenko}가 지적했듯이 1870년대를 살았던 러시아 인민주의자들의 자화상이다. 그런데 여기 한 가지 더 주목할 사실은 「붉은 꽃」의 주인공이 보여준 고결한 자기희생 또한 인민주의자들의 광기에서 기인했다는 점이다. 러시아 인민주의자들은 러시아의 후진성에 대한 극단적인 증오와 러시아 농민에 대한 맹목적인 애정을 바탕으로 성장하였다. 그들은 민중 속으로 들어가 그들을 계몽하고, 그들의 힘으로 러시아의 구제도를 타도하려고 했다. 그러나 러시아 농민들이 인민주의자들의 맹목적인 기획에 따라줄 리 만무했고, 인민주의자들도 계몽운동이 실패로 돌아가자 민중을 제외하고 개인적인 테러 행위로 혁명을 수행하려고 하였다. 「붉은 꽃」에 등장하는 광인의 형상도 이와 유사하다. 그는 현실세계와 소통하지 못하고 홀로 악의 상징을 파괴하려고 한다. 그러나 그의 맹목적인 행위의 결과는 비극적인 죽음일 뿐이다. 소통은 단순한 언어의 유희나 고상한 정신의 자기 독백이 아니다. 소통은 인간의 근원적인 존재 이유이며 더 큰 진리로 나아가는 현실적인 토대이다. 광기의 서정적 귀환이 지금도 반복되고 있지만 그것이 대부분 공허한 메아리로 끝나는 이유가 바로 여기에 있다.

제2장

광기, 전복된 영혼의 세계

러시아 광기의 역사

1. 왜 광기인가?

광기는 인간의 정신적 질병이지만 동시에 한 사회의 병리적 현상이기도 하다. 어느 역사건 그 시대를 군림했던 광기가 있었고, 그것은 철학이나 예술, 문화, 정치에 반영되었다. 그렇다면 우리시대를 움직이고 있는 광기의 실체는 무엇인가? 자본, 이데올로기, 권력, 성, 이미지, 가상현실? 사회의 병리적 현상으로서 광기는 그 사회를 움직이는 작동원리 속에 숨어있는 보다 근원적인 병인病因에서 유래한다. 이런 점에서 광기는 우선 사회의 구조적 모순이 드러난 사회적 질병의 한 형태라고 할 수 있다. 예를 들면 서양의 중세시대를 군림했던 종교 이데올로기나 근대 사회를 지배하고 있는 자본의 논리에 의해 발생한 그 사회의 병리적 현상들이 대표적인 예가 될 것이다.

광기는 역사적, 문화적 조건에 따라 특수한 형태를 띠기도 하며, 전혀 다른 시대적 조건에서 유사한 공통점을 보이기도 한다. 15세기 초부터 시작해서 17세기에 이르러 극에 달했던 서유럽의 마녀사냥은 이교도를 박해하는 기독교 국가의 광기를 보여주는 사례였다. 문헌에 따르면 이 시기에 최고 900만 명 가까이 마녀사냥에 희생을 당했다고 하니 그 광기의 정도가 어느 정도였는지 충분히 짐작할 수 있다. 마녀사냥은 주로 양심의 자유를 주창했던 프로테스탄트 국가들과 인간성을 옹호했던 합리주의시대에 벌어진 일이었다. 우리의 경우도 서양의 마녀사냥 못지않은 광기의 시대가 있었다. 20세기 후반에 걸쳐 우리 사회를 이념적 동토로 만들었던 반공 이데올로기가 그것이다. 최근에 밝혀진 사실이지만 지난 세기에 있었던 인혁당 사건이나 민청학련 사건 등은 반공 이데올로기에 의해 상처받은 부끄러운 우리의 과거였다.

광기 중에는 시대를 초월한 것도 있다. 그것은 인간의 억눌린 욕망에서 유래하는 것으로 대표적인 것은 성性과 관련된 것이다. 성적인 도착이나 관음증은 어느 역사이건 그 시대의 비공식적 광기를 대표하였다. 성적인 광기는 다른 광기와는 달리 인간의 억눌린 본성을 해방하는 측면을 가지고 있다. 현대사회에서 성의 문제가 공적 영역에서 자유롭게 논의되는 것은 이런 맥락에서 이해할 수 있을 것이다.

두 번째로 광기는 사회의 작동원리에 의해 유폐된 인간본성의 실체를 상징한다. 미셸 푸코가 작성한 광기의 계보학은 광기의 이런 측면을 다루고 있다. 푸코는 1961년 『고전주의시대의 광기의 역사』라는 저서를 통해 광기의 복원을 주장했다. 그러나 사실 광기의 복원은 이미 19세기에 도스토예프스키와 니체에 의해 제기된 바 있다. 도스토예프스키의 '지하생활자'나 니체의 차라투스트라는 인간을 구원하는 방법에서는 근본적으로 달랐지만[1] 모두 '구성된' 인간의 가치를 '전복'하고 있다는 공통점을 지니고 있다. 그들은 모두 '정상적인' 가치의 기준에서 보면 광기 혹은 광인임에 틀림없다. 그러면 도스토예프스키, 니체, 푸코가 모두 광기에 주목한 이유는 무엇일까? 그것은 근대인의 탄생과 본질에 대한 연구, 더 구체적으로 말하자면 근대인이 어떻게 탄생하였고, 근대 사회를 작동하는 원리의 본질이 무엇이며, 그것을 어떻게 극복할 것인가에 대한 연구와 밀접한 관련이 있다.[2] 그들은 근대 사회를 객관적 측면이 아니라 주관적 측면^{가치적 측면}에서 해부했다는 점에서 마르크스와 구별된다. 광기는 바로 근대적 가치의 전복 혹은 가치의 전환^{transvaluation}을 설명하는 단초를 제공한다.

이런 점에서 광기는 하나의 은유이다. 광기의 복원은 단순히 광인들에게 자유를 부여하자는 것이 아니라 광기 속에 숨겨진 인간의 진실한 가치를 회복하는 것이다. 즉, 광기 (혹은 광기의 억압) 속에 사회화된 인간이 스스로 포기한 인간적 가치와 본성 그리고 구원의 메시지가 존재하고 있는 것이다. 우리가 근대 사회의 광기를 언급하는 기본적인 이유도 바로 여기에 있다. 광기는 줄곧 서양문학의 중요한 테마 중의 하나였다. 세르반테스, 셰익스피어, 호프만, 도스토예프스키에 이르기까지 서양문학이 빚어낸 광기의 형상은 다채롭고 심오하다. 문학의 세계에서 광기는 인간의 정신질환으로 나타나기도 하고, 그 시대의 집단적 무의식으로 드러나기도 한다. 이 글에서는 서양문학 특히, 러시아문학을 중심으로 광기의 형상 속에 담긴 그 시대의 철학적, 사회적, 정신병리학적 문제들을 살펴보자.

2. 러시아 광기의 역사

러시아에서 '정신의학^{Психиатрия, Psychiatry}'이라는 용어가 처음 쓰이기 시작한 것은 18세기 말에서 19세기 초반 무렵부터였던 것으로 보인다. 이 용어는 서구의 의학과 사상이 러시아에 들어오면서 소개되었다. 흥미로운 것은 이 시기에 러시아에서 '규범', '정상적인 것'이라는 개념들이 널리 사용되었다는 사실이다. 그리고 이 개념에서 파생한 '보통의', '일상적인', '익숙한'이라는 표현들과 '정상적인 인간', 즉 현대인들이 자연스럽게 사용하고 있는 '심리적으로 건강한 인간'이라는 의미를 지니고 있는 개념이 정착되었다.

러시아에서 광기가 수용되는 과정은 크게 세 단계로 구분된다.[3] 첫 번째는 11세기부터 1775년까지 광기가 수도원의 보호를 받던 시기이다. 러시아는 아직 종교의 그늘 아래 있었다. 17세기 말에서 18세기 초에 이루어진 표트르 1세의 개혁이 러시아 사회를 서구화시키고 종교의 세속화를 촉발했지만 러시아인들은 아직도 러시아 정교라는 종교의 보호를 받고 있었다. 광기에 대한 러시아인들의 태도에 있어서도 무엇보다 성직자들의 생각과 결정이 중요한 역할을 하였다.[4]

두 번째는 1775년에서 1864년까지로 빈자나 병자들을 위한 빈민 구제원이었던 '자혜원'이 광기를 보호하던 시기이다. 광인들은 수도원에서 벗어나 속세의 집단적 수용시설로 거처를 옮겨야만 했고 행정기관의 관료들이 광기^{광인}에 대한 정책을 결정하였다. 이 시기에 러시아에는 독일의 모델에 따라 자혜원에 정신병자들의 수용소들이 들어서기 시작하였다. 그러나 당시의 수용소는 아직 전문적인 정신과 의사도 부족하고, 수용소에 대한 해당 법률이 미비한 상태에서 운영되었다. 이 단계는 정신병자들의 수용소를 개혁하고^{1844~1847}, 전문적인 정신의학 교육의 토대가 마련되었던 시기였다.

러시아의 정신병자수용소는 많은 수의 환자들을 수용할 수 없었다. 자혜원의 정신병자수용소들은 1775년부터 문을 열기 시작하였고, 대체로 8~40베드 정도였으며 그것도 자주 결원이 생기곤 하였다. 수용소의 감시자 및 책임자는 주로 퇴역군인들이었다. 그 이유는 그들이 규율에 바르고 교육을 잘 받은 사람들로 여겨졌기 때문이다. 의사는 일주일에 한번 병원을 방문하는 것이 고작이었다. 1810년에는 볼로그다, 보로네즈, 카잔, 코스트로마, 리가, 모길레프, 펜쟈, 프스코프, 사라토프, 스몰렌스크, 토볼리스크에 정신병자수용소가 세워졌다. 그리고 9년 후에는 8개의 도시에 수용소가 더 신설되었고, 25년 후에는 이미 34곳에, 1845년에는 50곳 이상이 되었다.

이 시기에 정신병자수용소는 사회적 의료기관들, 즉 다양한 종합병원이나 일반병원과 전혀 관계를 맺지 못하고 있었다. 원래의 의도대로 수용소는 양로원과 가까운 곳에 세워졌으며 부양기능을 수행하였다. 그러나 정신병자수용소는 한 가지 점에서 양로원과 근본적인 차이가 있었다. 즉, 수용소에 거주하는 것이 강제성을 띠었다는 점이다. 그러므로 정신병자수용소는 형무소, 감옥과 같은 일련의 격리기관과 매우 긴밀한 상호 관계를 유지하고 있었다. 이 시기에 수용소에 격리된 사람들은 대개 다양한 행정기관들, 즉 경찰서나 헌병대를 거쳐 들어온 이들이었다. 1860년대 전까지 정신병자수용소는 구제와 격리라는 두 가지 사회적 기능을 병행하고 있었다. 치료의 기능은 의학서적에 명시되어 있었을 뿐이었다. 정신병 환자들이 제대로 치료를 받기 위해서는 전문적인 정신과 의사들의 출현을 기다려야 했다. 러시아에서 정신병에 관한 서적들이 출간된 것은 1820년대 말이었다. 정신병을 전문적으로 다룬 최초의 책은 필립 피넬리의 『정신병의 의철학적 개요』인데, 이 책은 1829년에 페테르부르크에서 출판되었다. 그리고 1840년대 말에는 정신과학을 다루는 전문적인 서적과 입문서들이 출현하였다.

세 번째는 1864년에서 1917년까지로 정신의학의 전문화가 이루어졌던 시기이다. 이 시기에 정신병에 대한 치료개념과 환자를 선별하는 과정이 체계적인 모습을 갖추기 시작했다. 예를 들면 지방에도 정신의학

전문학교가 설립되었고, 최초의 지방 진료소정신병원가 1869년 까잔에 세워졌다. 이것은 오랜 기간 동안 유일한 진료소 역할을 하였다. 그리고 기존에 모스크바, 페테르부르크에 있었던 낡은 중앙 진료소도 재건축을 하고 제도를 정비하였다. 진료소의 환자를 선별하는 가장 중요한 원칙은 '완치될 수 있는 자'와 '완치될 수 없는 자'의 구분에 있었다. 완치될 수 있는 환자들은 병원에 남았고 완치될 수 없는 자는 자혜원의 정신병자수용소에 격리되었다.[5]

19세기에는 정신병에 대한 수많은 분류법이 존재하였다. 그 당시에 존재했던 분류법에서 일반적인 것은 정신병의 증세를 신체적 변화와 연결시켜 나열하고 일반화하는 것이었다. 정신질환에 의해 고통 받고 있는 환자들을 병원에 입원시키기 위해서 질병으로서 정신착란에 대한 지식과 환자들을 대다수 사람들과 구분하는 것이 필요했다. 그런 이유로 19세기 후반에는 정신병에 대한 전문적인 보고뿐만 아니라 다양한 사람들을 계몽하기 위한 수많은 대중서적들이 출현하기 시작하였다.

그 대표적인 예가 페테르부르크의 정신과 의사였던 말리노프스키P. Malinovsky가 1855년에 출간한 『정신착란』이라는 책이다. 이 책은 평이한 언어로 되어 있음에도 불구하고 새로운 지식의 유형과 이성 혹은 광기에 대한 진실을 이해하는 새로운 방법을 담고 있다. 여기서 진실은 근본적으로 기독교적 진리와 구분되었다. 새로운 지식의 토대는 신앙이 아니라 과학적인 경험적 사실과 실제적 효용에 토대를 두고 있었다. 말리노프스키는 정상인과 정신병자를 구분하는 8가지 특징들을 불일치, 이상한 육체적 행동, 의복, 얼굴 표정, 대화, 파괴의 욕망, 질병에 대한 감각과 태평함 등으로 제시하고 있다.[6] 그 내용을 간단하게 요약하면 다음과 같다.

① 불일치

말과 얼굴 표정, 시선, 몸동작의 부조화.

② 이상한 육체적 행동

환자들의 일부는 심오한 사색에 빠져 느린 걸음을 걷고는 갑자기 멈춰 서서 마치 더 한층 자기 자신에 몰두하고 있는 것처럼 보이고는 다시 걷기 시작한다. 다른 환자들은 자신의 위치를 좀체 바꾸지 않거나 혹은 하루 종일 한 장소에 앉아 있다 (…중략…) 그리고 등을 굽힌 채 평생 누워있는 광인들도 있고, 무릎이나 혹은 짐승처럼 네 발로 자주 기어 다니는 환자들도 있다.

③ 의복

광인들의 대부분은 더러운 옷을 되는대로 걸치고 다닌다. 그들은 옷을 입건 벗건 개의치 않는다. 광인들의 머리는 지저분하고 옷은 대충 걸친다. 몇몇 광인들은 기묘하게 자기식대로 옷을 입는다. 만약 광인들이 이상한 옷 모양새를 감추려고 하지 않았다면 정신병원에는 밤마다 가면무도회가 열렸을 것이다.

④ 얼굴 표정

모든 광인들은 항상 이상하고 특별하다. 그들은 슬프고, 엄숙하고, 오만하고, 희열에 차고, 흉폭하고, 멍청한 표정을 가지고 있다. (…중략…) 그들 모두에게는 정신착란의 흔적이 남아있다.

⑤ 대화

정신병 환자들 중에는 대답하는 것을 원치 않기 때문에 말로 하는 대답을 결코 들을 수 없는 이들이 있고, 대화를 시작하고 생각이 계속 이어져 갑자기 깊은 사색에 빠지는 이들이 있다. 다른 이들은 항상 중얼거리고 엉뚱한 방향으로 대답을 한다. 또 어떤 이들은 매우 수다스럽지만 말이 앞뒤가 안 맞고 뒤죽박죽인데다 갑자기 울고 웃고 이상한 몸동작을 해서 대화가 중단되기도 한다. 혹은 대화가 가장 평범한 주제에 머물기도 한다.

⑥ 파괴의 욕망

모든 형태의 정신병 환자들은 눈앞에 있는 것과 주변의 모든 것을 파괴하려는 욕망을 가지고 있다. 그들은 발작을 일으키지도 않고 냉정하고 천편일률적으로 이렇게 자주 행동한다.

⑦ 자기감각

환자들은 자주 자신의 질병과 슬픔을 망각한다.

⑧ 질병에 대한 태평함

환자들은 질병을 앓고 있으면서 자신의 건강에 대해 걱정하지 않는다.

결과적으로 말리노프스키의 견해에 의하면 정신병자들은 기이한 행동으로 신성한 진리를 표현하는 성스러운 인간이 결코 아니며, 격리가 필요하고 특별한 간호가 요구되는 위험한 광인일 뿐이다. 그러나 러시아에서 광인들이 줄곧 '위험한 인물'로 취급받았던 것은 아니다. 백치, 히스테리 환자, 광인, 부랑자들은 전통적인 러시아 사회에서 특수한 위치를 점하고 있었다. 그들의 위치는 러시아적 세계관의 특수성과 러시아정교의 신비주의에서 유래하였다.

한 가지 예를 들어보자. 고대 러시아문학의 대표적인 장르였던 '성자

전'에서는 백치들의 행동이 '추잡한 행동'이라는 말로 자주 표현되고 있다. 이것은 백치들의 행동이 기독교인들에게는 어울리지 않는 불필요하고 도발적이며 공격적이라는 사실을 일컫는 것이다. 그러나 극단적이고 반사회적인 행동이 때때로 종교적 가치에 대한 공개적인 우롱으로 나타남에도 불구하고 러시아에서 백치들은 자주 성인이나 예언자로 여겨졌다. 그 이유는 무엇일까? 그것은 백치와 같은 광인의 형상이 성스러움을 민중들에게 이해시키는 가장 적합한 형식이었기 때문일 것이다. 이러한 전제는 진리에 다가가는 것 — 이것은 아마도 구원, 성스러움의 이념과 악에 대한 이해일 것이다 — 이 무엇보다도 구체적인 방식, 즉 달리 말하면 성경에 대한 담화나 해석이 아니라 '신의 진리'를 직접적으로 표현하는 방식을 통해 광인의 형상으로 표현되었기 때문이다. 이러한 유형의 진리 생산은 러시아 정교의 종교적 체계와 특수한 러시아 문화의 맥락에서 가능한 것이었다.

실제로 당시의 광인들에 대한 기록을 살펴보면 러시아에서 광인들이 어떤 특수한 위치에 있었는지를 짐작할 수 있다. 예컨대, 백치들의 행동에 대한 파세랴닌의 묘사와 평가를 보도록 하자.

그녀는 수도원 주위를 뛰어다니고, 돌을 던지고, 승방의 유리를 깨뜨리고, 머리와 손으로 벽을 두드렸다. 그녀는 하루 종일 수도원 뜰을 돌아다니거나 자신 파놓은 가축의 분뇨가 가득 찬 굴이나 초소의 오두막 구석에 앉아 있기도 한다. (…중략…) 만일 혼자가 되면 그녀는 무슨 꿍꿍이 속인지 솔과 테이블보, 접시를 집어 들고, 거기에 커다란 돌을 놓고는 이리저리 옮긴다. (…중략…) 물론, 그녀의 이런 행동에는 어떤 의미와 목적이 담겨져 있다."[7]

혹은 광인인 돔나 카르포브나에 대한 묘사도 마찬가지이다.

그녀는 교회 안에 있는 사람들 앞에서 이상하게 행동한다. 이러 저리 돌아다니고, 대화를 하고, 노래를 부르고, 촛불을 키고, 촛대를 다른 곳으로 옮겨놓고, 그중 몇 개를 자신의 품속에 넣기도 한다. 돔나 카르포브나는 누더기 옷의 주머니와 헤진 구멍 속에 깨진 유리, 돌조각, 나무 조각, 톱밥, 설탕 부스러기들을 억지로 집어넣는다. 그녀는 이 모든 것을 비유적인 의미로 전달하는 것이다.[8]

그러나 이미 17세기부터 교회와 권력은 광인들을 박해하기 시작하였다. 이로써 광인들은 점차적으로 공식적인 무대에서 사라져갔다. 사람들은 더 이상 광인들을 성인으로 인정하지 않았다. 광인들이 박해받았던 원인을 설명하는 데는 몇 가지 가설이 가능하다. 첫 번째는 교회가 엄격한 종교의식을 통해 진리에 도달하려는 권위를 공고히 하면서 성스러움에 다가가는 과정을 제도화하려고 했고, 진리를 깨닫는 방법에 있어서 선택의 여지를 허용하지 않았다는 점이다. 즉, 광인들은 이미 공식적인 교회가 인정하는 경건함, '종교 의례적 참회'의 유형에 포함되지 않았다. 그러므로 광인들을 공식 무대에서 추방하는 것은 논리적으로 아무런 문제가 없었던 것이다. 두 번째는 박해가 교회 내부의 제도적 변화와 연관되어 있다는 점이다. 즉, 이러한 종교적 제도의 변화는 17세기 말에 있었던 종무원의 분리와 18세기 다시 등장한 관료적 종무원 제도의 부활과 관련이 있다. 세 번째는 종무원의 분리 이후 러시아 광인들이 권력을 폭로하는 것이 이미 세속적 가치에 뿌리를 내린 권력의 입장에서는 불편하고 허용할 수 없는 것이었다는 점이다. 백치들의 행동은 이제 더

이상 참을 수 없는 것이 되었다.[9]

18세기 러시아에서 광인들에 대한 공적인 영역의 입장은 다양한 주변부계층들을 관리하는 국가개혁의 시책에 따라 달라졌다. 무엇보다도 권력의 관심은 사회적 질서의 확립에 있었다. 즉, 원칙적으로 실제적 효용을 생산하지 못하거나 사회적 질서를 파괴하고 어떤 해악을 유발시키는 모든 것은 권력의 특별한 관심 대상이 되었다. 표트르 1세의 개혁은 글자 그대로 광인들에 대한 새로운 판단, 즉 행정적 판단을 낳았다. 광기는 '나쁘다'는 이유에서뿐만 아니라 '비생산적'이며 어떤 효용도 생산하지 못한다는 점에서 용서할 수 없는 죄악이었다. 과거에 광인이 종교적 신비주의의 의상을 입고 있었다면 이제 광기는 무위의 형식을 뒤집어쓰게 되었다.

그러나 광인들에 대한 박해에도 불구하고 19세기는 러시아 광인들의 르네상스라고 할 수 있다. 이 르네상스는 무엇보다도 광기에 대한 추론적 사고의 비약적 발현과 관계가 있다. 수많은 세속문학과 종교문학이 광인에 관하여 언급하였고 저술가, 역사가, 정신과 의사, 민속학자들이 광인을 다루었다. 무슨 이유 때문에 사람들은 백치들에게 그렇게 강한 흥미를 보인 것일까? 그것은 이 시대에 와서야 비로소 백치에 대한 객관적인 서술이 가능하게 되었기 때문이다. 19세기의 과학적, 실증적 지식은 광기의 일반적이고 객관적인 모습과 그것의 개인적 운명을 서술하려고 하였다. 이미 19세기의 실증과학은 광기에 관한 교훈적이고 기독교적인 관점을 수용하지 않았다.

'규범'이라는 과학적 개념과 광인에 대한 국가권력의 새로운 전략의 출현과 더불어 러시아에서는 광인이 '비정상인'으로 분류되었다. 러시아의 광인들은 공식 영역의 변두리로 축출되기 시작되었다. 뿐만 아니라 광기와 소통하는 문화적, 종교적 관례들은 실제로 감옥_{감시}를 위한 특별한 격리시설에 의해 대체되었다. 수도원은 부양의 장소에서 죄인들을 부양하고 그들의 유해한 힘을 격리하는 장소로 바뀌었다. 18세기 말부터 관료주의 체제는 공적인 교회가 용인하지 않는 수많은 백치, 정신병자, 히스테리 환자, 부랑자 그리고 다양한 종류의 정치범들을 양산했다.

19세기는 진리의 내용뿐만 아니라 진리의 새로운 생산방법이 정착되던 시기였다. 진리를 생산하는 새로운 방법은 계몽의 이념과 실증 과학의 새로운 위상에 기초하고 있었다. 경험적 지식은 과학성과 진리성을 담보한 모든 판단의 기초가 되었다. 새로운 지식의 정착을 위해, 예를 들면 정신의학의 분류법이 가능하기 위해서는 그것의 정당성을 증명할 수 있는 증거들, 즉 광인을 '비정상인'으로 규정하는 것이 필요하였고, 또한 그들을 가두어 둘 격리 공간인 감옥과 정신병원이 필요하였던 것이다.

3. 도스토예프스키의 '지하생활자', 광기의 반란

러시아문학은 광인들의 무대였다고 해도 과언이 아니다. 서양의 다른 문학과 비교하더라도 러시아문학에는 광인들이 자주 등장하고, 그 증상 또한 중증에 해당한다. 왜 유독 러시아문학에 광인들이 많은 것일까? 그것은 아마도 러시아문학의 역사적 배경과 무관하지 않을 것이다. 역사적으로 오랜 기간 존속되었던 비인간적이고 광폭한 사회제도와 풍습들, 낙후된 정치체제와 경제적 착취, 민중들의 비참한 생활, 혁명 이외에 다른 대안이 불가능했던 사회적 환경 등이 시대의 거울이었던 문학의 세계에서 광인의 위치를 강조하는 원인이 되었다.

19세기와 20세기 러시아문학사는 광기의 계보학이라고 할 수 있을 만큼 광인들의 비중이 대단하다. 푸슈킨, 고골리, 튜체프F. Tyutchev, 도스토예프스키, 가르신, 체호프, 솔로구프F. Sologub, 고리키M. Gorky 등의 작품에 등장하는 광기의 주인공은 여지없이 그 시대의 전형들이었다. 그 중에서도 특히 도스토예프스키의 주인공들은 하나의 정점이라고 할 수 있다. 도스토예프스키의 후기 소설에 등장하는 광기의 인물들은 그 시대의 문제의식을 고스란히 담고 있을 뿐만 아니라 인간 사회의 근본적인 문제들을 극복하는 새로운 구원의 메시지를 전하기도 한다.『죄와 벌』,『백치』,『악령』,『미성년』,『카라마조프가의 형제들』의 주인공들이 바로 여기에 속한다. 그러나 이 광기의 형상들의 원조는『지하생활자의 수기』에 나오는 고독한 주인공 '지하생활자'이다. 지하생활자의 형상은 광기의 증상에 있어서나 도스토예프스키의 철학적 대변자라는 측면에서도 단연 흥미로운 현상이다. 지하생활자의 모습 속에는 작가가 구상한 원대한 광기의 진실과 미스테리가 숨어 있다.

『지하생활자의 수기』는 1864년에 잡지『시대』에 처음으로 발표되었다. 도스토예프스키가 이 작품을 쓸 당시는 그의 아내가 결핵으로 죽어가고 있었다. 도스토예프스키는 자신의 아내가 죽어가는 것을 지켜보면서 그 병상 머리에 앉아 지하생활자의 고독하고 독기 어린 독백을 써내려갔던 것이다. 그러니 도스토예프스키가 이 작품을 쓰면서 받았던 고통과 열정은 모순적이면서도 이 작품을 지탱하고 있는 힘의 원천이라고 할 수 있다. 이 당시에 도스토예프스키는 자신의 형인 미하일에게 다음과 같은 편지를 보냈는데, 우리는 여기서 작가의 모순된 감정을 느낄 수 있다.

지금 나는 이 원고에 대해 더 이상 아무 말도 하고 싶지 않을 만큼 고통스러워요. 아내는 죽어가고 있어. 매일 그녀의 죽음을 기다려야하는 순간이 이어지고 있어. 그녀의 고통은 끔찍스럽고 내게 엄청난 영향을 미치고 있어 (…중략…) 글쓰기가 기계적인 작업은 아니지만 그럼에도 불구하고 난 쓰고 또 쓰고 있어 (…중략…) 가끔 이것이 쓰레기 같은 것이 될지 모른다는 생각이 들기도 하지만 나는 열정을 가지고 쓰고 있어. 잘 될지 모르겠어 (…중략…) 그리고 또 한 가지 아내가 곧 죽지나 않을지 두려워. 그러면 작업이 어쩔 수 없이 중단될 것이기 때문이지. 만약 작업이 중단되지만 않는다면 나는 틀림없이 작품을 마치게 될 거야.[10]

『지하생활자의 수기』는 기괴한 소설이다. 소설의 내용은 크게 1부와 2부로 구분된다. '지하실'이라는 부제가 붙어있는 1부에서는 이제 40세가 된 지하생활자가 왜 지하실에서 은둔생활을 하고 있는지를 독백의 형식으로 서술하고 있다. 그는 여기서 자신이 어떤 병에 걸렸으며 그 병의 원인이 무엇인지를 설명하고, 당시 유럽 사회를 풍미하고 있었던 합리주의 사고, 이성주의를 맹렬히 비난하고 있다. 그리고 '진눈깨비 때문에'라는 부제가 붙어있는 2부는 주인공이 과거에 경험한 몇 가지 에피소드를 소개하고 있다. 그는 주위의 친구들 사이에서 자신이 어떻게 고립되었고, 창녀와의 사랑이 얼마나 허위에 찬 것이었는지를 설명하고 있다.

이 소설에 등장하는 지하생활자는 서양문학사에 등장하는 수많은 광인들의 형상들 중에서도 가장 관념적이면서 의미심장한 주인공이다. 도스토예프스키는 지하생활자를 1860년대 러시아의 수도 페테르부르크에서 살고 있는 지식인으로 설정하고 있다. 지하생활자는 당시에 러시아 지식인 사회를 장악하고 있었던 유럽 문명에 물들어 러시아 민중과 대지로부터 이탈한 이른바 '근대인의 형상'이다. 우리는 이것을 도스토예프스키가 자신의 주인공에게 "한 세대를 대표하는 인물"이라는 권한을 부여하고 있다는 사실에서 확인할 수 있다. 다음의 인용문은 '지하실'이라는 부제에 도스토예프스키가 직접 붙인 주석의 한 부분인데, 여기서 독자들은 지하생활자가 어떤 의도에서 만들어진 인물인지 알 수 있다.

수기의 작가와 수기 자체는 물론 생각해 낸 것이다. 그럼에도 불구하고 이 수기의 작가와 같은 인물들은 일반적으로 우리 사회를 형성한 환경들을 고려해본다면 우리 사회에 존재할 수 있을 뿐만 아니라 존재해야 한다. 나는 기존의 것들과는 좀 다른 방식으로 대중들 앞에 오래되지 않은 과거의 인물들 중의 한 사람을 제시하고 싶었다. 그는 아직 자신의 삶을 영위하고 있는 한 세대를 대표하는 인물이라 할 수 있다. '지하실'이라는 부제가 붙은 이 장에서 그는 자신과 자신의 견해를 소개하고 있으며 아울러 우리 주변에 그가 나타난 이유, 아니 나타날 수밖에 없었던 이유들을 밝히고 싶어하는 것 같다.[11]

소설의 첫 장면에서 우리는 지하생활자가 '정상적인'(?) 의식의 소유자가 아니라는 것을 강하게 느낄 수 있다. 그는 자신을 스스로 병든 인간이라고 진단한다. 그리고 의학과 의사에 대해 존경심을 가지고 있음에도 불구하고 치료를 받고 있지 않으며 치료를 받은 적도 없다고 고백한다. 그것은 자신의 병이 의학으로 치료될 수 없는 것임을 잘 알고 있기 때문일 것이다. 그는 병을 치료하는 대신에 그 병이 더 심해지도록 내버려두는 것을 선택한다. 다음과 같이 이어지는 지하생활자의 분열된 자기의식의 집요한 편린을 보자.

나는 병든 인간이다. (…중략…) 나는 악한 인간이다. 나는 호감을 주지 못하는 사람이다. 생각건대, 간에 이상이 있는 것 같다. 그런데 나는 내 병에 대해서 아무 생각이 없었으며 사실 어디가 아픈지조차도 잘 모른다. 의학과 의사들을 존경하기는 하지만 나는 치료를 받고 있지 않으며 치료를 받은 적도 결코 없다. 게다가 나는 극도로 미신적인 사람이다. 의학을 존경하는 만큼 미신을 믿는다. (나는 미신을 믿지 않도록 충분히 교육을 받았음에도 미신을 믿는다) 아니다. 내가 치료받기를 원치 않는 것은 증오심 때문이다. 아마 당신은 이것을 결코 이해할 수 없을 것이다. 그러나 나는 이해할 수 있다. 나는 물론 지금 이런 나의 증오심으로 누구에게 불쾌감을 주는지 당신에게 설명할 수 없다. 내가 의사들에게 치료를 받지 않는다는 사실로써 의사들에게 결코 해를 입힐 수 없다는 것을 나도 잘 알고 있다. 그럼에도 불구하고 내가 치료를 받지 않는다면 그것은 증오심 때문이다. 간장이 아프다, 그러나 역시 더 심하게 아프도록 내버려 두련다![12]

그렇다면 지하생활자가 앓고 있는(?) 병의 실체는 무엇인가? 그것은 바로 의식의 과잉이다. 지나친 의식은 감정을 말살하고 의지를 무너뜨리며 행동을 마비시킨다. 이것은 도스토예프스키의 후기 소설에 나오는 모든 주인공의 특성이기도 하다. 그들은 현실 속에 살지 않고 관념 속에 산다. 그들은 현실의 진리를 추구하지 않고 관념적 진리를 추구한다. 그들은 실천하지만, 그 실천의 동인은 현실이 아니라 관념 속에 있다. 그들은 일을 하지 않고 '생각하는 일'을 한다. 그들의 공통점은 "위대한 업적에 대해 공상하는 것은 그것을 실행하는 것보다 쉽다"[13]는 명제로 요약된다. 도스토예프스키의 관념적 주인공의 계보에서 지하생활자는 제일 앞줄에 서 있다. 과잉된 의식은 그를 일상적인 현실에 적응하지 못하게 하며, 자신만의 공간을 연출하게 만든다. '지하실'이라는 공간은 바로 현실과 단절된 폐쇄회로의 중심지, 진원지이다. 그는 여기서 생각하는 일을 하며 세상에 대해 독설을 퍼붓는다.

① 나는 지금 당신에게 이야기하고 싶다. 당신이 이것을 듣고 싶어하든 않든 간에 어째서 내가 벌레조차도 될 수 없었는지를. 벌레가 되고 싶었던 적이 한두 번이 아니었다는 것을 당신 앞에 엄숙히 말할 수 있다. 그러나 벌레가 될 수 있는 영광조차도 나에게는 없었다. 당신께 맹세컨대 지나치게 의식하는 것, 이것은 병이다. 진짜 완전한 병이다. 인간의 일상생활에는 평범한 인간의 의식만으로도 충분하다. 즉, 불행한 19세기에 태어나 살고 있는, 그것도 이 지구상에서 가장 추상적이고 계획된 도시인 (도시는 인위적으로 계획된 것과 그렇지 않은 것이 있다) 페테르부르크에 산다는 이중의 불행을 짊어진 지식인에게 그들 몫으로 주어진 의식량의 2분의 1, 4분의 1만으로 충분하단 말이다.[14]

② 선한 일에 대해 그리고 이 모든 '아름답고 숭고한 것'에 관해 의식하면 의식할수록 나는 더욱더 악의 구렁텅이로 빠져 들었고 그곳에서 헤어날 수 없게 되었다. 그러나 중요한 점은 이 모든 일들이 나에게 마치 우연처럼 일어난 것이 아니라 당연히 일어나야 할 일이었던 것처럼 발생한 데에 있다. 마치 이것이 나의 정상적인 상태이고 결코 병도 타락도 아닌 것으로 여겨졌기 때문에 이러한 타락과 싸움을 벌이고 싶은 욕망이 사라지게 되었다. 결국은 이것이 정상적인 나의 상태라는 것을 내가 거의 믿게 되는 것으로 (아마도 사실은 믿었을지도 모른다) 끝났다.[15]

관념세계의 주인인 지하생활자의 의식은 세계와 대립된다. 그는 혼자이고 세상의 모든 것에 날을 세운다. 아니 세상의 모든 것이라기보다는 세상을 움직이는 기본원리에 대해 비수를 들이댄다. 결과적으로 그는 궁지에 몰리고 자신이 박해당하고 있다고 생각한다. 지하생활자의 병적인 예민함, 의구심, 자가당착은 여기서 비롯된다. 박해를 당하는 쥐처럼 그는 자기가 파놓은 구멍 속으로 숨으며 혐오스러운 현실로부터 공상 속으로 도피한다. 지하생활자를 지하실에 유폐시킨 비인간적 원리는 무엇일까? 그것은 필연성, 순수이성, 자연법칙, 자연과학의 결론, 수학적 공리, 2 × 2 = 4라는 공식 등으로 대표되는 합리주의 사상이다. 도스토예프스키에 의하면 인간은 이성의 궁극적 승리에 대한 믿음에 기초해 인간성을 단념하고 자유의지를 포기한다. "2 × 2 = 4라는 공식은 필연성과 죽음의 승리이다. 이성의 최종적이고 완전한 승리에 대한 믿음은 인간을 미리 매장하는 것과 다를 것이 없다. 모든 '이성적' 행위의 목록을 작성되고, 모든 '이성적' 욕망들을 미리 계산한다면 인간은 더 이상 자유 의지를 갖지 못할 것이다."[16] 그러나 지하생활자는 이런 합리주의자들의 꿈을 분쇄하기 위해 몸부림친다. 그는 이성, 명예, 평안함, 행복 등 '아름답고 숭고한 것'에 반대되는 더 근본적인 인간의 이익이 있다고 생각한다. 그것은 이성이나 과학적 판단에서 유래한 것이 아니라 삶 자체의 진리에 기초한 보편적 이익이다. 그것은 한 인간에게 절대적인 이익이 아니라 모든 인류에게 유익한 이익이다.

지하생활자는 이성이란 인간의 전부가 아니라 부분일 뿐이며, 인간은 이성이 아니라 자신의 인간성, 즉 자유의지에 의해 움직이는 비합리적 존재라고 주장한다. 이성은 관념의 일부지만 의지는 삶 전체와 맞닿아 있다는 말이다. 이렇게 지하생활자의 입장에서 보면 "인간 존재의 총

체적 의미, 세계사의 총체적 의미는 비이성적 의지'사나운 변덕, 광기 어린 공상' 의
자기 표출 속에 있다".[17] 이 부분에서 지하생활자의 절규는 최고조에 이
른다.

① 그들이 당신에게 소리칠 것이다. "당치도 않은 소리! 당신은 반대할 수
없을걸. 2 × 2 = 4일 뿐이야! 자연은 당신에게 물어보지 않는다. 자연은
자연의 법칙들이 당신 맘에 드는지 들지 않는지 당신의 욕구에 개의치
않는다. 당신은 자연의 법칙들을 있는 그대로 받아들여야 하고 따라서
그것의 모든 결과들도 받아들여야 한다. 하나의 벽은 따라서 벽이다" 하
느님 맙소사, 이런 법칙들과 2 × 2 = 4가 왠지는 잘 모르겠지만 마음에
들지 않는데, 정말이지 자연의 법칙들과 산수가 나와 무슨 상관이란 말
이냐? 물론 나는 이마로 그 같은 벽을 들이받지는 않을 것이다. 내게 실
제로 그것을 뚫고 나갈 힘이 없다면. 그러나 나는 단지 내 앞에 돌 벽이
있으며 그리고 내게 힘이 충분치 않다는 이유만으로 그 돌 벽 앞에 굴복
하지는 않을 것이다.[18]

② 인간은 항상 어디에서나 그가 누구이든 간에 절대적으로 이성과 그의
이익이 지시하는 대로가 아니라 자기가 원하는 대로 하기를 좋아하기
때문이다. 그리고 인간은 때때로 자신의 이익에 반하는 어떤 것을 원할
수 있고 심지어는 긍정적으로 그렇게 해야만 한다. (이것은 내 생각이다) 당
신 자신의 제멋대로 할 수 있는 자유로운 욕구, 가장 거친 것이라 할지라
도 당신 자신의 변덕, 때때로 심지어는 광기에 달하는 당신의 몽상, 바로
이것이야말로 모든 이들이 간과하고 있는 어떤 범주에도 속하지 않는
이익 중의 이익이며 이것 때문에 모든 체계들과 이론들은 끊임없이 와

해되어 버린다. 도대체 어디에서 모든 현인들은 인간에게는 어떤 정상적이고 선한 욕구가 필요하다는 생각을 얻었단 말인가? 도대체 왜 그들은 인간에게 항상 이성적으로 유익한 욕구가 필요하다고 끊임없이 생각하고 있단 말인가? 인간에게는 오직 자율적인 욕구만이, 이러한 욕구의 대가가 무엇이든 혹은 어디에 도달하든지 간에 필요하다.[19]

지하생활자가 현실의 질서를 부정하면서 수호하려고 하는 인간의 근원적 이익은 자유이다. 그가 주장하는 '자율적인 욕구' 혹은 '자유 의지'의 본질은 인간이 진정한 자유를 누리는 것과 연관되어 있다. 그러나 지하생활자 혹은 그로 대표되는 근대인들은 진정한 자유를 경험해 본 적이 없다. 왜냐하면 인간은 사회적 계약과 제도를 통해서 스스로 자유를 제한해왔기 때문이다. 지하생활자에게 있어서 진정한 자유의 세계는 아직 경험하지 못한 미지의 것이다. 그래서 그는 자유에 대한 욕구, 욕망만을 가질 뿐이다. 결국, 지하생활자는 그러한 욕망이 인간의 본성을 보존하는 기본조건임을 강조하게 된다.

인간이 의도적으로 심지어는 해로우며 이리석고 대단히 바보 같은 것을 원하는 경우가 있을 수 있다. 그것은 바로 가장 어리석은 일이라도 바랄 수 있는 권리를 가지기 위하여, 그리고 오직 지혜로운 것만을 바라는 의무에 얽매이지 않기 위하여 존재하는 것이다. 결국 바로 이 어리석은 일이 (…중략…) 지구상의 어떤 것보다도 가장 유익한 것일지 모른다. 그리고 특히 그것은 우리들에게 상처를 입히는 경우에도 유익함에 대한 우리 이성의 가장 납득할만한 결론들과 모순되는 경우에도 모든 유익한 것들보다 더 유익할 수도 있다. 왜냐하면 어떠한 경우에 있어서도 그것은 우리들에게 가장 중요하고 소중한 것

을, 즉 우리의 인간성과 개성을 보존하기 때문이다.^{인용자의 강조20}

지하생활자의 반란은 결국 실패로 끝나고 만다. 광기는 여전히 지하실에서 벗어나지 못한다. 그러나 지하실에 갇혀 있는 광기로 말미암아 지하생활자는 근대인을 대표하는 전형이 된다. 그가 지하실에서 나와 현실세계에 복귀했다면 어떻게 되었겠는가? 경우의 수는 두 가지이다. 하나는 지하생활자 또한 자신이 증오하던 근대인이 되는 것이다. 그렇다면 그가 남긴 수기는 공염불이 되고 만다. 다른 하나는 현실세계 속에서 자신의 이상을 실현하는 혁명가가 되는 것이다. 그러나 이 또한 도스토예프스키의 선택은 아니었다. 도스토예프스키는 인간이 스스로를 구원할 수 있을 것이라고 생각하지 않았다. 그는 오직 부활의 기적만이 인간을 타락의 나락으로부터 구할 수 있다고 믿었다. 바로 이점에서 도스토예프스키는 니체와 정반대의 지점에 서 있다.

4. 남는 문제들

도스토예프스키 소설에 나오는 광기는 작가 자신이 앓고 있었던 정신질환과 밀접한 관계가 있다고 보는 견해가 있다. 다시 말해 도스토예프스키의 광기가 작품 속에 반영되었다는 주장이다. 이런 입장을 견지하고 있었던 대표적인 인물이 프로이드였다. 그는 도스토예프스키 애호가로서 그의 의학적 상태, 즉 신경병리학적 측면에 집착했다.

프로이드는 한편에서 도스토예프스키의 신성병^{神聖病}, morbus sacer, 즉 간질을 포함한 유전적인 '신경병리학적 오점'을 그의 친족들 속에서 알게 되었다. 다른 한 편에서 프로이드는 자신의 흡연 행위와 숙명적으로 유사한 자기 파괴적 강박 신경증충동적인 도박이 도스토예프스키에게 매우 중요하다는 사실을 발견했다.[21]

이와 유사한 접근방법으로 정신 병리학에 근거를 둔 병적학적 시각이 있다. 병적학pathography이란 작가의 이상행동이나 질병을 그의 창조성과 연관시켜 설명하는 분야를 말한다. 문학이 예외적으로 높은 지위를 차지하고 있었던 러시아에서 병적학은 특히 두드러졌다. 러시아의 정신과 의사들은 고골이나 도스토예프스키가 제시한 인간의 도덕적 파멸에 대한 병리학적 묘사를 자신의 작업과 비교하였다. 그들은 고골과 도스토예프스키의 개인적인 성격, 그들의 작품에 나타난 인물들의 병리적 현상을 작가 자신의 정신질환에 의한 것으로 여겼다.[22] 19세기 말에서 20세기 초에 이르기까지 러시아에서 이런 문제의식이 얼마나 광범위하게 퍼져 있었는지에 대해 시로트키나는 다음과 같이 서술하고 있다.

러시아의 경우 적어도 정신과 의사와 작가 그리고 일반 대중 사이의 관계는 매우 미묘하고 흥미로운 것이었다. 러시아 대중은 병적학이라는 장르에 대해 이중적인 반응을 보였다. 실제로 그들이 유명한 작가들의 소위 정신질환에 대해 논했을 때, 몇몇 정신과 의사들은 문학애호가들의 감정을 거슬리지 않기 위해 그들의 진단을 변경하였다. 그리고 문학의 '정신의학적 비평'이라는 장르가 1917년 혁명을 전후로 해서 짧은 기간 유행했었다는 사실도 지적할만한 가치가 있다.[23]

하지만 문학 속의 광기는 하나의 은유이다. 왜냐하면 문학의 관심은 광기를 묘사하는 상징적 수단들을 통해 표현된 다양한 시대와 사회의 가치 혹은 욕망에 있기 때문이다. "문학작품의 광인은 왜곡distortion이 일반적으로 용인된 표현양식인 신화적 혹은 문학적 전통에 근거를 두고 있다."[24] 다시 말해 지하생활자의 광기는 19세기 중엽 러시아 사회의 정신병리학적 징후를 상징적으로 표현하고 있지만 동시에 은유의 세계로부터 완전히 자유로운 것은 아니다. 이런 점에서 문학은 광기를 기록하는 독특한 서사적 양식이라고 할 수 있다.

이 글은 러시아 광기의 역사에 관한 연구의 일환이다. 앞서도 암시했듯이 이 연구는 다양한 학문영역 간의 융합이 필수적이다. 예컨대 의학, 문학, 역사, 철학, 법학, 예술, 사회학 등 여러 학문 간의 대화와 소통이 필요하다. 이런 이유로 이 글은 연구의 단초라고 할 수 있다. 다시 말해 이 글의 한계 또한 명백하다는 말이다. 하지만 문학 텍스트 중심의 연구는 다른 영역의 텍스트와의 대화와 소통에 중요한 키워드를 제공하기도 한다. 왜냐하면 문학 텍스트는 현실의 다면적 층위들이 은유적으로 중첩된 일종의 총체적 텍스트이기 때문이다.

제3장

감금과 통제

19세기 러시아 정신병원의 실체

1. 들어가는 말

이 글의 목적은 러시아 정신병원의 역사 및 실체를 당대 역사적 자료와 문학작품을 통해 살펴보는 데 있다. 주지하다시피 정신병원을 포함하여 근대 병원의 역사를 고찰한 연구 성과들은 적지 않다. 대표적인 예가 미셸 푸코의 저작들이다.[1] 그는 근대 병원의 탄생이 근대 사회를 기획하고 실체화하는 기본 전략의 하나라고 보고 있다. 병원이 근대 사회의 형성과 발달에 저해되는 다수의 무리들을 환자라는 명목으로 감금하고 격리한 장소였다는 것이다. 그들이 근대의 질서에 어울리지 않는 낙오자들로 취급받았던 가장 큰 이유는 사회의 생산력과 관계가 있다. 환자의 발생과 증가는 사회적 노동력의 저하로 귀결된다는 점에서 생산력 증대의 방해 요인이고, 그래서 그들을 일정한 공간에 격리시킴으로써 대다수 노동력을 관리해야할 필요가 있었던 것이다. 푸코의 연구는 근대 병원의 역사와 실체를 이해하는 데 새로운 지평을 제공하였다. 하지만 『광기의 역사』에서 푸코가 러시아 광기의 역사에 대해서는 전혀 언급하지 않고 있다. 이것은 역설적으로 그에 대한 연구의 필요성을 제기하고 있다. 러시아 근대 병원, 특히 정신병원의 역사는 러시아라는 특수한 현실이 반영된 것으로 서유럽의 정신병원과 일정한 차이가 있다. 나중에 상세히 언급하겠지만, 러시아 정신병원은 서구와 비교하면 감금의 기능이 강해서 거의 감옥과 유사한 형태였다고 할 수 있다. 하지만 이에 대한 연구 성과들은 많지 않은 편이다. 그러면 이 분야의 논의들을 역사와 문학 분야로 나누어서 간단하게 살펴보도록 하자.

먼저 이 주제를 다룬 대표적인 역사 저술로는 소비에트 시기 정신과 의사였던 Т. И. 유진T. Yudin의 『러시아 정신병리학의 역사』1951를 들 수 있다. 유진은 이 책에서 러시아 정신병리학의 발생과 발전을 정치, 경제적 조건 및 사회적 환경과 연결시켜 자세히 서술하고 있다. 그는 러시아의 정신병자들을 기록한 방대한 자료를 다루고 있는데, 특히 고대 러시아와 관련해서는 연대기와 각종 법령들을 중심으로 서술하고, 근대를 고찰하면서는 수많은 병자들의 기록, 다양한 회의 자료, 의회 기록, 잡지 및 신문 자료 등을 참조하고 있다. 그의 저작은 아직까지도 이 분야 최고의 업적으로 평가받고 있는데, 그것은 스탈린 시대에 유진이 마르크스 레닌주의 이론을 교조적으로 러시아 정신병리학의 역사에 적용하지 않고, 역사적 사실 자체가 지니고 있는 현실적 의미를 중요하게 해석하고 평가했기 때문이다. 하지만 그의 저작은 소비에트 시기 정신병리학과 정신병원의 역사에 대한 서술에 있어서는 미진하다는 평가를 받고 있다. 그 이유는 유진이 자신의 저작 중 4부, 즉 소비에트 시기 정신병리학과 정신병원의 역사를 완성하지 못한 채 1949년 사망했기 때문이다.[2] 이런 이유 때문에 이 저서는 19세기 러시아 정신병리학과 정신병원의 역사를 상대적으로 자세하게 서술하고 있다.

논문집 『미셸 푸코와 러시아』2001도 주목할 만한 성과라고 할 수 있다. 이 논문집은 2000년 상트페테르부르크의 유럽대학에서 열린 국제 심포지움 발표 논문들을 책으로 묶은 것으로 푸코의 사상과 방법론을 러시아 역사와 현실에 적용한 결과물이다. 이중에서 특히 Л. 얀구로바Liya

Yangulova의 논문 「백치와 정신병자—러시아에서 감금의 발생」은 11세기부터 1917년 러시아에서 사회주의 혁명이 일어나기 전까지 러시아인들이 광기를 어떻게 이해하고 있었는지를 설명하면서 감금의 발생과 그것의 제도화를 분석하고 있다.[3] 그녀의 연구는 마치 푸코식 '러시아 광기의 역사'처럼 읽힌다. 얀구로바의 또 다른 논문 「러시아 정신병원—박애주의적 정신의학과 젠더의 정치학」[2013]은 감금과 격리라는 푸코적 문제의식을 러시아 정신병원의 역사에 적용한 진전된 연구 성과라고 할 수 있다. 저자는 이 논문에서 러시아 정신병원의 역사를 설명하는 가장 중요한 특징을 감금과 경찰국가적 관리라고 규정하고 있다.[4] 하지만 얀구로바는 19세기 러시아 정신병원의 특성들이 당시 문학작품들에서 가장 잘 표현되어 있다는 점에 주목하지 않는다. 유진과 마찬가지로 그녀 또한 문학작품이 당대의 현실을 반영하는 유용한 역사적 자료라는 사실을 간과하고 있는 것처럼 보인다. 이런 점에서 그녀의 논문들은 필자의 문제의식과는 차별성이 있다.

러시아 정신병원의 역사에 대해 서양의 학자들은 대부분 그 낙후성과 참혹함만을 부각시키고 있다. 이런 관점은 러시아 학자들의 시각보다 러시아 정신병원의 실상에 더 충실한 것처럼 보인다. 하지만 그들은 러시아 정신병원의 후진성만을 강조할 뿐, 그것의 역사적 발전과 의미에 대해서는 주목하지 않고 있다. 그 대표적인 예가 앤드루 스컬의 『광기와 문명』이라는 저서이다. 그에 따르면 다른 서유럽과 비교하여

제정 러시아는 더욱더 늦게 감호소를 채택했다. 러시아 당국은 크림전쟁[1853~1856]이 끝난 뒤에야 제국에서 의학 교육을 개혁하고자 했고, 처음으로 광인을 시설에 수용하려는 계획을 세웠다. 상트페테르부르크에 있던 명문 군의

학교에 훈련소를 세워 몇 안 되는 감호소 의사를 훈련시키기 시작했다. 동시에 전제 정권이 지방 정부들을 닦달해 제국 전역에 감호소의 조직망을 구축하기 시작했다. 이러한 젬스트보^{지방자치기관}의 감호소들은 수도에서 엄격하게 지시한 계획에 맞추어 짓도록 되어 있어서, 현지 사정이 무시되고 있다는 불만을 낳았다. 어쨌든 계획은 느리게 움직였다. 모스크바는 늑장을 부렸고, 도시 안의 실성한 자를 위한 설비는 오래도록 제국에서 가장 원시적이고 부적당한 설비로 남아 있었다. 러시아 정신의학은 다른 나라들에서보다 훨씬 더 오래, 그 상태의 노예로 머물러 있었다.[5]

스컬의 주장대로 러시아에서 "처음으로 광인을 시설에 수용하려는 계획"이 19세기 후반부에나 가능했는지는 역사적 자료를 토대로 확인해 볼 일이다. 하지만 스컬의 주장은 러시아의 역사적 기록과는 거리가 멀다고 할 수 있다. 이에 대해서는 다음 장에서 좀 더 구체적으로 살펴보도록 하자.

문학 분야에서 러시아 정신병원의 의미를 다룬 연구로는 샤프첸코^{Sapchenko}의 「러시아문학작품에서 정신병원―카람진에서 체호프까지」가 있다. 샤프첸코는 러시아문학에서 '광기'라는 주제가 다양한 측면에서 연구되었음에도 불구하고 정신병원의 형상에 대해서는 크게 주목하지 않았다고 지적하고 있다.[6] 저자는 이 글에서 카람진의 『러시아인 여행자의 편지』, 푸슈킨의 「신이여 나를 미치지 않게 하소서」, 고골의 「광인일기」, 체호프의 「6병동」을 다루고 있다. 샤프첸코는 작가들이 정신병원이라는 공간을 어떻게 인식하느냐에 따라 그 모습이 다양하게 형상화되었다고 보고 있다.

정신병원의 형상을 창조하고 있는 러시아문학작품들을 비교하면서 우리는 작가의 의식이 이 우울한 장소에 살고 있는 거주자들의 의식과 다양하게 관계하고 있다는 점을 지적할 수 있다. 카람진에게 있어서 이것은 통과할 수 없는 경계쇠살창로 단절되어 있는 두 가지 다른 의식으로 접촉상호이해은 발생할 수 있지만 그것은 우연적이고 일시적이다. 푸슈킨 시에서 작가는 감금 장소의 안과 밖에 동시에 존재한다. 고골의 「광인일기」에서는 오직 내부에만 존재한다. 체호프에게 있어서 주인공들의 의식과 작가의 의식이 연결된 결과 작가는 모든 경우에 존재한다. 게다가 결말에서 작가와 가장 유사한 주인공들은 6병동의 거주자들이 된다.[7]

이상에서 보듯이 샤프첸코는 정신병원의 형상이 작가와 주인공 사이의 의식 차이 혹은 연결에 의해 다양한 모습으로 나타나고 있다고 결론짓고 있다. 이 주제에 대한 국내 논문으로는 강명수의 「가르쉰의 「붉은 꽃」과 체호프의 「6호실」에 드러난 공간과 주인공의 세계」가 있다. 저자는 정신병원이라는 공간이 주인공의 행위와 관념에 어떤 영향을 주고, 그것이 어떻게 작품에 구조화되고 있는지에 주목하고 있다. "결국 이러한 모든 것들이 '공간이 상징화 과정'을 보여줌과 동시에 공간이 '슈제뜨화' 한다는 것을 보여준다."[8] 여기서 공간의 '슈제뜨화'[9]란 공간이 작품의 구성과 밀접하게 연관되어 있을 뿐만 아니라 그것의 주된 동인으로서 작용하고 있다는 의미이다. 하지만 샤프첸코와 강명수의 연구는 필자의 문제의식과는 차이가 있다. 왜냐하면 필자는 가르쉰과 체호프의 작품에 나오는 러시아 정신병원이 실제의 것과 다르지 않았다는 전제하에 그것이 당시 다른 역사적 기록과 함께 매우 가치가 있는 자료라는 것을 논증하려는 의도를 가지고 있기 때문이다. 이를 위해 우선 두 번째 절에서 19세기 러시아 정신병원의 역사를 상세하게 기술하려고 한다. 그리고 세 번째 절에서는 감옥 혹은 수용소로서 19세기 러시아 정신병원의 상황과 모습이 어떤 것이었는지를 가르쉰과 체호프의 작품을 통해 살펴볼 것이다. 19세기 문학작품에 나타난 러시아 정신병원의 역사와 실체를 규명하려는 연구는 이제까지 거의 없었다고 할 수 있다. 이 연구는 또한 소설 속에 묘사된 러시아 정신병원의 모습을 통해서 일반적인 사료에서는 찾아보기 어려운 당시 상황을 생생하게 복원하는 의미를 지니고 있다. 이런 이유로 이 글의 내용은 또한 일정하게 한정될 수밖에 없다. 가르쉰과 체호프의 작품에 묘사된 정신병원이 소설 속에서 어떤 예술적 의미를 지니고 있는지에 대한 분석은 이 글의 주제가 아니라는 말이다.

2. 19세기 러시아 정신병원의 역사

러시아에서 정신병원 설립에 대한 최초의 공식적 언급이 제기된 것은 18세기 초였다. 러시아의 근대화를 성공시킨 표트르 1세는 정신병자를 수용할 수 있는 의료시설의 필요성을 역설하고, 최고 행정기관들이 정신병원 설립을 주도해야 한다는 칙령을 발표했다. 그는 재위 기간에 정신병자와 직접적으로 관련된 칙령을 1721년, 1722년, 1723년에 걸쳐 세 번 공표했다. 그중 정신병원과 관계된 최초의 것은 1721년 1월 16일에 공표한 「최고 행정기관의 규정 혹은 헌장」이라는 제목의 칙령이다. 이중에서 제20장은 '정신병원과 병원'이라는 소제목을 달고 있다. 여기서 표트르 1세는 최고 행정기관을 정신병원 설립의 주체로서 구체적으로 지목하고 있는데, 이 칙령에서 정신병원смирительный дом과 관계된 부분은 다음과 같다.

> 최고 행정기관에서 정신병원은 (…중략…) 다음과 같은 점들 때문에 중요하다. 정신병원은 부모와 선생의 말을 듣지 않는 자식들처럼 방탕하고 무절제한 생활을 하는 사람들, 추악한 생활을 끊지 못하고 선행을 하지 않는 사람들, 음란한 생활을 하는 성인들처럼 재산을 탕진하거나 가정을 망치거나 방탕한 생활에 빠진 사람들, 그밖에 아무도 받아주지 않는 쓸모없는 노예들, 생계를 위한 노동을 포기하고 기식하는 게으름뱅이 (…중략…) 거지, 노숙자 등을 위한 것이다.[10]

하지만 최고 행정기관의 설립은 무산되었고, 표트르 1세가 공표한 칙령들은 황제가 죽은 후 유명무실해졌다. 이 칙령은 18세기 초 러시아에서 정신병원을 어떻게 이해하고, 받아들였는지를 잘 보여준다. 요컨대 당시 정신병원은 전문적인 의학적 치료를 위한 병원이라기보다 사회 부적응자들을 격리하는 교화소였던 것이다.

러시아에서 최초로 정신병원дом умалишенных이 등장한 것은 18세기 후반이다. 정신병원 건립은 자선후생국에 의해 주도되었는데, 이것은 정신병자 수용시설이 수도원의 장애인수용소를 탈피했을 뿐만 아니라 그것을 관리하는 주체도 자발적인 자선단체에서 벗어나 중앙집권적인 공적 성격을 띠게 되었다는 것을 의미한다. 정신병자를 위한 최초의 시설은 1776년 6월 19일 설립된 모스크바 예카테리나 병원이다. 그러나 예카테리나 병원에는 정신병자를 치료하는 정신과가 있었지만, 입원과 수용을 위한 별도의 시설이 있었던 것은 아니다. 이런 점에서 정신병자를 위한 러시아 최초의 정신병원은 1779년 5월 6일 설립된 페테르부르크 오부호프병원 내 정신병원долгауз이다.[11] "정신병원은 여섯 개의 작은 목조 건물로 이루어졌고, 3년 후인 1782년 석조 건물로 지어진 오부호프병원이 들어선 곳에 위치하고 있었다. 그 후로 '정신병원'은 오부호프병원의 일부가 되었고, 1784년부터 병원의 별동 중 하나로서 32병상을 갖추고 있었다. 이것이 1789년에는 44병상으로 늘어났다."[12] 오부호프정신병원에 근무했던 카이젤 박사는 병원 모습에 대해 상세한 기록을 남겨놓았는데, 그에 따르면

정신병원은 길이가 32사젠,[13] 폭이 9사젠으로 석조로 된 이층 건물이다. (…중략…) 각 층의 길이는 기둥벽체로 나뉘어져 있고, 그 벽을 따라 복도가 있다. (…중략…) 복도에는 개별적인 방 6 × 5 × 7.5 아르쉰[14]으로 들어가는 문이 15개가 있다. 남자, 여자를 위한 방이 모두 30개씩이다. 각 방에는 쇠창살과 마루에 고정된 나무 침대가 있고, 침대에는 불안해하는 정신병자들을 붙잡아 매기위한 벨트가 있다. (…중략…) 그뿐만 아니라 앉을 수 있는 곳에 마루에 고정된 궤짝과 비슷한 의자가 있다. (…중략…) 모든 문에는 들창 비슷하게 각 방에 갇힌 환자들을 감시하기 위한 작은 구멍이 나 있다.[15]

카이젤 박사의 묘사에 따르면 오부호프정신병원은 전문적인 치료기관이라기보다 정신병자들을 격리하고 감금하는 시설에 가까웠던 것으로 보인다. 오부호프정신병원은 독립된 병동을 가지고 있었지만 정신병 치료를 위한 특수한 시설이나 충분한 부대시설을 갖추고 있지 못했기 때문이다. 이 정신병원은 남자와 여자 환자를 따로 수용하는 정도의 가장 기본적인 원칙 정도만을 갖추고 있었다. 오부호프정신병원이 설립된

것은 18세기 후반이고, 카이젤 박사의 기록은 1821년에 작성된 것이니 19세기 전반기까지 러시아 정신병원은 이와 같이 감옥, 장애인수용소, 교화소의 중간 형태였고, 제도적 상태는 아직 미비한 상태였다. 일정한 접수 규칙과 경영 원칙도 존재하지 않았다. 그러나 확실한 것은 정신질환에 관한 사회적 관념의 형성과 격리에 대한 공감대가 존재하고 있었다는 사실이다. 이런 사실에 비추어 보면 19세기 전반기 러시아 "정신병원의 의미는 무엇보다 장애인수용소에 가까웠고, 감시, 봉사, 부양이 그것의 주된 기능이었다. 하지만 정신병원과 장애인수용소의 차이점은 환자들을 강제적으로 수용했다는 점이다. 정신병원은 환자들이 탈출하는 것을 막기 위해 크고 견고하게 지어졌다. 정신병원은 형태상 어떤 절연체와 유사했다. 어떤 이유에서건 병원, 장애인수용소, 직장, 교화소에 가지 않는 사람들을 정신병원에 보냈다. 요컨대 19세기 전반기 러시아 정신병원의 특징을 언급하자면 그곳은 순종하지 않는 농노들, 거리의 질서를 파괴하는 폭력적이고 사나운 사람들, 다양한 종류의 이상하고 위험한 사람들을 격리하기 위한 교도소였다. 여기에 알코올 중독자들도 자주 정신병원에 수용되었고, 환자들은 주로 경찰서나 헌병대와 같은 행정기관을 통해서 정신병원에 들어왔다".[16]

19세기 전반기 러시아 정신병원의 역사에서 '모든 고난자들의 병원'은 특별한 의미를 지니고 있다. 그것은 당시 정신병원의 수준과 비교하여 획기적인 시설과 의료진을 갖추고 있었기 때문이다. 1828년 황제 니꼴라이 1세는 개인적으로 페테르부르크 공공 자선 단체의 모든 시설을 점검하고 그것들이 여러 문제들을 지니고 있으며, 큰 변화를 수행할 필요가 있다고 결론을 내렸다. 이에 따른 후속 조치로 1828년 1월 6일 칙령 「자선후생국 시설들의 후원에 대한 마리야 표도로브나 황후 폐하의 승인과 이 시설들을 관리하는 특별위원회 설립에 관하여」가 페테르부르크 총독 이름으로 공표되었다. 평소에 도시의 공공 자선단체에 대해 깊은 관심을 가지고 있었던 마리야 표도로브나 황후의 의중이 반영된 결과라고 할 수 있다. 이 기관들 중에는 장애인수용소, 고아원과 더불어 오부호프 병원의 정신병원도 포함되었다.[17] 이에 따라 페테르부르크 외곽에 새로운 정신병원 건립이 계획되었다. 원래 병원 부지는 포템킨 공작의 여름별장이 있었던 곳이다. 이 별장은 9제샤찌나[18]의 건축물, 8제샤찌나의 공원, 70제샤찌나의 경작지로 이루어져 있었다. 다시 말해 전체 병원 부지가 약 95헥타르에 이르렀다. '고난자들의 병원'은 1832년 9월 20일에 완성되었으며, 오부호프정신병원의 환자들이 이곳으로 옮겨왔다. 하지만 독립적인 별도의 기관으로서 '모든 고난자들의 병원' 창립일은 황제의 칙령에 의거하여 1828년 1월 6일로 간주되고 있다.[19]

19세기 전반기 러시아 정신병원의 역사에서 '고난자들의 병원'이 지니고 있는 가장 큰 의미는 무엇보다도 자선기관이 아니라 치료기관으로서의 성격이 분명했다는 점에 있다. 이 정신병원은 경험 많은 정신과 의사 Ф. И. 게르쪼그가 진료를 담당했으며 효율적인 행정적 지원도 받았다. 이런 점을 염두에 두고 유진은 독일에서 최초로 정신병원이 건립된 것이 1830년이었다는 사실을 지적하면서 '고난자들의 병원'이 당시 유럽에서 가장 훌륭한 정신병원 중 하나라고 평가하고 있다.[20] 특히 이 병원은 시설 면에서 러시아의 다른 정신병원과 비교가 되지 않았다. 1858년 고난자들의 병원을 자세히 소개하고 있는 한 기록에 따르면 병원 시설은 약간 과장된 느낌이 들 정도이다.

건물 안에는 공동침대, 복도, 별도의 중환자실이 있고, 모든 것이 환자들의 정신적, 육체적 상태를 충분히 고려하여 잘 정돈되어 있다. 청결함도 특별하다. (…중략…) 모든 복도에는 목욕탕과 샤워시설이 있다. (…중략…) 환자들의 일상적인 옷차림도 단정하다. (…중략…) 식사도 훌륭하고 풍부하다. (…중략…) 시중드는 사람들도 친절하고 주의 깊다. 산책을 위한 정원, 수영장, 목욕탕, 세탁시설 등 더 이상 바랄 것이 없다.[21]

'고난자들의 병원'은 항상 환자들로 넘쳐났다. 이 병원은 개원 당시 120병상이었으나 1836년 80병상의 별관을 신축하기 시작해서 1839년에는 200병상으로 규모가 늘어났다. 1845년 '고난자들의 병원'이 환자로 만원이 되자, 급기야 나머지 환자들이 오부호프 구舊 정신병원에 입원하기에 이르렀다. 이에 '고난자들의 병원'은 1862년 다시 100병상을 지었고, 1865년에는 50병상을 더해서 총 350병상의 규모에 이르게 되었다.[22] 하지만 이 병원은 19세기 중엽 이후 재정과 운영 문제로 인해 쇠락의 길을 걷는다. 19세기 러시아 정신병원의 역사에서 '고난자들의 병원'은 매우 이례적인 사례로 평가할 수 있다. 이 병원은 러시아 황실의 은총과 전폭적인 지원을 받아 설립되고 운영된 것으로 다른 정신병원과는 구별된다. 다시 말해 일반적으로 러시아 정신병원은 상황이 훨씬 열악했던 것이다. 특히 지방의 정신병원들은 대부분 감옥과 크게 다르지 않았다. 하지만 '고난자들의 병원'이 아무리 예외적인 경우라도 그것의 역사적 의미를 평가 절하할 수는 없을 것이다. 이런 점에서 스컬이 "러시아 당국은 크림전쟁1853~1856이 끝난 뒤에야 (…중략…) 처음으로 광인을 시설에 수용하려는 계획을 세웠다"라고 지적한 것은 '고난자들의 병원'을 염두에 둔다면 과장된 것이 아닐 수 없다.

1864년에서 1917년까지는 러시아 정신의학의 전문화가 이루어졌던 시기이다. 1864년은 러시아 행정제도가 젬스트보지방자치기관 중심으로 재편된 해이다.[23] 이 시기부터 러시아에서 정신병에 대한 치료 개념과 환자를 선별하는 과정이 체계적인 모습을 갖추기 시작했다. 이것은 정신병 치료에 대한 체계적이고 전문적인 교육이 실시되었던 것과 밀접한 관계가 있었다. 이때부터 모스크바나 페테르부르크뿐만 아니라 지방에도 정신의학 전문학교가 설립되었다. 이와 동시에 기존에 모스크바, 페테르부르크에 있었던 낡은 중앙 진료소도 재건축을 하고 제도를 정비하였다. 그리고 모든 젬스트보에 정신병자를 수용할 수 있는 의료기관이 건립되었다.

하지만 19세기 후반 러시아에서 전문적인 정신병 치료기관이 설립되는 과정은 순탄치 않았다. 여기서 가장 문제가 된 것은 정신병과 정신병자에 대한 사람들의 잘못된 인식이었다. 이것은 러시아 정신병원이 19세기 전반기까지 수도원의 격리시설이나 감옥과 크게 다르지 않았다는 사실과 무관하지 않다. 사람들은 정신병자들을 죄인이나 사회 부적응자와 유사하게 취급했다. 그 결과 격리시설이나 감옥 이외에 그들만을 위한 특수한 병원을 독립적으로 지어야할 필요성을 관리들뿐만 아니라 일반인들도 인정하지 않았다. 러시아 "정신의학의 역사는 삶의 평온함을 파괴한 자들을 수도원과 감옥에 격리시키는 것에서부터 시작되었다. 뿐만 아니라 관급 정신병원에는 대부분 병자들 혹은 지방도시의 거리질서를 문란하게 한 자들, 피의자들이 수용되었다. 아무도 이 '수용소'를 치료기관으로 여기지 않았고, 오직 '정신없이 날뛰는 자들'을 감금하는 장소로 여겼다. 이런 시설들을 전문적인 치료기관으로 바꾸고, 그에 대한 사람들의 인식을 변화시키는 것은 어려운 일이었다"[24] 결과적으로 정신병자수용소는 알코올 중독자와 대부분 경찰에 의해 인도되는 정신박약의 부랑자들로 가득 채워졌다. 이런 사정으로 인해 젬스트보에서 전문적인 정신병 치료기관을 건립하는 것은 현실적으로 매우 힘들었다. 특히나 정신병원을 설립하기 위해서는 젬스트보의회의 승인이 필요했는데, 이런 행정절차를 통과하기란 쉽지 않았던 것이다.

하지만 러시아의 현실은 이런 문제들을 압도할 만큼 절박한 수준이었다. 1875년 기준으로 러시아 위생국은 당시 인구 8천만^{카프카즈지역과 중앙아시아를 제외하고} 중에서 8만 명이 정신병자라고 추정하고 있었다. 이것은 인구 1천 명 당 1명꼴로 정신병자가 있었다는 말이다. 이중에서 절반인 4만 명은 선천적인 정신박약으로 분류되었고, 2만 8천 명은 병원에 갈 필요가 없는 만성 환자들이었다. 위생국은 오직 1만 2천 명의 정신병자들이 입원할 필요가 있는 환자들이라고 예측했다. 이런 사정에도 불구하고 각 현마다 정신병원은 터무니없이 부족했다.[25] 그리고 1880년대 이후 러시아 경제가 급속하게 자본주의화됨에 따라 젬스트보의 사정도 달라질 수밖에 없었다. 이 시기 러시아 노동자 수가 크게 증가하였다. 하지만 노동자들의 열악한 환경에 대한 불만은 파업으로 이어졌고, 알렉산드르 3세는 공장노동자들에 대한 일련의 법안들을 제정하지 않을 수 없었다. 예컨대 아동고용과 그들의 노동시간에 관한 법률¹⁸⁸², 그들의 초등교육에 관한 법률¹⁸⁸⁴, 벌금과 임금지불에 관한 법률¹⁸⁸⁶, 공장 감독에 관한 법률¹⁸⁸⁴ 등이 그것이다. 결과적으로 산업발전은 인구의 문화적 수준을 향상시키는데 일조하였다. 이 모든 것은 자치기구들로 하여금 민중들의 교육, 공중위생, 의료에 관한 대책을 세우도록 자극했다. 젬스트보의 의료비 지출은 1871년 2백만 루블에서 1895년 천 8백만 루블로 증가하였다. 이와 더불어 정신병자에 대한 치료가 필요하다는 요구도 증가하였다. 하지만 당시 지주들이나 농촌공동체들은 국가 경제와 긴밀하게 연결되어 있지 못한 상태여서 스스로 자구책을 찾을 수밖에 없었다. 예컨대 공적 기관에서 관리할 수 없는 정신병자들은 대부분 가족구성원들이 보호하였다. 왜냐하면 공적 기관에서 환자들을 감독하는 일이 결코 쉽지 않았기 때문이다. 더군다나 토지를 수탈당한 수많은 농민들이 대도시의 노동자로 이주한 이후에는 농촌에서 정신병자들을 보호할 가족들이 턱없이 부족하게 되었다. 상황이 이렇게 되자 지주와 부농들은 정신병자들이 방화를 하거나 큰 사고를 일으키지나 않을까 두려움을 갖게 되었고, 아이러니하게도 그들이 나서서 정신병자들에 대한 관리, 감독이 필요하다고 국가와 젬스트보에 요청하게 되었다. 이런 상황 때문에 러시아에서는 정신병에 대한 '경찰의 시각'이 득세하였고, 정신병자들을 관리하는 기관의 성격도 이와 무관하지 않다.[26] 다시 말해 감금과 격리가 정신병자들을 관리하는 지배적인 패러다임이 된 것이다. 젬스트보의 보수적인 인사들조차 정신병원을 건축하는 데 드는 비용에 대해 크게 반대하지 않는 이유가 바로 여기에 있었다.

이렇게 모든 현마다 정신병원이 세워졌다. 그중에서 트베리현 젬스트보는 1879년에 최초로 정신병원 건립을 결정하였다. 트베리현은 모스크바와 가까운 거리에 있고, 러시아 정신병원 역사에서 중요한 역할을 담당한 지역이다. 그러면 트베리현의 정신병원 역사에 대해 좀 더 상세하게 살펴보도록 하자. 트베리현은 모스크바에서 북서쪽으로 160킬로미터 정도 떨어진 곳이다. 트베리현에서 정신병원을 세우기로 결정한 것은 1866년으로 이 병원은 30명을 수용할 수 있는 규모였다. 트베리현에는 당시 정신병자들이 이미 48명이었기 때문에 병원 규모가 적당했다고 할 수는 없다. 하지만 그해 병원 건축은 다른 현의 사정과 마찬가지로 지지부진했다. 애초에 계획했던 정신병원이 완공된 것은 1868년이었다. 1870년에 환자는 70명으로 늘어났고, 병원은 수용인원을 초과한 상태가 되었다. 그래서 현은 정신병자를 위해 양로원과 장애인수용소로 사용하던 건물을 개조하기로 결정하였다. 양로원은 50명을 수용할 수 있는 건물이었다. 하지만 1873년 환자는 이미 90명에 이르렀다. 환자는 계속 증가하는데, 수용시설은 부족한 상황이 반복되었던 것이다. 급기야 1876년 2개의 바라크^{가건물}를 개조하여 대용시설로 사용하였지만 그것은 임시방편이었다. 왜냐하면 1877년 환자는 104명으로 늘어났고, 1879년 8월 1일 기록에는 133명에 이르렀다. 게다가 정신병원에 수용된 환자들의 사망률은 33.74%로 매우 높은 편이었다. 1879년 트베리현의 정신병원 역사는 전환기를 맞이하게 되었다. 트베리현의회는 400명의 환자를 수용할 수 있는 병원을 세우고 이를 위해 정신과 의사인 M. П. 리트비노프를 초빙하기로 결정하였다. 그리고 1884년 10월 14일 240베드를 갖춘 정신병원психиатрическая колония이 부라셰보에 건립되었다.[27] 부라셰보는 트베리현에서 남쪽으로 15킬로미터 정도 떨어진 곳에 위치한 곳으로 이 정신병원은 부라셰보지역을 대표하는 상징이 되었다. 1885년 1월 1일 자료에 의하면 이 병원에는 이미 282명의 환자가 입원해 있었으며, 그중 남성이 169명, 여성이 113명이었다.[28] 그리고 1913년에 이르러 트베리현의 정신병자 수는 아래와 같이 기하급수적으로 늘어났다.

〈표 1〉 1913년도 트베리현의 정신병자 수

	남성	여성	합계
부라셰보수용소	627	350	977
모스크바 근교 병원	52	55	107
양로원	7	4	11
가정 보호 대상자	32	41	73

요컨대, 트베리현 젬스트보는 당시 718명의 남성과 450명의 여성, 즉 합계 1,168명의 정신병환자를 관리하고 있었다.[29] 하지만 부라셰보수용소는 19세기 말에 심각한 재정 위기를 경험하기도 했다. 1886년 트베리현 젬스트보는 수용소 예산이 급격하게 늘어나고, 책임자의 경영 권한이 지나치게 크다는 점을 우려하고 있었다. 더욱이 1890년 부라셰보마을의 농업경제는 수입이 거의 없는 상태에 이르렀다. 마침내 1895년 현 소속 지방자치청 집행부가 선거로 교체되자 부라셰보수용소는 재정 위기에 봉착하게 되었다.[30] 이런 점들을 고려했을 때 부라셰보수용소가 당시에 제대로 운영되었다고 보기는 힘들다.

3. 「붉은 꽃」과 「6병동」의 정신병원

19세기 러시아문학작품에서 정신병원을 가장 상세히 묘사한 대표적인 작품은 가르쉰의 「붉은 꽃」[1883]과 체호프의 「6병동」[1892]이다. 이 작품들에서 러시아 정신병원에 대한 생생한 기록을 찾아볼 수 있는 것은 무엇보다도 작품의 공간적 배경이 정신병원이라는 이유 때문이기도 하지만 또한 그것이 작가가 직접 체험한 경험에 기초한 것이기 때문이기도 하다. 가르쉰은 심한 정신병을 앓았던 환자였으며 오랫동안 정신병원에 입원한 이력이 있었고,[31] 체호프는 의사로서 러시아 정신병원의 실태를 누구보다 잘 알고 있었다. 가르쉰과 체호프는 러시아 정신병원에 대한 당시 기록들에 예술적 숨결을 불어넣어 살아 움직이게 재창조하였다. 그 결과 우리는 특정한 시간과 공간 속에서 재현된 인간과 사건들을 경험하면서 러시아 정신병원과 환자들의 구체적인 모습과 마주하게 된다.

다시 말해 이 두 작품은 19세기 후반 러시아 정신병원의 실제 모습을 적어놓은 살아있는 기록이라고 해도 무방하다. 이런 점에서 이 작품들은 19세기 러시아 정신병원의 역사를 이해하는 데 중요한 자료로서 매우 높은 가치가 있다고 할 수 있다.

1) 지방도시와 시골의 정신병원

「붉은 꽃」과 「6병동」은 19세기 말 러시아 정신병원을 묘사하고 있지만 그 대상은 현저하게 차이가 있다. 「붉은 꽃」이 현에 속한 제법 큰 지방도시의 정신병원을 다루고 있다면 「6병동」은 철도도 닿지 않는 작은 시골도시에 있는 초라한 정신병원을 대상으로 하고 있다. 이는 당시 러시아 정신병원의 규모와 시설이 지방마다 크게 달랐다는 것을 의미한다. 먼저 「붉은 꽃」에 나오는 정신병원에 대해 살펴보도록 하자. 이 정신병원은 수용 인원이 80명 정도 되는 석조 건물이고, 다른 현에서 온 환자들까지 수용하고 있어서 병실마다 비좁기 그지없는 상태이다. 아래의 인용문에는 정신병원의 다양한 시설에 대한 묘사가 나오는데, 이를 보면 이 병원의 규모와 시설이 어느 정도였는지 알 수 있다.

그것은 옛날 관청처럼 지은 커다란 석조 건물이었다. 널따란 방이 두 개 있는데 하나는 식당, 다른 하나는 경증환자의 보통 병실이었다. 넓은 복도에는 화단으로 난 작은 복도로 나갈 수 있는 유리문이 있고, 또 환자가 있는 개인 병실이 스무 개 가량 아래층을 차지하고 있었다. 거기에는 또 어두운 방이 두 개 있는데, 하나는 이불이 깔려 있고 또 한쪽은 마루가 깔려 있는데 모두 흉포성 환자가 수용되어 있다. 그리고 둥근 천장의 넓디넓은 어두운 방에는 욕실이 있다. 위층은 부인 환자가 차지하고 있고, 거기서는 소음이, 울부짖거나 고

함지르는 소리가 쉴 새 없이 새어 나왔다. 병원의 수용 정원은 80명이었으나 이곳만도 몇 개의 현을 담당하고 있었으므로 현재는 300명이나 수용되어 있었다. 좁은 병실에는 네 개나 다섯 개씩 침대가 놓여 있었다. 그러니까 환자를 밖으로 내어 보내지 않고 쇠창살로 된 바깥문을 꼭 닫아 두어 겨울철 같은 때 병원 안은 견딜 수 없을 만큼 숨이 가빴다.[32]

가르쉰이 묘사한 정신병원은 관청을 개조해서 병원으로 만든 것인지 아니면 애초부터 병원 목적으로 건축을 한 것인지는 정확히 알 수 없다. 병원은 80병상 규모지만 2.5배나 되는 환자를 수용하고 있어 병실이 비좁은 상태이다. 이것은 당시 러시아의 정신병원 수가 환자에 비해 턱없이 부족했다는 것을 의미한다. 앞서 트베리현의 사례에서 보듯이 정신병원은 넘치는 환자들을 충분히 수용하지 못했고, 그 결과 양로원과 가정에 방치된 환자들도 많았다. 하지만 가르쉰의 정신병원은 규모나 초과 수용인원으로 보아 당시에도 큰 규모의 시설이었던 것으로 이해된다. 병상 규모가 240베드로 1884년에 건립된, 트베리현에서 가장 큰 규모의 부라세보수용소와 비교하면, 가르쉰의 정신병원은 그 이전 시기에 같은 현에 있었던 정신병원과 비슷한 규모다. 트베리현의 기록에 따르면 30명 규모의 정신병원이 세워진 것은 1868년이고, 늘어나는 환자를 수용하기 위해 2개의 가건물을 세운 것이 1876년이며, 수용 인원은 80명 규모였다.

그럼 가르쉰이 묘사한 정신병원의 내부 시설을 자세히 살펴보도록 하자. 이층으로 된 정신병원은 아래층에 남자 환자를, 위층에 여자 환자를 분리 수용하고 있다. 우리는 이런 점을 통해 19세기 말 러시아 정신병원이 일정한 수용 원칙에 의해 운영되고 있었다는 사실을 알 수 있다. 이 정신병원은 이밖에도 목욕탕, 정원, 진찰실을 갖추고 있으며, 공동 식당을 통해 규칙적으로 식사도 제공하고 있다. 이상의 시설을 보면 정신병원은 어느 정도의 규모와 시설, 수용 원칙을 갖추고 있었다고 볼 수 있다. 하지만 그것이 제대로 운영되었는지는 또 다른 문제이다. 가르쉰은 식당의 모습을 상세하게 서술하면서 이런 점에 상당한 의문을 제기하고 있다.

식당에 저녁 식사가 차려졌다. 테이블보도 없는 커다란 식당에는 도금한 것처럼 칠한 나무통 몇 개에 수수죽이 담아 놓여 있었다. 환자들은 벤치에 앉았다, 검은 빵이 한 조각씩 배급되었다. 그들은 여덟 사람씩 한 덩어리가 되어 한 통에서 나무 숟가락으로 퍼먹었다. 우량 식사를 받는 몇 사람에게는 따로 식사가 나왔다. 간수에게 자기 방으로 호출당해 배당 받은 자기의 몫을 급히 먹어 버리고는 환자는 그것으로는 배를 채우지 못하고 공동 식당으로 찾아왔다.

정신병원의 식당이 어떻게 운영되고 있는지를 살펴보면 병원의 환자 관리상태도 쉽게 연상할 수 있다. 위에서 볼 수 있듯이 병원 식당은 마치 감옥의 공동식당과 크게 다르지 않다. 환자들은 제대로 된 식탁도 없이 여덟 명씩 한 통에 모여 부실한 식사를 한다. 식사는 양과 질에서 모두 기준 이하이고, 심지어 비위생적이다. 이런 사정은 지방으로 갈수록 심해졌다. 1864년 이후 러시아 의학교육 체계가 개혁되고 새로운 정신병원 건립이 시작되었지만 중앙과 지방, 지방과 시골의 차이는 매우 심각했다. 지방의 사정은 시골로 갈수록 더욱 두드러지게 나타나는 법이다. 러시아 정신병원의 이런 열악한 사정은 체호프의 「6병동」에서 적나라하게 드러난다.

병원 뒤뜰에 무성한 산우엉과 쐐기풀과 야생 대마에 둘러싸인 작은 별동 한 채가 있었다. 지붕은 빨갛게 녹이 슬고, 굴뚝은 반쯤 내려앉았고, 현관 층 계의 계단은 썩어서 잡초가 무성하고 벽의 회칠은 겨우 흔적만 남겨져 있을 뿐이다. 건물은 정문이 본관을 향해 있고, 뒷면은 들판에 잇닿아서 그 들판과 별채 사이에는 못을 거꾸로 박은 병원의 회색 담장이 가로막혀 있다. 뾰족한 못 끝이 위로 치솟아 있는 담과 별채, 그것은 우리나라에서는 병원이나 감옥 의 건물에서만 볼 수 있는 예의 어딘지 좀 이상한, 음산하고 저주받은 듯한 외 관을 보이고 있다. 여러분이 쐐기풀 가시에 찔리기를 두려워하지 않는다면 별 채로 통하는 좁은 오솔길을 걸어서 내부의 광경을 들여다보기로 하자. 맨 처 음 문을 열면 우리는 현관에 들어선다. 이곳의 벽 둘레와 난로 곁에는 병원의 폐품이 산더미처럼 쌓여 있다. 요, 갈기갈기 찢어진 낡은 환자복, 바지, 푸른 줄무늬 셔츠, 닳아빠진 헌 신, 이런 모든 쓰레기가 몇 뭉치나 쌓여서 구겨지고 엉키고 부패해서 악취를 물씬 풍기고 있다.[33]

다시 더 나아가면 여러분은 크고 썰렁하게 넓기만 한 현관을 제외한 별채 전부를 차지한 방에 들어선다. 벽에는 푸르죽죽한 청색 페인트가 아무렇게나 더덕더덕 발라져 있고 천장은 굴뚝 없는 농사꾼의 오두막처럼 그을려져 겨울 이 되면 난로의 연기가 새어나와 그을음투성이가 된다는 것을 단번에 알 수 있다. 창이란 창은 전부 안쪽에 쇠창살을 끼워서 모양이 없다. 바닥은 회색이 고 꺼칠꺼칠하다. 초에 절인 양배추와 그을음 내 나는 램프 심지와 빈대와 암 모니아 냄새가 확 코를 찔러서, 이 악취는 이 방에 들러선 첫 순간 마치 동물 원에 들어온 듯한 인상을 준다. 방안에는 나사못으로 바닥에 고정시킨 침대가 몇 개 있다. 그 침대 위에 푸른 환자복을 입고 구식인 실내모를 쓴 사람들이 앉기도 하고 드러누워 있기도 하다. 이 사람들이 정신병자들이다.

「6병동」은 "철도에서 2백 베르스타[34] 떨어진 작고 지저분한 시골도시"에 있는 정신병동을 배경으로 하고 있다. 위에서 보듯이 이 정신병원은 마치 동물 축사를 방불케 한다. 병원은 무엇보다 비위생적이고, 무질서하다. 한 마디로 전혀 관리를 받지 못한 버림받은 공간인 것이다. 19세기 말 러시아 정신병원이 크게 개선되었지만 시골의 사정은 딴판이었던 셈이다. "병원 관계의 모든 사업은 20년 전과 다름없이 절도, 싸움, 증상, 불공평, 사기 위에 세워져 있어 병원은 옛날과 마찬가지로 비도덕적이고 거주자의 건강상 극도로 유해한 시설 그대로이다." 심지어 관리인은 환자를 수시로 구타하고, 일부 환자는 매일 병동 밖으로 나가 거리를 돌아다니며 구걸을 한다. 체호프는 이런 상태를 빗대어 시골의 정신병원을 "조그만 바스티유 감옥"이라고 노골적으로 비유하고 있다. 의사였던 체호프는 누구보다 당시 의학에서 일어난 획기적인 변화를 잘 알고 있었다. 방부제의 발명으로 인해 수술이 일상화된 것, 평범한 젬스트보 의사들도 무릎 관절 절개 수술을 거뜬히 해치우는 현실, 복부 절개 수술의 사망률이 겨우 일 퍼센트 정도라는 것, 결절이 간단한 질병이 되었고, 매독이 더 이상 난치병이 아니라는 사실, 그밖에 유전법칙, 파스퇴르와 코흐의 발견 등등. 작가의 분신인 「6병동」의 정신과 의사는 "현대와 같은 질병의 분류, 진단과 치료법을 가진 정신의학은 옛날과 비교하면 사뭇 엄청난 차이가 있다. 현재는 정신이상자들에게 머리서부터 찬물을 끼얹거나 협착의를 입히거나 하지 않고, 그들을 인간답게 취급하며 신문에 보도되고 있듯이 그들을 위해 연극이나 무도회까지 베풀어 준다"라고 생각한다. 하지만 그가 근무하고 있는 정신병원의 현실은 이와는 거리가 있다. 이런 점을 고려하면 시골의 정신병원 모습은 의사 체호프가 인정하고 싶지 않았던 러시아의 현실이었는지도 모른다.

2) 감금과 통제

러시아지방과 시골의 정신병원이 감옥과 같이 환자들을 바깥세상으로부터 격리하고 감금한 수용소에 지나지 않았다는 사실은 이 두 작품의 곳곳에서 확인할 수 있다. 「붉은 꽃」은 러시아 정신병원의 역사를 상징적으로 암시하는 다음과 같은 문장으로 시작한다. "황공하옵게도 황제 표트르 1세 폐하의 이름으로 본 정신병원의 사열을 선포한다." 이것은 러시아의 근대적인 정신병원의 역사가 표트르 1세 이후에 시작되었다는 것을 의미한다. 18세기 초 러시아에 정신병원을 설립하려던 표트르 1세의 계획은 잠시 연기되었을 뿐이지 그 정신이 사라진 것은 아니었다. 그의 계획은 19세기 후반 지방자치 조직인 젬스트보를 중심으로 '전문적인' 정신병원이 설립되는 것으로 실현되었기 때문이다. 요컨대 19세기 후반기 러시아 정신병원은 표트르 1세의 정신적 후광을 입고 있었다고 할 수 있다. 이런 점에서 위의 사열식은 표트르 황제의 원대한 계획에 대한 러시아인들의 존경심을 담고 있다고 할 수 있다. 하지만 이러한 의식은 또한 정신병원에 새로운 환자가 도착하면 군대나 감옥처럼 사열이라는 절차를 거쳐야 한다는 사실을 알려주고 있다. 이것은 당시 정신병원의 관리나 제도가 군대나 감옥과 다르지 않았다는 점을 보여준다. 실제로 러시아 정신병원을 관리하던 사람들은 의료인을 제외하면 대부분 군인 출신이었다. 그들은 감금과 통제를 정신병원 관리의 최우선 원칙으로 여겼다. 「붉은 꽃」에서 이런 사실을 곳곳에서 확인할 수 있다. 예컨대 미치광이 환자들을 제압하는 '직원들', 환자의 수술을 담당했던 '병사' 등과 같은 인물들이 그것이다. 여기서 '직원들'은 감옥을 관리하는 간수들을 의미하기도 한다는 점에서 그리고 비록 전문적인 의료인이라고 하더라도 수술담당자가 '병사'라고 호칭되고 있다는 것을 보면 정신병원이 감옥이나 군대와 같은 지휘체계로 구성되어 있고, 또 실제로 그와 유사하게 관리되었다는 것을 알 수 있다.

「6병동」의 사정도 마찬가지이다. 병원의 수위를 맡고 있는 니키타는 "불그스름한 견장을 단 늙은 퇴역 병사"이다. "그는 이 세상에서 무엇보다도 질서를 사랑하고, 그러기 위해서는 '그 놈들'을 때려야 한다고 확신하고 있는, 저 단순하고 적극적이고 과감하고 우둔한 사람들 중의 하나이다. 얼굴이건 가슴이건 등이건 닥치는 대로 두들겨 패야지, 그렇지 않고서야 어떻게 질서 유지가 되느냐고 믿고 있는 사람이었다." 정신병동을 실제로 관리하고 있는 니키타는 환자들을 정상적인 인간으로 대하지 않는다. 그는 정신병자들을 죄수 취급하며 스스로 간수 역할을 자처하고 있다. 이렇게 러시아의 정신병원은 교도소, 병원, 자선기관의 기능이 혼재된 상태로 존재했으며, 각각은 시기에 따라 혹은 종종 감독자의 개성, 의사의 존재 여부, 지역 경찰 당국의 정책 등과 같은 상황에 따라 결정되었다.[35] 「6병동」에서 보는 것처럼 "19세기 러시아에서 정신과 치료 시스템은 환자의 고통을 치료하는 것보다는 경찰의 목적에 더 많이 부합되었다. 정신병원에 남성들이 많은 주된 이유도 초기에 병원의 교도적인 특성 때문이었다"[36]

19세기 러시아 정신병원이 감금과 통제를 목적으로 운영되었다는 사실은 의사와 환자의 관계를 통해서도 알 수 있다. 정신병원에서 의사는 바깥 세계와는 비교가 되지 않을 정도의 절대적인 권력과 지위를 지니고 있다. 「붉은 꽃」에서 정신과 의사가 환자 회진을 돌 때 풍경은 마치 군대에서 장군이 병사들을 사열하는 장면과 흡사하다. "의사는 앞으로 나아갔다. 대부분의 환자는 각기 자기 침대 옆에 서서 그를 기다리고 있었다. 어떤 관청의 장관도 정신병 의사가 그 담당 환자들에게서 받는 것만큼의 존경을 자기 부하 직원들에게서 받지는 못할 것이다." 러시아에서 의사의 사회적 지위와 역할은 19세기 후반기에 들어 한층 강화되었다. 가령 의사는 사법제도 안에서도 보조적인 역할을 뛰어넘어 독립적인 지위를 획득하게 되었고, 그것은 판사의 역할을 대신할 정도였다. 특히 정신과 의사들은 다른 의사들보다 더 특별한 지위를 행사했다.

1866년 새로운 법정이 문을 열었을 때, 사법제도 안에서 의사들의 역할은 아직 행정기능에 머물러 있었다. 1890년대 무렵 전문 의료인은 국가 기관과 사회 전체에서 독립적인 권위를 대표하는 자리에 서게 되었다. 전문 의료인의 새로운 공적 정체성을 나타내는 한 척도는 정확히 이 시기에 발표된 소설들에 나타난 이 인물들의 잦은 등장과 또 그의 행위에 대한 정신의학적 설명들이다. 예컨대 도스토예프스키는 『악령』의 마지막 부분을 자살희생자에 대한 법의학적 해부를 실행한 의사의 진술로 마무리 하고 있다. '틀림없이 분명하게 정신이상은 아닙니다.' 게다가 작가이자 저널리스트였던 레스코프N. Leskov는 정신과 의사가 참여한, 세상을 떠들썩하게 만든 형사사건 재판을 다루었고, 정신의학적 범주가 소개되고 있는 이 재판들이 그의 소설의 주제가 되었다.[37]

19세기 말 러시아 사회 전체에서 정신과 의사의 권위가 이 정도였다면, 사회와 격리되어 있는 특수 공간인 정신병원에서 「붉은 꽃」의 정신과 의사가 절대적 권력을 행사하는 것은 크게 놀랄 일도 아니다.

하지만 「6병동」에서 정신과 의사의 모습은 이와는 정반대이다. 안드레이 예피미치는 정신과 의사였지만 정신병자로 몰려 결국 병동에 감금된다. 그는 환자가 되어서야 그것이 어떤 취급을 받는 것인지를 깨닫게 된다. 다시 말해 안드레이 예피미치의 역할바꾸기는 정신과 의사와 환자의 지배 / 피지배 관계를 역설적으로 보여주는 장치인 것이다.

안드레이 예피미치가 처음 이 도시에 와서 직책을 맡으려 했던 당시, '자선병원'은 암담한 상태에 있었다. 병동들과 복도, 병원 마당은 악취 때문에 숨도 못 쉴 지경이었다. 잡역부와 간호부와 그 아이들까지 환자와 함께 병동에서 기거하고 있었다. 바퀴벌레, 빈대, 쥐가 들끓어서 못살겠다고 불평들을 했다. 외과실에는 단독이 끊이지 않았다. 병원을 통틀어 메스가 두 개밖에 없고, 체온계는 한 개도 없었으며, 목욕탕은 감자창고로 쓰이고 있었다. 사무장과 피복계의 여자와 약사들은 환자들을 착취하고 있었다. 안드레이 예피미치의 전임자인 늙은 의사에 대해서는 병원의 알콜을 밀매했다느니 간호사와 부인 환자들과 내통해서 병원을 하렘으로 만들었다느니 하는 소문이 퍼졌다. 이러한 병원의 무질서는 온 거리에 퍼져서 과장되기까지 했으나 사람들은 모르는 체하고 있었다. 어떤 사람은 그 병원의 환자는 장사치나 농군들뿐이고 그들 집의 생활은 병원보다 더 지독하니 그들에게 설마 몇 달 먹이지 못한다 해도 불평할 처지가 못 되지 않느냐고 하고, 또 어떤 사람들은 지방자치회젬스트보의 원조도 없이 시골도시의 예산만으로 훌륭한 병원을 경영할 능력이 없는 이상, 설사 지독한 병원이라지만 없는 것보다는 고마운 일이 아니냐고 말했다. 한편, 아직 생긴 지 얼마 안 되는 지방자치회는 시골도시가 자신의 병원을 가지고 있음을 구실로 하여 읍내 변두리에 진료소를 설치할 생각을 하지 않았다.

이런 상황에서 안드레이 예피미치는 정신병동의 한 환자에게 연민을 가지고 사적인 관계를 가지게 된다. 그리고 이것이 빌미가 되어 그는 주위 사람들로부터 이상한 사람으로 인식되고 결국 병동에 갇히는 신세가 되고 만다. 여기서 정신과 의사는 환자가 되자 자신의 처지를 다음과 같이 실감한다. "어떻게 되나 마찬가지야……' 하고 안드레이 예피미치는 겸연쩍은 듯이 환자복의 앞자락을 여미고 새 옷을 입은 자기가 죄수와 비슷하다고 느꼈다." 그는 자신이 관리하고 있던 정신병동과 환자들이 감옥에 감금되어 외부세계로부터 격리된 죄수와 다를 바 없다는 사실을 깨닫게 된 것이다. 그리고 나서야 병원 바로 옆에 감옥이 있었다는 것을 알게 된다. 환자의 처지가 되어보니 오래 전부터 있었던 감옥이 새삼스 럽게 눈에 들어왔던 것이다. "안드레이 예피미치는 창문으로 걸어가서 들판을 바라보았다. 밖엔 이미 해가 기울고 오른편 지평선으로부터 싸 늘한 새빨간 달이 떠오르고 있었다. 병원 담장에서 겨우 2미터쯤 떨어진 곳에 돌담을 친 높고 흰 건물이 서 있었다. 그 건물은 감옥이었다." 체호 프는 이 장면에서 감옥을 마치 정신병동인 양 오버랩시키고 있다. 다시 말해 러시아 정신병원이 감옥의 분신이었다는 사실을 강조하고 있는 것 이다.

체호프는 또한 안드레이 예피미치를 통해 러시아 정신병원의 감금과 통제의 기능에 대해 설명하고 있다. 그는 병동을 벗어나려는 환자에게 그것이 부질없는 짓이라고 말한다.

당신은 어떻게 했으면 좋으냐고 묻고 계십니다. 당신의 입장으로 가장 좋은 일은 물론 여기서 탈출하는 것입니다. 하지만 유감스럽게도 그건 헛일이 죠. 다시 붙들릴 테니까. 사회가 범죄자니 정신병자니 하는 대체로 불편한 사람들로부터 자신을 보호하려 하고 있는 이상 그것을 당해낼 승산은 없죠. 그렇다고 한다면 당신에게 남겨진 길은 단 한 가지 여기 있다는 사실은 불가피한 일이라고 생각하고 안정을 찾는 길입니다. …… 하지만 감옥이나 정신병원이 실제로 존재하는 이상 누구든지 그 안에 들어가 있어야 합니다. 당신이 아니면 내가, 내가 아니면 누구든 다른 사람이.

　내가 배신자처럼 당신의 말꼬리를 잡아서 경찰에 넘긴다고 칩시다. 당신은 체포되어 재판을 받겠지요. 하지만 당신에게 재판소나 감옥이 여기보다 나쁠까요? 또한 만약에 유형 아니면 징역살이를 하게 된다고 해도 과연 그 편이 이 별채флигель에 갇혀 있는 것보다 나쁠까요? 난 오히려 그편이 좋다고 생각합니다 (…중략…) 그렇다면 무엇을 두려워할 필요가 있습니까?

안드레이 예피미치에 의하면 정신병동은 사회 부적응자들을 사회로부터 감금하고 통제하기 위해 만든 수용시설에 불과하다. 더욱이 그것은 환자를 위한 것이 아니라 사회가 "자신을 보호하려"고 만든 것이다. 그는 정신병동 생활이 유형이나 감옥의 징역살이보다 오히려 낫다고 강변한다. "별채에 갇혀 있는 것"이 나쁠 것 없다는 것이다. 하지만 안드레이 예피미치 스스로가 병동에서 자살로 생을 마감한다는 결론은 이곳이 감옥보다 나을 것이 없다는 점을 강하게 시사하고 있다. 「붉은 꽃」의 주인공도 마찬가지다. 그는 정신발작을 일으켜 결국 정신병원에서 비극적 삶을 마치고 만다. 이렇게 보면 가르쉰과 체호프는 러시아 정신병원을 생의 비극적 공간으로 파악하고 있다고 할 수 있다.

4. 나오는 말

러시아에서 근대적인 정신의학과 정신병원이 본격적으로 발전하기 시작한 것은 19세기 후반이다. 하지만 서구와 달리 러시아는 중앙과 지방의 불균등 발전이 매우 심했다. 이것은 무엇보다도 러시아 영토의 광활함에서 연유하는 바가 크다. 중앙에서 지방, 지방에서 시골로 갈수록 정신병원 시설과 관리체계의 낙후된 모습이 역력하다. 지역의 불균등성은 또한 사회적 통제의 강화를 촉발하는 원인이 되기도 했다. 시설과 관리체계의 미비는 곧 폭력을 동반한 물리력의 증가를 불러왔다. 예컨대 모스크바나 페테르부르크 등 러시아의 주요 도시에 소재한 정신병원보다 시골이나 변방에 위치한 정신병원이 감금과 통제의 수단으로 물리력에 더 많이 의존하였던 것이다. 이것은 「붉은 꽃」과 「6병동」의 예에서도 확인할 수 있다. 「붉은 꽃」에 나오는 물리력은 그것이 아무리 강제적인 것이라고 하더라도 의료체계 안에서 벌어지는 행위로 이해된다. 하지만 「6병동」에 등장하는 니키타의 존재는 의료체계라는 영역을 근본적으로 부정하는 것이다. 그것은 곧 무질서 그 자체이며, 반反문명이라고 할 수 있다. 여기서 보듯이 러시아 정신병원은 중앙에서 지방, 지방에서 시골로 갈수록 감금과 통제의 정도가 높았다는 사실을 알 수 있다. 이외에도 러시아 정신병원은 감금과 통제라는 사회적 요구에 더 적극적으로 부응할 수밖에 없었던 또 다른 이유를 가지고 있다. 봉건적 신분제와 전제정치는 정신병자들을 사회적으로 불온한 자들로 여겨 그들을 고립된 공간에 감금하고 통제함으로써 체제 유지를 도모하였다. 여기에 군사적인 사회 질서는 러시아 정신병원을 군대 감옥과 유사한 공간으로 만들었다. 다시 말해 러시아 정신병원은 감옥을 보조하는 기관에 불과했던 것이다. 우리는 이런 사실들을 「붉은 꽃」과 「6병동」을 통해 알 수 있다. 이런 점에서 위 두 작품은 각각 환자와 의사가 작성한 러시아 정신병원에 대한 진실한 기록이라고 할 수 있다.

이 점과 관련하여 '문학작품을 사료로 볼 수 있느냐?'라는 의문이 제기될 수 있다. 이 의문은 첫째, 문학작품이 본질적으로 허구라는 사실,

둘째, 예술^{문학}언어가 본래적으로 은유적이라는 사실에 근거한다. 요컨대, 문학작품은 이와 같은 특성을 지니고 있기 때문에 사실을 있는 그대로 전달하는 사료로는 한계가 있다는 것이다. 하지만 이런 지적은 문학작품의 한 측면만을 고려한 것이다. 문학은 허구이고 그 언어는 은유적이지만 사실의 총체로서 현실을 떠나서는 존재할 수 없기 때문이다. 다시 말해 문학적 허구나 언어는 현실을 왜곡하는 것이 아니라 그것을 '더 현실적으로 만드는' 특수한 예술적 체계와 기호일 뿐이다. 이런 사실을 증명하는 대표적인 예로 고대 그리스 신화를 들 수 있다. 고대 그리스 신화는 문학작품과 마찬가지로 허구이고, 은유적 언어로 가득 차 있지만 고대 그리스인들의 삶과 정신을 가장 잘 표현하고 기록한 역사적 자료라는 사실을 부정하는 사람은 없다. 만일 고대 그리스 신화라는 기록이 없었다면 아테네 역사의 중요한 공간인 아크로폴리스의 파르테논 신전에 대한 복원은 불가능했을 것이다. 19세기 러시아 비평가 벨린스키가 푸슈킨의 운문소설 『예브게니 오네긴』을 평가하면서 "러시아 삶의 백과사전"이라고 언급한 것도 같은 맥락이다. 『예브게니 오네긴』은 어떤 사료보다도 19세기 초 러시아 귀족의 삶과 정신세계를 가장 잘 보여주고 있는 역사적 자료이기 때문이다.[38]

이것은 로트만^{Y. Lotman}이 언급했던 '일상생활의 언어로 된 텍스트'로서의 문학작품이 지니고 있는 의미와 깊은 연관이 있다. 로뜨만은 역사 연구에서 일상생활의 의미를 다음과 같이 강조한 바 있다.

일상생활이란 현실적이고 실제적인 형태를 띤 삶의 일상적 흐름이다. 일상생활은 우리를 둘러싸고 있는 사물들이며, 우리의 습관과 일상적 행위이다. (…중략…) 역사에서 '이국異國의 먼지들'은 우리에게 전해진 텍스트 속에 반영된다. 여기에는 '일상생활의 언어로 된 텍스트'도 포함된다. 그 먼지들을 알아보고 통찰하면서 우리는 살아있는 과거를 이해한다. 일상생활이라는 거울 속에서 역사를 보고, 사소하고 때로 따로 떨어져 있는 것처럼 보이는 일상의 디테일을 거대한 역사적 사건들의 빛을 통해 조명하는 것이 바로 독자에게 제시된 (…중략…) 방법론이다.[39]

여기서 문학작품이 '일상생활의 언어로 된 텍스트'들 중 하나라는 것은 의심할 여지가 없다. 역사 연구가 '살아있는 과거'를 복원하는 일이라면 여기서 '일상생활의 언어로 된 텍스트'를 외면할 수는 없을 것이다. 아니, 살아있는 과거의 온전한 복원은 오직 이 텍스트의 도움을 통해서만 가능한 것이다. 왜냐하면 문학작품은 과거에 존재했던 삶의 일상적 흐름을 원형 그대로 반영하고 있기 때문이다. 이런 점에서 본 연구는 일상생활을 기록한 거울을 통해 역사를 들여다보는 작업이면서 동시에 역사의 흐름 속에서 일상에 대한 기록이 지니고 있는 의미를 반추하는 일이라고 할 수 있다. 이 텍스트에 의해 복원된 '살아있는 과거'가 없다면 거대한 역사적 사건의 빛은 관념적이고 공허한 것일 뿐이다.

앞서 지적했듯이 본 연구는 러시아문학에 나타난 정신병원의 문학적, 미학적, 역사적 의미에 대한 또 다른 고찰들로 이어져야만 한다. 이 주제는 현재 러시아에서도 본격적인 연구를 시작하는 단계에 있다. 특히 이 주제는 20세기 러시아문학과 관련하여 흥미로운 결과들을 도출할 것으로 기대된다.[40] 이 글이 정신병원의 역사에 대한 연구에 조금이나마 도움이 되었으면 하는 바람이다.

제1장

멜랑콜리와 토스카
러시아적 우울의 특수성에 대한 연구

1. 들어가는 말

우울증을 뜻하는 depression은 라틴어 de^{down from}와 premere^{to press}에서 나온 단어로 어떤 사물을 '억누르다', 지위 혹은 행운이 '떨어지다'라는 의미를 지니고 있다. 이 단어가 영어권에서 사용된 것은 17세기로 원래의 의미 이외에 종종 '정신의 침체', '낙담' 등의 뜻으로 쓰였다. 그리고 18세기에는 멜랑콜리^{melancholia}와 유사한 용어로 인식되기도 했지만 의학용어로서 사용되기 시작한 것은 19세기에 이르러서다. 하지만 이 시기에도 depression이 진단 범주로 사용된 것은 아니다. 19세기 후반까지 서구 정신의학에서 진단 용어로 사용된 것은 여전히 멜랑콜리였다. 그런데 19세기 말 두 용어 사이에 질적인 변화가 생긴 것은 에밀 크래펠린^{Emil Kraepelin}과 아돌프 메이어^{Adolf Meyer}의 결정적 역할 때문이었다. 에밀 크래펠린은 주로 멜랑콜리라는 용어를 사용했지만 depression을 진단 용어로 적극 검토했다. 그가 1899년에 출간된 『정신의학—학생과 의사를 위한 교과서』에서 조울증^{manic-depressive insanity}이라는 진단 용어를 사용한 바 있다. 이후에 depression이라는 용어는 정신병의 질병분류 체계에서 중요한 자리를 차지했다. 이에 더해 아돌프 메이어는 멜랑콜리를 depression으로 대체해야 한다고 주장했다. 그는 1904년 발표한 한 보고서에서 "depression이 멜랑콜리라는 용어의 일반적인 사용이 의미하는 바를 겸손한 방식으로 지정할 것"이라고 지적했다.[1] 이상의 내용에서 알 수 있듯이 19세기에는 멜랑콜리가 우울증이라는 용어를 대신했다. 의학적 진단용어로서 멜랑콜리라는 개념의 지나친 다의성과 모호성을 뒤로 하고 depression이 현대 정신의학의 맹주가 된 것은 20세기 중반이 되어서다.

소비에트 대백과사전 БСЭБольшая советская энциклопедия에 따르면 의학용어로서 "우울증Депре́ссия, depression, 이하 д은 일련의 심리적 발병에서 특징적으로 나타나는 토스카тоска, toska, 이하 T, 침울, 끝없는 절망의 병적인 상태"라고 정의되어 있다.[2] 이는 T가 우울증으로 진전될 수 있는 심리적 상태 중 하나라는 것을 의미한다. 우울증에 근접한 다양한 심리 상태 중에서 T는 오직 러시아에서만 광범위하게 사용되고 있는 단어이다. 19세기의 가장 대표적인 러시아어 사전인 달리의 사전에는 멜랑콜리가 "T, 침울함, 말 없는 절망, 특별한 원인이 없는, 세상에 대한 어두운 시선, 인생의 권태, 우울증, 심기증hypochondria"[3]으로 정의되어 있다. 다시 말해 러시아에서는 멜랑콜리와 우울증을 정의할 때 모두 T에서부터 설명하는 특징이 있다. 그럼 T의 사전적 정의는 어떨까? T는 흔히 "괴롭고 우울한 감정, 정신적 불안, 침울, 심적인 괴로움, 견디기 어려운 비애를 동반한 고통스러운 권태" 등으로 정의된다. 러시아어 T는 멜랑콜리나 д보다 훨씬 광범위하게 사용되고 있는데, 이것은 러시아인에게 고유한 슬픈 감정으로 해석되고 있는 것이 일반적이다. 다시 말해 T는 단순한 슬픔이나 우울보다 훨씬 복잡한 심적 상태를 의미한다.

수많은 러시아 작가, 학자들이 T에 대해 언급한 바 있다. 이중에서 나보코프V. Nabokov의 지적은 T의 의미와 중요성을 가장 잘 설명하고 있는 것으로 평가된다. 그는 푸슈킨의 『예브게니 오네긴』에 대한 주석에서 다음과 같이 말하고 있다.

тоска^{toska}, 하나의 영어 명사로 이 단어의 모든 뉘앙스를 전달할 수는 없다. 가장 심중하고 괴로운 측면에서 이것은 자주 원인을 설명할 수 없는 매우 심각한 정신적 고통이다. 보다 덜 심각한 경우에 있어서도 이것은 뼈저린 정신적 아픔, 병적인 불안, 모호한 근심, 이성의 분열, 이해할 수 없는 끌림일 수 있다. 구체적인 경우에서 이것은 누군가 혹은 무엇인가^{향수, 사랑의 고통 등과 같이}에 대한 지향을 의미한다. 가장 낮은 차원에서 이것은 침울함과 권태이다.[4]

나보코프의 언급은 T가 러시아인의 정서에서 차지하고 있는 의미와 특성을 잘 설명하고 있다. 그에 따르면 T를 이해하는 맥락은 그것의 심각성을 기준으로 다음과 같이 크게 네 가지로 구분된다. 즉, ① 원인을 설명할 수 없는 매우 심각한 정신적 고통, ② 뼈저린 정신적 아픔, 병적인 불안, 모호한 근심, 이성의 분열, 이해할 수 없는 끌림, ③ 향수, 사랑의 고통 등과 같이 누군가 혹은 무엇인가에 대한 지향, ④ 침울함과 권태가 그것이다. 우리는 나보코프의 견해에서 T가 현대 정신의학에서 정의하는 우울증과 거의 흡사하다는 것을 알 수 있다. 그리고 이것은 러시아어에서 우울한 상태나 고통을 나타내는 단어로써 T가 멜랑콜리와 Д보다 더 광범위하게 사용되었던 이유를 설명할 수 있는 단서를 제공한다.

이 글은 러시아적 우울의 역사적 기원에 관한 연구로, 19세기 러시아에서 우울증을 의미했던 멜랑콜리, хандра^{handra} 대신 T가 광범위하게 사용된 원인을 살펴보는 데 목적이 있다.[5] 이 주제에 대한 저자의 가설은 T가 멜랑콜리라는 용어의 의미를 대부분 지니고 있었을 뿐만 아니라 그런 심적 상태를 더 다양하고 생생하게 표현했고, 그래서 러시아에서는 외래어이자 전문적인 의학용어인 멜랑콜리보다 광범위하게 사용되었다는 것이다. 그러면 앞선 연구를 통해 러시아에서 멜랑콜리가 어떻게 이해되었는지를 먼저 살펴보도록 하자.

A. H. 니키틴이 편집한 『의료 사전』은 러시아 최초의 본격적인 의학 사전이다. 니키틴의 사전에는 멜랑콜리라는 항목이 있는데, 이것은 러시아 의학 사전에서 멜랑콜리에 대해 과학적인 설명을 서술한 최초의 사례이다. 여기서 멜랑콜리에 대한 설명은 다음과 같다.

> 멜랑콜리아Melancholia — 멜랑콜리меланхолия는 잘못된 판단으로 하나의 대상을 향해 끊임없이 정신을 집중하는 것으로 인해 발생한다. 멜랑콜리는 원인에 따라 다음과 같이 다양한 형태가 있다. 잘못된 종교적 표상이 환자의 관념의 영구적인 대상이 되었을 때 발생하는 종교적 멜랑콜리m.religiosa, 환자가 심하게 하나의 목적을 갈망하고, 그것을 추구하는 열광적 멜랑콜리m.enthusiastica, 사랑에 빠진 사람들의 멜랑콜리m.Erotomania, 환자가 한 장소에서 움직이지 않고 서 있는 정신적 허탈 상태의 멜랑콜리m.attonita, 환자가 슬프게 고독을 찾고, 한순간도 평안하게 한 장소에 머무를 수 없는 멜랑콜리m.errabunda, 침울m.anglica Spleen, 환자가 자기 안에 불결한 정신이 있다고 여기는 멜랑콜리m.demonica.[6]

18세기 중엽에서 19세기 초엽까지 러시아에서 멜랑콜리의 의학적 의미는 위와 같이 이해되었다. 여기에는 서유럽, 특히 영국, 프랑스 정신의학의 영향이 지대했던 것으로 보인다.[7] 니키틴의 사전에 따르면 멜랑콜리는 종교적, 정서적, 정신적, 실존적 의미에서 불안한 심리적 상태를 다양하게 포함한다. 저자는 멜랑콜리의 다양한 증세들이 T와 완전히 일치하지는 않지만 이 단어로 충분히 표현되었고, 심지어 그 의미가 더 생생하게 전달되었다고 보고 있다. 그러면 다음 문제는 T의 다양한 의미를 멜랑콜리의 의학적 의미와 비교하는 일일 것이다. 이를 위해 먼저 본 주제와 연관이 있는 국내외 주목할 만한 연구사를 살펴보도록 하자.

2. 기존의 논의들

T에 대한 러시아 학자들의 연구는 언어학적, 문학적, 심리학적, 의학적 접근 등 매우 다양하다. 그중에서 본 주제와 가장 관련이 있는 것은 2008년에 출판된 네브스트루예바T. Nevstrueva와 보로비예바I. Vorobyeva의 『토스카 체험에 대한 심리의미론적 분석』이라는 저서이다. 여기서 네브스트루예바는 T가 러시아 민족의 고유한 감정을 반영하고 있는 개념이라고 인정하면서 실존주의적, 박탈적, 임상적 모델이라는 세 가지 유형을 제시하고 있다. 첫째, T는 부정과 긍정의 양면적 속성을 지니며, 그중에서 후자는 고통, 소외, 상실을 통한 삶의 이해, 깨달음과 연관되어 있다. 네브스트루예바는 이점에 주목해서 T의 실존주의적 의미를 설명한다. 인간이 T를 통해 삶의 조화와 부조화, 발전과 퇴행 등을 경험하고 새로운 삶에 대한 예견, 카타르시스를 얻게 된다는 것이다. 둘째, 박탈적 모델은 T의 본질적인 원인 중 하나인 '상실'에서 연유한다. 예컨대 관계, 친지, 혈육, 사랑, 목적, 의미 등의 상실이 그것인데, 이는 '사랑하는 사람', '조국', '진리', '가치 있는 삶'에 대한 T로 나타난다. 그리고 이것은 어떤 것에 대한 욕망, 요구, 목표, 지향을 충족시키는 것의 불가능성을 반영한다. 셋째, T의 의미를 분석할 때 또한 간과해서는 안 되는 것이 바로 임상적 측면이다. 왜냐하면 T의 상태는 신경증, 우울증의 징후와 관

계가 있기 때문이다.[8]

네브스트루예바의 연구에서 T의 임상적 측면에 대한 분석은 다른 측
면과 비교해볼 때 사실 부차적인 의미를 지니고 있다. 하지만 T를 의학
적 관점에서 이해하려는 입장에서 보면 그녀의 연구는 흥미롭지 않을
수 없다. 왜냐하면 네브스트루예바는 의학적 측면에서 우울증과 T를 유
사한 문제라고 보고 있기 때문이다.

> T의 임상적 형태는 아마도 정신병리학 영역에서 다루어야 할 것이다 (…
> 중략…) T에 빠져 있는 사람 자신은 어디에도 집중하지 못하고, 실제적으로
> 삶으로부터 '고립'되어 있다. 그는 심지어 종종 자신을 돌보지 못하며, 주위에
> 서 일어나는 일을 잘 모르거나 혹은 전혀 이해하지 못한다. 관찰된 결과에 의
> 하면 이런 사람들은 우울증이라는 의학적 징후를 보인다. 이런 경우에 우울증
> 혹은 T는 심리학적 문제라기보다 의학적인 문제이다.[9]

하지만 T를 의학에서 본격적으로 다루기는 쉽지 않다. 그것은 우울함
을 경험하는 사람들의 상태가 너무 다양하고 개별적인데다가 그것을 꼭
T라고 표현하지는 않기 때문이다. 다시 말해 T는 우울, 침울, 슬픔, 애수,
향수, 서글픔, 비애, 애통, 애절 등등 너무 많은 동의어와 유사어를 지닌
용어인 것이다.

국제적인 질병 분류 체계에 의하면 우울한 상태의 정도는 약함, 보통,
심각함의 세 가지 단계로 나뉘고, 그 징후를 정도에 따라 기분 저하hypo-
thymia, 정신 피로bradyphremia, 의욕 감퇴hypobulia의 세 가지 특징으로 구분한
다. 여기서 네브스트루예바는 T를 박탈감, 침울함, 슬픔보다는 좀 더 심
한 상태로 이해한다.[10] 여기서 흥미로운 것은 Б. Б. 살렌코라는 의사가

정신병원에 입원한 환자 65명에게 T의 의미를 묻는 설문조사를 실시한 결과이다. 환자들은 유사성이 결여되어 있거나 자신의 상태가 다른 어떤 상태와 완전히 불일치하다는 점을 언급하면서 그것의 의미를 밝히길 거부하기도 했다. 하지만 적지 않은 환자는 T를 상실이나 어떤 불행을 경험할 때 동반되는 감정과 유사한 것으로 정의했다. 혹은 T의 감정을 속수무책이나 절망의 상태, "우울한 벽, 감옥"으로도 규정했다. 또 다른 환자는 T를 "정신적 아픔, 내적 고통"으로 보았고, T를 정신적, 육체적 의기소침이라고 한 환자도 있다. 뿐만 아니라 T를 "내적 흥분, 불안"이라고 서술한 특수한 그룹도 있었다.[11] 여기서 환자들의 설명은 T에 대한 네브스뜨루예바의 설명과 대체로 일치한다.

이밖에 T에 대한 문학적 연구는 대부분 특정 작가의 작품에서 T가 어떤 의미로 사용되었는지를 분석한 것이다. 이것은 T에 관한 연구에서 가장 많은 부분을 차지하고 있다. 최근에 발표된 대표적인 연구로는 슈무그로바K. Shmugrova의 학위논문 「И. 부닌, Ф. 솔로구프, Ф. 안넨스키의 서정시에 나타난 예술적 묘사에 있어서 토스카와 기쁨」 등이 있다. 여기서 논문의 저자는 부닌I. Bunin, 솔로구프, 안넨스키F. Annensky의 서정시에 나타난 상반된 감정, 즉 T와 기쁨의 다양한 의미적 연관에 대해 논하고 있다.[12]

T에 대한 국내 연구로는 이기웅의 『러시아어와 감정의 토포스』가 있다. 이기웅은 토포스의 관점에서 러시아 언어-문화 공간 속에 존재하는 T의 다양한 의미를 추적하고 있다. 그에 의하면 러시아적 슬픔의 전형으로서 T는 첫째, 슬픔의 지향성의 속절없음, 둘째, 주어진 상황을 바꿔보려는 불가능한 바람을 마음속에 깔고 있는 아주 강렬한 슬픔 등을 내포한다.[13] 다시 말해 T로 대변되는 러시아적 슬픔은 위와 같은 두 가지

특성을 지니고 있다는 것이다. 그리고 이기웅은 T의 이러한 의미적 특징은 어원적 배경과도 밀접한 관계가 있는 것으로 보고 있다.

가령 스레즈네프스키I. I. Sreznevsky의 고대 러시아어 자료나 파스메르M. Vasmer의 어원사전을 참조해보면, 그것의 고대 러시아어 형태인 тьска tüska는 무엇보다도 우선 '압박감, 답답함'의 의미를 지녔으며 바로 이로부터 '비통, 애통, 슬픔, 불안'과 관련된 감정의 영역으로까지 확장되어 가고 있었음을 알 수 있다. 이것은 깊은 슬픔, 강렬한 슬픔과 종종 결부되는 신체적 변용을 생각해보면 자연스러운 과정이라고 할 수 있다. 그리고 그 결과로, 이 단어는 원래 고대 러시아어에서 그러한 슬픔의 양태들을 의미하던 어휘였던 tyra tuga를 밀어내고, 지금과 같이 문체적으로, 의미적으로 아주 폭넓은 사용 범위를 갖게 된 것이다.[14]

이에 따르면 18세기 중엽에서 19세기 초엽 사이 T의 의미론적 활용은 더욱 확장되어 멜랑콜리라는 의학적 용어를 대체하는 데까지 이르게 된 것이다. 그리고 T와 멜랑콜리에 대한 비교 고찰에서 이기웅은 러시아의 T가 "단일문화적인 유형의 것"인 반면 프랑스의 멜랑콜리 mélancolie는 "유럽이라는 다문화적인 공간에 공통적인 유형의 것"이라고 주장함으로써 T의 러시아적 특수성을 토포스적 관점에서 해석하고 있다.[15]

이상의 연구사에서 알 수 있듯이 T에 대한 연구는 대부분 문학 및 언어학 영역에서 이루어진 것이다. 이에 비해 T에 대한 의학적 접근은 거의 없는 편이다. 앞서 언급했듯이 네브스뜨루예바의 연구에서도 T에 대한 의학적 문제의식은 부차적인 의미를 벗어나지 못하고 있다. 이것은 T가 러시아적 우울의 특수성을 반영하는 단어라는 점을 상기하면 아쉬운 점이 아닐 수 없다. 저자는 이 연구를 통해 T와 우울증과의 관계를 문학적, 역사적 맥락에서 밝혀보려고 한다. 이는 T로 표현되는 러시아적 우울의 특수성을 이해하는 새로운 접근방법일 수 있다. 이런 점에서 이 글은 기존의 연구와 일정한 차별성을 갖는다고 할 수 있다.

3. 멜랑콜리와 토스카

비노그라도프에 의하면 푸슈킨은 자신의 저작에서 T를 127회, 그것의 동사형인 тосковать^{toskovat'}를 32회, 그리고 '슬픔-T'라는 복합어를 4회 사용했다.[16] 그리고 네브스트루예바에 따르면 레르몬토프의 작품에는 위 단어들이 43회 등장한다.[17] 그밖에 러시아 시에서 T의 사용 횟수는 통계를 낼 수 없을 정도로 많다. 예컨대 대표적인 경우만 언급하면 A. 그리보예도프, H. 구밀료프^{N. Gumilyov}, И. 부닌, B. 메르쿨리예바^{V. Merkulieva}, B. 이바노프^{V. Ivanov}, A. 블록^{A. Blok}, K. 발몬트^{K. Balmont}, A. 티냐코프^{A. Tynakov}, И. 안넨스키, M. 쿠지민^{M. Kujimin}, Б. 파스테르나크^{B. Pasternak}, H. 자볼로츠키^{N. Zabolotsky} 등이 있다. T는 또한 러시아 속담에서도 자주 등장한다. T가 러시아인들에게 어떤 의미로 사용되고 있는지를 알 수 있는 가장 좋은 사례는 속담이다. 속담은 민중의 삶, 정서, 정신을 고스란히 담고 있을 뿐만 아니라 오랜 역사를 통해 깨달은 인생의 지혜를 구체적으로 반영하고 있다. 이런 점에서 속담은 민중의 지혜를 담은 어록이라고 할 수 있다. 러시아 속담에는 T가 자주 등장하는데, 우리는 이를 통해 T에 대한 러시아 민중의 이해, 태도, 정서 등을 확인할 수 있다.

여기서는 19세기에 출판된 러시아 의학사전에 나오는 멜랑콜리의 종류와 의미를 T와 비교하면서 T로 표현된 우울한 상태와 감정, 고통이 멜랑콜리와 어떻게 오버랩되는지 살펴볼 것이다. 우리는 이런 비교를 통해 의학적 용어인 멜랑콜리의 의미와 내용이 T로 표현된 감정과 상태와 본질적으로 다르지 않다는 사실을 이해하게 될 것이다. 이를 위해서 저자는 주로 푸슈킨의 저작과 그밖에 다양한 러시아 작가의 작품들, 러시아 속담 등을 예시로 들 것이다.

1) 사랑의 T

서양인들은 불안한 정신 상태와 사랑의 관계를 다양한 이름으로 부르며 규정했다. 예컨대 상사병love-sickness, 광기의 사랑love-madness, 영웅적 사랑heroical love, 영웅의 병the malady of hereos, 연인의 병the lover's malady, 호색증erotomania 등이 그것이다.[18] 이 주제에 관해 가장 방대한 저술을 남긴 대표적인 인물은 로버트 버턴인데, 그는 사랑과 관계된 불안한 정신 상태를 사랑의 멜랑콜리love-melancholy라고 칭했다. 버턴에 의하면 "사랑은 모든 종류와 조건의 사람들을 발광케 한다". 그는 아비케나Avicenna의 말을 빌려 사랑은 "남자가 계속해서 여주인공의 아름다움, 몸짓, 매너를 명상하고 그것에 대해 스스로를 괴롭히는 질병이나 괴로운 멜랑콜리 또는 마음의 고뇌"라고 주장했다.[19]

러시아문학에서 사랑의 멜랑콜리를 나타내는 T는 많은 부분 사랑의 상실감에서 기원한다. 실연의 감정을 가장 잘 표현한 푸슈킨의 시에서도 T는 다양한 상실감을 표현한다. 대표적인 사례는 「고백」이라는 작품이다. 이 시는 1826년 8월에 쓴 것으로 푸슈킨 생전에는 발표되지 않았고, 1837년 잡지 『독서실』에 처음 소개되었다.

나는 당신을 사랑합니다 — 비록 화가 나지만

비록 이것이 힘겹고 부끄러운 일이지만

그리고 이 불행한 어리석음에서

당신의 발 아래 고개 숙여 고백합니다!

(…중략…)

내 영혼은 사랑앓이를 하고 있습니다.

당신이 없으면 하품이 날 정도로 지루하고;

당신 곁에서 나는 슬프지만 참습니다.

그리고 못 견디겠어요.

나의 천사, 나는 당신을 사랑합니다!

(…중략…)

당신은 미소는 나를 기쁘게 하고;

당신의 돌아섬은 나에게 T를 안겨줍니다.인용자의 강조[20]

이 시에서 시인은 사랑하는 여인과의 이별이 얼마나 고통스러운 감정을 불러일으키는지를 잘 표현하고 있다. '나'는 사랑을 위해서는 어떤 것이라도 감수한다. 그것은 질병의 수준을 능가하는 것으로 결국 '사랑앓이болезнь любви'는 이별로 인해 파멸로 귀결된다. 이런 상태의 감정을 푸슈킨은 T라고 표현했다. 여기서 T는 사랑의 상실감에서 연유하는 극도의 슬픈 감정이라고 할 수 있다. 푸슈킨 시에는 사랑의 상실감을 표현한 또 다른 작품이 있는데, 1829년 작 「나는 당신을 사랑했어요」가 그것이다.

나는 당신을 사랑했소, 아마도

사랑은 내 마음속에서 아직 꺼지지 않았나 보오

그러나 내 사랑 그대를 더는 괴롭히지 않을 거요

나는 무엇으로도 당신을 슬프게 하고 싶지 않소

말없이 아무 희망 없이 그대를 사랑했소

때론 두려움으로 때론 시샘으로 마음 저미며

신의 섭리로 다른 사람이 그대를 사랑하는 만큼

진정으로 살뜰하게 그대를 사랑했소_{인용자의 강조}[21]

이 시는 러시아 시사詩史에서 사랑의 진정한 감정과 의미를 가장 잘 표현한 명작으로 손꼽힌다. 여기서 사랑은 일방적인 관계로 짝사랑에 가깝다. 일반적으로 사랑하는 사람은 일방적인 관계일 때 더 절실하고 고통스럽다. 그것은 사랑의 감정이 승화하거나 실현되지 않기 때문이다. 그런데 이런 사랑이 상실감으로 귀결된다면 어떨까? 위 시에는 T가 명시적으로 적시되지는 않지만 "말없이 아무 희망 없이" 하는 사랑의 고통이 섬세하게 표현되어 있다. 이런 점에서 이 작품은 사랑에 빠진 사람들의 멜랑콜리, 즉 T의 상태를 가장 잘 형상화하고 있다고 할 수 있다.

블록의 「오, 난 당신을 깊이 사랑하지 않아」1900는 사랑의 역설을 노래한 시다. 이 작품은 푸슈킨이 형상화한 사랑의 T를 좀 더 강렬하게 표현한다. 이것은 통상 역설парадокс, paradox에 의한 의미의 반전과 연관되어 있다. 다시 말해 당신을 사랑하지 않는다는 역설은 그만큼 사랑으로 인한 T가 깊다는 것을 의미한다.

오, 난 당신을 깊이 사랑하지 않아,

당신을 떠올리지 않아 ― 나의 T!_{인용자의 강조}

저녁이 멀지 않은 것 같아,

밤이 가까이에 있는 것 같네 …

음울한 베일로 덮일 것이네,

내가 우상화한 모든 것이 …

오, 당신으로 가득 찬 날!

아니, 아니! 나는 당신을 사랑하지 않았다네![22]

블록이 형상화한 사랑의 T는 인용한 시의 마지막 두 구절에서 절정에 이른다. 이것은 사랑에 대한 부정이 강해질수록 그로 인한 상실감이 커질 수밖에 없다는 사실을 보여주는 사례이다. 나는 사랑을 부정하지만, 그것은 실제로 나의 모든 것을 차지하고 있는 것이다. 그 결과는 무엇인가? 나의 모든 것을 차지하고 있는 사랑의 부정은 곧 자신을 부정하는 것과 다를 바 없다. 하지만 이것은 사랑과 자신에 대한 무한 긍정의 이면일 뿐이다. 이렇게 사랑의 T는 부정의 변증법에 의해 자신의 존재를 확인하게 된다.

2) 삶의 권태, 공허감에서 오는 T

멜랑콜리의 한 종류인 침울은 '영국적 멜랑콜리'라고 일컬어지는데, 일반적으로 권태와 공허함에서 오는 우울한 감정과 깊은 연관이 있다. 푸슈킨은 『예브게니 오네긴』에서 이런 유형의 T에 대해 잘 묘사하고 있는데, 이 유명한 장면은 제1장 37장과 38장에 나온다.

아니, 그에 대한 애초의 감정은 식었네.

그에게 사교계의 소문은 지루하고

미인들도 그의 습관적인 생각을

오랫동안 사로잡은 대상이 되지 못했네.

(…중략…)

원인이 되는 질병을

찾아야 할 시간이 된지 오래,

영어로는 spleen^{의기소침}

간단히 말해 러시아적 우울증이지.

그는 약간 이런 상태에 빠져 있다네.^{인용자의 강조}[23]

『예브게니 오네긴』이 수록된 푸슈킨 전집의 주석에는 '러시아적 우울증'을 "심기증, 특별히 우울한 심적 상태, 삶의 기쁨에 대한 환멸"로 설명하고 있다.[24] 물론 시인은 여기서 T라는 단어를 사용하지 않고 "약간 이런 상태에 빠져 있다"라고 표현한다. 하지만 오네긴이 빠져 있는 이런 상태가 T라는 것은 의심할 여지가 없다. 이런 심적 상태는 특별히 현실적이고 구체적인 원인에서 기인하는 우울한 감정과는 다르다. 왜냐하면 19세기 러시아에서 삶의 공허함, 권태 등은 그것을 느낄 수 있는 특정 계급, 계층만이 누릴 수 있는 잉여 감정이었기 때문이다. 위 장면을 정확히 이해하는데 хандра^{handra}와 T가 동시에 나오는 푸슈킨의 다른 작품이 큰 도움이 될 것이다. 1830년 작 「혈색 좋은 비평가……」가 그것이다.

우리의 침울한 뮤즈를 한평생 조롱하려는

혈색 좋은 비평가, 배불뚝이 조소자여!

자 어서 이리 와서 나하고 앉아

저주스러운 우울증을 고쳐보세

(…중략…)

"가만 있게, 통행 금질세!

인도 유행병이 우리 땅에 돌고 있으니

여기 머무르게, 음산한 까프까즈 국경에서

자네의 충복이 오도 가도 못하고 있듯이

여보게, **조롱도 못하니 T에 빠졌나 — 아 참!**"인용자의 강조[25]

여기서 우울증은 хандра의 번역어이고, T는 '침울' 정도로 번역될 수 있다. 이런 점에서 푸슈킨이 "약간 이런 상태"라고 언급한 것은 우울증보다는 침울한 상태에 가깝다. 이렇게 보면 T는 우울증보다 범위가 광범위하다. 다시 말해 러시아인들은 심각한 우울증은 아니면서 우울한 상태, 그것도 이와 유사한 매우 다양한 감정적 상태를 T라고 표현한 것이라고 할 수 있다.

또 다른 사례로서 오네긴이 경험한 상태와 비슷한 감정을 노래한 시로 「겨울. 시골에서 우리는 무엇을 해야 할까?」1828가 있다. 이 작품에서는 겨울에 시골에서 할 수 있는 것이라곤 창작하는 일뿐인 시인이 권태에 빠져 T를 경험하는 장면이 나온다.

겨울. 시골에서 우리는 무엇을 해야 할까?

(…중략…)

그러나 밤이 되어 눈보라 휘몰아치고

촛불이 희미하게 타올라 미어지는 가슴

권태의 독약을 천천히 한 방울씩 삼킨다.

책을 읽고 싶지만 시선은 글자 위를 미끄러지고

생각은 멀리 달아나 (…중략…) 책을 덮는다.

펜을 잡고 앉아 잠자는 뮤즈 깨워

당치 않은 낱말들 억지로 잡아채지만

소리가 맞지 않는다. (…중략…) 내 신비한 종복

압운에 대한 권리 모두 잃어버려

차갑고 희미한 시구가 힘없이 늘어진다.

(…중략…)

T! 이렇게 쓸쓸하게 하루하루가 지나간다!인용자의 강조[26]

삶의 권태는 시인에게 독약과도 같다. 그로인해 시인은 뮤즈로부터 멀어지고 시구는 생기를 잃은 채 늘어진다. 삶에 대한 욕망, 열정, 관심이 사라진 곳에서 T는 권태라는 독약을 마시고 침울한 멜랑콜리 상태가 되는 것이다. 그리고 침울 또한 '가치 있는 삶'의 상실에서 비롯된다는 점에서 본질적으로 사랑의 상실로 인한 멜랑콜리와 궤를 같이 한다고 할 수 있다.

3) 시름과 불안에서 오는 T

정신적 허탈 상태의 멜랑콜리는 시름과 불안에서 오는 우울한 감정을 나타내는 T와 깊은 관계가 있다. T가 이런 의미로 사용된 대표적인 경우는 「유모에게」이다. 이 시는 1826년 9월 말에서 10월 사이에 쓴 것으로 푸슈킨 생전에 발표되지 않았다가 1855년 안넨코프가 편집한 『푸슈킨 전기를 위한 자료들』이라는 책에 처음 소개되었다.

내 가혹한 시절의 연인이여

나의 노쇠한 비둘기여!

홀로 소나무 숲속에서

오래 오래 저를 기다리셨지요.

당신은 불빛 환한 창문 아래에서

마치 보초를 서듯 슬퍼했지요.

당신의 주름진 손에서

뜨개바늘이 머뭇거리곤 했지요.

당신은 잊은 듯 인적 없는 대문으로

어둡고 먼 곳을 바라봅니다 :

T, 불길한 예감, 시름이

내내 당신 가슴을 쥐어짭니다.

그땐 느껴지시리.인용자의 강조[27]

여기서 T를 경험하는 주체는 유모다. 유모는 시인의 어린 시절 곁을 지켜주던 어머니 같은 존재다. 그녀는 마치 아이를 돌보듯 어린 시인을 돌보며 아낀다. 아이가 제 시간에 돌아오지 않으면 어두운 불안이 엄습한다. 그것은 사랑하는 아이에 대한 걱정이고, 스스로를 괴롭히는 시름이다. 끝을 알 수 없는 기다림과 불안, T는 이런 상황에서 경험하는 고통스러운 감정이다. 이런 종류의 감정은 우울한 상태이기는 하지만 병적인 우울은 아니다. 그것은 소중한 자식을 걱정하는 어머니가 느끼는 숙명적인 삶의 감정 같은 것이다.

불안은 여러 가지 원인이 있지만 그중 하나로 미래의 불확실성으로 인한 경우가 있다. 블록의 「거리에는 보슬비와 진창길 …」[1915]에는 이런 T에 대한 언급이 잘 나타나 있다.

거리에는 보슬비와 진창길

무엇을 슬퍼해야할지 모른다네.

권태롭고 울고 싶고,

그리고 세력들로 가득하네.

아무 이유 없는 알 수 없는 T

그리고 운명은 집요한 광기어린 놀음이라네.

어서 장작개비를 패서

사모바르를 뜨겁게 데우세요!인용자의 강조[28]

이 작품에서 블록은 러시아 혁명의 와중에 뭔지 모를 우울함을 T라는 심적 상태로 표현한다. 아무 이유 없이 불안이 엄습할 때 그것은 더 위태롭고 아슬아슬한 법이다. 여기서 T는 현재의 특정한 상황이 아니라 예측할 수 없는 미래와 연결된 정서를 반영한다. 이러한 유형의 T는 나, 가족, 이웃, 공동체, 사회, 국가, 민족, 인류의 미래가 어떻게 될지 모르는 상황에서 인간이 경험하게 되는 보편적 감정이라고 할 수 있다.

4) 향수노스탈기야, nostalgia[29] 혹은 우수로서의 T

러시아 속담에는 "낯선 곳에서는 개도 우수T에 잠긴다"라는 것이 있다. 이것은 이방인의 설움을 표현한 속담이다. 러시아인은 특히 낯선 곳에서 고향, 고국에 대한 그리움과 향수를 잘 느끼는데, 여기서 T는 이런 의미로 사용되고 있다. 푸슈킨의 시 「겨울 길」에는 향수와 그로 인한 우수의 감정이 잘 표현되어 있다.

넘실대는 안개 속으로
달이 슬그머니 지난다.
슬픈 들판 위로
처량한 달빛 흐른다.

진저리나는 겨울 길을
트로이카가 쏜살같이 달린다.
단조로운 방울소리
지루하게 딸랑거린다.

마부의 늘어진 가락에서
정겨운 소리 들려온다.
격한 광란과도 같은 것이
가슴에 사무치는 T와도 같은 것이 ……

쓸쓸하고 서글프다 … 내일은 니나
내일은 사랑하는 그대에게 가
난로가에 앉아 모든 것 다 잊고
한없이 그대만 바라보련다.

서글프다 니나여! 쓸쓸한 나의 길
마부는 조느라 말이 없구나!
단조로운 방울소리
달은 안개에 사로잡혔구나.^{인용자의 강조}30

위 시는 낯선 곳을 여행하고 있는 화자의 쓸쓸함과 서글픔을 노래하고 있다. 그는 트로이카를 모는 마부의 정겨운 노랫소리를 들으며 "가슴에 사무치는 T"를 느낀다. 그 노래는 아마도 고향의 정겨움을 불러일으키는 내용과 가락이리라. 하지만 현실은 정겨움과는 정반대다. 화자는 안개가 자욱한 달밤에"달은 안개에 사로잡혔구나" 겨울 길을 지루하게 달리고 있는 것이다. 여기서 T는 사랑하는 사람과 "난로가에 앉아 모든 것 다 잊고" 싶은 갈망을 표현하는 것으로 러시아인들의 고유한 향수와 그로 인한 우수의 감정에 가깝다.[31] 푸슈킨의 『예브게니 오네긴』에는 모스크바에 대한 향수를 노래한 구절이 나오는데, 이 장면도 T를 표현하고 있는 대목으로 볼 수 있다.

> 떠도는 운명이 되어
>
> 슬픈 이별을 해야 할 때, 모스크바여
>
> 내 얼마나 자주 너를 생각했던가!
>
> 모스크바! 이 한마디의 말 속에
>
> 러시아인의 가슴을 울리는 얼마나 많은 것이 깃들어 있는가!
>
> 그 속에 얼마나 많은 것들이 메아리치고 있는가!인용자의 강조[32]

위 시에서도 T는 명시적으로 표현되지 않고 있지만 여기서 러시아인의 가슴을 울리는 것이 T와 연관되어 있다는 점은 자명하다. 러시아 시인들이 T를 향수의 의미로 사용한 경우는 매우 다양하다. 그 대표적인 경우로는 다음과 같은 것들이 있다. "바다에 대한 T"H. 구밀료프, "대초원에 대한 T"K. 발몬트, "조국에 대한 T, 달에 대한 T"A. 티냐코프, "푸른색에 대한 T"И. 안넨스키 등등.[33] 이런 사례에서 알 수 있듯이 T는 하나의 목적에 대한 갈망 혹은 그것을 상징하는 대상에 대한 극심한 추구를 의미하며, 동시에 이런 상태의 멜랑콜리를 지칭한다. 러시아 시인들 중에서 특히 M. 레르몬토프는 과거의 영웅들에 대한 짙은 향수를 노래한 시인으로 유명하다.

> 그래. 우리 시대에도 사람들이 있었지,
>
> 현 세대들과는 다른
>
> **영웅호걸들이, 그렇지 아니한가!**인용자의 강조[34]

위 시는 레르몬토프의 대표작 「보로지노」[1837]의 두 번째 연이다. 여기서 시인은 1812년 나폴레옹 전쟁 당시 모스크바 근교에서 있었던 보로지노 전투를 상기하고 있다. 그는 전투에서 영웅적으로 싸웠던 러시아의 이름 없는 병사들에게 존경과 더불어 그리움을 전하고 있다. 다시 말해 이 작품에서 T는 '위대한 과거'에 대한 향수를 표현한다. 여기에 조국에 대한 향수가 빠질 수 없다. A. 그리보예도프는 외교관으로 오랫동안 타지에서 생활하면서 이런 심적 상태를 잘 표현한 바 있다.

> 여기저기 떠돌다 집으로 돌아올 때
>
> **고향의 연기는 달콤하고 기쁘다네.**인용자의 강조[35]

위 구절은 그리보예도프의 『지혜의 슬픔』[1824] 1막에서 주인공 차츠키가 소피아에게 건네는 말이다. 오랫동안 조국에 대한 향수를 품고 외국에서 떠돌던 차츠키는 모스크바로 돌아와 자신의 심정을 이렇게 노래했다. 고향집에서 피어오르는 굴뚝 연기의 이미지는 향수가 얼마나 애절하게 사무치는 감정인지를 적절하게 표현하고 있다. 고향의 이미지가 달콤하고 기쁠수록 T의 절실함은 강해지는 것이다. 이밖에도 T는 A. 타르코프스키A. Tarkovsky의 영화 『노스탤지어』와 러시아 망명 작가들의 작품에서 자주 나타난다.[36]

5) 비애의 T

체호프의 작품 중에는 「T」라는 제목의 단편이 있다. 작품은 아들을 잃은 마부 이오나 포타노프의 슬픔을 그리고 있다. 죽은 아들로 인한 상실감에 사로잡힌 이오나는 자신의 T를 주위 사람에게 말하려고 하지만 어느 누구도 그의 이야기에 귀 기울이지 않는다. 이런 상황에서 이오나는 극심한 고통을 참지 못해 말에게 하소연을 하게 된다. 이 작품에서 이오나가 경험하는 슬픔은 두 가지 차원이라고 할 수 있다. 하나는 아들이 죽었을 때 느꼈던 절대적 슬픔이고, 다른 하나는 그 절대적 슬픔이 지나가고 아무도 자신의 이야기를 들어주지 않았을 때 느꼈던 비애이다. 체호프는 이 작품에서 전자보다는 후자에 주목한다.

얼마 전에 가라앉았던 T가 다시금 나타나서 가슴을 여전히 아주 강하게 내리 눌렀다. 이오나의 눈동자는 불안하게 그리고 고통스럽게 거리 양편을 서둘러 움직이는 군중들을 따라 이리저리 빠르게 움직인다. 이 수천의 사람들 중에서 그의 말을 제대로 들어줄 법한 단 한 사람이라도 있을까? 하지만 군중들은 그의 존재도 그의 T도 모른 채 뛰다시피 걷고들 있다.[37]

일반적으로 T로 표현되는 슬픔들이 모두 멜랑콜리와 연결되는 것은 아니다. 가령, 위 장면에서 아들이 죽고 나서 느꼈던 T"얼마 전에 가라앉았던 T"는 멜랑콜리 상태라고 단언할 수 없다. 하지만 자신의 슬픔을 들어줄 사람이 전혀 없는 상황에서 경험하는 T는 이야기가 다르다. 왜냐하면 첫 번째 T가 슬픔의 절대성을 반영하고 있는 반면 두 번째 T는 슬픔을 위로받을 수 있는 가능성의 상실감에서 기인하기 때문에 슬픔의 상대성을 표현한다. 다시 말해 이오나는 대상의 상실^{아들의 죽음}을 극복하기 위해 주위의 관심을 호소하지만 좌절하게 되고, 그 결과 대상의 상실이 자아의 상실로 이어지는 것이다. 이것은 프로이트가 주장한 애도와 멜랑콜리의 관계를 잘 나타내고 있다.[38]

6) 회한의 T

인간은 삶의 진실을 깨닫거나 혹은 죽음을 직, 간접적으로 마주하면서 깊은 회한에 사로잡히기도 한다. 그리고 이러한 회한은 원인 모를 멜랑콜리의 원인이 되기도 한다. 내가 삶을 잘못 살았나? 갑자기 죽음이 찾아오면 어떻게 하지? 이런 의문들은 예고 없이 우연하게 우리를 찾아온다. 러시아인들은 이러한 멜랑콜리적 슬픔을 종종 T로 표현하는데, 푸슈킨의 「아리오스토의 "광란의 올란도"에서」라는 시가 대표적인 경우이다. 이 작품은 1826년 6월에 쓴 것으로 추정되며, 푸슈킨 생전에 발표되지 않았다가 1855년 안넨코프가 편집한 『푸슈킨 전기를 위한 자료들』이라는 책에 처음 소개되었다.[39] 이 시는 이탈리아의 시인 아리오스토 Ludovico Ariosto, 1474~1533의 로망스 서사시 『광란의 오를란도』를 푸슈킨이 번안한 것이다. 이 작품은 오를란도의 모험과 전쟁담을 기사도 풍의 풍자시 형식으로 노래한 것으로 러시아에서는 "파도에 반짝이는 기사 앞에서"라는 제목으로 알려져 있기도 하다.[40]

두 번, 세 번 그리고 다섯 번, 여섯 번

그는 비문을 다시 읽고 싶었다네.

불행한 사람은 헛된 일을 하지 않는다고

말하는 것은 사실이 아니라는 것을,

그는 진실을 분명히 보고 또 깨닫는다네,

참을 수 없는 T는

마치 차가운 손처럼

그 사람의 마음을 무섭게 죄어오고

마침내 그는 무심한 시선으로

수치심을 마주했다네.인용자의 강조[41]

위 시에서 "참을 수 없는 T"는 진실에 대한 깨달음과 수치심의 경계 위에 놓여있다. 그런데 흥미로운 것은 깨달음과 수치심은 T라는 감정을 매개 고리로 연결되어 있는 야누스의 얼굴이라는 점이다. 왜냐하면 T는 진실을 분명히 깨우친 결과이고, 수치심은 그로 인해 도달하게 된 또 다른 깨달음에 불과하기 때문이다. 결국 이 시에서 T는 진실의 깨달음과 수치심을 동반한 회한의 멜랑콜리를 나타낸다.

지금까지 살펴본 것처럼 T는 러시아인의 다양한 멜랑콜리 상태를 표현하는 단어라는 것을 알 수 있다. 물론 T가 멜랑콜리만을 반영하는 것은 아니다. T를 언급한 푸슈킨의 또 다른 사례에서 확인할 수 있듯이 이 단어는 문맥에 따라 멜랑콜리와는 다른 슬픔과 연관된 경우도 많다. 가령 예를 들면 초기 리쩨이 시절에 쓴 「잠든 만灣 위로 달이 떴네…」나 「자유의 적막함이 깃든 참나무숲…」과 같은 시뿐만 아니라 이후의 많은 작품에도 T가 자주 등장하지만 특별히 멜랑콜리의 뉘앙스를 찾기 어려운 경우가 있다. 이것은 T가 러시아인의 슬픔을 더 다양하고 광범위하게 전달하고 있다는 사실을 말한다. 러시아 속담에 나오는 T는 이런 점을 잘 보여주고 있다. 아래는 T가 나오는 대표적인 러시아 속담들이다.

① 빵 조각이 없으면 어디서나 T가 있다
② 빵 한 조각이 없다면 대저택이라도 T가 있다
③ 빵 가장자리라도 있으면 가문비나무 아래라도 천국이지만, 빵 한 조각이 없다면 어디서나 T가 있다

위 ①, ②, ③은 '먹을 것'의 중요성을 강조하는 유사한 사례들이다. 러시아인에게 빵 한 조각의 소중함은 곧 T라는 심적 상태의 보편성으로 연결된다. 다시 말해 역사적으로 러시아 민중의 가난과 배고픔이 일상적이었듯 토스카도 그리 낯설지 않은 정서라는 말이다. 이런 점에서 토스카는 러시아 민중의 삶과 정서를 가장 잘 표현하는 주제어라고 할 수 있다.

4. 남는 문제들

이 글에서 살펴본 대로 러시아어 T가 니키틴이 원인에 따라 분류했던 일곱 가지 멜랑콜리를 모두 포괄하고 있는 것은 아니다. 그중에서 '사랑에 빠진 사람들의 멜랑콜리', '침울'은 T가 전하는 심리적 상태와 거의 일치하고, '정신적 허탈 상태의 멜랑콜리', '한 장소에 머물 수 없는 멜랑콜리'도 상당히 유사하다는 것을 알 수 있다.[42] 하지만 '종교적 멜랑콜리', '불결한 정신의 멜랑콜리'는 T에서 직접적인 유사성을 확인하기 쉽

지 않다. 여기에 '열광적 멜랑콜리melancholia enthusiastica'라고 지칭된 '열광 우울병'은 T와의 거리감이 더욱 확연하다.

니키틴은 종교적 멜랑콜리를 "잘못된 종교적 표상이 환자의 관념의 영구적인 대상이 되었을 때 발생하는" 것이라고 설명하고 있다. 이것은 멜랑콜리가 종교적 연원을 가질 수 있다는 말이다. 서구에서 종교적 멜랑콜리가 본격적으로 주목받기 시작한 것은 17세기 초부터다. 그중 가장 대표적인 사례가 로버트 버턴의 경우다. 그는 종교적 멜랑콜리를 사랑의 멜랑콜리와 더불어 가장 비중 있게 다루었다. 여기에서 흥미로운 것은 이 두 가지 멜랑콜리의 발생 원인을 서로 다른 대상에 대한 과도한 사랑으로 설명하는 대목이다. 사랑의 멜랑콜리가 이성에 대한 과몰입 때문에 생긴 것이라면, 이 종교적 멜랑콜리의 원인은 신에 대한 과도한 사랑이다.[43] 그 결과 과도한 명상과 기도, 맹목적인 열광, 사후 세계에 대한 극단적인 두려움 등이 나타나고 멜랑콜리에 빠지게 된다.

니키틴이 언급한 종교적 멜랑콜리의 직접적인 사례는 아니지만 도스토예프스키의 견해는 T의 종교적 맥락을 이해하는데 중요한 단서가 될 수 있다. 그는 T의 정신적 근원을 러시아인의 영혼이 지니고 있는 특수성에서 찾은 대표적인 작가이다. 그는 아래의 인용문에서 T의 근원이 러시아 민중의 근본적인 종교적정신적 열망에서 비롯된 것이라고 주장한다.

나는 러시아 민중의 가장 본질적이고 근본적인 정신적 열망은 항상 억제할 수 없는, 어디서나 존재하는 고통의 열망이라고 생각한다. 이런 고통의 갈망은 아마도 태곳적부터 전염된 것으로 보인다. 수난자의 흐름은 러시아 민중의 전 역사를 관통해 왔으며, 그것은 단지 외적인 불행과 재난 때문만이 아니라 민중의 마음 자체에서 샘솟는 것이다. 심지어 러시아 민중의 행복 속에는 일부분 고통이 자리하고 있다. 다시 말해 러시아 민중에게 행복은 충분하지 않다. 심지어 가장 화려한 역사의 순간에서조차 러시아 민중은 위풍당당하고 장엄한 모습을 보인 적이 없고, 단지 고통스러울 정도로 감격에 찬 모습을 하고 있었다. 즉, 러시아 민중은 탄식하며 모든 영광을 하느님의 은혜로 돌렸다. 러시아 민중은 마치 자신의 고통을 즐기는 것 같았다. 전체 민중들도, 개별적인 유형들도 그러하다. 말하자면 일반적으로 그러하다. 예컨대 수많은 유형의 러시아 망나니들을 보자. 거기에는 종종 도를 넘은 무례함이나 인간 정신의 파탄을 의미하는 추악성으로 충격을 주는 엄청난 광란만이 있는 것은 아니다. 이 망나니는 무엇보다도 수난자 자신이다. 러시아인에게, 심지어 어리석은 러시아인에게조차 순진하고 성대한 만족은 결코 존재하지 않는다.[44]

여기서 수난자의 형상은 러시아 민중을 의미하고, T로 표현되는 고통과 슬픔은 러시아 민중의 고유한 정서라고 할 수 있다. 요컨대 도스토예프스키는 T가 수난의 역사를 겪은 "러시아 민중의 가장 본질적이고 근본적인 정신적 열망"이라고 본 것이다.

'불결한 정신의 멜랑콜리'와 가장 유사한 사례로는 인간에 대한 부정적, 파괴적 영향을 주는 T의 복합적 측면을 전달하는 경우이다. 이것은 T의 가장 극단적인 '부정의 힘'에 속하는 것인데, 블록의 다음 시는 이 사례를 잘 보여준다. 아래의 작품은 서사시 「보복」[1910~1921] 3장에 나오는 한 구절이다. 이 작품은 인간과 역사가 파멸, 비극, 실패, 추락 등을 경험하면서 새롭게 태어나고 이어지는 과정을 상징적으로 노래하고 있다. 여기서 블록은 T를 인간을 파멸시키는 감정으로 묘사한다.

이렇게 아첨하며, 서서히 다가오듯이,

표현할 수 없는 T가^{인용자의 강조}

갑자기 가슴을 조여 왔었지.

커다랗고 굵직한 손이

대지를 향해 구부리고 움켜쥐듯이……[45]

우리는 위와 유사한 장면을 블록의 시 「내 친구의 생애」[1914~1915]에서 확인할 수 있다. 이 작품은 모두 8개의 시로 된 연작인데, 아래의 인용문은 첫 번째 시의 끝부분이다.

그리고 조용한 T가 목을 부드럽게 조여 옵니다.^{인용자의 강조}

숨도 한번 제대로 쉬지 않고,

모든 저주의 세계에 어둠이 내린 것처럼,

악마 자신이 가슴에 앉아 있었습니다![46]

위 두 시에서 T는 마치 인간을 파멸시키는 악마의 형상으로 그려지고 있다. 첫 번째 시에 그려진 "커다랗고 굵직한 손이 / 대지를 향해 구부리고 움켜쥐듯이"의 이미지는 두 번째 시에서 "모든 저주의 세계에 어둠이 내린 것처럼, / 악마 자신이 가슴에 앉아 있었습니다"로 이어진다. 이러한 이미지들은 니키틴이 제시한 악령의 멜랑콜리melancholia demonica를 많이 닮았다. 이것은 T가 인간의 숨통을 조이는 강력한 '부정의 힘'을 지니고 있다는 것을 의미한다.[47] 여기서 T는 러시아인에게 인간의 존재 자체를 위협하는 파괴적 감정이기도 하다.

주지하다시피 서구에서 열광enthusiasm에 대한 비판적 인식이 본격적으로 제기된 것은 17세기다. 이 시기에 열광은 종교, 과학, 문학, 정치에서

유럽인들의 중요한 논쟁 주제였다. 열광이라는 용어는

천년왕국설, 급진적 종파주의자, 다양한 예언자, 연금술사, '경험론자', 일부 명상 철학자 등 이른바 신적 영감을 받았다고 주장하는 개인이나 그룹을 지칭하는 표준 꼬리표가 되었다. 가톨릭 진영에서는 신비주의적 경험, 기적, 심령주의적 경향이 주류 정통에 더 쉽게 통합되었기 때문에 열광과의 대결이 그리 일반적이지는 않았다. 반대로 개신교 진영에서 그러한 주장은 종교 개혁 이후 주로 성경에 기초한 종교 질서에 대한 실질적인 도전으로 나타났다. 실제로 17세기 후반까지 많은 프로테스탄트 지식인, 과학자, 신학자들은 적어도 두 가지 전선에서 동시에 싸우고 있었다. 그것은 한편으로는 이신론과 무신론적 견해의 확산에 대한 반대이고, 다른 한편으로는 '열광', 예언, 점술 및 '미신'에 대한 반대이다.[48]

물론, 열광이라는 현상은 17세기 이전에도 존재했다. "직접적인 신의 영감을 받았다고 주장하거나, 예언하거나, 자연의 숨겨진 진리를 폭로한다고 주장하는 열광자들은 정신적으로 병든 사람으로 '멜랑콜리'하다고 기록되었다."[49] 16세기 후반의 신학자들은 환상이나 예언을 우울mel-ancholy의 증상으로 보는 의학적 해석을 알고 있었다. 하지만 그들은 우울에 대한 의학적 설명에 대해 크게 중요성을 부여하지 않았다. 신학자들은 열광의 현상에 대한 의학적 설명보다 그것의 악마적 기원에 주목했다. "의학적 논증은 당시의 종교적 논쟁에서 반론의 도구로 사용되지 않았다. 그것은 17세기가 되어서야 그렇게 될 것이었다."[50] 다시 말해 우울에 대한 의학적 설명이 신학적, 철학적, 정치적 담론과 어울려서 힘을 발휘한 것은 17세기부터다.

니키틴은 열광적 멜랑콜리열광에 의한 멜랑콜리를 종교적 멜랑콜리잘못된 종교적 표상이나 신념나 불결한 정신의 멜랑콜리악마적 기원와 구별하고 있다.[51] 그렇다면 이와 구별되는 열광적 멜랑콜리의 증상이 있다는 것이고, 19세기 전반기까지만 해도 열광을 우울의 한 증세로 이해하는 견해가 존재했다는 말이다. 그런데 실제로 이런 현상이 T로 표현된 문학적 사례들을 찾기는 쉽지 않다. 이에 대해서는 차후에 별도의 연구가 필요할 것으로 보인다.

러시아 멜랑콜리의 탄생

푸슈킨의 저작을 중심으로

1. 우울증이라는 용어

현대 사회에서 우울증이라는 용어는 이미 일상어가 되었다. 우울증은 현대인을 대표하는 상징이 된 것이다. "오늘 나는 우울하다", "저 친구는 우울증이 도졌나봐", "이 음악은 무척 우울하다" 등등. 이제 우울증이라는 용어 없이 우리들의 삶을 재구성하는 것은 불가능한 것처럼 보인다. 이렇듯 우울증은 현대인들의 삶을 다양하게 설명하고 또 규정한다. 이런 점에서 데카르트의 명제는 "나는 우울하다, 고로 존재한다!"라고 바꾸어야 할지도 모른다. 우리가 자주 사용하는 우울증이라는 용어의 역사는 생각보다 매우 복잡하다. 현대 정신의학에서 우울증을 지칭하는 영어표현으로 대표적인 것이 디프레션[depression, 이하 D]인데, 이 단어가 의학용어로 사용된 것은 비교적 최근이다. 19세기까지만 해도 이 단어는 우울증을 지칭하는 의학용어로 사용되지 않았다. 1812년 프랑스에서 나온 의학사전과 1835년에 출판된 러시아 최초의 의학사전에는 우울증을 의미하는 dépression 혹은 러시아어 дипрессия[depressiya]라는 항목 자체가 없다.[1] 게다가 프로이트가 우울증의 본질에 대해 설명한 「애도와 멜랑콜리」라는 논문을 『국제 정신분석 의학지』에 발표한 것은 1917년이다. 그러면 우울증이 오롯이 현대 사회에만 해당되는 인간의 정신적, 심리적 현상일까? 아니 그렇지 않다. 과거에도 우울증이라는 증상은 있었고, 그 대표적인 것이 산후 우울증이다. 산후 우울증이 근대 이전에는 존재하지 않았다고 주장하는 것은 허튼소리에 불과하다. 그리고 역사적으로 보면 우울증을 지칭하는 여러 용어들이 있었다. 그중 대표적인 것이 바로 멜랑콜리melancholy이다. 용어 자체의 역사를 보면 멜랑콜리는 D보다 비교할 수 없을 정도로 장구하다. 하지만 현대 정신의학에서 우울증을 의미하는 의학용어로 멜랑콜리를 사용하는 경우는 드물다. 그것은 멜랑콜리라는 용어가 지니고 있는 다양한 뉘앙스와 용례 때문이다.[2] 심지어 멜랑콜리는 낭만주의라는 특정한 문화적 현상의 특징을 지칭하기도 한다. 결국 멜랑콜리는 좀 더 외연이 분명한 과학적 용어인 D로 대체되었다. 이런 점에서 멜랑콜리를 D의 옛 명칭이라고 설명하는 것은 타당한 측면이 있다.[3]

이 주제를 본격적으로 논의하기 전에 멜랑콜리라는 용어를 우리말로 어떻게 번역할 것인가? 하는 문제를 잠시 살펴보기는 것이 필요하다. 우리말 의학용어 사전에는 멜랑콜리를 우울, 울증, 우울병 등으로, D를 우울증으로 번역해 소개하고 있다.[4] 이런 사례에서 보듯이 멜랑콜리에 대한 우리말 번역어가 아직은 확정되지 못한 듯하다. 필자는 이 글에서 멜랑콜리를 우울증이라고 번역하려고 한다. 19세기 당시에는 현대 정신의학에서 사용하는 D라는 용어가 의학적 용어로 정착되지 않았고, 그것을 멜랑콜리가 대신했기 때문이다. 다시 말해 이 글에서 다루고 있는 멜랑콜리라는 용어는 19세기 전반기 서유럽 및 러시아의 의학발전과 사회적 상황을 반영하고 있다.

이 글의 목적은 푸슈킨 저작에서 멜랑콜리라는 용어가 어떻게 사용되었는지를 분석하고, 이를 통해 19세기 초부터 중엽까지 '멜랑콜리'에 대한 러시아인들의 이해와 그 변화 추이를 살펴보는 데 있다. 당시 러시아에서는 멜랑콜리 외에도 우울증의 의미를 지니고 있는 여러 가지 용어들을 사용하고 있었다. 그 중에서 대표적인 것이 хандра^{handra}, ипохондрия^{ipohondria}, сплин^{splin} 등인데, 이 용어들은 문맥에 따라 충분히 '우울증'이라고 이해되거나 번역될 수 있다. 심지어 ипохондрия, сплин이라는 용어는 푸슈킨 자신이 사용한 용례로도 유명하다. 하지만 이 용어들은 멜랑콜리에 비해 의학적 토대가 미약하고, 당시 러시아-유럽 간의 지적 교류와 연관성에 있어서도 일정한 제약이 있다고 판단된다. 이런 점에서 본 연구는 서구 및 러시아에서 멜랑콜리가 어떻게 해석되었는지를 이해하는 작업의 일환으로서 의미를 지닌다고 할 수 있다. 여기서 푸슈킨의 용례는 매우 중요한 의미를 지니는데, 그것은 푸슈킨이 '멜랑콜리'라는 용어뿐만 아니라 근대 러시아어를 완성시킨 대표적인 작가이기 때문이다. 러시아어는 푸슈킨을 통해 근대적 의미를 획득했고, 러시아인들은 푸슈킨의 러시아어를 사용하면서 근대인이 되었다. 이를 위해 우선 푸슈킨 이전 시기에 이 용어가 사용된 사례를 살펴볼 필요가 있다. 그리고 푸슈킨 저작에서 이 개념이 어떻게 사용되었는지를 분석할 것이다. 저자의 견해로는 푸슈킨은 멜랑콜리라는 의학적 용어를 문학작품에서 가장 정확하게 이해하고 사용한 최초의 작가이다. 푸슈킨의 용례는 곧 19세기 중엽 이후까지도 사용되는데, 이는 당시 출간된 사전을 통해 확인할 것이다. 그러면 이 주제에 대한 기존 논의를 간단히 살펴보도록 하자.

러시아에서 멜랑콜리에 대한 최근 연구는 주로 18세기 말에서 19세기 초까지 두드러졌던 러시아 감상주의 및 낭만주의의 특징을 설명하려는 시도와 연관되어 있다. 이 연구들은 멜랑콜리를 감상주의와 낭만주의의 특징 중 하나로 이해한다. 가령 C. A. 게르마노비치^{S. Germanovich}

는 학위논문 「감상주의의 예술체계와 B. A. 쥬코프스키^{V. Zhukovsky} 창작에서 멜랑콜리의 개념」에서 멜랑콜리를 "특수한 정신적 상태"로 이해한 최초의 작가가 쥬코프스키라고 주장한다.[5] 그에 따르면 쥬코프스키는 멜랑콜리를 인간의 심리적 측면에서 이해했을 뿐만 아니라 더 나아가 "현실에 대한 도덕적, 미학적 지각의 대표적인 형식"으로 보았다. 쥬코프스키의 견해는 멜랑콜리에 대한 종교적, 철학적 이론으로 평가되는데, 이는 1846년에 쓴 「삶과 시에 있어서의 멜랑콜리에 관하여」라는 글에 잘 나타나 있다. 여기서 주꼬프스끼는 기독교의 시대를 기준으로 멜랑콜리가 "막연하고 선천적인" 슬픔에서 정신을 정화시키는 고상한 활동으로 그 성격이 바뀌었다고 보고 있다. 이와 유사한 연구로 И. Ю. 비니츠키Vinnitsky의 학위논문 「18세기 말과 19세기 초 러시아 '멜랑콜리파'와 B. A. 쥬코프스키」가 있다.[6] 여기서 저자는 러시아에서 멜랑콜리에 대한 이해를 크게 세 가지 단계로 파악하고 있다. 첫째는 1700~1780년대 계몽주의시대에 이성주의 성향의 저자들이 멜랑콜리를 부정하고 희화화했던 단계이다. 그들은 멜랑콜리를 '상상력의 질병', '인간혐오', '괴벽' 등으로 이해했다. 둘째는 18세기 말에서 19세기 초까지 이어진 '감수성의 시대'이다. 이 시기는 러시아 감상주의 및 낭만주의시대와 거의 일치한다. 당시 작가들은 공통적으로 "세상은 우울하다"라는 인식을 가지고 있었다. 저자는 이 시기 우울한 인물들을 '침울한' 유형, '감동받은' 유형, '공상적인' 유형으로 구분하고 있다. 셋째는 1820~1830년대 쥬코프스키에 의해 정립된 '멜랑콜리파'이다. 저자에 따르면 쥬코프스키는 러시아 '멜랑콜리파'의 대표적인 시인이다. 쥬코프스키는 프랑스와 독일 낭만주의가 주목했던 염세주의 철학에서 벗어나 멜랑콜리를 그리스도교에 입각한 새로운 세계관으로 승화시켰다. 하지만 이 연구들은 공통적으로 푸슈킨

이전 시기의 멜랑콜리에 대한 이해에 국한되어 있다. 이것은 기본적으로 멜랑콜리라는 의학적 용어가 푸슈킨 시대에 와서 정확하게 이해되고 사용되었다는 저자의 주장과는 일정하게 거리가 있는 것이다.

'멜랑콜리'라는 개념을 빌려 푸슈킨과 그의 동시대 작가들을 설명하려는 시도들 중 눈에 띄는 국내 연구로는 이현우의 『애도와 우울증—푸슈킨과 레르몬토프의 무의식』이 있다.[7] 이 책은 저자의 2004년 박사논문을 수정, 보완한 것이다. 저자는 프로이트의 '애도와 우울증'이라는 논문이 담고 있는 문제의식과 결론에 기초하여 푸슈킨과 레르몬토프의 시를 각각 '애도'와 '우울증'의 무의식이 표현된 작품으로 해석하고 있다. 다시 말해 그에 따르면 푸슈킨은 애도의 시인이고, 레르몬토프는 우울증의 시인이라는 것이다. 하지만 이런 주장은 멜랑콜리라는 개념이 푸슈킨 시대에 어떻게 이해되고, 사용되었는지에 대한 논의와는 거리가 있다.

2. 푸슈킨 이전의 멜랑콜리와 쥬코프스키의 종교적, 철학적 멜랑콜리

푸슈킨 이전에 러시아에서 멜랑콜리가 어떻게 이해되었는지를 가장 잘 보여주는 것은 카람진N. Karamzin의 「멜랑콜리」라는 작품이다. 이 시는 카람진이 1800년에 쓴 것으로, 프랑스 시인 자크 들릴Jacques Delille의 시를 모방한 것이다. 카람진은 프랑스 고전주의 시인의 시를 러시아어로 번안하면서 인간의 감정변화에 대한 자신의 생각을 표현하고 있다. 이 시에 따르면 멜랑콜리는 정신질환이 아니라 도리어 슬픈 마음을 치유하는 수단으로 미화되어 있다. 시의 첫 부분을 보자.

> 운명에 의해 억압당한, 부드럽고 온유한 영혼의 열정.
>
> 불행한 행복과 슬픔^{애달픔}의 달콤함!
>
> 오 멜랑콜리^{우울함}여! 너는 온갖
>
> 인위적인 유흥과 경박한 위안보다 사랑스럽다네.
>
> 너의 아름다움과 비교되는 것이 있을까?
>
> 너의 미소와 소리 없는 눈물에 비견될 것이.
>
> 너는 슬픔을 치료하는 최초의 의사이고, 심장의 첫 친구라네.[8]

위 인용문에서 보듯이 시인은 멜랑콜리를 의학적인 관점에서 이해하지 않고 있다. 그것은 특별한 영혼의 독특한 기질 혹은 신비로운 아름다움을 간직한 정신의 요소이다. 그래서 멜랑콜리는 슬픔을 제공하는 원인이 아니라 치유자이며, 심지어 울적한 마음을 달래줄 친구가 된다. 요컨대 카람진은 멜랑콜리가 가려올 비극적 결과보다 그것이 지니고 있는 달콤함에 주목한 것이다. 여기서 시인이 멜랑콜리의 치유적 효과를 언급한 것은 매우 주목할 만한 부분이다. 이런 내용은 다음의 인용문에서 비교적 잘 나타나 있다.

> 극심한 고통의 멍에에서 벗어날 때,
>
> 불행은 슬픈 영혼 속에서 휴식을 취하고,
>
> 사랑으로 너는 그에게 손을 뻗는다네.
>
> 그리고 더 기쁜 마음으로 가련한 자를 위해
>
> 슬픈 온유와 감동이 담긴 표정으로

애무하고, 가슴 가득 기쁨에 넘치게 하라.

오, 멜랑콜리여! 너는 슬픔과 우수에서

즐거움의 위안으로 가는 부드러운 변화!

위 구절들을 보면 멜랑콜리를 치유의 대상이 아니라 치유의 수단으로 이해하는 것이 18세기에는 통용되었던 것으로 보인다. 이것은 정신의학의 발전과 관련이 있다. 다시 말해 당시에는 멜랑콜리에 대한 의학적 해석과 문학적 해석이 본질적으로 다르지 않았다는 말이다. 사실 멜랑콜리에 대한 이와 유사한 해석은 감상주의와 깊은 연관이 있다. 이성에 대한 반발로 탄생한 감상주의에서 인간의 감정이나 그것의 신비로운 작용 및 결과에 대해 칭송한 것은 자연스러운 일이었기 때문이다. 이런 점에서 위 시는 고전주의자의 시지만 감상주의와 일정한 혈연적 친화성을 지니고 있는 작품이라고 볼 수 있다. 그래서 카람진의 「멜랑콜리」에서 감상주의적 연결고리를 발견하는 것은 놀랄만한 것이 아니다. 다음의 인용문을 보자.

눈부신 광채와 사람들로부터 숨어라, 내달려라,

네게 황혼은 화창한 대낮보다 사랑스러우니.

너는 침묵을 흠모하면서 나뭇잎의 슬픈 속삭임,

계곡의 물소리, 바람과 파도 소리를 듣는다네.

숲은 네게 매혹적이며, 사막은 네게 사랑스럽다네.

고독 속에서 너는 보다 일체감을 느끼네.

우울한 자연이 너의 부드러운 모습을 사로잡네.

그것은 너와 함께 슬퍼하는 것 같다네.

하루의 빛이 하늘에서 사라지면

너는 그를 바라보면 생각에 잠기네.

위 인용문은 고전주의 시라기보다 감상주의 시에 가깝다. '황혼', '침묵', '나뭇잎의 슬픈 속삭임', '고독', '우울한 자연' 등은 모두 멜랑콜리와 연관된 비유적 표현들이다. 이것은 '눈부신 광채', (속세의) '사람들', '화창한 대낮' 등과 대비된다. 여기서 '우울한 자연'은 무엇보다도 의미심장한데, 이것은 자연이 우울한 것이 아니라 그것을 바라보는 사람의 마음이 우울하기 때문이다. 이것은 곧 멜랑콜리의 상태를 의미하는데, 시인은 이것을 마치 대상의 고유한 성질처럼 바라보고 있다. 다시 말해 시인은 대상 자체가 아니라 대상에 대한 심적 태도를 찬양하고 있는 것이다. 이것은 멜랑콜리와 그러한 감정 상태에 대한 과도한 예찬이라고 볼 수 있고, 이점에서 이 작품은, 좀 더 정확하게 말하자면 멜랑콜리라는 개념에 대한 시인의 태도와 이해는 감상주의적 경향을 띠고 있다고 할 수 있다.

쥬코프스키의 멜랑콜리 이론은 19세기 러시아문학사에서 매우 독특한 의미를 지니고 있다. 러시아 낭만주의를 대표하는 작가로서 유명한 쥬코프스키는 말년에 낭만주의의 쇠퇴를 지켜보면서 1840년대 자연파 경향의 문학에 대해 비판적인 입장을 취했다.[9] 그에게 사실에 대한 집착은 곧 문학의 타락이요, 예술에 대한 모독이었던 것이다. 이렇게 쥬코프스키는 당시 러시아문학의 리얼리즘적 경향에 대해 경고를 보내며 자신의 낭만주의적 문학사상을 멜랑콜리 이론으로 설명했다. 이런 맥락에서 쥬코프스키는 멜랑콜리라는 용어를 종교적, 철학적 의미로 확대 해석했다. 쥬코프스키의 이런 생각이 잘 나타나 있는 비평문이 바로 「삶과 시에 있어서의 멜랑콜리에 관하여」이다. 그는 인간의 역사를 크게 그리스도교 성립 전후로 구분하고, 이에 따라 멜랑콜리의 본질도 차이점이 있다고 보았다. 그에 따르면 그리스도교 이전 시대, 즉 고대 그리스와 로마는 인간중심주의 이념에 충실한 사회였다. "고대인들은 삶을 통째로 받아들였고, 곧바로 그것을 완전하게 이용하였다. 쾌락은 그들의 유일한 목적이었다."[10] 이것은 고대인들이 삶을 완전한 것으로 이해하고 있었다는 의미이다. 그래서 그들은 삶에 종속되고, 물질세계의 한계를 극복할 수 없고, 지상의 행복이 필수적이라는 생각을 갖게 된다는 것이다.[11] 그들에게 멜랑콜리란 "회복할 수 없는 상실에서 생기는 정신의 슬픈 상태이다". 왜냐하면 그것은 외적이고 유한한 삶으로부터 발생하기 때문이다. 그들에게 정신의 영원불멸이라는 관념은 존재하지 않았다. 결국 고대인들에게 "멜랑콜리의 원인들은 우리를 둘러싸고, 우리 외부에서 작용하는 모든 것에서 기인하는 외적인 원인들이다 (…중략…) 멜랑콜리는 외부로부터 영양을 공급받는다. 외적인 영향이 없다면 멜랑콜리는 사라진다". 이에 반해 그리스도교가 성립한 이후 고대의 멜랑콜리는 그 성격이 본질적으로 바뀌게 된다. 쥬코프스키는 이것을 멜랑콜리와 구분하여 '비애скорбь / skorb' 혹은 '슬픔 печаль / pechal'이라고 지칭한다. 다시 말해 기독교적 멜랑콜리인 "비애 혹은 슬픔은 내적인 질병에 의해 고통 받는 정신의 상태이고, 또 그런 정신 자체로부터 발생하는 것이다. (…중략…) 비애는 내부로부터 영양을 공급받는다".[12] 쥬코프스키는 고대인들에겐 삶이 모든 것이지만 그리스도교인들에겐 죽음이 모든 것이라고 주장한다. 고대인들의 삶은 지상에 국한된 것이지만 그리스도교인의 삶은 지상의 끝, 즉 죽음으로 새로운 삶이 시작된다는 것이다.[13] 여기서 멜랑콜리는 질적인 전환을 이룬다. 비애 혹은 슬픔은 "정신의 모든 것은 불멸하며, 그것의 모든 삶은 영원하다"라는 깨달음으로 이어지는 계기이며, 과정인 것이다. 이로써 쥬코프스키는 인간의 심리적 상태와 감정에 기반을 둔 멜랑콜리라는 개념을 종교적, 철학적으로 승화하는 데 성공한다. 하지만 이것은 멜랑콜리에 대한 현실주의적 해석과는 거리가 먼 것이다. 멜랑콜리가 러시아의 일상적 언어가 된 것은 19세기 중반에 이르러서다. 여기서 푸슈킨의 역할은 매우 중요한 것이었다.

3. 푸슈킨과 멜랑콜리

비노그라도프V. Vinogradov의 『푸슈킨 사전』에 따르면 멜랑콜리와 거기서 유래한 파생어들이 푸슈킨 저작에서 사용된 경우는 모두 15번이다. '우울증'меланхолия, melankholiya 3회, '우울증 환자'меланхолик, melanxolik 1회, '우울한'меланхолический, melankholicheskiy 11회가 그것이다. 푸슈킨이 이 개념을 사용한 시기는 대체로 1830년 전후로 보인다. 각각의 단어가 사용된 작품 및 저작이 창작된 연도는 다음과 같다.[14]

меланхолик	1830, 1830, 1836
меланхолик	1834~1835
меланхолический(-ая, -ое)	1829년 9~10월, 1829년 말, 1830, 1830, 1830, 1831, 1831, 1832~1833, 1833, 1836

이렇게 보면 푸슈킨은 1830년대에 들어서 멜랑콜리라는 개념을 사용한 것이 분명하다. 이것은 두 가지 의미를 내포하고 있는데, 하나는 1820년대까지 러시아에서 멜랑콜리라는 단어가 정확한 의미로 사용되지 않았다는 점이고, 다른 하나는 1830년대에 들어서 개념의 의미와 활

용이 비교적 정확하게 정착되었다는 점이다. 그러면 이 개념들이 푸슈킨 저작에서 구체적으로 사용된 용례와 그 의미를 살펴보기로 하자.

1) меланхолик와 меланхолия

푸슈킨은 1834~1835년 사이에 쓴 『모스크바에서 페테르부르크로의 여행』이라는 저작에서 '모스크바'를 소개하면서 меланхолик라는 용어를 사용하는데, 이것은 당시부터 현재에 이르기까지 러시아문학사에서 끊이지 않는 논쟁거리가 되고 있다.[15] 이 논쟁의 핵심은 두 가지인데, 하나는 меланхолик의 실체가 누구인가 하는 것이고, 다른 하나는 그것의 의미에 관한 것이다. 푸슈킨은 이에 대해 다음과 같이 쓰고 있다. "이것은 내 친구들 중에서 이따금 쾌활함의 유쾌한 순간들을 간직하고 있는 위대한 우울증 환자가 쓴 것이다."[16] 여기서 푸슈킨은 자신이 알고 있는 우울증 환자를 소개하고 있다. 그런데 위 논쟁 중에서 우리의 주제와 관련해서 흥미로운 것은 меланхолик가 푸슈킨 자신이라는 바쭈로의 해석이다. 그는 푸슈킨의 동시대인들이 남긴 여러 자료를 근거로 меланхолик는 푸슈킨의 개인적 성향과 유사하다는 점을 강조하고 있다. 가령 로젠E. Ф. Розен 남작의 회상록에 따르면 푸슈킨은 평소 "침울한 정신적 슬픔"을 간직한 인물이었다.[17] 다시 말해 이런 성향을 지니고 있었던 자신을 푸슈킨이 меланхолик라고 칭했다는 것이다. 바쭈로의 주장은 또한 푸슈킨이 작품 속에서 자신의 형상을 간접적으로 드러내는 성향을 지니고 있었다는 점에서도 설득력을 얻고 있다. 이런 맥락에서 보면 푸슈킨은 меланхолик를 "침울한 정신적 슬픔"을 안고 있는 인물로 이해하고 있는 것이고, 이는 우울증 환자에 대한 근대적 이해와 크게 다르지 않은 것이다.

푸슈킨 저작에서 меланхолия는 모두 세 차례 등장하는데, 그 중 처음은 푸슈킨이 시골 볼디노에 온 직후인 1830년 9월 9일, 페테르부르크에 있는 플레트뇨프P. Pletnev에게 보내는 편지에 등장한다. 여기서 푸슈킨은 친구에게 침울한 내용의 편지를 보내면서 사전에 양해를 구하고 있다. 플레트뇨프는 푸슈킨의 저작들을 간행한 출판인이자 금전적인 후원자였다. 이 편지의 앞부분 내용은 다음과 같다.

나는 자네에게 몹시 우울한 내용의 편지를 쓰네, 친애하는 표트르 알렉산드로비치, 제발 이 우울증 때문에 놀라지는 말게나. 자네는 이 문제에 대해서는 귀신이 아닌가. 지금은 내 침울한 생각들이 사라졌네. 나는 시골에 와서 쉬고 있다네. 내 주위에 콜레라가 창궐해있네. 그것이 얼마나 끔찍한 짐승인지 아나? 당장 볼디노로 달려와서 우리 모두를 물어뜯어버릴 것 같아.[18]

결혼을 목전에 둔 푸슈킨은 여러 가지 문제로 정신적 혼란을 겪으며 볼디노에 도착했고, 창작을 자유롭게 할 수 있는 환경을 마련함과 동시에 돈을 구하고 있었다.[19] 여기에 행복한 결혼에 대한 꿈은 끊임없이 시인을 번뇌에 빠지게 했다. 이 편지도 사실은 친구에게 돈 문제를 상의하기 위해 보낸 것으로 보인다. 푸슈킨은 이러한 상황에 놓인 자신의 정신적 상태를 меланхолия라고 표현하고 있다. 이 용어는 며칠 후에 다시 푸슈킨의 저작에 모습을 나타낸다. 1830년 9월 26일에 쓴 푸슈킨의 미완성 단편 중 일부가 그것이다. 작중인물은 당시 문단의 다양한 작가들에 대한 비평을 신랄하게 전개하는데, 이중 하나가 바로 우울증 환자의 부류이다. 다음의 인용문을 살펴보도록 하자.

그는 극히 소수를 제외하고는 동료작가들을 좋아하지 않았다. 그는 그들 속에서 너무 잰체하는 모습들을 발견했는데, 예컨대 첫째 유형은 이성의 신랄함에, 둘째는 (지나친) 상상력의 격정에, 셋째는 민감한 감수성에, 넷째는 우울증, 그리고 실망감, 심오한 생각, 자선, 인종혐오, 이율배반 등등에 빠져있었다. 다른 사람들은 어리석음 때문에 지루했고, 또 다른 사람들은 어색함 때문에 견딜 수 없었으며, 다른 부류의 사람들은 저열함으로 역겨웠고, 마지막은 자신의 이중성 때문에 위험한 부류였다. 일반적으로 너무 이기적이었고 극단적으로 자신의 저작물에 매몰되어 있었다.[20]

위 글에서 푸슈킨은 우울증에 빠진 일군의 작가들을 언급하고 있다. 하지만 그들이 구체적으로 누구이고, 어떤 상태의 작가들인지 독자들은 알 수가 없다. 다만 위 인용문에 근거한다면 푸슈킨은 일체의 다른 언급을 생략하고 오직 меланхолия라는 용어로만 그런 부류의 작가들을 설명하고 있다. 아마도 시인은 그것으로 충분하다고 판단했던 것 같다. 그런데 흥미로운 것은 첫 번째와 두 번째의 용례가 약간의 뉘앙스 차이가 있다는 점이다. 다시 말해 그것이 자신에게 적용된 경우와 타인의 경우가 다르다는 것이다. 이것은 두 번째 용례에서 시인이 меланхолия를 대상화하고 있다는 것을 의미한다. 자신이 우울증에 걸렸을 때는 그것이 상대방에게 동정을 구하는 이유가 되지만, 우울증이 타인의 소유물이 되면 비난의 이유가 되는 것처럼 말이다. 하지만 이런 차이가 меланхолия에 대한 푸슈킨의 이해가 상반된다는 결론으로 귀결되는 것은 물론 아니다. 언어의 주관적 해석과 그것의 대상화는 엄연히 다른 것이고, 이것은 비단 меланхолия라는 용어에 국한된 것은 아니다.

이 용어가 마지막으로 사용된 것은 1836년, 즉 푸슈킨의 말기에 해당한다. 이 시기에 푸슈킨은 볼테르에 관한 비평을 썼는데, 여기서 그는 볼테르의 기지를 높게 평가하면서 그것을 меланхолия와 대비시켰다.

이 편지들 중 하나에서 우리는 볼테르의 알려지지 않은 시들을 만나게 된다. 이 작품들 속에는 모방할 수 없는 그의 재능이 어렴풋하게 담겨 있다. 이 시들은 그에게 장미를 보낸 이웃들에게 쓴 것이다.

당신이 보내준 내 정원의 장미들
오래지 않아 꽃을 피웠다네,
사랑스런 나의 안식처!
나는 허영심의 월계수를 거부하려네
아마도 파리에서 그것을 너무 숭배했을 테니.
나는 장미의 돋아 자란 가시들에
너무 자주 손이 찔리네.[21]

여기서 시대에 뒤처진 우리들의 로코코 취향을 인정해야 한다. 이 일곱 구절 속에서 우리는 생각을 왜곡된 표현으로 바꿔치기하는 최신 유행을 쫓아 쓴 여섯 편의 긴 프랑스 시들보다 더 많은 문체, 더 많은 삶, 더 많은 생각을 발견하게 된다. 볼테르의 명확한 언어는 론사르의 호사스런 언어와 대비되고, 그의 생동감은 참을 수 없는 단조로움과 대조되며, 그의 기지는 상스러운 냉소주의 또는 활기 없는 우울증과 비교된다.[22]

위에서 푸슈킨이 언급하고 있는 편지는 볼테르와 브러쉬 사장 간에 오간 미공개 서한을 말한다. 푸슈킨은 볼테르의 시를 비평하면서 한편에서 меланхолия를 기지와 상반된 것으로 이해하고, 다른 한편에서 상스러운 냉소주의와 구분하고 있다. 위 시에서 기지가 빛나는 대목은 마지막 두 구절이다. 볼테르는 장미가 핀 정원을 사랑스런 안식처라고 칭송하지만, 그 장미의 몸 속에서 날카로운 가시가 자라고 있다는 점을 잊지 않는다. 이것은 삶에 대한 냉철한 인식이고, 근본적인 긍정이다. 푸슈킨은 이런 측면들을 삶을 멸시하는 냉소주의나 또 그것과는 반대로 삶을 무기력하게 만드는 우울증과 구분하고 있다. 요컨대, 러시아어에서 меланхолия는 푸슈킨의 손길을 거쳐 근대적인 의미를 획득한 것으로 볼 수 있다.

2) меланхолический(-ая, -ое)

비노그라도프 사전에 따르면 меланхолический가 푸슈킨 저작에서 사용된 회수는 11회이다. 하지만 위에서 보았듯이 이 파생어는 1830년 9월 9일자 편지에서 유사한 단어로 또 다른 용례를 선보인 바 있다. 플레트뇨프에게 보낸 편지에서 시인은 премеланхолическое письмо^{premelankholicheskoye pis'mo}라는 용어를 사용하는데, 이는 전치사 пре-와 меланхолическое의 합성어이다. 전치사 пре-는 형용사와 부사 앞에 붙어 그 의미를 강조하는 역할을 하는데, 여기서는 '아주', '몹시'를 뜻한다. 고로 премеланхолическое письмо는 '몹시 우울한 편지'로 번역된다. 이렇게 보면 푸슈킨 저작에서 меланхолический의 사용 회수는 11회가 아니라 12회이다. 앞서 언급했듯이 меланхолический는 меланхолия에서 나온 파생어로 형용사이다. 그렇기 때문에 меланхолический는 그 자체보다 그것이 꾸며주는 대상의 내용과 성질에 따라 미묘하지만 다양한 뉘앙스를 획득한다. 이 용례들을 연도순으로 정리하면 다음과 같다.

① стройная меланхолическая девушка[1829.8~10]

② стройная меланхолическая девушка[1829.말]

③ меланхолический Якушкин[1830]

④ меланхолической эпиграф[1830]

⑤ меланхолической эпилог[1830]

⑥ меланхолический эпиграф[1831]

⑦ меланхолической прелестию[1831]

⑧ меланхолическую старую песню[1832~1833]

⑨ меланхолическую Элегию[1833.3.14]

⑩ меланхолический характер[1836]

⑪ меланхолическую страницу[1837]

이상에서 알 수 있듯이 푸슈킨은 меланхолический를 1829년 말부터 1833년 초까지 주로 사용하고 있다. 여기서 меланхолический의 꾸밈을 받는 대상은 девушка(devushka / 2회 / 소녀), Якуш-кин(yakusikin / 1회 / 사람이름), эпиграф(epigraf / 2회 / 제사), эпилог(epilog / 1회 / 에필로그), прелесть(prelest' / 1회 / 매력), песня(pesnia / 1회 / 노래), Элегия(elegiya / 1회 / 애가), характер(xarakter / 1회 / 성격), страница(stranitsa / 1회 / 페이지)이다. 이중에서 대상이 사람이거나 그의 성격인 경우가 4회, 대상의 특성인 경우가 1회, 나머지 6회는 모두 작품의 종류이거나 그것의 일부분을 뜻한다. 비노그라도프는 меланхолический의 용례를 크게 두 가지로 구분하고 있다. 하나는 '우울증 성향을 지닌'이라는 의미로, 다른 하

나는 '우울증에 걸린, 침울한, 슬픈'이라는 의미로 사용되었다는 것이
다.[23] 여기서 주목할 점은 후자가 전자보다 우울증의 정도가 심한 경우
라는 것이다. 위에서 제시한 사례들 중에서 ①, ②, ③, ⑩이 전자에 해당
하는 경우이고, ⑦, ⑧, ⑪은 후자의 경우이다. 이런 기준을 나머지 사례
에 적용하면 ④, ⑤, ⑥, ⑨도 후자에 속할 것이다. 그럼 각각의 용례에서
меланхолический의 다양한 뉘앙스에 대해 살펴보도록 하자.

①과 ②는 각각 「서간소설」이라는 제목의 작품과 「1812년 초에…」라
는 미완성 원고에 나온다. ①, ②는 같은 시기에 쓴 것으로 추정되는데
그것은 비슷한 내용과 문장, 표현들로도 확인된다. 시간적으로 무엇이
앞선 것인지 가늠하기 어려운 텍스트의 내용은 아래와 같다.

① 나는 한 가족을 만났다. 아버지는 익살꾼이고, 손님을 좋아하는 사람이
다. 그의 아내는 뚱뚱하고 쾌활한 여자고, 트럼프 놀이를 좋아한다. 딸은
고귀한 분위기 속에서 소설을 읽으면서 자란 17세의 날씬하고 우울한
소녀다. 그녀는 책을 손에 들고 집안 개들에게 둘러싸여 하루 종일 정원
이나 들판에 있다. 그녀는 노래를 부르듯 날씨에 대해 이야기하고, 다정
하게 요리를 대접한다. 나는 오래된 소설들로 가득 찬 그녀의 책장을 발
견했다.[24]

② 1812년 초 우리 연대는 매우 즐겁게 시간을 보냈던 작은 시골 마을에 주
둔했었다. 주변 마을의 지주들은 대개 겨울에 거기에 왔고, 우리는 매일
함께 지냈다. 일요일이면 우리는 귀족단장의 집에서 춤을 추었다. 모두
가 20대의 위급장교들이었던 우리는 사랑에 빠졌고, 많은 친구들은 이
파티에서 여자 친구를 찾았다. 그래서 그 시절의 모든 사소한 일들이 나

에게 잊을 수 없으며, 호기심을 일으키는 것은 놀라운 일이 아니다. 대부분 우리는 시장의 집을 방문했다. 그는 뇌물을 밝히는 익살꾼이었으며, 손님을 좋아하는 사람이었다. 그의 아내는 생기발랄하고 쾌활한 여자였고, 트럼프 놀이를 좋아했다. 그의 딸은 소설을 읽거나 흰 회전목마를 타며 자란 17세의 날씬하고 우울한 소녀였다.[25]

우리는 위 인용문을 통해 작중인물이 만난 17세 소녀가 우울증 성향을 보이고 있다는 점과 두 소녀가 동일인물이라는 사실을 알 수 있다. ①은 ②보다 독자들에게 소녀에 대한 많은 정보를 제공하고 있다. 이중에서 특이한 점은 소녀가 소설 읽기를 좋아하는데, 그 소설이 대부분 오래된 소설이라는 것이다. 소녀의 우울증 성향과 그녀가 탐독하고 있는 오래된 소설 사이에 어떤 연관성이 있는지를 가늠하는 것은 결코 쉬운 일이 아니다. 여기서 소녀가 최신 유행을 뒤쫓지 않는 취향을 가지고 있고, 홀로 지내기를 즐긴다는 점은 주목할 만하다. 하지만 이것만으로 소녀의 우울증 성향을 구체적으로 이해하기란 불가능하다. 이런 점에서 보면 ①, ②에서 사용된 меланхолическая라는 단어는 단순히 소녀의 성향을 지시하는 표현에 불과하다고 할 수 있다.

이에 비해 ③의 경우는 구체적인 실제 인물에 대한 평가라는 점에서 다른 의미를 지니고 있다. 『예브게니 오네긴』10장에 나오는 "우울한 야쿠쉬킨"은 시인의 친구였던 인물의 성향을 소개한다. 하지만 여기서도 푸슈킨은 이에 대해 더 이상 부연설명하지 않는다.

마르스, 바쿠스, 비너스의 친구
루닌은 거기서 대담하게

자신의 결정적인 방책을 제안했고

영감에 차 중얼거렸네.

푸슈킨은 자신의 노엘들을 읽었고

우울한 야쿠쉬킨은 잠자코

황제를 시역하려는 단검을

꺼내 보이려 했다네.

세상에서 오직 러시아만을 보고

스스로의 이상을 쫓으며

절름발이 투르게네프는 그들에게 귀 기울였고

노예의 채찍을 증오하며

이 귀족 무리들 속에서

자유를 얻은 농노들을 예견했네.[26]

이반 드미트리예비치 야쿠쉬킨I. Yakuskin은 데카브리스트 중 하나로 매우 독특한 성품과 재능을 타고난 인물로 알려져 있다. 친구들은 외모에서 풍기는 침착함과 평온함 뒤에 숨겨진 그의 감수성이 풍부하고 정열적이며 단호한 성격에 주목했는데, 모스크바대학에서 그와 함께 수학했던 그리보예도프는 자신의 걸작 『지혜의 슬픔』에서 주인공 차츠키를 그리면서 데카브리스트 중에서 차다예프P. Chadayev, 큐헬베케르B. K. Кюхельбекер뿐만 아니라 야쿠쉬킨을 염두에 두었던 것으로 알려져 있다.[27] 푸슈킨이 묘사한 위 장면은 차다예프의 방에서 있었던 비밀회합에서 데카브리스트 지도자들을 만난 일화를 담고 있다. 그는 야쿠쉬킨의 독창적인 능력과 단호한 성격을 높이 평가했다. 그럼 그리보예도프A. Griboyedov의 차츠키란 어떤 인물인가? 차츠키는 영민한 두뇌의 소유자로 특히 말솜씨가 탁월한 인물로 형상화되어 있다. "말하는 건 어떻고! 글 쓰듯 말하네!"[28] 『지혜의 슬픔』에 나오는 한 등장인물의 차츠키에 대한 평가이다. 그는 또 매우 자존심이 강한 자유사상의 신봉자였다.[29] 차츠키는 극중에서 귀족사회에 대해 가차 없이 독설을 퍼붓는데, 그런 성격의 이면에는 복잡한 내면이 자리하고 있다. "알렉산드르 안드레이치 차츠키처럼 / 예민하고, 쾌활하며, 신랄한 사람이 어디 있는가!" 그런데 푸슈킨이 야쿠쉬킨을 우울한 인물로 묘사한 이유는 무엇일까. 그것은 아마도 야쿠쉬킨의 뛰어난 문학적 재능과 면모를 시인 스스로 평가한 결과가 아닐까. 야쿠쉬킨은 1808년에서 1811년 사이에 모스크바대학의 어문학부에 다니면서 당시 유명한 시인이자 비평가였던 메르즐랴코프A. Merzlyakov의 러시아문학 강의를 열심히 들었고, 훗날 『데카브리스트의 수기』라는 저작을 쓰기도 했다. 다시 말해 야쿠쉬킨은 혁명가뿐만 아니라 작가로서의 면모 또한 지니고 있었고, 그런 모습이 시인에게 '우울한'이라는 인상을 남겼을 수도 있다. 아니면 당시 회합에서 야쿠쉬킨의 심적 상태를 이렇게 기록했을 가능성도 있다. 그는 황제를 살해하려고 단검을 품고 있었는데, 이 극단적인 상황이 야쿠쉬킨의 내면에 투영되어 '우울한'이라는 성격이 탄생된 것인지로 모른다. 아무튼 '우울한 야쿠쉬킨'은 실존인물에 대한 평가라는 점에서 남다른 의미를 지니고 있다고 할 수 있다.

이와 유사하게 меланхолический라는 용어가 사용된 용례가 또 하나 있다. ⑩의 경우가 그것이다. 여기서 '우울한 성격'의 소유자는 바로 『지혜의 슬픔』의 작가인 그리보예도프이다. 푸슈킨은 터키의 아르즈룸을 여행 중에 그리보예도프에 대한 인상을 남겼는데, 여기서 그리보예도프는 우울한 사람으로 묘사되어 있다.

나는 1817년 그리보예도프를 만났다. 그의 우울한 성격, 표독한 이성, 선량함, 약점과 결함, 인류애, 그의 모든 것이 유별나게 매력적이었다. 재능과 야망을 비슷하게 지니고 태어난 그는 오랫동안 자질구레한 욕구와 미지의 세계에 파묻혀 있었다. 정치가로서의 능력은 발휘되지도 못했다. 그리고 시인의 재능은 인정되지 않았다. 그의 냉정하고 눈부신 용기조차도 얼마간 의심을 받았다. 몇몇 친구들은 그의 가치를 알고 있었지만 그의 비범함을 말하는 순간 어리석고 견딜 수 없는 불신의 미소를 지었다. 사람들은 오직 명성만을 신뢰하고, 어느 특수 기마중대도 통솔해본 적이 없는 어떤 나폴레옹이나 『모스크바 통보』에 글 한 줄 발표한 적이 없는 또 다른 데카르트를 그들에게서 발견할 수 있다는 점을 이해하지 못한다. 그러나 명성에 대한 우리의 존경심은 아마도 자기애에서 오는 것이다. 영광의 일부에는 결국 우리의 목소리가 포함되어 있다.[30]

그리보예도프는 러시아 역사에서 가장 뛰어난 천재들 중 하나로 손꼽히는 인물이다. 그는 6살 때 이미 3개 외국어를 자유자재로 구사했고, 청소년기에는 영어, 프랑스어, 독일어, 이탈리아어, 라틴어, 고대 그리스어 등 6개 언어에 통달했다. 13살이었던 1808년 모스크바대 어문학부 대학원을, 1810년에는 법학부 대학원을 졸업했고, 그밖에 수학, 자연과학 전공학위를 받았다. 앞서 『지혜의 슬픔』을 언급했듯이 그리보예도프는 작가로서 러시아문학사에 중요한 업적을 남길 정도로 탁월한 문학적 재능을 발휘했다. 그는 또한 정치가, 외교관으로서도 뛰어난 활약을 했다. 그는 페르시아 특사를 역임했고, 이 공직생활로 인해 테헤란에서 비극적인 죽음을 맞이했다. 그리보예도프는 음악에도 뛰어난 재능을 타고나서 작곡과 피아노연주에도 일가견이 있었다. 푸슈킨이 아르즈룸으로 여행을 떠난 것은 그가 사망하기 직후였고, 러시아와 페르시아는 복잡한 외교적 긴장관계에 있었다. 당시 페르시아 특사였던 그리보예도프는 이 문제로 인해 매우 골머리를 썩고 있었다. 급기야 그는 수천 명의 폭도들이 러시아 대사관을 점령하고 외교관들을 무참히 살해하는 사건의 희생자가 되었다. 그의 시신은 크게 훼손되었는데, 젊은 시절 결투로 인해 큰 상처를 입었던 왼손 덕분에 시체를 수습할 수 있었다.

푸슈킨은 여행 중 그루지아의 수도 트빌리시로 운구되던 그리보예도프의 시신과 우연히 마주쳤다. 그는 망연자실한 표정으로 친구의 주검을 대하면서 한 해 전에 페테르부르크에서 만났던 장면을 떠올렸다. 그때는 그리보예도프가 페르시아로 떠나기 직전이었다. 시인의 회상에 따르면 그리보예도프는 당시 비극적 상황을 감지하고 있었다. "그는 슬픔에 젖어 있었고 이상한 예감을 가지고 있었다. 나는 그를 진정시키고 싶었다. 그는 나에게 말했다. '당신은 아직도 이 사람들을 모른다. 유혈사태가 일어나는 것을 보게 될 것이다.'"[31] 결국 그리보예도프의 예언적 말은 사실이 되었다. 푸슈킨은 그리보예도프의 최후를 보면서 1817년 그를 만났던 기억을 떠올렸다. '우울한 성격'이란 이런 맥락에서 등장한 친구에 대한 인상이다. 1817년은 그리보예도프가 유명한 '4인의 결투'를 벌였던 해였다. 자바도프스키와 셰레메테프, 그리보예도프와 야쿠보비치가 그들이다. 그해 겨울 그리보예도프는 자바도프스키 집에 함께 살고 있었다. 그는 친교를 맺고 있었던 페테르부르크 발레단의 유명한 무용수 아브도티야 이스토미나를 공연이 끝난 후 다과회에 초대하며 친구의 집으로 데려왔다. 그런데 이스토미나의 연인이었던 셰레메테프는 그녀와 다투고 헤어졌지만, 기병소위였던 친구 야쿠보비치의 선동에 못 이겨 자바도프스키에게 결투를 신청했다. 그런데 이 결투는 이상한 곳으로 번져 입회인이었던 그리보예도프와 야쿠보비치의 결투로까지 이어졌다. 뛰어난 사수였던 자바도프스키는 셰레메테프에게 치명적인 부상을 입혔다. 입회인들은 그를 신속히 도시로 옮겨야만 했고, 그런 이유로 두 번째 결투는 연기되었다. 그리고 다음해인 1818년 우연히 공무로 그루지야에서 다시 만난 입회인들의 결투가 성사되었다.

푸슈킨은 우여곡절이 많았던 그리보예도프를 회상하며, 그를 우울한 성격의 소유자라고 평가하였다. 그리고 이러한 생각은 그의 파란만장한 삶에 대한 서술로 이어진다.

그리보예도프의 삶은 몇 가지 암운이 드리워져 있었다. 그것은 그의 불같은 열정과 필할 수 없는 상황 때문이었다. 그는 자신의 젊은 시절을 영원히 청산하고 새로운 삶을 살아야할 필요를 느꼈다. 그는 페테르부르크의 무위도식하는 생활과 작별을 고하고, 8년간 고독하고 고단한 업무에 매달려야 했던 그루지야로 떠났다. 1824년 모스크바로 귀환한 것은 그의 인생에서 중요한 전환점이었고, 계속된 성공의 시작이었다. 그의 희극『지혜의 슬픔』은 엄청난 반향을 불러일으켰고, 갑자기 그를 최고의 시인들 반열에 올려놓았다. 얼마 후 전쟁이 개시된 지역에 대한 완벽한 지식을 갖게 된 그에게 새로운 인생행로가 열렸다. 그는 특사로 임명되었다. 그는 그루지야로 가서 사랑하는 여인과 결혼을 하였다 (…중략…) 그의 폭풍 같은 인생의 마지막 몇 년은 가장 빛나는 시기였다. 대담하고 열악한 전투의 한가운데서 그에게 닥친 죽음 자체는 그리보예도프에게 전혀 끔찍한 일도 아니며, 괴로운 일도 아니다. 그 죽음은 찰나적이고 아름답다.[32]

푸슈킨이 그리보예도프를 우울한 성격의 소유자로 기록한 것은 부침이 심했던 그의 인생, 비극적 최후와 밀접한 관련이 있을 것이다. 다시 말해 그리보예도프의 우울한 성격은 그의 비극적 상황과 최후에 국한된 것일 수 있다. 이에 대해서는 데카브리스트이자 그리보예도프의 친구였던 표트르 베스뚜제프P. Bestuzhev가 기록한 회상기에서 잘 나타나 있다. "현대와 미래의 엄격한 도덕주의자들은 작금의 불안정한 세기에 벌어지고 있는 끊임없는 비극 속에서는 무엇보다 상황이 중요하게 작용할 수밖에 없으며, 머리 좋은 사람들은 이러한 상황은 무시하거나 극복할 수 있는 것이 아니라는 것을 느끼며 필연적으로 그 부담을 지고 가야한다는 것을 알고 있다. 이런 연유로 우울증과 흡사한 질병이 그그리보예도프—인용자에게 발생하지 않았나 생각한다."[33] 하지만 『지혜의 슬픔』의 작가가 실제로 우울증 환자였는지는 알 수 없다. 이런 점에서 그에게 헌사된 меланхолический характер가 '우울증 성향이 있는'이라는 의미로 사용된 것이라는 비노그라도프의 해석은 정당한 것이다.

이에 비해 ④ меланхолической эпиграф, ⑤ меланхолической эпилог, ⑥ меланхолический эпиграф, ⑦ меланхолической прелестию, ⑧ меланхолическую старую песню, ⑨ меланхо-лическую Элегию, ⑪ меланхолическую страницу는 우울증과 직접적인 관련이 있다고 할 수 없다. 이것은 '슬픈', '침울한'이라는 의미에 가깝다. 위 용례는 모두 작품의 내용을 지칭하는 사례들이다. 그럼 이에 대해 구체적으로 살펴보도록 하자. 먼저 ④와 ⑥는 같은 내용인데, 이것은 자신의 작품에 대한 비평가들의 견해에 대해 반박하는 글에서 등장하는 용례이다. 그것은 푸슈킨의 서사시 『폴타바』에 관한 것이다.

『유럽통보』에서 비평가들은 서사시의 제목이 잘못되었다고 지적했다. 그리고 바이런을 떠올리게 하지 않기 위해 내가 마제파라고 하지 않았을 것이라고 말했다. 옳은 지적이다. 하지만 또 다른 이유가 있었는데 그것은 제사 때문이었다. 예컨대 초고에서 '바흐치사라이 분수'는 제목이 하렘이었지만 우울한 제사(전체시보다 훨씬 좋음)가 나를 유혹했었다.[34, 35]

푸슈킨은 『폴타바』의 제목이 마음에 들지 않는다는 의견에 대해 작품의 제목이란 여러 가지 이유로 결정되는 것이라고 반박하며, 그 예로 『바흐치사라이 분수』라는 작품의 제목을 예로 들고 있다. 여기서 '우울한 제사'란 이 서사시의 제사를 말하는데, 이것은 페르시아의 시인 사디의 작품에서 인용한 것이다. 제사는 다음과 같다.

> 많은 이들이 나처럼
> 이 분수를 찾아왔건만
> 더러는 이미 세상을 하직했고
> 더러는 먼 곳으로 떠나갔구나.

푸슈킨이 사용한 меланхолической эпиграф는 위 제사 중 특히 마지막 두 구절을 가리킨다. "더러는 이미 세상을 하직했고 / 더러는 먼 곳으로 떠나갔구나" 이것은 내용상 우울증과 직접적인 관련이 없다. 다시 말해 제사에 나오는 삶의 덧없음에 대한 슬픔을 뜻할 뿐이다. 다시 말해 '우울한'이라는 단어는 개별적인 인물의 병적 상태를 지칭하는 것이 아니라 인간의 삶이 지니고 있는 슬픔이라는 보다 포괄적인 내용을 의미한다.

푸슈킨은 1830년 막시모비치[M. Maximovich]가 출판한 작품연감에 대해 「아침노을」이라는 제목의 비평문을 쓴 바 있다. 이 글의 마지막 대목에는 비평가 키레예프스키[G. Kirievsky]의 견해에 대한 반박이 나오는데, 그 맥락은 대략 다음과 같다. 키레예프스키는 당시 러시아문학의 수준과 그 성과를 유럽문학과 비교하면서 매우 비관적인 생각을 다음과 같이 피력했다. "우리가 다른 국가의 문학과 관련하여 우리 문학을 고려한다면, 모든 정신적 보물들을 우리 앞에 펼쳐 놓은 계몽된 유럽인이 '당신 문학은 어디 있습니까? 유럽에 자랑스러워 할 수 있는 것은 무엇입니까?'라고 우리에게 묻는다면, 어떻게 말할 것인가?" 이에 대해 푸슈킨은 다음과 같이 답한다. "우리는 그에게 제르좌빈의 몇몇 작품, 쥬코프스키와 푸슈킨의 여러 시, 크릴로프의 우화, 폰비진과 그리보예도프의 희곡들을 제시할 것이다." 그러면서 푸슈킨은 러시아문학의 수준이 아직 유럽과 비교하여 월등하지 않다는 점을 스스로 인정한다. 하지만 그는 러시아의 현재보다 미래에 희망이 있다고 강조하면서 키레예프스키의 주장을 신랄하게 비꼬고 있다. ⑤는 바로 이런 맥락에서 쓰여진 것이다. "우리는 이 우울한 에필로그를 읽은 후에 미소를 지었다. 그리고 23세의 평론가가 흥미롭고 웅변적인 문학 비평을 쓸 수 있는 곳에서 문학이 존재하며 성숙의 시기가 멀지 않았다는 것을 키레예프스키에게 알려준다."[36] 여기서 23세의 비평가는 키레예프스키를 지칭한다. 푸슈킨이 쓴 меланхолической는 '비관적인'이라는 의미를 지니는데, 키레예프스키가 러시아문학의 미래에 대해 부정적인 주장을 한 것에 대해 비판적인 입장을 이렇게 표현한 것이다. 하지만 이 또한 우울증과 같이 한 개인의 심각한 정신적 상태를 지칭하는 것과는 거리가 멀다.

⑦은 프랑스 근대 비평의 아버지라고 불리는 생트 뵈브^Charles Augustin Sainte-Beuve가 1829년에 발표한 시집 『조제프 들로름의 생애, 시, 사상』에 대한 푸슈킨의 비평문에 나온다. 이 시집의 내용은 고인이 된 시인의 친구들이 들로름의 결점들과 그에 대한 오해들이 그의 어리숙함, 고통스

런 정신 상태 및 육체적 고통에서 기인하는 것이라고 이해를 구하며, 그의 유고에서 발견된 시편들, 사상에 관한 글들을 대중에게 소개하는 것으로 구성되어 있다. 푸슈킨이 자신의 글에서 인용하고 있는 생트 뵈브의 시는 자살을 생각하는 서정적 자아의 고통스러운 고백과 우울한 분위기로 가득 차 있다. 푸슈킨은 그의 시를 소개하며 "예컨대 그는 얼마나 우울한 매력으로 자신의 뮤즈를 묘사하고 있는가!"[37]라고 지적한다. 그리고 이어지는 생트 뵈브의 시 구절은 다음과 같다.

아니, 내 뮤즈는 화려한 후궁이 아니야,

윤기 나는 검은 머리카락과 미인의 긴 눈초리를 한

가슴을 드러낸 채 거친 숨소리를 내며 춤추는 여인이 아니야,

그녀는 젊고, 홍조 띤 얼굴을 한 요정이 아니야.

(…중략…)

나의 사랑하는 뮤즈는

처녀도, 울고 있는 미망인도 아니야,

그녀는 가신이 없는 탑이나 황폐한 수도원에서

아치 밑을 헤매고 있는 의지할 데 없는 이야,

생트 뵈브는 이 매력적인 장면을 폐병에 대한 의학적인 설명으로 끝낸다. 그의 뮤즈가 피를 토한다.

가슴이 찢어질 듯한 기침소리가

그녀의 노래를 방해하고, 거친 휘파람 소리를 내지른다,

그리고 그녀의 아픈 가슴은 피를 뿜어낸다.

하지만 여기서 меланхолической가 의학적인 의미와 뉘앙스를 지니고 있다고 보기는 어렵다. 그것은 푸슈킨이 인용한 생트 뵈브의 시의 우울한 분위기, 슬픈 정조 등을 가리킬 뿐이다. 이것은 푸슈킨이 인용하고 있는 생트 뵈브 시의 마지막 부분에서도 확인된다. 푸슈킨이 탁월한 애가哀歌라고 칭한 작품은 이렇게 마무리된다. "아, 무의식적으로 나는 다시 슬픔에 빠진다. / 긴 시간이 빨리 지나간 것 같아, / 폭풍우, 불행, 의무 상실, / 오, 제발, 저녁이 빨리 올 것 같다!" 다시 말해 меланхолической는 뮤즈의 우울한 매력과 시의 슬픔 정조"아, 무의식적으로 나는 다시 슬픔에 빠진다"를 나타내는 역할을 하고 있는 것이다.

『두브로프스키』는 푸슈킨의 미완성 장편소설이다. 이 작품은 서로 적대적인 두 집안의 자식인 블라지미르 두브로프스키와 마리야 트로예쿠로바의 사랑을 다루고 있다. 아래의 장면은 작품의 마지막 장에 나오는 한 대목이다. 로빈 후드가 되어 숲속에서 강도 무리를 이끌고 있는 두브로프스키는 부상을 당한 채 오두막 안의 행군용 간이침대에 누워있다. 강도 무리는 점심 식사를 마치고, 보초를 서던 스테프카가 슬픈 노래를 목청껏 부르는 장면이다. "보초는 제 일을 끝마치고 낡아빠진 옷을 털고는 헝겊 조각을 대 기운 것에 만족해하면서 바늘을 소매에 꽂고 대포의 꼭대기에 앉아 목청껏 우울한 옛 노래를 부르기 시작했다."[38] 그리고 ⑧의 내용은 다음과 같다.

소리 내지 말아요, 어머니, 초록의 떡갈나무여!
방해하지 말아요, 젊은이, 깊이 생각해봐요.

노래의 생명은 가사가 아니라 가락이다. 위 노래의 가사는 매우 음울한 선율을 타고 울려 퍼진다. 이 또한 меланхолической가 인간의 특정한 정신적 질환을 의미하는 것이 아니라 일반적인 슬픔을 지칭하고 있다는 것을 의미한다.

⑨는 「파벨 카테닌의 저작과 번역시」라는 제목의 짧은 평문에 나온다. 카테닌P. Katenin은 19세기 전반기에 활동한 러시아 시인이자 번역가, 희곡작가로 푸슈킨과 친분이 있었다. 그는 데카브리스트의 일원이었으며, 단테의 『지옥』을 러시아어로 번역한 것으로도 유명하다. 푸슈킨은 이 글에서 카테닌의 대표적인 작품과 번역시, 희곡을 간명하고 명쾌하게 서술하고 있다. 그는 독일 시인 뷔르거G. A. Bürger의 발라드 『레노라』을 의역한 『올가』와 발라드 『살인자』를 평가하고, 다음과 같이 글을 마무리 짓고 있다.

현재 출판된 이 책에서 교양 있는 독자들은 목가적인 자연을 매혹적이고 충실하게 이해한 전원시를 발견할 것이다. 그것은 게스너 풍이나, 형식에 얽매여 있으며 인공적인 것이 아니라 고대의 단순하고 광활하며 자유로운 자연이다. 그리고 이 전원시는 우울한 애가이고, 『지옥』 세 편에 대한 탁월한 번역이며, 흥미롭고 시적인 민중의 연대기인 시드에 관한 로망스 모음집이다.[39]

여기서 '게스너 풍'이란 18세기에 활동했던 스위스 전원시인 살로몬 게스너Salomon Gessner의 작품세계와 분위기를 일컫는다. 푸슈킨은 게스너를 예로 들면서 당시 러시아 전원시를 비평한 적이 있다. 푸슈킨은 카테닌의 전원시를 게스너 풍과는 다른 것으로 평가하면서 그의 특징 중 하나를 우울한 애가라고 지적한다. 다시 말해 ⑨에서 меланхолической는 위에서 설명한 ⑧의 의미와 크게 다르지 않다.

⑪은 1837년 푸슈킨 사후에 『현대인』에 발표된 「잔다르크의 마지막 후손들」이라는 글에 나온다. 잔다르크 오빠의 후손인 듈리스^{Dulys}라는 사람이 프랑스 혁명 직후 영국으로 건너가 살다가 1836년 런던에서 사망했는데, 그와 볼테르^{Voltaire}가 주고받은 서한이 출판되어 화제가 되었다. 이 서한의 내용에 대해 영국 기자가 기사를 작성한 것이 있는데, 푸슈킨은 그 기사의 한 대목을 인용하면서 글을 마무리하고 있다. 요지인즉슨 영국은 잔다르크의 마지막 후손들에게 피난처를 제공했는데, 프랑스는 대체 무엇을 했는가? 하고 힐난하는 내용이다. 여기서 меланхолической가 나오는 부분은 다음과 같다. "프랑스는 그녀의 연대기 중에서 가장 우울한 페이지를 더럽힌 피 묻은 얼룩을 씻어내기 위해 어떤 노력을 했던가? 사실, 잔다르크의 친척들에겐 귀족의 작위가 주어졌으나 그들의 자손은 아무도 모르게 구차한 생활을 하고 말았다."[40] ⑪이 앞선 사례들과 다른 점은 그것이 푸슈킨이 직접 쓴 것이 아니라 인용한 것이라는 점이다. 하지만 그 의미와 뉘앙스는 푸슈킨의 다른 예들과 크게 다르지 않다. 푸슈킨이 인용한 부분은 영국 기자가 쓴 것으로 원문에서는 영어를 러시아어로 번역되어 소개되어 있다. 이는 меланхолической라는 말이 러시아뿐만 아니라 영국에서도 유사한 의미로 사용되었다는 사실을 반증한다. 우리는 이런 사실을 통해 푸슈킨의 용례가 단지 러시아에 국한된 것이 아니라 유럽 전역에서 공통적으로 사용되었던 용례와 관련이 있다는 사실을 알 수 있다.

4. 러시아 의학사전과 멜랑콜리

푸슈킨이 멜랑콜리라는 용어를 사용하게 된 구체적인 경로를 확인하는 것은 불가능해 보인다. 그것은 이 용어에 대한 푸슈킨 자신의 특별한 설명이 기록된 자료가 없다면 쉽지 않은 일이다. 하지만 러시아에서 이 용어가 언제, 어떻게 사용되었고, 또 그것이 일반인에게 확산된 과정을 확인할 수 있다면, 푸슈킨이 멜랑콜리라는 용어를 사용하게 된 저간의 상황을 추론할 수는 있을 것이다. 이를 위해서는 19세기 초 유럽과 러시아에서 발간된 의학사전을 살펴볼 필요가 있다. 애초에 멜랑콜리라는 용어는 의학 용어로서 사용된 것이고, 그것이 가장 정확하게 설명된 것은 의학사전이기 때문이다. 여기서는 러시아 의학사전을 중심으로 살펴보도록 하자.

라틴어, 러시아어 및 프랑스어로 된 최초의 의학 용어사전이 러시아에서 출판된 것은 1783년이다. 러시아 최초의 조산술 교수였던 H. M. 암보디크-막시모비치N. Ambodic-Maksimovich가 편집한 『해부학 및 생리학 사전』이 그것이다. 약 4,000개의 항목을 포함하고 있는 이 사전에서 러시아어 항목들은 "교회 및 시민과 관련된 다양한 인쇄물, 고서 및 신간과 원고들"에서 발췌한 것이고, 자신이 직접 작성한 것도 포함되어 있다. 그다음 저작인 『의학 병리 외과학 사전』[1785]은 "인체에 존재하는 질병들과 증상들의 이름은 물론 특정 조작을 수행하기 위해 외과학에서 사용되는 장치, 수술, 드레싱"이 수록되어 있다.[41] 하지만 이 사전들에는 멜랑콜리라는 항목이 없다. 그것은 암보디끄-막시모비치의 사전이 의학의 특정 분야, 즉 해부학이나 병리 외과학에 특화된 사전이었기 때문이다.[42] 이와 관련해서 또 하나 주목할 것은 『러시아 과학 아카데미 사전』[1789~1794]

이다. 이 사전은 최초의 러시아어 과학 아카데미 사전으로 600단어 이상의 러시아어 의학 어휘를 포함하고 있다. 사전의 의학 부분은 저명한 러시아 과학자이자 의사들인 A. П. 프로타소프A. Protasov와 H. Я. 오제르츠코프스키N. Ozertskovsky가 작성한 것이다. 이 사전에는 일반인들이 사용하는 러시아어 의학용어뿐만 아니라 그리스어와 라틴어에서 유래한 의학용어들이 수록되어 있다. 예컨대 이 사전에는 1761년 쉐인이 만든 염증воспаление / vospaleniye이라는 용어가 있다. 이 용어는 라틴어 단어 inflammatioinflammo는 러시아어로 '불 지르다', '불붙이다'라는 의미에서 파생된 것이다.[43] 그러나 이 사전에도 또한 멜랑콜리라는 용어는 등장하지 않는다.[44] 이것은 18세기 후반까지 러시아 사회에서 멜랑콜리라는 용어가 일반화되지 않았다는 것을 반증한다. 멜랑콜리는 주로 정신의학에서 사용하는 전문어로 이 용어의 일반화는 러시아 정신의학의 역사와 깊은 연관이 있다. 러시아에서 서구의 정신의학이 본격적으로 소개된 것은 19세기 전반기였고, 정신의학 용어가 러시아어로 번역되고 또 러시아어 용어가 체계화된 것도 이 시기부터였다.[45]

러시아 의학용어 사전이 질적으로 새로운 모습을 보인 것은 1835년 상뜨 페테르부르크의 러시아 의사협회 설립자이자 초대 회장이었던 A. H. 니키틴A. Nikitin이 편집한 『의료 사전』이라고 할 수 있다. 이 사전은 의학용어에 대한 자세한 설명이 제시되어 있는 러시아 최초의 의학 사전이었다. 19세기 전반의 러시아 의료계는 "러시아어에 대한 심도 있는 지식과 러시아어 의학 문헌에 대한 광범위한 통찰을 보여준" 니키틴의 연구에 찬사를 보냈다.[46] 니키틴의 사전에는 멜랑콜리라는 항목이 등장한다. 이것은 러시아 의학사전에서 멜랑콜리에 대해 과학적인 설명을 서술한 최초의 사례이다. 그리고 이 용어에 대한 니키틴의 설명은 위에서

살펴본 푸슈킨의 용례와 비교하여 크게 다르지 않다. 멜랑콜리는 멜랑
콜리아에서 유래한 용어로 그 설명은 다음과 같다.

> 멜랑콜리아[Melancholia] — 멜랑콜리는 잘못된 판단으로 하나의 대상을 향해
> 끊임없이 정신을 집중하는 것으로 인해 발생한다. 멜랑콜리는 원인에 따라 다
> 음과 같이 다양한 형태가 있다. 잘못된 종교적 표상이 환자의 관념의 영구적
> 인 대상이 되었을 때 발생하는 종교적 멜랑콜리[m.religiosa], 환자가 심하게 하나
> 의 목적을 갈망하고, 그것을 추구하는 광란적 멜랑콜리[m.enthusiastica], 사랑에 빠
> 진 사람들의 멜랑콜리[m.Erotomania], 환자가 한 장소에서 움직이지 않고 서있는
> 정신적 허탈상태의 멜랑콜리[m.attonita], 환자가 슬프게 고독을 찾고, 한순간도
> 평안하게 한 장소에 머무를 수 없는 멜랑콜리[m.errabunda], 침울[m.anglica Spleen], 환
> 자가 자기 안에 불결한 정신이 있다고 여기는 멜랑콜리[m.demonica], μέλας는 검
> 은, χολή는 담즙, 왜냐하면 피가 농축되어 검은 담즙이 되면 자주 광기의 원인
> 이 되기 때문이다.[47]

니키틴의 사전은 1835년에 출판되었지만, 사전이라는 것이 새로운
용어와 그에 대한 설명을 서술하기도 하지만 이미 일반화된 용어와 그
용례를 다룬다는 점을 상기할 필요가 있다. 다시 말해 이 사전에서 니키
틴은 이미 러시아 사회에서 통용되고 있던 멜랑콜리라는 의학용어를 다
루고 있다는 말이다. 앞서 살펴보았듯이 푸슈킨이 이 용어를 처음 사용
한 것이 1829년 말이고, 이에 앞서 카람진은 1800년에 멜랑콜리라는 단
어를 차용했다. 이런 점에서 러시아 사회에서 멜랑콜리라는 용어는 19
세기 초부터 사용되었던 것으로 보인다. 하지만 둘 사이에는 분명한 차
이가 있다. 카람진은 이 용어를 서구식으로 사용하면서 그것을 감상주

의로 포장했지만 푸슈킨은 의학용어 본래의 의미를 비교적 정확히 사용하면서 멜랑콜리를 러시아적으로 변용시켰다. 즉 푸슈킨의 용례를 통해 멜랑콜리라는 용어가 러시아인의 삶, 정신, 정서를 반영하기 시작했다는 말이다.

이와 관련해서 달리의 사전에 수록된 멜랑콜리 항목은 이런 가설을 한층 설득력 있게 만든다. 달리의 사전은 1863년에서 1866년 사이에 처음으로 출간된 것으로, 19세기 러시아어 사전의 대표적인 사례라고 할 수 있다. 달리는 귀족층의 언어가 아니라 러시아 민중들이 일상적으로 사용하는 단어와 그것의 의미 및 용례 등을 상세히 수집하고 분류했다. 이런 점에서 달리의 사전은 19세기 러시아 민중들이 사용했던 러시아어의 의미를 정확히 이해하는데 필수적인 자료인 셈이다. 사전은 "러시아문학 애호가협회"에서 발행했으며, 처음에는 소책자의 형태로 나누어 출간되다가 나중에 그것을 모은 것이다. 이 사전에 따르면 멜랑콜리라는 단어는 당시에 다음과 같이 이해되었다. "사려 깊은 우수, 침울함, 말 없는 절망, 특별한 원인이 없는, 세상에 대한 어두운 시선, 인생의 권태, 우울증, 심기증^{hypochondria}."[48] 사전에는 멜랑콜리 외에 '우울증 환자^{멜랑콜리크}', '우울한^{멜랑콜리한}'이라는 파생어도 수록하고 있는데, 이에 대한 설명은 '멜랑콜리'에서 크게 벗어나지 않는다. 달리의 사전에 나타난 멜랑콜리의 의미와 용례는 푸슈킨의 경우와 유사하다. 게다가 달리 자신이 의사였고, 그의 사전에 수록된 러시아어 의학용어들은 당시 러시아 의료계뿐만 아니라 일반 민중들에게 일반화된 것이라는 점을 상기한다면 푸슈킨의 멜랑콜리 용례가 러시아어 역사에서 얼마나 중요한 의미를 차지하고 있는 것인지를 알 수 있다.

19세기 러시아 의학사전의 발달은 당시 유럽에서 발간된 다양한 의학사전과 불가분의 관계가 있다. 가령 19세기 유럽에서 출판된 의학사전의 가장 대표적인 것 중 하나인 아델롱과 니콜라 필리베르의 『의학 사전』[1782~1862]에 따르면 멜랑콜리는 우울증과 연관된 포괄적인 의미를 가지고 있는 용어였다.[49] 40권으로 구성된 이 사전에서 멜랑콜리에 대한 설명은 거의 소책자 분량에 가깝다. 이것은 러시아 의학사전과 비교하면 질적으로나 양적으로 현격한 차이가 있다. 하지만 당시 출판된 유럽의 의학사전이 러시아 사회에 어떻게, 얼마나 소개되었고, 그것이 러시아 의학사전에 어떤 영향을 주었는지는 이 글에서 다룰 수 있는 주제의 범위를 벗어나는 것이다. 이 주제에 대해서는 또 다른 후속 작업이 필요할 것이다.

제1장

삶과 죽음의 세 가지 유형

톨스토이의 「세 죽음」을 중심으로

1. 죽음의 의미

역설적으로 들리겠지만 죽음은 생명의 본질이다. 생명 혹은 생명체를 어떻게 규정할 것인가는 그것을 이해하는 사람에 따라 약간의 차이가 있을 수 있다. 그러나 생명을 가지고 있는 존재는 종국에 가서 반드시 죽는다는 사실을 부정할 사람은 없을 것이다. 죽음은 생명체만이 직면할 수 있으며, 죽음에 대한 고려 없이 생명을 정의하거나 그 본질을 논하는 것은 불가능하다. 다시 말하자면 죽음이란 생명을 지니고 있는 존재만이 경험할 수 있는 하나의 과정인 것이다. 생명이 없으면 죽음도 없고, 죽음이 없다면 그것은 생명체라고 할 수 없다. 그렇다면 죽음은 생명의 반의어가 아닐 수도 있다. 왜냐하면 생명의 본질은 어디까지나 생명 그 자체이기 때문이다.

천체 물리학자들의 이론에 따르면 우주는 약 150억 년 전에 일어난 '대폭발 Big Bang'로 태어났다고 한다. 빅뱅 이후에 우주는 계속 팽창하고 있다. 우주는 자체의 중력을 이겨내면서 팽창하고 있기 때문에 그 속도는 점점 느려지고, 언젠가는 팽창을 멈출 것이다. 그리고 팽창이 멈추는 순간부터 우주는 오그라들기 시작해서 마침내는 모든 물질이 하나로 뭉치는 '대충돌 Big Bounce'로 끝나게 될 거라고 예측하고 있다. 너무 거창한 이야기를 예로 든 감이 없지 않지만 우주라는 거대 공간에서도 생명과 죽음의 문제는 본질적으로 다르지 않다. 대상을 이해하는 인식 지표의 거시성과 미시성 사이의 차이는 있을망정 우주도 인간과 마찬가지로 태어나고 반드시 죽는다. 왜냐하면 우주도 하나의 거대 생명체이기 때문이다.

생명과 죽음의 법칙은 현미경으로만 확인할 수 있는 미시적 세계에서도 엄연히 존재한다. 영국의 저명한 면역학자인 매리언 캔들^{Marion D. Kendall}에 의하면 인간의 육체가 하나의 조화로운 세계를 유지하기 위해 끊임없이 세포의 죽음이 진행된다고 한다. 우리 몸 전체가 살기 위해서는 쓸데없는 세포들이 죽는 과정이 필요하고, 그래야만 건강한 육체를 유지하고 생활을 즐기게 도와준다는 것이다. 그의 연구결과는 생명과 죽음의 관계에 대한 흥미로운 문제들을 제기하는데, 그것은 생명체의 죽음이 생명체의 탄생과 유지를 위해 필수적이라는 것이다. 즉, 세포의 죽음은 곧 세포의 생명과 불가분의 관계에 있는 것이다. "세포의 죽음은 아주 흥미롭다. 세포의 죽음은 무서운 것이 아니다. 오히려 손상되고, 질병에 걸리고, 쓸모없는 세포들을 제거하는 과정이야말로 생명을 구제하는 것이다. 우리 몸이 살아남기 위하여 세포들이 죽을 필요가 있다. 그것은 위험하지만 어쩔 수 없는 세포죽음이다. (…중략…) 결국 우리는 언젠가 죽는다는 사실을 직시해야 한다! 다행히도 우리의 아이들이 삶을 이어가 줄 것이다."[1]

그러나 인간에게 있어서 삶^{생명의 연속 혹은 과정}과 죽음의 문제는 특수한 의미를 지니고 있다. 그 '특수성'은 우리가 확인할 수 있는 범위 안에서 인간만이 유일하게 삶과 죽음에 대한 '의식'을 가지고 있다는 사실에서 기인한다. 다른 생물체와는 달리 인간은 살면서 끊임없이 삶과 죽음을 생각하고, 심지어 죽음 이후의 세계에 대해서도 관심을 갖는다. 사람마다

다르겠지만, 어떤 사람은 아침에 일어나 오늘 하루일과를 미리 생각하며 계획을 세우고, 어떤 사람은 밤에 잠자리에 들기 전에 지나간 하루 일과를 돌이켜보고 자신의 삶에 대해 반성을 하기도 한다. 또 어떤 사람은 건강한 육체를 가지고 있음에도 불구하고 느닷없이 죽음에 대해 생각하고, 다른 사람은 임종의 순간에도 더 살려고 발버둥친다. 그리고 또 다른 사람은 죽지 않는 영원한 삶을 갈구하기도 한다. 이렇게 보면 삶과 죽음에 대해 인간만큼 비논리적이고, 부조리한 태도를 취하고 있는 생물체도 없을 것이다. 그것은 개개의 인간마다 삶과 죽음이 다르고, 그에 대한 의식 또한 상이하기 때문이다.

삶과 죽음에 대한 인간의 의식은 심지어 '영원' 혹은 '불멸'이라는 관념을 만들어내기도 한다. '영원'이나 '불멸'이라는 개념은 과학이 인간의 생명을 연장할 수 있다는 사실이 미심쩍었던 시절에는 주로 인간의 정신세계에서 추구되어야 할 가장 중요한 가치로 여겨졌다. 그러나 생명공학이 발달한 현대 사회에서는 이 관념들이 인간의 생명을 연장하는 개념으로 이해되기도 한다. 인간이 생명의 한계를 넘어서 불멸의 생명을 얻고자 하는 것이다.

인간의 이러한 욕망은 언어에도 자연스럽게 반영된다. 러시아어에는 생명, 삶 혹은 생활을 의미하는 жизнь$^{zhizn'}$이라는 단어가 있다. 이 단어는 '생물체가 발생하여 죽기까지의 시간'을 의미하기도 한다. 이런 의미에서 본다면 жизнь$^{zhizn'}$의 반의어는 смерть$^{smert'}$이다. смерть$^{smert'}$는 보통 죽음을 의미하는데, '유기체가 삶의 활동을 중단하는 것'을 의미한다. 즉, жизнь$^{zhizn'}$이 끝난 것이다. 그런데 смерть$^{smert'}$ 앞에 '~이 없는'이라는 의미를 지니고 있는 접두사 бес^{bes}를 붙이면 우리말로 '불멸' 혹은 '영원'이라는 의미가 되는 бессмертие^{bessmertie}가 된다. 말 그대로 죽음이 없는, 영원한 상태를 의미한다. 이밖에도 бессмертие[bessmertie]는 '내세來世'라는 뜻도 가지고 있는데, 그것의 러시아어 표현이 흥미롭다. 러시아어에서 '내세'는 загробная жизнь[zagrobnaja zhizn']이다.[2] За[za]는 '-을 넘어서'라는 의미이고, гроб[grob]는 '관'이나 '묘'를 뜻한다. 여기서 жизнь[zhizn']는 '세계'라는 의미에 가깝고, ная[naja]는 여성 형용사어미이므로 загробная жизнь[zagrobnaja zhizn']는 말 그대로 '관'이나 '묘', 즉 죽음을 넘어선 세계가 된다. 죽음의 경계를 넘어섰건 혹은 그 경계 위에 있건 간에 러시아어에서 '불멸' 혹은 '영원'의 뜻을 지니고 있는 бессмертие[bessmertie]는 또 다른 형태의 '세계' 혹은 그 곳에서의 '삶'이 되는 것이다. 다시 말하자면, 러시아인들은 영원불멸의 상태를 또 다른 형태의 생명이 지속되고 연장되는 세계로 이해하고 있는 것이다.

러시아인들의 삶과 죽음에 대한 생각을 잘 표현하고 있는 작가로는 단연 톨스토이[L. Tolstoi]를 꼽을 수 있다. 톨스토이는 어느 작가보다도 인간의 삶과 죽음을 심오하게 예술적으로 형상화하였다. 그의 모든 작품이 삶과 죽음의 테마를 다루고 있지만, 특히 「세 죽음」이라는 단편소설에는 이 문제에 대한 그의 사상이 명징하게 드러나 있다. 이 소설에서 톨스토이는 귀족부인과 마부馭夫, 나무의 삶과 죽음에 대해 이야기하고 있다.

톨스토이의 「세 죽음」은 1859년 『독서문고』라는 월간지의 1월호에 처음으로 발표되었다. 톨스토이가 이 작품을 쓰기 시작한 것은 1858년 1월경으로 보인다. 그는 1858년 1월 15일자 일기에서 이 소설을 쓰기 시작했다고 기록하고 있다. 이 단편소설은 완성되기까지 그리 많은 시간이 소요되지는 않았다. 톨스토이가 남겨놓은 일기에 따르면 같은 해 1월 19일에 형에게 이 작품을 읽어주었다고 기록되어 있다. 톨스토이의 형은 이 작품에 나오는 나무의 죽음을 탐탁하게 여지기 않았던 것으로 보인다. 그래서인지 작가도 이 시기까지 작품의 결말에 대해 여러 가지 생각을 가지고 있었던 것 같다. 예컨대, 귀족부인의 죽음으로 결말을 낼 것인지 아니면 나무의 죽음으로 결말을 낼 것인지가 작가의 고민 중의 하나였다. 그리고 1월 20일자 일기에는 「세 죽음」에 대해 여러 가지 생각을 하였다. (…중략…) 그러나 쉽게 결론이 나지 않았다"고 적고 있다.[3] 그러나 톨스토이는 이 작품의 결말을 나무의 죽음으로 설정하고 1월 24일에 자신의 단편소설을 완성한다.

이 작품을 쓰면서 작가가 고민했듯이, 당시의 독자들과 비평가들도 이 단편소설의 결말에 대해 이러쿵저러쿵 말이 많았다. 심지어 어떤 독자들에게는 나무의 죽음이 전혀 이해되지 않았던 것으로 보인다. 이러한 당시의 정황에 대해 투르게네프는 작품이 발표된 직후인 1859년 2월 11일 페테르부르크에서 톨스토이에게 보낸 편지에서 다음과 같이 적고 있다. "여기 사람들은 대체로 「세 죽음」이라는 작품에 호감을 가지고 있습니다. 그러나 작품의 결말을 이상하게 느끼고 있으며, 심지어 앞선 두 죽음과의 연관을 전혀 이해하지 못하고 있습니다. 그들은 앞선 두 죽음을 이해하면서도 불만스럽게 생각하고 있습니다."[4]

톨스토이의 「세 죽음」은 네 개의 장으로 구성되어 있다. 작가가 각각의 장에 특별한 제목을 붙이지는 않았지만 이 작품의 각장은 뚜렷한 주제들을 나타내고 있다. 1장은 귀족부인인 마리야 드미트리예브나가 폐결핵에 걸쳐 고통 받고 있는 모습을 다루고 있고, 2장은 그 집의 마부인 흐베도르 영감의 죽음을, 다시 3장에서는 마리야 드미트리예브나의 죽음을 묘사하고 있다. 그리고 마지막 4장에서는 나무의 죽음을 다루고 있다.

이 소설에서 톨스토이는 삶과 죽음의 세 가지 유형을 파노라마식으로 독자에게 펼쳐 보인다. 첫째는, 지상의 물질적 행복에 젖어 있는 귀족부인의 삶과 죽음이고, 둘째는, 이 지상에 아무런 미련이 없는 마부 흐베도르의 삶과 죽음이며, 셋째는, 죽음의 경계를 초월한 나무의 죽음이다. 여기서 주목할 것은 귀족부인과 마부의 삶과 죽음은 '인간'의 삶과 죽음으로, '자연'의 삶과 죽음을 상징하는 나무와 대비되어 있다는 점이다. 그리고 같은 인간이라도 귀족부인과 마부의 삶과 죽음은 매우 대조적인 내용을 담고 있다. 먼저 귀족부인인 마리야 드미트리예브나의 삶과 죽음에 대해 살펴보도록 하자.

2. 삶에 대한 집착과 죽음의 공포

소설은 안개 낀 어느 가을날 폐결핵에 걸린 마리야 드미트리예브나 일행이 마차를 타고 외국으로 치료차 떠나는 장면으로 시작한다. 일행은 귀족부인의 남편과 의사, 그녀의 하녀인 마뜨료샤와 마부 등이다. 톨스토이는 폐병을 앓고 있는 귀족부인의 모습을 마치 의사가 환자를 관찰하듯 생생하게 묘사하고 있다.

부인은 무릎에 두 손을 포개고 눈을 감고는 등 뒤에 받친 쿠션에 기대어 힘없이 흔들리고 있었다. 그리고는 가볍게 얼굴을 찡그리며 입을 다문 채 기침을 했다. 그녀는 머리에 흰색의 나이트캡을 쓰고 있었고, 그녀의 연약하고 창백한 목덜미에는 담청색의 목도리가 둘려 있었다. 똑바로 탄 가리마가 모자 속으로 사라지면서 기름을 발라 단정해진 아마빛 머리를 좌우로 갈라놓았는데, 그 넓은 가리마살의 창백함에는 초췌한, 죽음의 그림자가 깃들어 있었다. 생기 없이 누렇게 뜬 피부는 갸름하고 아리따운 얼굴의 윤곽을 흐려 놓았고 뺨과 광대뼈 위에는 상기된 붉은 빛이 떠올랐다. 마른 입술은 쉴 새 없이 가볍게 떨리고, 성긴 속눈썹은 까칠하였다. 여행용 나사 옷은 꺼진 가슴 위에 직선의 주름살로 접혀 있었다. 눈은 감겼으나 부인의 얼굴에는 피로와 불안, 낯설지 않은 고통의 빛이 드러나 있었다.[5]

'누렇게 뜬 피부'와 '뺨과 광대뼈 위'에 '상기된 붉은 빛', '마른 입술' 등과 같은 외형적 특징을 통해서 독자들은 귀족부인이 폐결핵을 앓고 있다는 것을 알 수 있다. 그녀는 마치 죽음의 그림자가 드리운 듯 불안하고 고통스러워한다. 톨스토이는 병중에 있는 귀족부인을 묘사하면서 그녀의 병색에만 집중하지 않고, 그것을 그녀의 아름다운 용모와 비교하면서 표현한다. 그것은 자칫 환자의 외형적 특징에 대한 묘사가 진료기록과 같이 무미건조하고 단조로운 기술에 빠질 수 있기 때문이다. 그래서 귀족부인의 병색은 항상 그녀의 아름다운 용모와 함께 서술된다. 예를 들면, "누렇게 뜬 피부는 갸름하고 아리따운 얼굴의 윤곽을 흐려 놓았고 뺨과 광대뼈 위에는 상기된 붉은 빛이 떠올랐다"와 같은 경우이다. 여기서 '누렇게 뜬 피부'와 '갸름하고 아리따운 얼굴'은 서로 대비되어 있다. 이러한 묘사방법은 한 사물 안에 있는 복합적인 특징들을 병렬적으로 드러냄으로써 독자들로 하여금 환자의 병색이 얼마나 위중한지를 실감케 하는 효과를 자아낸다.

톨스토이가 자주 사용하는 이런 묘사방법은 한 사물 안의 복합적 특징을 대비하는 것인데, 이것은 필연적으로 서로 다른 사물들을 대비시키는 '변형'을 낳게 된다. 즉, 환자에 대한 묘사는 항상 건강한 사람에 대한 묘사와 짝을 이루게 된다. 작가는 귀족부인의 허약한 몸 상태와 병색의 위중함을 묘사하면서 건강한 하녀의 모습을 동시에 보여준다. 이러

한 방법 또한 환자의 상태를 독자들이 생생하게 이해할 수 있도록 도와
준다. 다음의 예를 보도록 하자.

하늘은 잿빛이고 날은 추웠으며, 젖은 안개가 들판과 길을 뒤덮고 있었다.
마차 안은 향수냄새가 진동을 하고 먼지로 숨이 막힐 듯 답답했다. 병든 부인
은 머리를 뒤로 돌리며 살며시 눈을 떴다. 커다란 눈은 아름다운 검은 색으로
빛났다.
"또 그런다!" 자기 발을 살짝 스치는 하녀의 외투자락을 예쁘고 야윈 손으
로 신경질적으로 밀어내면서 부인은 말했다. 그녀의 입은 병적으로 오므라들
었다. 마뜨료샤는 두 손으로 외투자락을 거둬 올리고, 억센 발로 일어서서 좀
떨어져 앉았다. 생기 있는 얼굴은 활활 타오르는 듯 붉게 상기되어 있었다. 병
든 부인의 아름다운 검은 눈이 하녀의 움직임을 시샘하듯 따라갔다. 부인은
두 손으로 자리를 짚고 좀더 높이 앉기 위해 일어서려 하였다. 그러나 그녀에
게는 그럴 힘이 없었다. 그녀의 입은 오므라들었고 얼굴 전체가 무기력하고
심술궂게 비꼬는 표정으로 일그러졌다.[6]

위의 인용문에서 병든 부인의 모습은 '억센 발'을 가지고 있으며, '생
기 있는 얼굴'에 '활활 타오르는 듯 붉게 상기되어' 있는 하녀 마뜨료샤
와 대조되고 있다. 부인은 건강한 하녀처럼 자유롭게 운신하려고 하지
만 여의치 않다. "부인은 두 손으로 자리를 짚고 좀더 높이 앉기 위해 일
어서려 하였다. 그러나 그녀에게는 그럴 힘이 없었다." 귀족부인은 보통
병자들이 건강한 사람을 부러워하듯이 생기와 힘이 넘치는 하녀의 몸놀
림을 시샘하듯이 쳐다본다. 그러나 그녀는 자신이 하녀와 같이 건강하
지 못하다는 것을 깨닫고는 무기력해진다. 여기서 톨스토이는 대비되는

인물들을 경쟁관계로 설정함으로써 병자의 육체적, 정신적 상태를 역동적으로 보여주고 있다.

　결국, 귀족부인의 행차는 궂은 날씨와 환자의 몸 상태 때문에 수포로 돌아간다. 그리고 시간이 흘러 이듬해인 봄이 찾아온다. 귀족부인은 사계절 중에서도 봄에 죽음을 맞이한다. 이것은 우연의 일치일까? 아니다. 귀족부인의 죽음이라는 사건이 봄이라는 시공간에서 일어나는 것은 작가의 의도된 설정이다. 소설은 가을에 시작하는데, 가을은 모든 생명이 쇠락하는 시기이며, 이것은 귀족부인의 병세가 위독해지고 있는 것과 일치한다. 이런 관점에서 보면 귀족부인의 죽음은 계절적으로 겨울에 일어나는 것이 이치에 맞는 것이라고 생각할 수도 있다. 그러나 톨스토이는 인간의 죽음을 너무 자연적인 시간의 흐름과 일치시키지 않았다. 그는 귀족부인의 죽음을 만물이 소생하는 계절인 봄과 연결시키면서 그녀의 죽음이 지니고 있는 역설적 의미를 강조하고 있다. 다시 말하자면, 귀족부인은 생명이 충만한 시기에 죽음을 맞이함으로써 그녀의 삶과 죽음이 자연의 법칙과 일치하지 않았음을 드러내고 있는 것이다. 톨스토이는 귀족부인의 죽음을 묘사하기 전에 마치 그 죽음을 조롱이라도 하듯 봄을 찬연하고 생동감 넘치게 그리고 있다.

　봄이 왔다. 도시의 질펀한 거리를 따라 말똥투성이가 된 얼음들 사이로 작은 도랑물이 졸졸 소리를 내며 급히 흘렀다. 지나가는 행인들의 옷 색깔이며 말소리가 밝아졌다. 담장 안 정원에는 나무의 새싹들이 부풀고 가지들은 신선한 바람에 들릴 듯 말 듯한 소리로 흔들렸다. 가는 곳마다 물이 흐르고 투명한 물방울들이 떨어지고 있었다 (…중략…) 참새들이 요란스레 지저귀고 작은 날개를 퍼덕이며 날기도 하였다. 햇볕이 내리쬐는 담장과 집들, 나무에는 모

든 것이 활기차고 광채로 가득하였다. 즐거움과 젊음이 하늘에도 땅에도 사람들의 마음에도 충만했다.[7]

귀족부인이 죽어가는 마당에 톨스토이는 "햇볕이 내리쬐는 담장과 집들, 나무에는 모든 것이 활기차고 광채로 가득하였다. 즐거움과 젊음이 하늘에도 땅에도 사람들의 마음에도 충만했다"고 묘사하고 있다. 이는 인간과 환경을 다시 대비하려는 의도에서 나온 것이다. 그러나 귀족부인은 생명을 보존하려고 끝까지 고통스러운 투쟁을 하게 된다. 독자들은 여기서 귀족부인이 삶에 대해 얼마나 강한 집착을 가지고 있는지 알게 된다. 그녀는 삶에 대한 집착이 강한 만큼 또한 죽음에 대해 절대적 공포를 느낀다.

그러다가 불현듯 무슨 생각이 그녀에게 떠오른 것 같았다. 그녀는 손짓으로 남편을 불렀다.

"당신은 내가 원하는 것을 단 한번도 해주려하지 않아요." 그녀는 힘없이 불평스러운 소리로 말했다.

남편은 고개를 세우며 고분고분 그녀의 말을 주의 깊게 들었다.

"무슨 말이요, 여보?"

"저 따위 의사들은 아무것도 모른다고 몇 번이나 말씀드렸는지 몰라요. 아주 손쉬운 약이 있어요, 그걸 먹으면 다 나을 텐데…… 신부님도 말씀하셨을 텐데…… 거리에서 약 파는 상인, 그 사람을 불러주세요."

"당신은 누굴 데려오라는 거요?"

"맙소사, 전혀 알아보려고도 하지 아느니!" 병자는 얼굴을 찡그리고 눈을 감았다.

의사가 그녀에게 다가가 손목을 짚었다. 맥박은 현저히 약해지고 있었다. 의사는 남편에게 눈짓을 하였다. 병자는 의사의 신호를 알아채고 놀란 듯이 주위를 둘러보았다. 사촌 누이는 얼굴을 돌리고 울었다.

"울지 말아요, 자신과 나를 괴롭히지 마세요. 이건 나한테서 최후의 안정을 빼앗는 거예요"하고 병자는 말했다.

"천사 같은 사람!"하고 사촌 누이는 병자의 손에 입을 맞추었다.

"아니, 여기다 입맞춰주세요. 손에 입을 맞추는 건 죽은 사람에게나 하는 거예요. 오! 하느님 아버지시여!"

그날 밤 병자는 이미 시체가 되었다. 관 속에 넣은 시체는 저택의 큰 방에 안치되었다.[8]

귀족부인은 죽는 순간까지 죽음을 받아들이지 않는다. 남편에게는 끊임없이 다른 치료를 요구하고, 자신의 손에 입을 맞추는 시누이에게는 "손에 입을 맞추는 건 죽은 사람에게나 하는 거예요"라고 면박을 준다. 그리고 끝내는 "오! 하느님 아버지시여!"를 울부짖으며 임종한다. 톨스토이는 이 장면에서 죽는 순간까지 귀족부인이 자신의 삶을 진정으로 돌아보고 회개하지 않았다고 언급하고 있다. 심지어 그녀는 기독교도로서 신앙에 기대를 걸어보지만, 그것은 자신의 생명을 연장하려는 의도에서 나온 것일 뿐이다. 그녀는 인간의 죽음을 전혀 이해하려고 하지 않을 뿐만 아니라 인정하지도 않으려는 태도를 보인다. 톨스토이는 1858년 5월 1일에 자신의 할머니에게 보낸 편지에서 귀족부인의 죽음에 대해 다음과 같이 기술하고 있다.

귀족부인은 가련하고 추악합니다. 왜냐하면 그녀는 평생 거짓말을 하였고,

죽기 직전까지도 거짓말을 하기 때문입니다. 그녀가 이해하고 있는 기독교는 삶과 죽음의 문제를 해결하지 못합니다. 살고자 하는데 왜 죽어야만 하는지. 그녀는 상상력과 이성으로써 기독교의 예언을 믿지만 그녀의 모든 본질은 황폐화됩니다. 다른 평안함은 존재하지 않으며(거짓된 기독교적 평안함을 제외하고), 설 자리가 없습니다. 그녀는 추악하고 가련합니다.[9]

톨스토이는 귀족부인이 평생 거짓말을 하면서 살았다고 평가하고, 그것을 그녀의 종교적 허위의식과 연결시키고 있다. 물론, 톨스토이는 무신론자가 아니다. 그는 누구보다도 열렬한 신앙심을 가지고 있었다. 다만, 그가 부정하려고 했던 것은 잘못된 종교적 삶과 믿음이었다. 톨스토이의 관점에서 보면 귀족부인의 삶은 진실하지 않은 것이다. 그는 귀족부인이 '상상력과 이성으로써' 기독교적 예언을 믿고 있다는 점을 들어 그녀의 삶을 비판하고 있다. 톨스토이는 상상력과 이성을 인간의 개인주의에 근거한 것으로 이해하고 있다. 다시 말하자면, 귀족부인의 삶과 신앙은 자신의 개인적 행복을 위한 것이다. 죽음이 귀족부인의 삶을 앗아가려고 할 때 그녀는 왜 자신이 죽어야하는지를 이해하지 못하고 수용하지 않는다. 왜냐하면 그녀에게는 자신의 개인적 생명을 연장시키는 것이 유일한 행복과 위안이었기 때문이다.

3. 소박한 삶과 죽음에 대한 관조적 태도

귀족부인의 요란스러운 죽음과는 달리 마부인 흐베도르 영감의 죽음은 조용하다. 그는 이미 두 달째 페치카에서 내려오지 못할 정도로 늙고 병들어 있다. 주위 사람들도 그에게 동정을 보내지만 실제로 그의 병을 고쳐줄 수는 없다. 그리고 이런 상황에 대해 흐베도르 영감은 별다른 불평을 하지 않는다. 그에게는 죽음이 너무도 자연스러운 것이며, 인간이 거부할 수 없는 운명 같은 것이기 때문이다. 톨스토이는 마부의 죽음을 다음과 같이 묘사하고 있다.

병든 마부는 숨이 막힐 듯한 오두막의 페치카 위에 남겨졌다. 그는 이제 기침도 못할 정도의 몸을 이끌고, 있는 힘을 다해 다른 편으로 돌아눕고는 조용해졌다.

그 오두막에는 밤이 될 때까지 여러 사람들이 들락날락하였고 식사도 하였다. 병자의 음성은 들리지 않았다. 밤이 되기 전에 하녀가 페치카 위로 올라가 병자의 다리 너머로 모피 외투를 꺼내려고 하였다.

"나한테 화내지 말라구, 나타샤. 이제 곧 자리를 비워줄 테니까"하고 병자가 말했다.

"괜찮아요, 괜찮아. 그런 건. 그런데 대체 어디가 아픈 거예요, 영감님? 말해보세요." 나타샤가 말했다.

"속이 다 거덜이 난 게지. 무슨 병인지 통 알 수가 없구려."

"아마 목이 아픈가 보죠, 그렇게 기침을 하시는 걸 보니."

"여기저기 안 아픈 데가 없어. 이제 죽을 때가 온 게지. 아, 아, 아!"하고 병자는 신음하였다.

"영감님, 이렇게 발을 덮으세요"하고 나타샤는 페치카에서 내려서며 병자가 덮은 외투를 다시 고쳐주면서 말했다.

밤, 오두막 안을 작은 등잔불이 어스름하게 비추고 있었다. 나타샤와 여남은 명의 마부들은 코를 드르렁 골며 마룻바닥과 벽에 붙은 의자 위에서 자고 있었다. 병자만이 페치카 위에서 힘없이 신음소리를 내면서 기침을 토해내고 뒤척이고 있었다. 동틀 무렵이 되자 병든 마부는 완전히 잠잠해졌다.[10]

흐베도르 영감은 아무 연고자도 없었다. 그는 먼 타지방 사람이었고, 그가 죽은 뒤 사람들을 산림 뒤쪽에 새로 조성된 묘지에 묻었다. 여기서 흥미로운 사실은 똘스똘이가 마부의 죽음에도 아랑곳없이 주변 사람들의 모습을 일상의 것으로 그리고 있다는 점이다. 흐베도르 영감이 죽는 마지막 밤에 하녀인 "나타샤와 여남은 명의 마부들은 코를 드르렁 골며 마룻바닥과 벽에 붙은 의자 위에서 자고 있었"고, 병자만이 "페치카 위에서 힘없이 신음소리를 내면서 기침을 토해내고 뒤척이고 있었다". 그리고 그것도 잠시 뒤에는 모두 잠잠해졌다. 여기서는 병자와 주위 사람들이 한 인간의 죽음을 너무 자연스럽게 받아들이는 것으로 묘사된다. 아니, 그들은 흐베도르 영감의 죽음에 대해 지나치게 무관심할 정도이다. 톨스토이는 왜 흐베도르 영감의 죽음을 이렇게 묘사했을까? 그 의문을 풀 수 있는 단서는 그의 편지에 서술되어 있다.

농부_{마부를 일컫는다—인용자}는 고요하게 죽습니다. 왜냐하면 그는 기독교도가 아니기 때문입니다. 비록 농부가 관습적으로 기독교적 예식을 따랐다고 할지라도 그의 종교는 다른 것입니다. 그의 종교는 그가 더불어 살았던 자연입니다. 그는 스스로 나무를 베고, 씨앗을 뿌리고 거두어들입니다. 그리고 그는 양들을 잡고, 다시 양들은 태어납니다. 아이들은 태어나고 노인들은 죽습니다. 그는 귀족부인과는 달리 이것이 결코 거부해본 적이 없는 법칙이라는 사실을 확실하게 인식하고 있습니다. 그래서 그는 죽음을 직접적으로 단순히 응시할 뿐입니다.[11]

흐베도르 영감의 죽음이 귀족부인의 죽음과 다른 또 하나의 이유는 그가 죽고 나서도 주위 사람들이 그를 기억해주고 있다는 점이다. 영감이 죽은 날 아침에 하녀인 나타샤는 간밤에 꾸었던 꿈속에서 흐베도르 영감이 병석에서 벌떡 일어나 장작을 패러 나가더라고 호들갑을 떤다. 그녀의 꿈속에서 영감은 언제 병을 앓았냐는 듯이 도끼를 집어 들고 장작을 패는데, 장작개비가 공중을 날아다녔다고 한다. 심지어 하녀가 아프지 않느냐고 물었더니, 여기에 영감은 "나는 건강하다"고 말한다. 그리고 나타샤는 그로부터 며칠 동안 만나는 사람마다 자기의 꿈 이야기를 한다. 말하자면, 흐베도르 영감은 병들어 죽기 전에 하녀의 꿈속에서나마 건강을 회복하고 새로 부활하는 경험을 하게 되는 것이다. 이것은 귀족부인이 죽은 뒤에 그녀를 기억해주는 사람이 아무도 없는 것과 비교하면 매우 의미심장한 대목이다. 톨스토이는 흐베도르 영감의 삶이 마치 자연의 그것과 같이 끊임없이 새로 태어나고 죽고 하는 과정을 반복하고 있다는 점을 보여주고 있다. 그의 삶은 자연의 한 현상처럼 늙어 병들어 죽고는, 새로운 생명의 탄생과 같이 다시 다른 사람의 꿈속에서 부활하는 것이다.

흐베도르 영감은 죽기 전에 자신이 신고 있던 장화를 젊은 마부인 세료가에게 준다. 세료가는 미리부터 흐베도르 영감이 얼마 살지 못할 것을 알고 그의 장화에 눈독을 들이는데, 영감은 젊은 마부에게 한 가지 청을 하면서 자신의 장화를 건네준다. 그것은 자신이 죽으면 무덤에 비석이라도 하나 세워 달라는 부탁이다. 세료가는 선뜻 이 제안에 동의하고 영감의 장화를 챙겨 나간다. 그런데 이 조그마한 에피소드는 소설의 마지막에 나오는 나무의 죽음과 교묘하게 연결되어 있다. 톨스토이는 나무의 죽음을 느닷없이 제시하지만 그것은 그의 작품 속에서 마부의 죽음과 내적으로 연결되어 있다. 이런 연결고리 역할을 셰료가와 영감의 장화가 하고 있는 것이다. 우리는 이 장면에서 예술가로서 톨스토이가 소설의 이야기를 이끌어가는 탁월한 장인적 솜씨를 느낄 수 있다.

4. 나무의 삶과 죽음

귀족부인이 죽은 뒤에 무덤에는 조그마한 석조 기도실이 세워졌다. 그러나 흐베도르 영감의 무덤 위에는 비석은커녕 그가 이승에 살았었다는 유일한 표시로 푸른 풀만이 무성할 뿐이었다. 젊은 마부 셰료가는 아직 흐베도르 영감과의 약속을 지키지 않고 있었던 것이다. 여기에 주위 사람들이 그에게 영감과의 약속을 왜 지키지 않느냐고 힐책한다. 그래서 셰료가는 마지못해 비석을 사겠다고 큰소리치지만 그에게는 그만한 돈이 없다. 이때 옆에 있던 늙은 마부가 참견을 하며 우선 십자가라도 세워주는 것이 어떠냐고 충고를 한다. 그들의 대화는 다음과 같다.

"어디서 십자가를 구해온단 말이예요? 나무로 만들 수도 없구."
"무슨 소릴 하는 거야? 나무로 왜 못 만들어, 아침 일찍 도끼를 들고 숲 속에 가 찍어오면 되지. 물푸레나무를 한 그루 찍어오면 어때. 근사한 십자가가 될 걸. 그렇지 않으면 산지기한테 보드카나 한 잔 먹여 보지. 하기야 일일이 먹여 가지구야 당하나. 요전에 난 지렛대가 부러져 좋은 놈을 한 그루 찍어 왔지만 뭐라는 사람은 하나도 없더군."[12]

그래서 셰료가는 숲으로 나무를 베러 간다. 나무의 죽음은 이렇게 사사롭게 시작된 것이다. 그런데 나무의 죽음은 죽음 같지 않다. 나무의 죽음은 귀족부인이나 마부와 같은 인간의 죽음과 다르다. 톨스토이는 나무의 죽음을 자연의 법칙, 우주의 법칙으로 이해한다. 다음을 보도록 하자.

이른 아침 동이 틀 무렵에 셰료가는 도끼를 끼고 숲으로 갔다.

대지 위에는 아직 햇빛을 받지 않은, 차고 희끄무레한 이슬이 덮여 있었다. 동쪽은 비껴간 구름으로 얇게 덮인 하늘의 천공위로 약한 광채가 돌아 동이 트고 있었다. 발아래 풀잎도, 머리 위의 나뭇잎도 어느 것 하나 움직임이 없었다. 다만 어쩌다 우거진 나무들 사이에서 들려오는 새들의 날개 짓 소리와 대지에 전해오는 사각사각하는 소리가 숲의 정적을 깨뜨릴 뿐이었다. 갑자기 주위의 자연과는 너무 동떨어진 기괴한 소리가 멀리까지 퍼지더니 숲의 가장자리에서 멈췄다. 그러나 같은 소리가 다시 울렸고, 묵묵히 서 있던 나무들 중 한 그루의 밑동에서 같은 음조로 반복되었다. 그중의 한 그루 나무가 머리채를 사시나무 떨 듯 하자, 싱싱한 잎사귀들이 무슨 일인가하고 소곤거리기 시작하였고 그 나뭇가지 하나에 앉아 있던 아리새 한 마리가 삐옥삐옥 울며 두 번이나 가지를 옮기더니 꼬리를 깝죽거리며 다른 나무로 날아가 앉았다.

나무 밑동에서는 도끼질 소리가 점점 더 세게 울렸고, 흰색의 젖은 나무파편들이 이슬에 젖은 풀 위에 흩날렸다. 그리고 도끼질을 할 때마다 가볍게 딱딱 튀는 소리가 들렸다. 나무는 전신을 부르르 떨고 구부러지더니 뿌리가 놀라는 듯 한번 흠칫하고는 재빨리 다시 제 모양대로 곧추섰다. 한순간 모든 것이 정적에 휩싸였다. 그러나 나무는 다시 구부러지고 나무 밑동에서는 둔탁한 도끼질 소리가 다시 들렸다. 잔가지는 부러지고 큰 가지는 휘면서 나무의 머리가 먼저 축축한 땅 위에 털썩 쓰러지고 말았다. 도끼 소리와 사람 발소리가 자취를 감추었다. 아리새는 삐옥삐옥 울며 높이 날아올랐다. 아리새 날개

에 스친 가지가 잠깐 흔들렸지만 이내 다른 가지들과 같이 잎들은 고요해졌
다. 나무들은 아까보다 더 즐거운 듯이 새로 트인 공간에서 자신의 늠름한 가
지들을 뽐내고 있었다.

최초의 햇빛이 투명한 구름을 뚫고 허공에 빛나고 이내 온 하늘과 대지로
뻗어나갔다. 안개는 물결처럼 골짜기를 따라 넘치기 시작했고, 이슬은 빛을
발하며 풀 위를 구르고, 투명한 흰 구름은 새파란 천공을 날쌔게 질주하였다.
새들은 숲 속에 모여 어찌해야 할지 모르고 행복한 듯 무엇인가를 지저귀고
있었다. 산 위로는 젖은 잎사귀들이 즐거운 듯이 소곤소곤 속삭였고, 쓰러져
죽어 있는 나무 위로 싱싱한 나무들의 가지들이 의젓하고 장중하게 움직이고
있었다.[13]

톨스토이의 시적인 묘사 속에 그려진 나무의 삶과 죽음은 아름답기
그지없다. 세료가의 도끼질에 나무는 '머리채를 사시나무 떨 듯' 하고,
'싱싱한 잎사귀들이 무슨 일인가하고 소곤거리고,' 가지에 앉아 있던 아
리새 한 마리가 삐옥삐옥 울면서 다른 나무로 날아간다. 평안하게 살고
있던 나무 한 그루가 한 인간의 도끼질에 느닷없이 죽음을 맞이한 것이
다. 그러나 나무의 죽음은 귀족부인의 죽음처럼 경박하지도 않고, 마부
의 죽음처럼 쓸쓸하지도 않다. 톨스토이는 나무의 죽음에 대해 다음과
같이 평가하고 있다. "나무는 고요하고 성스럽고 아름답게 죽습니다. 나
무의 죽음이 아름다운 이유는 거짓말을 하지 않고, 무엇인가를 파괴하
지도 않으며, 두려워하거나 아쉬워하지도 않기 때문입니다."[14]

톨스토이의 지적대로 나무는 '고요하고 성스럽고 아름답게' 죽는다.
나무의 죽음을 슬퍼하는 것은 그 가지에 잠시 앉아 있던 아리새뿐이다.
아리새도 한번 삐옥하고 울 뿐이지, 이내 다른 나무로 날아가 앉는다. 심

지어 주위의 나무들은 마치 나무 한 그루 죽은 것이 무슨 대수냐는 듯이 "아까보다 더 즐거운 듯이 새로 트인 공간에서 자신의 늠름한 가지들을 뽐내고" 있다. 나무는 죽고 숲에는 아침 햇살이 퍼져 온다. 우리는 여기서 톨스토이가 이 작품의 마지막을 어떻게 장식하고 있는지 주목할 필요가 있다. "산 위로는 젖은 잎사귀들이 즐거운 듯이 소곤소곤 속삭였고, 쓰러져 죽어 있는 나무 위로 싱싱한 나무들의 가지들이 의젓하고 장중하게 움직이고 있었다." 소설의 마지막 문장에서 톨스토이는 죽은 나무를 살아있는 나무와 비교한다. 한 그루의 나무는 죽었지만 다른 나무들은 싱싱하게 가지를 뻗어 힘차게 움직이고 있다. 즉, 자연의 삶과 죽음은 끊임없이 반복되는 과정에 불과하고, 바로 여기에 생명체의 삶과 죽음이 지니고 있는 의미와 본질이 있다는 것을 톨스토이는 강조하고 있는 것이다. 특히, 나무는 죽어서 영혼의 안식을 구하는 한 인간의 묘지 위에 십자가로 세워질 것이다. 이 나무 십자가의 상징은 나무가 죽어 다른 존재의 영혼을 구원하는 표식이 된다는 의미를 나타낸다. 나무는 죽었지만, 그 죽음이 헛되지 않고 이 우주의 다른 존재를 위해 가치 있게 쓰이게 되는 것이다. 나무가 죽어 십자가로 부활하는 것은 마치 예수 그리스도가 부활하는 것을 연상시킨다. 바로 이러한 삶과 죽음 속에 인간의 구원이 있다고 톨스토이는 웅변하고 있다.

이 소설은 단순하고 자연적인 인간의 삶 속에 행복과 아름다움, 세계와의 조화가 깃들어 있다고 믿는 톨스토이의 확신이 잘 형상화되어 있다. 톨스토이에 의하면 인간을 평가하는 가장 중요한 기준 중의 하나는 "인간이 죽음에 대해 어떤 태도를 지니고 있느냐?"이다. 즉, 그는 인간이 죽음을 어떻게 받아들이느냐가 그의 삶과 가치를 결정짓는다고 보았다. 삶과 죽음에 대한 톨스토이의 사상은 현대 사회를 살고 있는 우리들에게 많은 울림을 전해준다. 우리는 혹시 이 소설에 등장하는 귀족부인처럼 왜 살아야하고, 왜 죽어야하는지를 깨닫지 못하고 있는 것은 아닐까? 인간은 너무 자신의 개별적인 삶에 집착한 나머지 자연과 우주를 보존하는데 필수적인 생명과 죽음의 법칙을 무시하는 것은 아닌가? 이런 문제들을 생각해보면 이 작품에 나오는 나무의 죽음은 '인간이 어떻게 살고, 죽어야하는지'에 대해 많은 시사점을 던져준다.

결핵과 러시아문학

톨스토이 작품을 중심으로

1. 결핵이라는 용어의 의미

러시아어로 결핵을 чахотка^{chaxotka}라고 하는데, 이 단어는 '여위다'라는 의미를 지닌 동사 чахнуть^{chaxnut'}에서 파생된 것이다. 결핵을 의미하는 러시아어 단어가 결핵환자들의 일반적인 증상을 반영하고 있는 셈이다. 우리는 이런 예들을 러시아 역사기록에서 찾아볼 수 있다. 16~17세기에 작성된 『연대기』는 결핵을 치료할 수 없는 질병으로 기록하고 있다. 한번 결핵에 걸리면 치료하기 어려웠다는 의미다. 당시 러시아인들은 결핵 환자의 외모를 염두에 두고 이 전염병을 '지독하게 말라파지게 하는 병'이라고 불렀다. 또 결핵균으로 인해 뼈와 관절에 틈과 구멍이 난 모양을 보고 "문장紋章 무늬의 병"이라고도 했다.

유럽인들에게 결핵은 가장 무서운 전염병 중 하나였다. 19세기 들어 과거에는 없었던 새로운 사회적 환경이 조성되었다. 산업화된 도시가 형성되었다는 점, 이로써 가정과 공장의 인구 밀도가 높아졌다는 점, 과도한 노동으로 노동자들의 건강상태가 악화되었다는 점, 실업 등으로 생계수단을 상실할지 모른다는 두려움과 스트레스가 증가했다는 점. 이 모두가 결핵 발생의 환경적 요인들이다. "1815년 과학자 토머스 영은 4명 당 한 명꼴의 사람이 폐결핵으로 '때 이른 죽음'을 맞는다고 말했다. 그와 거의 비슷한 시기에 파리에서 행해진 검시결과는 모든 사망자의

40%가 폐병으로 사망했다는 사실을 보여줬다 (…중략…) 1838년에서 1843년까지 영국에서는 연평균 6만 명 이상이 폐결핵으로 사망했다. 그 후 병리학자들은 자신들이 검시해본 시신들 중의 거의 대부분이 살아 있는 동안 이런저런 형태의 결핵을 앓았다는 사실"을 보고했다.[1]

19세기 말에서 20세기 초 러시아의 결핵 원인 사망률은 유럽에서 최고 수준이었다. 2010년 『결핵에 포위된 크림지방』이라는 책을 낸 러시아 결핵 전문의 A. 콜레스니크A. Kolesnik는 1881년 제정 러시아의 공식 통계자료를 인용하면서 당시 수도였던 상트페테르부르크의 결핵으로 인한 사망률은 10만 명 당 607명, 모스크바는 467명이었다고 지적하고 있다. 그리고 19세기 말 러시아 농촌 인구 중 약 4%가 개방성 폐결핵 진단을 받았다. 결핵의 발생과 사망률은 특히 그 나라의 사회적 환경과 밀접한 관련이 있었는데, 러시아도 예외가 아니었다. 러시아 농촌 지역에서는 부농의 경우 전염성 결핵이 2%, 가난한 농민의 경우에는 7%에 달했다.[2]

19세기 러시아 작가들도 결핵의 고통과 피해를 잘 알고 있었다. 도스토예프스키를 비롯해 많은 작가들이 결핵 환자였고, 비평가 벨린스키와 도브롤류보프N. Dobrolyubov, 극작가 체호프는 폐결핵으로 사망했다. 이런 이유로 러시아 작가들은 작품 속에 결핵을 자주 다루었다. 도스토예프스키는 장편소설 『백치』에서 이폴리트라는 인물을 결핵 말기 환자로 묘사했다. 체호프의 희곡 『이바노프』에 등장하는 주요인물인 안나 페트로브나도 결핵 환자였다. 이밖에 체호프의 많은 단편에는 여러 명의 결핵 환자가 등장한다.

러시아 작가 중에서 결핵을 가장 구체적으로 형상화한 작가로는 단연 톨스토이를 꼽을 수 있다. 톨스토이는 어느 작가보다도 결핵을 심도 있게 다루었다. 그는 결핵이 인간에게 치명적인 전염병일 뿐 아니라 그것이 사회적 환경과 밀접하게 연관되어 있다는 점을 잘 알고 있었다. 톨스토이 작품에 등장하는 많은 인물들이 결핵을 앓고 있는데, 여기에는 귀족, 농민 등 다양한 계급에 속한 인물이 포함되어 있다. 러시아는 지구상에서 가장 겨울이 길고 추운 나라다. 이런 자연환경과 제정 러시아의 후진적인 사회적 환경이 결핵의 창궐에 일조했다는 것은 자명한 사실이다. 톨스토이도 이점을 강조하고 있다. 이런 사실을 확인할 수 있는 대표적인 작품이 단편소설 「세 죽음」[1859], 장편소설 『안나 카레니나』[1878], 『부활』[1899] 등이다. 이 글에서는 톨스토이가 결핵을 어떻게 묘사하고, 어떤 문학적 장치로 활용하고 있는지 장편소설을 중심으로 살펴보려고 한다.[3]

2. 결핵과 심리적 요인

『안나 카레니나』에서는 여주인공 키치가 결핵을 앓는다. 그녀는 호감을 가지고 있었던 레빈의 청혼을 거절하고, 브론스키와 결혼을 결심한다. 하지만 브론스키는 안나에게 마음을 빼앗겨 키치를 버린다. 키치는 큰 충격에 휩싸이고 급기야 병에 걸린다. 톨스토이는 키치가 결핵 초기 증상을 보이는 것으로 설정한다. 「세 죽음」과는 달리 작가는 여기서 결핵의 원인에 대해 주목한다. 키치는 유서 깊은 귀족 가문의 딸이다. 부유한 귀족생활을 영위하던 키치가 영양결핍, 불결한 위생, 과도한 노동에 노출되었을 리 없다. 그녀가 결핵을 앓는 이유는 남자에게 버림받았다는 사실로 인해 스트레스를 과도하게 받았기 때문이다. 다음 장면을 보면 알 수 있듯이 키치 스스로 이를 감추지 않는다.

의사를 대동한 어머니가 키치가 있는 응접실로 들어갔다. 비쩍 마르고, 얼굴에는 홍조를 띠고, 진찰 때 느낀 수치심 때문에 눈이 더욱 반짝이는 키치가 방 한가운데 서 있었다. 의사가 들어서자 그녀는 화들짝 놀라 눈에 눈물이 가득 고였다. 자신이 걸린 병은 물론이고 병을 치료한다는 것도 무척 어리석고 우스꽝스럽게 여겨졌다. 치료라니, 그건 깨진 꽃병을 붙이는 것처럼 말도 안 되는 일로 생각됐다. 그녀의 마음은 산산조각이 났다. 그런데 알약과 가루약으로 대체 어떻게 고치겠다는 말인가?[4]

문제의 원인은 심리적이고 정신적인 데 있다. 마음이 산산조각 났는데 그것을 어떻게 약물로 치료한단 말인가? 이렇게 키치는 자신의 심리 상태를 항변한다. 심리적 요인은 다른 환경적 요인과 다르다. 이것은 매우 개별적이며 특수하다. 19세기 많은 과학자들이 결핵의 원인과 주위 환경과의 관계를 연구했지만, 결핵이 인간의 심리적 상태와 어떤 관계가 있는지 주목하진 못했다. 이것은 작가였던 톨스토이의 몫이었다. 그는 다음 장면에서 키치가 결핵을 앓고 있는 여러 이유들 중 심리적이고 정신적인 이유에 주목한다.

의사 둘만이 남자 주치의는 조심스레 자신의 견해를 펼치기 시작했는데 요컨대 결핵 초기 증상 같다는 말이었다. 저명한 의사는 그의 말을 듣다가 중간에 자신의 큼지막한 금시계를 들여다보았다.

"그렇군요." 그가 말했다. "하지만……"

주치의는 말하다 말고 공손히 입을 다물었다.

"당신도 알다시피 결핵 초기 증상을 규명하기란 불가능합니다. 결절이 나타나기 전까지는 확실한 게 전혀 없어요. 하지만 의심은 할 수 있죠. 그리고 징후도 있고요. 부실한 영양섭취와 신경쇠약 증세 등등. 문제는 이겁니다. 결핵을 의심하는 이 마당에 꾸준히 영양을 섭취하기 위해 어떤 조치를 취해야 할까요?”

“그런데 아시겠지만, 이런 일에는 언제나 심리적이고 정신적인 이유가 숨어 있게 마련입니다.” 알 듯 모를 듯한 미소를 띠고 주치의가 끼어들었다.

“물론 당연하죠.” 다시 한 번 시계를 들여다본 후 저명한 의사가 대답했다.[5]

혼사가 깨지자 그녀는 앓아누웠고, 주위 사람들도 이를 알게 되었다. 위 장면에서 키치의 건강상태에 대해 의사들이 은밀하게 나누는 대화는 이런 사실을 뒷받침하고 있다. 그녀는 모스크바 사교계에서 가장 아름다운 여주인공이었다. 모두가 그녀를 보기 위해 무도회에 나왔고, 남자들은 그녀와 춤을 추려고 경쟁했다. 그녀가 브론스키와 결혼할 것이라는 뉴스는 최고의 사건이었다. 그런데 세간의 부러움을 사던 경사가 갑자기 스캔들이 되었다. 그녀에게 언제나 달콤한 말을 건네던 사교계 인사들은 남의 불행을 보고 즐거워했다. 키치는 이제 사교계에 얼굴을 들고 나갈 수 없게 되었다. 그날 이후 키치는 식음을 전폐하고 방에 틀어박혀 심한 가슴앓이를 했던 것이다. 물론 톨스토이는 이 과정을 세세하게 묘사하지 않는다. 하지만 독자들은 위의 대목을 읽으면서 이런 상상을 할 수 있다.

여기서 중요한 것은 톨스토이가 키치의 병의 근본적인 원인에 초점을 맞추고 있다는 점이다. 그는 다른 요인들, 예컨대 부실한 영양섭취, 신경쇠약 등은 부차적이라고 보았다. 그것은 키치가 경험한 개별적이고 특수한 상황과 직접적인 관계가 없었다. 물론 키치가 꾸준히 영양을 섭취하지 않은 것은 사실이다. 그런데 이런 결과가 초래된 이유, 키치가 결핵 초기 증상을 앓고 있는 더 근본적인 이유는 브론스키와의 이별에 있었다. 즉, 심리적인 요인이 주원인이었던 것이다. '긴장' 혹은 '스트레스'가 결핵 발병률을 높이는 요인 중 하나라는 것은 널리 알려진 사실이다. 같은 환경에서 근무하는 노동자들 중에서 특히 임산부가 결핵에 걸릴 가능성이 높다는 점은 심리적인 요인이 이 전염병의 주요 요인이라는 사실을 뒷받침해준다. 이런 점에서 『안나 카레니나』는 결핵의 심리적 요인을 정확하게 지적하고 있는 대표적인 문학작품이라고 할 수 있다.

3. 결핵과 사회적 환경

『부활』은 톨스토이의 마지막 장편소설이다. 주인공 네흘류도프는 젊은 시절 욕망의 대상이었던 카튜샤가 창녀로 전락해서 감옥까지 가게 되는 상황을 보고 양심의 가책과 귀족사회에 대한 회의를 느낀다. 그는 회개하는 심정으로 카튜샤가 끼어 있는 죄수 무리들과 함께 시베리아로 이동한다. 여기서 네흘류도프는 죄수들 중 크르일리소프라는 젊은이에게 호감을 갖는다. 그는 징역수로 결핵을 앓고 있었다. 교도소 생활 중 결핵에 걸린 그는 지금 상태로는 얼마 살지 못할 지경이었다. 네흘류도프가 한 숙영감옥에서 크르일리소프를 발견하고 그에게 다가가는 장면에서 작가는 결핵 환자를 다음과 같이 묘사하고 있다.

그는 나무 침대 한 구석에 방한화 신은 두 발을 오므리고 등을 굽히고서 두 손은 반코트 소매 속에 쑤셔 넣고 앉아, 여위고 혈색 없는 얼굴에 열병을 앓는 듯한 눈으로 네흘류도프를 보고 있었다.[6]

크르일리소프는 네흘류도프가 처음 그를 보았을 때 모습보다 병세가 악화되어 있다. 혹한의 시베리아 겨울로 인해 그의 몸 안에 있는 결핵균의 활동이 한층 왕성해진 것이다. 결핵 증상이 심해지기 전 크르일리소프의 모습을 톨스토이는 아래와 같이 그리고 있다.

크르일리소프는 높다란 나무 침대에 앉아서 무릎을 빈약한 가슴 앞으로 끌어당겨 양 팔꿈치를 무릎 위에 괴고는 열기로 빛나는 아름답고 지혜로우며 선량한 젖은 눈으로 네흘류도프를 보며 말했다.[7]

『부활』에서 톨스토이는 결핵을 앓고 있는 인물들을 자세히 묘사할 뿐만 아니라 이 전염병이 주변 환경과 밀접한 연관이 있다는 점을 놓치지 않고 지적한다. 그것은 바로 죄수들이 생활하는 감옥의 열악한 조건이다. 결핵은 다른 전염병과 마찬가지로 환자의 건강 상태와 위생 상태에 따라 치료여부가 결정되는 질병이다. 추운 겨울날, 혐오스럽기까지 한 환경 속에서 크르일리소프의 병세가 호전되기를 바라는 것은 무리다. 추위, 악취, 불결, 집단생활 등은 결핵이 전염되기에 더 없는 환경을 만들 뿐이다.

병사가 다른 쪽 계단으로 네흘류도프를 인도하여 널빤지를 따라 다른 문이 있는 곳으로 갔다. 안에서 떠드는 소리와 움직이는 소리가 마치 벌떼들이 벌집에서 날아가기 직전의 소음처럼 들려왔다. 네흘류도프가 가까이 다가가 문을 열자 이 시끄러움은 더한층 심해져 소리 지르고 서로 욕설을 해대고 웃어대는 소리로 바뀌었다. 그에 이어 쇠사슬이 맞부딪치며 내는 갖가지 소리가 들리고 이제는 익숙해진 분뇨냄새와 숨 막힐 듯한 타르 냄새가 코를 찔렀다.

이 두 가지, 즉 절그렁거리는 쇠사슬 소리에 뒤섞인 떠들썩한 말소리와 견딜 수 없는 악취는 네흘류도프에게 언제나 정신적 구토라고도 할 수 있는 괴로움을 안겨주었고 그것은 점차 실제적인 육체적 구토를 느끼게 하였다. 이 두 가지는 서로 상승작용을 일으켜 하나의 결합체가 되어버렸다.

반 숙영감옥의 현관으로 들어서자 네흘류도프의 눈에 맨 먼저 띈 것은, '똥통'이라고 불리는 지독한 냄새를 풍기는 커다란 통 가장자리에 올라앉은 여죄수의 모습이었다.

현관을 지나자 복도가 뻗어 있었고 감방 문이 열려 있었다. 첫 번째 방은 부부들의 방, 그 다음 넓은 방은 독신자용, 복도 맨 끝에 있는 두 개의 작은 방은 정치범들이 있는 곳이었다. 150명 수용 계획으로 세워진 숙영감옥 건물에 450명이나 마구 처넣어서 비좁기란 이루 말할 수 없었고 그들은 복도에까지 넘쳐 나와 있었다.

(…중략…)

"건강은 어떤가요?" 차갑고 떨리는 크르일리소프의 손을 쥐면서 네흘류도프는 물었다.

"괜찮습니다. 한데 몸이 좀처럼 따뜻해지질 않아 걱정입니다. 온통 젖는 바람에." 크르일리소프는 반코트 소매 속으로 한쪽 손을 집어넣으면서 말했다. "그런데다 이곳은 무섭게 추운 곳이에요. 보세요, 창이 다 깨졌답니다." 그는 쇠창살 박힌 창문의 깨진 곳 두 군데를 손가락으로 가리켰다.[8]

당시 일부 사람들은 결핵이 인간의 환경이나 영양 상태와 상관없는 전염병이라고 생각했다. 아니 오히려 결핵을 부유층과 예술가의 상징처럼 오해한 사례도 적지 않았다. 하지만 역사적 사료를 보면 "18세기 후반에서 제2차 세계대전 때까지 대략 200년 동안, 폐결핵은 특권층 사람들보다 그렇지 못한 사람들 사이에서 훨씬 더 만연했다. (…중략…) 그런 현실 때문에 결핵은 곧 가난을 뜻하는 말처럼 되었다".[9] 이것은 결핵이 환경과 밀접한 연관이 있다는 점을 반증하는 것이다.

위의 대목에서 볼 수 있듯이 결핵을 앓고 있는 크르일리소프에게 감옥이라는 환경은 치명적이다. 그가 머물고 있는 숙영감옥은 겨울의 혹한을 피할 난방시설도 제대로 갖추지 못한 곳이다. 분뇨와 타르 냄새가 자욱한 실내의 불결한 환경은 크르일리소프 같은 폐병환자에게 득이 될 리 없다. 더구나 150명을 수용할 수 있는 숙영감옥에 450명을 넣었으니 결핵이 전염병이라는 사실을 상기하면 위험천만한 일이 아닐 수 없다. 톨스토이는 이런 디테일들을 묘사하면서 결핵이 전염병이라는 사실을 강조하고 있다. 다시 말해 작가는 결핵이라는 질병의 환경적 요인과 전염성 위험을 경고하고 있는 것이다.

4. 결핵과 죽음의 실재성

문학작품에서 질병은 자주 죽음의 이미지와 오버랩된다. 죽음이 그와 일정한 인과관계를 형성하고 있는 질병의 이미지로 치환되는 것이다. 그것은 인간이 죽음 자체를 묘사할 수 없다는 사실에서 기인하는 것이기도 하다. 죽음은 누구나 경험하는 것이지만 그것은 또한 기억하거나 환원할 수 없는 경험이기도 하다. 죽음은 인간의 마지막 실존적 경험이자 사건이다. 인간의 관점에서 보면 죽음이라는 사건은 수없이 반복되지만 개인의 측면에서 보면 그것은 절대적이며 유일한 사건이다. 톨스토이의 『안나 카레니나』에는 결핵을 통해 죽음의 실재성을 환기시키는 장면이 나온다. 작품의 남자 주인공 중 하나인 레빈이 자신의 형인 니콜라이가 결핵에 걸려 죽는 것을 지켜보는 장면이 그것이다. 여기서 결핵이라는 질병은 죽음을 이해하는 중요한 계기가 된다. 먼저 레빈의 눈을 통해 묘사된 말기 결핵환자의 모습을 보도록 하자.

> 작고 더러운 방의 페인트칠 된 벽에는 침 자국이 즐비했고 얇은 칸막이 너머에서 하는 말소리가 다 들렸으며 공기에는 질식할 것 같은 악취가 배어 있었다. 벽에서 떨어뜨려 놓은 침대에는 이불을 덮은 육신이 누워 있었다. 한 팔은 이불 위에 놓여 있었는데, 갈퀴처럼 거대한 손이 손목에서 팔꿈치까지 가늘고 평평한 긴뼈에 이상하게 붙어 있었다. 베개 위 머리는 옆으로 누여 있었다. 땀에 젖은 듬성한 머리카락이 관자놀이와 투명하기까지 한 넓은 이마에 달라붙어 있는 것이 레빈의 눈에 띄었다.[10]

레빈은 형이 죽어가는 모습을 보면서 죽음에 대해 사색한다. 하지만 아내 키티가 자신은 물론이고 죽음에 대해 심오한 사상을 피력한 어떤 현인들보다 죽음에 대해 잘 알고 있다고 생각한다. 죽음이 무엇인지 키티가 알고 있다는 증거는 그녀가 죽어가는 사람들을 두려워하지 않고 어떻게 대해야 하는지, 단 일초도 헷갈리지 않고 분명히 알고 있다는 사실에서 드러난다. 키티는 고통의 경감보다 죽어가는 사람에게 더 중요한 것이 영혼의 구원이라는 사실도 알고 있다. 레빈을 비롯해 다른 사람들은 죽음에 대해 말은 많이 할 수 있을지 몰라도 아는 것이 없었다. 왜냐하면 레빈은 죽음을 두려워하고 사람들이 죽어갈 때 뭘 해야 하는지 알고 있지 못했기 때문이다.

　　형의 모습을 보고 죽음을 지근거리에서 접하며 레빈은 죽음의 불가해성과 근접성 그리고 필연성 앞에 느끼는 공포를 또다시 느꼈다 (…중략…) 죽음의 의미를 깨달을 수 있을까, 그는 예전보다 더 자신이 없어졌고 죽음의 필연성은 더욱 두렵게 느껴졌다. 그러나 지금, 아내가 옆에 있는 덕분에 절망하지 않았다. 죽음에도 불구하고 그는 삶과 사랑의 필요성을 절감했다. 사랑으로 절망에서 놓여났고, 절망의 위협 아래 그 사랑이 한층 더 강하고 순결해졌다고 느꼈다.[11]

톨스토이는 이 장면에서 죽음을 삶 그리고 사랑과 연결시키고 있다. 인간이 죽음의 공포로부터 벗어날 수 있는 것은 죽음, 삶, 사랑이 하나의 순환고리라는 사실을 깨닫게 될 때만 가능하다는 것이다. 하지만 죽음은 여전히 인간에게 곧 다가올 현재라는 실재성을 갖는다. 그리고 인간은 질병의 고통으로 인해 죽음의 실재성을 더 생생하게 느낀다.

　　톨스토이는 『안나 카레니나』에서 이 문제, 즉 질병의 고통과 죽음의 관계를 면밀히 고찰하고 있다. 고통이 없다면 인간은 죽음 앞에서 공포를 느끼지 않을까? 아니다. 고통이 없는 죽음은 공포 그 자체다. 질병의 고통은 종국에 그 고통의 원천인 육체로부터 벗어나고 싶다는 욕망으로 수렴된다. 극심한 육체적 고통으로부터 벗어날 수 있는 것은 오직 육체로부터의 해방, 즉 죽음뿐이다. 이런 과정 없이 죽음에 이르는 과정은 공포의 심연과 다르지 않다. 톨스토이가 『안나 카레니나』에서 죽음에 대한 이런 깨달음을 얻을 수 있는 계기가 된 것은 당시 유행하던 결핵에 걸려 레빈의 형인 니콜라이가 죽음에 이르기 때문이다. 이렇게 보면 톨스토이 문학에서 결핵은 죽음의 실재성과 그 극복을 암시하는 중요한 계기이기도 하다.

제1장

'약'의 향연

채만식의 『탁류濁流』에 대한 의료문학적 연구

1. 약이라는 소재

근대 이전에 약이 없었던 것은 아니다. 하지만 근대의약은 획기적인 치료효과와 대중적 파급력으로 인간의 삶을 판이하게 바꿔놓았다. 인간은 이런 치료제 덕에 질병에 대한 절대적 공포로부터 벗어나기 시작했다. 특히 치사율이 높은 페스트, 콜레라, 결핵, 말라리아 등과 같은 전염병과 매독 등 성병을 효과적으로 예방, 치료함으로써 근대의약은 안정적인 근대 사회의 토대를 구축하는데 크게 기여하였다.[1]

문학작품에 자주 등장하는 매독과 그 치료제를 예로 들어보자. 매독의 원인균이 최초로 발견된 것은 1905년 F. R. 쇼딘과 P. E. 호프먼에 의해서다. 그리고 1906년과 1907년 사이에 매독 검사법이 개발되었다. 1909년 파울 에를리히는 매독에 효과적인 '전신 멸균제'를 제조하는데 성공했다. '전신 멸균제'를 혈관에 주사하면 인체조직에 해를 주지 않으면서 박테리아를 죽일 수 있었다. 이것이 바로 유명한 '606'이다. '살바르산'이라는 이름으로 처방된 이 약은 매독치료제로서 광범위하게 사용되었으나 때로 심각한 부작용을 낳아서 제1차 세계대전 직전에 네오살바르산으로 교체되었다. 이런 비소제제들은 전쟁 등과 같은 특수한 상황에서 성병이 만연할 때 큰 역할을 했다.[2]

근대 사회의 이런 변화는 자연스럽게 문학 속에 반영되었다. '약'이 문학의 소재로 자주 등장하게 된 것이다. 하지만 문학의 특성상 '약'은 질병보다 낮은 지위를 차지할 수밖에 없었다. 질병이 문학적 서사의 매력적인 출발점인 반면 '약'은 일반적으로 그것의 '과학적인' 치료제라는 이유로 문학적 서사에서 기피되었기 때문이다. 다시 말해 질병은 다양한 문학적 비유나 상징의 의미를 지니고 있어서 문학적 서사에서 활용도가 높지만 '약'은 그렇지 못한 것이다. 만약 질병의 형상으로 표현된 문학적 비유와 상징이 어떤 특정한 '약'으로 치유된다면 문학적 서사의 재미와 긴장성은 현저하게 떨어질 것이다. 이것은 문학의 세계를 과학으로 대체하는 꼴이 되고 만다. 그러므로 약이 문학적 의미를 획득하기 위해서는 무엇보다 그것이 치료제 이상의 의미를 지니고 있어야 한다.[3]

이런 이유로 우리 근대문학에서 '약'이 작품의 주제, 소재, 모티프, 상징으로 등장하는 경우가 드물고, 그에 대한 연구 또한 찾아보기 힘들다. 약은 많은 작품에서 언급되지만 특별한 문학적 의미나 역할을 지니고 있지 않은 경우가 대부분이다. 이런 점에서 보면 약을 중요한 문학적 장치로 활용한 이상李箱의 작품은 아주 예외적인 경우에 속한다고 할 수 있다. 이상은 일제 식민지 시기 근대인의 분열된 내면을 근대의약의 상징체계를 통해 잘 표현한 대표적인 작가 중 하나다. 이상의 작품에 나오는 근대적인 약들이 단순한 치료제 이상의 의미를 지니고 있다고 지적한 이경훈의 논문은 그래서 흥미롭다. 그는 이상이 근대의약을 통해 근대인의 근본적인 질병을 암시하고 있다고 주장한다. "아달린은 결코 아스피린을 배반하지 않는다는 점, 즉 그 본질에서 아스피린과 아달린이 전혀 대립적이지 않다는 사실이다. 해열제이건 최면제이건 간에 이 둘은 모두 약품이기 때문이다. 요컨대 아스피린과 아달린은 자연에 인위적 작용을 가하는 근대적 '처방'이라는 면에서 통일된다."[4] 이에 따르면 이상에게 근대성은 인위성과 동의어가 된다. 즉 이상은 근대의약의 인위적 작용을 통해 자연적 상태에 대한 관리와 통제를 일삼는 근대인의 질병을 암시하고 있다는 것이다.

하지만 이상과 같이 약을 근대인의 질병과 접목시킨 경우를 제외하면 근대의약은 여전히 문학적 서사에서 소외되어 있는 것이 사실이다. 최근 소수의 연구자들이 식민지 시기의 잡지나 신문에 실린 약치료제 광고나 질병 담론을 연구하는 것도 이런 사정과 무관하지 않을 것이다. 당시 수많은 약들이 판매되고 사용되었음에도 불구하고 유독 문학작품에서 그런 기록을 찾기는 쉽지 않기 때문이다. 문학작품에서 그런 흔적을 찾기 힘드니 다른 기록에서 약치료제의 의미와 역할을 찾으려는 것은 자연스러운 일이다.

권보드래, 김은정의 논문에서 보듯이 신문, 광고에 실린 약 광고와 질병 담론에 대한 연구는 한국 근대사를 이해하는데 중요한 키워드라고 할 수 있다. 일종의 생활사 혹은 풍속사 연구라고 할 수 있는 위의 연구들은 근대적 삶의 풍경을 복원하는데 매우 설득력 있는 시각을 제시하고 있다. 먼저, 권보드래는 일본 삼하남양당森下南陽堂에서 발매한 인단仁丹이라는 약품이 식민지 조선에서 자주 사용하던 일상용품이었다고 지적하고, 그것이 군사적 강권과 유교적 인의를 결합한 이상적이고 허구적인 일본 제국주의의 표상을 전파했다고 주장하고 있다. 저자는 식민지 시기 다양한 매체에 실린 인단의 광고 내용을 분석하면서 이 약품이 "일본의 군국주의적 침략을 상징하는 기호"이면서 동시에 "일본의 제국주의적 확장을 노골적으로 지지한 상품"[5]이라고 결론짓고 있다. 권보드래가 인단 광고를 분석하면서 이 약품의 상징성에 주목했다면 김은정은 1920~1940년대 잡지에 실린 화류병성병 치료제 광고에 초점을 맞추고 있다. 저자는 다양한 화류병 치료제와 광고 내용을 소개하면서 화류병 치료제 광고가 일본 제국주의 위생담론 확산의 첨병 역할을 했다고 지적하고 있다.[6]

하지만 '약'도 근대문학의 중요한 서사적 모티프 중 하나인 것만은 틀림없다. 우리는 이런 대표적인 예를 채만식의 『탁류濁流』에서 찾아볼 수 있다. 『탁류』는 우리 근대문학에서 '약'을 가장 다양하고 깊이 있게 다룬 작품이다. 『탁류』에는 전근대적 약뿐만 아니라 다양한 근대적 약들이 등장한다. 그리고 이런 약들은 작품에서 중요한 문학적 상징과 장치로서 사용되고 있다.

이 글에서는 근대의약이라는 상징체계를 중심으로 채만식의 『탁류』를 살펴보고자 한다. 이것은 두 가지 목적을 가지고 있다. 첫째는 『탁류』에 나타난 근대 의약제도의 구체적인 모습과 그 제도의 구조적 문제들, 근대의약의 다양한 의미 등을 살피는 것이다. 이것은 『탁류』에 대한 새로운 주제적 접근일 뿐만 아니라 동시에 일제 식민지 시기 한국의약사의 복원 작업이기도 하다.

둘째로 『탁류』에 나타난 '약'이라는 상징의 서사적 쓰임을 규명하는 것이다. 질병의 관점에서 『탁류』를 분석한 이재선의 연구에 따르면 매독은 일제 식민지 침탈과 타락한 사회상을 비판하는 은유적 수사학의 대상이다. 즉 채만식이 매독이라는 추악한 '질병' 그 자체보다도 등장인물들에 의해 '탐욕'이 전염병처럼 확산되는 병리적 현상을 문제 삼고 있다는 것이다. 매독은 기표이며, 그 기의는 탐욕의 전파와 확산[7]이라는 말에는 이런 문제의식이 함축되어 있다. 『탁류』에 등장하는 '약'이 매독치료제뿐만 아니라 독약과 낙태약 등 다양한 종류라는 사실은 약이 질병만큼이나 서사의 중요한 출발점이라는 점을 암시한다. 이런 점에서 본 연구는 서사적 모티브로서의 '약'이라는 상징을 중심으로『탁류』를 분석하는 최초의 시도라는 의미가 있다고 하겠다. 그럼 먼저『탁류』에 나타난 근대 의약제도의 구체적인 모습을 살펴보도록 하자.

2. 근대적 공간으로서 양약국 '제중당'

『탁류』는 초봉이라는 비극적인 여인의 삶을 통해 탁류에 휩쓸려 파멸해가는 식민지 조선의 어두운 모습을 적나라하게 파헤치고 있는 장편소설이다. 이 작품은 1937년 10월 12일부터 1938년 5월 17일까지 198회에 걸쳐『조선일보』에 연재되었고, 이듬해인 1938년 단행본으로 출판되었다. 1930년대 후반기를 시대적 배경으로 삼고 있는『탁류』는 일제에 의해 진행된 조선의 근대화 풍경을 잘 반영하고 있다. 그 대표적인 것이 미곡 투기장인 미두장米豆場, 은행, 양약국 '제중당濟衆堂', 신식 병원 등이다.

채만식은 미두장과 은행을 통해 당시 식민지 자본주의의 모습을 상세히 그리고 있다. 이것은 특히 작품 초반부의 주요인물인 정주사를 통해 잘 드러난다. 땅 팔고 군산 와서 몇 해 동안에 완전히 영락한 정주사가 미두장에 나와서 돈도 한 푼 없이 '하바'를 하다가 욕을 보고는 돌아가는 길에 항구에 나온 모습은 망해 가는 식민지 한국인의 한 전형이다. 그리고 군산의 심장부를 이루는 일인 시가지의 은행과 미두 취인소의 운집한 모습과 정주사가 사는 동네가 대조적으로 묘사되는 것도 같은 맥락으로 이해할 수 있다. 일제의 자본주의가 침입하여 미곡 수출약탈의 해항으로 면모가 바뀌었던 군산은 근대화된 식민지 도시의 이중적 구조를 상징적으로 보여주는 대표적 사례인 것이다.[8]

이와 더불어 '제중당'과 신식 병원은 식민지 조선의 근대적인 의료와 위생체계를 상징한다. 이중에서 특히 '제중당'은 『탁류』에 나타난 식민지 조선의 근대적인 의료체계를 이해하는데 중요한 키워드를 제공하고 있다. 『탁류』에 양약국이 등장하는 것은 그곳이 주요 등장인물 중 하나인 약제사 박제호가 운영하는 약국이요, 주인공 초봉이의 일터이기 때문이다. 그런데 왜 하필 한약방이 아닌 양약방일까? 이것은 근대양약이 이미 조선민중의 생활과 불가분의 관계에 있었다는 채만식의 사회인식과 깊은 관계가 있을 것이다.

이런 점에서 『탁류』에는 1930년대 말 식민지 조선의 근대적 제약업의 모습이 잘 반영되어 있다. 식민지시대 호남지방에서 가장 큰 약업자가 있었던 곳은 작품의 공간적 배경인 군산이다. 가미바야시神林藥店가 그것이다. 그리고 전라북도에서 최초로 약국이 생긴 곳도 군산이다. 1929년 조선약학교를 나온 박지선이 전북에서 처음으로 군산에 약국을 개업하였다. 두 번째는 이용희가 1934년 전주에 세운 '전주약국'이고, 김석호가 이듬해 역시 전주에 세운 '제일약국'이 세 번째다. 군산에서 유명한 약사로는 이민희가 있었다. 그는 1938년 경성약전을 졸업하고 군산 도립병원 약국과 전북도 위생과에 근무한 바 있는 약제사였다. 그리고 군산에서 유명한 약종상으로는 옥산당玉山堂을 운영한 육재곤과 심약방沈藥房을 운영한 심학윤이 있다. 이들이 운영한 약방은 1929~30년 사이에 개설된 것이다.[9]

일제 지배 하에서 조선은 근대의약품, 약학, 의약행정 모두를 일본을 통해 받아들일 수밖에 없었다. 수천 년간 사용해온 한약재나 아니면 이 한약을 매약화賣藥化한 것이 초창기 조선의 약업藥業이었고, 양약의 공급은 전적으로 일본인의 몫이었다. 조선인의 손으로 치료약다운 양약이

비로소 도입되기는 1920년대에 들어서면서부터다.[10] 세브란스병원의 약품부와 유한양행이 일본인의 손을 거치지 않고 외국 제약사와 직접 계약하여 양약을 들여왔다. 하지만 이것은 완제품이었고, 매약의 원료 약품이나 조제용 약은 일본 판매업자에 의존해야 했다.[11]

식민지 조선에서 제약업이 본격적으로 태동된 것은 1930년대부터다. 이때부터 약업계에서 매약의 비중이 점점 줄어들고, 그 대신 주사약과 신약 치료제 시장이 커지기 시작했다. 1935년 유한양행이 최초로 화학 합성을 시도하여 살발산을 생산했고 1939년 신흥제약소와 경성신약이 설립되어 각종 주사제를 생산, 판매하였다.[12] 이런 변화에 발맞추어 군산뿐만 아니라 조선팔도에 양약국이 본격적으로 등장했다. 소설 속 허구의 공간이기는 하지만 양약국 '제중당'도 그 중 하나다. 당시 양약국은 식민지 조선의 근대화의 상징 중 하나였고, 이런 이유로 대도시나 소도시에서 없어서는 안 될 공간이었다. 이런 사실을 잘 알고 있었던 채만식은 '제중당'을 군산바닥에서 만만찮은 공간으로 그리고 있다.

정거장에서 들어오자면 영정榮町으로 갈려드는 세거리 바른편 귀퉁이에 있는 제중당濟衆堂이라는 양약국이다. 차려놓은 품새야 대처면 아무데고 흔히 있는 평범한 양약국이요, 규모도 그다지 크지는 못하다. 그러나 제중당이라는 간판은, 주인이요 약제사요 촌사람의 웬만한 병론病論이면 척척 의사질까지 해내는, 박제호朴濟浩의 그 말대가리같이 기다란 얼굴과, 삼십부터 대머리가 훌러덩 벗어져서 가뜩이나 긴 얼굴을 겁나게 길어보이게 하는 대머리와, 데데데데하기는 해도 입담이 좋은 구변과, 그 데데거리는 말끝마다 빠뜨리지 않는 군가락 '제기할 것!' 소리와, 팥을 가지고 앉아서라도 콩이라고 남을 삶아 넘기는 떡심과…… 이러한 것들로 더불어 십 년 이짝 이 군산바닥에는 사람의 얼굴로 치면 마치 큼직한 점이 박혔다든가, 핼끔한 애꾸눈이라든가처럼 특수하게 인상이 박히고 선전이 되고 한, 만만찮은 가게다.[13]

'제중당'은 승재가 의사 조수로 근무하고 있는 "금호의원에 약품을 대는" 양약국이다. 이것은 병원에서 필요한 전문적이고 다양한 약을 '제중당'에서 공급했을 거라고 추측할 수 있는 대목이다. 실제로 승재는 성병에 걸린 태수가 찾아왔을 때 간호사에게 '제중당'에 주사액을 주문하라고 시키면서 "만일 제중당에 없다거든 다른 데라도 물어보아서 가져오게 하라고" 간호사에게 이른다. 그리고 '제중당' 안에는 의사의 처방에 따라 약을 조제하는 '제약실'이 따로 있고, 일반 약품을 보관하는 '약장'과 빙초산이나 ××(청산)가리 약병을 보관하는 "'극약 독약'이라고 쓴 약장"[14]이 구분되어 있었다.

하지만 『탁류』 속 양약국 '제중당'은 약만 판매한 곳은 아니었다. '제중당'은 위에서 언급한 전문적인 약과 더불어 '옥도정기', 인단, '로지농 칼슘' 같은 근대의약품만 판매한 것이 아니라 "화장품 장사까지 겸하는 양약국"이고, 가루우유, 타올, 포마드 등 다양한 상품을 판매한 잡화점이기도 했다. '제중당'이 잡화점을 겸하고 있었다는 것은 '생활 제일과生活第一課'라는 제목이 붙은 『탁류』의 2장과 '…… 생애生涯는 방안지方眼紙라!' 라는 제목의 4장에 잘 나타나 있다. 2장의 여러 대목을 인용해보자. "올 이월, 초봉이가 이 가게에 나와 있으면서부터 보통 약도 약이려니와 젊은 서방님네가 사지 않아도 괜찮은 것이면서 항용 살 수 있는 화장품이며, 인단, 카올, 이런 것은 전보다 삼 곱 사 곱이나 더 팔렸다." 양약국 점원인 초봉이는 화장품뿐만 아니라 인단과 카올도 판매했다.[15] 그리고 '제중당'의 단골인 기생 행화는 처음 가게에 나오던 때부터 정해놓고 며칠만큼씩 가루우유를 사가고, 가끔 화장품도 사가고 전화도 빌어 쓰고 했다고 기록되어 있다. 초봉이와 사기 결혼을 하는 은행원 태수는 어떠한가. 그는 '제중당'에 전화를 걸어 초봉이에게 향수를 주문한다. 헤리오도로푸[16]라는 향수다. '제중당'에서 판매한 또 다른 물건은 4장에서 태수의 생각을 빌려 독자에게 전달된다. "바로 어제 들려서 인단이야 포마드야를 더금더금 사왔는데, 오늘 또 체신머리 없이 가고 보면 초봉이라도 속을 들여다보고 추근추근하다고 불쾌하게 여길 듯싶어 재미가 덜할 것 같았다." 양약국에서 남성용 머릿기름까지 취급했다는 말이다. 이렇게 보면 1930년대 말 군산의 '제중당'은 현재의 서양식 약국drugstore과 크게 다르지 않았음을 알 수 있다.[17]

양약국 '제중당'이 근대적 공간으로서의 면모를 지니고 있었다는 점은 또 그 내부 구조가 현대를 사는 우리에게 매우 친숙한 모습이라는 사실에서도 확인된다. '제중당'의 내부풍경은 『탁류』의 2장과 4장에 간간이 묘사되는데, 디테일을 나열하면 다음과 같다.

① 초봉이가 혼자 테이블을 타고 앉아서 낡은 부인잡지를 들여다보고 있다.

② 기둥에 걸린 둥근 괘종이 네시를 친다.

③ 초봉이는 사쁜 일어서서 진열장 뒤로 다가 나온다.

④ 초봉이는 도로 테이블 앞으로 가서 잡지장을 뒤지기도 내키지 않고 해서, 뒤 약장에 등을 기대고 우두커니 바깥을 내다본다.

⑤ 마침 제약실에서 안으로 난 문이 열리더니

⑥ 초봉이는 (…중략…) 헤리오드로푸 한 병 있는 것을 진열장에서 꺼내다가 싸개지로 싸고

⑦ 윤희는 (…중략…) 제약실로 해서 안채로 들어가 버린다.

⑧ 제호는 (…중략…) 테이블 위에 놓인 손금고를 방울소리를 울리면서 찰
　　크당 열어젖힌다.

⑨ 제호는 (…중략…) 제약실로 들어가 앉아서 (…중략…) 서류를 뒤적거
　　린다.

⑩ 제호는 서류를 (…중략…) 챙겨서 제약실 안에 있는 금고를 열고 소중하
　　게 건사를 한 뒤에 도로 마루로 나온다.

⑪ 제호는 테이블 앞 의자에 가 걸터앉더니 (…중략…)

⑫ 제호는 (…중략…) 약병을 집어 들고서 '극약 독약'이라고 쓴 약장 앞으
　　로 가고 만다.

위 디테일들을 종합해서 양약국 '제중당'의 모습을 그리면 다음과 같
다. 약국에 들어서면 눈에 잘 띄게 기둥에 둥근 괘종시계가 걸려 있다.
시간은 오후 네 시를 가리키고 있다. 테이블 위에는 낡은 부인잡지와 작
은 손금고가 놓여 있다. 테이블 뒤쪽 벽면에는 약장이 세워져 있는데, 이
중에는 '극약 독약'이라고 쓴 약장도 보인다. 그리고 테이블 앞쪽에는 여
러 의약품과 물건이 전시되어 있는 진열장이 있다. 약을 조제하는 제약
실은 독립된 공간으로 별도의 문이 달려있다. 마루와 닿아 있는 문을 열
고 제약실로 들어가면 소중한 것을 따로 보관하는 금고가 있다. 이 제약
실은 안채와 바로 연결되어 있다. 1930년 말 지방도시에 위치한 양약국
'제중당'의 내부는 대충 이런 모습을 하고 있었다. 이것은 아직도 서울
변두리 혹은 지방 소도시에서 흔히 볼 수 있는 약국의 모습과 매우 닮은
것이다.

'제중당'이 근대적 공간이었다는 것은 그 주인인 박제호의 직업이 약
제사였다는 사실과도 밀접한 연관이 있다. 약제사라는 직업은 근대 이

전의 조선에는 없었던 것이다. 이것은 일제시대에 형성된 근대적 의약 제도의 산물이었다. 식민지 조선의 의약행정은 1912년 조선총독부가 약품藥品 및 약품영업취체령藥品營業取締令을 제정, 공포하면서 근대적 모습을 갖추기 시작했다. 이 법령은 1953년까지 이어져 우리 근대의약 제도의 근간이 되었다. 이 법령은 약을 취급하는 다양한 직종을 제도화하고, 독·극약의 판매를 엄격히 제한하고 있다. 조선총독부령 제22호로 발표된 이 법령의 제1조는 다음과 같다.

> 본령本令에서 약제사藥劑師라 함은 의사의 처방전에 의하여 약제藥劑를 조합調合하는 자를 말하고, 약종상藥種商이라 함은 약품을 판매하는 자를 말하고, 제약자製藥者라 함은 약품을 제조하여 판매하는 자를 말하고, 매약업자賣藥業者라 함은 매약賣藥을 조제調製, 이입移入 또는 수입輸入하여 판매하는 자를 말한다. 약제사는 약품의 제조 및 판매를 하고 의사는 진료를 위하여 환자에 약품을 판매, 투여할 수 있다.[18]

이 법령이 발효되면서 식민지 조선에 다양한 약업자들이 등장했다. 여기서 주목할 것은 약제사와 매약업자다. 약제사는 조선총독이 발행한 약제사 면허증이나 또는 내부대신이 발행한 약제사 면장을 가진 자를 말한다. 이에 대해서는 같은 해 발표된 시행규칙施行規則 제1조에 상세히 명시되어 있다. 이에 따르면 "약제사 면허증을 받고자 하는 자는 나이 만 20세 이상으로 조선총독이 정하는 약제사 시험에 급제한 자에 한한다"[19]라고 규정하고 있다. 하지만 약제사가 되기 위해 시험을 반드시 치러야하는 것은 아니었다. 의과대학 약학과, 관립·공립의학전문학교 약학과 또는 고등중학교 의학부 약학과를 졸업한 자는 그 졸업증서로서 약제사 면허증을 교부받을 수 있었다.

그 외에 약종상, 제약자 또는 매약업자는 경찰관서의 허가를 받아야
만 했다. 시행규칙 제5조는 이에 대해 다음과 같이 명시하고 있다. "약종
상, 제약자 또는 매약업자의 허가를 받고자 하는 자는 다음 사항을 구비
하여 경무부장警務部長에 원출願出할 것. 다만 2개소 이상의 영업소를 설치
하고자 할 때는 그 영업소마다 허가를 받을 것. ① 본적, 주소, 성명, 생년
월일, ② 영업의 장소, ③ 약품취급에 관한 이력서, 타인으로 하여금 제약
또는 매약 제조를 하고자 하는 자의 임무, 이력서 또는 면허증의 사본."[20]
여기에 매약업자는 조제, 이입 또는 수입에 관계되는 매약의 방명方名, 원
료, 분량, 제조방법, 용법, 복량服量, 효능, 정가를 쓴 서면 및 매약의 견본
을 첨부해야 했고, 경무부장이 이를 심사하여 허가증을 교부했다.[21]

『탁류』에는 박제호가 어떻게 약제사가 되었는지에 대한 구체적인 설
명이 없다. 분명한 것은 박제호가 업으로 삼고 있는 약제사라는 직업이
1912년 공포된 「약품 및 약품영업취제령과 시행규칙」 이후에 생긴 것이
라는 점이다. 그리고 '제중당'에 별도의 제약실이 있는 것을 보면 박제
호가 여기서 의사의 처방에 따라 약을 조제한 것이 분명하다. 근대의약
은 바로 이런 양약국과 박제호 같은 약제사를 통해 민중에게 전파된 것
이다.

'제중당'은 우리 문학에 등장하는 근대적 공간 중 매우 각별한 곳이다.
그것은 이 시기 한국문학에서 양약국에 대한 구체적인 언급을 거의 찾
아보기 어렵다는 희소성에서 기인하는 바 크다. 특히 근대의약이 민중
에게 심대한 영향을 끼쳤다는 사실을 상기한다면 채만식이 『탁류』에서
그리고 있는 양약국의 모습은 소중한 문학사적 가치를 지니고 있다고
할 수 있다.

3. 식민지 조선과 '약'의 생태계

채만식은 1930년 잡지 『별건곤別乾坤』에 여러 종류의 기사를 발표한 적이 있는데, 1930년 9월호에 실린 「폭리대취제暴利大取締 — 약가藥價와 치료비治療費」란 글을 보면 그가 당시 병원에서 폭리를 취하고 있는 약 값의 유통구조를 상세히 취재하고, 이에 대해 전문적인 지식을 가지고 있었음을 알 수 있다. 이렇게 매약업체와 병원의 행태에 관한 취재 경험은 『탁류』의 창작에 직접적으로 도움이 된 것으로 보인다.[22] 위 기사 중 한 대목을 인용해보자.

> 또 속칭에 606이라고 하고 약명은 살바르산—이것을 모르는 이는 별로 없을 것입니다. 그런데 이 606주사는 병의 경중을 따라 1호부터 6호까지 분별하여 맞습니다. 원가는 42전부터 2원까지입니다. 이것을 놓아주고 병원에서 받기는 5원부터 30원까지 받습니다. 이것도 요즈음 내려서 그렇지, 처음 시절에는 한 대에 6, 70도 받았다나요.[23]

약 값 폭리는 병원에서만 일어난 것이 아니다. 해방 이전 의약품 도매업은 대부분 일본인이 장악하고 있었다. 당시 도매상들은 엄청난 도매 마진으로 폭리를 취하고 있었다. 의약품 판매가격은 소매, 도매, 생산자 가격으로 구분되어 있었는데, 이윤만 해도 도매 마진이 평균 10%이고 소매 마진은 평균 30~40%나 되었다고 한다.[24] 이런 사정은 『탁류』에도 그대로 반영되었다. 군산의 양약국을 때려치우고 서울에 올라가 제약회사를 차릴 심산인 박제호가 초봉이를 앞에 놓고 새로운 사업을 시작하겠다고 떠벌이는 장면을 대표적인 것으로 들 수 있다. 이 장면에서 박제호는 제약회사가 얼마나 많은 이문을 남겨먹는지 적나라하게 폭로한다.

제약회사야 제약회사. 이거 봐요, 내가 몇해 전버텀두 그걸 하나 해볼 양으
루 별렀단 말이야. 그거 참 하기만 하면 도무지 어수룩하기가 뭐 짝이 없거든.
글쎄 삼십 전이나 오십 전 딜여서 약을 맨들어 가지군 뭐, 어쩌구 어쩌구 하다
구 풍을 쳐서 커다랗게 신문에다 광고를 내면 말이야, 헐라치면 십 원씩 내구
사다 먹어요! 십 원씩을. 제깐놈들이 뭐 약이 어쩐지 아나 뭐. 그래 열 곱 스무
곱 남아요. 십 년 안에 삼십만 원 이상 벌어놀 테니 보라구, 삼십만 원…… 삼
사십 전짜리 약을 맨들어서 광고를 크게 내면, 저희가 광고 요금꺼정 약값에
다가 껴서 내구 좋다구 사다 먹질 않나, 그러나 장사해먹는 이놈이 손복할 지
경이지. 생각하면 벼락을 맞을 일이야. 허허허허, 제기할 것.

『탁류』는 근대 식민지 조선에서 '약'이 개인과 개인 혹은 인간 집단 간
힘의 불균형에 따라 제각기 작용하고 있는 현실을 잘 그리고 있다. 약도
다른 상품과 매한가지여서 근대 자본주의사회의 시장원리에 따라 유통
되고, 소비되었다. 약은 구매능력이 있는 소비자에게 매력적인 상품이
지만 그럴 능력이 없는 소외계층들에게는 그림의 떡인 것이다. 자본주
의 사회에서 약은 질병을 치유하고 생명을 구하는 본래의 목적을 망각
한지 오래다. 이런 사정은 식민지 조선에서도 마찬가지였다.

『탁류』에서 '약'의 불평등한 생태계는 주로 승재가 현실을 깨달아가는
과정을 통해 잘 드러난다. 승재는 돈이 없어서 병을 치료하지 못하는 사
람을 보고 현실에 대해 새로운 눈을 뜨기 시작한다. 사실 그는 병이라는
것이 인간 개개인의 큰 불행이라는 것만을 알았지, 그것이 인간사회에
서 어떻게 복잡하게 얽혀있는지에 대해선 관심이 없었다. 그러다가 군

산에 내려와 치료비가 없어 병을 고치지 못하는 환자들을 보고 통분한다. 그 후 승재는 먹곰보네 아낙의 아기를 진찰하러 갔다가 이런 현실을 뼈저리게 깨닫는다.

이 사람들도 자식을 위해 애쓰는 정성은 매일반이다. 결과야 물론 자식을 죽이고 살리고 하는 것을 좌우하게 되지마는, 그야 무지한 탓이지, 범연해서 그런 것은 아니다.
그러고 보니 가난과 한가지로 무지도 그 사람들을 불행하게 하는 큰 원인이요, 그래서 그 사람들에게는 양식과 동시에 지식도 적절히 필요하다.

승재는 병이 있어도 약을 쓰지 못하는 인간의 불행이 가난과 무지에서 비롯되었다고 믿지만, 위의 인용문을 보면 그중에서 무지의 폐해에 더 큰 관심을 두고 있다. 하지만 그는 초봉이의 비극적 운명을 보고도 무관심한 정주사의 행태를 보고 자신의 '교양론'에 대해 환멸을 느낀다. "가난한 사람은 교양이 있어도 그것이 그네들을 선량하게 해주는 것이 못되고, 도리어 교양의 지혜를 이용하여 무지한 사람들보다도 더하게 간악한 짓을" 한다는 생각에 도달하게 되는 것이다. 그렇지만 승재의 생각은 사회적 불평등의 근본적인 원인을 이해하는 시각에는 아직 이르지 못한 것이다.

그는 겨우 그 양量으로 눈이 갔을 뿐이지, 질質을 알아낼 시각視角엔 이르질 못했다. 따라서, 가난과 병과 무지로 해서 불행한 사람이 많은 줄까지는 알았어도, 사람이 어째서 가난하고 무지하고 병에 지고 하느냐는 것은 아직도 알지를 못한다.

채만식은 승재의 이런 생각을 '소박한 휴머니즘'이라고 명명한다. 부조리한 현실에 울분을 느끼지만 그것이 어떤 근본적인 원인에서 기인하는 것인지를 깨닫지 못하고 있다는 말이다. 식민지 현실에 대한 승재의 이런 인식은 서울에 올라와 계봉이를 다시 만나면서 새로운 국면을 맞는다. 승재 앞에서 계봉이는 '분배론'을 제시하고 나선다.

"부자로 사는 건 몰라두 시방 가난한 사람네가 그닥지 가난하던 않을텐데 분배가 공평털 않아서 그렇다우."

"분배? 분배가 공평털 않다구?……"

승재는 그 말의 촉감이 선뜻 그럴싸하니 감칠맛이 있어서 연신 고개를 까웃까웃 입으로 거푸 논다. 그러나 지금의 승재로는 책을 표제만 보는 것 같아 그놈이 가진 매력에 구미는 잔뜩 당겨도 읽지 않은 책인지라 그 표제에 알맞은 내용을 오붓이 한입에 삼키기 좋도록 알아내는 수는 없었다.

사전에서 떨어져나온 몇 장의 책장처럼 두서도 없고 빈약한 계봉이의 '분배론'은 승재를 입맛이나 나게 했지 머리로 들어간 것은 없고 혼란만 했다.

약의 불평등한 생태계와 인간의 불행에 대한 승재의 탐구는 여기서 멈춘다. 그는 더 이상 식민지 현실에 육박하지 못한다. 하지만 승재가 현실을 인식해가는 과정은 일제 식민지시대 약의 불평등한 생태계를 드러내는데 모자람이 없다.

승재가 약과 가난, 무지, 분배의 관계, 즉 추상적이고 원론적인 문제에 관심이 있다면 박제호는 실제 현실 속에서 약의 생태계가 얼마나 무질서하고 혼탁한지를 보여준다. 2장에서도 언급했듯이 약제사인 박제호는 초봉이에게 제약회사를 하겠다는 포부를 밝히면서 식민지 조선의 근대의약 시장과 제도에 대해 일침을 놓는다. 그리고 초봉이가 약을 먹고 사경을 헤맬 때 친구이자 개업의인 S를 불러놓고 서로 타박을 하는데, 이 장면에서 약제사와 의사들의 폭리와 독점행태가 여실히 드러난다.

"그게 다아 죄다짐이라는 걸세 ……"

S는 제호가 꼼짝 못하는 게 재미가 나서 자꾸만 더 놀려주려서, 환자는 잊어버린 것같이 태평이다.

"…… 죄다짐이라는 거야…… 오십 전짜리 인찌기약 만들어서 광고만 크게 내굴랑은 오 원 십 원 받아먹는 죄다짐이야."

"그래, 자네네 의사놈들은 워너니 이 원짜리 주사를 이십 전씩 받구 놔주지?"

"그리구 죄가 또 있지. 아인두 족한데 즈바이, 드라이씩 독점을 하구 지내구…… 웅? 하나찌두 일이 오분눈데 쓰나찌나 세나찌나 무슨 일이 있나?"

약의 생태계에 대한 박제호의 인식은 승재보다 훨씬 현실적이다. 그는 근대의약 시장과 제도의 부조리를 누구보다도 잘 알고 있는 인물이다. 박제호 자신이 이런 구조적 모순을 이용해서 폭리를 취하고 있는 당사자이기 때문이다. 『탁류』가 식민지시대 근대의약 유통의 구조적 문제점들을 생생하게 그리고 있다는 평가를 받을 수 있다면 그것은 승재와 더불어 박제호라는 인물 덕이기도 하다.

4. 『탁류』에 나타난 약의 의미

채만식은 근대의약에 대해 전문적인 지식을 가지고 있던 작가 중 하나다. 우리 근대문학사에서 채만식만큼 근대의약을 자신의 작품에서 능수능란하게 다룬 작가를 찾아보기란 쉽지 않다. 그만큼 『탁류』에는 다양한 약이 등장한다. 보약과 같이 전근대적인 약에서부터 성병 치료약, 각종 주사제, 낙태약, 독약死藥, 청산가리, 인단 등 근대적인 약에 이르기까지 그 종류가 수 십 종에 달한다. 『탁류』를 약의 향연이라고 부를 수 있는 이유가 여기에 있다. 『탁류』에 등장하는 약들이 얼마나 다양한지 그것을 순서대로 나열해보자. 괄호 안 숫자는 각각의 약이 나오는 작품의 쪽수이고, 마지막 숫자는 빈도수이다.

① 인단(29, 86) — 2

② 옥도정기(29) — 1

③ 로지농 칼슘(38, 39) — 2

④ 보약(보제)(108, 220, 399) — 3

⑤ 강심제 주사(114, 284) — 2

⑥ 구급주사(114) — 1

⑦ 빙초산(144, 145) — 2

⑧ 청산가리(144, 145, 167, 169, 173, 174, 447, 448, 458) — 9

⑨ 트리파플라빈(167, 174) — 2

⑩ 가루약(169) — 1

⑪ 물약(169) — 1

⑫ 주사액(173, 174, 176) — 3

⑬ 염산×××(279, 446) ― 2

⑭ ×××[25](279, 281, 283, 446, 447, 448, 459, 461, 462, 464) ― 10

⑮ 맥×(麥×)(284) ― 1

⑯ 해독제(284) ― 1

⑰ 인찌기いんちき약(285) ― 1

⑱ 스코폴라민(289, 292) ― 1

⑲ 강장제(399) ― 1

⑳ ×××(448) ― 1

위에서 나열한 약 중 ⑬ 염산×××와 ⑭ ×××는 같은 것이니 약의 종류는 모두 19가지이고, 작품에 나오는 빈도수는 47회에 이른다.[26] 이 목록을 보면 『탁류』에 등장하는 약들이 대부분 근대의약이라는 것을 알 수 있다. 근대의약이 1930년대 조선민중의 실생활에 그만큼 친숙했다는 증거다. 『탁류』에 이렇게 약이 많이 등장하는 이유는 무엇보다도 작품의 주요 내용이 성병, 낙태, 복수, 음독자살 기도 등 여주인공 초봉이의 비극적인 삶에서 연유하는 바 크다. 초봉이는 낙태를 하기 위해 ×××를 다량 복용하고 죽다 살아난다. 그리고 형보로부터 벗어나기 위해 그 약을 다시 사약으로 준비한다. 한편 승재는 초봉이와 결혼하기로 한 태수가 성병에 걸린 사실을 알고 청산가리로 그를 독살하려고 한다. 또 박제호의 아내 윤희는 남편과의 불화로 빙초산과 청산거리를 먹고 죽으려고 한다. 여기서 알 수 있듯이 『탁류』에서 가장 많이 언급되는 약은 빙초산, 청산가리, ××× 같은 독극물류와 ×××염산×××, 맥×麥×[27] 등과 같이 낙태 목적으로 먹는 약들이다. 작품에 나오는 약의 빈도수 중 독극물류가 차지하는 비중이 25회로 절반이 넘는 것은 『탁류』에서 약이 주로 주인공들의 비극적 삶을 대변하고 있다는 점을 보여주는 것이다.

그러면 『탁류』에 나타난 약의 의미에 대해 구체적으로 살펴보도록 하자. 약은 보통 치료 목적으로 사용되지만 『탁류』에서 약은 그 외에 다양한 목적으로 사용되고 있다. 먼저 전통적인 약 중 보약이 보신의 상징으로 등장한다. 보약은 한참봉의 처 김씨가 태수를 남첩으로 집안에 몰래 들이고 재미를 보는 장면과 형보의 사디즘에 견디지 못하고 건강을 상실한 초봉이를 언급하는 대목에서 나온다. 이 두 곳을 인용해보자.

> "…… 장갈 들더니 재롱 늘었구나!"
>
> "헤헤."
>
> "얼굴이 많이 상했다가? 젊은것들 장갈 딜여주믄 이래서 걱정이야! …… 그렇지만 너무 그리지 마라, 몸에 헤루니라."
>
> "보약이나 좀 지어 보내주딜랑 않구서!"
>
> "오냐, 날새 내가 지어 보내주마. 그렇지만 좀 조심해야 한다! …… 그애가 온 그렇게두 이쁘더냐?"

> 흉포스런 완력다짐 끝에 따르는 계집의 굴복, 그것에서 형보는 차차로 한 개의 독립한 흥분을 즐겼고, 그것이 쌓여서 미구에는 일종의 새디즘이 되어버렸던 것이다.
>
> 아뭏든 그래서, 초봉이는 절망이 마음을 잡쳐놓듯이 건강도 또한 말할 수 없이 쇠해졌다.
>
> 병 주고 약 주던란 푼수로, 형보는 간유 등속에 강장제하며, 한약으로도 좋다는 보제는 골고루 지어다가 제 손수 달여서 먹이고 하기는 해도 종시 초봉이의 피로와 쇠약을 막아내지는 못했다.

한국사회에서 보약의 쓰임새는 예나 지금이나 크게 다를 바 없다. 어디 특별히 아파서가 아니라 기력이 쇠하면 몸에 양기를 보충할 목적으로 사용된다. 첫 번째 인용문에서 보듯이 『탁류』에서 보약은 주로 남성의 정력과 연관이 깊은 약의 상징이다. 이것은 성적 욕망의 쇠퇴를 방지하는 역할을 한다. 두 번째 인용문에서도 상황은 비슷하다. 이번에는 남성이 아니라 여성인 초봉이가 강장제, 보제補劑 등을 먹지만 그것은 종국에 형보의 성적 욕망을 채우기 위한 수단이기 때문이다.

이점과 관련해서 흥미로운 것은 『탁류』에서 언급되는 근대의약들 중 보신과 관련이 있는 것은 하나도 없다는 사실이다. 『탁류』에서 근대의약은 주로 왜곡된 삶과 그 결과에 대한 응급처방의 상징으로 등장한다. 예컨대 무분별한 성적 욕망의 흔적을 지우는 약매독 치료제, 탐욕적인 인간을 심판하는 약독약, 기억하고 싶지 않은 과거를 지우는 약낙태약 등이 그것이다. 이것은 질병에 대한 합리적인 치료방법이라는 근대의약의 기능적 목적과는 거리가 먼 것이다. 그렇다면 근대의약의 기능이 이렇게 전도된 원인은 무엇일까? 우리는 그 원인을 두 가지 점에서 찾을 수 있다. 하나는 근대 사회의 왜곡된 삶이고, 다른 하나는 근대의약 자체의 특성이다.

『탁류』는 근대 자본주의 사회에 편입된 인간들의 왜곡된 삶을 생생하게 보여준다. 작품의 주요 인물들은 대부분 자본미두장과 욕망성욕과 매독의 노예들이거나 피해자들이다. 그리고 인간의 본성과 정면으로 배치되는 그들의 삶 배후에는 근대의약이 마치 생활필수품처럼 따라 다닌다. 그들은 근대의약의 힘을 빌려 자신의 욕망을 실현하거나 그 피해를 감추려고 한다. 여기서 약의 본래적 기능은 변질되고 왜곡된다. 예컨대 매독 치료제는 무분별한 성적 욕망의 증거인멸 수단이 되며, 독약은 복수의 무기가 되고, 분만촉진제들은 낙태약으로 변질되는 것이다. 이것은 근대의약이 근대 사회의 왜곡된 삶을 지탱하는 중요한 한 축이라는 사실을 증명하는 것이다.

근대의약의 왜곡된 쓰임은 그 자체의 특성에서 연유하는 것이기도 하다. 근대의약은 자연의 산물이 아니라 인공의 산물이라는 특성을 지니고 있다. 근대 이전에 약은 주로 자연으로부터 얻은 것이다. 동양의학에서 본초本草라는 개념이 바로 근대 이전의 약이 무엇인지를 함축적으로 표현하고 있다. "본초는 동아시아에서 전통적으로 약물을 칭해오던 일반명사로"[28] 동물, 식물, 광물을 이용해 만든 모든 천연약재를 의미한다.[29] 하지만 근대의약은 약의 기능效能을 극대화하면서 자연적 성분을 인공적 화합물로 대체하였다. 그 결과 약의 형태는 알약이나 물약 등과 같이 단순화, 규격화되었고, 약에 대한 인간의 접근성은 비약적으로 개선되었다. 이로써 근대 사회에서 약이 대량 소비의 대상, 즉 상품이 된 것이다. 근대의약의 기능 전도, 약의 오남용은 바로 이런 메커니즘 속에서 가능한 것이었다. 그럼 『탁류』에 나타난 근대의약의 의미에 대해 구체적으로 살펴보도록 하자.

첫 번째, 『탁류』에서 근대의약은 성적 욕망의 흔적을 지우는 수단으로 등장한다. 트리파플라빈,[30] 가루약, 물약, 주사액 같은 성병 치료약들이 그것이다. 초봉이와의 결혼을 며칠 남기지 않고 성병에 걸린 태수가 금호의원을 처음 찾아왔을 때 "간호부는 노랗게 마노빛으로 맑은 트리파플라빈 주사액을 솜씨 있게 주사기로 켜올리고" 준비한다. 한편 태수를 진료하던 승재는 "초봉이가 이자에게 짓밟혀 더러운 ××까지 전염받을 일을 생각하면"서 "방금 신성神聖이나 모독되는 것 같아서 사뭇 열"을 받는다. 승재는 심지어 태수에게 "결혼하는 여자한테 전염을 시켜서는 단연 안된다, 그것은 죄없는 여자한테 죄악일 뿐 아니라, 생겨나는 자손에게까지도 죄를 짓는 것이"라고 훈계한다. 이것은 태수의 성병이 우연히 감염된 것이 아니라 부도덕한 성행위의 결과라는 사실을 전제하고 있다. 만약 감염의 원인이 후자라면 성병 치료제 또한 질병과 더불어 환자의 부도덕성을 은폐하는 수단이 된다. 그렇다면 성병 치료약은 단순히 질병에 대한 치료약이라기보다 인간의 과잉 욕망의 흔적을 지우는 수단의 의미가 강하다.

『탁류』에서 성병이 중요한 모티프가 된 이유는 소설의 시대적 배경인 1930년대 후반에 성병환자가 많았기 때문이다. 이런 상황은 일제의 공창제 도입 등 매춘이 제도화된 것과 밀접한 연관이 있다. 이를 짐작케 하는 통계가 1939년 4월 10일자 『동아일보』에 보도된 바 있다.

이러케 무서운 화류병이 대체로 전조선 안에는 어떠한 정도로 만연하고 잇는가? 총독부에서 작년 일 년 동안을 두고 각도에 잇는 경찰서와 병원을 동원시켜 조사한 통계가 (…중략…) 매독에 일본내지인이 14,292인이오, 조선 사람이 43,486인이오, 외국인이 951명으로 합계가 58,729명이며, 임질은 일본내지인이 27,333명이오, 조선인이 69,723명이오, 외국인이 1,000명이니 합계 98,056명으로 화류병으로는 제1 만습니다. 그 다음에는 연성하감軟性下疳이 16,579명이오, 제4종 화류병이 3,804명이니 총계 177,168인에 달합니다. 이 외에 직업적으로 나선 창기, 예기, 작부계급의 화류병이 따로 있으니 진찰해본 결과로는 임질이 5,850명이오, 매독이 1,738명이며 연성하감이 1,323명이고 제4종 화류병이 429명으로 총수 9,340명입니다. 이상 통계는 병원을 찾은 병자를 통계한 것뿐이니 병원을 찾지 아니한 병자는 실상 이배 내지 삼배가 될 것이오 혹은 더 될지도 모르는 바이니 600,000명이 훨씬 넘을 것입니다.[31]

당시 성병이 유행했으니 당연히 성병 치료제도 많았을 것이다. 3장에서 잠시 언급했듯이 당시 사용된 성병 치료제로는 살바르산이 있다. 『별건곤』에 실린 채만식의 글에 따르면 1930년대 초반만 해도 성병 치료제로 살바르산이 많이 사용된 것을 알 수 있다. 그런데 작품에는 살바르산이 아니라 트리파플라빈 주사액이 강조되고 있다. 실제로 이 약이 살바르산과 어떤 차이가 있고, 또 당시 얼마나 많이 사용되었는지에 대한 자료는 아쉽게도 찾아보기 힘들다.

둘째, 『탁류』에는 유독 독극물인 청산가리가 자주 등장한다. 승재와 초봉이는 청산가리 같은 독약으로 태수와 형보에게 징벌 혹은 복수를 하려고 한다. 특히 초봉이 입장에서 청산가리는 유일한 복수의 수단이다. 절망적 상황에 처한 그녀에게 극약은 편리하고 효과적인 저항의 무기이기 때문이다. 이런 점에서 초봉이에게 청산가리는 비극적 주인공의 운명을 나타내는 일종의 상징이라고 할 수 있다. 하지만 의사나 약제사가 아니었던 초봉이는 청산가리를 구하러 돌아다니지만 마음대로 되지 않는다. 청산가리 같은 극약은 법령 상 "의사, 약제사, 약종상 또는 제약자 간에 판매, 수여하는 경우"『약품 및 약품영업취체령』 제7조[32]를 제외하고는 취급을 엄격하게 제한했기 때문이다. 그래서 초봉이의 처지는 더욱 가련해진다. 아래의 인용문에 이런 사정을 잘 반영하고 있다.

물론 이 ×××이라는 약품이 형보의 목숨을(초봉이 제 자신이 자살하는데 쓰일 긴한 도구道具인 형보의 그 목숨을) 처치하기에는 그리 적당치 못한 것인 줄이야 초봉이도 잘 안다. 형보를 굳히자면 사실, 분량이 극히 적어서 저 몰래 먹이기가 편해야 하고, 그러하고도 효과는 적실하고 빨리 나타나 주는 걸로, 그러니까 저 '××가리' 같은 맹렬한 극약이라야만 할 터였었다.

초봉이는 그래서 '××가리'를 구하려고, 오늘 종일토록 실상은 그 궁리에 골몰했었다. 그러나 결국 시원칠 못했다.

무서운 극약이라 간대로 사진 못할 것이고, 한즉 S의사의 병원에서든지, 또 하다못해 박제호에게 어름어름 접근을 해서든지 몰래 훔쳐내는 수밖에 없는데, 그러자니 그게 조만이 없는 노릇이었다. 그래서 아무려나 우선 허허실수로, 일변 또 마음만이라도 든직하라고 이 ×××이나마 사다가 두어보자는 것이다.

승재와 초봉이의 상황을 고려해볼 때 청산가리는 특정 화학약품이 독약으로 변질된 경우라고 할 수 있다. 청산가리^{시안화칼륨}는 본래 특별한 화학반응을 통해 정성, 정량분석을 하는 시약이지 사람의 병을 고치기 위해 사용하는 의약품이 아니다. 하지만 『탁류』에서 청산가리는 주인공의 비극적 삶과 절망적인 상황에 결부되어 탐욕적인 인간들을 심판하는 독약이 된다. 그렇다면 청산가리의 본래 기능이 왜곡되고 있다는 점에서 이 경우도 근대의약의 기능적 전도의 한 예라 할 수 있다.

셋째, 『탁류』에 가장 많이 언급되는 약은 낙태 목적으로 사용되는 "×××라고 부르는 '염산×××'"이다. 초봉이가 송희를 임신하고 낙태를 결심하는데, 이때 사용하는 것이 이 약이다. 초봉이는 또 형보의 손아귀에서 벗어나려 같은 약을 사약^{死藥}으로 준비한다. 하지만 ×××라고 부르는 '염산×××'가 무슨 약인지는 정확히 알 수 없다. 소설의 문맥에서 우리가 알 수 있는 것은 이 약이 분만촉진제인 麥×^{맥각}보다 효능이 떨어지며, 치명적인 극약 종류는 아니라는 사실이다. 박제호는 낙태를 하려고 이 약을 다량 복용한 초봉이를 발견하고 그 약이 맥각이 아니라는 사실에 안도한다. 그리고 초봉이는 형보에게 이 약을 먹여 어떻게 해보려고 하지만 그것이 쉽지 않다는 것을 스스로 알고 있다. 하지만 ×××는 『탁류』에서 가장 의미심장한 약 중 하나다. 초봉이가 이 약을 먹기 전에 복잡한 내적 갈등과 이율배반적인 심리를 경험하기 때문이다.

'요것만 입에다가 탁 털어넣고 물만 두어 모금 마시면……'
초봉이는 손바닥에 쥔 ××× 교갑을 내려다보고 있는 동안에 차차로 이 약에 대해서 일종 야릇한 매력을 느꼈다.
쉬울 성싶어도 졸연찮고 어려운 일이니 더 어렵기는 한데, 그러나 그놈 한 고패만 눈을 지그려 감고, 이를 악물고, 그저 죽는 셈만 대고서 꿀꺽 넘겨만 버리면, 그때는 무서워도 소용이 없고, 시뻘건 ×덩이를 쏟뜨릴 때에 하늘이 올려다보여도 역시 소용이 없고, 그러나 그렇다라도 그 덕에 이 뱃속에 들어 있는 이것을 십삭을 채워 낳아놓고 기르고 하느라고 겪는 갖추갖추의 고통과 불쾌함을 면하게 될 것이니 그게 어디냐.
이렇게까지 생각을 하고서 다시 교갑을 출싹거려 볼 때에는 시방까지의 무거운 압박과는 달리 무슨 긴장한 게임이나 하려는 순간인 것같이 이상스럽게 고소한 흥분을 느낄 수가 있던 것이다.

초봉이는 낙태를 목적으로 약을 먹기 전에 '무거운 압박'을 느끼면서 동시에 '고통과 불쾌함'을 모면할 수 있을 거라고 생각한다. 이로 인해 그녀는 약에서 '야릇한 매력'과 '이상스럽게 고소한 흥분'을 느낀다. 이것은 초봉이가 약에 실낱같은 희망을 걸고 있다는 것을 보여준다. 이런 심리 속에 초봉이의 절박한 심정이 더 묻어나는 이유다. 하지만 초봉이의 희망사항은 근대의약의 기능적 목적의 전도에서 연유하는 것이다. 다시 말해 분만촉진제가 초봉이의 절망적 상황과 만나 낙태약으로 변질된 것이다.

초봉이는 자신이 처한 모순적 상황을 해결하려고 약이라는 물질에 의지한다. 사실 그녀가 처한 이중적 상황, 즉 태아에 대한 죄책감과 미래에 대한 불안함은 동시에 해결할 수 없는 것이다. 이런 상황은 뫼비우스의 띠처럼 서로 모순적으로 얽혀 있다. 약은 인간의 실존적 문제를 근본적으로 해결할 수 없다. 약은 오직 인간의 정신적, 육체적 고통을 일시적으로 완화시키는 수단일 뿐이다. 이런 점에서 초봉이의 낙태 시도 장면은 근대의약의 근본적인 한계를 분명하게 보여준다. 약이라는 물질에 대한 인간의 예속은 근대의약의 기능적 변질에서 연유한다. 아무리 절박한 상황이라도 약이 인간의 '삶의 문제'를 대신 해결해줄 수는 없는 것이다.

5. 나가는 글

『탁류』는 미두장의 투기^{자본}, 성병의 감염^{질병}, 가족의 해체^{공동체}라는 플롯상의 여러 상징체계로 구성되어 있다. 여기에 『탁류』를 구성하는 또 다른 세부 상징으로서 '약'을 들 수 있다. 위에서 살펴본 것처럼 『탁류』에 등장하는 약은 대부분 식민지 현실을 사는 인물들의 비극적 삶과 밀접하게 연결되어 있다. 이런 점에서 약이라는 상징은 소설의 비극적 플롯 전개에 중요한 장치로 사용되고 있다고 할 수 있다. 다시 말해 '약'은 식민지 조선의 근대적인 의료체계를 드러내는 핵심적인 기호이자, 식민지 현실을 사는 민중의 비극적 운명을 암시하는 상징이기도 하다.

채만식이 식민지 현실의 암울함을 '약'이라는 상징체계를 통해 형상화한 것은 그만큼 당시 민중의 생활사에 근대의약이 밀접하게 연관되어 있었다는 사실을 보여준다. 근대의약은 획기적인 조제방법, 대량생산, 신속한 효과, 대중성 등의 특징을 지니고 있다. 그래서 약은 근대인의 생활에서 빼놓을 수 없는 필수품이 되었다. 약 없이 근대를 생각할 수 없게 된 것이다.

『탁류』속 식민지 조선의 경우도 이와 크게 다르지 않다. 이 소설에 나오는 거의 모든 인물은 약과 직, 간접적으로 연관되어 있다. 그런데 여기서 흥미로운 것은 작품에서 차지하는 인물들의 비중을 결정하는 기준 중 하나가 인물과 약의 연관성이라는 사실이다. 이런 구성 원리에 해당되는 인물들이 바로 초봉이, 승재, 박제호, 태수, 형보, 행화, 계봉이 등이다. 이것은 물론 정주사, 한참봉 등 또 다른 인물군群을 구성하는 원리와 일정하게 조화를 이루고 있다. 약과의 연관성은 『탁류』속 인물들이 근대와 어떻게 얽혀 있는가를 보여주는 중요한 지표이다. 근대와 부정적으로 혹은 긍정적으로 연결되어 있는 인물들의 양상은 곧 그들을 기다리고 있는 운명의 색깔을 암시하는 것이기도 하다.

제2장

이광수의 『사랑』과
일제강점기 근대 병원의 역사적 기록

1. 의료공간의 등장

이 글의 목적은 이광수의 장편소설 『사랑』에 나타난 근대 병원의 모습들을 역사적 기록으로 평가하고 분석하는 것이다. 이 작품에는 소설의 주요 공간으로서 서양식 의원, 북간도 천주교 병원, 결핵요양원 등이 상세하게 언급되어 있다. 소설 속에 묘사된 근대 병원은 문학적 측면에서뿐만 아니라 역사적 측면에서도 큰 의미를 지니고 있다. 당시 근대 병원에 관한 자료들은 법령이나 통계자료, 신문자료들이 대부분이다. 물론 이 자료들은 근대 병원의 현황과 역사를 이해하는데 큰 도움이 된다. 하지만 이 자료만으로는 당시 근대 병원의 실제 모습이 어떤 것이었는지를 생생하게 이해하는 데 한계가 있다. 문학적 묘사는 당시 근대 병원의 구체적인 모습을 재구성하는데 중요한 자료로서의 의미를 지닌다. 푸코가 지적하고 있듯이 의료공간은 근대를 특징짓는 대표적인 표상 중 하나이다.[1] 특히 식민지 조선에서 서구적인 의료공간의 등장이 근대화의 지표 중 하나였다고 할 수 있기에 근대소설의 공간으로서 서양식 근대 병원의 의미는 결코 적다고 할 수 없다. 이런 점에서 『사랑』은 한국 근대소설사에 특별한 의미가 있는 작품이다. 이제까지 『사랑』을 근대 병원에 관한 자료로 평가하고 분석한 연구는 없다. 그것은 이 작품이 역사적 사료가 아니라 소설이기 때문일 것이다. 하지만 소설도 엄연히 시대의 기록이라는 점을 고려한다면 그리고『사랑』속에 가치 있는 역사적 사실들이 기록되어 있다면 문학작품을 역사적 기록으로 평가하고 분석하는 연구도 중요한 의미가 있을 것이다. 그럼 이 주제에 관한 기존의 논의를 살펴보도록 하자.

『사랑』에 나오는 주요 무대인 병원을 언급한 연구로는 먼저 김경민의 것을 들 수 있다. 그는『사랑』에 나타난 연애가 추상적이고 관념적이라고 주장하면서 그 근거로 연애가 현실적으로 가능한 시공간인 병원이 비현실적으로 설정되어 있다고 주장한다.

> 안빈과 순옥이 주로 활동하는 병원과 안빈의 집, 허영에게서 피를 뽑아내기 위해 갔던 인천과 옥남의 요양차 갔던 원산 바닷가도 등장한다. 그리고 그에 따른 시간의 추이도 물론 나타난다. 그러나 안빈과 순옥 사이의 관계 형성과 지속을 위한 공간과 시간은 정지되어 있다. 아니 처음부터 배제되어 있었다. 이 둘이 주로 활동하는 병원은 어디까지나 안빈의 연구와 학문을 위한 공적 공간일 뿐 두 사람의 사적 관계를 발전시키기 위한 행위는 조금도 일어나지 않는다.[2]

다시 말해 그는 병원을 사랑과 연애가 실현되는 공간이라는 관점에서 해석하고 있다. 하지만 김경민의 연구는『사랑』에 나타난 병원을 연구하는 하나의 문제의식을 제공하고 있음에도 불구하고 작품에 등장하는 다양한 병원들의 역사적 의미와 그것의 문학적 의미를 설명하는 것과는 거리가 있다.

『사랑』에 나오는 병원에 대한 본격적인 연구로는 와다 토모미和田とも美의 견해를 들 수 있다. 와다 토모미는 다양한 과학적 지식과 진화론, 양육을 통한 사회개량 등이 소설의 중요한 모티프로 작용하고 있다는 점에서『사랑』을 '사이언스 로만'이라고 정의하고 있다.[3] 그녀는 이광수의 사랑이라는 주제가 작품에 나오는 의료공간 중 하나인 결핵요양원을 통해 잘 실현되고 있다고 주장한다. 와다 토모미는 우선 이광수의 사랑을 다음과 같이 정의한다.

이광수에게 사랑이란 한 쌍의 남녀와 그 연적이라는 폐쇄적인 인물 관계 속에서만이 완성되는 닫힌 세계가 아니다. 배우자를 골라 다음 세대를 생산한다는 목적으로 아득한 미래에까지 이어지는 열린 세계다. 그리고 식민지 조선의 구제라는 과제는 다음 세대가 수행해야 할 몫이다. 배우자 선택은 이 전제 위에 실행되어야 하고, 그때 발현되는 감정을 이광수는 사랑이라고 부른다.[4]

그녀는 이광수의 사랑에 대한 사상이 에른스트 헥켈Ernst Haeckel, 1834~1919의 진화론적 사고방식에 바탕을 두고 있다고 보고 있다. 헤켈에 의하면 진화는 오로지 하나의 높은 곳을 지향한다. 이로 인해 모든 생물의 생식욕은 언젠가는 문화적 생식으로 진화하게 되는데, "혈연과 성행위와 무관하게 형성된 소집단을 성장 환경으로 삼아 차세대의 아이들이 양육되는"[5] 결핵요양원이 이러한 이상을 실현하는 공간이라는 것이다. 다시 말해 육체적 사랑을 초월한 인류애가 결핵요양원이 지향하는 세계의 기본 이념을 구성하는 셈이다. 하지만 와다 토모미의 연구는『사랑』에 나오는 의료공간 중 결핵요양원의 의미만을 해석하는 데 머무르고 있다.『사랑』에는 결핵요양원 외에 안빈의 개인병원, 원산 요양원, 북간도 천주교 병원 등이 차례로 나온다. 이중에서 원산 요양원을 의료공간으로 볼 수 있는지에 대해서는 논란의 여지가 있지만 다른 의료공간은 결핵요양원 못지않게 중요한 역할을 하고 있다. 다시 말해 『사랑』의 의료공간은 작가의 이상을 실현하는 공간으로서 유기적으로 연결되어 있다고 할 수 있다. 그럼 『사랑』에 나오는 근대 병원을 당시 기록들과 비교하면서 구체적으로 살펴보도록 하자.

2. 『사랑』에 나타난 근대 병원의 역사

1) 일제시대 「의사규칙」, 「사립병원취체규칙」과 안빈의 의원

『사랑』은 1938년에 박문서관博文書館에서 단행본으로 출판되었다. 이 장편소설은 이광수가 수양동우회修養同友會사건으로 옥고를 치른 뒤 자하문 밖 산장에 요양 차 기거하면서 쓴 것으로 작품의 시대적 배경은 1930년대 말이라고 할 수 있다. 이런 이유로 『사랑』에 나오는 병원들은 일제시대 의료제도 및 의료환경과 밀접하게 연결되어 있다고 할 수 있다. "1934년 12월의 조선 총독부 통계에 의하면, 총독부에서 세운 국·공립 병원은 51개였고 개인병원은 86개, 기독교 병원은 24개였다. (…중략…) 1935년 10월의 총독부 발표에 의하면 한국에는 2,300명의 의사들이 있었는데, 이는 인구 10,000명당 의사 1명꼴이었다."[6] 1937년에 일제는 중일전쟁을 도발하고 식민지 조선을 병참기지로 활용하였다. 이런 상황에서 조선의 의료환경은 악화되었고, 조선인 의사들의 지위도 크게 위협받았다. 물론 『사랑』에는 이런 시대적 상황이 잘 반영되어 있다고 할 수는 없다. 바로 이점이 춘원의 친일행적과 무관하지 않지만 작품에 등장하는 여러 병원들은 조선총독부가 반포한 의사 및 병원제도를 피해갈 수 없었다. 그럼 이에 대해서 자세히 살펴보도록 하자.

조선총독부는 1913년 11월 15일 조선총독부령 제100호로 「의사규칙」을 반포했다. 이 규칙은 의사에 대한 규정과 함께 면허의 신청, 발급, 폐업 등에 관한 구체적인 규정과 의사의 준수사항, 금지사항 등이 총 22개 조문과 부칙에 걸쳐 상세하게 규정되어 있다.[7] 이 규칙에 따르면 조선총독이 지정한 의학교를 졸업한 자나 혹은 조선총독이 정한 의사시험에 합격한 자에 대해 의사면허를 부여하며, 또 외국의 의학교를 졸업한 자나 외국인에 대해서도 그에 상응하는 능력과 경력이 인정되면 면허를 부여하도록 규정하고 있다. 그리고 "의사시험에 관한 규정은 의사규정이 반포된 다음해인 1914년에 제정되었는데 이 규칙에서는 의학교를 졸업한 사람뿐만이 아니라 정식으로 의학교육을 받지 않은 사람에게도 5년 이상의 경험이 있으면 응시자격을 부여했다. 그런데 이와 같이 의학교를 졸업하지 않은 사람에 대한 응시자격 부여는 당시 일본을 비롯하여 의사면허시험을 실시하던 다른 나라에서는 찾아보기 어려운 느슨한 규정이었다".[8] 그런데 흥미롭게도 위의 규칙과 규정은 『사랑』의 역사적 배경과 인물들의 성장을 이해하는데 매우 중요한 시사점을 제공하고 있다. 왜냐하면 『사랑』의 여주인공 순옥은 이런 제도 때문에 의사가 될 수 있었기 때문이다. 그녀는 전문학교를 졸업하고 평양의 여자고보에서 영어교사로 있다가 의학을 공부하고 싶다며 간호부 시험을 쳐서 안빈의 병원에서 간호사로 재직한다.[9] 그리고 병원에서의 간호사 경력을 인정받아 의사시험에 응시하고 합격하여 결국 정식 의사가 된다. "이는 식민지적 상황에서 특수하게 일어난 것으로 의학교육에 소요되는 많은 비용을 총독부가 부담하지 않고 손쉽게 의사를 양성하는 방안으로 채택된

것이었다."[10] 그런데 『사랑』에는 의사시험규칙과는 일치하지 않는 상황
이 연출된다. 순옥이 시험을 봐서 의사가 되겠다며 오빠 영옥과 의논하
는 장면에서 둘은 다음과 같은 대화를 나눈다.

> "내가 안 선생 병원에 사년 있었으니깐—몇 달 못 차긴 하지만—시험 칠
> 수 있지오?"
> "치를 수 있기야 하지. 그렇지만 너 언제 의학 공부했니?"

위 인용문은 순옥이 안빈의 의원에서 간호사로서 4년 남짓 있었다는
사실을 보여준다. 그리고 이것은 5년 이상 의술을 수련한 자에게 부여되
었던 당시 의사시험 자격과는 차이가 있는 것이다. 그렇다면 순옥은 어
떻게 의사시험을 보게 되었을까? 하는 의문이 생길 수 있다. 이에 대한
한 가지 가설은 의사시험규칙의 자격조항이 그 후에 완화되었을 가능성
이다. 이 시기 『조선총독부관보朝鮮總督府官報』를 살펴보면 의사시험규칙은
몇 차례에 걸쳐 개정된다. 하지만 그 개정안은 5년 이상의 경험을 규정
한 조항과는 상관이 없는 것들이다. 다시 말해 이 자격규정은 1914년 이
후 실시된 의사시험에 줄곧 적용되었던 것이다. 또 다른 가설은 규칙과
실제 현실 사이의 간극이 있었을 가능성이다. 자격조건 조항이 개정되
지는 않았지만 현실적으로 거기에 준하는 경력을 인정받았을 개연성이
있다. 이렇게 가정하고 보면 순옥의 말은 당시 이 자격 조항이 규칙대로
지켜지지 않았다는 것을 반증한다. 추측이긴 하지만 안빈은 순옥의 의
술 수련을 충분하다고 인정하고 그에 상응하는 문서에 서명을 했을 것
이다. 그리고 이런 가정은 식민지 조선에서 자격을 갖춘 의료인들이 부
족했을 뿐만 아니라 그들을 양성하는 일도 쉽지 않았다는 현실에 의해

설득력을 얻게 된다. 의사시험 자격요건을 현실적으로 지키지 않더라도 그것을 크게 문제 삼지 않을 만큼 의료인의 배출이 시급했던 것이 식민지 조선의 현실이었다.

『사랑』에는 또 순옥이 의사시험을 준비하면서 공부해야할 시험과목에 대한 구체적인 언급이 나온다. 1914년 의사시험규칙이 공표되었을 때 의사시험은 총 4부로 구성되었으나[11] 1917년부터는 3부로 재편되어 시행되었다.[12] 1부 시험은 물리학, 화학, 해부학조직학 포함, 생리학생화학 포함, 약물학 등 기초과목에 대한 것이었고, 2부 시험은 병리학병리해부학, 법의학 포함, 외과학이비인후과학, 피부과학, 매독학 포함, 내과학소아과학, 정신과학 포함, 안과학, 산과학, 부인과학, 위생학세균학 포함 등 임상과목에 대한 것이었다. 3부 시험은 필기시험인 1, 2부 시험과 달리 실제의 임상시험으로 외과, 내과, 산부인과, 안과에 대한 것이었다. 1933년 간행된 『조선의사치과의과 수험지침朝鮮醫師齒科醫師 受驗指針』에도 이와 동일하게 나와 있는 것을 보면 30년대 후반의 의사시험도 크게 다르지 않았던 것으로 보인다. 『사랑』에서 순옥이 준비해야하는 시험과목과 시험과정은 대체로 위와 유사하기는 하지만 약간의 차이도 있다.

"치를 수 있기야 하지. 그렇지만 너 언제 의학 공부했니?"

"병원에 있을 적에 책은 보았어요, 선생님 책을."

"무엇, 무엇?"

"내과랑, 외과랑, 신부인과랑, 소아과, 또 생리학, 병리학—이런 것 다 보았어요. 해부학도 한 벌 보구."

"그럼 다 보았구나."

"한 일년 내버려 두었으니깐 좀 잊어 버렸겠지만. 그런데, 물리학하구 화학

하구요 임상하구 그게 걱정야."

"왜 물리 화학 배웠지, 학교에서?"

"그게 언제요? 벌써 십년이나 넘은 걸. 또 우리 학교 선생이 좀 변변치 않아서 물리, 화학을 잘못 배웠어."

"그럼 시험은 언제 쳐보게?"

"금년에 아직 안 지나갔지오?"

"아직 안 지나갔지. 오월인가 유월인가. 왜 금년에 쳐보게?"

"네, 봄에 절반 가을에 절반 그렇지오?"

"그런가보드라. 그런데 봄에 치르는 게 아마 물리, 화학이지, 해부학이랑, 가을이 임상이구."

"그렇다나보아요."

(…중략…)

"아무래두 안 선생한테 도움을 좀 받아야지. 책두 책이지마는, 임상 진단하는 거랑, 처방하는 거랑 그걸 배워야지. 너 제일기에 합격하드래두, 가을 제이기꺼지 몇 달 남았니? 그때에는 환자를 내어 놓구 진단을 하구 처방을 내라구 그런다. 그러자면 그냥 간호부루 구경만 한 것 가지구는 안되요. 의사한테 설명을 들어 가면서 배워야지. 또 정말 환자의 가슴이랑 배랑 두들겨 보기두 하구 들어 보기두 하고, 그래야 되지. 그러자면 안 선생 병원에서 밖에 할 데가 있어?"

위 인용문에 의하면 당시 의사시험은 1년에 두 과정에 걸쳐 시행되었다. 봄과 가을에 시험을 보는데, 봄에는 기초과목에 대한 필기시험이고, 가을에는 임상시험이다. 그리고 의사인 영옥이 봄에 보는 시험이 5월인가 6월인가 하고 되묻는 걸 보면 봄, 가을에 보는 시험일이 정해져 있지는 않았던 것 같다. 실제로 1914년 가을에 본 의사시험은 9월 15일에 조선총독부 의원에서 실시되었던[13] 반면, 1920년 가을 시험은 11월 15일 경성의학전문학교에서 보았다.[14] 그리고 『사랑』이 발표된 1939년 봄 시험은 5월 4일 경성의학전문학교와 경성제국대학 의학부 부속병원에서 실시되었다.[15] 1939년에 시험 고시장이 2개로 늘어난 것은 당시 전문 의료인들이 필요했던 사정과 무관하지 않을 것이다.

『사랑』에서 제일 먼저 나오는 의료공간은 안빈의 의원이다. 이광수는 안 의사의 의원 내부와 규모를 비교적 상세히 묘사하고 있다. 안빈이 개원한 이유를 소설 속에서 찾기는 어렵지만 이는 당시 조선인 의사의 사회적 지위와 무관하지 않다.

조선이 일본의 식민지가 되면서 조선인 의사들은 의료정책을 포함한 국가 시책 수립에 참여할 수 있는 기회를 제한 당했다. 진로의 제한은 관리로 진출하는 데만 적용되지 않았다. 관공립병원의 경우 의사를 채용할 때 일본인을 선택하는 경우가 다수였다. 조선인이 채용될 가능성은 '천부당 만부당이요', 하늘이 도와서 채용된다 하더라도 그 자리는 일본인들이 '먹다 남긴 찌꺼기' 일 뿐이었다. 차별에 불만을 느낀 조선인 의사들이 선택할 수 있는 주요 대안은 개업이었다.[16]

식민지 시기 사립병원의 설립과 규모, 시설에 대한 규정은 1919년 4월 7일에 공표된 「사립병원취체규칙私立病院取締規則」에 의거했다.[17] 규칙 제1조에 따르면 사립병원 설립자는 설립자의 인적사항, 부지 소유자와 설립자의 동일인 여부, 병원 명칭, 부지 위치 및 평수, 부지와 인근 건물의 평면도, 각 병실의 평수와 수용 환자 정원, 계단의 수, 비상구의 수, 화재와 기타 비상 상황시 준비, 전염병 환자를 수용할 수 있는 전용 취사장, 목욕장, 변소, 소독장 등을 상세히 적은 서류를 경무부장에게 제출해야만 했다. 그리고 제1조와 제5조병원의 업무를 상속하거나 계승하려는 자에 관한 조항의 허가를 받지 못하면 '병원'이라는 명칭을 사용할 수 없었으며, 병원이 아닌 곳에서는 환자 10명 이상 또는 전염병 환자를 수용할 수 없었다.제2조[18] 사립병원 규칙은 특히 전염병실과 전염병환자에 대한 조항들을 상세히 나열하고 있어서 당시 의료시설이 전염병 예방과 치료를 위한 중요한 기관이었다는 사실을 반증하고 있다.[19] 이에 관한 주요 조항을 소개하면 다음과 같다.

6조   전염병실에는 다음과 같은 물품을 구비해야한다.

1. 전용집기, 침구, 변기, 예방복 및 의료기구

2. 음식물 및 음식물용 기구를 납품하기 위해 파리를 쫓는 장치放蠅 가 있는 기구

8조   전염병실에는 정원 외의 환자 또는 병명이 다른 환자를 같은 병실에 수용할 수 없다.

15조   전염병환자는 전염병실 외의 다른 곳에 수용할 수 없다.

페스트, 콜레라, 두창, 발진티푸스 및 성홍열 환자는 전염병실을 설치하였다 하더라도, 사립병원에 수용할 수 없다. 단, 경찰서경찰서 사무를 취급하는 헌병분대, 동 분견서를 포함한다. 이하 상동의 허가를 받은 경우에는 예외로 한다.

16조   사립병원에 전염병 환자를 수용하는 때에는 환자의 본적, 주소, 이름, 연령, 병명, 입원년월일, 발병 장소, 발병 및 판정연월일시를 기록하고, 곧바로 경찰관, 헌병 또는 검역위원에게 신고해야 한다. 전

항의 환자가 사망한 경우 또는 치유, 도주, 그 외의 사고에 의해 퇴
원할 경우에는 이름, 사유 및 연월일시를 구체적으로 적고, 바로 경
찰관, 헌병 또는 검역위원에게 신고해야 한다.[20]

안빈의 의원 또한 「사립병원취체규칙」과 무관하지 않을 터였다. 물론
소설에서는 위에서 나열한 세목들이 모두 묘사되어 있지는 않다. 하지
만 위 조항들을 염두에 두고 이광수가 묘사한 안 의사의 의원 모습을 떠
올리면 당시 의원들의 외형과 내부를 구체적으로 상상할 수 있다. 『사
랑』의 첫머리에는 순옥이 안빈의 의원을 찾아가는 장면이 나오는데 여
기에는 의원의 외형과 정원 모습이 제시되어 있다. 의원은 이층 벽돌건
물이고, 동남쪽으로 발코니가 있으며, 그곳은 환자들이 일광욕을 할 수
있도록 차양을 설치해놓았다. 그리고 건물 밖에는 작은 뜰이 있다.

'안빈내과소아과의원安賓內科小兒科醫院'이라는 흰 뺑끼, 검은 글씨의 간판이 붙
고, 다른 기둥에는 '의학사 안빈醫學士 安賓'이라는 칠도 아니한 나무쪽 문패가
붙어 있었다. 건물은 심플한 벽돌 이 층으로, 동남쪽으로는 발코니를 넓게 한
것이 아마 환자의 일광욕 소용인 듯하여 걷어 올리고 내릴 수 있는 캔버스 차
양을 하였고 뜰에는 오동나무 한 그루와 소나무 한 그루가 있어서 오동나무
의 퍼렇고 넓다란 잎이 탐스럽게 집 벽을 슬쩍슬쩍 스치고 있었다. 집의 전체
의 인상은 병원이라기보다는 검소한 산간의 주택인 것 같았다.

순옥은 인원과 함께 의원으로 들어가고 간호사에게 용무를 말한 다음
에 대합실에서 차례를 기다린다. 여기서 작가의 시선은 자연스럽게 의
원 외부에서 내부로 옮겨지는데, 아래 인용문의 마지막 구절은 이곳이

안빈 의원 내부라는 점을 환기시키고 있다.

　‘수부受付’라고 써 붙인구멍에 가서 순옥이가 명함을 내었더니 퍽 익살스럽게 생긴 간호부가 눈망울을 굴려서 순옥을 훑어 보면서, “병 보세요?”하는 말은 퍽 퉁명스러웠다. “잠깐 원장 선생님 뵈옵고 여쭐 말씀이 있어서 왔읍니다. 지금 바쁘시면 선생님 일 끝나실 때까지 대합실에서 기다리고 있을 테야요.” 순옥은 그 익살스러운 간호부의 입에서 필시 나올 듯 싶은 말을 미리 알아 차리고 방패막이까지 하고는 인원과 함께 대합실에 들어갔다.

　대합실에는 긴 교의가 두어 개 벽에 기대어 놓이고, 가운데는 둥근 테이블 하나, 교의 두 개가 놓여 있었다. 간 반 남짓한 방이었다. 테이블에는 보는 없으나 신문과 잡지가 있었고, 방 한편 구석에는 화탁 위에 조그마한 자기 화병에 글라디올러스가 꽂혀 있었다. 그리고 벽에는 위창 오세창葦滄 吳世昌의 낙관이 있는 전자 횡축이 걸렸는데 ‘병생어란심심섭이병자습病生於亂心心攝而病自瘳’이라고 썼다. ‘병은 마음이 어지러워진 데서 생기는 것이니, 마음이 잡히면 병이 저절로 낫는다’는 말이다. 그리고 다른 벽에는 역시 그 글씨로 ‘무노여형무요여정가이장생無勞汝形無搖汝精可以長生’이라는 액이 붙었다. ‘네 몸을 곤하게 말고 네 마음을 흔들리게 말라. 그리하면 오래 살리라’는 장자의 말이다. 이러한 것들은 다 원장 안 빈의 생각에서 나온 것임이 분명하였다.

　순옥과 인원은 창으로 뜰을 바라보았다. 그 창밖에는 바로 아까 밖에서 보던 오동나무의 퍼런 몸뚱이와 넓적넓적한 잎이 보였다. 맞은편에 보이는 돌담은 옛날 유물인 듯하여서 담쟁이덩굴이 성하였다.

　위 인용문에서 보듯이 안빈 의원의 내부는 크게 간호사가 일을 보는 ‘수부受付’, 환자나 방문객들이 대기하는 장소인 대합실, 그리고 “순옥은 잠깐 머리와 옷매무시를 만지고는 인원에게 기다리고 있으라는 눈짓을 하고는 핸드백을 들고 대합실에서 나와서 진찰실로 들어갔다”에서 보듯 이 의사가 진료하는 진찰실, 허영과 안빈이 독대를 하는 ‘응접실’로 구분 되어 있다. 나중에 순옥이 의사가 되었을 때 안빈의 배려에 의해 대합실 은 순옥이가 진찰을 하는 예진실이 되고, 응접실은 대합실로 바뀐다. 그 리고 의원 내부의 공간들은 모두 독립적으로 구분되어 있다. 여기서 독 자는 작품을 읽어가면서 안빈의 의원에 특수한 공간이 하나 더 자리하 고 있다는 사실을 알게 된다. 그것은 안빈이 박사논문을 준비하면서 실 험하는 공간인 연구실이다. 이에 대해 작가는 안빈의 아들 입을 빌려 그 곳이 매우 사적인 공간이라는 사실을 전달하고 있다. “병원에, 응응, 아 버지 병원에 연구실이 있어. 거기는 아무두 못 들어 가. 정말야. 아버지 밖에 아무두 못 들어 가. 거기 별거 다 있어요. 현미경두 있구. 피두 있구. 들어 감 야단 만나.” 이 공간은 “밑층 병실 하나를 떼어서” 만들었다는 것 을 보면 1층에 있는 진찰실 옆에 위치한 것으로 보인다. 그 외에 1층과 2 층의 대부분 공간은 모두 입원실인 것으로 추정된다. 옥남과 순옥의 대 화에서는 8명의 입원환자가 만원이라고 하고, 또 다른 대화, 즉 안빈과 간호사의 대화에서는 입원실이 7호실까지 있는 것으로 소개된다. 앞선 대화에서 순옥은 입원환자들 중에 ‘심장병을 앓는 이’와 ‘폐염을 앓는 어 린애’가 있는데, 그 외는 중증환자가 없다고 말하고 있다. 이렇게 보면 안빈의 의원은 규모가 그리 크지 않은 사립병원으로 소수의 전염병 환 자도 수용하고 있었다는 점을 알 수 있다. 「사립병원취체규칙」 15조에 의거하면 그 환자들은 전염병실에 격리되었던 것으로 보인다. 다시 말 해 안빈의 의원은 종로통에 위치해 있었지만 격리된 전염병실을 갖추고 있는 병원이었던 것이다.

안빈의 의원은 소설 속에서 지극히 사적인 공간으로 제시된다. 그의 의원은 순옥이 개인적으로 안빈을 처음 만난 곳이고, 안빈과 순옥이 의사와 간호사로서 근무하는 직장이며^{상권}, 순옥이 안빈에 대한 사랑을 키우는 장소이고^{상권}, 안빈이 개인적인 실험을 하는 연구실이 있는 공간이며, 안빈이 허영과 단 둘이 대화를 나누는 곳이기도 하다. 하지만 안빈의 의원은 또한 그의 이상을 준비하는 공간이기도 하다. 그는 인류애를 실현하기 위한 공간으로서 시내에 있는 병원이 적당치 않다는 것을 깨닫는다. 안빈은 자신의 연구결과와 인류애를 실현할 수 있는 결핵요양원을 계획하는데, 그것은 복잡한 시내를 떠나 깨끗한 자연환경이 갖춰진 장소라야 했다. 이렇게 보면 안빈의 의원은 그의 이상이 실현됨과 동시에 소설의 주요 공간으로서의 위치를 결핵요양원에 내줘야할 운명을 지니고 있었다고 볼 수 있다. "내가 사랑으로 완성되는 날!"을 위해 안빈은 새로운 의료공간을 준비해야만 했던 것이다.

2) 일제시대 천주교 의료시설과 북간도 천주교 병원

『사랑』에 등장하는 주요 근대 병원들은 모두 안빈과 직접적으로 관련이 있다. 그가 세운 의원과 북한요양원이 그렇다. 그런데 북간도 천주교 병원은 다르다. 이 병원은 안빈이 있는 경성과 지리적으로 멀리 떨어져 있는 곳에 위치해 있을 뿐만 아니라 그의 영향력이 미치지 않는 공간이다. 여기서 순옥은 안빈의 곁을 떠나 독립적으로 의료 활동을 펼친다. 이 병원의 등장은 순옥이 안빈과 떨어져 독립적 존재가 되었다는 것을 의미한다. 사실 경성에서^{원산까지 포함해서} 순옥의 삶은 안빈과 불가분의 것이었다. 그녀의 생활은 안빈을 향한 사모의 정을 불사른 것이었다. 하지만 북간도 천주교 병원은 안빈과는 상관없이 순옥의 독립적인 생활이 보장된 공간이다. 비록 그녀는 이곳에서 비극적 삶을 경험하지만 또한 그 난간을 끝내 극복하고 새로운 출발선에 서기도 한다. 이로써 순옥은 안빈을 사모하는 여인에서 그와 함께 인류애를 실현할 수 있는 동지가 된다. 북간도 병원은 바로 순옥의 홀로서기를 가능하게 했던 소설 속 주요 의료공간인 것이다.

이광수가 안빈이 거주하는 경성 바깥에, 그것도 그의 영향력이 미치지 않는 멀고 낯선 곳에 순옥이 일하는 병원을 설정한 것은 위에서 설명한 것처럼 순옥의 홀로서기를 위한 것임에 틀림없다. 작가의 상상력이 도달했던 가장 그럴듯하고 먼 곳이 북간도였던 것이다. 그런데 그 병원이 천주교 병원이었다는 사실이 흥미롭다. 당시 북간도는 천주교 병원보다 개신교 병원이 일찍 의료선교활동을 시작한 지역이기 때문이다.[21] 이것은 식민지시대 북간도지역의 의료선교활동에 대한 연구사를 일별해보면 쉽게 알 수 있다. 먼저 김두종은 개신교의 의료사업에 대해서는 비교적 상세히 서술하고 있지만 천주교의 경우에는 거의 언급하고 있지 않다. 그에 의하면 천주교의 의료사업은 "근세조선近世朝鮮의 종말기에 가까운 순조純祖 및 철종哲宗 때부터 약국藥局을 설치하여 고아들을 구료求療하는 데 힘써" 왔고, "1894년年의 청일전쟁淸日戰爭 이후에도 (…중략…) 수도원修道院의 부속사업附屬事業으로서 보육원保育院과 시약소施藥所를 경영하였"지만 "신교파新敎派처럼 중앙 및 지방을 통하여 전도의료사업傳道醫療事業을 적극적으로 추진시키지 않고 주로 구호사업救護事業에 힘을 기울였다".[22] 한국기독교의료사의 대표적인 연구자 중 하나인 이만열의 연구에서도 천주교 병원에 대한 언급은 다음 인용문이 전부이다.

가톨릭 교회도 1939년 현재 다음과 같은 의료사업을 하였다. 프랑스의 성

바울수녀회St. Paul Sisters가 서울에서 병원 1개, 경기도지역에서 진료소 3개, 대구에서 1개의 병원과 진료소를 운영하였으며, 의료진으로는 2명의 프랑스 수녀와 4명의 한국인이 일하였다. 독일 가톨릭 교회는 원산에서 20개 병상의 병원을 운영하면서 1년에 2,920명의 입원환자를 치료하였다. 진료소에서는 한 해 동안 10,950회의 외래진료를 하였다. 미국의 미국수녀회American Sisters는 결핵요양원 1개, 진료소 3개를 운영하였다.[23]

이것은 당시 개신교의 의료사업 규모와 비교하면 극히 적은 규모였다. 이만열은 『사랑』에서 언급되는 용정의 대표적인 의료사업으로 천주교가 아니라 개신교의 일파 중 하나인 캐나다 장로회의 의료사업을 예로 들고 있다.[24] 이것이 유명한 용정 제창병원이다.

제창병원성앤드루병원, St. Andrew's Hospital은 1936년 현재 25병상, 1941년 현재 30개의 병상으로 그리 큰 규모의 병원은 아니었지만 간도 굴지의 병원으로 계속 성장해 나갔다. 병원은 다른 병원과 마찬가지로 수술실, X선 촬영기, 그리고 수술에 필요한 충분한 장비를 갖춘 현대식 시설을 갖추고 있었다. (⋯중략⋯) 1936년 현재 병원직원 21명 중 의사선교사 1명, 간호선교사 1명을 제외하고 모두 한국인이었다.[25]

서굉일의 연구는 독자들에게 제창병원에 대한 보다 생생한 모습을 제시하고 있다. 그에 의하면 1910년대 북간도에는 조선 난민들이 이용할 수 있는 의료시설은 거의 없었다. 그들은 경제적 궁핍 때문에 보건위생에 신경을 쓸 여력이 없었고, 병에 거리면 굿을 하거나 한방의를 찾는 정도였다.

이러한 상황 속에서의 연길현 용정촌 카나다 장로파 선교부 경영 제창병원은 한교들이 이용할 수 있는 유일의 근대식 의료기관으로서 선교사들의 의료사업은 이주 한인들에게 환영을 받았다. 당시 간도의 신식 의료기관으로는 용정촌에 간도병원과 두도구, 국자가에 일인 의사 각 1명과 국자가와 용정촌에 중국 관의원이 있을 뿐이었다. 그러나 이주 한인들에게는 혜택이 없었고 경제적으로도 이용할 수가 없었다. 이런 상황하에서 선교부의 제창병원은 1회 진찰료로 5전을 받았고, 약 값은 통상 실가를 받았으며, 빈곤자는 감가하였다. 시료를 베풀 때에는 입원료, 왕진료 등이 정하여져 있는 것이 아니라 환자의 자력 정도에 따라 결정하였다. 매일 평균 약 40명 정도의 환자가 치료를 받았는데 유아와 부인병 환자가 많았다.[26]

제창병원은 1914년 캐나다 연합교회 선교사 바거A. H. Barker 부부가 용정촌에 정착하여 선교활동을 하면서 시작된 것이다. 위 인용문에서 보듯이 제창병원은 일반 환자에게 실비로 진료했고, 빈곤자에 대해서는 무료 시료를 실시하였다. 그리고 순회 의료선교를 시행하여 오지에 있는 한인 이주촌를 찾아다니면서 환자들을 치료하였다.[27]

병원은 1930년대 말에 이르기까지 진료활동이 지속적으로 신장되어 갔다. 1935~1936년은 재정이나 의료진 면에서 모두 어려운 해였으나 매일 30~60명을 진료하였다. 1936~1937년은 진료환자가 19%, 입원환자가 12% 증가하여 1935~1936년보다 약 2배의 환자를 치료하는 최고의 해가 되었다. 그러나 1939년부터 병원은 불안한 국제정세, 생필품값 및 치료비용의 앙등 등으로 곤란에 직면하게 되었다. 가제 1롤의 가격이 거의 6배80센에서 4엔 50센으로나 폭등하였던 것이다. 선교부가 철수키로 결정한 1940년에도 환자는 줄어들지 않았으나 그 후 무료치료는 감소하지 않을 수 없었다 (…중략…) 1935~1936년 현재 제창병원 환자들의 80%는 한국인이었고 나머지 20%는 만주인, 일본인, 러시아인 등이었다.[28]

제창병원은 1930년대 여러 난관에도 불구하고 꾸준히 발전을 이어갔다. 하지만 1939년부터 일제의 제국주의 전쟁과 불안한 국제정세로 인해 병원은 큰 어려움에 처하게 되었고 결국 1940쪽에 문을 닫게 되었다.

이렇듯 북간도 천주교 병원에 대한 역사적 자료는 거의 없다고 할 수 있다. 하지만 북간도에서 있었던 천주교 의료활동이 개신교와 비교해 규모는 작았지만 활발하지 않았던 것은 아니다. 식민지시대 한국 천주교의 의료활동은 초기에는 부설 시약소 수준에 머물렀지만 외국 수도회의 진출을 계기로 그 규모를 확장시켜 나가면서 점차 독립적인 사업의 성격을 띠기에 이르렀다. "그 결과 처음에 고아원이나 양로원의 부속시설로 설치되었던 시약소는 일반인들을 위한 진료소로, 진료소는 다시의원으로 그 시설을 점차 확대해 나갔고, 의료종사자도 소수의 비전문가에서 자격을 갖춘 전문의료인들로 그 수를 조금씩 늘려나갔다."[29] 당시 대표적인 외국 수도회로는 샬트르성바오로수녀회를 비롯해 메리놀외방전교회와 수녀회, 베네딕토회 등을 들 수 있다. "메리놀외방전교회와 수녀회는 평안남북도를 관할하는 평양교구에서, 베네딕토회의 3개 남녀수도회는 함경남북도를 관할하는 원산교구와 만주의 간도지방을 중심으로 한 연길교구에서 교육활동과 의료활동을 펼쳐나갔다. 이 수도회들이 주로 북한지역에서 활동한 덕택에 남쪽보다는 북쪽에 더 많은 진료소시약소가 설립되었다. 1931년 4월 말까지 한국 천주교회에서 운영한 무료진료소는 서울과 제물포 2개소 이외에도 평양교구에 의주,

영유, 비현 등 3개소, 원산교구에 원산, 덕원 등 2개소, 연길교구에 4개소 등 전국 11개소가 있었다."[30]

〈표 2〉 1931년도 조선천주교 상황(The situation of Korean Catholic in 1931, 1930.5.1~1931.5.1)

교구 사업	경성교구	대구교구	원산교구	평양교구	연길교구	합계
영해원	2	1		3		6
남녀 영해	201	46		9		256
교인집에 부친 영해	82	69				151
수양자간 영해	4					4
시약소	2		2	3	4	11
원내치료	16,724		49,000	7,655	4,300	77,679
왕진치료	6,616		1,130			7,746

자료 : 『천주교회보』 1931.10.1, 4쪽(박태봉, 1985, 861쪽에서 재인용)

위의 자료를 보면 1931년 당시 연길교구에는 시약소 4개가 있었을 뿐이다. 이것은 1920년대 천주교의 의료활동이 아직도 시약소와 무료진료소 수준에 머물러 있었다는 것을 의미한다. 하지만 "시약소와 진료소가 북한지역에 더 많이 설립되어 있었던 만큼 의원시대를 주도한 곳도 북쪽의 세 교수원산, 평양, 연길였다. 이러한 발전은 의료활동의 양적, 질적 설장에 따른 자연스런 결과이기도 하였지만, 한편으로는 일제 식민 통치 이후 정식 자격증을 취득한 의사와 그 처방 없이는 시약소와 무료진료소를 운영하기가 어려워진 탓도 있었으며, 동시에 당시 활발한 사회사업을 기반으로 급속히 교세를 확장시켜 나가던 개신교의 성장에 자극을 받은 탓도 있었다"[31] 이 시기 가장 대표적인 천주교 병원은 1928년 원산 교구에서 문을 연 덕원병원이다. "독일 베네딕토회 선교사들이 1926년 덕원에 설치한 시약소는 1928년 의사 자격증을 획득한 그라하머J. Grahamer 수사가 부임하면서 그해 5월에 병원정확히는 의원으로 확장, 개원"되었다.[32] 하지만 의사 면허증을 취득한 천주교 선교사들이 본격적으로 의

원을 열어 활동하기 시작한 것은 1930년대였다.[33]

연길교구에서는 1931년 성 베네딕토회 올리베따노 수녀회가 진출하면서 의료사업이 활발해졌다. 당시 연길교구장 브레허 주교는 수녀들이 간호교육을 수료하고 한국에 진출할 것을 요청하였다. 하지만 연길교구의 의료시설도 1935년 독일에서 평신도 의사를 파견하기 전까지는 간이진료소에 머물렀던 것으로 보인다.

만주의 연길교구에서의 의료사업은 스위스로부터 6명의 올리베타노 수녀들이 도착한 직후부터 시작되었으니 그것은 1931년 12월의 일이었다. 이 해 11월에 연길에 도착한 수녀들이 1개월도 못 되어 의료활동을 시작할 수 있었던 것은 이미 수녀원과 병원 건물이 완성되어 있었기 때문이었다. 무료진료소에 불과했으나 '병원'으로 불리던 조그마한 건물에서 수녀들은 매일같이 40명 내지 50명의 환자를 치료하였다. 1932년 5월 1일까지 반년도 못 되는 동안에 4,000명을 치료하고, 만 명에게 약품을 무료로 주었다. 이르멘트루디스 마이어Irmentrudis Meier와 루가 엘틴Lukas Eltin이란 2명의 간호수녀가 치료와 간호를 담당하고 있었고, 2명의 한국인 수녀 청원자들이 그녀들의 조수 역할을 하고 있었다.[34]

간호사 일에 헌신적이었던 이 두 수녀들의 활동은 실제로 주위 사람들을 감동시키기에 충분했다. 브레허 주교는 이들의 재능과 기품을 높이 평가했으며, 특히 건강이 좋지 않았던 이르멘트루디스 수녀를 진심으로 걱정하기도 했다. 이르멘트루디스 수녀 또한 자신의 편지에서 '간호의 성과'가 기대 이상이었다고 진술하고 있다.

매일 40명가량의 환자가 연길에서 가장 유명한 의료진인 우리 간호수녀들을 찾아온다. 우리는 이곳에서만 유명한 것이 아니어서 몇 시간 떨어진 먼 마을에서 찾아오기도 한다. 병들고 다친 중국인과 한국인을 한번 와서 보아라. 우리 건물은 단층의 검은 벽돌집이고 방은 넷이다. 첫째 방은 작은 시약소, 그리고 검사실과 수술실이 이어진다. 이르멘트루디스 수녀와 루카 수녀는 벌써 간단한 수술을 직접 했고, '그는 모든 것이 잘되도록 하신다'는 성경 말씀대로 '주임의사하느님'는 이들의 수술을 축복해 주셨다.[35]

위의 자료에서 보듯이 간호수녀들의 의료활동은 많은 성과를 거두었지만 동시에 한계가 있는 것이었다. 간호수녀들이 할 수 있는 의료활동의 한계치는 '간단한 수술' 정도였다. 그들의 표현대로 자신들은 '주임의사'는 아니었던 것이다. 이런 점에서 볼 때 연길수도원의 의료활동은 아직 시약소 수준에서 크게 벗어나지 못한 것이라고 할 수 있다. 하지만 얼마 지나지 않아 연길교구의 의료활동에도 획기적인 전기가 마련되었다. "1933년 연길교구의 브레허Th. Breher 교구장은 그간의 의료활동의 놀라운 성과를 자세히 보고하는 한편 수녀들이 포교상 또는 의료적으로 완전한 활동을 하기 위해서는 의료 선교사와 병원이 불가피함을 강조하고 이에 대한 관심을 유럽의 은인들에게 간절히 호소하였다. 그 결과 1935년 뷔르츠부르크Würzburg의 의료 선교원에서 루드비히 레너L. Lehner란 독일인 의사를 파견하게 되었다. 그는 수녀들에게 실제적인 병자 간호를 지도하여 주었고, 또한 한국에서 자주 일어나는 여러 가지 질병에 대한 강의도 해주었다."[36] 연길수도원은 전문 의료인이 옴으로써 "선교 활동의 두 축인 교육과 의료가 마침내 전문성을 띠게 되었다".[37]

이상에서 살펴본 것처럼 『사랑』에 나오는 북간도 천주교 병원은 1935

년에 제대로 된 모습을 갖추기 시작한 연길수도원의 병원일 가능성이 높다. 그런데 여기서 흥미로운 것은 이광수가 묘사하고 있는 북간도 천주교 병원의 모습이다. 소설 속 병원은 천주교의 기록과는 약간의 차이가 있다. 먼저 북간도 병원의 구성원들부터 살펴보자.

칸트 신부란 육십이나 된 노인으로 조선에 이십년, 만주에 십 오년이나 와 있는 이로, 조선인의 풍속과 습관을 연구하여서 독일문으로 책을 저술하여서 학계에 이름이 있는 이요, 에른스트 수녀라는 이는 아직 나이 사십이 다 못 된 젊은이로서, 역시 조선에 십여 년, 만주에 오기는 순옥보다 이삼년 먼저 와서 고아들을 기르고 있는 이다. 이 병원에 수간호원이라는 에카르트도 수녀로, 그는 이 병원 창립 때부터 베크 원장과 같이 와서 나이 오십이나 된 이다. 이들 중에 내외가 갖춰서 가정 생활을 하는 것은 오직 베크 원장뿐이요, 그 밖에는 혹은 신부 혹은 수녀로 제 것이라고 할 것은 옷과 책상과 책뿐이라고 할까? 그것도 그들이 죽거나 다른 데로 가거나 하면 다음에 오는 사람이 쓰게 되는 것이다. 이 모양으로 전혀 제 것이라고는 가진 것이 없는 그들이었다.

위에서 보듯이 북간도 천주교 병원의 주요 구성원은 칸트 신부, 베크 원장 부부, 에른스트 수녀, 에카르트 간호수녀, '약제사' 등이다.[38] 여기에 한국인 의사가 2명이 있는데, 그중 하나가 여의사인 순옥이고 다른 이는 이씨 성을 가진 남자 의사이다. 여기서 베네딕토 수도회의 자료에 나타난 실제 인물들과 『사랑』의 허구적 인물들을 비교하면 칸트 신부는 블레허 교구장, 베크 원장은 독일인 의사 레너, 에카르트 '간호원장'은 이르멘트루디스 수녀에 해당한다. 천주교의 자료에는 한국인 의사에 대한 언급이 전혀 없지만 이광수는 거기에 한국인 의사 2명을 허구적 인물로 설정하고 있다. 이중에서 특히 순옥이라는 인물은 여러 정황상 부자연스런 측면이 있는 것이 사실이다. 우선 먼저 지적해야할 것은 순옥의 종교적 신념과 그녀의 북간도 천주교 병원 활동이 일치하지 않는다는 점이다. 이광수는 순옥을 안식교의 영향을 강하게 받은 인물로 그리고 있다. 순옥의 어머니가 안식교 세례를 받아 자식들도 모두 안식교인이 되었던 것이다.

안식교의 엄격한 종교 생활이 순옥이와 및 그 형제들의 인격을 형성하는 데 큰 힘을 준 것은 말할 것이 없다. '깨끗한 생활, 하느님다운 생활, 성경대로의 생활' 이것이 안식교도들의 생활의 목표요, 준칙이었다. 순옥은 비록 안식교의 교리 중에서 여러 가지 점에 대하여 신앙을 잃었다 하더라도 그 생활 방식만은 순옥의 것이 되고 말았다.

위 인용문에서 보듯이 순옥은 안식교의 특정한 교리에 대해서는 신앙을 잃었지만 생활만큼은 안식교인의 그것을 철저히 따르고 있었다. 다시 말해 순옥이는 아직도 안식교인으로서의 정체성을 잃지 않고 있었던 것이다. 그런데 이광수는 이런 순옥이 북간도 천주교 병원에서 의사로 활동했다고 설정하고 있다. 그리고 또 하나 당시 북간도지역에서 한국인 여의사가 활동했을 가능성인데, 이는 현실과는 거리가 먼 가정이라고 할 수 있다. 왜냐하면 서양의 다양한 개신교와 천주교파들도 이 지역에 수녀들을 파견하는 것이 쉬운 일이 아니었기 때문이다. "1930년경만 해도 중국 북동부지역으로 여성을 데려오는 것은 쉽지 않았다. 유럽 언론은 불안한 정치 상황을 보도했고, 사람들은 중국, 러시아, 일본이 만주 지배권을 두고 곧 전쟁을 벌일 것이라 믿었다."[39] 이런 사정에도 불구하고 이광수가 순옥을 북간도 천주교 병원과 연결시킨 것은 물론 소설적 필요에 의한 것이다. 순옥에게 북간도는 홀로서기를 해야 하는 특별한 공간이었기 때문이다. 하지만 당시 북간도 천주교 병원이 얼마나 열악한 환경에서 의료활동을 했는지는 현실과 소설이 크게 다르지 않다. 겨울이 오자 북간도에는 악성 유행성 감기가 돌았다. 연길에 유행성 인플루엔자가 돈 지 3주가 되자 묘지에는 새로운 무덤이 늘고 골목골목에 곡성이 들리는지 않는 데가 없었다. 당시로서는 치사율이 매우 높았던 이 감염병에 제일 먼저 쓰러진 사람은 에른스트 간호원장이었다. 그리고 종국에는 순옥 조차도 인플루엔자를 피해가지 못했다.

둘째로 앓는 사람이 이 의사의 부인인데, 그는 임신 중이언마는 용하게 살아 났다. 다음에 누운 것이 이 의사 자신이었다. 그리고 그 이튿날 한씨가 열을 발하고, 또 며칠 아니하여서 허 영 부자가 열을 발하였다. 그 이튿날 베크 원장이 누웠다. 또 병원 직원으로 아직 몸이 성하여서 걸어 다니는 사람은 순옥과 간호부 둘과 약제사뿐이었다. 앓지 않는 수녀들은 임시로 간호부가 되어서 병 구완할 사람 없는 집으로 순회하고, 신부와 수사들도 거진 호별 방문을 하다시피하여서 구제에 힘을 썼다. 오직 한 사람뿐인 의사인 순옥은 아침부터 지녁까지 잠시도 쉬일 새가 없었다. 집에는 낮 동안에 세 번씩 들르기도 하고 밤이면 집에 있어서 거진 눈을 붙일 사이가 없었다. (…중략…) 이러한 생활을 계속하기 근 일주일에 순옥은 어떤 날 아침에 피를 뱉았다. 초가을부터 오후면 몸이 오싹오싹하고 밤낮 감기나 든 것과 같음을 느끼면서도 참아 왔다. 식욕이 떨어지고 때로 기침이 나고 오한이 나는 수도 있었다. 그것이 그동안 과로에 마침내 못 견디어서 터지고 만 것이라고 순옥은 생각하였다.

순옥은 북간도 천주교 병원에서 인생 최대의 고비를 경험한다. 위에서 보듯이 순옥은 이곳에서 생사를 넘나드는 극한 상황에 놓여있다 간신히 목숨을 건지고, 허영 가족과의 질긴 악연에서 벗어난다. 그리고 그녀는 이런 경험을 통해 안빈에 대한 사적인 애정을 더 큰 인류애로 승화시킬 수 있는 전기를 마련한다. 요컨대 북간도 병원은 순옥이 이전의 사적인 애증을 모두 털어버리고 새로운 출발을 할 수 있는 무대가 되는 것이다. 하지만 그것은 순옥이 생명을 건 위태로운 상황을 통과하고 나서야 얻을 수 있었던 상처투성이의 전리품이었을 뿐이다. 이렇게 보면 북간도 천주교 병원은 안빈의 의원과는 사뭇 다른 의미를 획득한다. 안빈의 병원이 보편적인 인류애를 실현하는 공간으로서 부족함이 있었다면 북간도 병원은 그에 한층 근접한 또 다른 면모를 띠고 있다고 할 수 있다. 이곳에서 순옥은 안빈을 사모하는 여인에서 완전히 벗어나 그의 동지로서 다시 태어난다. 이것은 북간도 병원이 안빈의 이상을 실현하는 중간단계로서 중요한 의미를 지니고 있는 것이다.

3) 식민지시대 요양원 시설과 북한요양원[40]

와다 토모미는 『사랑』에 나오는 북한요양원의 모델이 1936년 재림교회가 경성에 설립한 요양원이라고 보고 있다. 그녀는 그 근거로 요양원의 치료방법이 안식교의 그것과 유사하다는 점을 들고 있는데, 예를 들어 환자들에게 신선한 공기를 쐬게 하고 일광 속에서 치료를 받게 하는 것과 전기 치료, 수치水治 자연치료가 그것이다. "이러한 안식교 요양원 특유의 치료방침은 1938년 『사랑』에서 안 의사가 설립한 북한요양원에 그대로 등장한다. 북한 요양원에서 환자는 수영복 과 같은 모양의 일광복을 입고 등 의자에 누워 일광욕을 한다."[41] 당시 『동아일보』의 기사를

살펴보면 와다 토모미의 주장이 개연성이 있어 보인다. 다음은 기사의
전문이다.

> 안식교安息敎에서 경영하는 경성요양병원京城療養病院은 휘경정徽慶町 산6번지
> 에 부지 12만평에 총공비 8만원을 드리여서 3층양옥의 훌륭한 병원을 건축
> 하고 쪼지. 에취. 루우 박사가 일반환자를 치료하리라 한다. 동병원은 지금으
> 로부터 5년 전에 장곡천정長谷川町 경성삘팅에서 소규모의 병원을 설치하고 일
> 반환자를 치료해왔는데 원체 장소가 좁고 만흔 환자를 수용할 수 없어서 三
> 년전에 인사정仁沙町으로 옴겻다가 금번에 전기 휘경정으로 옴기게 된 것은 환
> 자들에게 신성한 공기와 일광 속에서 치료할 목적에서 한 것이라 한다. 그리
> 고 동병원의 특색으로는 전기치료와 수치水治 자연치료自然治療 등이라 하며 현
> 재 낙원정樂園町 141에 동병원의 출장소가 잇어서 오후 2시부터 5시까지 루우
> 박사가 일반환자를 진찰하야 교통이 좀 불편한 시내환자들의 편의를 보게 되
> 엇다는데 입원할 사람은 전부 전기 휘경정에 잇는 동병원에 입원시키게 되엇
> 다 한다. 그리고 동병원의 기본금으로는 미국서 8만원, 조선서 2만원의 기부
> 를 합하야 총액 10만원의 기본금이 잇다 하며 1반 빈곤환자에게는 무료치료
> 의 특전도 잇다 한다. 동 경성요양병원에서는 오는 15일 오후 3시 동병원에서
> 낙성식을 성대히 거행한다 한다.[42]

『사랑』에 나오는 북한요양원이 안빈의 의원에서부터 출발한 것이라
고 보면 그것 또한 재림교 선교병원의 역사와 유사한 측면이 있다. 재
림교의 선교병원이 조선에 처음 세워진 것은 1908년 평안남도 순안이
다. 하지만 순안은 한반도의 중심에 위치해 있지 않아서 교단은 선교본
부 및 선교병원을 경성으로 이전해야만 했다. 1932년 재림교 선교병원

은 서울로 옮겨와 경성요양의원, 경성요양원을 거쳐 1947년에 서울위생병원으로 이름이 바뀌었다. 재림교 선교병원의 경성시대를 여는 데 주도적 역할을 한 인물은 의사 조지 루George H. Rue, 柳濟漢이다. 그는 1929년 순안병원장으로 내한하여 1931년 6월 경성요양의원을 세워 재림교 선교병원의 경성시대를 열었다. "경성요양병원은 조지 루에 의해 1931년 하세가와초長谷川町, 현 중구 소공동에 있는 2층 셋집에서 처음 문을 열었다. 1년 후에는 인사동파고다 공원 옆으로 이전하여 경성요양의원이란 간판을 붙이고 활동하였는데 환자가 계속 늘면서 발전하게 되자, 교단 본주는 1933년 3월 22일에 회기리 합회 본부 근처에 새 병원기지 12,000평20에이커을 14,531원에 구입한 후 1934년 9월부터 터를 닦고 건축공사를 하여 1936년 2월 15일 경성요양병원The Seoul Sanitarium Hospital으로 명명하"였다.[43] 『사랑』에 의하면 안빈의 의원은 종로통에 있었다. 그리고 그 의원은 더 큰 이상을 실현하기 위한 공간인 북한요양원으로 발전하는데, 이는 재림교 선교병원의 역사와 닮아있다.

당시 경성요양병원은 40병상의 2층 벽돌건물에 엑스레이 시설 등 첨단 의료시설을 갖춘 현대식 병원으로, 낙성식 때에 조선총독부 관리들은 물론이고 서울 거주 외국인 단체 대표들과 감리교 신학대학장 빌링스 등 국내외 내빈 300여 명이 참석할 만큼 명소가 되었다. 경성요양병원 본관이 완성된 후 그해 4월에 간호원 양성과를 신설하여 의료인 양성의 토대를 놓았으며, 그 다음해인 1937년에는 폐결핵 환자들을 위한 병동도 신축되었다. 이처럼 좋은 시설에 훌륭한 의사와 간호사들이 봉사함에 따라 경성요양병원은 한 해에 2만여 명의 환자가 치료를 받는 국내의 유수한 병원으로 자리매김하게 되었다.[44]

하지만 안식교의 치료요법이 당시 일반적인 결핵 치료요법과 크게 다르지 않았고, 안빈이 안식교인이라고 볼만한 확실한 근거를 작품에서 찾기 어렵다는 점에서 와다 토모미의 주장은 좀 더 보완이 필요하다고 판단된다. 먼저, 와다 토모미가 주장하듯 북한요양원의 치료방침이 안식교만의 것이 아니라는 사실은 명백하다. 우리는 이런 점을 당시 신문 기사에서 확인할 수 있다.

각 요양실의 벽우에는 24시간을 합리적으로 안배한 일과표日課表, 좌우명座右銘, 요양자규정療養者規定 등등이 붙이어낫다. 그에는 요양의 네가지 큰 원측이라하야 첫째 공기요법, 둘째 안정요법, 셋째 영양요법, 넷째 일광요법이 배렬되어 잇다. 신선한 공기는 폐결핵균을 죽이는 힘이 만흠이오, 안정은 심장의 급격한 활동을 따라서 혈액속으로 섞이어 들어가는 결핵독소를 정지시킴에 잇고, 영양이 잇는 음식물은 생리적기능生理的機能이 앙진되어 앓는대를 좁힌다는 것이나 위장의 능력과 식욕의 여하를 보아서 할 것이오, 일광은 약처방에 독극약을 쓰는 것과 같아서 열이 없는이에게만 필요하다.[45]

위 기사에서 보듯이 해주요양원에서 구체적으로 제시하고 있는 결핵 환자 치료요법은 당시 일반적인 것이었다고 볼 수 있다. 이것은 결핵치료에 대한 의학적 방법이었을 뿐이다. 그런데 와다 토모미는 북한요양원의 치료요법이 안식교만의 특별한 것이라고 보고 있다. 결국 그녀의 주장은 안식교를 과도하게 작품해석에 적용한 결과라고 할 수 있다.

또 하나 두 요양원이 모두 경성이라는 공간에 있다는 점이 와다 토모미의 주장을 뒷받침할 수 있는 근거가 될 수도 있지만 이것 또한 추측에 불과하다. 당시 『동아일보』 기사를 보면 경성요양원은 경성 시내와 떨어진 휘경정에 위치해 있었고, 3층 서양식 건물이 본관으로 사용되었던 것으로 보인다. 하지만 『사랑』에서 묘사되는 북한요양원은 같은 경성이라도 전혀 다른 지역에 위치해 있다. 소설 속에서 안빈은 북한요양원의 지리와 건물배치도를 상세히 소개하고 있다. 이것은 안빈이 영옥에게 요양원의 설계도를 보여주면서 자신의 포부를 밝히는 장면에서 확인할 수 있다.

"응, 난 요양원을 하나 해보겠는데. 장마만 지나면 건축에 착수를 할 생각이야. 설계도 다 되었어."

하고 안 빈은 일어나서 책장 문을 열고 청사진 한 뭉텅이를 내어 놓는다.

영옥은 그 청사진을 뒤적거린다.

"위치는 창의문 밖이야. 세검정 보았나?"

"가 보았어요."

"거기서 한참 올라 가면 북단이라는 데가 있지. 게가 단양허구 수석두 좋구. 자동차 길이 없는 것이 흠이지마는, 거기다 지어 볼라구. 청부 업자 말이 명년 사월꺼지에는 낙성이 된다는데, 그때면 자네 학위 얻는 일두 끝날 것 아닌가? 그렇게 되면 자제 남매가 이 병원을 맡으란 말일쎄. 난 요양원에 있구."

(…중략…)

이렇게 말하면서 안 빈은 설계의 대략을 설명하여 주었다.

"어떤가? 설계가 괜찮지?"

"좋은 것 같습니다."

하고 영옥은 산 밑, 시냇가에 띄엄띄엄 벌려 있는 소쇄한 이십여 채의 조선 집 본인 적은 집의 무리와 전면에 있을 본관과, 그리고 그 사이에 있을 잔디밭들, 꽃밭들, 나무들을 상상해 보았다. 그것은 아름다운 풍경일 듯하였다.

"맑은 일광과, 깨끗한 공기와, 좋은 물과, 고요한 환경과, 자연의 풍경과 이 것을 마음껏 이용하자는 것이야. 도회 사람들이 굶주린 것이 이것 아닌가? 이 것을 굶어서 병이 난 것이니까."

하고 안 빈은 만족한 듯이, 설계의 전체의 평면도의 한편 끝을 가리키며,

"여기가 시낸데 말야, 여기를 막아서 먹을 물 저수지를 만들자는 거야. 그리 구 겨울에는 시냇물이 마를 염려가 있으니까 여기다가 큰 우물을 하나 파구. 신선한 냉수 — 이것이 또 병인에게는 큰 약이어든."

안빈의 설명에 따르면 북한요양원은 세검정을 지나 북한산 언저리에 기우제를 지내던 북단北壇이라는 곳에 위치해 있다.[46] 요양원은 자동차가 다니는 길에서 떨어져 "맑은 일광과 깨끗한 공기와 좋은 물과 고요한 환 경과 자연의 풍경"이 있는 곳이다. 요양원은 산 밑에 위치해 있고 주변 에는 시냇가가 흐르고 있다. 그리고 20여 채의 조선식 집과 본관 건물이 있고, 주위에 단잔디밭, 꽃밭, 나무들이 자리하고 있다. 여기에 안빈은 시냇물을 막아 저수지를 만들고, 겨울에 식수가 마를 것을 염려해 큰 우 물을 팔 계획을 가지고 있다. 북한요양원의 이런 모습은 와다 토모미가 주장하는 경성요양원보다는 오히려 해주요양원을 닮았다. 해주요양원 은 1930년대 조선에서 가장 큰 요양원 시설을 가지고 있었고, 그 명성도 자자했다. 『동아일보』는 1934년 8월 18일부터 8월 28일까지 해주요양 원에 관한 특집 연재기사를 게재하고 있는데, 이런 사실은 해주요양원 의 당시 평판을 반증하는 것이기도 하다. 그리고 이런 사실은 당시 지식 인과 작가들에게 깊은 인상을 주었을 것으로 보인다. 다음은 신문에 연 재된 해주요양원의 모습이다.

굵고 높게 해주읍을 둘러싼 수양산首陽山의 한가닭인 남산南山이 예서부터는 더욱 곱고 밝다. 한폭의 그림이다. 오른쪽으로 남산봉수대는 소매를 걷은 거인의 주먹처럼 내밀엇다. 그리고 왼쪽으로 발아래 깔린 늦은 경사지-울창한 송림을 실은 채로 10만정보는 되리라, 무산무녀의 예상霓裳이 동정호洞庭湖 상에 끌리듯, 호호양양한 황해수黃海水 우로 비스듬이 담그고 잇다. 양지 바르고 바람잠기는 그 경사지의 중복, 그 송림의 사이로 동, 서양식의 아홉채 건물이 신기루蜃氣樓처럼 예저기 나타나 잇다. 무시로 내뿜는 '데레멘징'의 향기, 천연적으로 풍부한 '오존'을 맡고 마시기에 얼마나 알맞은 지대랴! 이곳 해주 구세요양원이다. 해주역에서 예까지 자동차로 七분.[47]

요양원은 총 면적이 약 2만5천평이다. 입원사入院舍-요양사는 본관本館, 여자관女子館, 특별관特別館, 산상관山上館, 산하관山下館 등에 신축중인 세채를 합하야 아홉채다. 이 아홉채는 양옥이 네채, 조선식 일본식이 합 다섯채로 어느 것이나 새로 지은 집이다. 그리고 약30간씩의 간격을 두어 서로 보이지 안는다. 그러나 바다는 한없이 보인다. 요양실이 50이오 모다 남향이다. (…중략…) 요양원의 전구역이 사토沙土를 섞은 석비레라 지질한 장마의 뒤끝이언마는 숲사이 길거리도 깨끗하기 이를대 없다. 요양사의 정원-요양실의 창앞에는 풀꽃이 떨기를 지엇다. 나팔꽃, 백일홍, 코쓰모쓰는 열어제친 창넘어로 고적한 솜틀을 위로한다. 고적한 솜틀의 하얀 병상, 아니 침대는 보는이의 눈이 부시지경이다. 정원의 다른 한편에는 잔디가 선을 물럿고 히노데까시야가 열을 지엇으며 새막같은 정좌대가 예저기 잇고 긴 안락의자가 한둘씩 노엿다. (…중략…) 한 정원을 지내면 숲길이오 한 숲길을 따라 돌면 또한 정원이다.[48]

위에서 보는 것처럼 안빈이 구상하고 있는 북한요양원의 실제 모습은 해주요양원과 흡사하다. 요양원 주변의 자연환경, 예컨대 풀꽃, 정원, 숲길 등은 두 요양원 모두의 공통된 환경이다. 이런 점에서 북한요양원이 경성요양원에서 비롯된 것이라는 주장은 근거가 미약하다. 그리고 와다 토모미가 북한요양원의 모델이 경성요양원이라고 믿는 결정적 근거 중 하나인 '오존'에 대한 언급이 해주요양원을 소개하는 기사에서 나온다는 사실도 언급되어야 한다.[49] 이상의 논의에서 살펴본 것처럼 와다 토모미의 주장은 추측에 가깝다. 이렇게 보면 이광수는 특정 요양원을 북한요양원의 모델로 삼은 것 같지는 않다. 그는 당시 여러 요양원들에 관한 정보들을 종합해서 북한요양원을 구상하고 묘사했을 것이다. 이중에 경성요양원도 하나였겠지만 그보다 해주요양원이 결정적인 역할을 했을 것이다.

북한요양원이 앞서 나온 안빈의 의원, 북간도 천주교 병원과 다른 점은 이 세 곳을 유일하게 경험한 순옥의 말을 통해 확인할 수 있다. 순옥은 북한요양원이 전혀 차원이 다른 의료공간이라는 사실을 자연스럽게 깨닫는다.

순옥이가 다른 환자보다도 몇 갑절, 아마 수없는 갑절, 이 북한요양원의 따뜻함과 기쁨을 느낀 것은 말할 것도 없다. 순옥이가 생각하기에 이러한 환경은 이 세상에서는 다시는 찾아 볼 수가 없는 것 같았다. 연길 선교사 사회의 분위기가 심히 맑고 엄숙하였으나 그것은 마치 고딕 건물 모양으로 좀 무겁고 음침한 것 같았다-북한의 그것과 비교하면. 순옥이가 느끼기에 북한요양원의 공기는 예전 안 빈 병원의 그것보다도 더욱 밝고 더욱 맑고 더욱 따뜻하고 더욱 향기로운 것 같았다. 순옥은 그 원인을 생각하여 보았다. 서울 시내가 아니요, 북한의 산속이라는 것도 한 원인일 것 같았다. 그러나 땅이 무슨 상관이랴? 선인이 사는 곳은 지옥도 극락이요, 악인이 사는 곳은 극락도 지옥이다. 이 고요한 밝음은 땅에서 오는 것이 아니라, 사람에게서 오는 것이었다. 그 사람이란 안 빈과 인원과 수선과 및 그들의 빛을 받는 사물들이었다. 이렇게 생각할 때에 순옥은 안 빈의 빛이 지나간 사 년 동안에 커졌음을 깨달았다. 그의 수염과 머리카락에 센 터럭이 느는 대로 빛이 늘고 그의 얼굴에 주름이 느는 대로 향기로운 따뜻함이 는 것 같았다.

순옥의 눈에 북한요양원이 다른 공간과 질적으로 다른 점은 바로 그 안에 있는 사람들에게서 나오는 '빛'이다. 다시 말해 의료시설이나 자연환경보다 '사람'이 북한요양원의 가장 큰 장점이라는 말이다. 그것은 안 빈의 '빛', 즉 더 큰 사랑을 실천하는 인류애를 말한다. 순옥은 인원과 수선이 "어머니나 누나의 애정으로 자식이나 동생을 간호하듯이" 환자들을 돌보는 모습을 보고 감명을 받는다. 그것은 사적인 관계를 넘어선 더 큰 사랑의 실천이며, "마치 고딕 건물모양으로 좀 무겁고 음침한 것"과는 다른 "향기로운 따뜻함"이다. 순옥은 그들의 사랑 실천을 자신이 간호부로 일할 때 환자를 대하던 태도와 비교한다. "순옥도 애정을 가지고 친절하게 하노라고는 하였으나 도저히 인원이나 수선에게 미치지 못하는 것 같았다." 순옥이 보고 느낀 대로 북한요양원은 안빈의 이상을 실현하는 공간임에 틀림없다. 이런 점에서 북한요양원은 『사랑』에 나오는 다른 의료공간들과 밀접하게 관련이 있으면서 동시에 구별되는 작가의 '이상향'이라고 할 수 있다.

3. 남는 문제들

『사랑』은 근대 병원의 역사를 이해하고 복원하는데 중요한 역사적 자료로서 각별한 의미를 지닌다. 이것은 문학작품이 사료와 마찬가지로 당대 사회의 생생한 기록으로서 가치가 있다는 사실을 보여주는 훌륭한 사례라고 할 수 있다. 특히 소설은 역사적 기록에 인간의 숨결을 불어넣어 마치 활동사진을 보듯 실제 이미지들을 재현한다. 엥겔스가 19세기 전반기 프랑스사회를 이해하기 위해서 수많은 역사기록을 뒤지는 것보다 발자크의 소설을 읽은 것이 더 도움이 된다고 말한 것은 바로 이런 의미일 것이다.[50]

이 글에서 언급한 내용을 간단히 정리하면 다음과 같다. 첫째, 안빈의 의원에 대한 묘사는 「사립병원취체규칙」과 더불어 식민지시대 개인병원의 실제 모습을 복원하는데 중요한 자료로서 손색이 없다. 그리고 순옥이 의사가 되는 과정 또한 당시 「의사규칙」과 「의사시험규칙」이 현실에서 어떻게 적용되었는지를 가늠할 수 있는 귀중한 자료라고 할 수 있다. 둘째, 북간도 천주교 병원에 대한 묘사는 천주교 의료사업에 관한 자료가 거의 없는 상황에서 당시 모습을 구체적으로 떠올릴 수 있는 기록으로서 가치가 크다고 할 수 있다. 당시 북간도에는 천주교에서 설립한 연길수도원 병원이 있었는데, 『사랑』에 나오는 천주교 병원은 이와 매우 흡사하다. 우리는 이를 통해 북간도에 있었던 천주교 병원의 실체와 마주할 수 있다. 셋째 북한요양원에 대한 묘사 역시 식민지시대 결핵요양원의 실체를 이해하는데 중요한 의미가 있는 자료이다. 이와 관련하여 북한요양원이 이광수의 친일 이데올로기를 간접적으로 대변하고 있다는 점을 언급하는 것도 필요할 것이다. 안빈에 의해 실현되는 보편적인 인류애는 식민지 조선의 현실을 회피하고픈 이광수의 사상적 곡절을 일정하게 반영하고 있다. 그리고 북한요양원은 이를 상징적으로 보여주는 공간인 것이다. 이것은 북한요양원에 대한 묘사가 다른 의료공간에 대한 묘사보다 비현실적이며 심지어 환상적인 색채를 띠고 있다는 점에서도 확인할 수 있다. 그곳에서 1년간 치료를 받은 시인은 북한요양원을 '낙원'이라고 칭송하고 있을 정도다. 즉, 북한요양원은 식민지 조선의 현실이 아니라 그것을 초월한 관념 속의 세계인 것이다. 이광수는 근대 병원의 공간을 통해 자신의 근대적 이상을 드러냈지만 결국 그것은 신기루에 불과했다. 보편적인 인류애를 실현하겠다는 의도로 빚어놓은 환상적인 공간은 식민지 조선의 현실로부터 벗어나고 싶었던 작가의 의도를 공공연하게 드러낸 것에 다름 아니다. 이런 점에서 이광수에게 안빈은 자신의 무의식 속에 존재하는 심리적 대리자, 즉 초자아superego였는지도 모른다.[51]

　이 연구는 앞서 지적했듯이 이광수의 『사랑』을 통해 일제시대 근대 병원의 모습을 복원하려는 새로운 시도를 하고 있음에도 불구하고 여전히 일정한 한계를 지니고 있기도 하다. 이 문제와 관련하여 우선 지적해야 할 것은 당시 근대 병원에 관한 다양한 자료의 발굴이 시급하다는 점이다. 1930년대 말에는 일제가 조선을 병참기지화하여 조선인의 의료환경이 열악해지고 있던 상황이었다. 이것은 당시 기독교 의료선교 사업의 실태를 봐도 알 수 있다.[52] 그런데 이런 상황을 기록하고 있는 자료를 체계적으로 정리하고 있는 것은 개신교와 천주교 계통이 대부분이다. 물론 종교와 관련된 의료사업이 많은 부분 당시 조선의 의료상황을 대변해주고 있는 것은 사실이다. 하지만 종교병원 이외의 자료들은 아직 체계적으로 정리되어 있지 않은 실정이다. 본 연구에서도 이런 문제

점들이 반영되어 있다. 이런 점에서 이 연구는 민간병원에 관한 구체적인 자료들을 발굴하여 더 보완되어야 할 것이다.

둘째는 이 연구가 소설 속에 나타난 근대 병원의 역사적 기록을 정리한 최초의 시도라는 사실 자체에서 연유하는 한계이다. 한국 근대문학사에는『사랑』외에도 일제시대 근대 병원을 다룬 작품들이 여럿 있다.[53] 물론 그중에서 『사랑』이 가장 대표적인 작품이기는 하지만 이것만으로 근대 병원의 모습이 복원되었다고 하기에는 부족함이 많다. 이런 점에서 이 연구는 후속 연구에 의해 보완되어야 한다.

제3장

신경림 시에 나타난 술의 의미

술과 음주에 대한 의료문학적 연구

1. 들어가는 말

이 글의 목적은 신경림 시에 나타난 술의 의미를 분석하는 것이다. 그 의미는 두 가지로 요약할 수 있는데, 그중 하나는 신경림 시인이 한국의 근대화 과정에서 술이 어떤 의미를 지니고 있었는지를 가장 잘 보여준 시인들 중 하나이기 때문이다. 그는 초기 시에서 술이라는 상징을 통해 농촌공동체의 해체 과정에서 농민들이 경험했던 암울한 분위기를 표현했을 뿐만 아니라 동시에 그들의 공동체적 결속력을 나타냈다. 하지만 근대화가 진행된 이후 1980년대에 발표된 신경림 시에서 술의 의미는 사뭇 다르게 나타난다. 술이 도시적 삶의 일상 풍경으로 바뀌게 된 것이다. 신경림 시에서 술이 다시 의미심장한 상징으로 부활한 것은 1990년대 중반 이후에 발표된 노년의 작품들에서이다. 신경림은 이 시기에 현재의 삶에 대한 성찰의 일환으로서 가족공동체에 대한 그리움을 형상화하는데, 여기서 술이 중요한 역할을 담당한다. 이 연구의 두 번째 의미는 술이 지니고 있는 시적 의미의 변화가 신경림의 초기 시와 후기 시를 연결하는 중요한 단서가 되기 때문이다. 저자는 1990년대 중반 이후 신경림 시에 나타난 시적 정서가 초기 시와 유사하다는 가설을 가지고 있다. 이 시기에 자주 나타나는 과거 회상이나 삶에 대한 성찰의 시가 초기 시에 등장한 공동체에 대한 그리움의 표현이라는 것이 저자의 생각인데,

신경림 시에서 술의 의미 변화를 연구하는 것이 이 가설을 증명하는 징검다리가 되기 때문이다. 그러면 먼저 신경림 시에 나타난 술의 의미에 대한 이전의 연구 성과들을 살펴보도록 하자.

신경림의 첫 시집 『농무』에 술이 자주 등장한다는 점을 상세히 언급한 이는 시인 조태일이다. 그는 「열린 공간, 움직이는 서정, 친화력」이라는 글에서 이 시집에 실린 60편의 시 중에서 "거의 절반에 가까운 25편에 술막걸리, 소주 마시는 이야기가"[1] 나올 정도로 신경림 시에서 술은 소재나 의미상에서 중요한 위치를 차지하고 있다고 지적한 바 있다. 조태일은 구체적으로 「파장」을 언급하면서 '노름'과 '술'이라는 상징 속에 농민들의 절망스럽고 고통스러운 모습들이 담겨져 있다고 주장한다. 이 시에는 막걸리와 소주가 각각 한 번씩 나오는데 막걸리에는 "어떤 근심이나 시름보다도 반가움, 흥겨움의 정서"가 묻어 있는 반면, 소주에는 절망과 체념이 서려 있다. 조태일에 의하면 술에 대한 이런 심상은 「오늘」이라는 시에서 더욱 두드러지게 나타난다. 그는 이 시에서 술 이미지 속에 담긴 변화의 몸부림에 주목하고 있다. 취하면 취할수록 체념적이고 비관적인 것이 농민의 심정이지만 그 속에는 또한 현실을 극복하고픈 역설이 숨어있다는 것이다. "어른들은 말할 것도 없거니와 누더기를 걸친 애들까지도 무엇 하나 제대로 이루지 못하는 답답한 현실이 빚는 울분과 비애, 체념과 자학은 술이나 노름에 기대게 되는데, 이는 현실 순응이나 굴복이 아니라 현실을 변화시켜보려는 역설적인 몸부림인 것이다."[2]

이밖에 조태일은 이 시집에 수록된 「겨울밤」, 「원격지」, 「농무」, 「경칩」, 「실명」 등을 또 다른 예로 들고 있다. 그리고 이어서 신경림 시에 나타난 술의 의미에 대해 다음과 같이 정리하고 있다.

술은 원래 농경사회에서 공통체적인 삶을 형성하던 제천의식에서 빠질 수 없는 소중한 것이었다. 술은 신에게 바치는 거룩한 음식이었으며 공동의 화합과 결속을 다지는 역할을 했던 것이다. 이러한 본질적인 의미를 「농무」에서도 찾아볼 수 있다. 비록 술을 마시는 분위기가 울분, 비애, 고통, 자학 등의 어두운 정서를 동반하고 있지만 그것은 억눌리며 원통하게 사는 사람들끼리의 공동체적인 연대감을 느끼게 하기 때문이다. 어느 시를 보아도 혼자서 술 마시는 자리보다는 한데 어울리는 장소에서 그들의 울분과 함께 술을 서로 주고받는 모습이다. 이는 독자들로 하여금 술이 퇴폐, 향락, 파멸의 의미가 아니라 어렵고 암담한 현실을 살아내기 위한 민중들의 발버둥거림의 한 모습이라는 것을 느끼게 하는 것이다.[3]

신경림의 초기 시에서 술은 농촌공동체의 화합과 결속을 의미하는 하나의 상징이다. 술의 이런 의미는 시대의 암울한 분위기와 농민들의 비애 등과 겹쳐있어 더욱 빛을 발한다. 이렇게 신경림은 술이라는 상징이 지니고 있는 복합적인 의미들을 교차시키고 있고, 독자들은 이런 복합적 이미지를 통해 당시 농촌 현실을 생생하게 이해할 수 있는 것이다. 하지만 조태일이 주장하고 있는 내용은 그가 지적한 작품들보다 오히려 『농무』의 또 다른 시편인 「그 겨울」이라는 작품 속에서 가장 완벽하게 구현되어 있다. 조태일은 이 작품에 대해서 이렇다 할 분석을 하고 있지 않은데, 이 글에서는 이 작품을 중심으로 술의 의미를 분석함으로써 조태일의 주장을 좀 더 구체화하려고 한다.

신경림 시에서 술이 차지하고 있는 비중에 대해 지적한 또 한 사람은 시집 『농무』를 영어로 번역한 안토니 신부Brother Anthony다. 그는 이 시집의 해설에서 신경림 시에 나오는 술에 주목하면서 술의 종류, 술과 같이 먹는 음식, 즉 안주, 술을 마시는 장소, 음주 습관 등을 언급하고 있다. 그는 신경림의 『농무』를 염두에 두면서 "술은 이 시들뿐만 아니라 한국인의 삶에서 큰 역할을 한다. 술은 항상 단체로 마시며, 혼자 마시는 법은 거의 없다"[4]라고 지적하고 있다. 이어 안토니는 신경림 시에 나오는 술에 대해 다음과 같이 언급하고 있다.

> 술은 이 시들뿐만 아니라 한국인의 삶에서 큰 역할을 한다. 술은 항상 단체로 마시며, 혼자 마시는 법은 거의 없다. 예전에 가장 즐겨 마시던 술은 '막걸리'였다. 이 술은 쌀로 빚는데, 하루 일을 끝낸 후 즐기기 위해서뿐만 아니라 일손을 잠시 멈출 때 기운을 돋우기 위해서도 애용되었다. 작품 속에 나오는 주된 술은 막걸리보다 상당히 세고 작은 잔에 담아 마시는 값싼 무색의 증류주 '소주'이다. 소주는 아직도 저녁때면 남자들이 모여 으레 마시곤 하는 술이다. 맥주는 한국 농촌문화의 일부가 아니었으며, 여기에 실린 시 중에서 맥주에 대한 언급이 없는 것 또한 주목할 만한 점이다.[5]

안토니 신부의 지적은 신경림의 『농무』를 이해하는데 큰 도움이 된다. 하지만 "작품 속에 나오는 주된 술은 막걸리보다 상당히 세고 작은 잔에 담아 마시는 값싼 무색의 증류주 '소주'"라는 주장은 사실과 다르다. 이것은 신경림이 농촌을 떠나 도시로 삶의 터전을 옮긴 이후에 쓴 작품에 해당하는 것이다. 그리고 그의 언급은 신경림이 술을 자주 다루었다는 지적에 머물고 있을 뿐이다.

아무튼 조태일과 안토니의 지적은 신경림 시에서 술의 의미를 이해하는데 중요한 출발점이 된다. 이 글에서 저자는 신경림의 작품 전체에서 술의 의미가 어떻게 변화했는지를 살펴보려고 한다.[6] 이를 위해서는 먼저 신경림 시집에서 술에 대해 언급한 작품들이 어느 정도이고, 어떤 작품들이 있는지를 살펴보는 것이 선행되어야 할 것이다. 이것은 이 주제에 대한 양적, 통계적 연구에 해당된다.[78]

2. 술을 언급한 작품 목록과 그 특징들

신경림 시집에서 술에 대한 언급이 나오는 작품들의 목록과 비중을 살펴보자. 먼저 『농무』[1973]의 경우다. 이 시집에는 모두 60편의 시가 수록되어 있는데, 31편의 시에서 술과 연관된 이미지들이 등장한다. 이 시들은 「겨울밤」, 「원융지遠融地」, 「파장」, 「농무」, 「꽃 그늘」, 「눈길」, 「어느 8월」, 「잔칫날」, 「장마」, 「오늘」, 「산 1번지」, 「3월 1일」, 「폐광」, 「경칩」, 「장마 뒤」, 「그 겨울」, 「3월 1일 전후」, 「동면」, 「실명」, 「귀로」, 「산읍일지」, 「벽지」, 「시외버스 정거장」, 「친구」, 「시제」, 「전설」, 「우리가 부끄러워해야 할 것은」, 「친구여 네 손아귀에」, 「해후」, 「동행」, 「골목」 등이다. 위에서 언급한 작품에서 술 이미지들을 예로 들면 '술', '술집 색시', '막걸리', '소주', '소줏집', '소주잔', '소주병', '주막', '양조장', '해롱대다', '취하다', '술동이', '술주정', '술판', '술청', '막소주', '대폿집', '술배달', '탁주 냄새', '선술집', '술독' 등이다. 그런데 여기서 언급한 모든 이미지들이 술과 연관된 시적 의미를 지니고 있는 것은 아니다. 다시 말해 어떤 이미지들은 신경림 시에서 술의 의미를 이해하는 열쇠가 되지 않는다. 가령, 「3월 1일」이라는 시에 나오는 "복덕방에서 이발소에서 소줏집에서"의 '소줏집'은 단순한 장소를 의미하는 것이지 여기서 술의 특별한 의미를 찾기는 어렵다. 이 것은 「눈길」에서도 같다. 그리고 「벽지」의 "행길 건너 술집"이나 「시외버스 정거장」의 "삼거리에서 주막을 하는 여인", 「우리가 부끄러워해야 할 것은」의 "아니면 소줏집 통걸상에서"도 술과 연관된 특별한 의미가 있다고 보기 어렵다. 이렇게 보면 위에서 언급한 31편의 시 중에서 6편은 제외된다. 그러면 나머지 시편들이 25편인데, 이것은 작품을 구체적으로 밝히고 있지는 않지만 조태일이 지적한 편수와 일치한다.

『농무』는 시인이 고향과 주변을 떠돌아다니면서 살아온 경험을 정리한 시집이다. 이에 반해 시집『새재』1979는 시기적으로 시인이 서울로 거처를 옮긴 후 쓴 작품들을 모은 것이다.[9] 하지만『새재』를 읽어보면 시인이 서울로 생활터전을 옮겼지만 농촌과의 연계가 지속되고 있다는 사실을 알 수 있다.『새재』에는 장시「새재」를 제외하고 모두 32편의 시가 수록되어 있는데, 이중에서「어허 달구」,「돌개바람」,「동해기행東海紀行」, 「나는 부끄러웠다 어린 누이야」,「친구여」,「오지일기奧地日記」,「나루터 일기日記」,「어느 장날」등 8편의 시에서 술을 의미 있게 다루고 있다. 이상에서 알 수 있듯이 시인이 농촌과의 연계성을 유지하고 있었던『농무』, 『새재』에는 술과 관련된 작품들이 많은 비중을 차지하고 있다. 시집에서 이런 시들이 차지하고 있는 비중을 따지는 것이 어떤 의미가 있을지 모르겠지만『농무』는 41.6%,『새재』는 25%에 해당된다.

이에 비해 61편의 시가 수록되어 있는『달 넘세』1985에는 5편의 시만이 술을 다루고 있어 그 비중이 8.1%에 불과하다.「물명주 열두 필」,「강길1」,「감나무」,「함경선」,「당신에게서 밤벌레소리를」이 그것이다. 한편 53편이 수록된『가난한 사랑노래』1988에는「너희 사랑」,「벽화」,「상암동의 쇠가락」,「망월」,「산동네 덕담」,「중복」,「섬진강의 뱃사공」,「홍천강」,「올해 겨울」등 모두 9편에서 술에 관한 언급이 나오며, 그 비중은 16.9%이다. 시집『달 넘세』와『가난한 사랑노래』에 실린 작품들의 내용은 대부분 1980년대 한국사회의 민주화, 산업화, 통일 등 사회정치적인 문제들을 다루고 있다. 다시 말하면 이 시집들은 『농무』, 『새재』와 같이 농촌과의 연계성이 강하지 않다는 말이다. 이와 더불어 술의 의미 또한 많은 변화가 생긴다. 『농무』가 술의 복합적 의미들, 즉 시대의 암울한 분위기와 농민들의 비애뿐만 아니라 농촌공동체의 화합과 결속을 동시에 보여주었다면 『달 넘세』, 『가난한 사랑노래』에서 술은 주로 가난한 사람들의 고단한 삶이 배어있는 풍경 정도에 머문다.

이런 경향은 시집 『길』과 『쓰러진 자의 꿈』에서도 계속 이어진다. 『길』1990에는 66편의 시가 수록되어 있는데, 이중에서 술을 언급하고 있는 작품은 「푸른 구렁이」, 「장화와 구두」, 「꿈의 나라 황지에서」, 「간이역」, 「줄포」, 「게으른 아낙」 등 고작 6편에 불과하다. 그 비중은 9%이다. 그리고 시집 『쓰러진 자의 꿈』1993에는 66편 중에서 「행인」, 「파주의 대장장이를 만나고 오며」, 「대설전大雪前」, 「별」, 「봄날」, 「고향에서 하룻밤을 묵으며」, 「자리 짜는 늙은이와 술 한잔을 나누고」 등 7편이 술에 대해 언급하고 있고, 그 비중은 10.6%이다.

신경림 시에서 술이 가난한 사람들의 삶과 연관된 이미지에서 노년의 풍경, 삶의 마지막 고샅 풍경으로 바뀐 것은 시집 『쓰러진 자의 꿈』에서부터다. 이것은 시인이 노년의 나이에 접어든 것과 무관하지 않다. 특히 「봄날」이 그러한데, 이런 점에서 보면 「고향에서 하룻밤을 묵으며」, 「자리 짜는 늙은이와 술 한잔을 나누고」도 같은 맥락에서 이해할 수 있다. 이런 변화는 이후 시집에서 더욱 두드러진다. 시집 『어머니와 할머니의 실루엣』, 『뿔』이 그것인데, 특이한 것은 이 시집들에서 술을 언급한 시편들이 다시 늘고 있다는 사실이다. 『어머니와 할머니의 실루엣』1998은 62편 중 「아버지의 그늘」, 「세월이 참 많이도 가고」, 「별」, 「마을버스를 타고」, 「남도로실南道路室」, 「그녀네 집이 너무 멀어서」, 「마른 나무에 눈발이 치는 날」, 「노을 앞에서」, 「귀성 열차」, 「이제 이 땅은 썩어만 가고 있는 것이 아니다」, 「장대철도長大鐵道」, 「우군주점友君酒店 소小조」, 「간이주점 '타까라야' 처마 밑에서」 등 13편이 술을 언급하고 있으며, 그 비중은 20.9%에 이른다. 그리고 시집 『뿔』2002에서도 55편 중 「특급열차를 타고 가다가」, 「누항요陋巷遙」, 「아름다운 열차」, 「비에 젖는 서울역」, 「걸인행3」, 「편지」, 「강 저편」, 「까페에 앉아 K331을 듣다」, 「꿈」, 「신의주」, 「추석」 등 11편이 술에 대해 언급하고 있고, 그 비중은 20%이다.

이 두 시집에서 술은 주로 노년의 삶과 관계가 있다. 이 시기 신경림 시의 화자는 특별히 소일거리를 찾지 못하고 세상을 관조하거나 떠돌아 다닌다. 이런 화자에게 술은 노년의 삶을 장식하는 하나의 상징이 된다. 그리고 시인은 과거에 대한 회상을 할 때 술이라는 이미지를 자주 사용한다. 시집 『어머니와 할머니의 실루엣』, 『뿔』에서 술을 언급한 작품이 많아진 것은 이런 점과 관련이 있다. 예컨대 『어머니와 할머니의 실루엣』 중에서 「아버지의 그늘」, 「세월이 참 많이도 가고」, 「마을버스를 타고」 그리고 『뿔』에서 「편지」, 「강 저편」 등이 이에 해당된다. 그런데 여기서 중요한 사실은 과거에 대한 회상이 저승으로 먼저 떠난 가족을 그리워하는 내용이고, 그것이 정서적으로는 농촌에 뿌리를 둔 화목함, 결속과 밀접하게 연결되어 있다는 점이다. 이렇게 보면 이 두 시집에서 술을 언급한 시편이 많아진 것은 시인이 정서적으로 가족공동체에 대한 그리움을 표현하고 있기 때문이라고 할 수 있다. 그럼 신경림 시에서 술의 의미가 어떤 과정을 거쳐 변화했는지 그 대표적인 시편들을 중심으로 분석해보도록 하자.

3. 농민의 설움과 농촌공동체의 결속

『농무』에 나오는 시 중에서 술을 의미 있게 언급하고 있는 작품들은 무기력하고 절망적인 농촌 분위기와 풍경「파장」,「꽃 그늘」,「오늘」,「실명」, 답답하고 고달픈 인생들의 삶의 풍경「농무」, 분노와 설움의 표현「폐광」, 농촌공동체적 결속「그 겨울」 등을 노래하고 있다. 이중에서 가장 많이 나오는 것은 술을 통해 농촌의 절망적인 분위기와 풍경을 전달하는 시편들이다. 아래의 시가 대표적인 작품 중 하나이다.[10]

국수 반 사발에

막걸리로 채워진 뱃속

농자천하지대본

농기를 세워놓고

면장을 앞장 세워

이장집 사랑 마당을 돈다

나라 은혜는 뼈에 스며

징소리 꽹과리소리

면장은 곱사춤을 추고

지도원은 벅구를 치고

양곡증산 13.4프로에

칠십 리 밖엔 고속도로

누더기를 걸친 동리 애들은

오징어를 훔치다가

술동이를 엎다

용바위집 영감의 죽음 따위야

스피커에서 나오는

방송극만도 못한 일

아낙네들은 취해

안마당에서 노랫가락을 뽑고

처녀들은 뒤울안에서

새 유행가를 익히느라

목이 쉬어

펄럭이는 농기 아래

온 마을이 취해 돌아가는

아아 오늘은 무슨 날인가

무슨 날인가

—「오늘」 전문

여기서 술은 당시 농민들이 느꼈던 암울한 분위기를 표현하는 상징이다. 모든 것이 산업화 위주로 돌아가던 시절, 농촌 사람들은 고향을 등지고 도시로 향한다. 정부 주도로 농촌 근대화가 시작되지만 막상 시골에 남아있던 이들에게 삶의 희망은 없다. 여기서 술은 고픈 배를 채우는 음식이 되거나"국수 반 사발에 / 막걸리로 채워진 뱃속", 암울한 농촌분위기를 노골적으로 드러내며"용바위집 영감의 죽음 따위야 / 스피커에서 나오는 / 방송극만도 못한 일 / 아낙네들은 취해 / 안마당에서 노랫가락을 뽑고", 농촌공동체의 몰락을 암시하기도 한다."펄럭이는 농기 아래 / 온 마을이 취해 돌아가는" 이런 상징은 「꽃 그늘」에서 절정에 달하는데, "소주잔에 떨어지는 / 살구꽃잎"의 처연함이 그것이다. 아래의 시를 보자. 「꽃 그늘」의 전문이다.

소주병과 오징어가 놓인
협동조합 구판장 마루
살구꽃 그늘.

옷섶을 들치는
바람은 아직 차고
'건답직파' 또는

'농지세 1프로 감세'
신문을 뒤적이는
가난한 우리의 웃음도
꽃처럼 밝아졌으면.

소주잔에 떨어지는
살구꽃잎.
장터로 가는 조합 마차.

이 시는 농촌 근대화가 시작되던 당시 분위기를 잘 반영하고 있다. '건답직파'니 '농지세 1프로 감세'니 구호가 거창하지만 농촌 분위기는 썰렁하기 그지없다. 희망은 온데간데없고 "소주병과 오징어가 놓인 / 협동조합 구판장 마루"엔 살구꽃 그늘만이 드리울 뿐이다. 밝은 살구꽃처럼 가난한 사람들의 웃음도 활짝 폈으면 하고 바라지만 "소주잔에 떨어지는 / 살구꽃잎"이라는 시구에서 보듯 결국 그 희망마저 꺾이고 만다. 여기서 술의 이미지는 "떨어지는 살구꽃잎"으로 인해 더욱 절망적인 분위기를 연출한다. 결국 희망을 잃은 농촌사람들이 기댈 수 있는 것은 매일 같이 반복되는 술타령뿐이다. 하지만 신경림은 술을 통해 농촌공동체의 결속을 상징화하기도 한다. 아래의 시는 「그 겨울」의 전문이다.

진눈깨비가 더욱 기승을 부리는 보름께면
객지로 돈벌이 갔던 마찻집 손자가
알거지가 되어 돌아와 그를 위해
술판이 벌어지는 것이지만
그 술판은 이내 싸움판으로 변했다.
부락 청년들과 한산 인부들은
서로 패를 갈라 주먹을 휘두르고
박치기를 하고 그릇을 내던졌다.
이 못난 짓은 오래가지는 않아
이내 뉘우치고 울음을 터뜨리고
새 술판을 차려 육자배기로 돌렸다.
그러다 주먹들을 부르쥐고 밖으로 나오면
식모살이들을 가 처녀 하나 남지 않은
골짜기 광산 부락은 그대로 칠흑이었다.
쓰러지고 엎어지면서 우리들은
노래를 불러댔다. 개가 짖고 닭이
울어도 겁나지 않는 첫새벽
진눈깨비는 이제 함박눈으로 바뀌고
산비탈길은 빙판이 져 미끄러웠다.

이 작품에서 술은 세 가지 역할을 한다. ①"객지로 돈벌이 갔던 마찻집 손자가 / 알거지가 되어 돌아와 그를 위해" 자리를 마련하는데 여기서 술은 공동체의 한 식구가 당한 불행한 일을 위로하기 위한 수단이 된다. 동네사람들은 술판으로 통해 서로의 동질의식을 확인하는 것이다. ② 하지만 "그 술판은 이내 싸움판으로 변했다. / 부락 청년들과 한산 인부들은 / 서로 패를 갈라 주먹을 휘두르고 / 박치기를 하고 그릇을 내던" 진다. 여기서 술은 사람들을 흥분시키고 무질서하게 만드는 촉매제 역할을 한다. 평소에 얌전했던 이들도 술이 들어가면 사소한 말 한마디에도 폭발하고 마는 것이다. ③ 그리고 마지막으로 술은 "이 못난 짓"을 뉘우치고 다시 화해를 하는 계기가 된다. 이로써 그들은 더 강한 동질감을 형성하고 칠흑 같은 광산 부락에서 "쓰러지고 엎어지면서 (…중략…) 노래를 불러"댄다. 술이 있어서 그 화해는 더욱 쉽게 이루어지고 결속 또한 강해지는 것이다. 이 과정에서 시인은 진눈깨비를 교묘하게 함박눈으로 바꿔치기 한다. 이것은 술이라는 상징이 위로→다툼→화해의 의미로 변화하고 있다는 점을 절묘하게 표현하고 있다. 이렇게 술의 의미 변화는 까칠한 진눈깨비와 포근한 함박눈의 대비를 통해 더욱 강조되고 있는 것이다.

시집 『농무』에 나오는 다른 시편들에서도 이런 경우를 자주 발견할 수 있다. 신경림의 초기 시에 등장하는 술 마시는 사람들의 형상은 거의 다 친구, 동네사람들과 같은 집단이다. 예컨대 아래의 시들을 보도록 하자.

못난 놈들은 서로 얼굴만 봐도 흥겹다
이발소 앞에 서서 참외를 깎고
목로에 앉아 막걸리를 들이켜면

모두들 한결같이 친구 같은 얼굴들

호남의 가뭄 얘기 조합빛 얘기

약장수 기타소리에 발장단을 치다 보면

왜 이렇게 자꾸만 서울이 그리워지나

어디를 들어가 섰다라도 벌일까

주머니를 털어 색싯집에라도 갈까

학교 마당에들 모여 소주에 오징어를 찢다

어느새 긴 여름해도 저물어

고무신 한 켤레 또는 조기 한 마리 들고

달이 환한 마찻길을 절뚝이는 파장

─「파장」 전문

징이 울린다 막이 내렸다

오동나무에 전등이 매어달린 가설무대

구경꾼이 돌아가고 난 텅 빈 운동장

우리는 분이 얼룩진 얼굴로

학교 앞 소줏집에 몰려 술을 마신다

답답하고 고달프게 사는 것이 원통하다

─「농무」 부분

그날 끌려간 삼촌은 돌아오지 않았다.

소리개차가 감석을 날라 붓던 버력더미 위에

민들레가 피어도 그냥 춥던 사월

지까다비를 신은 삼촌의 친구들은

우리 집 봉당에 모여 소주를 켰다.

—「폐광」 부분

해만 설핏하면 아랫말 장정들이
소주병을 들고 나를 찾아왔다.
창문을 때리는 살구꽃 그림자에도
아내는 놀라서 소리를 지르고
막소주 몇 잔에도 우리는 신바람이 나
방바닥을 구르고 마당을 돌았다.

—「실명」 부분

「파장」에서 보듯이 목로에 앉아 막걸리를 마시는 사람들은 "모두들 한결같이 친구 같은 얼굴들"을 하고 있는 동료들이다. 그들은 마을 이곳 저곳을 돌아다니며 오징어 안주에 소주를 들이킨다. 「농무」에서도 그들은 "답답하고 고달프게 사는 것이 원통하다"며 "학교 앞 소줏집에 몰려 술을 마신다". 「폐광」은 어떠한가. 끌려간 삼촌 소식에 애가 닳아 "지까다비를 신은 삼촌의 친구들은 / 우리 집 봉당에 모여 소주를" 켠다. 그리고 「실명」에서는 "막소주 몇 잔에도 우리는 신바람이 나 / 방바닥을 구르고 마당을" 돈다. 이렇게 신경림 시에 등장하는 술 마시는 사람들은 혼자가 아니다. 이것은 술이 공동체의 결속을 매개하고 있다는 것을 의미한다. 술은 가난한 농민들이 운명공동체라는 사실을 확인시켜주며[파장], 고달픈 삶이 원통하다는 것을 함께 느낄 수 있는 감정공동체임을 깨닫게 해준다[농무]. 그 뿐만이 아니다. 삼촌 친구들은 술을 먹으며 끌려간 삼촌을 가족같이 걱정하고[폐광], 친구들은 술을 먹고 함께 신명을 나눈다[실명」. 이것은 신경림이 술을 통해 농촌공동체의 운명과 결속을 표현하고 있다는 것을 의미한다. 시인에게 술이라는 상징은 공동체를 구성하고 유지하는 중요한 매개물이었던 것이다.

4. 가족공동체에 대한 그리움

시집 『새재』를 거쳐 『달 넘세』, 『가난한 사랑노래』, 『길』에 오면 술은 어느덧 농촌공동체의 설움이나 결속과는 거리가 멀어진다. 이들 시집에서 술은 주로 민중들의 고단한 삶과 관련이 있는 이미지로 사용되고 있다. 가령 『가난한 사랑노래』에 수록된 「너희 사랑」, 「상암동의 쇠가락」, 「망월」, 「산동네 덕담」, 「중복」, 「섬진강의 뱃사공」, 「홍천강」 같은 작품들 속에 나오는 술이 그렇다. 이런 점은 시집 『길』과 『쓰러진 자의 꿈』에서도 계속 이어진다. 『길』에 나오는 「장화와 구두」, 「꿈의 나라 황지에서」, 「간이역」, 「줄포」에서 술은 광부, 뱃사람, 서민들의 애환이 깃든 음식으로 나온다. 예를 들면 "탄가루 안주해서 소주를 마시고"「장화와 구두」, "때와 먼지에 전 술상에는 / 부지런히 소주 주발을 들어올리는 / 광부들보다도 먼저 취했다"「꿈의 나라 황지에서」, "뱃사람들은 때도 시도 없이 술이 취해"「간이역」, "막걸리 한 주전자씩을 들고 와 / 마른 북어를 안주로 꺼내놓고 한마디한다 / 술집에서 사람들은 나그네더러도 말한다"「줄포」와 같은 구절들이 그것이다. 그리고 시집 『쓰러진 자의 꿈』에서는 여기에 세월의 흔적이 쌓이기 시작한다. 이 시집은 노년의 길목에 들어선 시인이 삶을 관조하는 시편들을 여럿 수록하고 있다. 가령 「봄날」, 「고향에서 하룻밤을 묵으며」, 「자리 짜는 늙은이와 술 한잔을 나누고」 등에는 노년의 삶의 풍경을 의미하는 술 이미지들이 등장한다. 「봄날」의 전문을 인용해보자.

아흔의 어머니와 일흔의 딸이

늙은 소나무 아래서

빈대떡을 굽고 소주를 판다

잔을 들면 소주보다 먼저

벚꽃잎이 날아와 앉고

저녁놀 비낀 냇물에서 처녀들

벌겋게 단 볼을 식히고 있다

벚꽃무더기를 비집으며

늙은 소나무 가지 사이로

하얀 달이 뜨고

아흔의 어머니와 일흔의 딸이

빈대떡을 굽고 소주를 파는

삶의 마지막 고샅

북한산 어귀

온 산에 풋내 가득한 봄날

처녀들 웃음소리 가득한 봄날

이 작품은 내용이나 형식면에서 이후에 발표된 「어머니와 할머니의 실루엣」과 흡사하다. 「봄날」은 "아흔의 어머니와 일흔의 딸"을 그와 대비되는 이미지와 병렬적으로 배치함으로써 노년의 삶의 의미를 되돌아보고 있는 작품이다. 가령 '아흔의 어머니와 일흔의 딸', '늙은 소나무', '하얀 달'은 '벚꽃잎', '처녀들', '벌겋게 단 볼', '벚꽃무더기', '풋내 가득한 봄날', '처녀들 웃음소리'와 상반된 이미지들이다. 신경림은 이렇게 대조적인 이미지들을 병치시킴으로써 생명의 섭리, 삶과 죽음의 윤회를 이야기하고 있다. 그런데 이 시에서 소주는 특별한 시적 의미가 있다기보다 노년의 삶을 관조하는 동기 역할을 하고 있다. 화자가 북한산 어귀에서 빈대떡과 소주를 팔고 있는 "아흔의 어머니와 일흔의 딸"을 관찰하게 된 계기는 그곳에서 소주를 먹었기 때문이다.

　신경림 시에서 술이 다시 의미심장한 시적 의미를 회복하는 것은 시집 『어머니와 할머니의 실루엣』과 『뿔』에서다. 시인은 이 두 시집에서 특히 과거를 회상하는 작품들을 많이 선보이고 있는데, 과거에 대한 회상은 가족이나 친구에 대한 그리움과 연민, 가난했지만 정이 있었던 시절에 대한 동경을 담고 있다. 여기서 술은 과거로 떠나는 기억의 여행에서 빠질 수 없는 단골메뉴로 등장한다. 『어머니와 할머니의 실루엣』의 「아버지의 그늘」, 「세월이 참 많이도 가고」, 「별」, 「마을버스를 타고」 그리고 『뿔』의 「편지」, 「강 저편」 등이 그 대표적인 작품들이다. 이렇게 과거를 회상하는 시들 속에서 술이 빈번히 나오는 것은 초기 시집 『농무』에 있는 작품들을 떠올리게 한다. 다시 말해 『농무』와 『어머니와 할머니의 실루엣』, 『뿔』 사이에 어떤 유사성이 있다는 말이다. 신경림 시에서 술이 가장 많이 나오는 시집은 앞서도 지적했듯이 농촌공동체의 설움와 결속을 노래한 『농무』이다. 그 후 신경림 시에서 술이 등장하는 작품들은 줄어들었고 그 의미도 약해졌다. 하지만 과거를 회상하는 작품이 늘어난 『어머니와 할머니의 실루엣』, 『뿔』에서 다시 술이 등장하는 작품의 빈도수가 늘어나고 있고, 그 의미도 달라졌다. 그것은 신경림이 회상하는 과거의 독특함 때문이라고 할 수 있다. 신경림이 되살리고 있는 과거는 가난했지만 같이 몰려다니며 슬픔과 기쁨을 나누었던 공동체의 시

공간이다. 이 세계는 비록 과거의 것이기는 하지만 정서적으로『농무』의
세계와 공통점들이 있다고 할 수 있다. 그럼 이런 점들이 잘 나타나 있는
작품을 분석해보자.「세월은 참 많이도 가고」가 대표적인 예이다.

충무로 사가 파출소 옆
지금 우리가 노래를 부르고 있는 이 노래방은
내가 유단뽀를 끌어안고 누워 카와까미 하지메의
『가난 이야기』를 읽던 6조 다다미방이다
50년대 중엽, 통금 사이렌 소리에 맞추어
을지로를 지나는 마지막 전차가 경적을 울리고
단팥죽 사려 소리가 사라지던 골목
사람들의 왕래가 뜸한 적막한 거리에는
한보사태에 대통령 아들의 비리와
주체사상 망명의 속보들이 어지럽다
가까이 앉은뱅이 악사의 '며칠 후'를 외는 소리
소주방에서 몰려나오며 거는 핸드폰 소리
…… 세월이 참 많이도 흘렀다

모차르트나 브람스를 듣고 나서
몰려가 좁쌀술들을 마시던 시장바닥
파고다공원 뒤 관훈동, 아직도
빌딩의 숲속에 그루터기로 남은 50년대의 그 목로로
민예총 문예아카데미 시간 전 나는 혼자서
천원짜리 추탕을 먹으러 간다

들떠서 새 세상을 얘기하던 좁은 길에

꿈 대신 들어찬 승용차들

빌딩의 높은 벽 멀티비전의 어지러운 상품광고

길가에 나앉은 늙은 약장수들

추탕 국물을 묻힌 초췌한 수염

발에 밟히는 대통령 퇴진을 요구하는 전단들

…… 세상이 참 많이도 바뀌었다

홍은동 산동네는 내가 60년대 말

사글세를 살던 곳

공동수도에서 물을 받아 지고 층계를 올라가면

아이를 업은 아내가 덜 마른 연탄에 불을 붙이고 있었지

그래도 문간에 섰던 한그루 자목련

그 자리엔 스무층짜리 오피스텔이 섰다

감옥에 간 친구가 넘겨주고 간 책을 읽고 또 읽으며

야윈 주먹을 부르쥐던 그 옛집터 이층에서

피처로 생맥주를 마시며 지금 나는

감옥에서 나와 중국을 다녀온

친구와 마주앉았다

—「세월은 참 많이도 가고」의 일부

이 작품은 과거와 현재를 비교하면서 세월의 의미와 지금 현실을 살
고 있는 우리가 "얻은 것은 무엇이고 / 잃은 것은 무엇인가"를 되묻고
있다. 1연에서 "유단뽀를 끌어안고 누워 카와까미 하지메의 /『가난 이

야기』를 읽던 6조 다다미방"과 "50년대 중엽, 통금 사이렌 소리에 맞추어 / 을지로를 지나는 마지막 전차가 경적을 울리고 / 단팥죽 사려 소리가 사라지던 골목"은 과거를 상징하는 공간이다. 이 공간들은 모두 조용하고 고요하다는 특징을 지니고 있다. 이에 반해 현재는 어지럽고 시끄럽다. "한보사태에 대통령 아들의 비리와 / 주체사상 망명의 속보들", "가까이 앉은뱅이 악사의 '며칠 후'를 외는 소리", "소주방에서 몰려나오며 거는 핸드폰 소리"는 매우 동적이지만 번잡하고 불편하다. 시인은 이런 대비를 통해서 현재가 과거보다 정치적으로 자유롭고 경제적으로는 발전했지만 거기서 우리가 얻은 삶의 행복은 무엇이고, 우리가 잃은 소중한 것들은 무엇인지 의문을 표시한다. 신경림 시인이 이 작품에서 과거를 공간으로, 현재를 속보와 소리로 형상화하고 있는 점도 시사하는 바가 크다. 이것은 신경림이 현재의 특징을 속도로 보고 있고, 이것이 인간의 보존해야할 소중한 것들과 배치된다는 생각을 하고 있다는 점을 암시하고 있다. 이런 흐름은 2, 3연에서 제각기 다른 변주를 통해 이어지고 있다. 가령 2연에 나오는 "모차르트나 브람스를 듣고 나서 / 몰려가 좁쌀술들을 마시던 시장바닥", "파고다공원 뒤 관훈동, 아직도 / 빌딩의 숲속에 그루터기로 남은 50년대의 그 목로", "들떠서 새 세상을 얘기하던 좁은 길"은 모두 인간의 정과 온기가 남아있는 추억의 공간이다. 이에 비해 "꿈 대신 들어찬 승용차들", "빌딩의 높은 벽 멀티비전의 어지러운 상품광고", "발에 밟히는 대통령 퇴진을 요구하는 전단들"은 공동체의 소중함을 해체하고 있는 탈공간이다. 3연도 마찬가지인데, "홍은동 산동네는 내가 60년대 말 / 사글세를 살던 곳"과 "스무층짜리 오피스텔"은 이런 구도의 산물이라고 할 수 있다.

위의 시에서는 이런 주제를 구성하는 매개물들 중 하나로 술이 등장하고 있다. 술은 각 연마다 한 번씩 모두 세 번 나오는데 1연의 "소주방에서 몰려나오며 거는 핸드폰 소리", 2연의 "몰려가 좁쌀술들을 마시던 시장바닥", 3연의 "야윈 주먹을 부르쥐던 그 옛집터 이층에서 / 피처로 생맥주를 마시며"가 그것이다. 1연에 나오는 것은 엄격하게 보면 술이라고 할 수 없다. 하지만 시적 정황상 소주를 마신 취객들이 자연스럽게 연상된다는 점을 감안하면 이 또한 술 이미지 중 하나라고 간주할 만 하다. 그런데 1, 3연에 나오는 술은 현재의 상황과 관련이 있고, 2연의 술은 과거와 연관되어 있다. 여기서 흥미로운 사실은 술을 마시는 상황이 모두 어울려 함께 마시는 것이지 홀로 마시는 것이 아니라는 점이다. 예컨대 1연에서 "소주방에서 몰려나오며"나 2연에서 "몰려가 좁쌀술들을 마시던", 3연에서 "피처로 생맥주를 마시며 지금 나는 / 감옥에서 나와 중국을 다녀온 / 친구와 마주앉았다"는 단체로 술을 마시거나 아니면 적어도 두 사람이 함께 술을 마시고 있는 상황을 연출한다. 이것은 조태일이 지적한 것처럼 혼자서는 술을 마시지 않는 『농무』의 세계와 유사하다. 특히 2연에 나오는 "몰려가 좁쌀술들을 마시던 시장바닥"이라는 구절은 『농무』에 나오는 아무 시에나 슬쩍 끼어 넣어도 크게 어색하지 않는 것이다. 신경림은 이렇게 과거를 떠올리면서 잃어버렸던 공동체의 유대감과 결속을 그리워하고 있다. 그의 시가 『어머니와 할머니의 실루엣』과 『뿔』에서 다시 술을 자주 언급하는 것은 바로 이 때문이다. 신경림 시인은 술을 통해 현재를 사는 우리가 잊고 사는 인간다움을 표현하고 있는 것이다. 이것은 시인이 공동체에 대한 그리움을 시적으로 형상화한 결과라고 할 수 있다.

　과거를 회상하는 시편들 중에서 가족, 특히 아버지와 할머니를 떠올리는 대목에서 술이 등장하고 있다는 사실도 흥미롭다. 『어머니와 할머

니의 실루엣』의「아버지의 그늘」, 『뿔』의「편지」, 「강 저편」이 그것인데,
그 대목은 다음과 같다.

> 툭하면 아버지는 오밤중에
> 취해서 널부러진 색시를 업고 들어왔다.
> 어머니는 입을 꾹 다문 채 술국을 끓이고
>
> —「아버지의 그늘」의 일부

> 아버지는 거기서도 술 마시고 마작을 하던가요? 친구들 떼로 몰고 와 술상
> 차리라고 떼쓰는 버릇도 여전하던가요?
>
> —「편지」의 일부

> 장뇌쟁이는 침방울을 튕기며 이승 얘기를 하고
> 할머니는 맞장구로 빈 잔을 채울 거야
>
> —「강 저편」의 일부

위 시에서 술은 모두 이승을 떠난 가족들을 떠올리는 역할을 하고 있
다. 아버지는 항상 술에 취해 떼를 쓰고 마작을 하는 모습으로, 할머니는
그보다 부드러운 이미지로 그려지고 있다. 그런데 시인이 위 시에서 곁
에 없는 가족들을 떠올리는 이유는 무엇일까? 그 가족들에 대한 기억은
물론 과거에 속한 것이다. 즉, 과거의 가족인 것이다. 시인은 이 가족들
을 자신의 시속에 다시 불러와서 대체 무엇을 하려는 것일까? 심지어 아
버지는 "일생을 아들의 반면교사로 산 아버지"인데도 말이다. 신경림은
이 시편들에서 어찌되었건 아옹다옹하며 함께 살던 그 시절의 가족에

대한 진한 그리움을 담고 있다. 그것은 과거이기는 하지만, 그래서 돌아갈 수 없는 시절이지만 공동의 생활, 공동의 감정과 체험, 공동의 결속과 연대감 등을 지니고 있는 원형의 시공간인 것이다. 신경림은 이런 작업을 통해 위에서 언급한 가치들이 현재를 사는 우리에게 너무 부족한 것이 아닌가 하는 의문을 제기하고 있다. 이렇게 보면 위 시에서 술은 그리운 가족을 불러내는 실마리 역할을 하고 있는 셈이다. 신경림 시인에게 간직하고 싶은 과거의 소중한 인간적 가치들이 회상의 형식으로 부활할수록 그의 시에서 술은 자주 등장하고 있는 것이다.

5. 한국사회와 술, 음주의 의미

한국 현대시에서 술은 중요한 소재였다. 그것은 시인들이 술에 대해 강한 애착을 가지고 있었기 때문이기도 하지만 현대인들의 고단한 삶과 그로부터 벗어나고픈 열망이 반영되었기 때문이기도 하다. 술은 독특하고 다채로운 형식과 의미로 시를 장식했다. 그것은 시인의 작품세계와 개성에 따라, 작품의 형식과 내용에 따라 매우 다양하게 나타났다. 우리는 이런 작품들을 접하면서 시대별로 술을 통해 한국인들이 담고자했던 소망과 세태를 읽을 수 있다. 그리고 이것은 한국인들의 음주문화를 이해하는 중요한 키워드를 제공하는 계기가 될 것이다.

위에서 살펴본 바와 같이 신경림은 한국 현대시에서 술을 가장 많이 언급한 시인 중 하나다. 그의 시는 특히 우리 사회의 현실과 변화를 누구보다 사실적으로 잘 그리고 있다. 이런 맥락에서 신경림이 사용하고 있는 술이라는 상징은 한국인들의 술과 음주에 대한 근본적인 생각을 잘 나타내주고 있다고 할 수 있다. 신경림 시에서 술은 1960~1970년대 시집에서 가장 많이 나온다. 이 시기의 시들은 전통사회가 해체되는 과정에서 농민들이 경험한 비애와 공동체의 결속을 그리고 있는데, 여기서 술이 이런 내용을 전달하는 상징으로 쓰이고 있다.

반면 시인이 농촌공동체와 멀어져 도시로 생활터전을 옮기고 나서 그의 시에서 술이 등장하는 빈도수는 현저하게 떨어졌다. 이것은 신경림 시에서 술의 의미가 무엇이었는지를 반증하는 것이라고 할 수 있다. 이런 경향은 1980~1990년대 시집에서 주로 찾아볼 수 있다. 그런데 1990년 말과 2000년대 초에 출간된 두 시집에는 다시 술을 다루고 있는 작품들이 증가하고 있다. 저자는 이런 변화를 시인이 작품 속에서 과거에 대한 회상을 자주 하고 있다는 사실과 밀접하게 연관이 있다고 보았다. 시집 『어머니와 할머니의 실루엣』과 『뿔』에서 신경림이 시도하고 있는 과거에 대한 회상은 아옹다옹하며 함께 어울려 살던 시절과 공동체에 대한 그리움의 표현이라고 할 수 있으며, 이것은 술을 가장 많이 언급한 『농무』의 세계와 유사한 것이다. 신경림 시에서 술은 그리운 것에 대한 회상에서 빠지지 않는 소재이며 상징이다. 다시 말해 신경림 시에서 술은 인간다운 가치, 그 중에서도 공동체의 정과 결속을 나타내는 대표적인 시적 상징인 것이다.

6. 술과 음주에 대한 동아시아의 관념[11]

예로부터 동서양 의약사에서 술은 중요한 약이자 음식이었다. 그래서 술은 의약적 효능뿐만 아니라 역사, 사회, 문화적 상징이기도 했다. 이것은 술과 연관된 우리말 어휘에서 잘 나타나 있다. 우리가 자주 사용하는 약주藥酒, liquor as medicine가 의약적 맥락에서 나온 것이라면 곡주穀酒, liquor from grain나 반주飯酒, liquor taken at mealtimes 등은 역사, 사회, 문화적 맥락과 관련이 있다. 이런 점에서 문학작품에 나타난 술의 의미에 대한 연구는 술이 지니고 있는 다양한 의미들을 동시에 고려해야만 한다. 필자는 술의 다양한 상징적 의미가 물질로서의 효능에서 배태된 것이라고 생각한다. 술의 물질적 특성, 즉 인간을 이성적 존재에서 비이성적 존재로 만드는 작용이 없었다면, 그로 인해 발생하는 역사, 사회, 문화적 맥락을 상상하기 힘들다. 어쩌면 술은 비합리적 존재로서 인간의 본질을 대변하는 묘약과도 같은 것일지도 모른다. 라틴어 문구 중에 '인 비노 베리타스in vino veritas', 즉 '술 속에 진리진실이 있다'는 명언은 괜한 말이 아닌 것이다.

동아시아문학사에서 술은 각별한 의미를 지닌 상징으로 자주 사용되었다. 특히 우리 문학에 큰 영향을 준 중국문학에서 술은 심오하고 화려한 자태를 드러낸 바 있다. 도연명陶淵明, 이백李白, 백거이白居易 등 이름만 들어도 고개를 끄덕이게 되는 위대한 시인들이 모두 술을 노래한 유명한 작품을 남겼다. 중국문학사에서 축적된 술에 대한 시적 탐구는 우리 문학에도 많은 영향을 주었다. 고려의 문인들, 이인로, 이규보, 이색, 조선의 문인 정철 등이 대표적인 예라고 할 수 있다. 현대 문인들로서는 위에서 언급한 정현종, 김종삼, 신경림 등이 있다. 중국문학에서 저자의 주목을 끄는 작가는 단연 도연명이다. 도연명은 중국 역사상 최고의 시인으로 평가받고 있기도 하거니와 「음주」라는 기념비적인 작품을 남김으로써 후대 동아시아문학에 지대한 영향을 주기도 했다. 「음주」는 술에 관한 시적 상상력의 새로운 지평을 펼쳐 보인 것이다.

도연명에게 있어서 술은 개인적 근심을 해소하는 '망우물忘憂物'이면서 동시에 이웃들과 공동체 의식을 갖게 해주는 매개물이었다. 더 나아가 도연명은 음주가 자연합일自然合―에 도달하는 수단이라고 생각했다.[12] 도연명의 술에 대한 사상은 흥미롭게도 당시 중국의 의약사와 밀접한 연관이 있다. 그에게 술은 세상을 구원하는 매개물이기도 했지만 또한 자신의 생명 연장과 영생을 위한 수단이기도 했던 것이다. 도연명은 발 질환을 심하게 앓았던 것으로 알려져 있다. 이에 대해서는 우한武汉대학 종 쉴린Zhong Shulin 교수의 다음과 같은 지적을 참고할 필요가 있다.

유명한 학자이자 북경대학교 교수인 왕야오Wang Yao 씨는 위대한 시인 도연명Tao Yuanming의 약물 중독과 건강 유지에 대해 최초로 연구했다. 왕교수는 도연명이 국화를 채취해 감상용이 아닌 장수약으로 삼았다고 말했다. 고대 중국인들은 신기한 약을 복용하여 수명을 연장하고, 초자연적인 존재에 호소하면서 영생을 추구했다. 시대의 관습과 사상은 도연명Tao Yuanming에 깊은 영향을 미쳤다.[13]

도연명의 약물 중독과 건강 유지법은 당시 중국인의 관습과 밀접한 관련이 있으며, 이것은 그의 문학창작에도 깊은 연관이 있다는 것이다.[14] 물론 도연명이 구축한 술 사상의 배경에 대한 의약사적 설명이 결코 그의 탁월한 문학적 업적을 폄하하는 것으로 이어져서는 안 될 것이다. 도연명에게 있어서 "술은 인생이란 단지 꿈과 환상에 불과하다는 인식에 도달하는 수단이며", 현실에 대한 '초연함detachment'을 나타내는 상징이다.[15] 술에 대한 이러한 관념과 태도는 술에 대한 인간의 보편 관념이 지니고 있는 일단을 보여주는 훌륭한 예이기도 하다. 다만 위대한 시인의 창조물 뒤에 자리한 중국인의 의약사적 관습을 놓친다면 그것을 예술적으로 승화시킨 노고 또한 소홀히 하는 것으로 연구자라면 이점을 간과해서는 안 될 것이다.

도연명의 「음주飲酒」는 20수로 된 연작시다. 이 작품은 시인의 나이 66세통설 53세 때 작품이다. 이 중에서 7수는 술과 인생에 대한 시인의 관념을 잘 나타내고 있는 작품으로 평가받고 있다.

가을 국화 자태가 아름다워	秋菊有佳色
이슬에 젖은 그 꽃을 따노라	裛露掇其英
근심 잊게 하는 술에 이를 띄워	汎此忘憂物
세상 버리려는 내 마음 키우노라	遠我遺世情
한잔 술 비록 홀로 마시지만	一觴雖獨進
술잔 비면 술병 절로 기우는구나	杯盡壺自傾
해지면 모든 움직임이 그치고	日入群動息
돌아오는 새들은 숲을 향하며 지저귀네	歸鳥趨林鳴
동쪽 창 아래서 휘파람 불며 마음 풀어놓으니	嘯傲東軒下
다시금 이 삶의 참뜻을 잠시 얻누나	聊復得此生[16]

모두 10구로 되어 있는 이 작품에는 도연명의 천인합일天人合一 사상이 압축적으로 형상화되어 있다.[17] 특히 5~6구의 음주하는 인간과 7~8구의 귀환하는 생물새이 노자가 말하는 '스스로 그러함自然'을 공유하고 있는 장면이 기막히다. 자연 속에서 인간과 하늘이 하나가 되는 모습을 시인은 꿈꾸었던 것이다. 도연명은 이러한 모습에서 '삶의 참뜻'을 발견했지만, 역설적으로 이 시는 그렇지 못한 당대 현실을 암시하고 있기도 하다. 이런 점에서 도연명의 「음주」는 풍자시의 면모를 지니고 있다. 「음

주」의 14수에는 술 속에 진리가 있다는 시인의 생각이 좀 더 분명하게 드러나 있다.

내가 있음도 깨닫지 못하나니
어찌 외물의 귀함을 알겠는가?
유유히 내 머무른 곳 헛갈리니
술 안에 그 깊은 맛이 있구나

不覺知有我
安知物爲貴
悠悠迷所留
酒中有深味[18]

위에서 인용한 부분은 14수의 10구 중 마지막 부분이다. 일반적으로 이 작품은 1~4, 5~8, 9~10구와 같이 세 단락으로 구분해서 해석하는 모양이다.[19] 하지만 7~8구를 5~6구가 아니라 9~10구와 함께 어울린 것으로 보아도 무방할 것이다. 이렇게 보면 도연명의 술 사상이 보다 분명하게 다가온다. 시인은 술의 '깊은 맛'진정한 의미을 현실 속 자아를 잊고 있는 상태로 비유하고 있다. 이것은 도道를 저버린 현실 속에서는 인생의 참뜻을 발견할 수도 없고, 실현할 수도 없다는 의미이기도 하다. 도연명은 자신이 바라던 이상을 현실 비판과 도피 사이 경계 위에 가로놓고 있다. 물론 시인은 「전원의 거처로 돌아오다歸園田居」의 마지막 구인 "다시 자연으로 돌아옴을 얻었노라復得返自然"에서 보는 것처럼 자연으로 돌아오는 방법을 암시하고 있기는 하지만,[20] 그리고 그것이 도연명의 시를 단순히 현실도피로 봐서는 안 되는 이유를 설명하지만, 그렇다고 술에 대한 그의 이상주의적 태도가 근본적으로 사라지는 것은 아닐 것이다.

이상에서 살펴봤듯이 술飮酒에 대한 도연명과 신경림 시인의 생각은 이상주의와 현실주의로 요약할 수 있다. 도연명은 전원을 도덕적으로 타락한 세계와 대립시키고, 술飮酒을 자연'스스로 그러함'의 실현 수단이라고 보았다. 반면 신경림에게 있어서 현실과 괴리된 전원은 존재하지 않으며, 술음주은 암울한 농촌 현실과 민중의 삶의 일부이다. 다시 말해 술음주은 피폐한 삶과 절망, 다툼과 화해, 공통체의 연대 등의 의미를 지니고 있다. 하지만 두 시인은 시대를 초월해서 술을 통해 인간의 본성과 가치에 대한 그리움과 동경을 표현하고 있다는 공통점을 가지고 있다. 이런 점에서 신경림은 도연명의 시적 유산을 창조적으로 계승하고 있다고 할 수 있다. 이것은 술에 대한 동아시아인중국과 한국의 보편 관념과 밀접한 연관이 있는 것으로 보인다. 그리고 더 나아가 이런 관념은 동아시아 의약 문화사의 중요한 유산이기도 하다.

주석

1부 의료문학 연구의 가능성과 미래

제1장 의료문학의 관점에서 본 한강의 소설

1　서울대학교병원 N의학정보. http://www.snuh.org/m/health/nMedInfo/nView.do

2　의료문학의 개념과 쟁점에 대해서는 이병훈, 「의료문학의 개념 정립을 위하여」, 『문학과 의학의 접경』, 소명출판사, 2023을 참조할 것.

3　한강 소설에 대한 기존 연구들 중 의료문학의 관점에서 흥미로운 사례로는 다음과 같은 것들이 있다. 특히 눈에 띄는 것은 조윤정의 논문으로 캐시 커루스의 트라우마 이론을 적용하여 충격, 이해불가능성, 잠복기, 반복되는 꿈이나 환영, 그리고 깨어남 등 다섯 가지의 단계를 통해 『채식주의자』에 나타나는 영혜의 트라우마를 분석하고 있다.(「한강의 『채식주의자』에 나타나는 인간의 섭생과 트라우마」, 『인문과학』 64, 성균관대학교 인문과학연구소, 2017) 그리고 한강 소설에 나타난 분열증과 강박증을 다루고 있는 장수익의 「감각과 분열증 – 한강 소설 연구1」(『한국현대문학연구』 58, 2019), 한강 소설에 나타난 우울증적 주체의 양상이 단순히 병리적 증상이 아니라 지배 이데올로기와의 관계 속에서 자신을 형성해가는 여성의 자기주체화 방식이라고 주장하고 있는 우미영의 「주체화의 역설과 우울증적 주체 – 한강의 소설을 중심으로」(『여성문학연구』 30, 한국여성문학학회, 2013), 한강 소설에 나타난 섭식의 의미를 심리적 허기의 관점에서 분석한 김세경의 「심리적 허기의 관점에서 본 '한강' 소설에 나타난 섭식의 의미」(『컨텐츠와 산업』, 제5권 제3호, 한국컨텐츠산업학회, 2023), 『채식주의자』에 나타난 외상의 서사화 양상을 분석한 한귀은의 「외상의 (탈)역전이 서사 – 한강의 『채식주의자』 연작에 관하여」(『배달말』, vol.43, 배달말학회, 2008), 한강 소설의 메타텍스트성을 분석하면서 역사적 폭력에 대항하는 치유의 서사에 주목한 양현진의 「한강 소설의 메타텍스트성과 치유의 서사 – 「눈 한 송이가 녹는 동안」(2015), 「작별」(2018), 『작별하지 않는다』(2021)를 중심으로」(『현대문학의 연구』, vol.83, 한국문학연구학회, 2024) 등도 주목할 만한 연구들이다.

4　Л.В.Чернец, В.Е.Хализев, С.Н.Бройтман и др. *Введение в литературоведение*, М., 1999, с.202.

5　*Музыкальный энциклопедический словарь*, М., Советская энциклопедия, 1990, с.357.

6　"사지가 절단된 후에도 없어진 부위가 존재하는 것처럼 느끼는 상태를 환상지라 하며, 없어진 부위에 통증이 동반된 경우를 환지통이라 한다. 환상지는 대뇌 발달이 완성되어 있지 않은 소아의 절단 예에서는 발생하지 않는 것으로 되어 있다. 환상지의 출현 연령은 8세경부터이고, 환지통의 출현 연령은 15세 경부터이며 상지 쪽이 하지보다 빨리 출현한다. 환상지는 시간이 흐름에 따라 증상이 경미해지거나 소실되므로 별 지장이 없으나, 환지통이 생기면 이는 환자에게 매우 심한 고통을 줌으로 문제가 된다."

이에 대해서는 https://gichanpain.co.kr/bbs/board를 참고할 것.

7 『설국』의 첫 문장은 다음과 같이 시작한다. "국경의 긴 터널을 빠져나오자, 눈의 고장이었다. 밤의 밑바닥이 하얘졌다. 신호소에 기차가 멈춰 섰다." 이 문장은 일본의 절제된 서정적 정적을 잘 보여주고 있다.

8 이런 특징이 잘 나타나고 있는 장면은 다음과 같다. "젖은 아스팔트 위로 눈이 내려앉을 때마다 그것들은 잠시 망설이는 것처럼 보인다. 그럼 …… 그래야지 …… 라고 습관적으로 대화를 맺는 사람의 탄식하는 말투처럼, 끝이 가까워질수록 정적을 닮아가는 음악의 종지부처럼, 누군가의 어깨에 얹으려다 말고 조심스럽게 내려뜨리는 손끝처럼 눈송이들은 검게 젖은 아스팔트 위로 내려앉았다가 이내 흔적없이 사라진다." 러시아 맑스주의의 선구자라고 불리는 플레하노프는 자신의 톨스토이론인 「톨스토이와 자연」(1924)을 통해 소설에서 묘사되고 있는 자연풍경이 여느 등장인물과 마찬가지로 중요한 역할을 수행하고 있다고 지적한 바 있다. (이에 대해서는 이병훈, 「1930년대 소비에트 문학논쟁의 거울로서 레닌의 톨스토이론」, 『러시아연구』, 서울대 러시아연구소, 2022, Vol.32 No.1을 참조할 것)『작별하지 않는다』 1부를 읽으면서 톨스토이의 『전쟁과 평화』에 등장하는 늙은 떡갈나무가 연상되는 것은 결코 우연이 아닐 것이다.

9 А.Ф.Лосев, В.П.Шестаков, *История эстетических категорий*, М., 1965, cc.85~99 참조.

10 페미니즘의 시각에서 보면 『채식주의자』는 동아시아(한국)의 여성성이 지니고 있는 인류보편적 가치를 잘 보여주고 있다고 평가할 수 있다. 서양 독자들은 영혜가 받은 상처, 고통, 저항의 처절함과 심오함에서 새로움과 감동을 느끼는 것으로 보인다.

11 주인공 영혜가 철저히 대상화되어 있는 점도 이 작품의 주제와 밀접하게 관련이 있다. 이는 소설의 화자 구성에서 적나라하게 드러나는데, 가령 「채식주의자」, 「몽고반점」, 「나무 불꽃」의 화자가 각각 남편, 형부, 언니 은혜라는 사실을 상기할 필요가 있다. 여기서 화자의 시선은 영혜를 이해하고 판단하는 관점으로 작용하고 있다.

12 키르케고르의 『죽음에 이르는 병』 영어 번역본 제목은 "The Sickness unto Death"다. 여기서 흥미로운 것은 '병'을 가리키는 용어가 Illness, Disease가 아니라 Sickness라는 점이다. 일반적으로 Illness는 건강이 좋지 않은 상태에 대한 주관적인 경험을 말한다. 이는 병에 대한 개인적 경험에 기초한 것으로 반드시 특정 질병과 관련이 없을 수도 있다. Disease는 감염 또는 다양한 원인(감염원, 유전적 장애 또는 환경 요인 포함)으로 인한 신체 부위의 병리학적 상태를 나타내는 보다 객관적인 용어이며 식별 가능한 징후 또는 증상 등이 포함된다. 이는 특정한 의학적 상태를 말하며 임상적 검사를 기반으로 진단을 필요로 한다. 이에 반해 Sickness는 건강과 웰빙에 대한 더 광범위한 사회적 관점을 포괄한다. 이 용어는 Illness, Disease를 모두 포함하는 더 광범위한 개념으로 인식될 수 있다. Sickness는 질병의 문화적 또는 사회적 의미를 포함한다. 이런 점에서 키르케고르가 말하는 죽음은 생물학적 의미가 아니라 실존적 의미의 죽음을 뜻한다.

13 쇠렌 키르케고르, 이명곤 역, 『죽음에 이르는 병』, 세창출판사, 2020, 33쪽.

14 『소년이 온다』와 『작별하지 않는다』에서 다루고 있는 역사적 사건들은 구체성에서 큰 차이가 있다. 그것은 5·18과 4·3에 대해 작가가 느끼는 '동시대성'의 차이에서 연유한 것으로 보인다.

15 니체, 『선악의 저편, 도덕의 계보』, 김정현 역, 책세상, 2002, 125쪽.

16 한강, 노벨문학상 수상 강연, 〈빛과 실〉.
   https://www.nobelprize.org/prizes/literature/2024/han/225027-nobel-lecture-korean/

17 바흐친, 김희숙·박종소 역, 「담화 장르의 문제들」, 『말의 미학』, 길, 2006, 353쪽.

18 위의 책, 352쪽. 참조.

19 위의 책, 355쪽.

20 위의 책, 357쪽.

21 여기서 한강 소설에 나오는 담화 장르와 문체의 특징이 화자(작가)와 독자 사이의 '내적 긴밀성'에서 유래하고 있는 사실을 지적하는 매우 중요하다. 바흐친은 장르와 문체를 수신자와 화자 사이의 개인적 근접성에 따라 친밀한 장르와 문체, 내밀한 장르와 문체로 구분한다. "친밀한 장르와 문체는 르네상스 시대에 중세의 공식적인 세계상을 파괴하는 데 중요하고도 긍정적인 역할을 할 수 있었다. 다른 시대에도 생기를 잃고 조건화된 전통적 공식적 문체와 세계관을 파괴한다는 과제가 설정되었을 때, 친밀한 문체는 문학에서 커다란 의미를 획득했다. 이 밖에도 문체의 친밀화는 그때까지 금기시되었던 언어 층위들을 문학 속으로 끌어들였다. 문학사에서 친밀한 장르와 문체의 의미는 지금까지도 충분히 평가되지 못했다."(바흐친, 위의 책, 397쪽) 바흐친은 친밀한 문체의 대표적인 사례로 말의 특유한 솔직성이 거의 '냉소'에 가까운 경우를 염두에 두고 있다. 이에 비해 "내밀한 장르와 문체는 말의 화자와 수신자 간 최대한의 내적 유사성(극단적인 경우 그들의 융합과도 같은)에 기반한다. 내밀한 말에는 수신자와 그의 공감에 대한 신뢰가, 그의 민감하고 호의적인 응답적 이해에 대한 깊은 신뢰가 스며들어 있다. 깊은 신뢰의 분위기 속에서 화자는 자신의 내면을 열어 보인다. 이것으로 이 문체의 독특한 표현성과 내적 솔직성이 결정된다."(М. М. Бахтин, *Эстетика словесного творчества*, М.: Искусство, 1986. c.293)

22 한강 소설에서 두드러진 '내밀한' 담화 장르는 주로 여성 화자가 낮은 목소리로 말하는 특징을 지니고 있다. 이것은 남성 중심의 담화 장르와 구별해서 여성 화자의 '비주류' 담화 장르라고 볼 수도 있다.

23 이에 대해서는 『표준국어대사전』을 참조할 것.

24 한강, 위의 글.

제2장 포스트휴먼시대와 의료문학 연구의 가능성

1 니콜라스 아가(N. Agar)는 인간 강화(enhancement)를 완전히 받아들이거나 금지하는 것 외에 제3의 길이 있다고 주장한다. 온건한 강화와 바로 그것이다. 여기서 온건한 강화란 인간 종의 개체 가운데 자연적으로 달성한 가장 높은 수준을 최대치 기준으로 삼자는 주장을 담고 있다. 이에 대해서는 이브 헤롤드, 강병철 역, 『아무도 죽지 않

는 세상-트랜스휴머니즘의 현재와 미래』, 꿈꿀자유, 2016, 329~330쪽 참조.

2   А. И. Криман, "Идея постчеловека: сравнительный анализ трансгуманизма и посттуманизма", *Филос. науки / Russ*. J.Philos. Sci. 62(4), 2019, c.142 참조.

3   이브 헤롤드, 위의 책, 328쪽 참조.

4   포스트휴머니즘은 여러 갈래가 있는데, 여기서 언급하고 있는 내용은 해러웨이, 브라이도티 등으로 대표되는 '비판적 포스트휴머니즘'을 말한다. 크리만에 따르면 포스트휴머니즘은 신유물론(K. Barad, V. Kerby), 비판적 포스트휴머니즘(D. Haraway, R. Braidotti), 에이전트 리얼리즘(K. Barad), 메타휴머니즘(J. del Valle, S. Sorgner), 탈식민지 인류학(E. V. de Castro, E. Kohn), 문화적 포스트휴머니즘(K. Wulff) 등으로 구분된다. 이에 대해서는 크리만(А. И. Криман)의 위 논문 c.139 참조.

5   로지 브라이도티, 이경란 역, 『포스트휴먼』, 아카넷, 2015, 13~14쪽.

6   D. Haraway, *A Cyborg Manifesto: Science, Technology, and Socialist-Feminism in the Late Twentieth*, New York : Routledge, 2017, p.13.

7   이 글에서 의료문학이란 개념은 "의료의 정치, 경제, 사회, 문화적 의미와 역할이 급증하고 있는 시대에 문학과 의료의 본래적 가치, 즉 인간의 정신적, 육체적 고통과 상처를 치유하고 인간중심의료를 복원하려는 가치를 지향하는 특수한 문학 개념으로, 의료와 관련된 과거, 현재, 미래의 모든 문학작품(문학적으로 의미가 있는 의료기록까지 포함하여)을 일컫는다".(이병훈, 「의료문학의 개념 정립을 위하여」, 『문학과 의학의 접경-의료문학의 이론과 쟁점』, 소명출판, 2023, 19쪽) 의료문학은 일반 문학작품에 포함된 특수한 대상이자 범주지만 새로운 문제의식과 '눈'을 가지고 있어야만 실체를 이해하고 확인할 수 있는 것이다. 일반적으로 방법론은 대상 자체의 특수성뿐만 아니라 그것을 바라보는 관점에서 연유하는 것이므로 의료문학 연구방법론 또한 문학을 연구하는 하나의 이론이라고 할 수 있다.

8   М. Чудакова, "Комментарии", Михаил Афанасьевич Булгаков, *Собрание сочинений в пяти томах*, Том 2. М. : Художественная литература, 1989를 참조할 것.

9   В. Петелин. "Счастливая пора", Михаил Афанасьевич Булгаков, *Собрание сочинений в десяти томах*, Том 3. Собачье сердце. 1925~1927, М. : Голос, 1995를 참조할 것.

10   "М. Булгаков хочет стать сатириком нашей эпохи"(Книгоноша, No.6, 1925г.), *Новый мир*, 1987, No.8, c.196. Публ. М. Чудаковой.

11   М. Чудакова, там же. c.692.

12   호문쿨루스는 라틴어로 "플라스크 속의 작은 인간"이라는 뜻으로 유럽의 연금술사들이 만들어낸 인조인간을 의미한다.

13   М. Чудакова, там же, c.688.

14   Там же, c.690.

15   Там же, c.691.

16   Там же, c.692. 참조.

17   「개의 심장」에 대한 국내 연구의 대표적인 사례로는 정연호의 논문을 들 수 있다. 그

는 이 작품에 묘사된 의학적 사실들의 과학적 근거가 불충분하다는 당시 비평계의 주장을 "오히려 불가코프적 그로테스크에 '신빙성'의 효과를 자아내는 예술적 기법으로" 해석하며, 이를 '위(僞)과학적 근거의 서술'이라고 명명한다. "즉, 의사 불가코프이였기에 가능한 서술들이 마치 진짜인 것처럼 현장감 넘치게 사실적으로 묘사됨으로서 '신빙성'의 효과를 한층 더 강화시켜 주는 것이다."(이에 대해서는 정연호, 「불가코프적 그로테스크의 특성 — 20년대 세 중편소설을 중심으로」, 『슬라브학보』 제16권 1호, 한국슬라브학회, 2001를 참조할 것) 정연호의 논문은 「개의 심장」의 의학적 연관성을 작품 분석에 적용한 국내 첫 연구로서 의미가 있다. 하지만 정연호가 작품에 등장하는 의학적 지식과 행위를 '위(僞)과학적'이라고 단순화하는 것은 사실에 맞지 않다. 중요한 것은 이 작품에 묘사된 의학적 디테일과 상황 중에서 어떤 내용이 과장되고 왜곡된 것인지를 구분하고, 그것의 문학적 의미를 분석하는 일일 것이다. 이런 연구는 아마도 '의료문학'이라는 관점을 전제하는 것이 아닐까 한다. 「개의 심장」을 SF소설이라는 문제의식으로 해석한 김연경의 논문도 흥미롭다. 김연경은 「개의 심장」을 셸리의 『프랑켄슈타인』과 비교하면서 다음과 같이 주장한다. "인간은 곧잘 신의 생명 창조 능력을 모방하는데, 그 과정에서 다른 한편으론 인간처럼 진화된 피조물에게 인간이 되길 꿈꾸도록 한다. 여기서 핵심은 인간 — 동물이든 인간 — AI이든 서로 각기 다른 존재가 어떻게 조화롭게 살 것이냐, 즉 '차이의 공존'과 그 방식이다. 「개의 심장」은 이 문제를 의학 지식의 도움을 받되 환상적으로, 이 소설의 부제대로 '기괴한 이야기(чудовищная история)'로 담아낸다."(이에 대해서는 김연경, 「불가코프의 「개의 심장」(1925 / 1987) — 환상, 과학, 풍자」, 『노어노문학』 제32권 4호, 한국노어노문학회, 2002.12를 참조할 것) 주지하다시피 여기서 「개의 심장」을 『프랑켄슈타인』과 비교하며 '차이의 공존'이라는 주제를 부각시키는 것은 '의료문학'의 문제의식과는 거리가 먼 것이다.

18 Ю. Г. Виленский, *Доктор Булгаков*, Киев: Здоровья, 1991, c. 5~6.

19 Ю. Г. Виленский, там же. c. 175. 참조.

20 Там же. c. 170. 보로노프의 저서에는 다음과 같은 의료기록 카드가 소개되어 있다. "관찰 XXVIII. 프랑스 건축가, 73세. 1923년 5월 15일 수술 (…중략…) 완전히 비활성화되기 전 생식기 부위의 가장 놀라운 변화. 환자는 에로티시즘 상태, 성행위의 과도한 증가를 경험한다. (…중략…) 이제 수술 후 5개월이 지났고 처음 3개월의 성적 흥분은 크게 가라앉았다."

21 Там же. c. 176. 참조.

22 매튜 코브, 이한나 역, 『뇌 과학의 모든 역사』, 푸른숲, 2021, 44쪽. 심장에 관한 아리스토텔레스의 유명한 이 선언의 영어 번역은 다음과 같다. "And of course, the brain is not responsible for any of the sensations at all. The correct view [is] that the seat and source of sensation is the region of the heart … the motions of pleasure and pain, and generally all sensation plainly have their source in the heart."(Matthew Cobb, *The Idea of the Brain: The Past and Future of Neuroscience*, London : profile books, 2020, p. 27)

23   라 메트리, 여인석 역, 『라 메트리 철학선집-인간기계론, 영혼론, 인간식물론』, 섬앤섬, 2020, 87쪽.

24   여인석, 「라 메트리의 인간기계론과 뇌의 문제」, 『의철학연구』 제7권, 한국의철학회, 2009, 93쪽 참조.

25   이상의 내용에 대해서는 매튜 코브, 『뇌 과학의 모든 역사』, 제7장, "뉴런"을 참조할 것.

26   매튜 코브, 위의 책, 제7장 "뉴런" 중 "뇌 속의 특별한 연결-시냅스"를 참조할 것.

27   Михаил Булгаков, *Собачье сердце*, MOCKBA-AUGSBURG, Im Werden Verlag, 2003, c.47.

28   노가미 하루오, 장은정 역, 『뇌, 신경구조 교과서』, 보누스, 2012, 60~67쪽 참조.

29   의료문학에서 주장하는 '인간'은 비판적 포스트휴머니즘에서 극복 대상으로 삼고 있는 근대적 인간, 즉 '백인 — 남성 — 인간'과는 다르다. 필자는 자연과 조화로운 관계에 있는 인간 개념의 복원을 지지한다. 개념은 태생적으로 배타적이다. 그것은 분류라는 방법의 그림자일 뿐이다. 포스트휴먼이라는 개념도 인간 개념에 대한 배타적 가치평가의 산물일 뿐이다. 근대적 인간을 해체하는 것이 인간이라는 개념 자체를 형해화하는 것으로 귀결된다면, 그것 또한 많은 혼란을 불러일으킬 것이다. 물론 이것도 자연계의 공존을 위한 하나의 전략일 수 있지만 반대로 '백인 — 남성 — 인간' 이전의 '인간'을 복원하는 것이 더 현실적일 수 있다. 의료문학이 인간으로서의 환자를 포기할 수 없는 한 '포스트휴먼'은 비판의 대상일 수밖에 없다.

30   필자는 『의사 지바고』의 삶을 의학적 플롯으로 재구성하려고 시도한 바 있다. 이에 대해서는 이병훈, 「파스테르나크와 의사작가 지바고-불멸을 찾아서」, 『문학과 의학의 접경-의료문학의 이론과 쟁점』, 소명출판, 2023, 276~282쪽을 참조할 것.

31   의료문학 연구는 최근 활발하게 진행되고 있는 의료(의학)와 인문학 간의 융합 연구인 의료인문학(의사학, 의철학 등) 연구의 한 갈래이기도 하다. 여기에 의료사회과학, 의공학, 의료예술의 다양한 성과들도 의료문학 연구의 중요한 참고자료가 될 것이다.

제3장 새로운 가족의 탄생

1   류드밀라 페트라셰프스카야 작품의 우리말 번역본으로는 이경아 역, 『이웃의 아이를 죽이고 싶었던 여자가 살았네』, 시공사, 2014를 참조할 것. 또 하나 주목할 만한 번역본으로는 김혜란 역, 『시간은 밤』, 문학동네, 2020이 있다.

2   나이덴은 러시아어로 '발견된 아이'라는 의미를 지니고 있다.

2부 문학사와 의학적 전통

제1장 러시아문학의 의학적 전통과 계승자들

1   М. Р. Зезина, Л. В. Кошман, В. С. Шульгин, *История русской культуры*, Москва: Высш.шк., 1990, c.186.

2   Там же, c.220~221.

3   톨스토이, 윤새라 역, 『안나 카레니나』 1권, 펭귄클래식, 2011, 75쪽.

4   19세기 말 러시아 소설가 레스코프 또한 가족 중 의사들이 있었다. 그의 외삼촌인 알페리예프(S.Alferyev)는 키예프의대 교수이자 당시 저명한 의사였고, 작가의 동생인 알렉세이 또한 의사의 길을 걸어 의학박사가 되었다.

5   米川正夫, 유한성 역, 『도스토예프스키』, 한국교육출판공사, 1984, 24쪽.

6   В. Н. Захаров, "Что, кого и как лечил доктор Крупов Герцена?", *Проблемы исторической поэтики*, 19(4), 2021, с.322.

7   *Энциклопедия литературных героев. Русская литература XVII-первой половины XIX века*, М. АСТ, Олимп., 1997, с.115~117 참조.

8   *Энциклопедия литературных героев. Русская литература второй половины XIX века*, М. АСТ, Олимп., 1997, с.574~575 참조.

9   А. А. Аникин, "Образ врача в русской классике", https://portal-slovo.ru/philology 참조.

10   체호프의 라긴에 대한 분석은 본서에 실린 「감금과 통제」를 참조할 것.

11   베레사예프에 대한 설명은 이병훈, 『문학과 의학의 접경』(소명출판, 2023)에 실린 「격동기를 산 러시아의 의사작가, 비겐티 베레사예프」를 참조할 것.

12   이하 작품 인용은 불가코프, 이병훈 역, 『젊은 의사의 수기, 모르핀』, 을유문화사, 2011을 참조.

13   불가코프 작품에 대한 설명은 저자가 번역한 『젊은 의사의 수기, 모르핀』의 작품 해제를 참조한 것이다.

14   И. А. Баранова, "Литература и медицина: трансформация образа врача в русской литературе XIX века", *Вестник Самарской гуманитарной акалемии*. Серия "Философия. Филология", No.2(8), 2010, с.193.

15   이에 대해서는 관련 주제로 주목할 만한 논문을 발표한 바 있는 아니킨, 바라노바 등도 공통적으로 지적하고 있다. 하지만 그들은 그 이유에 대해서는 지적하고 않고 있다.

3부 문학과 광기의 역사

제1장 광기의 언어

1   이 글에서 필자는 광기라는 개념을 정신적인 질병뿐만 아니라 억압적인 정치체제, 사회제도, 이데올로기, 종교, 집단적인 맹목성, 전쟁, 살인 등을 포함한 것으로 규정하고 있다.

2   광기에 대한 철학적, 심리학적 연구에 획기적인 기여를 했던 야스퍼스의 『일반 정신병리학』(Allgemeine Psychopathologie) 초판이 나온 해가 1913년이다. 그리고 푸코의 스승이었던 조르쥬 캉길렘의 『정상적인 것과 병리적인 것』(Le Normal et le pathologique) 초고가 발표된 것은 1943년이었다.

3   고고학은 인간이 남긴 유적, 유물과 같은 물질 증거와 그 상관관계를 통해 과거의 문화와 역사 및 생활방법을 연구하는 학문이다. 그러나 푸코가 주장하는 고고학은 이와 다르다. 푸코의 고고학적 방법은 인류의 다양한 문화, 예술적 유물을 통해 역사에서 소외받은 대상에서 잊혀진 과거를 되살려내고, 이런 작업을 통해 권력이나 지식의 의

미와 가치를 찾는다. 푸코는 이것을 '지식의 고고학'이라고 부른다. 이에 대해서는 미셸 푸코, 이정우 역, 『지식의 고고학』, 민음사, 2000을 참조할 것.

4   푸코의 『광기의 역사』 러시아어 번역본(1997)을 보면 '광기'는 безумие(bezumiye)로, 이에 대비되는 '우둔한 상태'는 неразумие(nerazumie)로 번역되어 있다. 러시아어 безумие는 ум(um), 즉 인간의 지적, 정신적 활동 혹은 뇌가 '존재하지 않는'(без / bez) 상태를 말한다. 다시 말해 광기는 인간의 본질적인 특성과는 전혀 관계없는 반(反)인간적인 상태인 것이다. 그에 반해 неразумие는 разум(razum), 즉 이성적이거나 혹은 분별적이지 '않다'(не / ne)는 의미로 우둔하고 이해력이 떨어지는 상태를 뜻한다. 이런 현상은 인간 사회에서 흔히 볼 수 있는 모습으로 반인간적인 특성이라고 할 수 없다.

5   Мишель Фуко, *История безумия в классическую эпоху*, Университетская книга, Санкт-Петербург, 1997, с.500.

6   Мишель Фуко, с.504.

7   Lillian Feder, *Madness in Literature*, Princeton: Princeton University Press, 1980, p.8.

8   Ibid., pp.9~10.

9   Irina Sirotkina, *Diagnosing literary genius: a cultural history of psychiatry in Russia, 1880~1930*, Baltimore and London: The Johns Hopkins University Press, 2002, p.vii.

10   *Семиотика безумия*, Издательство Европа, Париж-Москва, 2005, с.194.

11   Н. В. Гоголь, *Собрание сочинений в девяти томах*, Т.3. М. 1994, с.165.

12   В. Г. Белинский, *Полное собрание сочинений*, Т.1. М. 1953, с.297.

13   가르쉰의 주인공은 19세기 러시아문학사의 광인 계보에서 중요한 위치를 차지한다. 그는 푸슈킨의 게르만, 오도예프스키의 '광인', 고골의 포프리시친, 도스토예프스키의 지하생활자의 후계자이며 체호프의 이반 드미트리치와 안드레이 예피무이치에게 그 자리를 넘겨준다. 러시아문학의 광인들은 크게 낭만주의문학과 리얼리즘문학의 광인으로 구분된다. 오도예프스키의 예에서 보는 것처럼 낭만주의문학은 광인을 주로 창조성과의 연관에서 파악했다. 하지만 리얼리즘문학에서 광인은 정치, 사회적 알레고리로 묘사된다. 광인의 광기에 대한 사실적인 임상적 관찰이 본격적으로 시도된 것도 이 시기에 와서다. 광인을 정치, 사회적 맥락에서 파악하는 것은 러시아문학의 일반적인 특징과 밀접한 관계가 있다.

14   가르쉰의 모습은 러시아의 대표적인 화가 레핀의 그림에서도 발견할 수 있다. 레핀의 대표작 중 하나인 「뜻밖의 귀환」(1884)에 등장하는 주인공의 실제 모델은 작가 가르쉰이다. 이로써 우리는 당시 러시아 예술가들 사이에서 가르쉰이 어떤 존재였는지를 간접적으로 추측할 수 있다.

15   В. М. Гаршин, *Рассказы, статьи, письма*, Олимп, М. 2002, с.387.

16   И. А. Сикорский, "Вестник клиническойи судебнойпсихиатрии и невропатологии", *Памяти В.М.Гаршина*, Вып. I. Спб., 1889, с.344~348.

17   Г. И. Успенский, *Собр. соч.* Т.9. М. 1957, с.145~146.

18　В. Г. Короленко. *Собр. соч.* в десяти томах, Т.8. М. 1955, с.243~244.

19　В. М. Гаршин, *Рассказы, статьи, письма*, Олимп, М. 2002, с.219. 가르쉰의 인물 묘사는 투르게네프를 연상시킨다. 실제로 그는 이 단편소설을 1883년에 죽은 투르게네프에게 헌사하여 자신이 투르게네프의 후계자임을 밝히고 있다. 그리고 또 하나 흥미로운 사실은 가르쉰이 죽고 난 후 동료 문인들이 『가르쉰의 기억』(1889)이라는 제목의 두 권짜리 작품집을 묶어냈는데, 여기에 체호프가 「발작」이라는 단편소설을 실어 자신이 가르쉰의 계승자임을 드러내고 있다는 점이다. 우리는 여기서 가르쉰이 투르게네프와 체호프를 잇는 가교 역할을 하였다는 사실을 알 수 있다.

20　포루도민스키는 『슬픈 병사』(모스크바, 1986)에 수록한 「붉은 꽃」이라는 평문에서 작품 속 상황의 구체적인 시기를 '1880년'으로 보고 있다. 이에 대해서는 В.М.Гаршин, *Рассказы, статьи, письма*, Олимп, М. 2002, с.501를 참조할 것.

21　아리만(Ариман)은 고대 조로아스터교에서 어둠과 거짓의 세계를 지배하는 악신을 말한다.

22　Мишель Фуко, *История безумия в классическую эпоху*, Санкт-Петербург, 1997, с.506.

23　Там же. с.508.

24　Там же.

제2장 광기, 전복된 영혼의 세계

1　도스토예프스키는 신을 긍정하는 방법을 통해서 근대적 가치를 부정했고 니체는 신을 부정하는 방법을 통해 근대적 가치를 부정했다고 할 수 있다.

2　З. А. Сокулер, "Структура субъективности, рисунки на песке и волны времени", Мишель Фуко, *История безумия в классическую эпоху*, Санкт-Петербург, 1997, с.13.

3　얀구로바는 11세기부터 1917년 러시아에서 사회주의 혁명이 일어나기 전까지 러시아인들이 광기를 어떻게 이해하고 있었는지를 세 단계로 구분해서 설명하고 있다. 이에 대해서는 Лия Янгулова, "Юродивые и умалишенные: генеалогия инкарцерации в России", *Мишель Фуко и Россия*, Санкт-петербург · москва, 2001, с.199~201을 참조할 것.

4　이 주장은 베커(Elisa M.Becker)의 견해와는 상반되는 것으로 보인다. 표트르 I세는 러시아를 서구화시키면서 법률체계와 의료체계를 개혁했는데, 이 양자를 이질적으로 간주하지 않았다. 여기서 흥미로운 것은 의사들이 판사의 역할을 담당하기도 했다는 사실이다. "러시아에서 의학과 법은 처음부터 서로 얽혀 있었다. 18세기 초에 의사들의 법정 역할과 법률 체계는 같은 옷감으로 만든 비슷한 옷과 같았다. (…중략…) 전제권력은 새롭게 수입된 재판과정에 과학적 방법들의 합리성을 결합시키기 위해 의사들에게 (…중략…) 새롭게 구성된 사법체계를 위한 의학적 기능들을 수행하라는 의무를 부과했다. (…중략…) 18~19세기에 걸쳐 의사가 사법 및 행정부에 근무하는 것

은 사회적 요구에 의해 증가하였다. 이에 대해서는 Elisa M. Becker, *Medicine, Law and the State in Imperial Russia,* Budapest-New York : Central European University Press, 2011, Chapter 1을 참조할 것.

5   제정 러시아시대에 존재했던 정신병자수용소의 전체 상황에 대해 유진은 다음과 같이 언급하고 있다. "정신의학의 역사는 삶의 평온함을 파괴한 자들을 수도원과 감옥에 격리시키는 것에서부터 시작되었다. (…중략…) 뿐만 아니라 대부분 병자들이나 지방도시의 거리질서를 문란하게 한 자들, 피의자들이 관급 정신병원에 수용되었다. (…중략…) 어느 누구도 이 '수용소'를 치료기관이 아니라 오직 '정신없이 날뛰는 자들'을 감금하는 장소로 여겼다. (…중략…) 결과적으로 (…중략…) 정신병자수용소는 알코올 중독자와 대부분 경찰에 의해 인도되는 정신박약의 부랑자들로 가득 채워졌다"(Т. И. Юдин, *Очерки истории отечественной психиатрии,* МЕДГИЗ, М., 1951, с.95)

6   П. П. Малиновский, *Помешательство,* СПб., 1855, с.58~61. Лия Янгулова, там же, с.203에서 재인용.

7   Е. Поселянин, *Подвижники русской церкви,* М., 1901, с.320. Лия Янгулова, там же, с.198에서 재인용.

8   Поселянин, *Подвижники русской церкви,* с.520. Лия Янгулова, там же, с.198~199에서 재인용.

9   Лия Янгулова, там же, с.197.

10   Ф. М. Достоевский, *Полное собрание сочинений* в тридцати томах, т.28(2)., Л., 1985, с.75.

11   Ф. М. Достоевский, *Полное собрание сочинений* в тридцати томах, т.5, 1973, с.99. 우리말 번역본으로는 계동준 역, 『지하로부터의 수기』, 열린책들, 2010를 참조하였다.

12   Ф. М. Достоевский, т.5, с.99.

13   К. Мочульский, *Гоголь, Соловьев, Достоевский,* М., 1995, с.342.

14   Ф. М. Достоевский, т.5, с.101.

15   Ф. М. Достоевский, т.5, с.102.

16   Мочульский, *Гоголь, Соловьев, Достоевский,* с.342.

17   Мочульский, с.343.

18   Ф. М. Достоевский, т.5, с.105.

19   Ф. М. Достоевский, т.5, с.113.

20   Ф. М. Достоевский, т.5, с.115.

21   James L. Rice, *Freud's Russia : National Identity in the Evolution of Psychoanalysis,* New Brunswick and London : Transaction Publishers, 1993, p.3.

22   이병훈, 「광기의 언어-가르쉰의 「붉은 꽃」을 중심으로」, 『노어노문학』 제22권 2호, 2010, 266쪽. 참조.

23   Irina Sirotkina, *Diagnosing literary genius : a cultural history of psychiatry in Russia,*

1880~1930, Baltimore and London : The Johns Hopkins University Press, 2002, pp.vii~viii. 이 책의 러시아어본은 다음과 같다. Ирина Сироткина, Классики и психиатры: Психиатрия в российской культуре конца XIX-начала XX веков, М., 2009. 영어본에는 러시아어본에 없는 저자의 서문이 수록되어 있다.

24 Lillian Feder, *Madness in Literature*, Princeton : Princeton University Press, 1980, p.8.

제3장 감금과 통제

1 이에 대해서는 미셸 푸코, 이규현 역, 『광기의 역사』, 나남출판, 2003을 참조할 것.

2 Т. И. Юдин, *Очерки истории отечественной психиатрии*, М.: МЕДГИЗ, 1951, с.3. 참조.

3 이에 대해서는 Лия Янгулова의 위 논문을 참조할 것.

4 이에 대해서는 Лия Янгулова, "Дома умалишенных в России : филантропическая психиатрия и политика гендера", *Журнал исследований социальной политики*, Т. 11, No.3, 2013, с.377~390을 참조할 것.

5 앤드루 스컬, 김미선 역, 『광기와 문명』, 뿌리와 이파리, 2017, 276~277쪽.

6 Л. Сапченко, "Сумасшедший дом в произведениях русской литературы (От Карамзина к Чехову)", *Вопросы литературы*, No.11 / 12, 2002, с.344. 참조.

7 Л. Сапченко, с.354.

8 강명수, 「가르쉰의 「붉은 꽃」과 체호프의 「6호실」에 드러난 공간과 주인공의 세계」, 『노어노문학』 제12권 제1호, 2000, 133쪽.

9 러시아 슈제뜨(сюжет)란 용어는 프랑스어 sujet에서 유래한 것으로 "예술 작품의 주요 내용이 드러나는 일련의 행동, 사건"을 말한다. 러시아 문예학에서는 서유럽에서 일반적으로 사용하고 있는 플롯(plot)이라는 용어보다 슈제뜨라는 용어를 자주 사용한다.

10 В. И. Лебедев, *Реформы Петра I : Сборник документов*, М. : Гос. соц.-эк. изд-во, 1937, с.201.

11 러시아어로 정신병원을 뜻하는 용어들은 역사적으로 매우 다양하다. 예컨대 смирительный дом(smiritel'nyy dom), монастырские богадельни(monastyrskiye bogadel'ni), дома умалишенных(doma umalishennykh), долгауз(dolgauz), сумасшедший дом(sumasshedshiy dom) 등이 그것이다. 18세기 초의 смирительный дом은 실제로 병원이라기보다 교화소였으며, монастырские богадельни는 전문적인 정신병원이 등장하기 전 종교기관 안에 있었던 장애인 격리 시설이었다. 이 시설들은 전문적인 정신병원이 설립된 19세기 중반 이후에도 지방을 중심으로 명맥을 유지하기는 했다. 이에 비해 18세기 말에 등장한 дома умалишенных, долгауз 등은 병원의 모습을 갖춘 것이었다. Долгауз는 예카테리나 2세 때 사용된 용어로 독일어 Tollhaus에서 유래한 외래어인데, 러시아어로 'сумасшедший дом(정신병원)' 이라는 뜻이다. 하지만 이 시설들도 전문적인 치료기관이라기보다 정신병자들을 격리하고 감

금하는 시설에 가까웠다. 체호프의 「6병동」과 가르쉰의 「붉은 꽃」에는 *сумасшедший дом*이라는 용어가 사용되는데, 이는 19세기 후반에 설립된 정신병원을 가리킨다. 러시아어로 *жёлтый дом*(노란색 집)도 정신병원을 의미하는데, 이것은 페테르부르크 오부호프병원의 외관이 노란색이었다는 데에서 연유한 것이다. 이에 대해서는 Владимир Даль, *Толковый словарь живого великорусского языка*, Т.1, М.: Русский язык, 1989, с.530을 참조할 것.

12 Т. И. Юдин, с.34.

13 제정 러시아의 도량 단위로 1사젠은 2.134미터에 해당한다.

14 제정 러시아의 길이 단위로 1아르쉰은 71.12센티미터에 해당한다.

15 *Журнал Императорского человеколюбивого общества*(No.10, 1821)을 참조; Т.И. Юдин, с.34.에서 재인용. 유진도 이 자료를 프로조로프(Л. А. Прозоров)의 글이 실린 잡지 *Современная психиатрия*, М. 1914, с.899에서 재인용하고 있다.

16 Лия Янгулова, 2013, с.381.

17 *Полное собрание законов Российской империи*: Собр. 2-е, Т. III, No.1687, СПб.: Тип. 2-го Отд-ния Собств. Е. И. В. Канцелярии, 1830, с.7 참조.

18 제정 러시아의 토지면적 단위로 1제샤티나는 1.092헥타르에 해당한다.

19 М. Г. Данько, "Страницы истории больницы Всех Скорбящих", История Петербурга, No.1(35), 2007, с.40.

20 Т. И. Юдин, с.58.

21 П. С. Лебедев, *Больница Всех скорбящих: Ист. очерк*, СПб.: Воен. тип., 1858, с.22~23.

22 Т. И. Юдин, с.64 참조.

23 "젬스트보는 현과 군에 설치되었고, 각 젬스트보는 총회와 집행위원회로 구성되었다. 군 젬스트보 총회는 3년마다 주민들이 선출한 15~100명 정도의 의원으로 구성되었고, 신분 및 재산을 기준으로 한 복잡한 선거방식 때문에 지주 귀족들이 압도적인 영향력을 행사하였다. 총회는 3~5명으로 구성되는 집행위원회를 선출하였고, 매년 모여 젬스트보의 1년 사업과 집행위원회 활동에 대해 논의하였다. 주 젬스트보 총회는 군 젬스트보 의원들이 선출하였다. 젬스트보는 주로 초등교육, 의료보건, 농업기술 지원, 통계 등 지방의 '경제적' 필요와 관련된 분야에 큰 기여를 하였고, 필요한 예산은 주로 농민 토지에 부과하는 젬스트보 세금으로 충당하였다. 젬스트보의 여러 사업에는 많은 전문가들이 고용되었는데, 1912년에는 교사, 의사, 수의사, 농학자, 통계학자 등 약 15만 명에 이르렀다." 이에 대해서는 서울대 역사연구소 편, 『역사용어사전』, 서울대 출판부, 2015를 참조할 것.

24 Т. И. Юдин, с.95.

25 Т. И. Юдин, с.98 참조.

26 Т. И. Юдин, с.164 참조.

27 부라셰보수용소에서 리트비노프가 시행한 치료법은 주로 목욕요법, 체조, 물리치료

였다. 이밖에 그는 환자들의 육체노동이 증상을 호전시킬 것이라고 확신했다. 이에 대해서는 А. К. Зиньковский, О. П. Иванов, А. А. Троицкий и В. Б. Куракин, "К 125-летию больницы им. М. П. Литвинова", *Социальная и клиническая психиатрия*, Т.19, Вып. 4, 2009, с.105를 참조할 것.

28 Т. И. Юдин, с.167~168 참조.

29 Т. И. Юдин, с.172 참조.

30 А. К. Зиньковский, О. П. Иванов, А. А. Троицкий и В Б. Куракин, там же, с.105. 참조.

31 가르쉰은 1872년 11월부터 1873년 6월까지 정신질환으로 병원에 입원한 적이 있고, 1880년 2월 말에서 3월 중순까지 심각한 정신분열 상태를 경험하기도 했다. 그는 「붉은 꽃」을 발표하기 전인 1880년 3월부터 조울증 증세가 심해져 오룔, 하리코프, 페테르부르크의 정신병원에 입원해 치료를 받았다. 이에 대해서는 *Русские писатели 1800~1917 : биографический словарь*, Т.1, М. : Советская энциклопедия, 1989를 참조할 것.

32 В. М. Гаршин, *Рассказы, статьи, письма*, М. : АСТ : Олимп, 2002, с.219~220. 이밖에 그의 작품집으로는 В. М. Гаршин, *Рассказы*, Л. : Художественная литература, 1978 등이 있다.

33 А. П. Чехов, *Полное собрание сочинений и писем в 30-ти томах*, Т. 8, М. : Наука, 1986, с.72.

34 제정 러시아의 길이 단위로 1베르스타는 1.0668킬로미터에 해당한다.

35 Лия Янгулова, 2013, с.382.

36 Лия Янгулова, там же.

37 Elisa M. Becker, *Medicine, Law and the State in Imperial Russia*, Budapest; New York : Central European University Press, 2011, p.262~263.

38 이에 대해서는 В. Г. Белинский, *Полное собрание сочинений в 13 томах*, Т. VII : Сочинения Александра Пушкина: Статья девятая. "Евгений Онегин" (окончание), М. : Изд. АН СССР, 1955를 참조할 것.

39 Ю. М. Лотман, *Беседы о русской культуре. Быт и традиции русского дворянства (XVIII - начало XIX века)*, СПб. : Искусство, 1994, с.10.

40 이와 관련해서 러시아에서는 Л. Андреев, М. Булгаков 작품에 나타난 정신병원의 의미에 대한 연구가 주목을 받고 있는 것으로 보인다. 이에 대해서는 И. А. Назаров, "Образ сумасшедшего дома в рассказе Л. Н. Андреева "Мысль"", *Электронный журнал Вестник МГОУ*, www.evestnik-mgou.ru, No.3, 2013; Е. В. Шабалдина, "Образ сумасшедшего дома в романе М. А. Булгакова "Мастер и Маргарита" : к вопросу о реализации мотива безумия", *Филологические науки*, No.10, Ч. 3, 2016, с.57~59 등을 참조할 것.

4부 멜랑콜리와 우울증
제1장 멜랑콜리와 토스카

1 Stanley W. Jackson, *Melancholia and Depression,* New Haven and London: Yale University Press, 1986, pp.4~7·188~202 참조.

2 이에 대해서는 *Большая советская энциклопедия*, А. М. Прохоров(гл ред), 3-е изд, М., Сов. энцик, 1969~1978을 참조할 것.

3 이에 대해서는 В. Даль, *Толковый словарь живого великорусского языка*, М. 1990를 참조할 것.

4 Владимир Набоков, *Комментарий к роману А.С.Пушкина "Евгений Онегин"*, Глава первая. XXXIV. М. 1964, с.53.

5 19세기 러시아에서 우울증을 의미했던 멜랑콜리라는 용어가 어떻게 이해되고, 사용되었는지에 대해서는 이병훈, 「러시아 멜랑콜리의 탄생」, 『러시아연구』 30권 1호, 서울대 러시아연구소, 2020를 참조할 것.

6 А. Н. Никитин, *Врачебный словарь*, Санкт-Петербург: тип. Имп. Акад. наук, 1835. с.383~384.

7 멜랑콜리의 종류에 대한 니키틴의 견해는 17세기 초 멜랑콜리 연구의 획기적 전기를 이룬 로버트 버턴(Robert Burton)의 이론과 유사한 점들이 있다. 로버트 버턴은 머리(head), 몸(body), 심기(hypocondries) 등 발생 위치에 따라 멜랑콜리를 세 종류로 구분한다. 그에 의하면 이 멜랑콜리들은 다시 여러 원인들에 따라 사랑의 멜랑콜리, 종교적 멜랑콜리 등으로 나타나는데, 이에 대한 설명은 니키틴의 것과 흡사하다. 이에 대해서는 Robert Burton, *The Anatomy of Melancholy*, Vol.I, Thomas C. Faulkner, Nicolas K. Kiessling, and Rhonda L. Blair (eds), Clarendon press, Oxford, 1989, p.169. 참조할 것.

8 Т. Х. Невструева, И. А. Воробьева, *Психосемантический анализ переживания тоски*, Хабаровск, Издательство ДВГУПС, 2008, с.98~99 참조.

9 Там же, с.93.

10 Там же, с.94.

11 Там же, с.95.

12 이에 대해서는 К. В. Шмугрова, *Концепты тоска и радость в художественной картине мира : на материале лирики И. А. Бунина, Ф. Сологуба, И. Ф. Анненского*, Новосибирск, 2011를 참조할 것.

13 이기웅, 『러시아어와 감정의 토포스』, 경북대 출판부, 2016, 347쪽 참조.

14 위의 책, 348쪽.

15 위의 책, 359쪽 참조.

16 *Словарь языка Пушкина* в четырех томах, том 4, М., Азбуковник, 2000, с.574~575.

17 Т. Х. Невструева, И. А. Воробьева, *Психосемантический анализ переживания тоски*, с.169~171 참조.

18 Jackson, *Melancholia and Depression*, p.352 참조.

19 Burton, *The Anatomy of Melancholy*, Vol.III, p.56.

20 А. С. Пушкин, *Полное собрание сочинений* В 16 т. М. Л. Изд-во АН СССР, 1937~1959. Т.3, кн.1. Стихотворения, 1826~1836. Сказки. 1948, с.28.

21 А. С. Пушкин, там же, с.188.

22 А. Блок, "О, не тебя люблю глубоко"(1900), *Собрание сочинений*, Lib.Ru/Классика.

23 А. С. Пушкин, Т.6. с.21.

24 А. С. Пушкин, Т.3, кн.2. с.1131.

25 А. С. Пушкин, Т.3, кн.1. с.236~237.

26 А. С. Пушкин, там же, с.181~182.

27 А. С. Пушкин, там же, с.33.

28 А. Блок, "На улице-дождик и слякоть…"(1915), *Собрание сочинений*, Lib.Ru/Классика.

29 노스탤지어가 서구에서 임상적 증후군으로 최초로 기록된 것은 17세기 말이다. 그 후 이 용어는 점차 멜랑콜리의 한 종류가 되었고 20세기 초까지 타고난 장애로 이해되었다. 하지만 20세기 들어 노스탤지어는 해외에 있는 군인, 다양한 난민과 실향민, 뿌리부터 혼란을 겪고 있는 사람들의 고통과 혼란을 나타내는 용어가 되었다. 이에 대해서는 Jackson, *Melancholia and Depression*, pp.373~380을 참조할 것.

30 А. С. Пушкин, Т.3, кн.1. с.42~43.

31 인간은 죽음의 목도로부터 우수를 경험하기도 한다. 고리키의 단편 「т」는 이런 사례를 잘 보여준다. 소설의 1부에서 주인공인 부유한 제분소 주인 티혼 파블로비치는 시내에 갔다가 우연히 장례 행렬과 매장 광경을 보고 삶의 허망함에 빠져 т를 경험한다. 이로 인해 일상에서 느끼던 주인공의 평온함과 안정감은 깨지고 만다. 하지만 2부에서 주인공은 술집에서 두 팔이 없는 사내와 일행이 부르는 슬픈 노래를 듣고 т가 달콤한 고통으로 바뀌는 것을 느낀다. 이것은 т, 즉 우수의 양면을 묘사한 것이라고 할 수 있다. 이에 대해서는 이기웅, 앞의 책, 206쪽을 참조할 것.

32 А. С. Пушкин, Т.6. с.21.

33 *Концептосфера русского языка: ключевые концепты и их репрезентации(на материале лексики, фразеологии и паремиологии)*, М., Азбуковник, 2017, с.326 참조.

34 М. Ю. Лермонтов, *Сочинения*: В 6 т. М.Л. Изд-во АН СССР, 1954~1957. Т.2. Стихотворения, 1832~1841. 1954, с.80~83.

35 А. С. Грибоедов. "Горе от ума"(1824), *Собрание сочинений*, Lib.Ru/Классика

36 *Концептосфера русского языка: ключевые концепты и их репрезентации(на материале лексики, фразеологии и паремиологии)*, М., Азбуковник, 2017, с.326. 참조.

37 А. П. Чехов, *Полное собрание сочинений и писем в тридцати томах*, том 4. М., Наука, 1984, с.326~330.

38 이에 대해서는 프로이트, 윤희기 외역, 「슬픔과 우울증」, 『정신분석학의 근본 개념』, 열

린책들, 2019, 239~266쪽을 참조할 것.

39 А. С. Пушкин, Т.3, кн.2. с.1126.

40 아리오스토의 작품이 러시아에서 큰 인기를 얻은 것은 18세기 중반으로 18세기 후반에 최초의 번역본이 출간되었다. 당시 러시아에서는 서구의 중세 기사문학에 관심이 높았던 낭만주의문학이 유행이었는데, 1810년대와 20년대 러시아 비평계에서는 이 작품을 낭만주의 서사시의 전범이라고 평가하기도 했다. 아리오스토의 작품은 푸슈킨에게 적지 않은 영향을 준 것으로 보인다. 그는 1825년에 쓴 「문학에서의 민중성에 관하여」, 「고전주의와 낭만주의의 시에 관하여」 등 여러 비평문에서 아리오스토를 언급하면서 그의 작품에 나타난 민중성을 높이 평가한 적이 있다. 그리고 푸슈킨의 최초의 서사시 『루슬란과 루드밀라』는 당시 비평계에서 아리오스토의 작품을 모방한 것이라는 평가가 있기도 했다. 이에 대해서는 А. О. Дёмин, АРИОСТО, Ариост, Арьост(Ariosto) Лудовико(1474~1533), *Электронные публикации Института русской литературы*(Пушкинского Дома), РАН(http://lib.pushkinskijdom.ru)를 참조할 것.

41 А. С. Пушкин, Т.3, кн.1. с.17.

42 니키틴의 멜랑콜리 분류는 현대 정신의학의 우울증 및 우울병 분류와 완전히 일치하지는 않는다. 이것은 무엇보다 정신의학의 발달에 따른 학문적 차이에서 연유하는 것이다. 예컨대, melancholia attonita의 경우 현대 정신의학에서는 갱년기 우울병(involutional melancholia)으로 정의되는데, 그 내용은 니키틴의 설명과 상당한 차이가 있다. 이에 대해서는 지제근, 『알기 쉬운 의학용어 풀이집』, 고려출판, 2003과 아주대학교병원 질병정보를 참조할 것.

43 Burton, *The Anatomy of Melancholy*, Vol.III, p.331 참조.

44 Ф. М. Достоевский, *Собр. соч.* в 15 тт. Т.12. с.42~43.

45 А. Блок, "Возмездие"(1921), *Собрание сочинений*, Lib.Ru/Классика.

46 А. Блок, "Жизнь моего приятеля"(1907~1916), *Собрание сочинений*, Lib.Ru/Классика.

47 *Концептосфера русского языка: ключевые концепты и их репрезентации(на материале лексики, фразеологии и паремиологии)*, М., Азбуковник, 2017, с.326 참조.

48 Michael Heyd, *Be Sober and Reasonable: The Critique of Enthusiasm in the Seventeenth and Early Eighteenth Centuries*, Leiden · New York · Köln:Brill, 1995, p.2.

49 Ibid, p.44.

50 Ibid, p.64. '열광'에 관한 논쟁의 '의료화'는 미셸 푸코의 주장대로 이 시기 비순응주의자들의 의학적 주변화 과정의 또 다른 예라고 할 수 있다. 이에 대해서는 Michel Foucault, *Madness and Civilization : A History of Insanity in the Age of Reason*, New York : Vintage Books, 1965를 참조할 것.

51 이 문제와 관련하여 잭슨은 '열광'을 종교적 멜랑콜리의 한 형태로 파악하고 있다. "종교적 근심이 멜랑콜리와 얽힌 또 다른 방식은 16세기부터 18세기까지 열정의 역사에

서 찾아볼 수 있다." 이에 대해서는 Jackson, *Melancholia and Depression*, pp.328~329
를 참조할 것.

제2장 러시아 멜랑콜리의 탄생

1   이에 대해서는 *Dictionnaire des sciences médicales by Adelon*, Nicolas Philibert, Vol.8.
    1812, p.467와 А. Н. Никитин, *Врачебный словарь*, Санкт-Петербург : тип. Имп.
    Акад. наук, 1835를 참조할 것. 니콜라스 아델론의 사전에는 dépression이라는 항목
    이 있으나, 이 용어는 두 개골의 함몰이라는 외과학 용어로 설명되어 있다. 다시 말해
    19세기 초에 dépression은 정신의학이나 심리학에서 사용하는 우울증이라는 용어와는
    상관이 없었다.

2   프랑스 의사 에스키롤(Esquirol)은 멜랑콜리라는 용어가 의학적 개념으로 부절적하
    며, 일상 언어에서 차용한 이 용어를 도덕가들과 시인들에게 넘겨주어야 한다고 주장
    한 바 있다. 이에 대해서는 박혜정,『멜랑콜리』, 연세대 대학출판문화원, 2015, 154쪽
    을 참조할 것.

3   소비에트 대백과사전에 따르면 멜랑콜리는 다음과 같이 설명되어 있다. "우울한 기
    분을 특징으로 하는 정신 장애; 우울증의 오래된 이름(психическое расстройство,
    характеризующееся угнетённым настроением; устаревшее название
    депрессии)" 이에 대해서는 Большая советская энциклопедия, *Советская
    энциклопедия*, 1969~1978를 참조할 것.

4   이에 대해서는 이우주 편,『의학사전』, 아카데미서적, 2006과 엘리자베트 루디네스코,
    미셸 플롱 공저, 강응섭 외역,『정신분석대사전』, 백의, 2005 등을 참조할 것.

5   이에 대해서는 А. Г. Садовников, *Концепция меланхолии в художественной
    системе сентиментализма и творчестве В. А. Жуковского*, диссертация
    кандидата филологических наук, Нижегор. гос. ун-т им. Н. И. Лобачевского,
    2009를 참조할 것.

6   이에 대해서는 И. Ю. Виницкий, *Русская "меланхолическая школа" конца XVIII-
    начала XIX веков и В. А. Жуковский*, диссертация кандидата филологических
    наук, МПГУ, М. 2009를 참조할 것.

7   이에 대해서는 이현우,『애도와 우울증』, 그린비, 2011을 참조할 것.

8   Н. М. Карамзин, *Стихотворения*. Л. : Советский писатель, 1966, с.260~261.

9   Ю. Прозоров, "Литературно-критическое творчество В. А. Жуковского",
    В.А.Жуковский-критик, М. Советская россия, 1985, с.22 참조.

10 В. А.Жуковский, *Избранное*, М. Правда 1986, с.409.

11 А. Г. Садовников, "Генезис и эволюция феномена меланхолии в письме В. А.
    Жуковского "о меланхолии в жизни и в поэзии", *Известия ВГПУ*, No.3, т.67,
    2012, с.68 참조.

12 В. А. Жуковский, с.404.

13 Там же, с.415 참조.

14 *Словарь языка Пушкина*: в 4т. / Отв. ред. акад. АН СССР В. В. Виноградов. 2-е изд., доп. М.: Азбуковник, 2000. Т.2, с.583.

15 이 문제에 대한 가장 최근의 논의로는 О. А. Клинг, "Спор о "Великом меланхолике" и роман Андрея Белого "Петербург" (Пушкин-Гоголь – Белый)", *НОВЫЙ ФИЛОЛОГИЧЕСКИЙ ВЕСТНИК*, Номер.3(42), 2017 등이 있다.

16 А. С. Пушкин, "Путешествие из Москвы в Петербург" "Беловая редакция", *Полное собрание сочинений*: В 16т. М.; Л.: Изд-во АН СССР, 1937~1959. Т.11. Критика и публицистика, 1819~1834·1949, с.248. "Оно написано одним из моих приятелей, великим меланхоликом, имеющим иногда свои светлые минуты веселости."

17 В. Э. Вацуро, ""Великий меланхолик" в "Путешествии из Москвы в Санкт-Петербург"", *Временник Пушкинской комиссии*. 1974. Л., 1977, с.62~63.

18 А. С. Пушкин, "Письмо Плетневу П. А., 9 сентября 1830 г. Болдино", *Полное собрание сочинений*, 1837~1937: В 16 т. М.; Л.: Изд-во АН СССР, 1937~1959. Т.14. Переписка, 1828~1831·1941, с.112.

19 로트만, 정지윤 역, 『알렉산드르 세르게예비치 푸슈킨』, 아카넷, 255쪽 참조.

20 А. С. Пушкин, "Отрывок", *Полное собрание сочинений*: В 16т. М.; Л.: Изд-во АН СССР, 1937~1959. Т.8, кн.1. Романы и повести. Путешествия. 1948, с.411.

21 이 글에서 푸슈킨은 볼테르 시를 프랑스어로 인용하고 있다. 원문은 다음과 같다. "Vos rosiers sont dans mes jardins, / Et leurs fleurs vont bientôt paraître, / Doux asile où je suis mon maître! / Je renonce aux lauriers si vains, / Qu'à Paris j'aimais trop peut-être. / Je me suis trop piqué les mains / Aux épines qu'ils ont fait naître."

22 А. С. Пушкин, "Вольтер:(Correspondance inédite de Voltaire avec le président de Brosses…)", *Полное собрание сочинений*: В 16т. М.; Л.: Изд-во АН СССР, 1937~1959. Т.12. Критика. Автобиография. 1949, с.79.

23 *Словарь языка Пушкина*: в 4т. / Отв. ред. акад. АН СССР В. В. Виноградов. 2-е изд., доп. М.: Азбуковник, 2000, Т.2, с.583.

24 А. С. Пушкин, "Роман в письмах", *Полное собрание сочинений*: В 16т. — М.; Л.: Изд-во АН СССР, 1937~1959. Т.8, кн.1. Романы и повести. Путешествия. 1948, с.47.

25 А. С. Пушкин, "В начале 1812 года···", *Полное собрание сочинений* : В 16т. М.; Л.: Изд-во АН СССР, 1937~1959. Т. 8, кн.1. Романы и повести. Путешествия. 1948, с.402. ②는 세 번째 편지의 일부분으로 10월 30일에 쓴 것이다. 이에 대해서는 전집의 편집자 각주를 참조할 것.

26 А. С. Пушкин, "Евгений Онегин", *Полное собрание сочинений*, В 16т. М.; Л.: Изд-во АН СССР, 1937~1959. Т.6. 1937, с.524.

27 그리보예도프는 모스크바대학 시절 미래의 데카브리스트들과 각별한 친교를 쌓았는데, 여기서 중심적인 역할을 한 인물이 야쿠쉬킨이었다. 이에 대해서는 М. В. Нечкина, *А.С.Грибоедов и декабристы*, ИАН СССР, М., 1951, 2부 4장, "미래의 데카브리스트들과 대학생 그리보예도프"를 참조할 것. 그리보예도프 연구에서 차츠키의 모델이 된 인물은 누구인가? 라는 문제에 대한 의견은 크게 두 가지로 구분된다. 하나는 푸슈킨의 언급에 의거한 차다예프 설과 트냐노프(Ю. Н. Тынянов)가 제시한 큐헬베케르 설이 그것이다. (후자에 대해서는 Ю. Н. Тынянов. *Пушкин и его современники*. М. : Наука, 1969에 실린 논문 "Сюжет 'Горя от ума'"를 참조할 것) 두 의견 모두 충분히 설득력이 있을 뿐만 아니라 객관적 근거도 비교적 명확하다. 하지만 차츠키가 특정한 역사적 인물에 국한된 형상이 아니라 당시 데카브리스트를 상징적으로 반영하는 인물이라는 점을 고려하면, 차츠키 속에서 야쿠쉬킨의 모습 및 성격을 확인하는 것은 크게 놀랄만한 일은 아니다. 이에 대해서는 А. А. Лебедев, *Честь: Духовная судьба и жизненная участь Ивана Дмитриевича Якушкина*, Политиздат, М., 1989, с.57~58을 참조할 것.

28 이 구절은 그리보예도프의 희곡 『지혜의 슬픔』 2막에 나온다. 이에 대해서는 А. С. Грибоедов, "Горе от ума", *Сочинения* в двух томах, М, 1971, с.84를 참조할 것.

29 그리보예도프의 『지혜의 슬픔』은 데카브리스트 운동의 영향을 받은 것으로 알려져 있고, 주인공 차츠키는 데카브리스트를 형상화한 인물로 평가되고 있다. 이에 대해서는 А. Слонимский, "'Горе от ума' и комедия эпохи декабристов", *А. С. Грибоедов-сборник.статей*, ГЛМ, М., 1946, с.72를 참조할 것. 슬로님스키는 위 논문에서 『지혜의 슬픔』이 소위 데카브리스트시대라고 일컬어지는 1815~1825년 시기 러시아 코미디의 새로운 단계를 알리는 최고의 성과라고 평가하고 있다. 그는 그리보예도프가 지혜(ум, 이성이라는 의미도 있음)에 대한 당시 통념을 뒤집고, 그것이 지성적인 측면뿐만 아니라 도덕적, 사회적 측면 또한 지니고 있다는 점을 형상화했다고 주장한다. 그리고 이것이 당시 러시아 사회를 변혁하려고 했던 데카브리스트들의 영향이었다는 점은 자명한 사실이다. 이에 대해서는 위 논문 с.68과 Вл.Орлов, *Грибоедов: очерк жизни и творчества*, ГИХЛ, М., 1954, с.11을 참조할 것.

30 А. С. Пушкин, "Путешествие в Арзрум во время похода 1829 года", *Полное собрание сочинений* : В 16т. М.; Л. : Изд-во АН СССР, 1937~1959. Т.8, кн.1. Романы и повести. Путешествия. 1948, с.461.

31 А. С. Пушкин, там же, с.460~461.

32 Там же, с.461.

33 П. А. Бестужев, Из "Памятных записок", *А. С. Грибоедов в воспоминаниях современников*, М., Худож.лит., 1980, с.169.

34 А. С. Пушкин, "Опровержение на критики", *Полное собрание сочинений* : В 16т. М.; Л. : Изд-во АН СССР, 1937~1959. Т.11. Критика и публицистика, 1819~1834·1949, с.159.

35 А. С. Пушкин, "Возражение критикам "Полтавы"", *Полное собрание сочинений*: В 16т. М.; Л. : Изд-во АН СССР, 1937~1959. Т.11. Критика и публицистика, 1819~1834·1949, с.165.

36 А. С. Пушкин, "Денница: Альманах на 1830 год", *Полное собрание сочинений*: В 16т. М.; Л. : Изд-во АН СССР, 1937~1959. Т.11. Критика и публицистика, 1819~1834·1949, с.109.

37 А. С. Пушкин, "Vie, poesies et pensees de Joseph Delorme ; Les Consolations, poesies par Sainte-Beuve", *Полное собрание сочинений*: В 16т. М.; Л. : Изд-во АН СССР, 1937~1959. Т.11. Критика и публицистика, 1819~1834·1949, с.197.

38 А. С. Пушкин, "Дубровский", *Полное собрание сочинений* : В 16т. М.; Л. : Изд-во АН СССР, 1937~1959. Т.8, кн.1. Романы и повести. Путешествия. 1948. с.222.

39 А. С. Пушкин, "Сочинения и переводы в стихах Павла Катенина", *Полное собрание сочинений*: В 16т. М.; Л. : Изд-во АН СССР, 1937~1959. Т.11. Критика и публицистика, 1819~1834·1949, с.221.

40 А. С. Пушкин, "Последний из свойственников Иоанны д'Арк", *Полное собрание сочинений*: В 16т. М.; Л. : Изд-во АН СССР, 1937~1959. Т.12. Критика. Автобиография. 1949, с.155.

41 Dic.academic.ru, *Медицинская энциклопедия*, "Приложение. Из истории развития русской медицинской терминологии".

42 이에 대해서는 Н. М. Максимович-Амбодик, *Анатомико-физиологический словарь*, Во граде св. Петра:Тип. Мор. шляхет. кадет. корпуса, 1783를 참조할 것.

43 Dic.academic.ru, *Медицинская энциклопедия*, там же.

44 이에 대해서는 *Словарь Академии Российской, Санктпетербург*: При Имп. Акад. наук, 1789~1794를 참조할 것.

45 이에 대해서는 Т. И. Юдин, *Очерки истории отечественное психиатрии*, М.: Медгиз, 1951를 참조할 것.

46 Dic.academic.ru, *Медицинская энциклопедия*, там же.

47 А. Н. Никитин, *Врачебный словарь*, Санкт-Петербург: тип. Имп. Акад. наук, 1835, с.383~384.

48 МЕЛАНХОЛИЯ ж. задумчивая тоска, унынье, тихое отчаяние, без основательной причины, черный взгляд на свет, пресыщение жизнью, хандра; ипохондрия. Меланхолик м. меланхоличка ж. хандра в лицах; человек меланхолического сложенья и свойств (темперамента).

49 *Dictionnaire des sciences médicales by Adelon*, Nicolas Philibert, Vol.32. 1819, p.147.

5부 질병과 죽음

제1장 삶과 죽음의 세 가지 유형

1   매리언 켄들, 이성호 외역, 『세포전쟁』, 궁리, 333~334쪽.

2   С. И. Ожегов и Н.Ю.Шведова, *Толковый словарь русского языка*. М. 1992 참조.

3   Л. Н. Толстой, *Полн. собр. соч.* т. XXI, с.218.

4   И. С. Тургенев, *Полн. собр. соч. и писем. Письма*, т. III, с.270~271.

5   Л. Н. Толстой, *Полн. собр. соч.* т. III, с.59~60.

6   Там же, с.60.

7   Там же, с.66.

8   Там же, с.69.

9   Л. Н. Толстой, *Полн. собр. соч.* т. XVII–XVIII, с.514.

10   Л. Н. Толстой, т. III, с.65.

11   Л. Н. Толстой, т. XVII–XVIII, с.514.

12   Л. Н. Толстой, т. III, с.70.

13   Там же, с.70~71.

14   Л. Н. Толстой, т. XVII–XVIII, с.514.

제2장 결핵과 러시아문학

1   프레더릭 F. 카트라이트 · 마이클 비디스, 김훈 역, 『질병의 역사』, 가람기획, 2004, 258쪽.

2   А.Колесник, *Крым в объятиях чахотки : возникновение и становление фтизиатрии в Крыму*, Симферополь, 2010 참조.

3   「세 죽음」에 나타난 톨스토이의 결핵에 대한 임상적 묘사에 대해서는 앞선 글 「삶과 죽음의 세 가지 유형」을 참조할 것.

4   톨스토이, 윤새라 역, 『안나 카레니나』 2, 펭귄 클래식 코리아, 242~243쪽.

5   위의 책, 241쪽.

6   톨스토이, 박형규 역, 『부활』 2, 인디북, 246쪽.

7   위의 책, 225쪽.

8   위의 책, 238~239쪽.

9   프레더릭 F. 카트라이트 · 마이클 비디스, 『질병의 역사』, 257쪽.

10   톨스토이, 『안나 카레니나』 2, 442쪽.

11   위의 책, 465쪽.

6부 병원과 약

제1장 '약'의 향연

1   이렇게 탁월한 치료 효과가 있었던 근대의약은 인간의 생활, 의식, 관습을 바꾸었고, 사회제도와 구조를 변화시켰다. 근대인들은 질병의 원인과 치료 방법에 대해 많은 지식과 경험을 축적했으며, 이것은 그들의 위생관념을 높이는데 일조했다. 근대인들은

이제 질병에 대해 효과적으로 대처하는 방법을 알게 되었다. 이것은 질병이 더 이상 그들의 삶과 운명을 결정짓는 절대자의 지위를 상실했다는 의미이기도 하다. 이에 따라 사회제도와 구조도 바뀌었다. 근대 사회는 질병을 통제하고 관리하는 효과적인 사회제도와 구조로 탈바꿈하게 되었다. 이에 대해서는 윌리엄 맥닐, 김우영 역,『전염병의 세계사』, 이산, 2005, 6장을 참조할 것. 우리는 이와 유사한 논의를 푸코의『광기의 역사』,『감시와 처벌』등에서도 확인할 수 있다.

2 프레더릭 F. 카트라이트·마이클 비디스, 김훈 역,『질병의 역사』, 가람기획, 2004, 121~122쪽 참조.

3 우리는 약이 문학작품에서 치료제 이상의 의미를 갖게 되는 경우를 약물중독 등의 모티브에서 찾아볼 수 있다. 여기서 약은 문제의 해결이 아니라 문제의 원인이 된다. 이런 경우엔 약도 질병과 같이 문학적 서사의 중요한 모티브가 된다.

4 이경훈,「아스피린과 아달린」, 김윤식 편,『이상 문학전집 5 − 연구논문 모음』, 문학사상사, 2001, 182쪽.

5 권보드래,「仁丹 − 동아시아의 상징 제국」,『사회와 역사』제81집, 한국사회사학회, 2009, 118쪽.

6 김은정,「일제강점기 위생담론과 화류병 − 화류병 치료제 광고를 중심으로」,『민족문학사연구』49호, 2012, 312쪽.

7 이재선,『현대소설의 서사주제학』, 문학과지성사, 2007, 173쪽. 이재선은 문학주제학 중 특히 질병의 주제와 모티프라는 시각에서『탁류』의 '매독과 전염성 탐욕의 은유화 현상'을 분석했다. 이재선의 견해에 따르면 매독은 "미두장을 중심으로 휩쓸고 있는 투기라는 식민지의 외인성 바이러스가 퍼뜨리는 전염성 탐욕의 전파와 확산을 은유화하거나 상징하고 있다.(위의 책, 170쪽)

8 洪以燮,「蔡萬植의『濁流』」, 金允植 편,『蔡萬植』, 文學과 知性社, 1986. 96~97쪽 참조.『탁류』에 나타난 식민지 자본주의의 모습을 분석한 연구로는 한수영,「비판적 리얼리즘의 성과와 1930년대 후반 − 채만식의 소설미학」(『채만식 문학의 재인식』, 문학과사상연구회, 소명출판, 1999), 류보선,「교환의 정치경제학과 증여의 윤리학 −『濁流』론」(군산대 채만식연구센터,『채만식 중·장편소설 연구』, 소명출판, 2009) 등이 있다.

9 洪鉉五,『韓國藥業事』, 한독약품공업주식회사, 1972, 137~139쪽.

10 위의 책, 65쪽. 참조. 여기서 매약이란 의사의 처방에 따라 조제한 것이 아니라 제약회사나 매약업자들이 미리 만들어 파는 의약품을 말한다. 매약의 대표적인 예는 인단, 용각산, 건위 고장환, 해정위산, 중장탕, 건뇌환, 대학 목약, 로도 안약 등이 있었다. 매약은 러일전쟁 후 일본 군인들이 행상을 하며 판매했기 때문에 조선에 널리 퍼지게 되었다. "이에 편승하여 제생당약방(이강봉)은 서울 태평로에 점포를 내고 일본 인단을 모방하여 청심보명환을 팔았고 서울 광교에 화평당약방(이응선)에서는 팔보단 등 40여 종의 가정상비약을 발매하였다. 기타 천일약방(조근영), 조선 매약주식회사(이경모)가 창립되었다. 한편 1897년 민병호가 활명수로 평양에 창립된 동화약방을 1912

년 서울 순화동에 옮겨 89여 종의 매약을 취급했다."(李東石, 金信根, 『藥의 歷史』, 서울대 출판부, 1998, 447쪽)

11 서양 의약품이 식민지시대에 어떻게 구체적으로 사용되었는지에 대해서는 洪鉉五, 앞의 책, 65~66쪽을 참조할 것. "서양 의약품을 우리나라 업계에서 초창기에 많이 사용한 것은 '키니네(金鷄納)', '멘톨(薄荷)', '용뇌(龍腦)' 등이었는데 점차 사용량이 늘어나고 품목도 많아지게 되었다. 그리고 매약으로 영신환, 조고약, 활명수 등이 많이 팔렸으나 그 당시는 학질, 기생충, 임질, 매독 환자들이 많았고 따라서 각 매약본포에서는 제각기 재래의 한약 외에 양약지부(洋藥之部)라 하여 금계랍(金鷄納), 회충산(蛔蟲散) 등 이름으로 '키니네'나 '산토닌' 같은 것을 소분하거나 한약과 혼합하여 취급치 않은 업자가 없다시피 하였다. 특히 하루 걸러 고열(高熱)로 떨어지지 않은 학질에 시달리던 대중에게 이 반짝 반짝하는 백색분말(白色粉末)의 '금계랍'의 효과는 경이적이 아닐 수 없었다. 1920년대는 한약과 양약의 신구(新舊)가 교착(交錯)하고 한국 약업계에 양약취급의 쌌이 여러 가지 면에서 트기 시작한 시기였다."

12 李東石, 金信根, 앞의 책, 448쪽 참조.

13 『채만식 전집』 제2권, 창작과비평사, 1987, 27쪽. 이하 본문에서는 쪽수만 표기하기로 한다.

14 조선총독부가 1912년 제정한 藥品 및 藥品營業取締令 제9조에는 "독약, 극약은 다른 약품과 구별하고 독약은 열쇠가 있는 곳에 이를 저장할 것"(金信根 편, 『韓國醫藥事』, 서울대 출판부, 2001, 737쪽)이라고 명시되어 있다.

15 여기서 '카올'은 "타올(towel)의 오기(誤記)인 듯"하다. 이에 대해서는 임무출, 『蔡萬植 어휘사전』, 토담, 1997, 636쪽을 참고할 것.

16 "그러시면 헤리오도로푸를 쓰시지요? 그것두 썩 고급품은 아니지만 그래두 ……"(33) 헤리오도로푸는 헬리오트로프(heliotrope) 꽃에서 뽑은 향료를 말한다.

17 제중당을 근대적 공간으로 파악한 연구로는 변화영, 「소설 『탁류』에 나타난 군산의 식민지 근대성」(『지방사와 지방문화』 제7권 1호, 역사문화학회, 2004)이 있다. 이 논문에서 저자는 제중당이 약국이지만 화장품과 향수도 겸해서 팔았다는 사실을 소비도시로서 군산의 모습을 잘 드러낸 것이라고 해석하고 있다. "제중당에서 고급 화장품과 향수 등을 사가는 사람들이 있었다. (…중략…) 이것은 군산에 사는 도시인들의 소비수준을 어느 정도 짐작할 수 있는 모습이다."(327쪽)

18 金信根 편, 위의 책, 736쪽.

19 위의 책, 738쪽.

20 위의 책, 739쪽.

21 당시 조선의 매약업자에 대한 설명은 이흥기, 「19세기 말 20세기 초 의약업의 변화와 개업의 — 洋藥局과 藥房附屬診療所의 浮沈」, 『醫史學』 제19권 2호(통권 제37호), 2010.12, 367쪽을 참조할 것.

22 정홍섭, 「채만식 문학의 원형을 보여주는 다양한 자료들」, 『채만식 선집』, 현대문학, 2009, 389쪽.

23 『別乾坤』(1930년 9월호), 141쪽.

24 洪鉉五, 위의 책, 147쪽.

25 초봉이가 '낙태약'과 사약으로 먹은 약.

26 위에서 열거한 약 중에 ⑥ 구급주사, ⑩ 가루약, ⑪ 물약, ⑫ 주사액, ⑰ 인찌기약 등은 약의 구체적인 형태나 용도가 불분명하지만 이 작품에서 일정한 의미를 지니고 있다고 생각해서 목록에 포함시켰다.

27 아주대 약학대학 이숙향 교수의 의견에 따르면 맥×(麥×)은 문맥상 낙태약의 의미로 사용되고 있음으로 ergot나 ergotamine, 즉 맥각(麥角)임이 분명하다고 한다. 맥각에 대한 약리학적 설명은 지제근,『의학용어 큰 사전』, 아카데미아, 2004, 606쪽을 참고할 것. "호밀(Secale cereale)에 번식하는 맥각균(Claviceps purpurea)의 균핵을 건조한 것. 즉, 맥각균이 라이보리와 같은 화본과 식물의 이삭에 기생하여 균핵이 된 것. 맥각 알칼로이드는 자궁수축제와 편두통 치료제로 사용된다. 길이 3cm, 나비 5cm 정도이다. 짙은 자줏빛을 띠며 독성이 강하므로 맥각이 함유된 밀가루를 먹으면 만성 중독 증세를 나타낸다. 특유한 맥각 알칼로이드는 에르고바신계, 에르고타민계, 에르고톡신계의 3군 14종이 검출되었다. 이 알칼로이드로부터 환각제 LSD-25를 만들기도 한다. 한방에서는 이삭이 떨어지기 전에 채취한 것을 지혈제로 사용한다. 맛은 조금 달고 불쾌한 냄새가 난다. 자궁수축제, 분만촉진제, 지혈제로 쓰며, 자궁출혈, 월경과다 등의 자궁질환에 사용한다."

28 오재근,「『본초강목』이 조선 후기 본초학 발전에 미친 영향−미키 사카에의『임원경제지』본초학 성과 서술 비판」,『醫史學』, 제21권 2호(통권 제41호), 2012.8, 193쪽.

29 "한방에서는 약물학을 본초학이라고 한다. '본초'란 풀에 기본을 둔다는 의미로 약에 식물성이 많다는 의미이기도 하다." 본초의 개념에 대해서는 小曽戸 洋,『漢方の 歴史 −中国, 日本の 伝統医学』, 大修館書店, 1999, 38쪽을 참조할 것.

30 트리파플라빈(trypaflavine)은 염산아크리플라빈(acriflavine hydrochloride)을 말한다. 이에 대해서는 이우주 편,『영한, 한영 의학사전』, 아카데미서적, 2002, 20쪽을 참고할 것. 이 의학사전에 따르면 염산아크리플라빈은 적갈색의 결정성 아크리딘 색소로 살균제, 방부제로 사용된다. 그리고 온라인 영문 브리태니카 백과사전(http://global.britannica.com/EBchecked/topic/4125/acriflavine)에는 염산아크리플라빈을 다음과 같이 설명하고 있다. "콜타르에서 얻은 염료로 1912년 독일 의학자 파울 에를리히(Paul Ehrlich)에 의해 살균제로 소개되었고, 제1차 세계대전 당시 수면병(sleeping sickness)의 원인이 되는 기생충을 박멸하기 위해 광범위하게 사용되었다. 염산아크리플라빈과 그보다 덜 자극적인 중성 아크리플라빈 모두 향이 있고, 붉은 갈색의 분말은 물에 희석되어 주로 국소 살균제로 사용되거나 혹은 경구 비뇨기 살균제로 사용되었다. 한때 임질 치료제로 사용되었던 아크리플라빈은 현재 항생제로 대체되었다."

31 『동아일보』, 1939.4.10.

32 金信根 편, 위의 책, 736쪽.

제2장 이광수의 『사랑』과 일제강점기 근대 병원의 역사적 기록

1 이에 대해서는 미셸 푸코, 홍성민 역, 『임상의학의 탄생』, 이매진, 2006을 참조할 것.

2 김경민, 「이광수 소설에 나타난 '연애'의 의미 연구」, 『한국근대문학연구』 15, 한국근대문학회, 2007, 118쪽.

3 와다 토모미, 『이광수 장편소설 연구』, 예옥, 2014, 355쪽.

4 위의 책, 364~365쪽.

5 위의 책, 402쪽.

6 이만열, 『한국기독교의료사』, 아카넷, 2003, 534~535쪽.

7 「醫師規則」, 『朝鮮總督府官報』, 1913.11.15.

8 여인석, 「한국의사면허제도의 역사」, 연세대 의학사연구소 편, 『동아시아 역사속의 의사들』, 역사공간, 2015, 124쪽. 이에 대한 자세한 내용은 「醫師試驗規則」, 『朝鮮總督府官報』(1914.7.20)를 참조할 것.

9 『李光洙 全集』 제10권, 三中堂, 1963, 24~25쪽. 이하 본문에 인용된 작품은 쪽수만 표시한다.

10 박윤재, 「韓末日帝初 近代的 醫學體系의 形成과 植民 支配」, 연세대 박사논문, 2003, 202쪽.

11 「醫師試驗規則」, 『朝鮮總督府官報』, 1914.7.20.

12 「醫師試驗規則 改正案」, 『朝鮮總督府官報』, 1917.10.25.

13 「朝鮮總督府告示 第三百九號」, 『朝鮮總督府官報』, 1914.8.7.

14 「朝鮮總督府告示 第二百三十一號」, 『朝鮮總督府官報』, 1920.9.20.

15 「朝鮮總督府告示 第四十一號」, 『朝鮮總督府官報』, 1939.1.23.

16 박윤재, 「식민지시기 의사계층의 성장과 정체성 형성」, 연세대 의학사연구소 편, 『동아시아 역사속의 의사들』, 역사공간, 2015, 145쪽.

17 개항기 조선 최초의 서양식 병원은 제중원이다. "개항 이후 일본은 개항지인 부산, 인천, 원산 등지를 중심으로 일본인 병원을 개설하기 시작했다. 개항지에서 활동하는 일본인들에게 의료서비스를 제공할 목적으로 일본인 군의(軍醫)들이 설립한 것이다. 1877년 2월 일본해군 관할 아래 제생의원(濟生醫院)이 설립되었다. 1880년 원산에 설립된 생생의원(生生醫院)은 일본육군의 관할이었다. 1883년에는 인천과 서울에서 영사관부속의원과 일본관의원 등이 설치되었다. 이들 일본식 서양병원들은 일본인의 질병치료 및 건강증진을 도모하고 부수적으로 식민지배의 정당성 선전이라는 제국주의 침략의 일환으로 설립된 것으로, 본격적인 서양의학의 도입과는 거리가 멀었다. 반면 1885년 4월 설립된 제중원은 서양 선교의사들이 주축이 되기는 했지만, 순전히 조선인을 위해 설립되었다는 점에서 일본인 병원과는 그 성격이 달랐다."(여인석 외, 『한국의학사』, KMA 의료정책연구소, 2012, 242쪽)

18 「私立病院取締規則」, 『朝鮮總督府官報』, 1919.4.7.

19 일제시대 사립병원의 공간에 대해서는 신규환, 「근대병원 건축의 공간변화와 성격 – 제중원에서 세브란스병원으로의 변화를 중심으로」, 『역사와 경계』 제97권, 부산경남

사학회, 2015. 신규환·서홍관, 「한국 근대 사립병원의 발전과정-1885년~1960년대
까지」, 『의사학』 제11권, 1호, 대한의사학회, 2002을 참조할 것.

20 「私立病院取締規則」, 『朝鮮總督府官報』, 1919.4.7.

21 북간도는 중국, 러시아와의 접경에 위치한 한국인 거주지역을 말하며, 연길과 용정은
북간도의 주요 도시 중 하나이다.

22 金斗鐘, 『韓國醫學史』, 探求堂, 1966, 493쪽.

23 "Summery of Social Service", *KMF*, 1939.3, 65쪽. 이만열, 위의 책 733쪽에서 재인용.

24 일제하 캐나다 장로회의 선교의료 사업에 대해서는 허윤정·조영수, 「일제 하 캐나다
장로회의 선교의료와 조선인 의사-성진과 함흥을 중심으로」, 『의사학』 제24권 제3
호(통권 51호), 대한의사학회, 2015을 참조할 것.

25 이만열, 위의 책, 720~721쪽.

26 서굉일, 「北間島 基督敎人들의 民族運動 硏究(1906~1921)」, 이만열 외, 『한국기독교
와 민족운동』, 圖書出版 保聖, 1986, 474쪽.

27 ______, 위의 책, 475쪽.

28 이만열, 위의 책, 721쪽.

29 『성모병원의 설립배경과 목적』, 가톨릭 중앙의료원 임상사목연구소, 2009, 9쪽.

30 위의 글, 13쪽.

31 위의 글.

32 위의 글, 14쪽.

33 위의 글, 21쪽.

34 가톨릭중앙의료원50년사편찬위원회 편, 『가톨릭중앙의료원 50년사』, 가톨릭출판사,
1988, 46쪽.

35 Sr.DOLOROSA FÜGLISTALLER in : *IG CHAM* Juli, 1932.9. 요하네스 마르, 『분도
통사』, 왜관수도원 역, 분도출판사, 2009, 786~787쪽에서 재인용.

36 가톨릭중앙의료원50년사편찬위원회 편, 『가톨릭중앙의료원 50년사』, 가톨릭출판사,
1988, 46쪽.

37 요하네스 마르, 위의 책, 821쪽.

38 위 인용문(443)에서 부부의 관계를 맺고 있는 이는 베크 원장뿐이라고 하지만 다른
장면에서는 칸트 신부 또한 부인이 있는 것으로 나온다. 그리고 칸트 신부는 또 '원
장'이라고 불리기도 한다. "칸트 원장 부인이 청한 시간에 순옥은 원장의 집으로 갔
다."(444)

39 요하네스 마르, 위의 책, 821쪽.

40 여기서 '북한요양원'은 『사랑』에 나오는 결핵요양원의 고유명칭이다. 이 명칭은 요양
원이 북한산 근처에 위치한 것에서 유래된 것으로 보인다.

41 와다 토모미, 위의 책, 377쪽.

42 "安息敎의 經營인 京城療養院落成", 『동아일보』, 1936.6.10.

43 이국헌, 연세대 의학사연구소 편, 「한국 대현대사에서 재림교회 선교병원의 역할과 의

의」,『동아시아 역사 속의 선교병원』, 역사공간, 2015, 173~174쪽.

44 이국헌, 위의 책, 174~175쪽.

45 "첫째 攝養 둘째 醫藥 合理化한 日課表",『동아일보』, 1934.8.22.

46 북한요양원이 있었던 '북단'의 정확한 위치를 알 수 있는 자료는 남아있지 않지만 지금의 세검정 근처인 것으로 보인다.

47 "綠陰의 턴넬 지나 林間에 白館隱現－海州療養院을 찾아서(一)",『동아일보』, 1934. 8.18.

48 "病舍, 農牧場까지 總二萬五千餘坪－海州療養院을 찾아서(二)",『동아일보』, 1934. 8.19.

49 와다 토모미, 위의 책, 377쪽.

50 엥겔스는 1883년 12월 13일 로라 라파르그에게 보낸 편지에서 다음과 같이 언급하고 있다. "말이 난 김에 말이지만 내가 앓아누워 있어야만 했을 때, 발자크 작품 이외에는 거의 읽을 것이라곤 없었고, 이때 이 위대한 늙은이를 철저히 즐겼단다. 그의 책에는 볼라벨류나 카프피그류, 루이 블랑류 그 밖의 다른 사람들의 책에서 보다 훨씬 나은 1815년에서 1848년까지의 프랑스 역사가 들어있다. 얼마나 대담했는지! 그의 시적 정의에는 혁명적인 변증법이 요동치고 있었단다!" (마르크스·엥겔스, 김대웅 역,『마르크스 엥겔스 문학예술론』, 미다스북스, 2015, 351쪽)

51 이병훈,「이광수와 의사작가 안빈」,『문학과 의학』 제11권, 문학의학학회, 2016, 55쪽.

52 이에 대해서는 이만열,『한국기독교의료사』, 아카넷, 2003의 5장 "의료선교 상황의 악화와 한국인 의료진의 역할 강화(1924~1940)"를 참고할 것.

53 이중 대표적인 작품은 염상섭의 첫 번째 본격 장편소설인『사랑과 죄』(1927~1928)를 들 수 있다. 이 소설의 여주인공 순영은 간호부로 나오고, 병원은 작품의 주요 공간으로 등장한다.

제3장 신경림 시에 나타난 술의 의미

1 조태일, 이동순 편,「열린 공간, 움직이는 서정, 친화력－시집『농무』를 중심으로」,『조태일 전집』 1, 창비, 2009, 381쪽.

2 조태일, 위의 책, 380쪽.

3 위의 책, 382쪽.

4 Shin Kyong-nim, *Farmer's Dance*, Trans. Brother Anthony and Young-Moo Kim, Dap-Gae, 2002, xiii.

5 Shin Kyong-nim, *Farmer's Dance*, xiii.

6 이 글에서는 2004년 창비에서 출간된『신경림 시전집』 1·2권에 실린 시집만을 다루고 있다.

7 한국 현대시에 나타난 술의 의미에 대한 다른 연구들로는 김종삼, 정현종의 예가 있다. 김종삼과 정현종은 술을 현실도피 혹은 구원의 의미로 사용한 대표적인 시인들이다. 이 두 시인은 주로 산업화의 폐해와 도시인의 소외를 작품의 제재 혹은 주제로 다

루었고, 술은 그런 세계에서 벗어나기 위한 수단이었다. 김종삼 시에 나타난 술의 의미를 연구한 대표적인 것은 허금주의 박사논문「김종삼 시 연구」다. 허금주는 김종삼 시의 출발을 죽음에 대한 의식이라고 보고 있다. 그녀는 김종삼에게 죽음은 현실과 조화를 이루지 못하는 자아의 괴로움으로 구체화되고, 여기서 시인은 그것을 치유할 대상을 모색하기에 이른다고 주장한다. 그래서 김종삼 시의 이미지들은 항상 생명과 죽음의 양가성을 나타내고 있다. 허금주는 김종삼 시의 중심 이미지를 물, 돌, 나무, 소리로 분류하고, 술을 물과 연결시키고 있다. 그녀는 김종삼이 술을 현실도피의 수단이면서 동시에 환상의 세계로 가는 매개물로 사용하고 있다고 주장한다. "김종삼의 시 속에서 '술'은 여러 가지 양상으로 그 모습을 드러낸다. 특히 (…중략…) 시인에게 '술'은 죽음의 물에 대한 강박관념을 또 다른 차원으로 극복하려는 대상으로 포착된다. 그러나 그것은 죽음이라거나 현실의 부조리함에서 일시적으로 도피하는 수단으로서의 환상성을 획득하는 데는 성공하고 있으나 그로 인해 서서히 육신의 죽음 속으로 빠져들게 된다는 무능력(죄의식) → 술(물+불) → 몽환 → 망각, 죽음이 갖는 아이러니의 구조를 지닌 이미지로 파악된다."(허금주,「김종삼 시 연구」, 한양대 박사논문, 2001, 47쪽) 손민달도 이와 유사한 분석을 제시하고 있다. 그는 김종삼 시에서 술이 지니고 있는 의미를 비극적 정서의 심화, 교유(交遊)의 매개물, 환상적 공간으로 이동하는 수단으로 파악하고 있다. 그에 따르면 김종삼은 술을 비극적 현실에서 벗어나려는 수단, 즉 현실도피의 방법으로 사용했을 뿐만 아니라 억압된 현실의 굴레에서 벗어나 환상의 세계로 가는 구도의 수단이기도 했다.(손민달,「김종삼 시에 나타난 '술'의 특징 연구」,『韓民族語文學』61, 2012, 450쪽 참조) 이밖에 권명옥은 김종삼이 술과 음악을 등가물로 파악하고 있었다고 주장한다. 이것은 김종삼이 술과 음악을 통해 현실로부터 탈출하고 싶었다는 것을 의미하는 것이다.(권명옥,「적막과 환영—끼인 시간대의 노래」,『김종삼 전집』, 2005, 329~330쪽 참조)

8 정현종의 초기 시에서 술의 의미를 처음 지적한 이는 김우창이다. 그는 정현종 시인이 삶의 권태로부터 벗어날 수 있는 방법으로 도취를 제시하고 있다고 보았다. 김우창에 따르면 정현종은 이 도취를 동적인 것과 정적인 것으로 구분하고 있다. 즉, 동적인 도취의 대표적인 것이 춤이고, 정적인 도취의 사례는 술이라는 것이다.(김우창,「사물의 꿈」, 정현종,『고통의 축제』, 민음사, 1995, 106쪽 참조) 정현종 시에서 술의 의미에 대한 또 다른 논의로는 김현의 견해를 들 수 있다. 김현은 "정현종의 술은 이중적 의미를 갖고 있다"고 주장한 바 있다. 김현은 정현종이 노래한 술의 이중적 의미로 우선 "삶의 허망함을 잊게하는 술" 혹은 "만족할 수 없는 삶의 늪을 채워줄 술"을 언급하고 있다. 술의 또 다른 의미는 "삶의 비의에 다다르게 하는 술이다".(김현,「술취한 거지의 시학」, 정현종,『거지와 광인』, 나남, 1986, 419~420쪽) 김현의 해석은 이후에도 정현종 시와 술의 의미에 관한 연구의 본보기가 되었다. 우리는 그 사례를 스티븐 캐프너(Steven D. Capener)의 글에서 찾아볼 수 있다. 스티븐 캐프너는 여기서 "1970~1980년대에 정현종의 시에서 술은 고통의 축제의 메인 코스이고 그 고통을 잊게 해주거나 그 고통의 쓰라림을 둔하게 해주는 것이었다면, 1990년대 이후로 그 술은 인생의

축제의 반주였다"(스티븐 캐프너, 「술잔을 낚는 시인-정현종의 시와 술」, 정과리 외, 『영원한 시작-정현종과 상상의 힘』, 민음사, 2005, 71쪽)고 주장하고 있다.

9   신경림이 고향 충주를 떠나 서울로 다시 올라온 것은 1965년이다. 이에 대해서는 신경림 외, 『우리시대의 시인 신경림을 찾아서』(웅진닷컴, 2002)에 실린 연보와 이재무의 글 「연대기」를 참고할 것.

10   작품의 인용은 모두 『신경림 시 전집』(2004)에서 하고 있다.

11   보론은 2023년 10월 22일, 중국 서안 섬서사범대학에서 개최된 한중의학사 학술대회 중 저자의 발표문 "A Comparative Literary Study on the Meaning of Alcohol and Drinking in Poems of Tao Yuanming and Shin Kyeongrim"을 요약한 것이다.

12   이에 대해서는 윤석우, 「飮酒詩에 나타난 中國詩人의 精神世界-陶淵明, 李白, 白居易를 중심으로」, 연세대 박사논문, 2005을 참조할 것.

13   Zhong Shulin, "The Great Poet Tao Yuanming's Health Maintenance Habit and His Literature Creation in Ancient China", 東亞文化 第53輯, 2015, 서울대 동아문화연구소, pp.132~133.

14   Zhong Shulin, 위의 글, p.142 참조.

15   Massimo Verdicchio, "Reading Tao Yuanming / Tao Qian : "Twenty Poems about Drinking", Comparative Literature & World Literature 2, 2017, p.70 참조.

16   도연명, 양회석 외역, 『도연명전집』 1, 지만지, 2020, 367~368쪽. 이와 더불어 도연명, 이치수 역, 『도연명전집』, 문학과지성사, 2005 참조.

17   『도연명전집』 1, 위의 책, 369쪽.

18   위의 책, 391쪽.

19   위의 책, 392~393쪽 참조.

20   Tian Xiaofei, "Tao Yuanming's Poetics of Awkwardness", *A Companion to World Literature*, Edited by Ken Seigneurie. 2019, John Wiley & Sons, Ltd, p.11 참조.

참고문헌

국내 및 일본 자료

강명수, 「가르쉰의 「붉은 꽃」과 체호프의 「6호실」에 드러난 공간과 주인공의 세계」, 『노어노문학』 제12권 제1호, 2000.

권명옥, 「적막과 환영―끼인 시간대의 노래」, 『김종삼 전집』, 2005.

권보드래, 「仁丹―동아시아의 상징 제국」, 『사회와 역사』 제81집, 한국사회사학회, 2009.

김경민, 「이광수 소설에 나타난 '연애'의 의미 연구」, 『한국근대문학연구』 제15권, 한국근대문학회, 2007.

김동인, 「春園과 '사랑'」, 『金東仁 全集』 제6권, 三中堂, 1976.

김두종(金斗鐘), 『韓國醫學史』, 探求堂, 1966.

김세경, 「심리적 허기의 관점에서 본 '한강' 소설에 나타난 섭식의 의미」, 『컨텐츠와 산업』, 제5권 제3호, 한국컨텐츠산업학회, 2023.

김신근(金信根) 편, 『韓國醫藥事』, 서울대 출판부, 2001.

김연경, 「불가코프의 「개의 심장」(1925 / 1987)―환상, 과학, 풍자」, 『노어노문학』 제32권 4호, 한국노어노문학회, 2002.

김우창, 「사물의 꿈」, 정현종, 『고통의 축제』, 민음사, 1995.

김윤식, 『이광수와 그의 시대』 2, 솔, 1999.

김은정, 「일제강점기 위생담론과 화류병―화류병 치료제 광고를 중심으로」, 『민족문학사연구』 49호, 2012.

김현, 「술취한 거지의 시학」, 정현종, 『거지와 광인』, 나남, 1986.

노가미 하루오, 장은정 역, 『뇌, 신경구조 교과서』, 보누스, 2012.

니체, 김정현 역, 『선악의 저편, 도덕의 계보』, 책세상, 2002

도스토예프스키, 계동준 역, 『지하로부터의 수기』, 열린책들, 2010.

도연명, 이치수 역, 『도연명전집』, 문학과지성사, 2005.

도연명, 양회석 외역, 『도연명전집』 1, 지만지, 2020.

라 메트리, 여인석 역, 『라 메트리 철학선집―인간기계론, 영혼론, 인간식물론』, 섬앤섬, 2020.

로지 브라이도티, 이경란 역, 『포스트휴먼』, 아카넷, 2015.

로트만, 정지윤 역, 『알렉산드르 세르게예비치 푸슈킨』, 아카넷, 2018.

류드밀라 페트라솁스카야, 이경아 역, 『이웃의 아이를 죽이고 싶었던 여자가 살았네』, 시공사,

2014.

류드밀라 페트라솁스카야, 김혜란 역, 『시간은 밤』, 문학동네, 2020.

류보선, 「교환의 정치경제학과 증여의 윤리학―『濁流』론」, 군산대 채만식연구센터, 『채만식 중·장편소설 연구』, 소명출판, 2009.

마르크스·엥겔스, 김대웅 역, 『마르크스 엥겔스 문학예술론』, 미다스북스, 2015.

매튜 코브, 이한나 역, 『뇌 과학의 모든 역사』, 푸른숲, 2021.

맥닐 윌리엄, 김우영 역, 『전염병의 세계사』, 이산, 2005.

미셸 푸코, 홍성민 역, 『임상의학의 탄생』, 이매진, 2006.

_______, 이정우 역, 『지식의 고고학』, 민음사, 2000.

_______, 이규현 역, 『광기의 역사』, 나남출판, 2003.

米川正夫, 유한성 역, 『도스토예프스키』, 한국교육출판공사, 1984.

바흐친, 김희숙·박종소 역, 「담화 장르의 문제들」, 『말의 미학』, 길, 2006.

박윤재, 「韓末日帝初 近代的 醫學體系의 形成과 植民 支配」, 연세대 박사논문, 2003.

_____, 「식민지시기 의사계층의 성장과 정체성 형성」, 연세대 의학사연구소 편, 『동아시아 역사 속의 의사들』, 역사공간, 2015.

박태봉, 「한국천주교회와 의료사업의 전개과정」, 『한국교회사논문집』 II, 한국교회사연구소, 1985.

박혜정, 『멜랑콜리』, 연세대 대학출판문화원, 2015.

방민호, 『채만식과 조선적 근대문학의 구상』, 소명출판, 2003.

변화영, 「소설 『탁류』에 나타난 군산의 식민지 근대성」, 『지방사와 지방문화』, 제7권 1호, 역사문화학회, 2004.

불가코프, 이병훈 역, 『젊은 의사의 수기, 모르핀』, 을유문화사, 2011.

서굉일, 「北間島 基督敎人들의 民族運動 硏究(1906~1921)」, 이만열 외, 『한국기독교와 민족운동』, 圖書出版 保聖, 1986.

서영채, 『사랑의 문법』, 민음사, 2004.

서울대 역사연구소 편, 『역사용어사전』, 서울대 출판부, 2015.

스컬, 앤드루, 김미선 역, 『광기와 문명』, 뿌리와 이파리, 2017.

손민달, 「김종삼 시에 나타난 '술'의 특징 연구」, 『韓民族語文學』 61, 2012.

쇠렌 키르케고르, 이명곤 역, 『죽음에 이르는 병』, 세창출판사, 2020.

스티븐 캐프너, 「술잔을 낚는 시인―정현종의 시와 술」, 정과리 외, 『영원한 시작―정현종과 상상의 힘』, 민음사, 2005.

신경림, 『신경림 시 전집』 1·2, 창비, 2004.

신경림 외, 『우리시대의 시인 신경림을 찾아서』, 웅진닷컴, 2002.

신규환, 「근대병원 건축의 공간변화와 성격 – 제중원에서 세브란스병원으로의 변화를 중심으로」, 『역사와 경계』 제97권, 부산경남사학회, 2015.

신규환·서홍관, 「한국 근대 사립병원의 발전과정 – 1885년~1960년대까지」, 『의사학』 제11권 1호, 대한의사학회, 2002.

양현진, 「한강 소설의 메타텍스트성과 치유의 서사 – 「눈 한 송이가 녹는 동안」(2015), 「작별」(2018), 『작별하지 않는다』(2021)를 중심으로」, 『현대문학의 연구』 83, 한국문학연구학회, 2024.

엘리자베트 루디네스코·미셸 플롱, 강응섭 외역, 『정신분석대사전』, 백의, 2005.

여인석, 「라메트리의 인간기계론과 뇌의 문제」, 『의철학연구』 제7권, 한국의철학회, 2009.

______ 외, 『한국의학사』, KMA 의료정책연구소, 2012.

______, 「한국의사면허제도의 역사」, 연세대 의학사연구소 편, 『동아시아 역사 속의 의사들』, 역사공간, 2015.

오재근, 「『본초강목』이 조선 후기 본초학 발전에 미친 영향 – 미키 사카에의 『임원경제지』 본초학 성과 서술 비판」, 『醫史學』, 제21권 2호(통권 제41호), 2012.

와다 토모미, 『이광수 장편소설 연구』, 예옥, 2014.

요하네스 마르, 왜관수도원 역, 『분도통사』, 분도출판사, 2009.

우미영, 「주체화의 역설과 우울증적 주체 – 한강의 소설을 중심으로」, 『여성문학연구』 30, 한국여성문학학회, 2013.

윤석우, 「飮酒詩에 나타난 中國詩人의 精神世界 – 陶淵明, 李白, 白居易를 중심으로」, 연세대 박사논문, 2005.

이경훈, 「아스피린과 아달린」, 김윤식 편, 『이상 문학전집 5 – 연구논문 모음』, 문학사상사, 2001.

이광수, 『李光洙 全集』 제10권·제16권, 三中堂, 1963.

이국헌, 「한국 대현대사에서 재림교회 선교병원의 역할과 의의」, 연세대 의학사연구소 편, 『동아시아 역사 속의 선교병원』, 역사공간, 2015.

이기웅, 『러시아어와 감정의 토포스』, 경북대 출판부, 2016.

李東石·金信根, 『藥의 歷史』, 서울대 출판부, 1998.

이만열, 『한국기독교의료사』, 아카넷, 2003.

이병훈, 「광기의 언어 – 가르쉰의 「붉은 꽃」을 중심으로」, 『노어노문학』, 제22권 2호, 2010.

______, 「신경림 시에 나타난 술의 의미」, 『시학과언어학』 31, 2015.

______, 「이광수와 의사작가 안빈」, 『문학과 의학』 제11권, 문학의학학회, 2016.

______, 「러시아 멜랑콜리의 탄생」, 『러시아연구』 제30권 1호, 서울대 러시아연구소, 2020.

이병훈, 「의료문학의 개념 정립을 위하여」, 『문학과 의학의 접경―의료문학의 이론과 쟁점』, 소명출판, 2023.

______, 「파스테르나크와 의사작가 지바고―불멸을 찾아서」, 『문학과 의학의 접경―의료문학의 이론과 쟁점』, 소명출판, 2023.

______, 「결핵과 러시아 문학―톨스토이를 중심으로」, 『감염병과 인문학』, 강, 2014.

______, 「1930년대 소비에트 문학논쟁의 거울로서 레닌의 톨스토이론」, 『러시아연구』, 서울대 러시아연구소, 32권 1호, 2022.

______, 「의료문학의 개념 정립을 위하여」, 『문학과 의학의 접경』, 소명출판, 2023.

이브 헤롤드, 강병철 역, 『아무도 죽지 않는 세상―트랜스휴머니즘의 현재와 미래』, 꿈꿀자유, 2016.

이우주, 『영한, 한영 의학사전』, 아카데미서적, 2002.

______ 편, 『의학사전』, 아카데미서적, 2006.

이재선, 『현대소설의 서사주제학』, 문학과지성사, 2007.

이현식, 「채만식은 학문적으로 어떻게 인식되어 왔는가」, 『채만식 문학의 재인식』, 소명출판, 1999.

이현우, 『애도와 우울증』, 그린비, 2011.

이흥기, 「19세기 말 20세기 초 의약업의 변화와 개업의―洋藥局과 藥房附屬診療所의 浮沈」, 『醫史學』 제19권 2호(통권 제37호), 2010.

임무출, 『蔡萬植 어휘사전』, 토담, 1997.

장수익, 「감각과 분열증―한강 소설 연구 1」, 『한국현대문학연구』 58, 2019.

정연호, 「불가코프적 그로테스크의 특성―20년대 세 중편소설을 중심으로」, 『슬라브학보』 제16권 1호, 한국슬라브학회, 2001.

정홍섭, 『채만식 문학과 풍자의 정신』, 역락, 2004.

______, 「채만식 문학의 원형을 보여주는 다양한 자료들」, 정홍섭 편, 『채만식 선집』, 현대문학, 2009.

조윤정, 「한강의 『채식주의자』에 나타나는 인간의 섭생과 트라우마」, 『인문과학』 64, 성균관대 인문과학연구소, 2017.

조태일, 「열린 공간, 움직이는 서정, 친화력―시집 『농무』를 중심으로」, 이동순 편, 『조태일 전집』 1, 창비, 2009.

주정, 「한국의 음주실태와 알코올 관련 정책 방향」, 『복지행정논총』 제19권 제1호, 2009.

지제근, 『알기 쉬운 의학용어 풀이집』, 고려출판, 2003.

______, 『의학용어 큰 사전』, 아카데미아, 2004.

채만식, 『채만식 전집』 제2권, 창작과비평사, 1987.

______, 정홍섭 편, 『채만식 선집』, 현대문학, 2009.

카트라이트·프레더릭 F.·마이클 비디스, 김훈 역, 『질병의 역사』, 가람기획, 2004.

톨스토이, 윤새라 역, 『안나 카레니나』, 펭귄클래식, 2011.

______, 박형규 역, 『부활』, 인디북, 2004.

푸코 미셸, 이규현 역, 『광기의 역사』, 나남출판, 2003.

프로이트, 윤희기 외역, 「슬픔과 우울증」, 『정신분석학의 근본 개념』, 열린책들, 2019.

한강, 『채식주의자』, 창비, 2007.

____, 『희랍어 시간』, 문학동네, 2011.

____, 『소년이 온다』, 창비, 2014.

____, 『흰』, 문학동네, 2016.

____, 『검은 사슴』, 문학동네, 2017.

____, 『내 여자의 열매』, 문학과 지성사, 2018.

____, 『작별하지 않는다』, 문학동네, 2021.

한귀은, 「외상의 (탈)역전이 서사－한강의 『채식주의자』 연작에 관하여」, 『배달말』 43, 배달
　　　말학회, 2008.

한수영, 「비판적 리얼리즘의 성과와 1930년대 후반－채만식의 소설미학」, 『채만식 문학의
　　　재인식』, 문학과사상연구회, 소명출판, 1999.

허금주, 『김종삼 시 연구』, 한양대 박사논문, 2001.

허윤정·조영수, 「일제 하 캐나다 장로회의 선교의료와 조선인 의사－성진과 함흥을 중심으
　　　로」, 『의사학』, 제24권 제3호(통권 51호), 대한의사학회, 2015.

洪以燮, 「蔡萬植의 『濁流』」, 金允植 편, 『蔡萬植』, 文學과知性社, 1986.

洪鉉五, 『韓國藥業事』, 한독약품공업주식회사, 1972.

小曽戸 洋, 『漢方の 歴史－中国, 日本の 伝統医学』, 大修館書店, 1999.

서양어 자료

Becker Elisa M, *Medicine, Law and the State in Imperial Russia*, Budapest-New York : Central
　　　European University Press, 2011.

Burton Robert, *The Anatomy of Melancholy*, Vol. I, III, Thomas C. Faulkner·Nicolas K.
　　　Kiessling, ·Rhonda L. Blair (eds), Clarendon press, Oxford, 1989.

Cobb, Matthew, *The Idea of the Brain : The Past and Future of Neuroscience*, London : profile
　　　books, 2020.

Feder Lillian, *Madness in Literature*, Princeton : Princeton University Press, 1980.

Foster, M.·Sherrington, C., *A Text Book of Physiology*, part III : The Central Nervous System, London : Macmillan, 1897.

Foucault Michel·*Madness·Civilization : A History of Insanity in the Age of Reason*, New York : Vintage Books, 1965.

Haraway, D. *A Cyborg Manifesto : Science, Technology, and Socialist-Feminism in the Late Twentieth*. New York : Routledge, 2017.

Heyd Michael, *Be Sober and Reasonable : The Critique of Enthusiasm in the Seventeenth and Early Eighteenth Centuries,* Leiden·New York·Köln : Brill, 1995.

Jackson Stanley W., *Melancholia and Depression,* New Haven and London : Yale University Press, 1986.

Massimo Verdicchio, "Reading Tao Yuanming / Tao Qian : "Twenty Poems about Drinking"", *Comparative Literature & World Literature* 2, 2017.

Rice James L, *Freud's Russia : National Identity in the Evolution of Psychoanalysis,* New Brunswick and London : Transaction Publishers, 1993.

Shin Kyong-nim, *Farmer's Dance*, Trans. Brother Anthony·Young-Moo Kim·DapGae, 2002.

Sirotkina Irina, *Diagnosing literary genius : a cultural history of psychiatry in Russia, 1880~1930*, Baltimore and London : The Johns Hopkins University Press, 2002.

Tian Xiaofei, "Tao Yuanming's Poetics of Awkwardness", *A Companion to World Literature*, Edited by Ken Seigneurie, John Wiley & Sons, Ltd, 2019.

ZhongShulin, "The Great Poet Tao Yuanming's Health Maintenance Habit and His Literature Creation in Ancient China", 東亞文化 第53輯, 서울대 동아문화연구소, 2015.

Dictionnaire des sciences médicales by Adelon, Nicolas Philibert, Vol.32, 1819.

러시아어 자료

Аникин А. А., "Образ врача в русской классике", https://portal-slovo.ru/philology.

Баранова И. А., "Литература и медицина: трансформация образа врача в русской литературе XIX века", Вестник Самарской гуманитарной акалемии. Серия "Философия. Филология", No.2(8), 2010.

Бахтин М.М., *Эстетика словесного творчества,* М. : Искусство, 1986

Бестужев П. А., Из "Памятных записок", *А.С.Грибоедов в воспоминаниях современ ников*,М., Худож лит., 1980.

Белинский В. Г., *Полное собрание сочинений*, Т.1. М. 1953.

＿＿＿＿＿＿＿＿＿, *Полное собрание сочинений в 13 томах*, Т. VII : *Сочинения Александра Пушкина: Статья девятая. "Евгений Онегин" (окончание)*, М. : Изд. АН СССР. 1955.

Блок А, *Собрание сочинений*, Lib.Ru / Классика, Возмездие, 1921.

＿＿＿＿＿＿＿＿＿, *Собрание сочинений*, Lib.Ru / Классика, Стихотворения. Книга третья, 1907~1916.

Большая советская энциклопедия, Советская энциклопедия, 1969~1978.

Булгаков М. А. *Собрание сочинений в десяти томах*, Том 3. Собачье сердце. 1925~1927, М. : Голос, 1995.

Булгаков Михаил, *Собачье сердце*, МОСКВА-AUGSBURG, Im Werden Verlag, 2003.

Вацуро В. Э., "Великий меланхолик" в "Путешествии из Москвы в Санкт-Петербург", *Временник Пушкинской комиссии*, 1974. Л., 1977.

Виницкий И. Ю., Русская "меланхолическая школа" конца XVIII-начала XIX веков и В. А. Жуковский, диссертация кандидата филологических наук, МПГУ, М. 2009.

Виленский Ю. Г., *Доктор Булгаков*, Киев : Здоровья, 1991.

Гаршин В. М. *Рассказы*, Л. : Художественная литература, 1978.

＿＿＿＿＿＿＿＿＿, *Рассказы, статьи, письма*, Олимп, М. 2002.

Гоголь Н. В., *Собрание сочинийв девяти томах*, Т.3. М. 1994.

Грибоедов А. С., "Горе от ума", *Сочинения в двух томах*, М, 1971.

＿＿＿＿＿＿＿＿＿, *Собрание сочинений*, Lib.Ru / Классика, Горе от ума, 1824.

Даль В. *Толковый словарь живого великорусского языка*, Т. 1~4, М. : Русский язык, 1989.

Данько М. Г. "Страницы истории больницы Всех Скорбящих", *История Петербурга*, No.1(35), 2007.

Дёмин А. О., *АРИОСТО, Ариост, Арьост (Ariosto) Лудовико(1474~1533)*, Электронные публикации Института русской литературы(Пушкинского Дома), РАН, (http://lib.pushkinskijdom.ru).

Достоевский Ф. М, *Полное собрание сочинений в тридцати томах*, т.5, Л, 1973.

＿＿＿＿＿＿＿＿＿, *Полное собрание сочинений в тридцати томах*, т.28(2), Л, 1985.

Жуковский В. А., *Избранное*, М. Правда 1986.

Захаров В. Н., "Что, кого и как лечил доктор Крупов Герцена?", Проблемыисторической поэтики, 19(4), 2021.

Зезина М. Р.·Кошман Л. В.·Шульгин В. С., История русской культуры, Москва : Высш. шк., 1990.

Зиньковский А. К.·Иванов О. П.·Троицкий А. А.·Куракин В. Б., "К 125-летию больницы им. М. П. Литвинова", *Социальная и клиническая психиатрия*, Т. 19, Вып. 4, 2009.

Карамзин Н. М. Стихотворения. Л. : Советский писатель, 1966.

Клинг О. А., "Спор о "Великом меланхолике" и роман Андрея Белого "Петербург" (Пушкин-Гоголь – Белый)", *НОВЫЙ ФИЛОЛОГИЧЕСКИЙ ВЕСТНИК*, Номер.3(42), 2017.

Колесник А., *Крым в объятиях чахотки : возникновение и становление фтизиатрии в Крыму*, Симферополь, 2010.

Концептосфера русского языка: ключевые концепты и их репрезентации(на материале лексики, фразеологии и паремиологии), М., Азбуковник, 2017.

Короленко В. Г., *Собр. соч. в десяти томах*, Т.8. М. 1955.

Криман А. И., "Идея постчеловека : сравнительный анализ трансгуманизма и постгуманизма", *Филос. науки / Russ. J.Philos. Sci.* 62(4), 2019.

Лебедев В. И., *Реформы Петра I : Сборник документов*, М. : Гос. соц. изд-во, 1937.

Лебедев А. А., *Честь : Духовная судьба и жизненная участь Ивана Дмитриевича Якушкина*, Политиздат, М., 1989.

Лебедев П. С., *Больница Всех скорбящих : Ист. очерк*, СПб. : Воен. тип., 1858.

Лотман Ю. М., *Беседы о русской культуре. Быт и традиции русского дворянства (XVIII ~ начало XIX века)*, СПб. : Искусство, 1994.

Лермонтов М. Ю., *Сочинения : В 6 т.* МЛ. Изд-во АН СССР, 1954~1957. Т.2. Стихотворения, 1832~1841·1954.

"М. Булгаков хочет стать сатириком нашей эпохи" (*Книгоноша*, No.6, 1925г.), *Новый мир*, 1987, No.8, с.196. Публ. М. Чудаковой.

Максимович-Амбодик Н. М., *Анатомико-физиологический словарь*, Во граде св. Петра : Тип. Мор. шляхет. кадет. корпуса, 1783.

Малиновский П. П, *Помешательств*, СПб, 1855.

Мишель Фуко, *История безумия в классическую эпоху*, Университетская книга, Санкт-Петербург, 1997.

Музыкальный энциклопедический словарь, М., Советская энциклопедия, 1990.

Мочульский К., *Гоголь, Соловьев, Достоевский*, М, 1995.

Набоков Владимир, *Комментарий к роману А. С. Пушкина "Евгений Онегин"*, Глава первая. XXXIV. М., 1964.

Назаров И. А., "Образ сумасшедшего дома в рассказе Л. Андреева "Мысль"", *Электронный журнал Вестник МГОУ*, No.3, 2013.

Невструева Т. Х.·Воробьева И. А., *Психосемантический анализ переживания тоски*, Хабаровск, Издательство ДВГУПС, 2008.

Нечкина М. В., *А. С. Грибоедов и декабристы*, ИАН СССР, М., 1951.

Никитин А. Н., *Врачебный словарь*, Санкт-Петербург : тип. Имп. Акад. наук, 1835.

Орлов Вл., *Грибоедов : очерк жизни и творчества*, ГИХЛ, М., 1954.

Петелин В. "Счастливая пора", Михаил Афанасьевич Булгаков, *Собрание сочинений в десяти томах*, Том 3. Собачье сердце. 1925~1927, М. : Голос, 1995.

Полное собрание законов Российской империи : Собр. 2-е, Т. III, No.1687, СПб. : Тип. 2-го Отд-ния Собств. Е. И. В. Канцелярии, 1830.

Лосев А. Ф., В. П. Шестаков, *История эстетических категорий*, М., 1965.

Поселянин Е., *Подвижники русской церкви*, М, 1901.

Прозоров Ю., "Литературно-критическое творчество В. А. Жуковского", *В. А. Жуковский-критик*, М. Советская россия, 1985.

Пушкин А. С., "Путешествие из Москвы в Петербург"〈Беловая редакция〉, *Полное собрание сочинений : В 16т.* М.; Л. : Изд-во АН СССР, 1937~1959. Т.11. Критика и публицистика, 1819~1834·1949.

__________, "Письмо Плетневу П. А., 9 сентября 1830 г. Болдино", *Полное собрание сочинений: В 16т.* М.; Л. : Изд-во АН СССР, 1937~1959. Т. 14. Переписка, 1828~1831·1941.

__________, "Отрывок", *Полное собрание сочинений : В 16т.* М.; Л. : Изд-во АН СССР, 1937~1959. Т. 8, кн. 1. Романы и повести. Путешествия. 1948.

__________, "Вольтер : (Correspondance inédite de Voltaire avec le président de Brosses······)", *Полное собрание сочинений : В 16т.* М.; Л. : Изд-во АН СССР, 1937~1959. Т. 12. Критика. Автобиография, 1949.

__________, "Роман в письмах", *Полное собрание сочинений: В 16т.* — М.; Л. : Изд-во АН СССР, 1937~1959. Т. 8, кн. 1. Романы и повести. Путешествия, 1948.

Пушкин А. С., “В начале 1812 года⋯⋯”, *Полное собрание сочинений : В 16т.* М.; Л. : Изд-во АН СССР, 1937~1959. Т. 8, кн. 1. Романы и повести. Путешествия, 1948.

__________, “Евгений Онегин”, *Полное собрание сочинений : В 16т.* М.; Л. : Изд-во АН СССР, 1937~1959. Т. 6, 1937.

__________, “Путешествие в Арзрум во время похода 1829 года”, *Полное собрание сочинений : В 16т.* М.; Л. : Изд-во АН СССР, 1937~1959. Т. 8, кн. 1. Романы и повести. Путешествия. 1948.

__________, “Опровержение на критики”, *Полное собрание сочинений : В 16т.* М.; Л. : Изд-во АН СССР, 1937~1959. Т. 11. Критика и публицистика, 1819~1834・1949.

__________, “Возражение критикам “Полтавы”, *Полное собрание сочинений : В 16т.* М.; Л. : Изд-во АН СССР, 1937~1959. Т. 11. Критика и публицистика, 1819~1834・1949.

__________, “Денница : Альманах на 1830 год”, *Полное собрание сочинений : В 16т.* М.; Л. : Изд-во АН СССР, 1937~1959. Т. 11. Критика и публицистика, 1819~1834・1949.

__________, “Vie, poesies et pensees de Joseph Delorme : Les Consolations, poesies par Sainte-Beuve”, *Полное собрание сочинений : В 16т.* М.; Л. : Изд-во АН СССР, 1937~1959. Т. 11. Критика и публицистика, 1819~1834・1949.

__________, “Дубровский”, *Полное собрание сочинений : В 16т.* М.; Л. : Изд-во АН СССР, 1937~1959. Т. 8, кн. 1. Романы и повести. Путешествия, 1948.

__________, “Сочинения и переводы в стихах Павла Катенина”, *Полное собрание сочинений : В 16т.* М.; Л. : Изд-во АН СССР, 1937~1959. Т. 11. Критика и публицистика, 1819~1834・1949.

__________, “Последний из свойственников Иоанны д'Арк”, *Полное собрание сочинений : В 16т.* М.; Л. : Изд-во АН СССР, 1937~1959. Т. 12. Критика. Автобиография, 1949.

__________, *Полное собрание сочинений В 16 т.* МЛ. Изд-во АН СССР, 1937~1959. Т. 3, кн. 1. Стихотворения, 1826~1836. Сказки, 1948.

Русские писатели 1800~1917 : биографический словарь, Т. 1, М. : Советская энциклопедия, 1989.

Садовников А. Г., *Концепция меланхолии в художественной системе сентим* ентализмаи творчестве *В. А. Жуковского*, диссертация кандидата филологических наук, Нижегор. гос. ун-т им. Н. И. Лобачевского, 2009.

Садовников А. Г., Генезис и эволюция феномена меланхолии в письме В. А. Жуковского "о меланхолии в жизни и в поэзии", *Известия ВГПУ*, No.3, т.67, 2012.

Сапченко Л., "Сумасшедший дом в произведениях русской литературы(От Карамзина к Чехову)", *Вопросы литературы*, No.11/12, 2002.

Семиотика безумия, Издательство Европа, Париж-Москва, 2005.

Сикорский И. А., "Вестник клиническойи судебнойпсихиатрии и невропатологии", *Памяти В.М.Гаршина*, Вып. I. Спб., 1889.

Сироткина Ирина, *Классики и психиатры : Психиатрия в российской культуре конца XIX-начала XX веков*, М, 2009.

Словарь Академии Российской, Санктпетербург : При Имп. Акад. наук, 1789~1794.

Словарь языка Пушкина : в 4 т. Т.2, Отв. ред. акад. АН СССР В. В. Виноградов. 2-е изд., доп. М. : Азбуковник, 2000.

Слонимский А., "⟨Горе от ума⟩ и комедия эпохи декабристов", *А. С. Грибоедов-сборник. статей*, ГЛМ, М., 1946.

Сокулер З. А., "Структура субъективности, рисунки на песке и волны времени", Мишель Фуко, *История безумия в классическую эпоху*, Санкт-Петербург, 1997.

Успенский Г. И. , *Собр. соч*. Т. 9. М. 1957.

Фуко, Мишель *Надзирать и наказывать. Рождение тюрьмы*, М. : Ad Marginem, 2015.

Чернец Л. В. · Хализев В. Е. · Бройтман С. Н. и др., *Введение в литературоведение*, М., 1999.

Чехов А. П., *Полное собрание сочинений и писем в 30-ти томах*, Т. 8, М. : Наука, 1986.

__________, *Полное собрание сочинений и писем в тридцати томах*, том 4. М., Наука, 1984.

Чудакова М. *Комментарии*, Михаил Афанасьевич Булгаков, *Собрание сочинений в пяти томах*, Том 2. М. : Художественная литература, 1989.

Шабалдина Е. В. "Образ сумасшедшего дома в романе М. А. Булгакова "Мастер и Маргарита" : к вопросу о реализации мотива безумия", *Филологические науки*, No.10, Ч.3, 2016.

Шмугрова К. В., *Концепты тоска и радость в художественной картине мира : на материале лирики И. А. Бунина, Ф. Сологуба, И. Ф. Анненского*, Новосибирск,

2011.

Энциклопедия литературных героев. Русская литература второй половины XIX века, М. АСТ, Олимп., 1997.

Энциклопедия литературных героев. Русская литература XVII-первой половины XIX века, М. АСТ, Олимп., 1997.

Юдин Т. И., *Очерки истории отечественной психиатрии*, М, МЕДГИЗ, 1951.

Янгулова Лия, "Юродивые и умалишенные : генеалогия инкарцерации в России", *Мишель Фуко и Россия*, Санкт-петербург · москва, 2001.

___________, "Дома умалишенных в России : филантропическая психиатрия и политика гендера", *Журнал исследований социальной политики*, Т. 11, No. 3, 2013.

Dic. academic. ru, *Медицинская энциклопедия*, "Приложение. Из истории развития русской медицинской терминологии".

신문, 잡지, 기타

가톨릭중앙의료원50년사편찬위원회 편, 『가톨릭중앙의료원 50년사』, 가톨릭출판사, 1988.

「綠陰의 턴넬 지나 林間에 白館隱現 — 海州療養院을 찾아서(一)」, 『동아일보』, 1934.8.18.

「病舍, 農牧場까지 總二萬五千餘坪 — 海州療養院을 찾아서(二)」, 『동아일보』, 1934.8.19.

「私立病院取締規則」, 『朝鮮總督府官報』, 1919.4.7.

「安息敎의 經營인 京城療養院落成」, 『동아일보』, 1936.6.10.

「醫師規則」, 『朝鮮總督府官報』, 1913.11.15.

「醫師試驗規則」, 『朝鮮總督府官報』, 1914.7.20.

「醫師試驗規則 改正案」, 『朝鮮總督府官報』, 1917.10.25.

『성모병원의 설립배경과 목적』, 가톨릭 중앙의료원 임상사목연구소, 2009.

「朝鮮總督府告示 第三百九號」, 『朝鮮總督府官報』, 1914.8.7.

「朝鮮總督府告示 第二百三十一號」, 『朝鮮總督府官報』, 1920.9.20.

『別乾坤』 1930년 9월호.

「朝鮮總督府告示 第四十一號」, 『朝鮮總督府官報』, 1939.1.23.

"첫째 攝養 둘째 醫藥 合理化한 日課表", 『동아일보』, 1934.8.22.

Sr.DOLOROSA FÜGLISTALLER, *IG CHAM* Juli, 1932.9.

"Summery of Social Service", *KMF*, 1939.3.

『동아일보』, 1939.4.10.

『표준국어대사전』, 국립국어원, nd.

서울대 병원 N의학정보. (http://www.snuh.org/m/health/nMedInfo/nView.do)

한강, 노벨상 수상 강연, 〈빛과 실〉.
(https://www.nobelprize.org/prizes/literature/2024/han/225027-nobel-lecture-korean/)

"환지통". (https://gichanpain.co.kr/bbs/board)